U0437790

成一 著

二十五周年纪念版

白银谷

（下）

山西出版传媒集团　北岳文艺出版社

·太原·

目录

下 卷

第十六章　破千古先例……………………003
第十七章　行都西安………………………035
第十八章　洋画与遗像……………………066
第十九章　十月奇寒………………………097
第二十章　战祸将至………………………127
第二十一章　老夫人之死…………………157
第二十二章　祖业祖训……………………187
第二十三章　情遗故都……………………218
第二十四章　雨地　月地　雪地…………250
第二十五章　奇耻大辱……………………279
第二十六章　返京补天……………………310
第二十七章　惊天动地"赔得起"…………339
第二十八章　走出阴阳界…………………370
第二十九章　谢绝官银行…………………399
第三十章　尾声……………………………425
后　记………………………………………431

下 卷

第十六章　破千古先例

1

戴膺听说曹家生擒了岑春煊的一伙骑兵，略一寻思，就决定去见见曹培德。

在太原，戴膺已打听清楚，西太后将她宠信的吴永派往湖广催要京饷之后，宫门大差已由这个岑春煊独揽了。来曹家绑票的，居然是岑春煊手下的兵痞，这不正好给了西帮一个机会来疏通这位岑大人吗？

其实，随扈来勤王保驾的，除了神机营、神虎营的御林军，主要是九门提督马玉昆统领的京营武卫军。在太原时，戴膺也去拜见过马军门。说起这一路护驾带兵之难，马军门也是大吐苦经。沿途荒凉，兵饷无着，着了急，兵勇就四处抢掠。有时，沿途州县为太后、皇上预备的御用贡品，竟也给抢劫了。所以，太后对此极为恼怒，屡屡下旨，凡敢出去抢掠的军士，一律杀无赦。杀是杀了不少，抢掠还是禁绝不了。只是入了雁门关后，地面日趋富庶，沿途皇差供应也渐渐丰厚了，兵才好带了些。

听了马玉昆的诉苦，戴膺还问了一句："如今太原是大军压境，会不会有不良兵痞跑出扰民，尤其跑往我们祁太平抢掠？"

马玉昆断然说："太后见这里皇差办得好，又特别谕令：再有兵勇扰民，严惩不贷。"还说，不拘谁家兵士，违者，他马玉昆都可拿下立斩。

戴膺听过这些话，所以就觉利用曹家绑票案，很可以做做岑春煊的文章：替他瞒下这件事，不张扬，不报官，不信他岑春煊就不领一点情？疏通了岑春煊，至少也可以让他在太后跟前多替西帮哭穷诉苦吧。还有，老太爷交办的这件事，岑春煊这里也是一大门路。

但他忽然去见曹培德，似乎显得太唐突了。于是，戴膺就请三爷陪他去。他对三爷说："疏通了岑春煊，老太爷想见太后、皇上，怕也不难了。"

三爷听这样一说，自然欣然应允。

戴膺真没有想到，曹培德对他比对三爷还要恭敬。曹培德因为有意将自家的账庄转为票号，所以对康家这位出名的京号掌柜自然是十分敬慕的。只是戴膺有些不太知道这一层意思。

戴膺见曹家这位年轻的掌门人一点也不难为人，就将自己的想法直率说出来了："咱太谷武界替你们曹家生擒绑匪，活儿是做得漂亮！尤其车二师父他们赤手空拳，绑匪却是骑马提刀，竟能麻利拿下，师父们的武功又有佳话可传了。"

三爷说："这回，车师父他们是设计智取，不是硬对硬。"

戴膺说："智勇双全，那武名更将远播。可生擒回来的，居然是岑春煊的骑兵，这可不是好事！"

曹培德忙问："戴掌柜，我们哪能知道绑匪会是他的兵马？勤王护驾的兵马，竟干这种匪盗营生，我至今还不大相信。"

戴膺说："岑春煊的兵马是从甘肃带过来的，本来就野。护驾这一路，又少吃没喝，不抢掠才日怪。"

曹培德就问："这个岑春煊，以前也没听说过呀，怎么忽然就在御前护驾了？"

三爷也说："听说护驾的是马玉昆统领的京营兵马，从哪儿跑出一个岑春煊？"

戴膺说："这个岑春煊，本来在甘肃任藩台。六月间，洋人攻陷天津，威逼京师，岑春煊就请求带兵赴京，保卫朝廷。陕甘总督陶公模大人，知道岑春煊是个喜爱揽事出风头的人，又不擅长带兵打仗，本来不想准允他去。但人家名义正大，要不准许，奏你一本，也受不了。陶大人也只好成全他，不过，只拨了步兵三营、骑兵三旗，总共也不过两千来人，给带了五万两饷银。岑春煊就带着这点兵马赶赴京师。兵马经内蒙古草原到张家口，行军费时，太快不了。他自己就先行飞马入京。陛见时，太后一听说只带了两千兵马来，当下就骂了声：'儿戏！'"

三爷笑了说："两千兵马，就想挡住洋人，解京城之危？"

曹培德说："叫我看，这个岑春煊还是有几分忠勇。那些统领重兵，能征善战的，怎么一个个都不去解京城之危？"

戴膺说:"有本事的,逮不着;没本事的,都跑来围着你,不倒霉还怎么着!太后已经不高兴了,再一问:'你这两千兵马在哪儿?'岑春煊也只能如实说:'到张家口了,不日即可到京。'这么一丁点兵马,还没带到,就先跑来邀功?太后更为反感,当下就说:'你这兵马,就留在张家口,防备俄国老毛子吧,不必进京了。'"

曹培德说:"来了这么一个忠臣还给撵走了。"

戴膺说:"你别说,这个岑春煊还真有些运气。还没等他离京呢,京城就陷落了。他随了两宫一道逃出京城,不叫他护驾,他也得护驾了。"

三爷说:"这叫什么运气?京城陷落,说不定是他带去了晦气。"

戴膺说:"随扈西行的一路,岑春煊带的那点兵马是不值一提,但他带的那五万两军饷,在最初那些天可是顶了大事。太后、皇上仓皇逃出京师,随扈保驾的也算浩浩荡荡了,可朝廷银库中京饷一两也没带出来。所以最初那些天,这浩浩荡荡一干人马的吃喝花销,就全靠岑春煊带着的这点军饷勉强支应。西太后听说了,对岑春煊才大加赞扬。后来,干脆叫他与吴永一道,承办前路粮台的大差。看看,这还不是交上好运了?"

曹培德说:"这点好运,也是拿忠勇换来的。戴掌柜,车二师父他们逮住的那帮绑匪,要真是岑大人手下的,就送回营中,由他处置吧?"

戴膺说:"就怕他不认呢。"

三爷说:"他凭什么不认?"

戴膺说:"这是往脸上抹黑呢,他愿意认?驻跸太原后,太后一再发谕令,不许随扈的将士兵勇出去扰民,违者,立斩不赦!"

曹培德说:"那我们就装着不知道是他的兵马,交官处置就是了。"

戴膺说:"交了官,必定是立斩无疑。要真是岑春煊的骑兵,就这样给杀了,他得知后肯定轻饶不了我们。"

三爷说:"那我们生擒这帮杂种,是擒拿错了?"

戴膺说:"二位财东是不知道,岑春煊实在是个难惹的人,现在又受太后宠信,正炙手可热。此事处置不当,真不知会有什么麻烦!"

曹培德说:"戴掌柜,你驻京多年,看如何处置才好?"

戴膺忙说:"曹东台,我能有什么好办法?不过是刚在太原住了几天,打听到一些消息,来给贵府通通气吧。我们逮着的,即便是马玉昆统领的京营兵勇,也比这好处置。三爷与马军门有交情,什么都好说。即便没这层私交,马军门也好打交道的。人家毕竟是有本事的武将,哪像这位岑春煊!"

三爷说:"小人得志,都不好惹。"

戴膺说:"岑春煊本来就有些狂妄蛮横,现在又得宠于太后,独揽宫门大权,更飞扬跋扈、暴戾恣睢得怕人!听说他办粮台这一路,对沿途州县官吏可是施遍淫威,极尽凌辱。圣驾到达宣化府后,天镇县令即接到急报,叫他赶紧预备接驾。一个塞北小县,忽然办这样大的皇差,只是预备数千人的吃喝,就够它一哼哼了。"

三爷说:"天镇,我去过的。遇了今年这样的大旱,哪里能有什么好吃喝?莜麦收不了几颗,羊肉也怕未肥。"

戴膺说:"岑春煊要似三爷这样想,那倒好了!天镇倾全县之力,总算将一切勉强备妥,太后却在宣化连住三日,没有按时起驾。天镇这边等不来圣驾,别的还好说,许多禽肉食物可放得变了味。等圣驾忽然黑压压到了,临时重新置办哪能来得及?这个岑春煊,一听说食物有腐味,叫来县令就是一顿辱骂,当下逼着更换新鲜食物。县令说,太后皇上的御膳,已尽力备了新的,其余大宗实在来不及了。岑春煊哪里肯听,只说:'想偷懒?那就看你有几个脑袋!'县令受此威逼,知道无法交代,便服毒自尽了。"

曹培德说:"办皇差,大约也都是提着脑袋。"

三爷说:"朝廷晦气到如此地步了,还是重用岑春煊这等人?他跋扈霸道,怎么不去吓唬洋人!"

戴膺说:"欺软怕硬,是官场通病。只是这个岑春煊,尤其不好惹。"

曹培德说:"那戴掌柜你看,我们逮着的这十来个绑匪,该如何处置?"

戴膺说:"曹东台,我实在也没有良策。"戴膺虽有对策,这时也不便说出,不能太喧宾夺主了。"眼下,先不要张扬此事。我是怕处置不当,惹恼岑春煊,他故意放纵手下兵痞,专来骚扰太谷,或撺掇太后,大敲我们西帮的竹杠,那就麻烦大了。我立马就回太原,再打探一下,看这步棋如何走才好。贵府有能耐的掌柜多呢,也请他们想想办法。"

曹培德说:"我们的字号倒是不少,就是没有几间太出色的京号。我就听戴掌柜的，先捂下这件事，不报官，不张扬，等候你的良策。"

戴膺忙说："曹东台要这样说，我真不敢造次了！只是尽力而为，何来良策？"

曹培德说："戴掌柜不用客气。我也顺便问一句：现在新办票号，是否已为时太晚？"

三爷就对戴膺说："今年大年下，曹大哥就提过，想将他们的账庄改作票庄。老太爷十分赞成，说曹家也开票庄，那咱太谷帮就今非昔比了！"

戴膺忙说："我们老太爷说得对。办票号，不在早晚，全看谁办。你们曹家要办，那还不是易如反掌的事？"

曹培德说："戴掌柜，我可不想听你说恭维话，是真心求教！"

戴膺说："我说的是实话。你们一不缺本钱，二不缺掌柜，国中各大码头又都有你们曹家的字号，尤其曹家字号名声在外，谁都信得过。这几样齐全，办票号那还不是现成的事！"

曹培德说："戴掌柜要看着行，我也敢下决心了。只是，偏偏赶了今年这样一个年景，天灾人祸，一样不缺。戴掌柜看今后大势，还有救没救？"

戴膺说："曹东台英气勃发，我还想听听你对大势的见识呢！"

曹培德说："我蜗居乡下，坐井观天，哪有什么见识！戴掌柜一向在京师，我真是想听听高见。"

戴膺就说："忽然出了今年这样的塌天之祸，对时局谁也不敢预测了。去年今天，谁会想到局面竟能败落如此？就是在今年五六月间，谁能想到朝廷会弃京出逃？所以对今后大势，就是孔明再世，怕也不敢预测了。要说大清还有转颓中兴的希望，那不会有人信。不过，今年之变，虽内乱外患交加，还是以外患为烈。与洪杨之乱相比，只京津失守，别的地界还不大要紧。尤其江南各省，几无波及。"

三爷愤然说："京师失守，已是奇耻大辱了！"

戴膺说："洋人也只是要凌辱大清，不是要灭大清。凌辱你，是为了叫你乖乖赔款割地；把你灭了，找谁签和约，又找谁赔款割地？所以，叫我看，这场塌天之祸的结果，也无非再写一纸和约，赔款割地了事。你们曹家要开票号，照旧张罗就是了，无非迟开张几天。"

曹培德说："我看也是，局面也就这样了。戴掌柜，我们新入票业，你们这些老号不会欺生吧？"

戴膺说："敢欺负你们曹家，也得有大本事。曹家可不像当今朝廷，谁都敢欺负它！"

三爷说："摊了这么一朝廷，银子都赔给洋人了，我们还有多少生意可做！"

戴膺说："士农工商，我们叨陪末位，朝廷强不强，爱管它呢！就是想管，人家也不叫你管！跳出官场看天下，盛世乱世，总有生意可做的。"

2

戴膺回太谷走了这么几天，居然就误了拜见协办大学士、军机大臣、户部尚书王文韶。

戴膺离开太原的第二天，王中堂就召见了西帮票号中十几家大号的京号老帮。但这次召见，并不是应西帮请求，而是他的主动之举。而且召见来得异常紧急，前晌传令，后晌就得到。天成元省号来不及请回戴膺，刘老帮只好自己去了。

王文韶以相国之尊，紧急召见西帮票号的掌柜们，并不是因为到了西帮的故里，要做一种礼贤下士的表示，缘由实在很简单：要向西帮借钱。

到达太原后，太后住得很滋润，没有走的意思。可各省京饷，望断秋水了，依然无影无踪，不见汇来。那班督抚，奏折写得感天动地，谁都说已经启汇、即将启汇，可银饷都汇到哪儿了？叫他们交山西票商，票汇、电汇都成，居然还是没有多大动静。山西藩库，眼看也要告罄，抚院藩司已是叫苦不迭。王文韶这才听从户部一些下属的建议，以朝廷名义，向西商借银。以往在京师，户部向西帮票商借债，也是常有的事。

奏请上去，太后也同意。

王文韶本来想将西商大号的财东们请来，待以厚礼，晓以大义，或许不难借到巨款。可山西藩台李延箫说，祁太平那些大财主们才不稀罕这一套。官方劝捐、借钱这类事，他们经见得多了。把他们请来，除了听他们哭穷，甭想得到别的。

王文韶就提出："那么请西商的大掌柜来？"

李延箫说："领东的大掌柜，跟财东也是一股调，很难说动。前不久，卑职刚刚召见过他们，宣读圣旨，叫他们承汇京饷，还似有委屈，颇不痛快。"

"那见谁呢？"

李延箫建议："要见，就见各家的京号掌柜。这批人是西商中最有本事，也最开通的。他们长年驻京，有眼光，有器局，可理喻，总不会驳了中堂大人的面子。眼下，他们又大多在太原，召之即来。"

"他们能做了主吗？"

李延箫说："京号掌柜的地位不同一般。外间大事，财东大掌柜往往听他们的。"

王文韶就采纳了这个建议，紧急召见了京号老帮们。

但见着这帮京号掌柜后，王文韶很快发现：他们并不像李延箫所预言的那样可以理喻。无论你怎么说，忠义大节也好，皇恩浩荡也好，堂堂户部绝不会有借无还也好，这帮掌柜始终就是那样一味哭穷诉苦！要是在京师，他早将他们撵出衙门了。但现在逃难在外，危厄当头，实在也不便发作。

身为朝廷的国相、军机，现在也体会到了人穷志短的滋味，王中堂真是感伤之至！

陪他召见的李延箫倒是能沉得住气，掌柜们哭穷诉苦，他还在一旁敲边鼓："见一次中堂大人不容易，有什么委屈，遭了多大劫难都说说。中堂大人一定会上奏朝廷，给你们做主！"

李藩司这种态度，王文韶起先甚不满意：你倒做起了好人！后来，转而一想，或许李延箫更摸西商的脾气，先由他们诉诉苦，多加抚慰，气顺了，借钱才好说。于是，王文韶也只好耐了性子，听任这些掌柜们哭穷诉苦。

王中堂、李藩司当然不知道，京号老帮们一哇声哭穷，那是预先谋划好的。想听不想听，他们都是这一套。

老帮们本来已经商量妥，要谒见一次王中堂，抢先哭穷。可还没来得及求见，中堂大人倒先紧急召见他们了！听到这个消息，大家就知道大事不妙：朝廷敲西帮的竹杠比预计的还来得快！王中堂肯这么屈尊见他们，又见得这么着急，绝不会有什么好事。

一见面，果不其然：张口就要向西帮借钱！

当时虽不便再通气商量，大家也明白该如何应对了：一哇声哭穷，决不能开这个口子！说是借钱，照常写利息，可现在不比平常，就是不赖账，归还遥遥无期，也等于赖了账了。今天给了王中堂面子，出借了银子，那就犹如大堤溃口，滔滔洪水势必灭顶而来。再说，西帮就是能养活了流亡朝廷，士农工商，也没有那个名分！

这些京号老帮，果然比大掌柜们大器、精明、睿智，面对中堂大人，一点都没怯场，也未叫冷场。

日升昌的梁怀文义不容辞打了头。他听完王文韶既客气又有几分霸气的开场白，跟着就说：

"今日能受中堂大人召见，实在是既荣幸，又惶恐。我们虽在京多年，也常得户部庇护，可仰望中堂大人，如观日月，哪有福气这样近处一堂？朝廷巡幸山西，我们西帮更感荣耀无比，正商议着如何孝敬太后和皇上呢。中堂大人今日言'借'，是责怪我们孝敬得太迟缓吧？不是我们不懂事，实在是因为一时凑出的数目拿不出手！"

蔚丰厚的李宏龄紧接着说："中堂大人，今日幸会，本不该说扫兴的话，可六七月间京津劫难，至今仍令人毛发森竖，惊魂难定！七月二十那天，我们得知京师已为夷寇攻破，仓皇起了京号的存银，往城外逃跑。刚至彰仪门，就遭乱匪散勇哄抢，十几辆橇车，小十万两银子，转眼间全没了。携带出来的账簿，也在混乱中遗失殆尽！京号生意多为大宗，无论外欠、欠外，都是数以十万、数十万计。底账全毁，将来结算只得由人宰割。津号劫状更惨，不忍复述。除京津外，直隶、山东、关外、口外的庄口也损失惨重，大多关门歇业了。东家、大掌柜，近日已愁成一堆了，正筹划节衣缩食、变卖家产，以应对来日危局。西帮历数百多年商海风云，此实为前所未有的第一大劫难！"

两家大号这样开了头，其他老帮自然一哇声跟了上去。

山西藩台李延箫怂恿老帮们诉苦，的确是想先讨好，再求他们能给王中堂一个面子。可这些老帮诉起苦来，竟没有完了。听那话音，仿佛急需接济的是他们西商，而不是朝廷！他真不知该如何收拾场面，坐在那里异常尴尬。

王文韶早有些不耐烦了，终于打断掌柜们的话，冷冷地说："你们各号所受委屈，我一定如实上奏圣上。只是国难当头，谁能不受一点委屈？今朝廷有难处，你们有所报效，自然忠义可嘉；若实在力所不及，也就罢了。"

梁怀文依然从容地说："中堂大人，自听说朝廷临幸太原，我们西帮就在预备孝敬之礼，只是筹集多日，数目实在是拿不出手！西帮枉背了一个富名，虽已是砸锅卖铁了，但拿出这么一个数目，实在是怕圣上不悦，世人笑话的。"

李延箫就问："你们这个数目是多大？"

这个时候，大德恒的省号老帮贾继英忽然就接了话头说："中堂大人，藩台大人，不知户部急需筹借的款项又是多大数目？"

王文韶和李延箫没有料到会有人这样问，一时居然语塞。王文韶见这个发问的掌柜异常年少，这才寻到话头，说："这位年轻掌柜，是哪家字号的？"

贾继英从容地说："大德恒，财东是祁县乔家。"

王文韶又问："你叫什么？"

"敝姓贾，名继英。"

"也驻京吗？"

"小的是大德恒的省号掌柜，因敝号驻京掌柜未在太原，所以小的有幸见到大人。"

"你多大年龄，就做了省号掌柜？"

"小的二十五岁，入票号历练已有十年。"

王文韶就说："这位贾掌柜，你问我们借款数目是随便一问，还是能做主定夺？"

贾继英坦然说："中堂大人，驻外掌柜遇事有权自决，这也是我们西帮一向的规矩。再说，借贷也是省号分内生意，小的本来就有权张罗的。"

王文韶听了便与李延箫耳语几句，然后说："贾掌柜，本中堂为朝廷枢臣，说话不是儿戏。为解朝廷一时急需，户部要借的款额至少也得三十万两。"

在场的谁也没料到，贾继英居然从容地说："要只是这个数目，我们大德恒一家即可成全。"

王文韶与李延箫惊异地对视一眼：这个年轻掌柜的话，能信吗？

李延箫赶紧夯实了一句："贾掌柜，军中无戏言。今面对中堂大人，如同面对当今圣上！如有欺君言行，获罪的就不止你一个小掌柜，你家大掌柜、老财东都逃不脱的！"

贾继英从容地说："小的所说，绝非戏言。"

王文韶听了，忽然哈哈一笑，说："好啊，今日你们西帮给我唱的，这是一出什么戏？先一哇声哭穷，末了才露了一手：三十万两银子，还是拿不出手的小数目！我今天也不嫌借到的钱少，赶紧把银子交到行在户部就成。"

李延箫见王中堂终于有了笑脸，也松了一口气，说："中堂大人，我是有言在先的：西商掌柜毕竟通情达理，忠义可嘉。"

王文韶就说了声："给各位掌柜看茶！"自己就站起来，退堂了。

众老帮也赶紧告辞出来。

但贾继英出人意料地露了那样一手，京号老帮们的震惊哪能平息得了？不是说好了一齐哭穷吗？怎么大德恒就独自一家如此出风头？

这次召见，是在藩司衙门。所以，散时也不便议论。

梁怀文回到日升昌省号刚刚更了衣，李宏龄就跟来了。梁怀文连座也没让，就说："大德恒这个愣后生！他难道不知道我们的意思？"

李宏龄说："哪能不知道！"

"知道，能这样？我们一哇声哭穷，他倒大露其富！"

"是呀，当时我也给吓了一跳：蛮精明一个后生，怎么忽然成了生瓜蛋？"

"这么大的事，也不全像是生瓜蛋冒傻气。乔家大德恒是不是另有打算？"

"可大德通的周章甫，不是也和我们一样哭穷诉苦吗？"

"叫我看，真也难说！"

正说着呢，周章甫带着贾继英也来了。

一进来，周章甫就说："二位老大正在生气吧？这不，我赶紧把继英给你们带来了！想打想骂，由你们了。"

梁怀文冷冷地说："你们乔家的字号，如日中天，正财大气粗呢，我们哪敢说三道四！"

李宏龄也说："你们乔家要巴结朝廷，我们也不会拦挡！只是当初大家都说好了，一哇声哭穷。可见了王中堂，我们守约哭穷，你们却反其道行事，大露富，大摆阔！你们巴结了朝廷，倒把我们置于不忠不义之地？"

贾继英慌忙说："晚辈无知浅薄，一时冲动，就那样说了。本意是想解围，实在没有伤害同仁的意思，万望二位老大见谅！"

周章甫也说："继英出了那样一招，我当时也甚为震惊！回来我就问他：'你这样行事是东家的意思，还是大掌柜的吩咐？'他说与东家、大掌柜都无关，只是他一时冲动，出了这冒失的一招。"

梁怀文就说："哼，一时冲动，就出手三十万！还是你们乔家财大气粗。朝廷尝到甜头，不断照此来打秋风，别家谁能陪伴得起？"

李宏龄也说："早听说你这位年轻老帮，很受你们阎大掌柜器重。可今天此举，能交代了阎大掌柜？"

贾继英说："当时，我实在也没有想那么多。只是见西帮各位前辈一味哭穷诉苦，王中堂无奈地干坐着，李藩司几近乞讨，求我们给王中堂一个面子，两相僵持，都有些下不来台。我就想，西帮遭劫，惨状既已尽情陈说出来，再不给中堂大人一个面子，怕也不妥。西帮有老规矩，不与官家积怨。

这是面对朝廷，由此结怨朝廷，于西帮何益？所以，我才有那冒失之举。交代不了阎大掌柜，我也只好受处罚了。"

周章甫说："按说借钱给朝廷，不用怕他赖账，更何况是在这患难之时呢！"

梁怀文说："不是怕朝廷赖账，是怕朝廷就这样驻銮太原，靠向西帮打秋风，悠闲度日。那还不把我们拖塌了？"

贾继英说："以我之见，朝廷不大可能再寻我们借钱了。"

李宏龄问："何以见得？"

贾继英说："这次已几近乞讨了，谁还有脸再来呀？至尊至圣的朝廷，这么低三下四地向商家乞讨，他们真不觉丢脸？至少王中堂是不会再来了。他贵为相国，宁肯更严厉地催要京饷，也不会再乞求西帮商家了。"

贾继英此说，倒是叫梁怀文、李宏龄以及周章甫都觉有几分意外，又都觉占了几分理。不过，梁怀文还是说：

"朝廷要这样知耻，也不会败落如此，流亡太原了！"

3

戴膺回到太原，听说了这次召见的情形，对贾继英竟如此出风头也不以为然。不过，他又觉这次召见来得突然，朝廷的军机大臣既已先说出一个'借'字，一两银子也不借给，真也不行；给十万八万，那也像是打发叫花子。三五十万，这是他给康老太爷说过的一个数目，不想王中堂报出的，居然也是这样一个数目！

戴膺为自己估计得当生出几分得意。可惜，他当时即使在场，也不敢将这样一笔银子独家包揽下来。对朝廷，这是一个小数；但压到一家商号，真也够你一哼哼。说是借，谁知是借贷还是讹诈！乔家的大德恒，真就不在乎这一笔银子？

听说了这件事，戴膺本想去见李宏龄，再详细问问，但又作罢了。还是先会会岑春煊再说吧。见了岑春煊，也许能相机问问：跟西帮借到那三十万，太后是高兴了，还是生气了？

戴膺接受了曹培德的委托，处置那伙岑春煊的兵痞，为的就是能会会这位宫门宠臣。

在太谷时，戴膺从曹家回来，就往总号去问了问：兰州庄口有没有回来歇假的？孙大掌柜叫柜上一查，还真有，不过只是兰号的账房先生。驻外庄口的账房，人位在老帮、副帮之后，俗称三掌柜，但外务经办得不多。

戴膺赶紧派人去把这个账房请回总号，问了问：你们兰号与藩司岑春煊有没有交往？

这位姓孔的账房说："哪能没交往？不巴结藩台大人，哪能揽到大生意？"

戴膺就问："那你见过这位岑藩台吗？"

账房说："我没见过，但我们吴老帮常见。"

戴膺高兴地说："那就好！"

他吩咐账房以兰号吴老帮的名义，给岑春煊写一封信：慰问，话旧，

第十六章　破千古先例

恭贺他得到朝廷宠信，这类巴结的话，多写几句；特别要写明，闻听岑大人随扈光临三晋，更感念往昔多所赐恩，故敝号略尽地主之礼，特备了一份土仪，不成敬意，云云。写好这封信就带了账房孔先生匆匆赶回太原。路上，账房曾问："也不知备了些什么土仪？"戴膺才说："什么土仪，到太原写张三千两的银票就是了。"

到太原后，戴膺见兰号这位账房很紧张，显然未见过多少大场面。想了想，就决定由自己来冒充账房，孔先生扮作兰号的普通伙友跟在身后。万一问到兰州旧事，赶紧提醒提醒。

这天，带了孔先生和一张三千两的银票去求见岑春煊时，戴膺并没有多少把握。但出人意料的是，帖子递进去没多久，差役就慌慌张张跑出来，十分巴结地对戴膺说："岑大人有请，二位快跟我来吧！"

这时，戴膺还以为兰号与岑春煊的交情真非同寻常，这么给面子。

等见着岑春煊，把那封吴老帮的信呈上之后，岑大人并没有打开看，而是很有几分兴奋地说："哈哈，我正要打听你们呢，你们倒自家寻来了！你们是哪家字号的？"

连哪家字号都没弄清，还算有交情？

戴膺细看这位岑春煊，也不过四十来岁，倒留了浓密的胡子。身材也不高大，却一身蛮悍气。这种人，也许不难对付的。

戴膺忙说："敝号天成元，东家是太谷康家。"

岑春煊又问："那大德恒是谁家的字号？"

戴膺说："祁县乔家的字号。"

岑春煊说："这两天，太后可没少念叨这个大德恒，也没有少念叨你们西帮钱铺。"

戴膺听了，还以为是大德恒那位贾继英惹了事了，忙问："岑大人，皇太后对我们西商有什么谕旨吗？"

岑春煊笑了说："有什么谕旨，夸奖你们会挣钱呗！太后说，早知花他们的钱这么难，咱们自个儿也开几家钱铺，省得到了急用时，就跟叫花子似的跟他们要！"

这哪是夸西帮？明明是咒他们呢！

戴膺慌了，赶忙说："岑大人，不是我们西帮太小气，舍不得孝敬朝廷，实在是因为在拳乱中受亏累太大了。"

岑春煊不解地说："太后可没说你们西商小气，是骂各省督抚太狠心，跟他们催要京饷太难，就跟叫花子要饭似的！你们大德恒票号，一出手就借给朝廷三十万，还说怕拿不出手，这叫太后挺伤心！"

"伤心？"戴膺不由问了一句。

"可不伤心呢！平时都说皇恩浩荡，到了这危难时候，封疆大吏，文武百官，谁也靠不上了！天天跟他们要京饷，就是没人理！倒是你们西商一家铺子，出手就借给朝廷三十万。所以太后就骂他们：你们一省一关，数省数关，居然比不上人家山西人开的一家铺子？太后说她早知道山西人会做买卖，可这家大德恒是做什么买卖，这么有钱？王中堂说开票号，专做银钱生意。太后听了就说，日后回京，朝廷也开家钱铺，攒点私房，急用时也有个支垫。听听，这不是夸你们？"

戴膺这才稍松了口气。可贾继英这大方的一出手，叫皇太后也知道西帮太有钱，此前的一哇声哭穷，算是白搭了。太后知道了西帮有钱，又出手大方，因此驻銮不走，那真麻烦大了。

戴膺努力冷静下来，说："能得皇太后夸奖，实在是西帮无上荣耀。岑大人在甘肃藩司任上，对敝号在兰州的庄口庇护甚多。因此敝号的财东和大掌柜，听说岑大人随驾到并，特别派在下来向岑大人致谢。备了一份土仪，不成敬意。"说完，即将那张银票递了上去。

岑春煊当即撕去封皮，一看是银票，便哈哈笑了："这就是山西土产？"

戴膺忙说："此票为敝号自写，但走遍天下都管用，权充土仪，也不出格的。"

岑春煊说："那好，我就收下了。"

戴膺紧接着就说："敝号的财东、大掌柜，对岑大人仰慕已久，今大人光临太原，也是天赐良机了。他们早想拜见一次岑大人，不知方便不方便？"

岑春煊说："哪有什么不方便？我也正想结识你们西帮乡衮。太后还稀罕你们呢，我能不稀罕？只是，要见，就早些来见。近来，太后已有意往西安去，不趁早，说不定哪天就启跸走了！"

"朝廷要起跸去西安？"

"多半是。朝廷住在山西，各省都不热心接济，还住着做甚！太后说，跟山西钱铺借到钱，有盘缠了，咱们还是往西安去吧。老住在山西，都以为咱们有吃有喝呢，更没人惦记了。"

两宫要往西安去，西帮也可松口气了！这倒是一个好消息。屈指算来，两宫驻銮太原已快二十天了，这还是头一回听到要起跸离去的消息。前些时，听说晋省东大门故关一带，依然军情紧急，德法联军围攻不撤。随扈的王公大臣慌惶议论，如惊弓之鸟。两宫意欲赴陕，只怕也有几分是被吓的，迁地为良，走为上策罢。

戴膺不动声色，说："要真是这样，那我还得赶紧回太谷，告诉老东家和大掌柜，叫他们及早来拜见岑大人！"

"由太原往西安，经不经过你们太谷？"

"出太原经徐沟、祁县，往南走了，不经过太谷。岑大人，在下还有件事禀报。"戴膺这时才将绑票案轻轻带出来。

"说吧，什么事？"

"几日前，在太谷逮住一伙绑票的歹人。这伙歹人，竟冒充是大人麾下的兵勇！我们深知岑大人为人，一听就知道他们是想借大人威名，以图自保。"

岑春煊就问："是给谁逮着的，县令？"

"我们还没有报官呢，只是请镖局武师将他们逮住。一听他们嚷叫是岑大人麾下兵勇，更暗暗捂下了。这帮歹人本是冒充，可张扬出去，也怕有损大人威名。"

"狗杂种们，只想坏本官名声！"

"这伙歹人既敢冒充大人麾下兵勇，那我们就把他们交给大人，由大人严惩吧？"

"成！我即刻就派兵马去，将杂种们押回来，便宜不了他们！"

能看出，这伙兵痞就是岑春煊手下的。戴膺这样处置，岑春煊显然也算满意。

两宫将往西安的消息，戴膺最先告诉了李宏龄。

李宏龄听了，当然也松了一口气。这也算是驱銮成功了吧。但细想想，

大德恒那个贾继英,冒失使出的那一招,似乎还管了些事。他就说:

"大德恒使出的那一手,真是冒失之举?"

戴膺说:"我当时又不在场,哪知道呢?不过听岑春煊口气,他们这一手还真惊动了朝廷。"

"三十万两银子呢,何况是在这种时候。这位贾继英以前也没听说过呀?"

"我也只听说过几句,二十来岁,就成了省号老帮,很受他们阎大掌柜器重。可没听说做过什么漂亮的生意。这次忽然就这样出手不凡?"

"一个年轻后生,就敢主这么大的事?我看他们的阎维藩大掌柜,一定早有交代。"

"我看也是。乔家大字两连号的领东,高钰、阎维藩都不是平常把式。"

"两宫既往西安,可见回銮京师还遥遥无期吧?时局无望,我们西帮也只好这样窝着,乔家又能出什么奇兵?"

两宫离晋后,西帮能有何作为?戴膺和李宏龄计议良久,依然感到无望。

4

乔家大德恒的阎维藩大掌柜的确不是平常人物。两宫停跸太原后,他对平帮日升昌、蔚字号一味哭穷的对策很不以为然。

儒学道统历来轻商。大清以来,口外安靖,江南发达,至康熙年间国中商业本已大盛。可那位器局小又自负的雍正皇帝,赶紧来了一个"重定四民之序",只怕商家财大了气粗,忘了自己是四民之末。雍正对善商贾的晋人,更是低看一等。现在大清朝廷狼狈至此,逃来山西避难,乞求西帮接济,阎维藩就觉得这是老天爷有眼,赐下一个千载难逢的良机:总是商求官,什么时候官肯屈尊求商?这一次,还是朝廷跑到西帮家门口来求乞!享受朝廷的求乞,千载难逢,你们居然就舍得推拒掉?

阎维藩将这一份快意悄悄给老财东乔致庸说了,乔老太爷拍案叫道:"对我的心思,对我的心思!朝廷怪可怜的,求上门,就拉一把,不敢太小气!"

拉一把至尊至圣的朝廷，那是什么样的感觉，又是什么样的享受！

所以，阎维藩就跟大德通的高钰大掌柜商量好，在面儿上跟西帮各号保持一致，该哭穷，就跟着哭，但有机会，一定要"拉一把"朝廷。为了不太得罪同业，阎维藩就叫年轻的贾继英相机出面。

贾继英巧为应对王中堂，不露痕迹地拉了朝廷一把，引得朝野争说大德恒，消息传回祁县，阎维藩和高钰满意至极。他们亲自跑到乔家，向老东家报告了这个消息。

乔致庸虽已年迈，但豪气不减，听了这个消息自然是大感痛快！他连问阎维藩："贾继英这个后生，他眼下在哪儿？"

阎维藩说："正在太原省号忙呢。"

乔老太爷就说："赶紧把他叫回来，我得当面夸奖他几句！小小年纪，办了一件大事。我得当面夸奖他几句！"

阎维藩说："我们这样拉了一把朝廷，字号名声大振，省号哪能清闲得了。这种时候，他只怕分身不得吧？"

高钰也说："整个朝廷都在太原，省号老帮真离不开。"

乔老太爷口气不由分说："人家后生把大事给你们办了，日常小事就不能摊给别人张罗？叫回来，赶紧给我叫回来！"

阎维藩也只好答应了。

贾继英应召回到祁县时，带回了朝廷将往西安的新消息。阎维藩和高钰听了更感欣慰：你们一哇声哭穷，也没把朝廷哭走。我们露了露富，倒把朝廷羞走了。

贾继英说："听说朝廷本来就是要移銮西安的。"

阎维藩冷笑了一下说："哼，谁不会给自家寻个台阶下！"

乔致庸听到朝廷要离晋往西安去，并没有拍案赞叹，只是在凝神寻思什么，仿佛没有听清似的。

阎维藩就故意问："老东台，朝廷既往西安，也不知能驻銮多久？"

高钰也说："朝廷既往西安，只怕得及早把京号的周老帮派往西安去。"

但乔致庸似乎仍未听见他们说什么，半晌，才突然问贾继英："朝廷去西安，经过咱们祁县吧？"

贾继英忙说:"那是必经之路。出太原南下,第一站在徐沟打尖,第二站必停跸咱祁县。"

乔老太爷这时忽然又拍案说:"继英后生,我再交你一件大事去办!"

贾继英说:"听老太爷吩咐,只是怕担待不起。"

"我看你能担待得起!"乔致庸站了起来说,"朝廷去西安,既然在咱祁县打尖过夜,继英你就去张罗一下,叫他们把行宫设在咱们字号。不拘大德恒、大德通,都比他县衙排场。太后皇上路过一回,不叫人家看看西帮的老窝是啥样,也太小气吧?"

把朝廷行宫设在商家字号?一听是这样一件大事,不光贾继英,连高阎两位大掌柜也给惊得目瞪口呆了。这怎么可能呢!按朝制,不用说太后、皇上了,就是过路的州官、县官,要宿民宅,也要微服私行才成。两宫虽是逃难,也是浩浩荡荡过皇差,怎么可能将行宫设于商号!

贾继英一时不知该如何回答,只是愣着。

阎维藩、高钰两位,也不说话。

乔致庸见他们都愣着,哈哈一笑,坐了下来:"看看,把你们都吓住了!继英后生,你以为我在说昏话吧?"

贾继英忙说:"不是,不是。"

乔致庸笑问:"那是太难办,难于上青天?"

阎维藩说:"老东台豪情万丈,令我们敬佩。只是,有朝制在那放着,谁敢违背?这事,实在不由我们左右。"

乔致庸又笑问:"那由谁左右?"

阎维藩说:"当然是朝廷。"

乔致庸更哈哈笑了,说:"连这也不知道,那我真老糊涂了。这件事,要难也难,要易也易,就看你怎么办了。我不是上了年纪,真亲自往太原张罗去了。高大掌柜,你也给吓住了?"

高钰忙说:"可不呢,真给吓蒙了。"

乔致庸就问:"看来,高大掌柜有办法了?"

高钰笑了,说:"我哪有办法!我只是问一句:这件事非办不可,还是可办可不办?"

乔致庸断然说:"当然是想叫你们办成!这是千载难逢、开千古先例的一件事。"

高钰说："既是这样，不拘办成办不成，我们也得尽力去张罗了。"

乔致庸笑说："你们办不成这件事，就趁早不用在我们乔家当掌柜。"

回到城中字号，高钰和阎维藩两位大掌柜仔细商量了半天，仍觉乔老东家交办的这件差事实在是太棘手了。西帮拉拢官吏，一向有些过人的手段。高钰驻京时，也是长袖善舞，很交接了一些京官，内中甚至有一位皇室亲王。可直接巴结太后、皇上，那真是连想也没想过！至尊至圣的太后、皇上，与卑贱的商家之间，隔着千山万水呢！

但是，能叫两宫圣驾入住西帮商号，那也真是开千古先例的大举动！这个大举动，实在也太诱人了。要能办成，西帮的先人也会在冥冥之中，出一口粗气。天下商家更当刮目看西帮。

两位大掌柜商量再三，谋了一个方略：以今岁大旱，县衙支绌、百姓困窘为理由，乔家大德通、大德恒情愿包揽朝廷过境的一应皇差，以让祁县官民得以应对饥荒，休养生息。若圣驾行宫能设于民宅，以示与民同甘共苦，那朝廷盛德必流布天下。其间点明，敝商号其实也是很富丽堂皇的。

这是一个很高尚的义举。加上大德恒先前的仗义，或许朝廷会恩准？

于是，大德恒的阎维藩带了贾继英，赶往太原，再求见一次王文韶大人。王中堂是朝廷近臣，他肯领情，那才能将老东家的意愿传达给西太后。

这一次求见，倒是没费多大事，很快就受到召见。但中堂大人听明白了阎维藩的意思后，当即就拉下脸，厉词驳回。竟想将民间商号设为当今圣上的行宫？这不是僭越犯上，胆大妄为吗！朝廷起居行止，都得合于大礼，岂是你们商号的富丽堂皇可以替代？还是趁早收起这非分之想吧。想孝敬朝廷，多捐助县衙，办好皇差，不就得了。

可能念着大德恒前次的仗义，王中堂没有细加追究，只是冷脸斥责了几句就退堂了。

回到省号，阎维藩和贾继英都觉此事已经完全无望了。老东家叫他们张罗的这是一件什么事！看王中堂那架势，几乎要拿下问罪了。所以，他们也不再另作图谋，只是商量如何向老东家交代。

大德通的京号老帮周章甫过来询问谒见王中堂的情形，听说是这样的结果，倒没有吃惊。他说：

"王中堂就是那样一个死板人。对我们西帮,尤其刻薄!去年他入主户部后,自家不会理财,倒先拿我们西帮开刀,一道禁汇令,真弄了我们一个措手不及。正顺手的生意,忽然变得疙疙瘩瘩。所以,前次他出面借钱,谁家也不想给他面子。看看,我们给了他面子才几天,就拉下脸来,不认人了!"

阎维藩说:"我看他也是不敢应承这样的事。"

周章甫说:"王中堂搬不动,我们再另寻门路。他越这样难为我们,我们倒越要尽力成就这件事!"

贾继英就问:"周掌柜,你有新的门路吗?"

周章甫说:"我看,咱们也得去巴结巴结这个人。"

阎维藩忙问:"谁?"

周章甫说:"岑春煊。"

贾继英就说:"要能拉拢到这个人,真还有几分指望。只是周掌柜有门路吗?"

阎维藩还没有听说过岑春煊,就问:"此公是谁?"

周章甫说:"这个岑春煊,是两宫西巡的前路粮台,独掌着宫门大差,与宫监总管李莲英结为一气。拉拢住这个人,或许还真能把我们的意思传给太后。我听太谷天成元的戴膺说,他们刚见过这位岑大人,甚好巴结,写张银票递上去,就得了。"

阎维藩忙说:"那我们就赶紧巴结这个人吧!"

经一番计议,决定他们三人一道去见岑春煊。因为一时朝野争说大德恒,顶了大德恒的大名求见,或许更容易获准吧。

果然,这位岑春煊很容易就见到了。一见面,便连连问:"你们真是大德恒的?"

周章甫忙答应:"蒙大人这样厚爱,敝号阎大掌柜特意来参拜大人。"

阎维藩也忙说:"在下是大德恒的领东大掌柜,久仰大人威名。今大人随扈来晋,幸蒙赐见,无以回报,只备了一份土仪,不要笑话。"说着,将一个装有银票的信封呈了上去。

岑春煊接过来,又随手撕去封皮,看见是两张银票,共写银五千两,就哈哈笑了:"你们山西的土产倒是特别!"

阎维藩就说:"敝号自写,又处处可用,权当土产吧。大人随扈远行,携带也方便。"

岑春煊又哈哈笑了。

贾继英就问:"岑大人,听说朝廷圣驾将南下临幸西安?"

岑春煊先看着贾继英,反问:"这位年轻掌柜,是不是借钱给王中堂的那位小掌柜?"

贾继英慌忙伏身跪了说:"正是在下。"

周章甫也忙说:"岑大人日理万机,还这样惦记着问我们?"

岑春煊说:"不光是我,太后还念叨你们这位年轻掌柜呢!"

阎维藩、周章甫听了也慌忙伏身跪下了。

"起来吧,起来吧。"岑春煊快意地招呼着,"太后很稀罕你们,说你们怎么就那么会挣钱?"

阎维藩起身坐了,说:"那是外间的讹传,我们实在不过徒有富名罢。但朝廷有难,我们就是砸锅卖铁也得孝敬。"

于是,阎维藩将他们的意图委婉而又无误地说了出来。

真是出乎意料,岑春煊听完,立刻就夸奖不止,连说那祁县的这份皇差就交给你们大德恒、大德通办了。他是堂堂前路粮台,这事他就能做主。

也许岑春煊答应得太痛快了,阎维藩他们都不大敢相信,但又不敢表示有所怀疑。应酬了几句,周章甫才忽然有了主意,从容地说:

"岑大人,那我们就赶紧回祁县张罗这项皇差了。离并前,还想谒见王中堂,在王大人面前,是否提及此事?"

岑春煊就说:"拉倒吧,不必跟他!他知道了,也做不了主,还得上奏太后。出京这一路,跟他要饷没饷,要粮没粮,他说话,太后才不爱听呢。好事经他一说,不定就黄了。你们不必跟他说,更不必跟别人说。我这就跟宫内的李总管说去,一两日内,准给你们一个称心的回话!"

岑春煊越这样容易拉拢,越不敢叫人相信。只五千两银票,就叫这位岑大人百依百顺,连圣上的行宫也出让了?老练的阎维藩和周章甫都以为这位岑大人不过是在信口开河,或是在虚以应付。过两日,他传来话,说太后责骂了他,实在没法成全,你又能把他怎样?所以,他们只说了几句含糊的谢词,不再细加叮咛。

但贾继英却正经问:"岑大人,我们何时能听到喜讯?"

岑春煊断然说:"我不是说了?一两日内,准给你们一个称心的回话!"

两天后,岑春煊果然将贾继英招来,说:"小掌柜,你得早有个预备!太后在祁县临幸你们商号时,可要传你说话。"

贾继英忙问:"太后真同意将行宫设在敝号?"

岑春煊扬起脸,厉声说:"什么话!难道我假传圣旨?"

贾继英慌忙跪下拜谢。

岑春煊得意地细说了见太后的情形,说太后本来就很想看看山西人开的票号,一听你们的意思,正合了她的心思。当下就又夸奖起大德恒来,说各省要都像大德恒这么大义尽忠,她和皇上只怕也落不到这种地步了。还说,王中堂一班近臣听说后,极力劝谏,反对将朝廷行宫设在商号。太后才不听他们的,冷笑了问:"自出京以来,我跟皇上在哪儿没有住过!出京第二夜,露宿荒野,哪有什么行宫?你们不就只寻来一条板凳,叫我跟皇上坐了一夜吗?那合不合朝制?合不合大礼?"太后这样一说,王中堂他也不言声了。

贾继英相信了岑春煊的话。

看来,叫圣上住进商号,如此开千古先例的事,就要做成了。

5

这样的消息传回祁县乔家,乔致庸当然是豪情万丈高了:哈哈,我们乔家要做一回朝廷的东家了!借钱给它花,开店给它住,它的至尊至圣也不过如此吧。乔家的列祖列宗知道了,也会笑傲九泉的。

但这个消息传到太谷康家,康笏南可是坐不住了。乔致庸与他年龄相仿佛,人家倒抢在先头,把朝廷请进了家!朝廷銮仪齐备地进了民门,那真是千古未有。太后皇上一旦住进乔家的字号,也算向乔家低了一回头!那会是怎样一份痛快!可乔家抢得这一份先,不是因为更有钱,也不是更有德,是人家的掌柜会张罗。

康笏南早交代孙北溟、戴膺他们了:想见一见近在家门口的太后和皇上，可至今也没张罗成。见一面，都张罗不成，人家倒把太后、皇上请进了家！比起乔家的掌柜，他们就这样无用？

康笏南这时不由想起一个人：邱泰基。邱掌柜要在，张罗这种事只怕比别人强。可邱掌柜远在口外，哪能立马叫回来？眼看朝廷就要起驾往西安去了。南下往西安，又不路过太谷。就这样错过良机，拉倒了？

他越想越不忍，正想吩咐三爷去叫孙北溟，又改变了主意：自己亲自进一趟城！于是就吩咐老亭老夏，立马套车！

其时已是后半晌了，这样突然进城，有什么火急事吗？老亭老夏问不出来，三爷也问不出来，只好多套了几辆车，三爷、老亭都跟了去。

一路上，康笏南只是静静地坐在车轿里。时令虽还在闰八月，但已现残秋气象。田野里早是一派寥落，久旱的庄稼全已枯黄去了，树木还绿着，但也失去鲜活气象。太后、皇上驾临晋地已有一些时候了，也没有带来一点祥瑞，就是连一场天雨也没有带来。这也算是人怨天怒吧。

见着孙北溟，康笏南的脸色依然不好看。孙北溟就有几分慌了：眼看傍晚了，老太爷突然驾到，脸色又这样难看，这是怎么了？他忙赔了笑脸说："老太爷来得好！晋一园饭庄刚添了几道野味，我们正可沾你的光，去尝尝鲜。"

康笏南冷笑了一声，说："我不来吧，山珍海味还不是由着你们吃？可叫你们给办点事，就这么难！"

孙北溟忙说："老东台的吩咐，我们哪敢不尽心尽力地张罗？"

康笏南就说："乔家要把太后、皇上请进人家的字号，你们听说了没有？"

孙北溟说："听说是听说了，不知是真是假？"

"这是通天的事，敢有假？"康笏南真有些怒色了，"人家乔家的掌柜们，能张罗成这种事，我叫你们张罗的事呢？还说尽心尽力！"

孙北溟这才明白了，老东家还是想见一见太后、皇上。他忙说："戴掌柜捎回话来，说已经拉拢到岑春煊。正在安排老太爷与岑春煊见面。"

康笏南就问："这个岑春煊是谁？"

孙北溟说："两宫出京逃难以来，岑春煊一直任前路粮台，正独掌宫门大差，与宫监总管李莲英打通一气。见着他，再见太后、皇上就不难了。"

康笏南说:"既然如此,那我就立马去太原!"

孙北溟忙说:"戴掌柜正在太原张罗呢,拜见的日子一定,就接你去!"

康笏南说:"还用这样啰唆!眼看朝廷要起驾走了,照你们这么啰唆下来,四月八也误了。这算什么难事?我自家去张罗,不敢麻烦你们了。"

孙北溟笑了,说:"老太爷这样一说,我也不敢在这里坐着了,得连夜奔赴太原,亲自去张罗。"

康笏南冷笑了一下,说:"我哪敢劳动你孙大掌柜!"

三爷见此情形,不得不出面说:"那我去吧。我这就连夜动身,去太原见戴掌柜。岑春煊要靠不住,我就去求马玉昆大人。等打通关节,父亲大人再动身也不迟。"

康笏南说:"等你们打通关节?四月八也误了!谁也不劳动了,还是我自家去张罗吧。"

三爷说:"父亲大人亲自出面张罗,那也得叫我们去先打前站吧?"

康笏南依然说:"不劳动你们了!去一趟太原,还累不倒我。老亭,你去吩咐车倌,等牲口喂饱,咱就起身去太原!"

真没有想到,老太爷就像听不进话的顽童似的犯起了腻,弄得孙北溟和三爷下不来台。觐见太后、皇上,那真是所谓天大的事,哪能说见就见?谁也不比谁离朝廷近,再犯腻、发浑、吓唬人,也成全不了呀!但三爷、孙北溟也知道,他们得极力拦挡着,老太爷说是要立马去太原,那其实不过是吓唬他们。所以,他们又是检讨自责,又是发誓打保票,才算把老太爷劝下了。

老太爷松口的条件,是三爷带一封他老人家的亲笔急信、三十万两的银票,连夜去太原。

老太爷也不回康庄了,就住在天成元柜上,坐等三爷、戴掌柜的喜讯。

到这时,孙北溟、三爷,包括老亭,才算把康笏南想见两宫这档事当作一件庄严的事了。此前,包括戴膺在内,虽也知道老太爷是当真的,但又以为办成也难。老太爷发此豪兴,朝廷就会迁就他?

正在太原的戴膺听说乔家也拉拢住岑春煊,而且将过祁行宫设在了大德恒,受震动也不小。

看来大德通、大德恒的掌柜们要放手大出彩。乔家也不再藏富了？是看到大清末路，不再把朝廷放在眼里，还是趁此危难拉拢朝廷一把？

不拘怎样吧，戴膺由此想到了康老东家交代的那件差事。老太爷听到乔家这样出彩，一定会坐不住的。老太爷只是想见见圣颜，人家倒把两宫请进家了；说不定老太爷会挖苦他们这些掌柜无用呢。

戴膺已经先于乔家拉拢到岑春煊，安排老太爷见一见岑春煊，那早不是什么难事了，无非再给这个岑大人一份土仪。这位岑蛮子如此好拉拢，真是大出戴膺意料。只是，老太爷见过这位岑蛮子后，见着见不着太后和皇上，真还难说呢！

经多方打听，戴膺也知道了，在太原要见太后、皇上，那跟在京城时也差不多一样难了。这二十多天，太后已经恢复了往日的朝廷排场。谁要觐见，那得等她拉了皇上临朝才成。而想受到朝廷召见，更得层层打通关节，一直到军机处。军机处已由新近赶到的荣禄充任首席，王文韶就是肯帮忙，也得打通荣禄。何况目前的王文韶，只是认西帮的大德恒，别家，他认不认，难说了。眼下，满朝上下又正忙于起跸奔西安的诸多事宜，就是拉拢到荣禄，他能顾及打点这等事？所以，戴膺也未敢贸然把老太爷请来，只去见那位岑蛮子。

他正想拖一拖，拖到两宫启銮一走，这事也就凉了。哪想三爷就连夜火急赶来！

三爷说了老太爷如何急迫、如何气恼的情形，就把那封急信递给了戴膺。一见是老太爷亲笔，戴膺赶紧展开看了，只一句话：

戴掌柜亲鉴：

你要太忙，就忙你的吧。见那俩人，我自家去张罗。

康笏南字

看罢，戴膺吃了一惊：这可是老东家措辞最厉害的信函了！凡是催办不容商量的事，就是这番措辞。

他忙对三爷说了拉拢岑春煊情形，以及打通觐见关节之难，实在不是未尽心尽力，而是这份通天的差事，办起来太不容易。

三爷就说:"戴掌柜,这我也知道。只是,一听说乔家抢先办成,老太爷就不甘心了。"

戴膺说:"跟乔家比,我是太无用了。"

三爷说:"戴掌柜快别这样说。乔家能使的手段,我们为什么不能使!你听说他们到底使了什么手段?"

戴膺说:"能有什么手段?无非也是送了一份票号的土仪给那位岑大人吧。"

三爷说:"我们也早送了一份吧,为何就不管用?"

戴膺说:"我们与乔家所求不同。人家是传话给太后,太后一高兴,就答应住他们的字号。我们呢,是要上朝见圣颜,即使太后想见老太爷,中间也隔着千山万水呢。"

三爷就问:"见一面,比请进家还难?"

戴膺说:"在太原见圣颜,好比在京师上朝,老太爷哪有上朝的身份!可圣驾出巡在外,百姓瞻仰圣颜,就无大碍了……三爷,我有办法了!"

刚还说这是通天,不易办成,怎么忽然又有办法了?三爷忙问:"真有办法了?什么办法?"

戴膺就说:"我们也学乔家,等两宫出了太原,再求觐见!这就容易多了。"

三爷不解地问:"圣驾往西安,可不走太谷!祁县一站,已给乔家占了;再往前,平遥一站,我们能抢过平帮?我们在哪儿求见?"

戴膺说:"出太原第一站,是徐沟;第二站,才是祁县。我们就在徐沟求见圣颜,抢在乔家前头。"

三爷反问:"在徐沟求见?可我们不是徐沟人呀?"

戴膺说:"徐沟有我们的茶庄!"

戴膺和三爷经仔细商量,打算以天旱民苦,徐沟又系小县,康家愿捐巨资,助县衙办皇差,伺候銮舆巡幸;然后求岑春煊联络李莲英,将此义举上奏太后,撺掇太后见康老太爷一面。见岑春煊时,给李莲英也备一份土仪,请他代为孝敬。

没想到,这一条路线还真好走。岑春煊听了,就大加赞赏:出太原第一站张罗妥帖了,他这个前路粮台也有光彩。他很痛快地答应联络宫监总管李莲英。

一两天后，又给了回话：李总管很给面子，已答应到时尽力张罗。

岑春煊还捎带告知：两宫将在闰八月初八，起跸出太原，巡幸西安。

6

消息传回太谷，康笏南自然对戴膺格外赞扬了几句。他在心里可是冷笑了：哼，总算要亲眼一睹天颜了，看一位如何无耻，另一位又如何无能！

戴膺和三爷却未回太谷，就直奔徐沟去了。只捎急信回去，请天盛川茶庄的林大掌柜赶紧来徐沟。

林琴轩大掌柜久坐冷板凳，一听说是要办这样的大差，当然立马赶来徐沟。

林大掌柜一到，三爷就带了他和戴膺，赶去拜见徐沟知县老爷。知县老爷听明白是这样的好事，当下就眉开眼笑了。连连说要上奏朝廷，表彰康家天盛川的忠义之举。

正如戴膺他们所估计，徐沟知县正为承办这一次皇差愁得走投无路呢。不用说遭遇了庚子年这样的大旱，就是在丰年，像徐沟这样的小县，承办浩浩荡荡的皇差也够它一哼哼的。

按那时代的驰驿之制，官吏过境，不拘官阶大小，当地官方都得为之预备食宿。御驾临幸，那自然更得尽力供奉。而这次两宫过境，又非同平常，那是把京中朝廷都搬来了，空前浩荡。给朝廷打前站的，已传来单子：除了太后、皇上的行宫，还得为王公大臣备四十余所公馆，为其余随员所号的居室就更数目可怕。膳食上，皇太后、皇上、皇后，须备满汉全席，王公大臣是"上八八"的一品席，以下官员都须"中八八"席，一般随从、卫士也得是"下六六"席。

为两宫预备的满汉全席，只是一种规格，席中太后所食，不过是行在御膳房为她烹制的几样可口饭菜。初出京时，因为受了饥荒，所以到怀来县吃了吴永为她备的炒肉丝和扯面条就觉格外佳美。离开怀来时，竟给吴永的厨子周福赏了一个六品顶戴，放到行在御膳房，一路为她供膳。进入山西，扯面拉面更精制了，很容易讨太后喜欢。她喜欢了，照此赏给皇上、皇后，也就得了。所以最高规格的御膳，倒是好应付。但两宫以下的"八八""六六"席，那可得实打实伺候！经在太原休整，两宫的銮舆行在是更浩荡了。备一餐膳食，那得摆四五百桌席面。所以，为支应这次皇差搭起的临时厨房，已占去县衙外的一整条街了。

还有大批扈从役马的草料也得备足了。

县衙初为估算，必须备足干柴三十余万斤、煤炭二十万斤、谷草二百万斤、麸子三万石、料豆两万四千石、猪羊肉两万斤、鸡鸭各数百只、麦面四万余斤（内中仅裱糊行宫、公馆就已用去三四千斤）、纸张千余刀。而这仅是大宗。尤其今年天旱，凡入口之物都市价腾贵，一斗麦一千七八百文、一斗米一千四五百文、一斤麦面六七十文、一斤猪羊肉二百多文！

行宫、公馆全得重新装修、彩绘，里面陈设铺垫须焕然一新，外面也要张灯结彩。这又需花费多少？

戴膺听了县衙的哭穷，心里只是冷笑：耗费再大，你们还不是向黎民百姓搜刮？借此办皇差，你们不发一笔财才怪呢！所以，他也没有急于说什么，只是从容听着。可林大掌柜已耐不住了，说："我们老东家知道贵县的难处，所以才来接济。这是办皇差，不敢太小气！"

戴膺听林大掌柜这样说，知道有些不好：对这些官吏，哪敢放这样的大话！好嘛，你们给兜着不叫小气，人家还不放开胆海捞？他急忙接住林大掌柜的话说："是呀，办皇差，不敢太寒酸。所以临来时，我们老东家交代，捐给徐沟县衙三万两银子，把皇差办漂亮，也算我们孝敬朝廷了。"

果然，知县老爷不傻，听说只三万，便说："康家这样忠义，本官一定要上奏朝廷的。只是徐沟太小，又遭如此荒歉，添了贵号这三万捐俸，怕也办不漂亮的。"

见林大掌柜又要说什么，戴膺不动声色抢先说："东家的生意，今年也受了大累，损失甚巨，实在无力更多孝敬了。再说，今年大旱，朝廷也体抚民苦的，皇差办得太奢华，反惹怒天颜也说不定的。"

知县老爷这才只感谢，不哭穷了。

出来，林大掌柜问戴膺："康老太爷交代过，不要太可惜银子。戴掌柜何以如此出手小气？"

戴膺说："他们报的那些大宗支出，我算了算，还用不了三万两银子呢。给得再多，也不过进了县官的私囊，既孝敬不到朝廷，也缓解不了民苦。徐沟只有我们一间茶庄，庄口又不大，也犯不着孝敬这里的县官。再说，老太爷见着见不着圣颜，也不在于这位知县老爷。"

林大掌柜这才不得不佩服戴膺的干练。

康笏南是闰八月初六来到徐沟的。徐沟与太谷比邻，也不过几十里路吧，又都是汾河谷地的一马平川。所以，这一路走得轻松愉快。

这一份轻松愉快，自然还因为他心情好：圣颜也不难见，不过是花点银子罢了。

康笏南本来想带六爷来，叫他也一睹圣颜。说不定圣颜的猥琐会令他放弃读书求仕的初衷。六爷居然不愿同来，为什么？说是身为白丁，不能面对圣颜。依然如此执迷不悟！只是六爷的执迷不悟，并没有影响到康老太爷的心情。

哈哈，一睹天颜，也花不了多少银子！精明的戴掌柜，张罗得比乔家还省钱。

初六的徐沟城里还是一片繁忙杂乱。被驱使奔走的数百衙役、数千民夫，还满大街都是。当然，街市已张灯结彩，被临时充作公馆的民宅更是修饰一新了。城里城外，凡御驾要经过的跸道，都有乡民在铺垫干净的黄土。

戴膺问康笏南：先去拜见一下知县老爷？康笏南说，人家正忙得天昏地暗，不必去打扰了。其实，他是不想见。

觐见时，康笏南要戴膺陪着，可戴膺主张还是林大掌柜陪着名正言顺。康笏南就同意了。林大掌柜可是慌了，连问戴膺，到时该如何做派？康笏南哼了一声说："如何做派？平常怎样，就怎样！我们反正是黎民百姓，讲究什么！"

初八申时未尽，也就是下午将尽五点钟时候，浩浩荡荡的两宫銮舆已经临幸徐沟城了。听说两宫中途到达备了早膳的小店镇时，辰时还未尽；到备了茶尖的北格镇，也才是午时。大概是初上征途，还兵强马壮吧。

因为天色尚早，銮舆进城后，前头三乘围了黄呢的八台轿舆，帘门高启，令民瞻仰。皇太后在前，其次是皇上，又次为皇后。沿街子民可以跪看，不许喧哗，更不许乱动。

康笏南跪在自家茶庄门廊前的香案旁，虽也凝神注目，却什么都没有看清楚。因为这三乘皇轿，似乎是一闪就过去了。问三爷、戴膺他们，看清了吗？他们也都说什么也没看清。只有林大掌柜说，他看清了第二乘轿里的皇上，但圣颜不悦，一脸的冷漠。

康笏南也没有多问，就回到茶庄里头。三爷、林大掌柜也跟了进来，只是不见了戴膺。他已经前往县衙一带去等着见岑春煊。

三爷说："圣驾到得这样早，是一个好兆。"

林大掌柜也说："老太爷受召见，更有充裕的时候了。"

康笏南却闭目不语。他知道，虽然近在眼前了，最后落空也不是不可能。但人事已尽，只有静心等待。

这一等，就好像是遥遥无期。眼看天色将晚，康笏南已有一些失望了，才终于见戴膺匆匆赶回来。

戴膺一进门就招呼："老东台，快走，快走，去宫门听候'叫起'！"

康笏南也没有多问，拉了林大掌柜就走。

戴膺忙说："李总管传出话来，只召老太爷您一人进去。"

康笏南丢下林琴轩，说："那还不快走！"

满城都是朝中显贵，康笏南坐他那华贵的轿车显然太扎眼，而市间小轿也早被征用一空。他只好跟了戴膺快步往县衙赶去。不过，此时他心头已没有什么担心，只有一片豪情漫起：终于要亲眼看到当今至尊至圣的那两个人了。

县衙已禁卫森严。不过，康笏南很快就被放了进去。但在县衙里，却是又等候了很一阵，才有一位样子凶狠的宫监，进来用一种尖厉的声调喝问："谁是太谷康财主？"

康笏南忙说："在下就是。"

宫监瞪起眼扫了他一下，依然尖利地喝道："上头叫起，跟我走！"

喝叫罢，那宫监过来一把攥住康笏南的一只手腕，拽了就走，有似捉拿了歹徒，强行扭走一般。宫监飞步而走，年过七旬的康笏南哪能跟得上？但他也不能跌倒，跌倒了，这宫监还不知要怎样糟蹋他呢。他只好尽力跟上。

这样急急慌慌被带到一处庭院的正房前，宫监高声做了通报，良久，门帘被掀起，康笏南的手腕才被松开。他顾不及一整衣冠，就慌忙进去了。

里面，灯火辉煌。康笏南伏地行大礼时，也只能觉察到灯火辉煌，还不知道上头坐着谁：太后，还是皇上，或者都在？礼毕，他也只能俯首跪听，不能举目。静了一阵，一个苍老的妇人声音问："叫什么，多大年岁？"他这才想，太后坐在上头。

还是太后苍老的声音："七十多岁了？平身吧。"

康笏南谢过圣恩，站了起来，但仍不敢看上头。

"年逾古稀了，真看不出。尔是如何保养的？"

康笏南忙说："一介草民，闲居乡野，不过枉度日月吧。"

"你们山西人，很会做生意！尔只开茶庄？"

"茶庄以外，也开一间小小的票号。"

"你们山西票号很会挣钱，予早知道。尔开的票号叫什么？"

"小号天成元。"

"天成元？哪一个'元'字？"

"元"为一，"元"为首。康笏南有些紧张了。他不由略举目向上扫了一眼，见一个老妇人端着水烟壶，平庸的脸上似乎没有怒色，就说：

"元宝的元。"

"元宝的元？尔真是出口不离本行。天成元比大德恒如何？"

康笏南松了一口气，更大了胆略略扬起脸，说："大德恒系票号中后起之秀，势头正盛，敝号不及。"

"你们山西人都很会挣钱，予早知道。今次来山西，更知道了。"

康笏南忙说："晋商略有小利，全蒙皇恩浩荡！"

"都会说皇恩浩荡！予与皇帝今次出京，才知道皇帝哪有钱呀？都说普天之下，莫非王土，好像天下的钱财能由着我们花。今次出京，予与皇帝受了大辛苦了，真是饥寒交加，难以尽数。何以如此可怜？自家没带京饷盘缠出来。花一文钱，都得跟他们要。三番五次跟他们要，跟叫花子差不多了！"

太后在说这一番话时，康笏南已大胆扬起脸，算是看清了太后的圣颜：那真是一张平庸的妇人脸。这样的脸，在乡间满眼都是，哪有一些圣相？在太后左面，隔桌坐着一位发呆的男人，那就是皇上吧？

听见太后话音停顿下来，康笏南忙说："小号本当更多孝敬朝廷……"

"不是说你们，你们山西商家还很忠义。予是说各省督抚，京饷在他们手里，花一文钱，也得跟他们要。他们嘴上不敢说不给，总是寻出无穷无尽的借口，不肯出手！所以，我跟皇帝说了，回京后，朝廷也开一间自家的钱铺！急用时，也不用这么叫花子似的求他们！"

康笏南以为太后是说气话，也没有当真，就说："那样也好。"

"予听说，西洋的朝廷就开有自家的钱铺？尔知道不知道？"

康笏南这才觉得，太后是认真的。可朝廷要开起官家的票号，西帮还有活路吗？他只好含糊说："僻居乡野，早老朽了，外间情形实在知之不多。只知西洋银行甚是厉害。"

"予听他们说，西洋朝廷就开有自家的银行。不拘叫银行，叫钱铺，回京后，予与皇帝一准要开自家的字号。今日召见尔，就是要尔知晓予意。予与皇帝哪会开钱铺？朝中那班文武，予看他们也不谙此道。到时，尔等山西挣钱好手，须多多孝敬朝廷，为予开好钱铺。听清了吧？"

这是平地起惊雷，还能听不清！但康笏南也只能说："听清了，一定孝敬朝廷。"

"尔去见皇帝，看还有何谕旨。"

康笏南就移过左边，给皇上再行大礼。但许久也没有听见皇上说什么，略抬眼看看，皇上依然那样呆坐着。

又静了一会儿，听见太后说："予也累了，尔下去吧。"

康笏南正要起来，刚才带他来的那位凶狠的宫监早进来又一把攥住他，倒退着，将他拽了出来。

第十七章　行都西安

1

闰八月中旬，远在归化城的邱泰基正预备跟随一支驼队，去一趟外藩蒙古的乌里雅苏台。因为归化一带的拳乱，也终于平息下去了。

去年秋凉后，邱泰基就想去一趟乌里雅苏台。贬至口外，不走一趟乌里雅苏台，那算是白来了。可归号的方老帮劝他缓一年再去：你久不在口外，这来了才几天，水土还不服，更不耐这里冬天的严寒，忽然就要做如此跋涉，那不是送死去？你毕竟不是年轻后生了。

归化至乌里雅苏台为通蒙的西路大商道，四千里地，经过五十四台站，驼队得走两到三个月。因有十八站行程在沙漠，驼户都要避开耗水量大的夏季。秋凉后起程，走半道上，就隆冬了。

邱泰基想了想，只好听从了方老帮的劝阻。再说，当时康三爷已经离去，邱泰基也得替他收拾"买树梢"的残局。不过，挨到今年正月一过，他就随驼队去了一趟外藩蒙古首府库仑，由库仑又到了通俄口岸恰克图。这一条北路大商道虽较西路短些，也需走三十多天。所以，等他重新回到归化，已快进五月。眼看夏天将至，要走西路往乌里雅苏台，也只好再等秋凉时候。但在庚子年这个夏天，口外的归化城也不平静，义和拳的大师兄们在这里掀起的反洋风浪并不小。动荡的时局，一直持续到秋天，邱泰基当然无法离开字号，远走西路。

进入闰八月，时局总算平静了。邱泰基终于能为西去乌里雅苏台张罗行前的诸多事项了，忽然就收到太谷老号发来的一道急信，忙拆开看时，居然是孙大掌柜亲笔：

邱泰基览：

　　日前朝廷銮舆离太原继续西狩，不久将驻銮西安。彼城即随之成临时国都，闻朝中亦有迁都长安之议。老东台念你在归号诚心悔改，同意号将你改派西安。到西号后，尔仍为副帮，当竭诚张罗生意，报答东家。见字后，尽速启程赴陕。途经太谷，准许回家小住几日。专此。

孙北溟字

　　调他重返西安？邱泰基可是梦也没有梦到过的。贬到归化这才几天，一点功绩未及建树，连乌里雅苏台都没去一趟，就获赦免了？

　　现在的邱泰基真是脱胎换骨了。对这喜讯一般的调令，他几乎没有多少激动，倒是很生出几分惋惜。这次重来口外，与年轻时的感受已大不相同。驼道苍凉依旧，可他已经不想望穿苍凉，在后面放置一个荣华富贵。商旅无论通向何方，都一样难避苍凉，难避绝境。春天走了一趟恰克图，往返两月多，历尽千辛万苦了，张罗成的生意有多少？在内地大码头，这点生意实在也不过举手之劳，摆一桌海菜席，即可张罗成了。只是，这北去恰克图的漫漫商旅，实在似久藏的老酒，需慢慢品尝，才出无穷滋味。

　　所以，他特别想重走一趟乌里雅苏台。

　　但邱泰基知道，老号的调令必须服从。他也明白，自己获赦实在是沾了时局的光。当今朝廷，竟也忽然落入绝境，步入这样的苍凉之旅！自己重返西安，能有多少作为呢？

　　归号的方老帮，对邱泰基这样快就要离去，当然更是惋惜。时间虽短，邱掌柜还是帮了他的大忙：东家的三爷总算给劝走了。三爷这一走，还是长走！接手掌管康家外务后，三爷大概不会再来归化久住难为人了。

　　方老帮的恭维，邱泰基自然是愧不敢当。当时遭贬而来，方老帮能大度地容留他，他是不会忘的。

　　邱泰基离别归化，还有一件难以释怀的事，就是郭玉琪的失踪。一年多过去了，郭玉琪依然下落不明。方老帮说，多半是出了意外。但邱泰基还是请求方老帮，三年内不要将此噩耗告知郭玉琪的家人，更不可放弃继续打探郭玉琪的下落。走口外本是一种艰险之旅，出意外也算题中应有之义。不过，失踪多年，忽然复出的奇迹，也不是没有。总之，邱泰基还是希望那个年轻机灵的郭玉琪有一天能奇迹般重返天成元。

邱泰基始终觉得，郭玉琪的失踪同他大有关系：带了这位年轻伙友来口外，虽属偶然，但他一路的教诲显然是用药过猛了。初出口外的郭玉琪，心劲高涨，急于求成，那才几天呀，就出了事！邱泰基真不知该如何向郭玉琪的家人交代。

闰八月二十，邱泰基搭了一队下山西的高脚骡帮离开归化城，向杀虎口奔去。临到杀虎口前，他还盼望着能早日赶回太谷，回家看一眼。仅一年，自己就重返西安了，这对夫人总是一个好的交代。尤其牵动着他的一个念想，是他的儿子！自从夫人告诉他已得一子，他就在时时牵挂了。年过不惑，终于得子，好像上天也看见了他的悔改。现在，又给了他一个机会，回家看一眼出世不久的儿子。

但来到杀虎口，邱泰基忽然改变了主意：不回家去了。悔改未久，就想放纵自己？老号有所体抚，可你有何颜面领受？只有早一天赶到西安，才算对得住东家和老号的宽恕。

所以在杀虎口，他另搭了一队骡帮，改往平鲁方向而去。这条商路，经神池、五寨、岢岚、永宁，可直达洪洞。较走山阴、代州、忻州，到太原那条官道，艰难许多，但也捷近了许多，尤其是绕开了祁太平。到洪洞后，即可直下平阳、侯马、解州、蒲州，过潼关入陕了。

即便如此，邱泰基到达西安时已用去一个月。

天成元西安分庄的老帮伙友早知道邱掌柜要回来，都在盼着。邱泰基遭贬后，老号调了驻三原的程老帮来西安领庄。程老帮倒是节俭，谨慎，但字号气象也冷清了许多，业绩大不如前。等朝廷行在忽然黑压压涌进西安，程老帮更有些不知所措。老号已有指示：先不要兜揽官家的大生意，尤其要巧为藏守，防备朝廷强行借贷。接了老号这样的指示，程老帮先就头大了。天成元在西安，原来就有盛名。朝廷找上门，不敢不借，又不能借，这一份巧为应对，他哪里会！幸好不久老号又有急信下达，说已调邱泰基重返西号，他和众伙友才松了口气。

只是，终于到达的邱泰基，却叫西号上下大吃一惊！

随骡帮而来的邱掌柜，几乎同赶高脚的老大差不多了，衣着粗拙，厚披风尘,尤其那张脸面,黑红黑红的,就像老包公。邱老帮原来那一番风流俊雅,哪还有一点影踪!程老帮真不敢相信,这就是往日有名的邱掌柜。

他问候了几句,就吩咐伙友伺候邱掌柜去洗浴。邱泰基慌忙道了谢,却不叫任何人跟着伺候他。洗浴毕,程老帮要摆酒席接风,邱泰基也坚辞不就:"程老帮,你不是想害我吗?叫伙房给我做两碗羊汤拉面就得了。离开一年,只想这里的羊汤面!"程老帮是实在人,见邱泰基这样坚持也就顺从了。

饭毕,程老帮也顾不及叫邱泰基先行歇息,就将他请进自己的内账房,急切问道:"邱掌柜,你路过太谷,见着孙大掌柜了吧?老号有什么交代?"

邱泰基只能如实说:"程老帮,为了早日赶来西安,我没有走太原的官道,在西口就弯上了晋西商道,直接到了洪洞。"

程老帮有些吃惊了:"你没路过太谷?"

邱泰基问:"老号指示我回太谷了?"

"我哪里知道?邱掌柜,你也是临危受命,想来老号要做些特别的交代吧。"

"老号信中,是要我尽速来陕。老号有特别交代,当会有信报直达程老帮吧?"

"老号倒是不断有信报来。"

"有何特别交代?"

"吩咐先不要贪做,尤其要防备朝廷强行借贷。听说朝廷在太原时,就曾向西帮借过巨款。"

"我在口外也听说了,好像是祁帮乔家的大德恒扛了大头?大德恒的领东也不傻呀,怎么给捉了大头?"

"哪是给捉了大头?听说是他们自家出风头。朝廷要借三十万,大德恒一家就应承下来了。"

邱泰基还是第一次听到这种说法,他也一时想不明白乔家走的是一步什么棋。乔家一出手就是三十万,朝廷再跟别家借钱,不用说不借,就是答应少了,也不好交代。天成元在西安不是小号,就是装穷,也得有个妙招。不过,他也听说了,老东家在徐沟曾觐见两宫。有此名声,户部来借钱,怕也得客气些吧。于是,他忽然明白:乔家如此慷慨借钱给朝廷,或许也是出于自保？在此动荡之秋，花钱买一份平安，也算是妙招吧。

他问程老帮："老东台曾觐见太后、皇上，详情你知道吗？"

程老帮说："哪能知道？也只是从老号信报中知有此事。"

"确有此等事，我们就可从容些了。端方大人，仍在陕省藩司任上吗？"

"仍在。朝廷进陕前，端方大人就获授护理巡抚了，已有望高升抚台。可朝廷一到，就将护驾有功的岑春煊升为抚台。听说在太原时，岑春煊与东家还是有交往的。可我两次去求见，都没见着。巴结官场，我实在是不如邱掌柜。"

"程老帮也无须自卑。官场那些人物，你只要不高看他，就不愁将其玩于股掌间。今任陕西抚台的岑春煊，已非昨日在晋护驾的岑春煊，正所谓此一时也，彼一时也。但另施手段，一样能玩之于股掌。"

"所以邱掌柜一到，我也就踏实了。"

"程老帮，我尽力张罗，那是理所当然的。但一切全听你吩咐。"

"邱掌柜千万不拘束了！拘束了你，老号和东家都要怪罪我的。"

"程老帮可不能这样说！我仍是戴罪之身。"

"看你说的！不说这了。邱掌柜，眼下西安有一个红人，你大概也是认得吧？"

"谁？"

"唱秦腔的郭宝峰，艺名'响九霄'。"

"'响九霄'？当然认得。他在西安梨园早是红人了。"

"现在他是太后的红人！"

"太后的红人？"

"不是太后的红人，我还提他？邱掌柜听说过没有，西太后原来戏瘾大得很，在京时几乎无日不看戏。京戏名伶汪桂芬、谭鑫培、田际云，常年在内廷供奉。这回逃难出来，终日颠簸，一路枯索，无一点音律可赏，算是将太后郁闷坏了。听说在太原常传戏班入禁中，连肆间弹弦、说书、唱莲花落的也传过。离太原后，一路也如此，传沿途戏班艺人到行宫供奉，只是都不中意。御驾入陕到临潼时，响九霄赶来迎驾。太后听说有秦腔名角儿来了，当晚就传进供奉。没想，这就叫太后很过了戏瘾，响九霄也一炮在行在唱红。"

"响九霄嗓音高亢无比,秦腔中欢音、苦音都有独一份的好功夫。"

"在临潼,太后就传旨了,叫响九霄组个戏班,到行在禁中供奉。见太后这样喜欢响九霄,随扈的王公大臣中那些戏瘾大的,也就格外捧他。两宫到西安这才几天,响九霄已经红了半片天!"

"朝廷也不计亡国无日,关中大旱,倒先来过戏瘾!"

"谁说不是!不过,为应付朝廷计,这个响九霄或许也值得拉拢一把?"

邱泰基寻思了寻思,说:"我与响九霄以前就相熟,用得着时,我去见他。"

虽这样说,邱泰基已看出,西安局面不好张罗。

2

调邱泰基回西安,并不是三爷提出来的,那是康老太爷先发的话。三爷听到这个消息,当然异常高兴。自他接手外务后,无日不想一见邱泰基,以做长远计议。要不是拳乱洋祸闹成这样,他早跑到归化去了。现在,老太爷调邱掌柜回西安,正好给了他们一次见面的机会。由口外去西安,那是必经太谷的。

为保险起见,三爷特别请求了孙大掌柜:给邱掌柜的调令中务必注上一笔,叫他回太谷停留几天。孙大掌柜倒是很痛快地答应了。可是,等了二十多天,也算望断秋水了,仍不见邱泰基回来。

从归化到太谷,路上赶趁些,不用半月就到了。走得再从容,二十天也足够了。两宫御驾从宣化到太原,也用了不到二十天。朝廷御驾那是什么走法,邱泰基不会比朝廷走得还从容吧?

孙北溟已有些不高兴了,对三爷说:"这个邱泰基,不会又旧病复发吧?排场出格,再叫官衙给扣了?"

三爷忙说:"不会,不会。要那样没出息,我们还调他回西安做甚?"

孙北溟说:"他在口外还没受苦呢,就调回来,旧病复发也说不定!"

三爷说:"我看邱掌柜也不傻,能那样不记打?大掌柜,你信上是怎样交代的?"

孙北溟说："我特别注了一笔：途经太谷，准许你回家小住几日。"

三爷说："那邱掌柜会不会已在水秀家中？"

孙北溟说："他哪敢！凡驻外的，不拘老帮，还是小伙计，从外埠归来，必先来老号交割清了，才准回家。这是字号铁规，邱泰基能忘了？"

这倒真是西帮票号的一条铁规。驻外人员下班离开当地分号时，要携带走的一切行李物品，都得经柜上公开查验：只有日常必需用品为准许携带的，此外一切贵重物品，特别是银钱，都属违规夹带。查验清了，柜上将所带物品逐一登记，写入一个小折子，交离号人带着。折子上还写明领取盘缠多少。回到故里，必须先到老号交折子，验行李，报销盘缠，交代清了，才准回家。违者，那当然毫不客气：开除出号。在票号从业，手脚干净是最重要的。

三爷当然知道这条号规，但他忽然记起邱泰基终于喜得贵子，会不会高兴得过了头，先跑回水秀？孙大掌柜听三爷这样一提醒，觉得也有几分可能：驻外掌柜得子，那喜讯非同一般。于是就派人去水秀打探。打探的结果，当然是毫无结果。邱泰基非但没有回家，邱家连他要回来的消息还不知道呢。他的女人一再追问："他真要回来？"既然没回来，那就是路上出了事？连孙大掌柜和三爷也开始这样猜疑。

现在西安庄口非同寻常，邱泰基真要有意外，孙北溟就打算派戴膺先去应付一阵。三爷听了这话，觉得太凄凉了。邱泰基早也不出意外，他刚想委以重任，就出了意外？三爷只能相信，邱泰基也是有本事的驻外掌柜，化险为夷，绝处逢生，应当不在话下。他坚决主张，再等候些时日。又等了十多天，老号给归化、西安分别发了电报问询。西号先回电：邱已到陕。归号后回电：邱已走月余。

邱泰基原来是直接赶赴西安了？三爷心里这才一块石头落地。看来，邱掌柜还是以号事为重。他特别将此事禀告了老太爷。

老太爷听了，说："过家门而不入？得贵子而不顾？邱掌柜还是经得起贬。替我夸奖几句吧。"

经过这么一个小曲折，三爷是更想见邱泰基了。

此后未过多久，三爷就得到老太爷应许，启程奔赴西安。

三爷到西安后，邱泰基已休整过来，有些恢复了往日的风采，只是脸面还有些黑。三爷常在口外，见邱泰基也染了那边风霜，变成黑脸，倒更觉亲近了。

西号的程老帮见三爷亲临柜上，先就有些紧张。三爷呢，兴致全在邱泰基身上，对程老帮只是勉强应付。这就更叫程老帮有些惶恐。邱泰基当然看出来了，他开口闭口总把程老帮放在前头。说起西号的局面，也归功于程老帮的张罗。可三爷始终不能领会他的用心，依然一味夸奖他。

邱泰基只好避开程老帮，私下对三爷说："你冷落程老帮，一味夸奖我，这不是毁我呀？"

三爷说："也不是我夸奖你，是老太爷叫我替他夸奖你。"

邱泰基说："老太爷叫你夸，也不能夸起来没完吧？你这一弄，好像我的老毛病又犯了，目中无人，只好自家出风头！"

三爷这才说："那就看你面子，连程老帮一搭夸！"

邱泰基说："不能一搭夸！你得多夸程老帮，少夸我。程老帮本来就觉自家本事不大，你再冷落人家，以后还怎么领庄？三爷，你想成就大业，就得叫各地老帮都觉着自己有本事，叫各号的伙友都觉着自己有用。这得学你们老太爷！"

三爷说："你说得对！那你说说，怎么叫他们觉着自己有本事？"

邱泰基说："头一条，不拘谁，你反正不能随便冷落。你想想，没点本事的能进了你们康家票号？"

三爷说："倒也是。"

邱泰基说："就说这个程老帮，领庄多年了，能说是没本事的？他只是场面见的不大罢了。我到之前，他曾两次求见陕西新抚台岑春煊，都没有见着，就以为自家不会巴结官场。可是没几天，岑大人倒传唤程老帮呢！"

三爷忙问："为何传唤程老帮？"

邱泰基说："要咱们天成元承汇粮饷。"

"陕西的粮饷？"

"朝廷的！两宫到陕后，觉着离洋祸已远，就想偏安长安。除了催要各省京饷，又将江南漕运之米，一半就地折价，以现银交到西安行在；另一半仍走运河漕运，到徐州起岸，再走陆路运到西安。叫我们承汇的，就是漕米折成的现银。"

"一半南漕之米折成现银,那也不是个小数目。不是只交给我们一家吧?"

"听说户部最先想到的,是乔家的大德恒、大德通。大德恒在西安没有庄口。大德通呢,为避拳乱,在六七月间刚刚将西安庄口的存银运回祁县,号内很空虚。所以,户部虽很偏向大德通,可他们一时也不敢承揽太多。江南米饷的汇票到了,你这里不能如数兑出现银,那不是跟朝廷开玩笑?"

"康家在徐沟也接济过朝廷,也该想到我们吧?"

"要不,岑春煊能传唤我们?"

"我们应承了多少?"

"去见抚台的是程老帮。他应承得很巧妙!"

"程老帮怎么应承的?"

"程老帮当时本来很为难。因为孙大掌柜已有指示,先不要贪做大生意。可面对朝廷的差事,又不能推诿。他只好来了个缓兵之计。"

"缓兵之计?"

"他对抚台说:朝廷这么想着我们,敝号自当尽力报效的。天成元在江南的庄口能承揽多少米饷,我们这里就及时兑付多少,请大人放心。"

"这不是满口应承吗,算什么缓兵之计?"

"在江南的庄口,应承多,应承少,早应承,晚应承,还不是由我们从容计议?"

"那真也是。"

"程老帮使此缓兵之计,本想回来跟我商量对策,我说你这一招就极妙。朝廷既将这种大生意交给我们,为何不做?叫江南庄口从容些揽汇,我们这头赶紧调银来,这生意就做起来了。三爷,你看,程老帮能算没本事的?"

"邱掌柜,还是你的眼力好。"

"又说我!三爷,孙大掌柜那里,还得请你多说句话。大掌柜不叫贪做,我们如何急调现银来?"

"孙大掌柜那里,我说话可不太管用。邱掌柜,现在西号似京号,你们说话,老号也不敢小视吧。"

"我们已经连发几封信报回去,也不知老号会不会赞同。"

"那我给老太爷去封信,看他能不能帮你们一把?"

"老太爷要说话,孙大掌柜当然得听。三爷,那我们就向三原、老河口、兰州这些庄口紧急调银了。拳乱厉害时,西号存银并没有仓皇调出。再就近调些银根来,也就先张罗起这桩生意了。"

"看看,邱掌柜你一到,西号的局面就活了。"

"三爷,说了半天,你还是想毁我?"

"好了,好了,西号局面也有程老帮功劳!"

此后,三爷对程老帮果然不一样了,恭敬有加,不再怠慢。只是,有事无事,三爷还是愿意跟邱泰基待在一起。

到西安半月后,三爷邀邱泰基一起出城去游大雁塔。中间,在慈恩寺禅房喝茶时,三爷兴之所至,就说出了自己久已有之的那个心愿:

"邱掌柜,我要聘你做天成元的大掌柜!"

邱泰基听了,可是大吃一惊:"三爷,你是取笑我吧?"

三爷认真说:"我有此意久矣!"

邱泰基一听,更惊骇不已,立刻就给三爷跪下了:"三爷,你错看人了,我哪是担当大任的材料!"

三爷忙来扶邱泰基:"邱掌柜,我看中的,不用别人管!"

邱泰基不肯起来:"三爷若是这种眼光,你也难当大任的。"

"邱掌柜,你这话是什么意思?"显然,三爷没有料到邱泰基会说这种话。

邱泰基说:"天成元人才济济,卧虎藏龙,三爷只看中我这等不堪造就之才,算什么眼光?"

三爷说:"我就是这种眼光!"

邱泰基却说:"三爷要是这种眼光,我就不敢起来了!"

三爷这才问:"邱掌柜,你眼里没有我吧?"

邱泰基忙说:"我正是敬重三爷,才如此。"

"那你先起来,我们从容说话,成不成?"

邱泰基这才起来。

要在一年前,邱泰基听了三爷这种话,当然会欣喜异常,感激涕零。

但现在的邱泰基可是清醒多了。做领东大掌柜,那虽是西帮商人的最高理想,可他知道自家还不配。尤其是,现在那位康老东家,说是将外务交给三爷了,其实当家的,还不依旧是他?要让康老太爷知道了他邱泰基居然还有做领东的非分之想,那真是不用活了!所以,他跟三爷说话总留了距离,极力劝三爷放宽眼界,从容选才。尤其不能将自家的一时之见,随意说出。做少帅,要多纳言,少决断。

邱泰基哪能想到他越是这样,三爷倒越看重他!

3

邱泰基的夫人姚氏,听说男人已获赦免,重往西安,还要回家小住,真是惊得出了一身冷汗!

她虽然早将自己生子的消息向男人报了喜,可男人真要忽然意外归来,她还是会惊慌得露了馅!男人只一年就突然归来,预先也不来封信,这在以往那是做梦也梦不到的意外。

男人得到东家赦免,重回西安,这当然是好事。这么一件好事,他为什么也不早告她一声?听到什么风声了?不会吧?不会。

她已经把云生打发走了。云生也走口外去了。这个小东西离开她也已经三个月了。

姚夫人惊慌不安地等待着男人的归来,却一天天落空。怕他归来,又盼他归来,他却是迟迟不归来。今年兵荒马乱,皇上都出来逃难,旅途上不会出什么事吧?

她几次派人进城打听,带回来的消息都一样:邱掌柜肯定要回来,等着吧。等了十来天,最后等来的却是:邱掌柜已经到西安了。他没有路过太谷。挨刀货,能回来看看,他居然也不回来!

姚夫人又感到了那种彻骨的寒意:一切都是依旧的。

也许,她不该将云生这样早早打发了?

四月顺利分娩后,姚夫人一直沉浸在得子的兴奋中。郭云生当然也兴奋异常:他已经做了父亲了?在没有别人时,他常问姚夫人:"娃长得像我不像？"

这种时候，姚夫人只是喜悦，总随口说："能像谁，还不是像你！"

"娃会说话了，跟我叫甚？"

"想叫甚，叫甚。"

"会叫我爹吗？"

"你这爹倒当得便宜！"

那也不过是嬉笑之言，姚夫人实在也没有多在意。但在郭云生，他却有些承载不了这许多兴奋，不免将自己换了一个人来看待。

当初，他与姚夫人有了私情，也曾飘飘然露出一点异样。姚夫人很快就敲打他：要想叫我常疼你，就千万得跟以往一样，不能叫别人看出丝毫异常来。做不到，我就撵走你这个没出息的东西！所以，他一直很收敛，很谨慎。

现在，郭云生是有些撑不住了。先是对其他几位仆人明显地开始吆三喝四，俨然自己是管家，甚而是主子了。后来对主家的小姐，也开始说些不恭敬的话，诸如："生了兄弟，你也不金贵了。"

他哪能料到，这就惹出了大麻烦！

邱家小姐乳名叫水莲，虽只有十岁，但对郭云生早有了反感。以前，母亲郁郁寡欢，但视她为宝贝，一切心思、所有苦乐都放在她一人身上。但近一年来，母亲似乎把一大半心思从她身上分走了。分给了谁呢？她发现是分给了这个小男仆。母亲同他在一起，分明不再郁郁寡欢，就像阴天忽然晴朗了。

他不过是一个用人，哪里就比她强？他无非是一个男娃吧！她是常听母亲说，要有一个男娃就好了，你要有一个兄弟就好了。

十岁的邱小姐只能这样理解。所以，她对分走了母爱的郭云生生出了本能的反感。每当母亲与他愉快地待在一起时，她总要设法败坏他们的兴致。可惜，他们并不在意她的捣乱，这更叫她多了敌意。

现在，母亲真给她生了一个兄弟，失落感本来就够大了，郭云生又那样说她，哪能受得了？她开始成天呆坐着，不出门，不说话，甚至也不吃饭！伺候小姐的女仆兰妮可给吓坏了，赶紧告诉了姚夫人。

姚夫人一听，也慌了，忙跑过来。可不管她问什么，怎么问，女儿仍是呆坐着,不开口。姚夫人更慌了,就问兰妮:"你带莲莲去过哪儿?"

兰妮说:"也没去哪儿呀?"

姚夫人忍不住厉声喝道:"没去哪儿,能成了这样?"

兰妮这才说:"也不知云生对小姐说了些什么话,把她吓成了这样。"

"是叫云生吓得?他说什么了?"

"我没在跟前,不知他说了些什么难听的。"

"你把他给我叫来!"

兰妮跑去叫郭云生时,姚夫人又问女儿:"他说什么了?"

水莲依然呆坐着,任怎么问,也不开口。

姚夫人心里不免生了疑:女儿也许觉察到了什么?或者是云生向她流露了什么?以前,对女儿也许太大意了。

这时,郭云生大模大样进来,正要说话,水莲突然惊慌异常地哭叫起来。姚夫人连问:"怎了,怎了?"

小水莲也不理,只是哭叫不停。

姚夫人只好把郭云生支走。他一走,女儿才不哭叫了。但问她话,还是什么也不说。姚夫人搂住女儿,说了许多疼爱的话,极尽体抚安慰。女儿虽然始终一言未发,情绪似乎安稳些了。

姚夫人出来,追问郭云生到底对小姐说了什么话,他还是大模大样说:"也没有说什么呀?"

姚夫人只好厉色对他说:"云生,你别忘了我对你说过的话:要想叫我常疼你,就得跟以往一样,不能叫旁人觉出异常来。做不到,我只得撵你走!"

云生还是不在乎地说:"我没忘。"

姚夫人本想发作,但忍住了,只说:"没忘就好。"

这一夜,水莲还是呆坐着,不睡觉。姚夫人只好把她接到自己的屋里,一起睡。哪想,从此开始,女儿就日夜不离开了!夜晚,跟她一屋睡;白天也紧跟着她,几乎寸步不离!要是不叫她这样,她就又呆坐着,不吃不睡。

叫女儿这样一折腾,她跟云生真是连说话的机会也没有了。

她看出来了,女儿是故意这样做。自己也许真不该再往前走了。原来也只是为生个男娃,并不是为长久养一个小男人。现在,已经如愿以偿生了一个男娃，也该满足了。就是为了这个男娃，也不能再往前走了。

姚夫人从兰妮嘴里也探听到，云生近来很张狂，俨然已经成了半个主子了，对谁也是吆三喝四的。这使姚夫人更加不安。往后，她越疼爱这个男娃，云生就会越张狂。这样下去，谁知会出什么事？

她毕竟是个果断的女人。寻思了几天，就做出决断：必须把云生打发走了。

她不动声色给归化的男人去了信，求他为云生寻一家字号驻。现在的邱泰基已不似以前，接了夫人的信就赶紧张罗。以他的人望，在归化张罗这样一件事，那当然算不得什么。西帮商号收徒，举荐人头等重要事，因为举荐人要负担保的重责。邱泰基出面举荐担保，很快就在天顺长粮庄为郭云生谋到了差事。

他当即给夫人回了信，交代了相关事项，特别要求云生尽快上路，赶在夏天到归化。因为那时邱泰基还打算秋凉后走乌里雅苏台，趁夏天在归化能照应一下云生。

姚夫人收到男人的信，也没有声张，而是先瞒着云生，去见了他父母。告诉他们，早托了当家的给云生寻家字号，只是他在外也不顺，延误到今天才办了这件事。云生这娃，她挺喜欢，可也不能再耽误娃了。怪有出息的，她能舍得叫他当一辈子用人？

云生父母听姚夫人这样说，还不惊喜万状？当下就跪了磕头感谢。

姚夫人就交代他们，三两天内就去水秀接云生回来吧。归化那头的粮庄还等着他去呢。太谷这头，我们会托靠票庄，寻一个顺道的老手，把云生带到口外。口外是苦焦，可男人要有出息，都得走口外。

能到口外驻粮庄，云生父母已是万分满意，感激不尽。

姚夫人回来，依然没有对云生说什么。她不想叫云生觉得他被撵走了。等他父母来接他时，她再对他说：我舍不得叫你走，但这事好不容易张罗成了，又不能不放你走，心里正七上八下呢。

她这样做，一半是使手段，一半倒也是出于真情。

当她收到男人的回信，意识到云生真要离开了，心里忽然涌出的感伤还是一时难以按捺得下。她只是极力不流露出来吧。这一年多，云生真是给了她晴朗的天。凄苦的长夜没有了。自己分明也年轻了。他还给了她一个儿子!

这一切,说结束,真就结束了?但这一切也分明不能挽留了。

云生他会舍得走吗?现在家里的局面,给女儿闹成这样疙疙瘩瘩的,忽然又叫他走,他会疑心是撵他走吗?

没出两天,云生父母就兴冲冲来了。出乎姚夫人意料的,是云生一听这样的消息,显得比他父母还要兴奋!他居然没有一点恋恋不舍的意思。

这个小东西,居然也是一听说要外出为商,就把别的一切都看淡了!

云生兴奋异常地问她:"为何不早告我?"

她说:"我舍不得叫你走。"

云生居然说:"我再不走,只怕就学不成生意了。"

她只好冷冷地说:"我不会耽误你。"

当天,云生就要跟随了父母一道离去。姚夫人还是有些不忍,就对他父母说:"你们先走一步吧,叫云生再多留一天,给我备些柴炭。"

云生父母当然满口答应。

当天夜里,姚夫人成功地将女儿支走了。水莲听说她憎恨的这个云生终于要离去,就以为是自己的胜利。母亲到底还是向着自己,把这个可恶的用人撵走了。所以,她对母亲的敌意也消失了。母亲希望她回自己屋里去住,她很痛快地答应下来。

姚夫人也很分明地把女儿撤离的消息传达给了云生。可是那一夜,云生居然没有来!她几乎是等待了整整一夜,可这个负情的小东西居然没有来!

他是害怕被她拖住,走不成吗?临走,他居然也不来看看他的儿子?

都是一样的,男人都是一样的。一听说要外出为商,灵魂就给勾走了。

第二天,云生走时,姚夫人没有见他。

4

云生走后,那种突然降临的冷清,姚夫人是难以承受了。这比以往男人的远离久别,似乎还要可怕。已经走了出来的长夜,突然又没有尽头地弥漫开,与云生的一切,仿佛只是一场梦。云生留给她的儿子,虽是真实的，但有了儿子以后，依然驱不散的这一份冷清，才是更可怕的。

不过，云生走后，姚夫人一直没有着手招募新的男佣。招一个男佣，顶替云生的空缺，那是必需的。云生后来，几乎就是管家了。少了这样一个男佣，里里外外真也不行。

但招募一个什么样的男佣，姚夫人还没有准主意。

像云生似的，再招一个嫩娃？那只怕是重招伤心吧。嫩娃是养不熟的，你把什么都搭上了，他却不会与你一心。

招一个忠厚的粗汉？她实在不能接受。

或者改邪归正了，招一个憨笨些的，只当用人使唤？姚夫人感到自己应该改邪归正，只是并没托人去寻憨笨的长工。她还不能忘记云生。

但是，当她得知了男人过家门而不入的消息，一种彻骨的寒意把一切都驱散了。喷涌而起的幽怨，叫她对云生也断然撒手。你总想着他们，可谁想你呢？还得自己想自己。

姚夫人又带着一种毅然决然的心劲，开始物色新男佣。这个新男佣，当然要如云生那样，既像管家，又是可以长夜相拥的小男人。他也要像云生一样年少。年少的，好驾驭，也更好对外遮掩。但要比云生更出色！

邱泰基已重返西安，邱家显见是要继续兴旺发达了。听说邱家要雇佣新的男仆，来说合的真不少。以前在邱家当过仆佣的，也想回来。但这中间，没一个姚夫人中意的。做仆佣的，都是粗笨人。稍精明俊雅些的，都瞄着商号往里钻呢，谁愿意来做家仆？但姚夫人不甘心。

她以云生为例，向外传话：来邱家为仆，出色的，也能受举荐，入商号。即便这样，也没有张罗到一个她稍为中意的。

她这不只是选仆，还是选"妾"，哪那么容易！

于是，她就想先选一个做粗活的长工，再慢慢选那个她中意的年轻"管家"。因为云生走后，许多力气活，没有人能做。这样的粗佣，那就好选了，可以从以前辞退的旧人中挑一个。

可这个粗佣还没有挑呢，忽然冒出一个来，叫姚夫人一下就心动了。

这是她娘家亲戚给举荐来的一个青年。个头高高，生得还相当英俊，看着比云生的年龄还大些，一问也才十七岁。只是一脸的忧愁，呆呆的，不大说话。

亲戚说，这娃命苦。他的父亲本也是常年驻外的生意人，本事不算大吧，家里跟着尚能过小康光景。不料，在这娃九岁那年，父亲在驻地遭遇土匪，竟意外身亡。母亲守着他，只过了两年，也染病故去。虽然叔父收养了他，可突然沦为孤儿，性情也大变。而婶母又认定他命太硬，妨主，甚为嫌弃。到十三四岁，叔父曾想送他入商号学徒，婶母却不愿为之破费。送去做仆佣，她倒不拦着：可见还是偏心眼。邱家是大户，调理得好，这娃或许还能有出息，你们也算是他的再生父母了。

姚夫人看了听了，就觉有七八分中意。就问这娃："识字不识字？"

这娃怯怯地说："识字不多。"

亲戚说，发蒙后念过几年书。他父母原也是指望他长大入商号的。

姚夫人说："那你过来，写写你的姓名。"

在亲戚的催促下，他怯怯地走到桌前来，拿起毛笔，惶惶写下三个字：温雨田。姚夫人看这三个字，写得还蛮秀气，就问："算盘呢，会打吧？"

"打得不快。"

姚夫人正色说："到我们家，也没多少累活做，只是要勤快，手脚要干净，知道守规矩。"

温雨田没有说话，亲戚忙问他："听见了吧？"

"听见了。"

姚夫人又说："再就是别这样愁眉苦脸，成不成？"

他还是不说话。

姚夫人就问："你愿不愿来我们家？"

亲戚忙说："他当然愿意，不愿意，我能领他来？"

姚夫人说："雨田，你自己说，愿意不？"

他低了头，低声说："愿意。"

亲戚就喝了他一声："你不能说痛快些！"

姚夫人忙说："初来新地界，认生，也难免的。要愿意，那就留下来，试几个月吧。到年下，不出差错，就常留下来。"

亲戚忙说："雨田，还不快跪下给主家磕个头！"

这回，雨田倒是急忙跪下了，磕了一头，没说话。

姚夫人说："快起来吧。我们家也没那么多礼，那么多讲究，以后就当是自己的家。"

姚夫人留亲戚吃了饭,叫他转告雨田的叔父,说雨田在此受不了罪。工钱,也按通例给。亲戚却说,他可不能捎这种话回去:雨田找了这么个好主家,有福享了,他婶母能高兴?只能说勉强留下试用,工钱还没有,你主家也不好伺候呢。这样说,他那婶母才称心。亲戚还交代,留下雨田是当用人使,当然不能太心软,可也不敢太苛严。他心事太重,什么都攒在心里,对付不好,谁知他出什么事。

姚夫人只是按常理说:"我花钱雇佣人,也不能当少爷供着吧?我该怎么使唤,就怎么使,他对付不了,你还给我领走!"

其实,姚夫人心里已是十分中意这个雨田了,她甚至感到有些天遂人意,竟给她送来一个比云生出色许多的小男人。才这么半天工夫,她已断定这个雨田比云生出色?

留下雨田后,姚夫人很快又召回一个做粗活的旧男佣。因为她吩咐雨田要做的,是记账、采买、跑佃户、进城办事。这全是管家该做的营生。

沉默寡欢的雨田,哪能想到主家会这样器重他?初听了,他真有些不敢应承,直说,怕张罗不了。主家夫人和气地说:"谁天生就会?我挑你,就是叫你学着帮我管家。以往,我自己管家,没雇人,今年刚添了娃,忙不过来了。你识字,会打算盘,人也不笨,又长得排场,我看是当管家的材料。只要上心学,哪有学不成的?总比学生意容易吧!"

主家把话说成这样了,他还能再说什么?

主家夫人还叫来裁缝,给他做了几身够排场的衣裳,单的、夹的、棉的,四季穿的都有了。这叫雨田更感意外:不是说试用吗?怎么一年四季的衣服都备下了?主家夫人说,跑外办事,顶的是我们邱家的脸面,穿戴太寒酸,那可是丢邱家的人!夫人还说,你一个男娃,没了父母,也不会张罗穿戴,我能忍心看着不管?你只要跟我们一心,这就是你的新家。

他听得眼里直涌泪珠。

刚到的时候,主家还把仆佣都叫来交代他们:新来的这个男娃能写会算,以后他要帮着我管家,你们要多帮衬他。主家有了这样的交代,别人对他也没欺生,真还够帮衬他的。邱家的仆佣也不多,一个个都像厚道人。

主家那位十岁的小姐,似乎并不讨厌他,常常跟着他,问东问西。

第十七章　行都西安

最常跟他在一起的当然还是主家夫人。什么都是她亲自教，记账算账，外出采买，论价杀价，城里哪些字号是老相与，佃户又有哪些家，什么都细细交代。不嫌烦，也不嫌他是生瓜蛋。跟他在一起，夫人好像慈母似的，一点脾气都没有。他的傻气，只能逗笑她，惹不恼她。

雨田真没想到，他来到的竟然是这样一个叫人惊喜异常的新地界。主家夫人为什么会对他这样好？可怜他？还是以前同他的父母有旧谊？平白无故，谁能对一个下人这样好？这几年，在叔父家所受到的冷遇和虐待，已经叫年少的他不敢相信人了。

稍熟之后，雨田婉转问过姚夫人：为什么对他这样好？夫人倒笑着反问他："怎么，想叫我打骂你？那还不容易！"她亲切异常地给他说，她一直没男娃，所以特别喜欢男娃。以前有个帮她跑外的小男佣，她就很疼他，教他认字，教他为人处世，待之如家人。后来还给他举荐了商号，送去学生意了。也许是上天酬报她，今年终于得了男娃。

夫人还说，自家有了男娃，对他这样的男仆，依旧是喜欢的。他长得这样排场，偏又命苦，她由不得想多疼他。只要一心一意，这里就是你的家。

成天听这样的话，雨田渐渐也没有什么疑心了，只是庆幸自己终于跳出了苦海。那或许是父母在天之灵拯救了他吧。

到邱家没有多久，他就变得开朗些了。办事也长进得快。主家夫人对他越来越满意。

在姚夫人这一面，对这个雨田就不只是越来越满意。她已经在做更长远的打算。

雨田住熟以后，越发显得要比云生强：到底是出身不一样。他不仅是生得英俊排场，脑筋也灵得多，处处透着大器。这样一个俊秀后生，那必是向往外出从商的。何况他故去的父母，从小就寄予这种期望了。所以，从起头时候，姚夫人就要断了他的这种念头：她希望这个雨田能长久留下来！刚进邱家门，就许以他学做管家，正是基于此种打算的。

给大户做管家，那也是种排场的营生。

接受了云生的教训，姚夫人也不想急于求成了。慢慢来，叫他感到了你的亲切、你的心意、你的疼爱，那也许能长久相守吧。

令姚夫人感到宽心的，是她的女儿也不讨厌雨田。连连也愿跟他在一道，问长问短。雨田对这个小女子，不冷淡，也不张狂，尽力迁就她。这就少了麻烦。以后更熟了，要及早告诫他：小心不要惹下水莲！

姚夫人感到现在老练多了，能从容行事，不再那样急于将这个小男人揽入怀中。但自从雨田进家后，她已不再觉着孤寂冷清，有这个俊秀的后生叫她惦记着，日子过得实在多了。

因为闰八月，秋后节令显得早，到九月已是寒风习习，十七日就立冬了。立冬后一连数日，总刮北风，天气冷得缓不过劲来。屋里忽然要用火盆，姚夫人才想起今年还未采买新木炭。云生走时，只是买了几车劈柴，几车煤炭。

雨田听夫人这样一说，就要进城去采买。姚夫人说，去年还剩有木炭呢，等天气缓过来，再采买也不误事。雨田等了两天，见天气冷得更上了劲，就坐不住，非要去办这件事。姚夫人见他做事这样上心，也就同意了。嘱咐他，到了集市，只寻好炭，别太在乎价钱。看对了，叫卖家连车带炭推到水秀来，咱给他出脚钱。

雨田答应着去了。到后半晌，他真押着一推车木炭回来了。炭甚好，价钱也不贵。卖炭的直说：你们这位小少爷可真会杀价。姚夫人高兴了，多付了一百文脚钱，算是皆大欢喜。

但到夜晚，雨田就发起烧来。他想了想，知道是晌午大意了。晌午在南关集市，喝过两碗羊杂碎，辣椒加多了，喝得满头满身汗水淋淋。也没在乎，喝完又接着迎风乱跑，挑选木炭。本来喝一碗就得了，也不致出那么多汗，可当时嘴太馋，忍不住又喝了一碗。这可好了，得了报应。他外出，主家夫人倒总给带些零花钱。起先，他不敢花。夫人说，太寒酸了，哪像给邱家办事的？所以，他花钱喝羊杂碎，倒不怕，可喝得病倒了，那怎么交代？

这一夜，他时冷时热，难受异常。心里只是想，再难受也不怕，赶天明好了就成。但第二天起来，头重脚轻，浑身软软的。他强打精神，想装着没病，可哪能呢！

早起，主家夫人一见他，就惊呼："雨田，你脸色这样难看，怎么了？"

他忙说："咋也不咋。"

但她已过来摸住他的额头,更惊叫道:"天爷,滚烫!傻娃,你这是病了,还咋也不咋!"

跟着姚夫人就呼叫来其他仆佣,扶他回去躺倒。一面叫厨房给他熬姜汤,一面又叫给他屋里生个火盆。仆佣在忙活时,姚夫人就一直守在他身边。她并没有追问怎么着的凉,只是不时摸摸他的额头,叹息道:"看烧成什么了,也不说,真成了傻娃了!"

自从父母去世后,再没有人这样心疼过他:雨田想到这里,不禁泪流满面。姚夫人见他这样领情,心里也有些受了感动,一边给他擦眼泪,一面说:"快不敢哭了,以后跟我一心,你受不了委屈。"

喝过姜汤,生起火盆,姚夫人又叫人给拿来一床被子给雨田加上。还问他想吃什么。雨田只是不断地流泪,那样感激她、依恋她。

这使姚夫人有一种说不出的动心动情。她感到雨田是与云生不同,他比云生更灵敏,更多情,也更叫人怜爱。她居然会这样动心地惦记他。这样的感觉已经很好,就是不将他揽入怀中也踏实了。

她营造了一种恋爱,自己又成功地陷了进去。

5

立冬以后,戴膺离开太谷,取道汉口,赶赴上海去了。

戴膺的半年假期还未满,但时局残败如此,他也无心歇假了。康老东家、孙大掌柜隔三岔五地也不断召他去,议论时局,商量号事。但时局不稳,各地信报不能及时传回老号,议论吧,又能议出什么眉目来?

回太谷这几个月,尽管有朝廷行在过境,戴膺依然感到一种坐井观天的憋屈。在京时,他就有想法:西帮票号要想长久执全国金融牛耳,各家大号须将总号移往京城才成。老号偏居晋省祁太平,眼瞅着与外埠庄口越来越隔膜。长此以往,老号岂不成为生意上的大桎梏?可这话,老号与东家都不爱听。现在,京师陷落,这话越发不能说了。

康老东家在徐沟觐见两宫后,对当今朝廷那是更少敬畏,更不敢有所指望。以老东台那毒辣的眼光看,西太后实在是一个太平庸的妇人。平庸而又不自知,即为无耻。位至尊,无耻亦至极。摊上这么一个妇人把持朝

廷,时局残败至此,那还用奇怪?老东台从徐沟一回来,就对孙大掌柜说:

"趁早收缩生意吧,大清没指望了。"

孙大掌柜早有退意,再赶上今年这惊天动地的折腾,更想趁势告老退位。听老东台这样一说,那当然很对心思。他就说:"我看也是。趁早收缩,还能为康家留得青山。"

戴膺却有些不以为然。朝廷的无能无耻也不自今日始,亲睹圣颜,倒睹得自家泄了气?这也不像是西帮作为吧。西帮什么时候高看过朝廷?所以,戴膺就对两位巨头说:"现今生意也仅存半壁江山了,北方各庄口经此内乱外患,已收缩到底。江南庄口失去北方支撑,难有大作为,收缩之势也早成定局。再言收缩,还能收缩到哪儿?总不能将遍布国中的庄口全撤了,关门大吉吧?"

康老太爷竟然说:"叫我看,西帮的票号也如当年的茶庄,生意快做到头了。我们得趁早另谋新路。"

孙大掌柜就说:"我看也是。新路需新人去走,我这老朽也做到头了。"

康老太爷说:"不是说你。"

戴膺说:"另辟新生意,就不受朝廷管了?就能逃出时局的祸害?"

康老太爷说:"收缩的意思,一为避乱,一为图新。这样无能无耻的朝廷,我看也长久不了了。经此拳乱洋祸,你还指望它中兴?"

戴膺就想起在京时早有的图新之议:将票号改制为西洋式的银行。于是,就趁机对两位巨头说:"此次洋祸,我看也不会轻易了结。除了照例割地赔款,朝廷只怕更得受挚于西洋列强。洋人于我西帮争利最甚的就是他们的银行。我们要图新,现成的一条路,就是将票号改制为洋式银行,师夷制夷,以求立于不败。"

老东台就问:"银行也是银钱生意吗?"

戴膺说:"也是。只是……"

老东台不等戴膺说完,便发了话:"不做银钱生意了,咱不做银钱生意了。"

戴膺忙问:"西帮独揽票业近百年,国中无人企及,不能说扔就扔了吧?再说,只康家退出,祁太平别的大家照做不误,岂不是自甘示弱吗?"

康老太爷一笑,说:"谁不退出,谁倒霉吧。"

戴膺问孙大掌柜："老东台这是说什么呢？我怎么听不明白？"

孙大掌柜说："我也不大明白。"

康老太爷这才说："朝廷也要仿照西帮开银号了。如此无能无耻的朝廷一开钱铺，哪还不臭了银钱业的名声？咱们不赶紧躲避，还等什么？"

朝廷也要开银号？戴膺还是初闻此事：在徐沟时，老东家可是未提一字！他急忙问："朝廷是当真吗？"

康老太爷说："比当真还厉害！这回，西太后来山西逃难，算是知道我们西帮票号厉害了。她亲口对我说的：等回京了，朝廷也得开办自家的银号，省得遇了今年这样的意外，库银带不出，花钱得三番五次跟各省讨要，成了叫花子了。西太后直说，看你们山西人开的票号，满天下都是，走到哪，银子汇到哪儿，花钱太便当！像她那样的妇道人家，眼红上你，岂有不当真的？"

孙大掌柜就说："朝中文武，哪有会开票号钱庄的？"

康老太爷说："太后已经跟我说了：到时，尔等在山西挑选些挣钱好手，到京为予开好银号，孝敬朝廷。"

戴膺听了，知道大势不好，忙说："朝廷要开官银号，那我们西帮票号的生意真要做到头了。经此洋祸，西洋银行必长驱直入，进驻国中各码头，与我们争雄。再加上朝廷也要开官银号，那我们西帮是腹背受敌，真活不成了！"

孙大掌柜说："戊戌年，康梁就曾主张设官钱局，太后不是甚为恼怒吗？"

戴膺说："现在是太后要开官钱局，还有办不成的？"

康老太爷说："要不，我叫你们赶紧收缩！"

戴膺想了想，说："朝廷办官银号，那也得等回銮京师以后了。两宫何时能回京，还难说呢。我们也不必太着急，先静观些时再说吧。"

正是议论至此，戴膺提出了速下江南的动议：现今国势多由江南而定；自拳乱以来，江南信报一直不畅，亲身去一趟，或许能谋出良策。

康老太爷倒不反对他下江南，只是发话道："戴掌柜要去，就去上海吧。沪号的老帮不强，你正可去帮衬一把。眼看朝廷又要割地赔款了，给洋人的赔款又将齐汇上海，有许多生意可做。这也需戴掌柜去费心张罗的！"

戴膺听老太爷这样一说，心里才踏实了：老东家还是照样操心银钱生意呢，收缩之说，也还大有余地。撤离银钱生意，或许只是老太爷的气话！

戴膺启程南下时，只带了一个京号伙友，另聘请一位镖局武师随行。

初冬时节，走出山西，进入河南，即无太重的寒意了。清化、怀庆府一带的竹园，翠绿依旧，在寥落凋敝中倒更是分外悦目。清化出竹器、毛笔，所以田间处处是竹园。戴膺已有些年头没来这一带走动了，更不曾见过这冬日的竹园。只是，此行心境不似寻常，沿途景象也难入眼底的。

庚子年这惊天动地的变故，叫戴膺也颇生出些出世归隐的意念。他是有本事有抱负的人，也是自负的人。做京号老帮许多年，在他前面似乎没有什么能难倒他。长袖善舞，临危出智，建功立业，仿佛已是他的日常营生。在天成元，他的人位虽居于孙大掌柜之下，可他的人望，那是无人可及的。作为一个西帮商人，他已经达到随心所欲而不逾规矩的境地了吧。但自发生洪杨之变以来，由时局的风云突变而引发的灾祸，却是令神仙也无可奈何的。摊了这样一个朝廷，你再有本事，又能如何？该塌底，还得塌底；该一败涂地，还得一败涂地！

从京师狼狈逃回太谷后，老东家和大掌柜虽然都未严责，戴膺已想引咎退隐，回乡赋闲了。大半辈子过去，他在家中度过的时日实在是太少太少。宅子后面那一处自建的园子，虽然颇为得意，却无缘恬然消受。由于三年一期的下班歇假，多在后半年，他一直就无缘一睹园子的春色。艺菊赏菊，正叫他念想园子的春天。与夫人、儿孙相聚得太少，其中苦楚就更不用说了。趁此狼狈，走出商海，亦正可略微补偿一些天伦之乐吧。

只是，在家中歇假未久，他已觉有几分枯索。外间动荡的时局，也许令他放心不下。但即使是在往常平安时候，在家闲住稍久，也一样会生出这种枯索来。这真是没治了，就像从小出家的僧人，忽然还俗，满世界看见的都是繁杂。

初归家来，夫人说些离别情义，子孙消息，家中变化，听来还很亲切。但多听了几日，便有些厌倦生起。夫人再拿家事来叫他处置，那就更不胜其烦了。到他这种五旬已过的年纪，对夫妻间性事已经没有多少念想，或者是早已习惯了禁欲式的生活。与夫人相聚稍久，发现的多是陌生：大半辈子了，她依然是那种只可远望而不宜近视的女人。子孙们呢，对他只有敬畏，少有眷恋。所以回到家来，补偿了在外三年积累起来的思念，很快就会感到无所依托，枯索感日甚一日地涨起来。

在这种枯索中，怎么可能怡然赋闲呢？

在外时那种对于回乡赋闲，补享天伦的念想，一旦到家，就知道那不过只是一种奢望：他已经回不到这个家了。这个家，只是他放置思念的地方。一旦回来，他只会更强烈地思念外埠，厌倦这个家！他似乎命定了只有在外奔波，才能保有对家的思念。久居乡间，可能会毁了这个家吧。

在他心底，还深藏着另一个奢望：那就是有朝一日，能升任天成元的大掌柜。

以戴膺在天成元的人位人望，他理当是接任大掌柜的第一人选。他的本事也是堪当此大任的。但领东大掌柜，那得东家看中才成。戴掌柜做京号老帮许多年，功绩多多。打通京师官场，拉拢有用权贵，就不用说了。类似处理去年津号那样的危机，也很有过几次。今年虽失了京号，但回晋后一番张罗，叫康老太爷得见两宫圣颜，可不是别人能办成的差事。只是，老太爷如愿以偿，亲睹圣颜后，也不过格外夸奖了几句吧，并没有什么令人意外的意思表示出来。

在老东家眼里，他只是一个能干的掌柜。哪里有了难处，先想到的就是他：赶紧叫京号戴掌柜去张罗！平常时候，顺畅时候，不大会想起他。在天成元多少年了，他还看不出来吗？康老太爷此生看中的领东大掌柜就只孙北溟一人。

如今，老太爷已将康家的外间商务交给了三爷料理。年轻的三爷，会看中他这个老京号掌柜？更没有多少指望。三爷嘴里常念着的是那位邱泰基。

罢了，罢了，此生做到京号老帮，也算旧志得酬了。原想做到大掌柜，也并非很为了图那一等名分，只不过更羡慕那一种活法：既可久居太谷，眷顾家人，又能放眼天下，运筹帷幄，成就一番事业。现在看，摊上这么一个朝廷，想成就什么事业，也难了。再说，他真做了大掌柜，第一件事，就是将总号迁往京师：那依然是远离家眷的。

带着这样一种心情，进入湖北时，戴膺已经宁静了许多。与北地相比，初冬的鄂省分明还留着一些晚秋气象，不拘望到哪儿，总能见着绿。这时，他渴望着的，只是早日见到汉号的陈老帮。

6

戴膺与汉号的陈亦卿老帮，虽然常通信报，却已有许多年未见过面了。三年一次的歇假，两人实在很难碰到一起的。这次在汉口忽然相见，涌入彼此眼中最甚的，便是岁月的沧桑！

他们十多年前见过面后，一别至今。那一次，戴膺由京赴上海，帮沪号收拾局面，功毕，弯到汉口，由鄂回晋。那时，他们尚觉彼此年轻有为，雄心壮志一点未减。这转眼之间，十年多就过去了，彼此谁还敢恭维谁年轻？

陈亦卿重迎戴膺，欣喜之至。他与戴膺约定：先不言号事，也不言时局，丢开一切世事，尽情尽兴说些知心话。他已在一家清雅的饭庄订了酒席，不拉任何人来作陪，只吾二人畅饮畅叙！江汉初冬，也不过像京中深秋，正可借残秋、寒江、老酒，作别后长话。

戴膺一路已有彻悟之想，陈老帮的安排自然很对他的心思。

陈亦卿吩咐了副帮，仔细招待跟随戴掌柜来的伙友及武师。之后，即雇了两乘小轿，与戴膺一道往饭庄去了。

这处临江的饭庄，外面倒很平常，里面却格外雅致讲究。原来这里是陈老帮时常拉拢官吏的地方，外拙里秀，正可避人耳目。今日引戴膺到此，不做什么拉拢勾当，才真应了"清雅"二字。

在此与陈亦卿聚谈，戴膺很满意了。

陈亦卿问他："想吃什么鱼？你在京城，哪能吃到地道的河鲜！"

戴膺说："年过半百，嘴也不馋了，随便吧。"

陈亦卿说："你是在京城把嘴吃秃了。那你就看我的安排。"

陈亦卿叫来饭庄掌柜，只低声吩咐了一句，掌柜就应承而去。

戴膺接了刚才的话，问："你说把嘴吃秃了，什么意思？"

陈亦卿笑了，说："人之嘴，一司吃，一司说。我看京人的嘴，只精于说了，却疏于吃！不拘什么货色，都先要谋一个有说头的唬人名堂，至于品色到底如何，倒不太讲究了。"跟着，放低声音说："什么满汉全席，铺陈了多少菜？可有一样好吃的没有？"

戴膺也笑了，说："我也不是京人，你笑话谁呢？"

陈亦卿说："我也不是笑话你。"

戴膺说："我看你倒变成一个南蛮子了。养得细皮嫩肉的，原来是精通了吃嘴！"

陈亦卿说："哈哈，我还细皮嫩肉？趁酒席未摆上，我给你叫个细皮嫩肉的上来，听几曲竹丝南音？"

戴膺忙说："老兄色食都精，我可是早无此雅兴了！"

陈亦卿笑了说："你是自束太严吧？在京师拉拢官场，你能少了这道菜？"

戴膺说："我实在是老迈了，于食色真寡淡得很。"

陈亦卿说："我看你还未丢开世事，心里装满北边祸事，对吧？我只是想为你解忧，你倒想不开。你我时常拿花酒招待官场，今日我们意外重逢，叫来给自家助一点兴，你却不领情！"

戴膺说："北边那是塌天之祸，也由不得我，老装着它做甚！只是，忽然来到江汉，倒真像遁入世外桃源。"

陈亦卿忙说："看看，看看，又扯到时局上了。既不想听音律弹唱，那就开席吧。"

酒席摆上来，也只十来样菜肴，但都是戴膺不常见的河鲜海味。

陈亦卿指着一碟雪白的浆茸状菜肴问："你看这是什么？"

戴膺看看说："像口外蒙人的奶酪？"

陈亦卿笑了，说："来汉口，我能拿奶酪招待你！这是蟹生。"

"蟹生？"

"这是拿极鲜的活蟹，仔细剔出生肉来，剁成茸。再将草果、茴香、砂仁、花椒、胡椒五味，都研成末；另加姜末、葱丝、麻油、盐、醋又五味，共十味，一道放入蟹茸，拌匀，即成此蟹生。如此生食，才可得蟹之鲜美！老兄在京，得食此鲜美否？"

"真还没有享过此口福。"

"去年康老东台、孙大掌柜来汉口，拿此招待，很叫了好。"

"那我就先给你叫好吧。"

"等你尝了再说！"

戴膺小心尝了一口，脸上也没有特别的反应，只是故作惊叹道："好，好，真是食所未食！"

陈亦卿就笑了，说："我看出来了，老兄还是心不在焉呀！我这样禁议时事，只怕更要委屈着你。那就罢了！想说什么，你尽可说，只不要误了进酒。来，先敬你这盅！"

戴膺很痛快地饮了下去，说："我哪里会不领你的盛情？只是忽然由北边来，南北实在是两个世界，我还未定过神来呢！"

陈亦卿岂能不想知道北边详情？他不过以此宽慰戴膺吧。他是最了解戴膺的，京号之失虽难幸免，戴膺还是不愿自谅的：在他手上，何曾有过这样的败局！可惜，费了这么大工夫，也未能将戴膺暂时拖入清雅之境，那就不强求了。他便说："北边情形，我能不知道？只是，连朝廷都弃京出逃了，我们西帮岂能幸免？"

戴膺说："我在晋省，也听说这场塌天之祸几乎未波及江南。过来一看，果然两重天。早听说拳乱大兴时，张之洞、刘坤一联络江南各省督抚，实行'东南互保'，看来真还保住了大清的半壁江山。"

陈亦卿说："什么互保，不过是联手拥洋灭拳罢了！半壁江山，一哇声讨好西洋列强，听任他们进犯京津，欺负朝廷，可不是两重天！"

戴膺笑了，问："你倒想做朝廷的忠臣义民呀？多年在京，我还不知道，这样无用的朝廷，迟早得受欺负！"

陈亦卿说："叫谁欺负，也不该叫洋人外人欺负吧？"

戴膺又笑了，说："你老兄是不是入了义和拳了？"

陈亦卿说："我在汉口多年，能不知道西洋列强的厉害？今年这场灾祸，实在是叫洋人得势太甚了！西洋人最擅分而治之的勾当。北边，他们唱黑脸，坚船利炮，重兵登陆，攻陷京津，追杀朝廷。这南边，他们又唱红脸，跟张之洞、刘坤一以及李鸿章、袁世凯这等疆臣领袖，大谈亲善，签约互保。看看吧，他们在南北都得了势，朝廷可怎么跟人家结账？"

戴膺说："摊上这样一个没本事的朝廷，不叫人家得势还等什么？江南诸省若听了朝廷的，也对列强宣战，这边半壁江山只怕也没了。你的汉号，只怕也早毁了。"

陈亦卿说："眼下，江南一时保住，可麻烦跟着就来。只西洋银行，就怕要开遍国中的。我西帮票号，还能活吗？"

戴膺说："这我也想到了。可朝廷那头，也有麻烦。两宫过晋时，康老东台曾觐见了太后和皇上。"

"真有这样的事？"

"老号的信报，没有通告此事吗？"

"通告了吗？反正我们汉号没有接到这样的信报。只听人家祁帮的字号说：朝廷行在路经祁县时，将行宫设在了大德通，住了一夜。也有传说，西帮中几位大财东，包括我们康老东台，曾往太原觐见两宫。人家来问：有没有此事？我哪知道，只好不置可否。"

"孙大掌柜是怎么了？这样的事，连你们汉号也不通报？"

"或许是信报遗失了？这多半年，往来信报常有缺失的。"

"哪能偏偏遗失了这一封？我由晋来汉这一路，经过我们自家的字号都不知有此事！"

"他或许是怕我们太张扬了？"

"这是什么时候？遭了大祸，正忧愁不振，叫你张扬吧，能张扬起来？这件事，总还能给各庄口提提神，却按住不说。"

"那么，老东台真是在太原觐见了两宫？"

"哪儿呢！是在徐沟见的。"

"怎么在徐沟？"

"在太原刚缓过劲来，两宫就恢复了京都排场，老东台哪能见得上？只好等两宫离并赴陕，经徐沟时，张罗着叫老太爷受了召见。"

"原来是老东台独自觐见，不是与祁太平的大财东们一伙受召见？"

"朝廷哪能如此高抬我们西帮商家？就是太后想召见，那班军机也得极力阻拦。不过，这次朝廷逃难山西，算是知道我们西帮的厉害了。老东台见着太后时，你猜太后对他说了什么？"

"说了什么？向我们借钱？"

"比借钱还可怕！她这次拉着皇上仓皇逃出京师，一两库银没带，路上大受掣肘，吃尽苦头。进了山西，见我们票号的银钱，走到哪，汇到哪，又感叹，又眼红。所以，见了我们老东台，就说一件事：等回了京师，朝廷也要仿照西帮，开办那种走到哪、汇到哪的银号！朝廷也要开银号，与我们争利，这麻烦不更大了？"

陈亦卿听了，不由一惊："朝廷也要开银号？"

"可不是呢！要不说比跟我们借钱还可怕。"

"朝廷真要开银号，我看不会仿照西帮。"

"那能仿照谁？"

"多半得仿照西洋，开办官家银行。你想，太后开银号，她会靠京中那班王公大臣？必然还得靠擅办洋务的这几位疆臣。张之洞、李鸿章、盛宣怀、鹿传霖，谁会主张仿西帮？一准是主张办银行！"

"朝廷办起官银行，再加上长驱直入的洋银行，我们西帮真是要走末路了。"

陈亦卿叹了口气，说："其实当今国中，最配办银行的，唯我西帮。你我早有此议，可惜无论康老东台，还是孙大掌柜，都不解我们用意。去年夏天，两位巨头来汉口时，我有空就极力陈说，都白说了。为了说动两位，我还张罗着请来英人汇丰银行一位帮办，叫他们见了。结果，也不顶事。"

戴膺忙问："就是你信报中几次提起的那位福尔斯？"

"对。"

"这次，也烦你给张罗一下，叫我见识见识这位福尔斯，成吗？"

"那还不容易？我与这位英人有些交情。只是，他狡猾呢！去年见了康老东台、孙大掌柜，一味惊叹西帮如何了不得，票号如何奇妙，绝口未提他们西洋银行的好处。咱那两位巨头，乖乖中了这厮的计谋，听得心满意足的，直夸这位英人会说话！"

"我倒不怕。此去沪上，少不得要同洋银行打交道。先见识一些他们的狡猾，也好。再者，当今情势如此险恶，西帮票业出路，也唯有改制为银行。但西洋银行究竟为何物？也需你我多入虎穴吧。对洋商，兄较我见识多。只是，今年洋人南北得势，气焰正甚，还有心思假意恭维我们吗？"

"别人我不知道，这位福尔斯可还是装得谦和如旧。八月，八国联军攻陷京津，两宫出逃的消息传来，真如闻霹雳，谁能不焦急？我见了福尔斯，就问他：你们是嫌做生意赚银子太慢，又靠动武，逼我们赔款，对吧？

这回把京师都拿下了,我们想赎回京师,那得出多少银子?你能给估个数吗?我这样损他,他倒真不恼,只一味赔不是,说仗打到贵国京师,实在太不幸了。日后如何赔款,他估算不来。赔多赔少,反正贵国能赔得起。他还笑着说,贵国白银太多了。你听这笑里藏着什么?"

"他真这样说?"

"他一向就爱这样说:贵国的白银太多了!我们欧洲的白银,美洲的白银,全世界的白银,这几百年来一直在流向贵国,而且是只流进去,流不出来。贵国的丝绸、瓷器、茶叶,多少世代了,源源不绝流往外域,换回了什么?最大宗的就是白银!外域也有好东西,西洋更有好东西,可你们都不要。为皇家官场挑拣一点稀罕之物,那才能抵多少?贸易需有来有往,贵国只卖不买,白银还不越聚越多。贵国并不盛产白银,却有如此多的银锭在全国流通。贵国若不是这样的白银之国,你们西帮能如此精于金融之道?又何以能积聚如此惊人的财富?你说,他这是恭维我们,还是挖苦我们?"

"我看这位洋人说的,似也有几分实情。我说呢,西洋人何以总和咱们过不去?"

"实情不实情,于理不通!我们白银多,你们就来抢?福尔斯还有他的歪理呢!自道光年间始,他们英人挑头往中国倾销鸦片,放了一股祸水进来。你知道他说什么?他说:这是没有办法的事,只有鸦片才能从中国换回他们流走的白银!听听,这是什么歪理?"

"那我一定要会会这位福尔斯了。"

这样畅言起来,两位酒也喝得多了,菜也下得快了。只是,酒菜的品味是否真的上佳,都未留意。

这次在汉口,戴膺果然会了福尔斯。

第十八章　洋画与遗像

1

立冬过后，康家请来一位画师。

杜筠青听管家老夏说，这是一位京城画师，技艺很高明，尤擅画人像。为避拳乱来到山西，大富人家争相聘了给尊者画像。

杜筠青就问："你们请来，给谁画像？"

老夏说："谁都想画呢，尤其三娘、四娘，最热心了。天天追着问我：哪天能给画呀？爷们中间，大老爷不理这事，三爷出门了，四爷也没说话，二爷、六爷可都乐意画。连家馆的何举人也想画，哪能轮上他！"

杜筠青就说："老太爷不是最尊师吗！何举人想画，就给他画一张。"

老夏说："哪能轮上他！连二爷、六爷都轮不上，哪能轮上他？"

杜筠青问："画师的架子就这么大，还得由他挑拣？"

老夏说："这画师倒真有些架子，但画谁不画谁，却不由他挑拣。是老太爷见都争着想画，就发了话：'今年遭了天灾洋祸，外间生意大损，都节俭些吧。这次画像，就我与老夫人！别人等年景好了，再说。'老太爷发了这话，老爷们、夫人们都不敢吭声了，哪还能轮着他何举人？"

杜筠青就说："老太爷想画，他画，我可是不想画！你跟老太爷说，我不画了，省下一份，让给何举人。"

老夏慌忙说："这哪成？这回，老太爷请画师来，实在是仅为老夫人！"

"为我？"杜筠青苦笑了一下。

老夏说："这是实情。自从老太爷到徐沟觐见了皇太后、皇上，回来就精神大爽，对什么也是好兴致，更时常念叨老夫人的许多好处。"

杜筠青不由冷冷哼了一声。

"还时常念叨,这些年太操心外间生意,冷落了老夫人。半月前,一听说有这样一位画师给曹家请去了,就吩咐我:曹家完了事,赶紧把画师请回来,无论如何得请到!老太爷直说,这些年太疏忽了,早该给老夫人请个画师来,画张像,怎么就没顾上?你们谁也不提醒我?早几年,老夫人仪容正佳,很该画张像,怎么就疏忽了?所以,这次请画师来,实在是专为老夫人。"

杜筠青又冷冷哼了一声。不过,自老东西见过当今皇上、皇太后,是有些变化:对她有了些悔意,甚至还有了些敬意。可一切都太迟了!现如今,她既不值得他忏悔,也不需要他相敬了。给她这样的人画像?哈哈,也不怕丢你康家的人吗?她就说:"为我请的,我也不想画!我现在这副模样,画出来,就不怕辱没了他们康家?"

老夏笑了说:"老夫人现在才越发有了贵人的威仪!"

杜筠青瞪了老夏一眼,说:"巴结的话,你们随口就来。我可不爱听!"

老夏说:"这不是我说的,上下都这样说。"

"谁这样说?"

老夏说:"三爷、四爷、六爷,三娘、四娘,都这样说。杜牧、宋玉,也常在老太爷跟前这样说。连那个何举人也这样说呢。"

哼,真都这样说?别人倒也罢了,爱怎么说怎么说,三爷、六爷也会这么说?尤其是三爷,现在已经当了半个家了,会这么说?他这样说,不过是装出来的一种礼数吧。但她还是不由问道:"三爷也这样说?"

"那可不!三爷一向就敬重老夫人,自正月接手管了外务,提起老夫人,那更格外敬重了。"老夏这种话,谁知有几分是实情!

杜筠青就说:"他们说我有像皇后娘娘,我也不想画像。谁想画,趁早给谁画去!"

今日老夏也有了耐心,她这样一再冷笑,一再拒绝,他好像并不在意,依旧赔了笑脸说:"老夫人,我还没跟你说呢!这位京城画师,不是一般画师,跟洋人学过画。画人像使的是西洋技法,毛发毕现,血肉可触,简直跟真人似的!老夫人你看——"老夏这才将手里拿着的一卷画布展开:一张小幅的妇人画像。这是画师带来的样品吧。

杜筠青看时立刻认出了那是西洋油画。父亲当年出使法兰西时,就曾带回过这种西洋油画。最初带回来的,当然是他自己的画像。头一遭看这种西洋画,简直能把人吓一跳。近看,疙疙瘩瘩的;远看,画布上的父亲简直比真人还逼真!母亲看得迷住了,要父亲再出使时,也请洋画师给她画一张。父亲呢,最想给祖父画张像。但洋画师画像,务必真人在场,一笔一画,都是仿照了实物下笔。母亲和祖父,怎么可能亲身到法兰西?再说,那时祖父已经去世。

父亲只好带了祖父一张旧的中式画像,又请京城画师为母亲也画了像,一并带了去。用笔墨勾勒出来的中式画像,即便能传神,实在也不过是大概齐,难见细微处,更难有血肉之感。父亲倒真请法国画师,照着这样的中式画像,为祖父和母亲画了洋画像。带回来看时,不知祖父像不像,反正母亲走了样,全不像她。但画布上的那个女人很美丽,也很优雅。母亲说,那就是她。

如今,父亲、母亲也跟了祖父,撒手人世了。

杜筠青见了这张西洋油画,不但是想到了故去的父母,想到了以前的日子,更发现画中的这个女人,似乎有什么牵动了她?这也是一个异常美丽、异常优雅的女人,只是在眼里深藏了东西。那是什么?不是令人心满意足的东西,心满意足也不需要深藏吧。也不是太重的伤痛。是凄凉?是忧郁?很可能就是忧郁。忧郁总想深藏了,只是难藏干净,露了一点不易觉察的痕迹。偏就是难藏净的这一丝忧郁,才真牵动人吧。

"老夫人,这是一位难遇的画师吧?"

杜筠青不由有些动心了,说:"画这种西洋画,很费时吗?"

老夏赶紧说:"这位画师技法高超呢,只照了真人打一个草稿,一两天就得了。精细的活儿,他关起门来自家做,累不着老夫人的。太费时累人,谁还愿请他?"

杜筠青说:"那就先给老太爷画吧。"

老夏说:"老太爷交代了,先请画师给老夫人画,他近来正操心西安、江南的生意,还有京津近况,静不下心来。老太爷的意思,是叫画师先专心给老夫人画。"

老东西真有了悔意?可惜一切都晚了。

杜筠青冷冷地说:"那就叫画师明儿来见我。"

老夏显然松了一口气，满意地退出去了。

康笏南从徐沟回来当日，即在老院摆了一桌酒席。也不请别人，说只为与老夫人坐坐，说说觐见当今皇上、皇太后的场面。叫来作陪的，只三爷、四爷两位。还说这桌酒席，全由宋玉司厨，是扬州风味。

这可叫杜筠青惊诧不已。老东西这是什么意思？

一向爱以帝王自况的老东西，终于亲眼见到当今的皇上、皇太后了，他心里欣喜若狂，那也不足为怪。自听说皇上、皇太后逃难到达太原，他就一心谋了如何亲见圣颜。现在，终于遂了这份了不得的心愿，你摆酒席，也该多摆几桌，更该请些有头脸的宾客吧？只请她这个久如弃妇似的老夫人，是什么用意？杜筠青想回绝了，又为这一份难解的异常吸引，就冷冷应承下来：老东西葫芦里到底装了什么药？

入了席，老东西是显得较平常兴奋些，但大面儿上似乎装得依旧挺安详。他说："这回往徐沟觐见皇上、皇太后，在我们康家也算破天荒的头一遭。可惜当今圣颜太令人失望！所以，亦不值得张扬，只关起门来给你们说说。"

三爷就说："觐见皇上，毕竟是一件大事。老太爷又是以商名荣获召见，尤其是一件大事！应当在祠堂刻座碑，铭记此一等盛事。"

老东西立刻就瞪了三爷一眼，说："你先不要多嘴！我今日说觐见皇上的情形，专为老夫人。你们陪了，听听就得了，不用多嘴。立什么碑！见了这种弃京出逃的皇上，也值得立碑？"

专为老夫人！杜筠青听老东西在席面说这种话，真是太刺耳。她不由就插了一句："三爷也是好意。逃出京城了，毕竟也是皇上。"

老东西倒并不在意她插话，变了一种昂扬的口气，接住说："你是不知道，那皇上要多猥琐，有多猥琐！憨人似的坐在那里，一句话不会说。太后叫他问话，他一句问不出来。就那样又憨又傻地干坐着，真没有一点圣相！"

三爷又不由插进来说："听说戊戌新政一废，皇上就给太后软禁起来了。受了这种罪，他哪还能精神得了？"

老太爷大不高兴，沉下脸说："你什么都知道，那我们听你说！"

杜筠青见此,心里倒高兴了,故意说:"三爷提到的,我也听说了。当今皇上,也不过担着个名儿吧,实在早成废帝。"

今天老东西真给她面子,她一说话,他就不再生气,脸色、语气都变回来,依旧昂扬说:"我看他那面相,实在也不配占那至圣至尊的龙廷!就是敢废皇上的西太后吧,她又有什么圣相?更不济!觐见时,她倒问了不少话,全似村妇一般,只往小处着眼!这就是多年骑在皇上头上,在朝廷一手遮天的那个西太后?给谁看吧,不是那种太平庸的妇人?这种女人,满世界都是。"

三爷又想说什么,刚张嘴,就止住了。

杜筠青看在眼里,就问:"三爷,有什么高见?说吧!"

三爷忙说:"没想说什么呀?"

老东西说:"老夫人叫你说,你还不快说!"

三爷这才说:"逃难路上,太后哪能有金銮殿上的威仪?"

老东西冷笑了一声,说:"我亲眼所见,不比你清楚!她就是再装扮,能有俯视天下的威仪?叫我看,这个妇人的仪容、气韵,真还不及老夫人。"

这话可更把杜筠青吓住了!西太后的仪容、气韵还不及她?怎么能这样比?老东西以帝王自况,就拿她与太后比?她可不想做这种白日梦。

不想三爷竟说:"这话我们相信。"

老东西听了,就说:"你尽乱打岔,就这句话,没说走嘴!"

这话更叫杜筠青听得云山雾罩,莫名异常。

宋玉烹制的菜肴已陆续上桌。老东西殷勤指点了,劝她品尝。真还是淮扬风味。尤其一道"野味三套",将野雉、斑鸠、禾雀,精巧套装,又闷得酥烂肥鲜,香气四溢。杜筠青记得,这道菜,母亲在年下才做一回。她已是许多年未尝这道菜了。当然,老东西爱吃野味,宋玉平日也许常拿这类菜讨好他。可宋玉进门快一年了,这还是头一遭请她这位做老夫人的品尝南菜,而且竟如此隆重!

老东西为什么忽然对她如此殷勤起来?

2

画师还很年轻，看着只有二十来岁。问他，他说已经三十二了，真不像。他姓陈，居然是杭州人。

杜筠青不由就说："我母亲是松江人，松江离杭州不远吧？"

画师说："不远。"

杜筠青说："听说你是由京师来的？"

画师说："近年在京师谋生，为官宦人家画像而已。"

杜筠青又不由说："我少时即在京城长大，先父生前为出使法兰西的通译官。"

画师说："难怪呢，老夫人气象不凡。在下学西洋画，就是师从一位法国画师。"

"在何处学画？"

"在上海。只是，在下愚钝，仅得西画皮毛，怕难现老夫人真容的。"

"你尽可放手作画，我不会挑剔的。"

"老夫人如此大度，在下更惶恐了。"

"不要客气。少时听先父说，西洋画师并无出世的清高，多率真豁达，不避世俗。我和老太爷看过你的画作，都满意的。"

"贵府这样大度，在下真不敢献丑了。"

"你跟法国人学画，学会些法语没有？"

"在下愚钝冥顽，实在也没有学会几句。"

"西洋话难学，也不好听。"

这位言语谨慎的画师，虽无一点西洋气韵，倒还是得到杜筠青的一些好感。他的江南出身，画师职业，西洋瓜葛，谋生京师，都颇令杜筠青回忆起旧时岁月。自入康家以来，这位画师也是她所见到的商家以外很有限的人士之一。所以，更叫她生出许多感慨！入康家这十多年，她简直是被囚禁了十多年，外间世界离她已经多么遥远。旧日对法兰西的向往，那简直连梦都不像了。连少时熟悉的京城，也早遥不可及。

夏天，她听说朝廷丢了京城，一点都无惊诧。京城于她，又有什么相干！父母故去，她是连一点可牵挂的都没有了。而这世间，又有谁会牵挂她？没有了。那个车倌三喜，多半真的死去了。

画师自然是不能进入老院禁地的。他画像，安排在客房院的一间厅堂。老夏已将这间厅堂摆设得富丽堂皇。初冬的太阳，斜照在窗纸上，屋里非常明亮。画师请杜筠青坐到窗前一张明式圈椅上，左看右看，似乎有什么不对劲。

杜筠青就问："有什么不妥吗？"

陈画师忙说："没有，没有。"

他显然有什么不便说，杜筠青追问了一句："有什么不妥，就说！我得听你的。"

画师还是连说："甚好，甚好。老夫人如不愿盛装，那在下就起草图了。"

杜筠青断然说："我最见不得盛装打扮！什么都往在身上头上堆，仿佛那点压箱底的东西只怕世人不知似的。"

画师忙说："老夫人着常装，亦甚好。贵府夏管家交代过一句，要画出老夫人的盛装威仪。"

杜筠青更断然说："不要听他们的！"

"自然，在下听老夫人吩咐。"画师连忙应承。

这天到屋里光线变暗时分，画师果然为她画出一幅草图。过来看时，这张用炭精画在纸上的草稿，倒很是精细：上面的女人就是她吗？那是一个高贵、美貌的妇人，似乎比画师带来的那样品上的女人，还要高贵、美貌。

"这像我吗？"

一直在旁伺候的杜牧，连声说："像，太像了！越在远处看，越像！"

杜筠青稍往后退了几步，是更像个活人了，只是，光线暗了，不能再往后退。她真还那样美貌？

画师说："入冬天变短了。累了老夫人一整天，才只打了一张草稿。这是侧坐于窗前，光亮由一边照来。明天还得劳累老夫人，画一张光亮由脸前照来的草稿。老夫人气象不凡，在下不敢大意，得多打幅草稿，以利斟酌。或明日老夫人休歇了，改日再请老夫人出来？"

杜筠青说："我闲坐着，能怎么累着？陈画师你辛苦了。明日，还是听你张罗，不必多虑。"

画师忙说："能受老夫人体谅，感激不尽。那明天就再劳累老夫人一天？"

杜筠青说："就听你的。"

在一个地界呆坐一整天，说不劳累，那是假的。只是，坐着也能说话，问这位画师一些闲话，也还并不枯闷。陈画师虽专神于纸笔，答话心不在焉，又矜持谨慎，但也毕竟能听到些外间的新鲜气息。江南、京师的近况，她实在是很隔膜了。问答中，有时出些所答非所问的差错，倒也能惹她一笑。平日里，她哪能有这种趣味！

第二日她刚到客房院，老夏就慌忙赶来了，直斥责陈画师："不是说好了，只请老夫人劳累一天，怎么没完了？我们老夫人能这么给你连轴转？"

没等画师张口，杜筠青就说："老夏，这埋怨不着陈画师，是我答应了的。"

老夏说："只怕他也是看着老夫人太随和才不抓紧赶工，将一天的活儿做成两天！"

杜筠青笑了笑说："老夏，你说外行话了！西洋画，我可比你们见识得早！洋画的功夫，全在比照了真人真景下笔。草草照你打个底稿，回去由他画，快倒是快了，画出来还不知像谁呢！我看陈画师肯下功夫，就说不用太赶趁了，一天不够，两天。该几天，是几天。"

老夏忙赔了笑脸说："我是怕累着老夫人！"

陈画师说："加今儿一天，就足够了。老夫人仪容不凡，又懂西洋画，我生怕技艺不济，只得多下些笨功夫。"

老夏说："那也该歇几天再画，哪能叫老夫人连轴转？"

杜筠青说："这也是我答应了的，你不用多说了。"

老夏只好吩咐杜牧及另两个男佣仔细伺候，退下去了。老夏的格外巴结，也使杜筠青觉得异常。不过，她也没有深想，反正老太爷态度变了，他自然也会变的。

今日面朝门窗坐了，须靠后许多。陈画师又是左看右看，不肯开工。杜筠青又问有什么不妥？这回，画师明白说了："这厅堂太深，光亮差些。

不过，也无妨的。"

杜筠青说："我再靠前坐坐就是了。"

陈画师退后，看了看，说："就这样吧。再靠前，我只得退到门外了。"

门外，初冬阳光也正明丽，又无一点风。杜筠青就忽发奇想：坐到屋外廊檐下，晒着太阳，叫他作画，说些闲话，那一定也有趣。于是便说："嫌屋里光亮不够，那我干脆坐到屋外去。今儿外头风和日丽，晒晒太阳，也正清新。"

画师一听，慌忙说："大冬天的，哪敢叫老夫人坐到外头！不成，不成。光亮差些，也有好处，画面可显柔和。"

杜筠青是要到屋外寻找新趣味，就问："坐太阳底下能作画吗？"

陈画师说："能倒是能，日光下更可显出人的鲜活肤色。但大冬天的，绝不可行！"

杜筠青笑了说："大热天，才不可行！热天坐毒日头下叫你们作画，画没成，人早晒熟了。杜牧，你回去给我拿那件银狐大氅来！"

画师和杜牧极力劝阻，杜筠青哪里会听？到底还是依了她的意愿，坐到外头廊檐下的阳光里。除披了银狐大氅，男佣还在她的脚边放了火盆。所以，倒也不觉冷。

只是陈画师这头可紧张了。他速写似的草草勾了一个大概，就拿出颜料来，抓紧捕捉老夫人脸面上的色彩、质感、神态。初冬明丽的阳光，真使这位贵妇大出光彩，与室内判若两人了。这样的时机，太难得。但他实在也不能耽搁得太久了。老夫人搭话，他几乎就顾不及回应。就这样，不觉也到午后，才将老夫人一张独有魅力的脸面写生下来。他赶紧收了工。

回到屋里，杜筠青要过画稿来，只见是一张脸，正要发问，却给吸引过去了：这样光彩照人的一张脸，就是她的？头发还没有细画呢，可眉毛、眼睛太逼真了，黑眼仁好像深不见底似的，什么都能藏得了……

杜牧奇怪地问："大半天，就画了一张脸？"

陈画师忙说："人像就全在脸，别处，我靠记性也好补画的。这也叫老夫人在外头坐得太久了！"

杜筠青就问杜牧："你看这像我吗？"

杜牧一边退后了看，一边说："像，比昨儿那张还像，上了色，人真活了！可惜就只是脸面。"

陈画师就问："老夫人，你看着还不太刺眼吧？"

杜筠青沉吟了一会儿，说："不必将我画这样好。"

杜牧说："老夫人本来就这样。"

陈画师说："老夫人有什么就吩咐。以后，就不敢再劳累您了。"

杜筠青说："我说过了，不会挑剔的。陈画师，你也辛苦了。"

杜筠青没有再多说什么，叫了杜牧，先走了。

陈画师这也才松了一口气。他给官宦大户画像，主家几乎全是要你画得逼真，却又不肯久坐了叫你写生。所以，他也练出了一种功夫，靠记忆作画。照着真人，用一天半晌画草稿，其实也不过是为记忆做些笔记。记在脑中的，可比画在草稿上的多得多。再者，即便贵为京中官宦，大多也是初识西洋画，甚好交代的。但康府这位老夫人，她的年轻和美貌太出人意料！老太爷七十多了，老夫人竟如此年轻？尤其她的趣味和大度，对西洋的不隔膜，更出人意料。他一见了，就想把她画好！这位贵妇，居然肯叫他写生两天，还肯坐到太阳下。在冬日阳光的照耀下，她真是魅力四溢，叫你画兴更浓。真是太幸运了。

他也要叫这位贵妇得到幸运：为她画一张出色的画像。

3

从客房院回来，休歇、用膳，之后老东西又过来说话，细问了作画情形。老东西走后，老夏又来慰问，大惊小怪地埋怨不该听任画师摆布，坐到当院受冻。杜筠青那时精神甚好，说是她想晒晒太阳，不能怨画师。一直到夜色渐重，挑灯坐了，与杜牧闲话，她也没有什么不适。只是到后半夜，才被冷醒了，跟着又发热，浑身不自在起来。难道白天真给冻着了？

她忍着，没有惊动杜牧她们。可忽冷忽热已不肯止息，轮番起落，愈演愈烈。杜筠青这才确信，是白天给冻着了。她已这样弱不禁风了？白天也不是一直在外头坐着，坐半个时辰，画师及杜牧她们就催她进屋暖和一阵。暖和了，再出来。或许，就是这一冷一热，才叫她染了风寒吧？

病了就病，她也不后悔。这两天毕竟过得还愉快。在这位陌生的画师眼里，她还是如此美貌，那是连她自己也早遗忘了的美貌。美貌尚在吧，又能如何！老东西的忽然殷勤，也是重又记起了她的美貌？他重新记起，又能如何！她才不稀罕老东西的殷勤。她也许该将自己的不贞，明白地告诉他！

伴着病痛，杜筠青翻弄着心底的痛楚，再也难以安眠。喉头像着了火，早烧干了，真想喝口水。但她忍着，没有叫醒杜牧。要是吕布在，或许已经被惊醒了。可她这样辗转反侧，杜牧居然安睡如常。

第二天一早，杜牧当然就发现老夫人病了。很快，老太爷过来，跟着，老亭、老夏、四爷、三娘、四娘也都过来走了一趟。四爷通医，说是受了风寒。老太爷却厉声吩咐：快套车进城去请医家。老夏更埋怨起画师来。

杜筠青真不知是怎么了，自己忽然变得这样尊贵。头痛脑热，也是常有的，以往并没有这样惊天动地。老太爷一殷勤，合家上下都殷勤？

可老东西为何忽然这样殷勤？他到徐沟亲见了当今圣颜，就忽然向善了？还是他真在做帝王梦，发现她原也有圣相？

哼，圣相！

请来的是名医，把了脉，也说是外感风寒，不要紧。杜筠青天天喝两服药，喝了四五天，也就差不多好了。这期间，老太爷天天过来看望她，还要东拉西扯，坐了说许多话。杜筠青本也不想多理会，可天天都这样，她终于也忍不住，说：

"我这里也清静惯了，又不是大病，用不着叫你这么惦记。听说外间兵荒马乱的，够你操心。叫下人捎过句问讯的话，我也心满意足了！"

康笏南听后倒笑了，说："外间再乱，由它乱去。就是乱到家门口，我也不管了。我能老给他们担这副担子？担到头了，不给他们担了。天塌下来，他们自己顶吧。我也想开了，替他们操心哪有个够？这些年，连跟你说句闲话的工夫都没有，真是太想不开了！以后什么都不管了，天塌了，由他们管，咱们只享咱们的清福！"

杜筠青心里只是冷笑：你还有什么想不开的？不过嘴上还是说："三爷、四爷也都堪当其任，你内外少操心，正可专心你的金石碑帖。"

康笏南叹息了一声，说："金石毕竟是无情物！"

杜筠青可是没料到他会说这种话，便说："金石碑帖要是活物，怕也招人讨厌！"

康笏南说："我真不是说气话。自亲见了皇上太后逃难的狼狈相，我才忽然吃了一惊！一生嗜好金石，疼它们、爱它们、体抚呵护它们，真不亚于子孙，甚而可谓嗜之如命。只是，如此嗜爱之，却忘了一处关节：尔能保全其乎？今皇上、太后弃京出逃，宫中珍宝，带出什么来了？什么也没有！他们连国库中的京饷都没带出一两来，何况金石字画？身处当今乱世，以朝廷之尊，尚不能保全京师，我一介乡民，哪能保全得了那些死物！灾祸来了，人有腿，能跑；金石碑帖它无腿无情，水火不避，转眼间就化为乌有。你算白疼它了！所以，我也想开了。"

他原来是这样想开了？

"由此比大，生意、银钱、成败、盈亏，什么不是如此？生逢这样的乱世，又摊上这样无能的朝廷，你再操心，也是白操心！我也老了，什么也不想管了，只想守在这老窝，赋闲养老。我已给老亭说了，把东头那几间屋子仔细拾掇出来，烧暖和了。我要搬过来，在这头过冬。这许多年，对你也是太冷落了。"

他要搬过这头来过冬？

杜筠青听了，心里真是吃了一惊。记忆中，自她嫁进康家做了老夫人，老东西就没在这头住过几次。现在，忽然要搬过来住，为什么？真像他说的，亲见圣颜后，大失所望，看破红尘，要归家赋闲了？

杜筠青太不愿相信这是真的，可老东西说的，又太像是真的。只是，他即便是真的，真对她有悔意，她也无法领受这一份情义了。所以，杜筠青再没有多说什么，只是淡漠地听康笏南说。

大概过了十天，老夏把杜筠青的画像送过来了。

画幅不大，是普通尺寸，也还没有配相框，只绷在木衬上。但画中的她，还是叫画主吃惊了：完成的画像中，她比在草稿中还要更美貌，更优雅，更高贵！她坐在富丽堂皇的厅堂之上，只是那一切富丽堂皇都不明亮，落在了一层暗色里，唯有她的脸面被照亮了，亮得光彩夺目，就像坐在明丽的太阳下。在这美丽、优雅、高贵之中，她那双眼睛依然深不可测，可又太分明地荡漾出了一种忧郁。是的，那是太分明的忧郁！

老夏问:"老夫人,你看画得成不成?"

杜筠青反问了一句:"老夏你看呢,像不像我?"

老夏说:"我看,像!老太爷看了,也说像。"

"他也看了?"

"看了。老太爷还去客房院看过画师作画。老太爷看了老夫人的画像,直说:还是洋画逼真。"

老东西看了,也不嫌她的忧郁太分明?老夏更不嫌?或许,她一向就是这样?那位陈画师极力将她画得更美,可也不为她掩去这太重的忧郁?掩去了,就不大像她了吧?

老夏还是问:"老夫人你看呢?"

杜筠青说:"我看着倒不大像。"

老夏忙说:"像,谁看了都说像!二爷、四爷、六爷、二娘、三娘、四娘,都看了,都说像。旁观者清,自家其实看不清自家。"

杜筠青就说:"你们说像,那就是像了。"

"那就寻个好匠人,给镶个精致的相框?"

"先放这里,我再从容看看。画师走了吗?"

"哪能走?还要给老太爷画像呢。"

杜筠青日夜看着自己的画像,渐渐把什么都看淡了,美貌、优雅、高贵,都渐渐看不出来了。只有那太分明的忧郁,没有淡去,似越发分明起来。

老东西还没搬过来,但下人们一直在那边清扫,拾掇。一想到老东西要过来住,杜筠青就感到恐惧。即使他真想过来日夜相守,她也是难以接受的。他老了,也许不再像禽兽。可她自己也不是以前的那个老夫人了。

她的不贞,居然就没有人知道,连一点风言风语也没有留下?

三喜突然失踪后,她对着老夏又哭又叫,再分明不过地说出:她喜爱三喜,离不开三喜!可这个老夏就那样木?什么也听不出来?她坐车亲自往三喜家跑了几趟,打听消息,老夏也不觉着奇怪?她闹得惊天动地了,康家上下都没人对她生疑,反倒觉得她太慈悲,是大善人,对一个下人如此心疼!其实他们是觉得,她绝不敢反叛老太爷的。

老东西南行归来,杜筠青也跟他说了如何喜爱三喜,三喜又如何知道心疼人,她实在离不开三喜。老东西一脸淡漠,似乎就未往耳朵听。他更断定，她绝不敢有任何出格之举？

过了年，拳乱闹起来，祸事一件接一件，谁还顾得上理会她？夏天，城里的福音堂被拳民攻下，她亲眼看见教鬼刘凤池那颗黑心，吓晕了。醒过来，她一路喊叫：谁杀我呀？我跟三喜有私，你们也不杀我？当时她知道自己喊叫什么。车倌，杜牧，还有一位护院武师，他们听了一路。回来，能不给老夏说？但依然是一点风言风语也没流传起来。

你想不贞一回，惹恼老东西，居然就做不到？三喜就算那么白死了？

老东西要搬过来，她一定要将自己的不贞明白告诉他。他还不信？

4

过了几天，管家老夏还是将老夫人的画像要过来了。他交代陈画师："画像，老夫人很满意，老太爷也很满意。就照这样，再画一幅大的。不要心疼材料，工本礼金都少不了你的。只有一条，加画大幅的这件事，对谁也别说。康家的人也一样，老太爷不想叫他们知道。"

陈画师答应下来，也没觉得怎样。

老夏安顿了画师，就传出话去，说画师要专心为老太爷画像，都别去看稀罕了。天也更冷了，进进出出，屋里不暖和，画师说有碍颜料油性。

这样一说，还真管用：谁愿有碍给老太爷画像？

老夏才算稍稍松了口气。

这位由京城来的画师，在祁太平一带给大户画像，已经有一些时候了。老夏初听说时，就给老太爷身边的老亭说过。老亭也把消息传进去了。但老太爷对这位画师未生兴趣。老亭说：老太爷当时一声没吭，像没听见这回事。

老夏不肯罢休，以为老亭没说清楚。他瞅了一个机会，又当面给老太爷说了一次：这位画师技艺如何了不得，大户人家如何抢着聘请。尤其说了：使西洋画法，绝不会把主家画成蛮夷，红头发，蓝眼睛，老毛子似的，而是画得更逼真了，简直有血肉之感。

可老太爷依然不感兴趣，说："天也塌了，还有心思画像？"

老夏这才死了心。他一点都没想到，老太爷从徐沟回来不久，老亭就来问他:"以前提到过的那个京城画师,还在太谷不在?"

"我哪知道!你问这做甚?"老夏当时没反应过来,随口说了这样一句。

老亭瞪了他一眼,说:"我稀罕你呀,我问你?是老太爷问你!"

老夏这才有一些醒悟,慌忙说:"我这就去打听。要在,就请回来?"

老亭说:"老太爷只问在不在,没说请不请。"

"我立马就派人去打听!烦你给老太爷回话,我立马就去打听。"

打听的结果,是这位陈画师正在曹家作画。老夏往老院回复,老太爷交代说:"等曹家完了事,就把他请来。"

老夏就大胆问了句:"请来,只为老太爷画像?"

老太爷反问:"曹家呢?"

老夏说:"听说画了不少,给女眷们也画了。"

老太爷就说:"请来,先给老夫人画,别人再说。"

老天爷,老夏想听的就是这句话!

这句话可不是仅仅关乎画像的事,它是康老太爷发出的一个极重要的暗示。只是,在康家能听明白这个暗示的,仅两个人:一人就是管家老夏,另一人是老太爷的近侍老亭。

老夏在康家做总管也快三十年了,不称职,能做这么久?所以,老夫人与三喜有私,岂能瞒过他的耳目!但这件事简直似石破天惊,不仅把他吓傻了,几乎是要将他击倒。

老太爷在康家是何等地位,老夏是最清楚的。老太爷一向重名甚于重财,老夏也是深知的。这位失意的老夫人竟然做下如此首恶之事,简直是捅破天了!而出事当时,康家合家上下,连个能顶杠的人物也没有!老太爷南巡去了,说话有风的三爷正在口外,聋大爷、武二爷、嫩六爷,在家也等于不在。暂理家政的四爷,又太绵善,就是想顶罪,也怕解不了恨。此事一旦给老太爷知道,必是雷霆震怒,废了这个妇人,宰了车倌不说,还必得再寻一个出气筒,一个替死鬼!

寻谁才能解恨?只有他这个当管家的了,还能是谁!

何况,跟老夫人私通的,正是他手下管着的车倌!不拿他问罪,拿谁?

第十八章　洋画与遗像

在康家扑腾了大半辈子，也算是小有所成，家资不薄，就这样给毁了？所以初听此事，老夏也是决不愿相信的。

去年夏天，初来向他密报的是康家的一个佃户。杜筠青与三喜常去的那处枣树林及周围地亩，就为这个叫栓柱的佃农所租种。

起先，栓柱只是发现枣树林里常有车辙和马粪，也并不大在意。枣林里未种庄稼，树上的枣儿还嫩小似豆，牲口也糟蹋不着什么。后来，发现是东家老夫人的车马，就更不敢在意了。东家老夫人坐着这种华贵的大鞍马车，常年进城洗澡，他也早见惯了。大热天，进枣树林歇一歇，那也很自然。所以，知道是老夫人的马车后，遇见了，也要赶紧回避。事情也就一直风平浪静的。

但杜筠青做这件事，本来只为反叛一下老东西，并不想长久偷情，所以也没费多少心思，把事情做得更隐秘。三喜呢，开头还惊恐不安，后来也不多想了，无非是把命搭上吧。做这种石破天惊似的偷情事，两人又是这种心思，几乎等于不设防了，哪有不暴露的！

那个栓柱本也摸着些规律了：老夫人的马车，是在进城洗过澡，返回路上，才弯进枣树林里歇一歇。那也正是午后炎热的时候。所以，他也尽量避开此时。那一天，午后歇晌醒来，估摸着已错过那个时辰了，栓柱便提了柄镰刀，腰间挽了把麻绳，下地寻着割草去了。天旱，草也不旺，喂牲口的青草一天比一天难寻。枣树林一带，早无草可割，这天也只是路过而已。本是无意间路过，却叫他大感意外：东家的车马，怎么还在呢？正想避开，就听见一声妇人的叹息，是那种有些沉重的叹息。栓柱不由生出几分好奇，就轻轻隐入林边的庄稼中，向那车马那头偷望了几眼。

这位卑微的佃农，实在也不是想看东家的隐私，无非想偷看几眼老夫人的排场吧。当然，也想窥视一下老夫人的尊容。老夫人的车马常年过往，但都是深藏车轿中，连个影子都看不见。可今日这大胆窥视，却把他吓呆了：

一个妇人虽坐在车轿中，但轿帘高掀着，妇人又紧倚轿口，腿脚更伸了出来；年轻的车倌靠近轿口站着……正奇怪这车倌咋与妇人靠得如此近，才看清车倌竟是在抚摸妇人的一双赤脚！他真不敢相信自家的眼睛，但怎么看，也还是如此，那个妇人真真切切是伸出一双赤脚，任车倌抚摸！

那妇人是东家的老夫人吗？栓柱所听说过的，只是老夫人还年轻，没缠过脚。眼前这妇人，既还年轻，也不是小脚，而那辆华贵的马车分明是老夫人常坐的……老天爷！

栓柱被眼前这一幕吓得大气不敢出。这可是撞上晦气了！要真是老夫人，这不是撞死吗？他不敢再看，更不敢动，要能憋住，这可怜人真不敢出气了。但满头满身的汗水，却止不住地往下流。幸亏没待太久，就见另一位妇人匆匆由大道赶来，远远就朝枣林喊了声。车倌听见，忙将轿帘放下了，车上的妇人也退入轿中，跟着，车马便驶出枣树林。

车马远去了，可怜的栓柱依然惊魂未定。老天爷，怎么叫他撞上了这样的事？这个妇人是东家老夫人吗？要不是，那还好些。要真是，那可吉凶难卜了！万全之策，就是快快把这一幕忘记，不能对任何人说，打死你也不能说。可这事，你不说，也难保不败露的。一旦败露，只怕东家也要追问：那片枣树林租给谁了？是死人，还是串通好了，也不早来禀报？

真是左思右想都可怕！

不过，此后一连许多天，再没有发生这样的事。老夫人的马车依然三天两头地往城里去，但再也不进枣林里歇凉了，来去都径直行进，一步不停。

这是怎么了？事情败露了？不大像。老夫人的车马还是照常来往。也许，那天坐在车轿里的妇人，并不是老夫人，而是与车倌有染的一个女佣？要是这样，那就谢天谢地了。他真就可以闭眼不管这等下作事了。一个车倌，做这种偷鸡摸狗的事，即便败露，东家也不过将这孽种乱棍打走拉倒，不会多做追查的。

其实，栓柱并没有这么幸运。那天杜筠青与三喜在枣林多耽搁了时候，是因为吕布来迟了。吕布迟到，又是因其重病的父亲已气息奄奄。她刚返回康家不久，父亲便升天了。从此她告了丧假，代她跟随了伺候老夫人的是个新人。跟着新女佣，杜筠青与三喜自然难再上演先前的好戏。

可惜，没过多久，老夫人就以新女佣太痴，撵走不用。撵走碍眼的，那石破天惊的大戏更放开演出了。

栓柱见枣林里祸事又起，惊恐得真要活不成了。他已经认定，这位妇人就是老夫人。不是老夫人，哪能三天两头坐了如此华贵的马车不断往城里去？老夫人做这种事，要是在别处，他也是绝不会多管闲事的。可在他租种的地亩上做这种事，那不是要毁他吗？

如此惊恐万状，也不过只是熬煎自家吧，他哪敢去告密？即便去告，东家会信他？就是信了，东家还会不会留他？东家为了名声，会不会灭口？总之，栓柱一面目击事态发展，一面也只是在心里祈盼：快不敢再造孽了，你们也有个够吧！要不想活，就挪个地界，我还得活呀！

可人家哪管你活不活呀！这俩东西，倒越疯得厉害了。由城里回来，车马一进枣树林，车倌就抱起那妇人，钻进庄稼地。起先几次，还悄没声的，到后来，笑声哭声都传出来了。尤其是那妇人的哭声，叫栓柱听得更心惊肉跳！做这种事还哭？那是觉得羞愧了？不想活了？

老天爷，要死，可千万不能死在这地界！

人家疯完走了，栓柱不免要钻进自家的庄稼地。倒也不是满目狼藉，庄稼没糟蹋几棵。可你们就不能换个地界？老在一个地界，容易败露，懂不懂呀？

人家不换地界，栓柱只能一次比一次害怕。即便这样，可怜的栓柱依然未下决心去告密。到后来，他甚至暗中给那一对男女放起哨来了。人家来以前，先把放羊一类的撵走。人家来了，又藏在大路边，防备有人进去。他也不大管枣林里是好事坏事了，只要不出事，就好。

但他把这一切憋在心里，哪又能长久？所以，到后来熬煎得实在难耐了，才悄悄对自家婆姨提了提。谁想这一提，可坏了事了！他知道自家婆姨嘴碎，心里又装不下事，就一直没跟她吐露半个字。你已经憋了这么些时候了，跟了鬼了，又跟她这碎嘴货提？

婆姨听了，先是不信，跟着细问不止，末后就高声骂开了。栓柱慌忙捂住她的嘴，呵斥道："你吼死呀，你吼？怕旁人听不见？"

婆姨倒更来了泼劲，扒开他的手，越发高声说："又不是你偷汉，怕甚！明儿我就叫几个婆姨，一搭去枣树林等着，看他们还敢来不敢来？"

栓柱见婆姨这样发泼，心里多日的熬煎忽然化着怒火，抡起一巴掌扇过去，就将女人撂倒。这婆姨顿时给吓呆了，歪在地上，愣怔了半天没出声。

栓柱见女人半天不出声，问了句："你没死吧？"

婆姨这才哇一声哭出来，呼天抢地不停。

栓柱急忙怒呵道："号死呀？号！还想挨扇，就说话！"跟着，压低声音吩咐，"刚才说的事，你要敢出去吐露半个字，看我不剐了你！"

婆姨还很少见男人如此凶狠，就知道那不是耍的，咽下哭号，不再吱声了。

婆姨虽给制服了，栓柱仍不敢大松心。他知道，自家女人心里肯定装不下这档事！平时屁大一点事还摆不住呢，老夫人偷情这么大的事，她能憋住不说？不定哪天忘了把门，就把消息散出了。摊了这么一个碎嘴婆姨，你后悔也没用。思前想后，觉得只有一条路可走：不能再装不知道了，赶紧告诉东家吧。与其叫婆姨散得满世界都知道，哪如早给东家提个醒？

栓柱虽是粗人，但还是通些世事的，决定了去见东家，也未鲁莽行事。先经仔细思量，谋定两条，一是得见着东家管事的，才说；二是不能以奸情告状。只是说，给老夫人赶车的车倌，总到枣树林里放马。毁几棵庄稼倒不怕，大热天，就那么把老夫人晾半道上？进一趟城有多远呢，还得半道上放一次马？这车倌是不是欺负老夫人好说话？这么说，还稳当些吧。

只是，栓柱往康庄跑了几趟，也没进了东家的门。他这等佃户，把门的茶房哪拿正眼看待？张口要见管事的，又不说有什么紧要事，谁又肯放他进去？经多日打听，他才知道老东家出远门了，四爷在家管事。四爷常出来给乡人施医舍药，是个大善人。摸到这消息，栓柱就用了笨办法：在康庄傻守死等。真还不负他一番苦心，四爷到底给他拦住了。

可在当街哪能说这种事？

栓柱看四爷，真是一个太绵善的人。原先编好的那一番话，对四爷说了，怕也是白说吧？于是，他急中生智，对四爷说："小人因地亩上的急事，想见一见夏大管家，把门的愣不叫进。求四爷给说一声，放小的进去？"

四爷果然好说话，和气地问了问是哪村的佃户，就过去给门房说："引他进去见老夏！"

门房不但不再拦挡，还给引路呢。老天爷，进一趟东家的门，说难真难，说易也易。

5

老夏初见佃户栓柱，当然没放在眼里。四爷发了话，他也不很当回事的。四爷在他眼里，本也没占多大地界。发了话叫见，就见见，几句话打发走拉倒。佃户能有甚事？无非今年天雨少，庄稼不济，想减些租子吧。

可这佃户进来，就有些异常，鬼鬼祟祟，东张西望。这是什么毛病？

"大胆！我这地界是你东张西望的？有什么事，快说！我可没空伺候你！"老夏不耐烦地喝了声。

栓柱立刻跪倒了，说："夏大爷，小的真是有要紧的事禀报。"

"少啰唆，说！"

栓柱又四顾张望，吞吞吐吐："我这事，只能对夏大爷说，只能对大爷你独自一人说……"

"这么啰唆，你就走吧，我可没空伺候你！"

"大爷，大爷，真是紧要的事，关乎东家……"

老夏见这货太异常，才忍了忍，叫在场的用人都退下。

"说吧，少啰唆！"

栓柱就先照他谋好的那一番话说了一遍。可老夏忍着听完，破口就骂道："你活够了，来耍我？东家的牲灵啃你几棵庄稼，也值得来告状？还惊动了四爷，还不能叫旁人听见？我看你是不想种康家的地了，对吧？滚吧，康家的地亩荒不了！"

栓柱见老夏一点也没听明白自己的话，顿时急了，只好直说："夏大爷，我实在不是心疼几棵庄稼，是枣树林里出事了！"

"出事，出了什么事？"

"小人不敢看，还是请夏大爷去看吧。"

"狗杂种，你专跟我啰唆？"

"小人实在说不出口，小人实在也没敢看！"

"你这狗杂种，关乎谁的事？"

"老夫人的车马上，能坐着谁？"

"还有谁？"

"赶车的吧，还能是谁！"

老夏到这时，才有些明白了栓柱密报的是件什么事。可老天爷，这怎么可能！他急忙将栓柱拉起来，低声做了讯问。栓柱虽遮遮掩掩说了些迹象，老夏已明白：老夫人是把康家的天捅破了！

他厉声喝问栓柱："这事，还给谁说过？"

栓柱慌忙说:"谁也没敢说,连自家婆姨也没敢对她说!这种事,哪敢乱散?不要命了?"

"实话?"

"实话!要不,我下这么大辛苦见夏大爷,图甚?"

"看你还算懂事。从今往后,无论对谁,你也不能再提这件事!胆敢走漏风声,小心你的猴命!听见了吧?"

"听见了,听见了!"

老夏把栓柱打发走,自己呆坐了半天,不知如何是好。这个女人,真是把康家的天捅破了。康老太爷是何等人物,哪能受得了这等辱没?康家又是什么人家,哪能担得起这等丑名?废了这个女人,宰了三喜这孽种,压住这家丑不外扬,都是必然的。还有一条,十之八九怕也逃不脱:受辱的老太爷一定要拿他这个管家开刀,一定要把他撵走!

刚听明白栓柱密报的是一件什么事,老夏立刻就意识到:这位杜氏老夫人是把他这做管家的也连累了。

保全自己的欲望慢慢叫他冷静下来。不能慌张,也不鲁莽。他必须妥当处置,把这件事压下来!这不是对老太爷不忠,对康家不忠,倒正是为了你老人家不伤筋动骨,为了你康家不受辱没,当然也为了保全我自家。

老夏镇静下来后,正想传唤孽种三喜,忽然又觉不妥:先不能动他。想了想,就吩咐人去老院叫吕布来。跟前的小仆提醒他:吕布正归家守丧呢。老夏这才明白过来:难怪呢,吕布奔丧走后,杜氏不要新女佣跟她!是嫌碍事吧?可吕布呢,她就不碍事?她被收买了?

当天,老夏套车出行,秘密去见了一次吕布。在庄外僻静处,几句恫吓,吕布就说了实话。但只承认老夫人体恤她,进城时,常常准许她回家探望重病的父亲。伺候老夫人进了华清池,她就往家奔;到家与老父见一面,说几句话,又赶紧往回返。紧赶慢赶,老夫人在半道上也等半天了。她实在不是成心违规,一来思父心切,二来有老夫人应允。

再问,也问不出别的来。老夏也只好暂信她的话。也许,杜氏只是以此将吕布支走,并未太串通了?

回来当晚,老夏就在一间密室提审了车倌三喜。

这孽种进来时,倒一点也不慌张,好像康家能长久任他瞒天过海似的。

老夏已怒不可遏，举拳就朝案头擂去，响声不脆，却很沉重。紧跟这响声，怒喝道："狗杂种，还不给我跪下！"

三喜乖乖跪下了，依然没有惧色。

老夏又朝案头擂出一声来，问道："狗杂种，知道犯了什么罪？"

"知道，是死罪。"

"狗杂种，竟然说得这样轻快，平静，一点也不遮掩，更不做抵赖。难道已听到风声，知道有人来告发？谁说你犯了死罪？"

"我自家就知道。"

"知道今天要犯事？"

"反正迟早有这一天。"

狗日的，还是满不在乎。真不想活了？

"犯了什么死罪？说！"

"夏大爷既已知道，不用多问了。"

狗杂种，他倒一点不害怕，一点不在乎！是指望老夫人能救他，还是豁出去了，甘愿把狗命搭上？豁出去吧，你的狗命值几文钱，却拖累了多少人！

早知如此，何必挑这么英俊的后生做车倌！

盛怒的老夏跳过来，朝三喜那不在乎的脸面狠扇了一巴掌。挨了这一巴掌，狗杂种依然面无惧色！

"三喜，你还指望那淫妇能救你？狗杂种，你做梦也梦不了几天了！"

"夏大爷，我早知道有这一天，该杀该剐也认了。"

"狗杂种，你倒豁出去了！你以为占了老夫人的便宜，占了老太爷的便宜，搭上狗命也不吃亏了？可你是把东家的天捅破了，你要连累多少人！就是千刀万剐了你，能顶屁事！"

三喜不说话了，但也还是不大在乎。这孽种，真是不怕死？

审问了大半夜，打也打了，骂也骂了，这万恶的三喜始终就那样轻松认罪，视死如归，对奸情倒不肯多说一字。这狗东西，对那淫妇还有几分仁义呢。人一不怕死，也真不好治他。

老夏只好唤来两个心腹家丁，将三喜结实绑了，扔进一处地窖里。他严嘱家丁：不许对任何人提起，就是老妇人问起，也不能说。三喜犯了东家规矩，要受严惩。至于犯了什么规矩，老夏对这两心腹也没说。

拿下三喜，下步棋该怎么走，老夏心里还是没底。

三喜突然不见了，杜氏必然要来跟他要人，怎么应付？跟她点明，暗示赶紧收场？太鲁莽了。做了这种首恶之事，她能给你承认？为了遮羞，必定要反咬一口，吵一个天翻地覆。那就坏了事了。捉奸捉双，只三喜一人承认，真奈何不了这女人。她还依然是老夫人！

眼下最大关节处，不是捉奸，而是如何将这件事遮掩下来，遮掩得神不知，鬼不觉。既已将三喜这一头拿下了，杜氏那一头，就不能再明着惊动。她来要人，就装糊涂：三喜哪儿去了？成天伺候老夫人呢，我们谁敢使唤他？快找找吧。找不见，就装着发火，埋怨老夫人把三喜惯坏了，竟敢如此坏东家规矩，云云。老夏思量再三，只能如此。

第二天，不是杜氏进城洗浴的日子，所以还算平静。这一天，那两个心腹家丁曾问过老夏：给三喜送几口吃喝？老夏不让，说饿不死他。

第三天，果然就风雨大作！早饭后不久，就有老院的下人慌慌跑来，说是三喜寻不见了，老夫人正发脾气。老夏喝令快去寻找，然后闲坐片刻，才装出很匆忙的样子，赶往老院见杜氏。他先去老院，是为防止杜氏跑出来叫嚷，局面难以控制。

哪想刚进去，老夫人就朝他喊叫："合家上下，主仆几百号人，就一个三喜跟我知心，你还给我撵走！成心不叫我活了？"

老夏听了，真是心惊肉跳！这个妇人，怎么也跟三喜一样，一些也不避讳？居然喊叫跟一个车倌最知心！他慌忙说："三喜常年伺候老夫人，谁敢动他？正四处找他呢。老夫人要急着进城，我先另套一辆车伺候……"

"不坐，谁的车也不坐，我就坐三喜的车！主仆几百号人，就三喜知道疼我，你们偏要撵走他？"

"老夫人息怒，我亲自给你去找！一个大活人，哪能丢了？不定钻哪摸牌去了。"

"三喜不是那种人！我跟他最知心，能不知道他是什么人？你们知道我离不开他，成心撵走他！"

"老夫人息怒，我亲自去找他！"

老夏丢下这句话，赶紧退出来了。再说下去，这妇人不定还会叫喊出什么话来。老天爷,这一对男女,怎么都如此不嫌羞耻!两人合计好了,成心要捅破康家的天?三喜那狗东西是下人,说收拾就收拾了。可你要不惊动这妇人,真还不好下手警告她,更没法让她不说话。

真遇了难办的事了。

老夏出来,大张声势,发动仆佣四处寻找三喜。还装着恼怒之极,对四爷说:"三喜赶车不当心,老夫人说了他几句,狗东西就赌气藏了起来。也怨老夫人对下人太慈善,把那狗东西惯坏了。寻回来,非捆在拴马桩,抽他个半死不成!"先在四爷这里做一些遮掩,也是必不可少的。老夫人再闹大了,四爷以及三娘、四娘能不过问?先有此交代,以后也好敷衍。

这样张罗到后半晌,老夏又进老院见了杜氏,显得异常焦急地禀报说:哪儿都寻遍了,怎么就连个影子也逮不着?他家也去了,举荐他的保人也问过了,谁也不知他的下落!车倌们说,昨儿晚间还见他在,早起人就没了。夜间门户紧闭,又有武师护院,他有武功也飞不出去吧?

老夫人听了,竟失声痛哭起来。这可更把老夏吓得不轻!老天爷,这妇人也豁出去了?他不敢迟疑,忙说:"老夫人真是太慈悲了,这么心疼下人!那狗东西也是叫老夫人惯坏了,竟敢这么不守规矩!老夫人也不敢太伤心,丢不了他!他就是想跑,我也得逮回来,狠狠收拾他呢!"

老夫人一边哭,一边说:"三喜不是那种人,你们不能撵走他!你们不能收拾他!要收拾,你们就收拾我!"

老夏赶紧抢过来说:"老夫人就是太慈悲,就是对下人心软,就是太娇惯他们了!不识抬举的狗东西,对他们真不能太慈悲了!"老夏这样应对了几句,连说要继续找,一定找回来,就又赶紧退出来了。

出来,又赶紧对外散布:老夫人直后悔,说她不该骂三喜!你们看看,老夫人对下人也太慈悲了!她自己没生养,简直把三喜当儿孙疼了,不惯坏狗东西还等甚!

这样折腾了一天,弄得满城风雨了,老夏才忽然发觉有些不妥:这样再嚷吵几天,三喜家人也会听到风声的。他父母、婆姨赶来要人,也是麻烦!再说,三喜就那样扔在地窖里,饿死他?

老夏虽对三喜这狗东西恨之入骨,但也不便私下处置了他。万一有一天老太爷知道了此事,要亲自宰了这孽种出气,那怎么交代?思量良久,老夏决定暂将三喜秘密发配到一个边远的地界：甘肃的肃州。老夏与天成元驻肃州庄口的老帮有旧：这位老帮当年进票号，还是老夏做的举荐与担保。修书一道，托他为三喜谋一学商出路，不会有问题。信中，假托三喜为自家亲戚，但文墨不济，于粮庄、驼运社乃至草料店，谋一学徒即可。

入夜，老夏命心腹秘密将三喜从地窖中提出。先给他松了绑，又给吃饱肚子，之后，对他说：

"狗东西，你想死，我还真成全不了你！你死了，你爹娘婆姨来跟我要人，我怎么交代？事情已到这一步，我也积点德，给你指一条生路。从今以后，你就改名换姓，往肃州去学生意吧。说，你是想生，还是想死？"

三喜不说话。

"我也不跟你啰唆了。生路给你指出来了，死路，你自家也能挑。趁着夜色，你回家一趟，跟父母婆姨交代一下，天亮前就动身往肃州去。我给你带盘缠和举荐信，放你一条生路。这一去天高地远，你要死，半道上有的是机会！"

三喜还是没说话。

老夏也不再啰唆，把举荐信与盘缠交给两个心腹，交代了几句。两人便给三喜套了一身女佣的衣裳，秘密押了，离康家而去。

翌日，还是虚张声势，继续寻找这个车倌。老夏进老院，故作认真地问老夫人："三喜在伺候老夫人，一向还手脚干净吧？有些怀疑，他是盗了东家宝物，跑了。可问了问，也没见谁屋里失盗。老夫人这里，也没少什么东西吧？"

老夫人自然又是辩解，又是落泪。老夏故作失言，赶紧退出。

隔天，老夏又对老夫人说："听别的车倌说，三喜这狗东西早不想赶车了，一心想出外驻庄学生意。想学生意，你明说呀！这偷跑出去，谁家敢收你？老夫人，他是不是跟你提过，你不想叫他走？"

老夫人连连否认。老夏安慰几句，退出来。

这样张罗了几天，老夫人似乎也安静下来了。其时，也正是五娘被绑了票，合家上下的心都给揪到了天津卫。老夏的遮掩暂时算得逞了。

其后，这妇人竟还亲自往三喜家跑了几趟。每次去了，都要责问他："他家怎么说三喜外出学了生意？"老夏忙解释："只能先这么糊弄他家吧，一个大活人寻不见了，总得有个交代。"

老夏糊弄这妇人，也算从容多了。但他知道，自己的生死关口还没到呢！老太爷南巡归来，那才要决定他的生死。你以为遮掩得差不多了，可老太爷是谁？老院那些仆佣，谁多一句嘴，就塌了天了。那些仆佣，谁不想巴结老太爷！还有这个妇人，她要再疯说几句，也得坏事。

打发了三喜，怎么向老太爷交代，老夏可是很费了心思。对老太爷，自然不能说三喜是自己跑了。堂堂康家，哪能如此没规矩！一个下人，他能跑哪儿？活见人，死见尸，你们给我追回来！老太爷这样动怒，那就什么也遮掩不住了。老夏想来想去，觉得只能给老太爷说"实话"：三喜也早该外放了，只是老夫人使唤惯了，一直不叫换。三喜因此也一天比一天骄横，惹人讨厌，尽来告状的。再这么着，三喜还不惯成恶奴一个，坏康家的脸面？我只好暗暗外放了他。怕老夫人跟前不好交代，才故意对外张扬，说三喜自家跑了，追回来轻饶不了他！反了他呢，敢自家跑？只是，没叫几个人知道事情就是了。

入冬后，老太爷终于回来了。照此说了一遍，老太爷也没多问。他提心吊胆过了一冬天，竟然平安无事。

年关将尽时，老夏收到一封肃州来信。那位老帮回话说：所托之事已办，举荐来的后生还蛮精干的，已入一间茶庄学徒了。见了这信，老夏先冷笑了几声：狗东西，还是没死呀？后来才一惊：茶庄？举荐那狗东西入了康家茶庄，会不会坏事？留心问了问，才知道康家的茶庄在肃州没有庄口，三喜进的是别家的字号。

于是才放心了。

6

进入庚子年，渐渐就时局大乱。朝廷的天，眼看也塌下来了。老太爷本来早已冷淡了杜氏，在这种多事之秋更顾不及理她。从南边带回的女厨宋玉，也正伺候得老太爷舒心。但老夏还是不敢太大意了。

拳乱正闹得厉害的时候，给老夫人赶车的车倌福贵，有一天回来禀报说，老夫人在福音堂见杀了教鬼，当场给吓晕了。醒来，一路只说胡话。

一会说，她也是二毛子，谁来杀我？一会又说，三喜最知道疼我，你们要杀，就杀我，不能杀他！真给吓得不轻。

老夏一听，心里就一紧：这妇人，怎么又来了？但他没动声色，只是责问为什么叫老夫人看那种血腥事？她想看，你们也得拦着！要不，叫你们跟了做甚！当时还跟着谁？杜牧，还有个武师？老夫人那是给吓着了，她能是二毛子？念叨三喜，是嫌你伺候得不好！

老夏给老夫人挑的这个新车倌，虽也英俊，但胆子很小，话也不多。就是这样，老夏还是不断叫来训话，说老夫人对他如何如何不满，你还得如何如何小心。三天两头这样敲打，为的就是不要跟那妇人太近，再出什么事。

老夏将老夫人的胡话化解开，又严责了几句，才打发走富贵。

跟着，赶紧进了老院见杜牧，也是先狠狠训斥了一通，再于不经意间化解开杜氏的胡话。尤其渲染了老夫人没亲生儿女，不疼三喜疼谁？可那狗东西太忘恩负义！

对跟着的武师，也同样张罗了一遍，就像灭火似的，不敢有一处大意。

后来，果然也没起什么风波。

尽管这样，老夏也还是暗暗盼着：什么时候才能彻底不操这份心？也就是到哪一天，杜氏才不再做老夫人？

康笏南在外面久负一种美名美德：从不纳妾，从不使唤年少的女佣，当然也从未休妻另娶。这份美名美德，就是在康家上下，那也是深信不疑的。这中间，只有两人例外：老夏和老亭。只有他俩知道，康老太爷的这份美名美德中深含了什么，又如何播扬不败。

也正因为这样，老夏才心存了那一份念想：杜氏何日才不做老夫人，或者是她这第五任老夫人何日做到头？老夏知道有这一天可盼，也才敢冒了如此大的风险，将杜氏的丑事遮掩下来吧。

至少在三四年前，老夏和老亭就看出了：老太爷已经彻底冷淡了杜氏。那时他们就估计，这位老夫人在老院的冷宫里怕也住不了多久了。但一年又一年过去，老太爷那里一点动静也没有。

难道就这样了，就把杜氏放在冷宫里，留一个厮守到老的名义？老太爷毕竟年纪大了，但这不合老太爷一向的脾气和做派。

到底会怎样？老夏和老亭没计议过。这种事，他们也从来不用言语计议的，全靠心照不宣。

遇了今年这样的乱世，老夏以为更没戏了。哪想老太爷从徐沟回来，一个接一个的暗示就由老院传出来了。先是忽然对杜氏敬重起来，不久就发了话：给老夫人画像！

老夏得到这些暗示，自然是兴奋的，又不大相信。他特别问了一次老太爷："老夫人的画像平常尺寸就成吧？"

老太爷很清楚地说："再画张大的。"

亲听了这样的暗示，老夏不再有任何疑心。大幅画像，就是暗示遗像！前任老夫人退位时，就是从画大幅遗像开始的。遗像一画就，离退位也就不远了。

老太爷见了当今圣颜，引发了豪情，才下了这样的决心吧？

老夫人既已做下那种事，也早该退位。她退了位，老夏也就不用再提心吊胆。所以，对临近末日的老夫人，他自然得格外殷勤，格外巴结。

就在杜氏的大幅画像即将收笔之际，守在客房院的仆佣慌张来见老夏：他们拦挡不住，三爷跟前的汝梅小姐硬是闯了进去，扰乱陈画师作画，怎么劝，也不走。

老夏一听是汝梅，就知道麻烦又来了。汝梅也是一个太任性的小女子！慌忙来到客房院，还没进画室，老夏就听见汝梅叫唤："谁定的规矩，不能给别人画？"

老夏进来，笑着说："梅梅，有什么吩咐，跟我说！陈画师是咱们请来的，不敢跟人家吵。"

汝梅冷笑了一声，说："夏大爷，跟你说，你敢答应？"

老夏说："小姐的吩咐，我什么时候没照办？"

"那也给我画张像！"

"那有什么难的？等明年春暖花开了，就给你画！"

"明年？哼，知道你也不会答应我！"

"梅梅，老太爷也是等明年天暖和了才画呢。"

"给老夫人画了小的画大的，画了一张又一张，连老太爷都轮不上，哪能轮上别人！"

"梅梅，你问陈画师，那是这么回事？你也看见了，西洋画带油性，天冷了油性不畅快，太费工。再说，西洋画必须照了真人下笔打底稿。大冬天的，整天呆坐着，不能动，不光老太爷受不了，别人也受不了。给老夫人画时，天刚迎冷时候，倒把老夫人冻病了。"

"我不怕冻！"

"你不怕冻，油性颜料也怕冻。"

"给老夫人画这么大的画，就不怕冻了？"

"你问陈画师，日夜赶趁也还是不灵了。可画半拉停了，陈画师说再续，就成两张皮。只好赶趁着将就画完。"

"油性不灵了，还画这么大？跟前头供着的那些遗像似的，画这大做什么？"

这个任性的小女子，居然说出了这样的话！老夏顿时变了脸，厉声说："梅梅，你说的是什么话！叫老太爷知道了，看你如何担待！给老夫人画这张大像，是老太爷吩咐的。他见那张小的画得好，就吩咐照着画张大幅的。老太爷听了你这话，得生多大气！他白疼你了？"

"夏大爷，我只说画幅的大小尺寸，可没扯死人活人！"

"你还胡说！"

"我看这画中的老夫人，心里也不大高兴。"梅梅望着老夫人的画像，居然这样说。

老夏这才意识到，一向给老太爷惯坏了的汝梅，怕是吓唬不住的。再这么跟她斗嘴，不定还要冒出什么话来！他便换了口气说："梅梅，你也不用成心气我了。我到老太爷那里给你求个情，就叫陈画师给你画张像。只是，冻着你，不能怨我。油性不灵，画出来不像你，更不能怨我。成不成？"

汝梅这才笑了笑，说："那也得问问陈画师吧，看给不给我画？"

陈画师回过头来，笑了笑说："东家出钱，我能不画？"

老夏这才把汝梅这小女子哄了出来。但答应她的事，可不能说了不算。

这个小祖宗，就她眼尖，竟然看出老夫人的画像与前头供着的遗像尺寸一样大！前头供着的遗像，不就是几位前任老夫人？祖宗爷们的画像，是供在祠堂里。汝梅也许是无意间看破了这层秘密，但绝不能叫她意识到这中间有秘密。所以，得哄着她，不能跟她较着劲。

但老夏跟老太爷一说，老太爷竟断然回绝："说好了不给别人画，怎么又多出她来？不能再娇惯这丫头！越惯，她越长不大了！"

老太爷一向偏爱汝梅，对她如此不留情，真还少见！这是怎么了？老夏才忽然想起，秋天时候，汝梅在凤山乱跑乱说，就曾引起老太爷动怒。真也是，这个小女子，怎么尽往不该撞的地界撞！只是，眼下真还不能跟她较着劲。再较劲，她偏朝这些不该撞的地界狠撞，撞塌了底，怎么收拾？

老夏就说："老太爷自小娇惯她，忽然要严束，她还不觉受了天大委屈？我就怕她想不开，胡乱猜疑，再捅出意想不到的乱子。"

"那你把三娘给我叫来，我问她：还管不管你家这个丫头？"

老夏忙笑了笑，说："你惯成这样了，才叫三娘管？老太爷你就交给我得了！我给她画张像，把她招安了，成不成？"

"那你也得把我的话传到：就说我问呢，她今年多大了？"

"老太爷这句话可问得厉害！我一定给你传到。"

老夏出来见着汝梅，真照老太爷的意思，说："老太爷先给你捎来一句话。"

汝梅忙问："什么话？"

"老太爷叫问你：你今年多大了？"

"就这句话呀？老太爷能不知道我多大？"

"我是给你传话。老太爷捎出来的，就这句话。"

"问我多大，什么意思？"

"我看也是藏着什么意思。"

"什么意思？"

"是不是说：梅梅，你也不小了？"

"我知道我不小了。"

"知道就好。我给你求了半天情，老太爷算是答应了。只是，叫给你捎出这么句话来。"

"问我多大了？"

"在一般大户人家，你这么大，早该藏进绣楼了，哪还能绕世界跑？"

"夏大爷,说了半天,还是不想给我画像?"

"我看老天爷的意思是,画,倒是答应给你画一张,但得以稳重入画。以后,更得以此画为志,知书识礼,稳重处世。"

叫老夏这样一说,汝梅几乎不再想画像了。

不过,一旦开始画像,她还是深深入了迷。长这么大,还没有一个男子这样牢牢盯着自己,反反复复看了一整天。这番入迷,真叫汝梅淡忘了此外的一切。

第十九章　十月奇寒

1

这年冬天异常寒冷。六爷已无法在学馆苦读，就是在自家的书房也很难久坐的。但他还是不肯虚度一日，坐不住，就捧了书卷，在屋里一边踱步，一边用功。

奶妈看着就十分心疼。天下兵荒马乱的，也不见多大起色，到明年春三月，真就能开考呀？别再白用了功！趁科举延期，还不如张罗着娶房媳妇，办了终身大事。她拿这话劝六爷，六爷当然不爱听。

谁想，奶妈的话还真应验了。

快进三九的时候，老太爷忽然把六爷召去。老太爷召他不是常有的事，但六爷也没盼有什么好事。进去叩见过，发现老太爷有些兴奋。

"老六，叫你来，是有个不好的消息。"

不好的消息，还那样兴奋？六爷就问："什么消息？"

老太爷从案头摸过几页信报，说："这是戴掌柜从上海新发来的信报，孙大掌柜派人刚送来。前些天，你三哥从西安写来信，也提过这个不好的消息。"

六爷又问了一句："什么消息？"

老太爷依旧照着自己的思路说："你三哥和邱掌柜，是从陕西藩台端方大人那里得到的消息。戴老帮在上海，是从新闻纸《申报》上读到的消息。两相对照，相差不多，可见确有其事。"

六爷想再问一句：什么消息？但咽下去了，静候着，听老太爷往下说。

"老六，你没听说过吧？"

"没有。"也不明白问的是什么事，谁知听说过没有？

"洋人占了京城，可是得了理了。朝廷想赎回京城，人家给开了一张赎票，共十二款，真能吓死人！洋人欺负起咱们这无能的朝廷，越来越狠心。"

六爷听见是说这事，知道老太爷又要劝他弃儒入商，就忍不住慨然而说："当今之危，不止亡国之危，更有亡天下之危！顾亭林有言：'易姓改号，谓之亡国；仁义充塞而至于率兽食人，人将相食，谓之亡天下⋯⋯保国者，其君其臣，肉食者谋之；保天下者，匹夫之贱，与有责焉耳矣。'"

老太爷听得哈哈大笑，说："你倒是心怀大志，要拯救天下。可那些西洋列强也不傻！赎票中开列的十二款，有一款就是专治你这等人的。"

"治我？我又没惹他们！"六爷以为老太爷不过是借个由头，嘲笑他吧。

"你听听，就明白了。赎票中的第四款：诸国公民遇害被虐之境，五年内不得举行文武各等考试。"

老天爷，停考五年？这哪是坏消息，简直就是晴天霹雳！六爷愣了半天，才问："真有这样的条款？"

"你不会看看这些信报？"

六爷没看，只是失神地说："太谷也算停考之境？"

"杀了福音堂六位美国教士能轻饶了太谷？"

"那京师也在禁考之列！京城禁考，岂不是将京中会试禁了吗？明年的乡试、会试，本是推延了的万寿恩科，又岂能被禁？"

"老六，你真是习儒习迂了！洋人欺负你，当然要拣你的要命处出招。叫人家欺负多年，人家也越来越摸着我们的要命处了。开科取士，历来为中国朝廷治理天下的一支命脉。现在给你掐住，你还不得赶紧求饶！我看这一条，比以往的赔款割地还要毒辣！"

"朝廷也肯答应？"

"朝廷想议和，不答应，人家能给你和局？听说正派了李鸿章跟各国交涉呢。叫我看，这十二款中，朝廷最在乎的是头一款：严惩祸首。这场塌天之祸，谁是祸首？还不是当朝的那个女人？自戊戌新政被废后，外国列强就讨厌这个女人了。这次叫她出了塌天之丑，还不加了价码要挟她？她把持朝政，当然不会答应严惩自家。你等着瞧吧，交涉的结果无非是：洋人答应不追究这个妇人，这个妇人呢，一准把其余各款都答应下来！"

六爷不说话了。还说什么呢？停考五年！这等于将他的前程堵死了。这一来，算称了老太爷的心。可天下将亡，谁又能称心得了！

"老六，这可是天不佐你！不过叫我看，停考就停了吧。朝廷如此无能，官场如此败落，中举了又能如何？"

"天下将亡，停考又能如何？"

老太爷又笑了："老六，你这样有大志，无论做什么，都会有出息。你不想弃儒，那就缓几年再说。可你今年已满十七，眼看就跌进十八了，婚娶之事已不能再延缓。一向来提亲的很不少，只是不知你想娶一个什么样的女人？"

六爷没料到父亲会这样问他，一时不知该如何回答。娶什么样的女人？他现在不想娶女人！

"我知道你心强眼高，娶回一个你不入眼的，终生不痛快，谁忍心？也对不住你早去的先母。所以，你先说说想娶一个什么样的女人，再叫他们满世界给你找去！"

"我现在还不想娶女人。"

"多大了，还不婚娶？这不能由你！娶什么样的女人由你；再拒婚，不能由你。"

六爷不说话了。

"一时说不准，回去多想想。想好了，报一个准主意来，我好叫他们赶紧满世界给你找去。"

六爷从老院出来，眼中的世界好像都变了。一直等待着的乡试、会试，忽然遥遥无期，不愿多想的婚事，却逼到了眼前！这遂了奶妈的心愿了，但她哪能知道他的心思？六爷没回去先见奶妈，却到了学馆。

何老爷正围炉坐了，捧读一本什么书。见六爷进来，抬手便把书卷扔到书案上。站起来一看，六爷似乎不大对劲，就问："六爷，我看你无精打采的，又怎么了？天也太冷，笔墨都冻了，苦读太熬煎，就歇了吧。朝廷偏安西安，明年还不知能不能开考呢。"

六爷就冷冷哼了一声，说："开考不开考，与我无关了！"

何老爷还从未听六爷说过这种话，赶紧问："六爷，受什么委屈了？"

"天下将亡，也不只委屈我一人！"

"你这是说什么呢？"

六爷这才将停考五年的消息说了出来。

何老爷听了，倒也没吃惊，只是长叹一声，说："叫我看，索性将科举废去得了！洋人毕竟是外人，以为科举真能选出天下良才，哪知道选出的尽是些庸才、奴才、蠢材？六爷，我早跟你说过，像你这样的可造之才，人家才不会叫你中举呢！唯我这等蠢材，反倒一试便中。所以，停考就停了吧！"

"但这停的是朝廷的体统呀！"

"朝廷把京师都丢了，还有什么体统可言？罢了，罢了，你我替它操心有何用？叫我说，科举之路这一断绝，六爷你的活路才有了！此谓天助你也，怎么还无精打采的？"

"我死路一条了，哪来活路！"

"六爷，你再往前迈几步，就踏进年轻有为的门槛了，哪来死路？你要真痴迷了科举不悟，那才是死路一条！卸去备考重负，六爷，我来教授你一些为商之道，保你的理商之才高过三爷。你信不信？"

"何老爷，天下将亡，商事岂可独存？"

"天下不兴，商事自然也受累。可商事不兴，天下更难兴。今大清被西洋列强如此欺辱，全在洋强我弱。大清弱在何处？叫我看，就弱在轻工轻商！士农工商，士农工商，工商居于末位数千年，真是千古不易，你不贫不弱还想有什么结果！六爷，你说西洋列强，不远万里，屡屡派遣坚船利炮来欺负我们，为了什么？"

"能为什么？因为你天下将亡，不堪一击，好欺负呀！"

"非也！以我冷眼看，西洋列强结伙远来，不为别的，只为一字：商！"

"何老爷，你又说疯话了吧？"

"六爷你睁大眼看，自海禁开放以来，跟在西洋列强那些坚船利炮后头潮水般涌入我邦的是什么？是西洋的道统吗？非也，只是洋货、洋商、洋行、洋银行！"

"何老爷，你丢了一样：洋教。洋教，不就是洋道统吗？"

"洋教不足畏！洋教传进来，那比坚船利炮还要早。可它水土不服，一直未成气候。叫我看，酿成今年如此塌天之祸，就在朝廷太高看了洋教！当朝的太后也好，朝中那班昏庸的王公大臣也好，面对列强咄咄逼人之势，都有一大心病：唯恐西洋道统动摇了中华道统！所以洋货汹涌倒不怕，洋教一蔓延，便以为洋道统要落地生根了。其实，哪有那回事？山东直隶教民众多，可这些民众又有几人是舍利求义？他们多为潦倒不得温饱者，入洋教，不过是为谋得一点实惠近利而已！"

"天下仁义充塞，道统毕竟已经式微。洋教乘虚而入，正其时也！"

"六爷，你也太高看了洋教！你看太谷的基督教公理会，传教十多年，俘虏去的教徒仅百十人，与汹涌太谷的洋货相比，实在微不足道！"

"太谷为西帮老窝，市间哪有多少洋货？公理会再不济，也紧挨了城中名塔，立起一座福音堂。"

"福音堂哪能与汹涌太谷的一样洋货相比？"

"什么洋货？"

"大烟土。"

六爷不说话了。

六爷虽年轻，又一心于圣贤儒业，可对太谷烟毒之盛，也早有所闻的。城里大街小巷，哪里见不着烟馆！贩卖大烟土的凉州庄，外面不起眼，里面做的都是大生意。还有烟具中闻名天下的"太谷灯"，六爷真还寻着见识了见识。那烧烟的"太谷灯"，不光是做工精美，样式排场，要紧的是火力足，光头大，烟泡烧得"黄、松、高"。所以，要与烟毒比盛，那公理会基督教实在就微不足道了。

康家家规严厉，无论主仆，都不许染烟瘾的。但六爷也曾听底下传言，说何老爷早染了此嗜好。何老爷中举后，颇感失意，时常疯癫无常，烦心时抽几口烟，解解忧，也不便太挑剔。今日六爷心里也大不痛快，说起大烟，便不遮拦了，就问了一句："何老爷，你见过这一样洋货没有？"

"哪能没见过！六爷，今日也不瞒你了，本老爷也是常买这一样洋货的。"

"常买了，做甚？"

"本老爷享用呀，还能做甚！"

六爷没想到何老爷会做如此坦白，只好敷衍说："难怪何老爷不很仇洋呢，原来是离不开这一样洋货！"

"六爷，我可是不仇洋教仇洋货！鸦片大烟土，这件洋货太不得了。以前，中国卖一件货物给西洋，他们也是一用就离不了，这件货物就是茶叶。所以，我们能用茶货源源不断换回银子来。你们康家还不是靠走茶货发的家？人家鸦片这一件东西，不但也是沾上就离不开，更比茶叶值钱得多！走一箱茶叶能换回多少银子？走一箱鸦片又能换回多少银子？简直不能比。就凭这一招，西洋人就比我们西帮善商！"

"茶叶是养人的，鸦片是毒人的，又怎样能比？"

"要不说洋商比我们毒辣，人家才不管有道无道！"

"何老爷，你既然仇恨洋货洋商，还抽人家的洋烟？"

"上当了，沾上就离不开了。六爷，我若能重归商界，立马戒烟！"

六爷冷笑着，不搭话。

"六爷不信，可以试呀！当今要御洋，必先兴商。六爷既退身科举，何不另辟天地，成就一番新商事？若有此志，我也不想在贵府家馆误人子弟了，甘愿扔去这顶举人帽子，给你去做领东掌柜！"

何老爷又来疯癫劲了。师从多年，你想跟他说句知心话，总是很难。六爷深感自家满腹心事，竟无人可以倾诉，便愤然道："何老爷，我是宁可出家，也不为商的！"

2

回来，奶妈问起老太爷叫去说了什么事，六爷只说：也没说什么事，不过问了问为何不去学馆。他真不想提婚娶之事。

六爷不想婚娶，是因为心底藏有一个私念：成人后一定要离开这个太大又太空的家。他早厌倦了这个家！母亲只是一种思念，父亲虽近犹远，永远遥不可及。兄长们各有自家天地，唯独将你隔离在外。常年跟着一位塾师，偏又叫你亲近不得。唯有奶妈无私向着他，可这点暖意，实在填充不了这个太大太空的家。发奋读书入仕，然后去过一种宦游四海的生活，那正是他一心想争取的。现在，这一条路忽然就断了。

母亲，你是无力保佑我，还是没耐心保佑了？

不过，六爷也没烦恼几天，似乎就静下心来了。科举也不过是暂停，趁此间歇娶妻成家，也可取吧。终身大事，总是躲不过的。一旦有了家室，他或许还能多些自主自立？若能自主，他就去游历天下！

六爷这样快就顺从了老太爷的意愿，倒也不是无奈的选择，实在是因为老太爷的一句话，叫他动了心：你想要什么样的女人，叫他们满世界给你找去！

找一个自己想要的女人？

自己喜欢的女人是什么样，六爷真还没有认真想过。因为那时代的婚娶都是遵父母之命。他从来不曾料到，老太爷还会允许他挑选女人。冷眼看去，前头的几位嫂子，似乎都不是兄长们特别喜爱的，但她们都出身富商大户。她们或许只是老太爷的选择，并不是兄长们心仪的人。以前幼小，他也看不懂这些。去年五娘遇害，五爷失疯后，他回头看去，才忽有所悟。前面几位兄长，有谁像五爷那样深爱自己的女人？五娘，那才是五哥最想要的女人吧！所以，六爷听老太爷说出那句话，就先想到了五哥五娘，跟着也动了心。可他哪有自己看中的女人？

自小圈在这个太大太空的家庭中，长年能见着的不过是同宗的族人而已。出外有些应酬，又哪里能见着女人！

然而，六爷在做此种思想时，却有一个女人在他面前挥之不去。她是谁？只怕六爷永远都不敢说出：她就是现在的老夫人杜筠青。

六爷不敢承认自己最喜欢的就是继母那样的女人，但除此之外，他实在没有更喜欢的女人了。

受奶妈的影响，他从小对这位继母就怀有敌意。而且，她又一直离他很远。一年之中，偶尔见到，也不过远远地一望。这位老夫人是什么模样，他也实在没有多留意。但是，近两年却发生了一种莫名的变化：六爷似乎是突然间发现，老夫人原来是这样与众不同！她不像别人那样俗气，更不像别人那样得意。她既有种出世般的超脱，不睬家中俗务，但她似乎又深藏太多了的忧伤。这常叫六爷暗中莫名地动情：她也有忧伤？又为何忧伤？尤其是，她仿佛全忘了自己是身居高位的老夫人，放任随意得叫人意外，也叫人喜欢。她的神韵实在叫人说不清的。

可她绝不像奶妈常说的那样，是一个毒辣的女人。

六爷深信自己的眼力，老夫人不是毒辣的女人。

六爷深藏在心底的，还有一点永不能说出：老夫人也是太美艳了。能得妇如此，他也会像五哥的，为她而疯，为她而死吧。

六爷明白了自己喜欢什么样的女人，可这样的心思，又如何能说得出口？老太爷要知道了他喜欢的女人，居然是继母，那还不杀了他！无私向着他的奶妈，也绝不会容忍他有这样的心思。

但是，在老太爷限令婚娶的关口，他还是想把自己的心愿设法表达出来。他并不是想夺娶继母，只是想娶一位像继母那样的女人。官宦出身，通文墨，有洋风，开通开明，不畏交游，未缠足，喜洗浴，当然还要够美貌。这样的女人，不一定就只似老夫人吧？六爷思之再三，觉得自己想要的女人就此一种，别的，他决不要。可谁能将自己的这个心愿转达老太爷呢？想来想去，也只有一个人了，那就是何老爷。

何老爷疯癫是疯癫，但他毕竟粗心，不会疑心这样的女人就是比照了老夫人吧？师如父，有何老爷出面说，也很合于礼。万一引起老太爷疑心，也能以何老爷的疯癫来开脱的。

于是，六爷就去求何老爷了。

那天，六爷以敬师为名，到大膳房传唤了几道小菜，一个海菜火锅，一壶花雕，叫摆到学馆。

何老爷觉得意外，就问："六爷，今日是什么日子？"

"什么日子也不是，只略表敬师的意思吧。"六爷尽量平静地说。

"还敬什么！六爷既无望求功名，我也不想留在学馆了。"

"以后如何，也无妨今日敬师。一日为师，终生是师，何老爷师吾多年，学生当永不忘师恩的！"

"六爷，又遇什么事了？"

"没有呀？"

"不对吧？我看你说话又不大对劲！"

"恭敬招待何老爷，哪儿不对劲了？"

"你什么时候说过这样好听的话？"

"以前不周的，就请何老爷多宽恕吧。今时局突变，学生想跳龙门也跳不成了，真对不住何老爷多年的心血。所以才想略表一点敬意，只是太寒酸了。"

"六爷还真有这样的心思？"

"那我以前是太不尊师了？"

"是本老爷太不敬业，没有为师的样子，哪里配六爷这样恭维？"

"何老爷今日也不大对劲，请你喝点酒，也值得说这么多话？来，我先敬何老爷一盅！"

"那好，我就领六爷这份盛情了！"

一口饮下，何老爷快意地感叹道："与六爷这样围炉小酌，倒也是一件美事。可惜，外间没有雪景帮衬。若雪花在窗外洒落，你我围炉把盏，那就更入佳境了！"

"天景这样旱，哪来雪景！"

六爷尽量顺着何老爷的心思，说些叫他高兴的闲话。甚至表示，真要停考五年，他也只好听从何老爷的开导，弃儒入商了。只是，他不想坐享其成，做无所事事的少东家。但另创一间自己的商号，也不容易吧？

何老爷一听，兴致果然昂奋起来，慨然说："那还不容易！六爷，我给你做领东，新字号还愁立起来？我早想过了，开新字号，总号一定要移往京师，不能窝在祁太平！"

六爷就笑了，只给了他一句话，倒要选新号的开张地界了！

"何老爷，你忘了，京师还在洋人手里呢！"

"京师不成，我们到上海，总之得选那种能雄视天下的大码头！"

"好像我说开字号，就能开似的？这是大事，为首得老太爷点头，三爷赞同才成。"

"老太爷知道你弃儒入商，立此大志，一准比谁都高兴！看人家祁县乔家，票号比你们康家开得晚，可人家不开则已，一开就是两大连号：大德通、大德恒。两号互为呼应，联手兜揽，才几年就成了大势！"

六爷见何老爷越说越来了劲，赶紧拦住说："何老爷，眼下老太爷逼着我办的，可不是这件事！"

"那是什么事？"

"婚娶。老太爷见科举无望，就逼我成婚。"

何老爷一听，情绪更加昂奋了！他知道康家有一条重要的家规：康家子弟一旦婚娶成家，"老伙"，即康老太爷执掌的这个大家，除了按月发给例定的日用银钱，还要发给一笔不菲的资金，令其做本银，开设一间自己的商号。商号的盈利，归各家所有，不入老伙。获利多，各家的私房财力也多。获利少，也只能少花销。不获利，就干吃老伙那点例钱。立此家规，是为鼓励子弟自创家业，也防止因分家析产而削弱财力。可康家前头五位爷，各家的商号都不甚发达，只是三爷名下的那间绸缎庄稍为强些。三爷有大志，心思不在自家的小字号上。可何老爷困厄多年，已不嫌这种私房性质的商号小。六爷要叫他领东，发达成一间大号也不是不可能。

所以，何老爷更来了劲，大声说："六爷，你也该成婚了！成婚之后，正可另立一间你自家的字号！你要叫我领东……"

"我还不想婚娶。"

"婚配是终身大事，谁也躲不过。再说，那也是美事，不是苦役。不知老太爷给六爷定下了谁家的佳丽？不称心吗？"

"亲事倒还没定。老太爷也放了话：想要什么样的女人，你说出来，叫他们满世界给你找去！"

"老太爷这么开明，六爷你还发什么愁！"

"何老爷，我埋身学馆，日夜苦读，哪里知道娶什么样的女人？"

"大富如贵府，当然得讲一个门当户对。"

"我就怕这门当户对！"

"门当户对，再加一个两相愉悦。"

"何老爷只会纸上谈兵，人还不知在哪儿呢，谈何两相愉悦！"

"六爷！"何老爷忽然添了精神似的，话音也高了，"当今世事正日新月异，娶妇亦不宜太守旧了。治国难维新，婚娶总还容易些吧？我给你提几样维新条件，你看如何？"

婚娶维新？何老爷又要说什么疯话？六爷便说："愿听教诲。"

"第一样，要不缠足。第二样，要通诗书。第三样，开明大度，不避新风，不畏交游。还有一样，当然得有上等女貌。"

六爷越听，越如自己所想！何老爷竟猜出了他的心思？

"怎么，不想娶这样的新式佳丽？看看你家老太爷，十多年前就有此维新之举了，你反倒想守旧？"

何老爷提的这新式佳丽，居然也是比照了老夫人？这令六爷惊讶不已。不过，他也不再那样羞愧了，继母一定是令众人倾慕的，并不是他一人独生邪念。连何老爷也举荐老夫人那样的新式佳丽，叫他既意外，更高兴！他有了堂皇的遮掩：不是自己想要继母那样的女人，是师命不好违啊。

"何老爷，我怎能与老太爷比？"

"老太爷开了头，你不正好跟了维新吗？"

六爷故意推托一番，才答应下来，只是装着不经意地加了一句：出身书香门第、官宦人家，就更好了。何老爷居然也很赞成。稍后，六爷又故作担忧，怕老太爷已有打算，婉转请何老爷到老太爷跟前，巧作试探。何老爷不知六爷的心思，却也一口承诺：他去说服老太爷。

六爷心里暗暗高兴，也就陪何老爷喝了不少酒。

何老爷酒多之后，居然就大赞起老夫人的风采来，六爷才有些慌了。不过，何老爷倒始终未说什么出格的话。

3

只隔了一天，六爷就被老太爷叫去。

礼还没行毕，老太爷就发问了："听何老爷说，你要来一个婚娶维新，娶位新式女人？"

六爷慌忙说："是何老爷力主如此的，说天下日新月异，婚娶也不能守旧。"

"我是问你的意思！"

"何老爷师我多年，也不好太违逆的。"

"我还不想勉强你，叫他勉强你？你自家是什么意思？"

"我本也没有定见，就那样吧。"

"就那样？"

"就那样吧。"

"那好，就照何老爷说的，叫他们满世界给你找去！"

六爷不知何老爷到底怎样说的，有关出身书香门第、有关美貌是否提到?但当着老太爷的面,他实在不便再提及。从老太爷那里出来,就赶去问何老爷。何老爷一再肯定,什么都说了,没漏一样。六爷才放心了。

终于将自己的心愿传达出去了,六爷却又有了新的忧虑:世间真有这样一位现成的新式佳丽在等着叫他挑选呀?老太爷说的满世界是指哪儿?无非是太谷,至多也只限于祁太平吧。太谷,乃至祁太平,能寻出这样一位新式佳丽来?他早就听说了,继母是在京师长大的。老太爷不会到京师给他寻找佳丽,何况京师已经沦陷了。

然而,半月不到,就传来消息说,六爷想要的女人已经物色到,双方的生辰八字也交给一位河图大家测算去了。

这样快就找到了?六爷真想知道是在哪儿找到的,样样都合他的所愿吗?但他到哪儿去打听!

那时代的婚娶过程,虽然也有"相亲"一道程序,可参加相看的却不是男女双方。尤其大户人家,更不能随便露出真容。亮出真容,你却看不上,那岂不是奇耻大辱?所以参与相看的,多是居中的媒人。六爷连媒人是谁也不知道,从何打听?

在这个时候,他更感到母亲的重要。若母亲在,准会为他去打听的,或者,她随时都知道一切吧。现在,一切都在父亲手中握着,老太爷真会一切都为你着想吗?他总是放心不下。奶妈倒是不停地打听了,可谁又把她当回事?她几乎什么也打听不到。

让何老爷给他去打听这种事,也不合适。

六爷也只好等着。好在没等几天,老太爷就又召见了他,把一切都说明了:已经按他的心愿,选下一门亲事。女方即城里的孙家,也是太谷数得着的大户。孙家这位千金,是孙四爷跟前的二小姐。这女子也有些像三爷跟前的汝梅,自小带侠气,拒缠足,喜外出,跟着男童一搭发蒙识字,对洋物洋风也不讨厌。总之,各样条件都合你的心思。你们两人的八字,也甚契合,能互为辅佐。这门亲事,就这样定了吧?

"老六,我知道你的脾气。本来想小施伎俩,张罗个机会,叫你在暗处亲眼一睹孙二小姐的芳容。只是,孙家是大户,叫人家知道了,会笑话我们的!"

六爷先听说是孙家，就有些失望：还是门当户对啊。城里孙家，那亦是以商立家的大财主，只是更喜欢捐官，听说给夫人们也捐有"宜人"一类的封赐。这也算官宦人家？六爷一心想以正途入仕，所以对花钱捐到的官爵就颇为不屑。又听说这位孙家小姐像汝梅，就更有些不悦了。汝梅倒是天足，可几乎跟男娃差不多了，没有一点佳人韵味！汝梅不丑，但也说不上美艳。若真像汝梅那样，他可不想要！但他又不便对父亲直说出来。八字都看了，老太爷一准已同意了这门亲事！他可怎么办？

一着急，有了一个主意。

"有父亲大人做主，我还能不放心？只是彼女如真像汝梅那样泼辣，我也很害怕。她秉性到底如何？想请母亲大人设法见一见，为我把握一个究竟。"

六爷本是大了胆，才提出这样的请求，没想老太爷听后倒哈哈笑了："老六，实话给你说，这位孙二小姐就是老夫人相看过的！"

这可叫六爷大感意外了！继母已经为他相看过了？他所以大胆提出请继母去见见孙家小姐，就是想请继母为他把关。继母能看上的女子，他一定会喜欢的。他就是以继母为异性偶像。但他无论如何，也没想到继母已经为他相看了彼女子！继母也会关心他的婚事？

这个意外，令他特别高兴。

"既然母亲大人已相过亲，我就更放心了。"他尽量平静地说。

"老六，你心里有老夫人，她一定很高兴！你过去见一见老夫人吧。"

老太爷的这句话，越发叫他兴奋了。

这年冬天，老太爷已经常住在老院这座宽敞的七间正房里了。他是在东头自己的书房里召见的六爷。所以，六爷去见老夫人，只不过穿堂过厅，到西头的书房就是了。不过，六爷今天却是有些紧张，甚至有些羞怯。自从确认了自己在心底里是喜爱继母，又表达出想娶继母这样的女人以后，他还没见过她。

你必须平静如常！

但在行拜见礼时，他还是没法平静，不大敢正眼看她。好在老夫人平静如常，她听了杜牧传达老太爷的意思，只是随意地笑了笑。

"六爷，你心里有我，倒叫我更不踏实了。这个孙二小姐，可不是我给你挑的！听说六爷也想娶位不缠足的开通女人，我不过顺嘴给老太爷提了几位。都是常去华清池女部洗浴的大家闺秀，内中即有孙二小姐。她们说，当年就是为了学我，才都没有缠足。我才不信她们的话！好在，一个个都还活泼、开通。至于后来怎么就挑上孙家小姐，我可不敢贪功！"

"既是母亲大人推荐的，我总可以放心的。"

"六爷，快不敢这样说！娶回来，你不待见，我可担待不起。"

"这事，总得父母做主。"

"六爷，我给你出个主意吧！改日进城洗浴，等洗毕出来时，我设法与孙家小姐同行，走出华清池后门，拉她多说一会话，再登车。六爷你呢，可预先坐到一辆马车内，停在附近。等我拉着孙小姐说话时，你尽可藏身车轿内隔窗看个够！愿意不愿意？"

六爷没想到老夫人会给他出这种主意，可这主意倒是很吸引人：这不是淘气、捣鬼吗？而且是与老夫人一起捣鬼！

他带出几分羞涩，说："愿听母亲大人安排。"

"那好。改日进城洗浴时，我告六爷。"

"只是，大冷天的，劳动母亲大人……"

"我不怕冻，别把六爷冻着就成！"

"我也不怕冻。"

这次从老院出来，六爷简直有了种心花怒放的感觉。

给他选下的这位女子，原来是老夫人最先举荐的！她活泼，开通，未缠足，喜洗浴，也识字，样样都如老夫人，也就样样如他所愿。想什么，就有了什么，这不是天佐你吗！这些天，心里想得最多的，只是老夫人，老夫人居然就在帮你选佳人！老夫人没说这位孙二小姐是否美艳，想来是不会差的。女貌差的，老夫人会给自家举荐？

总之，六爷本来已经放心了这门亲事。但老夫人又出了那样一个暗访的主意，他能不答应吗？早一天看看那女子的真容，他当然愿意了！老夫人这样做，一定成竹在胸了，想叫他早一天惊喜。

所以，六爷回来不由得就把这一切告诉了奶妈，只是没说孙家小姐是天足。他不想听奶妈多唠叨。

第十九章 十月奇寒

他还想找何老爷倾诉一下，终于还是忍耐住了。

只隔了一天，老夫人跟前的杜牧就跑来说："明儿老夫人进城洗浴，六爷赶午时三刻进了城就得。天这么冷，不用去早了受冻。"

六爷尽量平静地应承下来，因为心里很激动。

可杜牧一走，奶妈就追问不止："进城做甚去？为何还要同老夫人一道去？"

六爷当然不能说实话，只好编了瞎话应付："老夫人洗浴毕，要往东寺进香，老太爷叫我陪一趟。"

"以前，也没过这种事呀？"

"以前，我不是小吗？"

六爷不再多说，就出去见管家老夏，叫明天给他套车。

午时三刻到达，午时初走也赶趟，可这天离午时还差半个时辰，六爷就登车启程了。天气倒是不错，太阳很鲜艳，也没风。但毕竟是隆冬，没走多远，寒气早穿透了车轿的毡罩，只觉越来越冷。六爷也没多在乎这些，一心想着即将到来的那一刻。

那女子如果叫人一见倾心，他就真去东寺进一次香，以谢天赐良缘。

也许是天冷，车倌紧吆喝，牲灵也跑得欢，刚过午时就进城了。还有三刻时间，干冻着也不是回事。去自家的字号暖一暖，又太兴师动众。六爷便决定先去东寺进香许愿：如彼女真如他所愿，定给寺院捐一笔不菲的香火钱。寺院也不暖和，只是忙碌着进完香、许下愿，真也费去了时间。等再赶到华清池后门，正其时也。

杜牧已等候在那里，见六爷的车到了，便过来隔着车帘说："老夫人很快就出来，请六爷留心。"

说是很快，六爷还是觉着很等了一阵。终于盼出来了：老夫人与一个年少女子相携着走了出来。这女子就是孙二小姐？显然是天足，因为她走路与老夫人一样，轻盈，快捷，自如。可穿得太厚实了，除了华贵，能看出什么来？尤其是头脸，几乎被一条雪狐围脖给遮严了。

六爷紧贴了轿侧那个太小的窗口，努力去看，越看心里似乎越平静。老夫人为了叫他看得更清楚，引导孙小姐脸朝向他这边，还逗她说笑。平心而论，孙小姐可不丑，说美貌，也不算勉强。说笑的样子，也活泼。她也不像汝梅，有太重的假小子气。可六爷总是觉得，她分明少了什么，少了那种能打动人的要紧东西。

到底少了什么，他也说不清。只是与继母一比，就能分明感觉出来。浴后的继母，那是更动人了！所以，他不敢多看继母，一看，就叫人不安。可同样是浴后的孙小姐，却为何不动人？再仔细看，也激动不起来。

继母和孙家女子都登车而去了。稍后，六爷的车马也启动了。可他坐在寒冷的车轿里，怅然若失：已经没有什么可期盼的了！动心地盼了许久的，原来这样平淡无奇。

现在，六爷有些明白了：继母坚持叫他来亲自相看，就怕他看不上吧？可是，这位孙小姐样样都符合他提出的条件，又怎么向老太爷拒婚？她要生得丑些，他还有个理由，可她居然不丑。不丑，又不动人，叫人怎么办？

老天爷，你总是不叫人如愿！

4

在回去的半路上，老夫人还停了车，问了问六爷："看上了没有？"

这叫他怎么说呢？只好说："也没看得很清。"

老夫人一笑，就不问了。看他无精打采的样子，她能不明白？她回去见了老太爷，能把他的失望说明了，局面会改变吗？

然而，没过几天，老太爷召他过去，兴致很好，开口就说："跟孙家这门亲事就定了吧。人是按你的心思挑的，模样你也亲眼见了，定了吧。我已经跟他们说了，挑个吉日，先把定亲的酒席吃了。到腊月，就把媳妇娶过来。老六，你看成吧？"

这不是已经定了吗？六爷一脸无奈，还能说什么！

老太爷似乎没看见他的无奈，依然兴致很好："听说老夫人安排你见了见孙小姐？哈哈，没被人家发现吧？"

"藏在车轿里，也没看清什么。"

"也行了，大冬天的，站当街，能站多久？我跟老夫人说了，哪如安排在戏园子里？虽坐得远些，也能看得从容。老夫人说，孙小姐还未出阁，哪能挤到戏园子看戏？倒也是，我真老糊涂了。婚事上，老夫人很为你操心。走时，过去谢一声。"

还能说什么？什么都不能说了。

六爷退出来，进了老夫人这厢。老夫人一见他，就说："六爷，看你像霜打了的样子，我就心里不安。那天从城里回来，我就跟老太爷说了：看来六爷不很中意。老太爷听了，只是笑话我安排得太笨，费了大劲私访一回，也没看出个究竟。那天，你真没看清？"

"母亲大人，看清了。"

"那你是不中意吧？"

"就那样吧，母亲大人。"

"我看你是不如意。"

"就那样吧。"

还能怎样呢？六爷知道，在这件事上老夫人做不了什么主，一切都由父亲决定。父亲已经给了他很大的仁慈，事先叫他提条件，而且样样条件都答应。样样条件都符合，挑出来了，却不是你想要的人！这能怨谁？

你做了按图索骥的傻事吧？

继母也是太独特了，独一无二。你比照了她，到哪儿再找出一个来？

罢了，罢了，这就是你的命吧。世间唯一疼你的人，早早就弃你而去。一心想博取的功名，眼看临近了，科考却是先延后停。那就娶一个心爱的女人相守吧，却又是这样一个结局！你不认命，又能怎样？

六爷毕竟年轻，心灰意懒几天后，忽然想起一个人来：那就是天成元京号的戴掌柜。

那次，何老爷带他去拜访戴掌柜，有几句话叫他一直难忘：到了残局，才更需要大才大智；临危出智，本来也是西帮的看家功夫。他现在已到残局时候了，真有大才大智能挽救他的败势吗？

所以，他特别想再见一见戴掌柜。

跑去问何老爷，才知道戴掌柜早到上海去了。刚要失望，忽然就跳出一个念头来：他去上海找戴掌柜，不正可以逃婚吗？这是不是临危出智？

平白无故的老太爷不会允许他去上海。他就说，决心弃儒习商了，跟了戴掌柜这样的高手，才能习得真本事；上海呢，已成国中第一商埠，想到沪上开开眼界。婚事,既已定亲,也不必着急了,在这兵荒马乱的时候完婚,怕不吉利。这样说,不知能否说动老太爷?

六爷就将这个心思先给何老爷说了说,当然没说是逃婚。

何老爷听了很高兴,说:"六爷,你算是改邪归正了!去趟上海,你也就知道什么叫经商,什么叫商界,什么叫大码头。"

"老太爷会不会答应我?"

"哪能不答应?老太爷看你终于弃儒归商,只会高兴,哪能拦你!"

"可老太爷说了,腊月就叫我成婚。"

"那你就成了婚再走!离腊月也没多远了。"

"腊月一过,就到年下。戴掌柜在上海能停留多久?"

"京城收不回,戴掌柜也没地界去的。"

"满街都说议和已成定局,十二款都答应了人家,就差画押了。和局一成,朝廷还不收回京城?"

"谁知……"

何老爷忽然打起哈欠来,而且是连连不断。刚才还好好的,这是怎么了?六爷正想问,忽然悟到:何老爷是烟瘾犯了吧?于是,故意逗他:"何老爷是怎么了,忽然犯起困来?夜间没睡,又读什么野史了?"

"睡了,睡……"

哈欠分明打得更厉害。

六爷才笑了,说:"何老爷,你既已不瞒我,就烧一锅洋烟,抽几口吧?"

"太不雅……六爷请便吧……"

"今儿,我才不走,得见识见识。"

六爷真稳坐不动。何老爷又忍了片刻,再忍不住,终于从柜底摸出一个漆匣来。不用说,里面装着烟具、烟土。

何老爷在炕桌上点灯、烧烟时,手直发抖,嘴角都流出口水来了。抖抖晃晃地烧了一锅,贪婪地吸下肚后,才像泄了气,不抖不晃了,缓缓地躺在炕上。片刻之后,简直跟换了个人似的,一个精神焕发的何老爷坐了起来。

"六爷!"何老爷叫得斩钉截铁,"见笑了。你看我哪还配在贵府家馆授业为师呀？你快跟老太爷说一声，另请高明吧。我就伺候六爷你一人了，你当东家，我给你领东，咱们成就一番大业！"

六爷以前也常听何老爷说这类疯话，原来是跟他的烟瘾有关？吸了洋烟，就敢说憋在心底的话了？六爷忽然就产生一种强烈的冲动：也吸口洋烟试试！他心底也憋了太多不如意。

"六爷，你去上海，我跟你去！上海我去过，我跟了伺候你。"

"何老爷，你再烧一锅烟，叫我尝几口，成吧？"

"你说什么？"

"我看你吸了洋烟，跟换了个人似的，也想吸几口，尝尝。"

何老爷立马瞪了眼："六爷，你要成大事，可不敢沾这种嗜好！我是太没出息了。六爷你要叫我做领东，我立马戒烟！"

"何老爷，我早听你说过：太谷的领东大掌柜，没有一个不抽大烟的。孙大掌柜也抽？"

"要不他越抽越没本事！林大掌柜可不抽。"

"何老爷，你只要有领东的本事，我不怕抽大烟。"

"那六爷你也不能抽！你们家老太爷待我不薄，我能教你做这种事？"

"我也不修儒业了，要那么干净何用？再说，我也只是尝尝而已。"

何老爷盯着他看了片刻，好像忽然想通了，就真烧了一锅。跟着，将烟枪递过来，教给他怎么吸。

六爷照着吸了，老天爷，那真不是什么好味道！但渐渐地就有异样感觉升上来了，真是说不出的一种感觉。跟着，整个人也升起来了，身子变轻了往上升……说不出的感觉！

"六爷，没事吧？"

"没事！只是觉着身子变轻了。"

"六爷，我把你拉下水了！"

"何老爷，不怨你，是我愿意！科举停了，老太爷定的那门亲事，我也不中意，样样都不如意，我还那么规矩，有何用？我倒想做圣人，谁叫你做？老太爷他要怪罪下来，我就远离康庄，浪迹天涯去！"

"六爷，你要这样，就把我害了。你知道我拉你下水为了什么？为了叫你铁了心投身商界！有此嗜好，无伤商家大雅的。你要一味败落，那我罪过就大了!"

"何老爷,那我就铁了心,弃儒习商!做商家,不正可浪迹天涯吗?"

"六爷说得对!"

两人慷慨激昂地很说了一阵,心里都觉异常痛快。尤其是六爷,全把忧伤与不快忘记了,只觉着自家雄心万丈,与平时特别不一样。

趁着感觉好,六爷回去了。见着奶妈,他也是很昂扬地说话。提起自己的亲事,居然也夸赞起孙家来了,已没有一点苦恼。

事后,何老爷惊恐万状地跑来见六爷,直说自己造了孽了,居然教学生抽大烟!六爷也有些醒悟了,表示再不深涉。就那样吸了一两口,也不致成瘾难回头吧。

不过,后来六爷终于还是忍不住,暗自上了几趟城里的烟馆。哪想到,太谷最大的凉州庄谦和玉,很快就发现了这个不寻常的新主顾。康家在太谷是什么人家?赶紧伺候好康六爷吧!于是派出精干伙友,扮作儒生,到康庄拜访六爷。如何拜访呢,不过是奉赠一个精美的推光漆匣:不用问,里面装了全套烟具和少量烟土。

就这样,在什么期盼都失去以后,六爷有了这新的念想。这一日也断不了的念想,叫他平静下来了,不再想去上海,更不想浪迹天涯。

只是,六爷一直深瞒着,不叫别人知道,更不敢叫老太爷知道。

5

汝梅一看见自己的画像,就要想起那个画匠来。可这个拘谨的画匠,已经无影无踪了。她暗自托下人打听过,这个画洋画的画匠,已经不在太谷了,有的说去了平遥,也有的说去了西安。总之,无影无踪了。

画像中的汝梅,灿烂明媚,连老太爷看了,都说把梅梅画成小美人了。可画匠本人居然那样木,什么都看不出来?汝梅常常凝视着画像,不能确定自己到底是不是美人。

画像那两天,她真是用尽心机讨好画匠。可那个木头人,始终是那样拘谨、客气。他或许是见的美人太多了?她问过:你是专给女人画像?他说:还是给做官的老爷们画像多。他可能没说实话。

汝梅亲眼看见，画匠在给她画像时，常常会眯起眼睛来；去凝视老夫人的那幅大画像这种时候，她说话，他也听不见了。

老夫人是个美人。到现在了，还那么能迷住男人？你一定是没有老夫人美貌吧？其实，汝梅一直就不想做女人！

情窦初开的汝梅，无论心头怎样翻江倒海，也没法改变什么。画像那几天，很快就过去了。除了留下一张灿烂明媚的洋式画像，继续散发着不大好闻的松节油气味，什么都无影无踪了。她想再看一看老夫人的画像，看究竟美在何处，管家老夏也不肯答应了，总是说去做画框，还没送回来。

就在这几分恼人、几分无奈中，汝梅又想出游去。可大冬天的，又能去哪儿？父亲去了西安，又是遥无归期。父亲这次去西安，是以时局不靖，兵荒马乱为由，不肯带她同行。反正他总是有理由，反正他永远也不会带她出门的。

而今年冬天，连一片雪花也没见过。下了雪，或许还好些？总可以外出赏雪。这种无聊，使汝梅忽然又想起了那次异常的凤山之游。那次，她一定是犯了什么忌。犯了什么忌呢，竟惹了那么多麻烦？莫名的好奇又涌上来了。

大冬天的，上凤山是不可能了。汝梅忽然有了探寻的目标：那些已故的老夫人的画像。那次，她发觉有几分眼熟的画像，到底是哪一位老夫人？是不是六爷的生母？只是这样一想，汝梅就觉有几分害怕。可此时的她，似乎又想去触动这种害怕，以排解莫名的烦恼。

在一个寂静的午后，汝梅果真悄然溜进了前院那间厅堂。这间过节时庄严无比的地界，现在是既寒冷，又有几分阴森。她努力挺着胆，去找她的目标：挂在一侧的那四幅已故老夫人的画像。现在看去，老式笔墨画出的人像，毕竟难现真容。可这四幅遗像要都用洋笔法画出，一个个似活人般逼视着你，那更要吓死人了。

寻见了那一幅：嘴角斜上方点了一颗很好看的痣，但定神细看，已没有多少眼熟的感觉。凤山见过的那个老尼，记忆也模糊了，只是那颗美人痣还分明记得。痣生的地方，也很相符。

汝梅看了看这位生痣的老夫人的牌位，写明是孟氏。她没敢再抬头看遗像，慌慌跑了出来。

孟氏。六爷的生母姓什么呢？六爷的生母真要是孟氏，那凤山的老尼打听六爷就有文章了……汝梅不敢细想了，但又被更强烈吸引住。

她不动声色地问母亲，母亲居然想了半天也没想起来："真还记不得了！以前也是老夫人、老夫人地叫，老夫人娘家姓什么，真还一时记不起来了。梅梅，你问这做甚？"

"也不做甚，我跟她们打赌呢！"

"拿这打赌？没听说过。"

"女人嫁到婆家，就没名没姓了。贵为老夫人尚如此，别人更不用说！"

"梅梅，你又疯说什么！去问问六爷，他该记得外爷家的姓吧？"

"也难说。我就记不得外爷姓什么了……"

"你又作孽吧！"

汝梅跑出来了。除了失望，她还替这位早逝的老夫人难受：母亲记不得她的尊姓，大概也没多少人记得了。去问六爷！正是不想直接问六爷，才问你们的。汝梅又问了几位上年纪的老嬷，也没问出来。她们都是前头这位老夫人去世后才进康家的。

真是得直接问六爷？问六爷奶妈，就成。汝梅忽然想起，在六爷的屋里仿佛就供有先母的牌位吧？

好了，去拜见一趟六爷，不就什么都明白了！

汝梅去见六爷时，他不在，只奶妈在。奶妈对汝梅倒是很殷勤，让到正屋里，问长问短的。汝梅却早已心不在焉，一进正屋，她就看见了那尊牌位：先妣孟氏……

真是孟氏？

汝梅不知自己当时说了什么，又怎样离开的。

真是孟氏！

无聊的汝梅，起初也只是想往深里打探一下，能打探出什么，打听出来又该如何，实在也没多想。现在，一个离奇又可怕的疑象叫她打探出来了，除了惊骇，真不知该如何是好！

凤山那个老尼，长着一颗美人痣，她问起了六爷，满脸的憔悴和忧伤。这位同样长着美人痣的孟氏，她是六爷的生母，可她故去已经十多年了！

她们是两个人,还是一个人?活人和故人,怎么能是一个人?那老尼会是孟氏的姐妹吗?有这样一位出家的姨母,六爷他能不知道?

汝梅想不下去了,可又不能不想。跟谁商量一下就好了,可这事能跟谁商量!谁一沾边,就得倒霉吧。秋天,就是因为她见了那位老尼,叫好几个下人受了连累。老太爷也很久拒不见她。一定捅着什么要紧的隐秘了。

汝梅真是越想越害怕,也越想越兴奋。她当然不肯住手罢休的,至少也得把这一切告诉一个人,那就是六爷。

六爷要愿意同她一道,秘密去趟凤山,那就更好了。

这一次,汝梅是在学馆把六爷拦住了。当时,六爷正在何老爷的屋里高谈阔论。

她对何老爷说,有件要紧的事得跟六爷说,能暂借何老爷的雅室一用吗?何老爷当然答应了,起身回避而去。

六爷刚烧过几个烟泡,精神正昂扬呢,见汝梅来见他,很有些扫兴。由汝梅,又想到自己那门不称心的亲事,心里更起了厌烦。

"梅梅,有什么要紧事,值得这样惊天动地!"

"六爷,说不定真是一件惊天动地的事!"

"快说吧,就真是惊天动地,跟我也沾不上边!"

"你还记得我说过的那件事吗?秋天,我去凤山,遇见一个老尼姑,她问起六爷你……"

"梅梅,你又说这没情由的话!那是你梦见的没影踪的事吧?"

"六爷,亲眼见的,哪会是做梦!我记得特别清楚,老尼嘴边生着一颗很好看的痣。近来,我往前头上香,见一位先老夫人的遗像上,也点着这样一颗痣!"

"你是说什么呢?老尼姑扯到老夫人,胡说什么呢?"

"六爷,听说你的先母就长着这样一颗痣,对吧?"

"越说你越来了,又扯我的先母,快住嘴吧!"

"我见着的那个老尼,生着痣,又打听六爷你,她会不会是……"

"会是什么?梅梅,是不是奶妈撺掇你来的?又编了一个先母显灵的故事来规劝我?"

"哪有这回事呀？"

"肯定就是！"

"我规劝什么？"

六爷正要说"别娶大脚媳妇"，才想起汝梅也是大脚，改嘴说："你知道！"

"哪有这回事！"

"就是！"

近来，奶妈终于听说给六爷定的亲也是大脚女人，很不满意。以为一准是现在的老夫人拿的主意，心里正怄气呢。奶妈对杜老夫人一直怀着很深的成见，现在更疑心是歧视六爷。可六爷竟然总为老夫人辩解，奶妈哪能受得了？近日正没完没了地数落六爷忘记了自家命苦的先母。六爷里外不如愿，心绪更不好。这时，刚抽过洋烟，精神正亢奋，哪有心思听汝梅小女子的奇谈怪论！一味认定她就是奶妈抓来的说客，任怎么辩解，他根本不听。

汝梅也没有办法，只好离去了。

路上，汝梅忽然想到了六爷的奶妈：跟她说说不也成吗？这位奶妈伺候过孟氏，她或许也知道些底细。

于是，汝梅就直奔六爷住的庭院。

她给奶妈说了在凤山的奇遇，起先奶妈还听得目瞪口呆。慢慢地，又起了疑心："梅梅，是六爷叫你编了这种瞎话，来吓唬我吧？"

汝梅真是气恼不已！本想告诉他们一件要紧事，哪想倒陷进这种麻烦中，两头受怀疑，谁也不肯细听你说什么。六爷跟他奶妈是怎么了？

汝梅赌气走了。她心里想，以后再说吧。

然而，刚隔了一天，母亲就忽然跑进她房里，失神地瞅着她，不说话。

"妈，怎么了？"

"梅梅！你是往哪儿乱跑来？"

"大冬天，我能去哪儿？哪儿也没去！"

"还嘴硬呢，我看也是有不干净的东西跟上你了！没事，你怎么老瞪着眼睛发愣？你自家知道不知道？"

不干净的东西，就是指妖鬼一类。汝梅一听，就疑心有人告发了她了：

不是六爷，就是他奶妈！实在说，六爷和他奶妈都给冤枉了，他们并没把她的胡言乱语当回事。发现汝梅异常的，其实是老夏暗中吩咐过的一个仆佣，她就在六爷屋里做粗活。汝梅她哪里能知道！

"谁说我跟上不干净的东西了？尽胡说！"

"那你成天发什么愣？我看见你也不大对劲！"

"我才没有发愣！"

"听听你这口气，哪像平常说话？梅梅你也不用怕！老夏已经派人去请法师了。"

"请法师做什么？"

"做法，做道场，驱赶不干净的东西。老太爷吩咐了，法师请到以前，不许你再乱跑！"

"老太爷也知道了？"

"老太爷最疼你，能不操心？"

老太爷又惊动了。秋天，因为上凤山，也惊动了老太爷。

6

每年十月十三，城里的资福寺，也就是东寺，有一个很大的庙会。这个庙会除了唱戏酬神，一向是古董珍玩、裘绮估衣、新旧家具的交易盛会。因为太谷富商财主多，古玩就既有市场，也有蕴藏。发了家的要收藏，败了家要变卖，生意相当隆盛。各地的古董商云集太谷，会期前后延绵一个月。

康笏南嗜好金石，每逢此会，都少不得逛几趟，希图淘点宝。他是本邑大财主，亮出身份，谁还不想着法儿多捞他一把？他越是喜爱的东西，人家越会抬价。所以，每年逛会，他都要精细化装，微服出行。长此以往，这种伪装能管多少用，倒在其次了，只是这伪装出行却成了一件乐事。东寺庙会一到，康笏南就来了跃跃欲试的兴奋。

也不独是康笏南一人爱化装出行，来淘宝的大多这样诡秘不露真相。与此成为对照的，倒是富家的女眷要盛装出行，赴会看戏游逛，展露丰姿。那时的风气，冬装才见富贵。这冬日的盛会，正给她们一个披挂裘皮呢料的机会。所以除了古董珍玩，还有仕女如云，难怪会期能延绵那么长。

今年天下不靖，兵荒马乱，正是古玩金石跌价的年份。入冬以来，又不断有消息说，洋人一边议和，一边图谋西进夺晋，紫荆关、大同等几处入晋的孔道，尤其是东天门固关，军情一再危急。闹得人心浮动，大户富室更有些恐慌。惊慌过度的，或许会将什么宝物甩了出来？所以，康笏南觉得今年的东寺庙会还是有赶头的。自然了，他仍有淘宝的兴致，是看出洋人西进是假，威逼朝廷答应那十二款是真，无非再多讹些银子，多占些便宜吧。

城里孙家的府第，就在东寺附近。既与孙家定了亲，康笏南今年就想叫六爷一道去赶会淘宝。六爷似乎有些不大情愿，康笏南就把何老爷也请出来了。三人同行，寻觅古雅，又不与商沾边，还有什么不愿意！

那今年装扮什么行头？

管家老夏建议，还像前年似的，戴副茶色石头眼镜，罩一件布袍，装作一位家馆塾师就成。六爷是跟着的书童，何老爷是跟着伺候的老家人。

何老爷一听就火了："我出门，什么时候有过这种排场？书童，老家人，何不再跟一个管家？要跟个老家人，老夏你去才合适，名副其实，也不用装扮！"

康笏南笑了，说："哪能叫何老爷给我扮下人！今年我不听老夏的，只听何老爷的高见！"

何老爷说："我一个老家人，能有什么高见！"

康笏南就说："老夏，看看你，看看你！好不容易请何老爷陪我一回，你倒先给得罪了。我看，你就当着我们的面，给何老爷磕个头，以为赔礼。"

老夏忙说："我只是建议，又未实行。"

何老爷说："叫他这么赔礼，我可不稀罕。拉倒吧，不叫我扮下人就成了。"

康笏南说："看看，还是何老爷有君子气度。那就听听何老爷高见，我们三人怎么出行？"

何老爷说："要我说，今年老太爷就什么也别扮了，到东寺会上显一次真身！"

老夏笑了："何老爷的高见倒真高！"

康笏南说:"我看何老爷这主意不俗,一反常态。"

何老爷说:"今年时局不靖,人心浮动。老太爷坦然往东寺赶会,能淘到东西淘不到东西,我看都在其次了,稳稳人心,也是积德呀。"

康笏南一听,才真觉何老爷说到要紧处了:"何老爷,就照你的,咱们什么也不扮了。你说得很对,时局往坏里走,再值钱的古物吧,谁还能顾上疼它!"

何老爷这才痛快出了一口气。

十月十六进城,康笏南有意节俭,只叫套了两辆车,盼咐何老爷坐一辆,六爷跟他坐一辆。六爷惮于跟老太爷挤一处,何老爷也不便比老东家还排场,六爷就跟何老爷挤了一辆。一路上,师生二人倒是说说笑笑,并不枯索。

车先到天成元,进铺子里略暖和了一阵,康笏南就坐不住了,执意要动身。孙北溟见老东台既不伪装,也没带多少下人,就要派柜上几位伙友跟了伺候。康笏南坚决不许。

六爷跟了兴致很高的老太爷往东寺走,实在提不起多少精神。老太爷却不管他,只管说:"东寺以南那大片宅第,就是孙家了。孙家比我们康家发家早,富名也大。咸丰初年,为了捐输军饷,有一位叫章嗣衡的广西道监察御史给朝廷上折,列举天下富户,内中就有太谷孙家,言'富约两千余万'。哈哈,他哪能知道孙家底细!"

何老爷就问:"老东台一定知道了?"

"我也不知。所以才笑那位监察御史!"

"六爷做了孙家东床快婿,终会知底。"

六爷冷冷地说:"我才不管那种闲事!"

东寺西侧有一颇大的空场,俗称东寺园。庙会即展布在这里。刚入东寺园,倒也觉得盛况似往年,人潮涌动,市声喧嚣。

但往里走不多远,康笏南就发现今年不似往年:卖寻常旧物的多,卖古玩字画的少。越往里走,越不成阵势,像样的古董商一家都没碰上。满眼都是日用旧物,卖家比买家多,生意冷清得很。生意稍好些的,大多是卖吃喝的。往年的盛装仕女,更见不着了。人潮涌动中,一种可怕的荒凉已分明浮现上来。化装不化装吧,谁还来注意你!

康笏南心里已吃惊起来：时局已颓败成这样了？早知如此，还出来做甚！但大面儿上他还是努力显得从容，继续游逛。

何老爷倒一味东钻西串的，兴致不减。忽然跑来对康笏南说：他发现了一帧明人沈周的册页！

康笏南一听沈周册页，心里就一笑。跟过去一看，果然又是赝品。册页上那一方沈周的钤印倒是真的，但此外所有笔墨都系伪作。沈周是明代书画大家，画作在当时就值钱。只是，此公太忠厚了，常为那些困顿潦倒的作伪者，慷慨钤自己的印。所以此类伪作流传下来的也多。这类赝品康笏南早遇见了多次。不过看这帧伪作，笔墨倒也不是太拙劣。即使赝品，也是明朝遗物，存世数百年了。

康笏南就说："报个价吧。"

卖家立刻就诉苦说："作孽呀！不是遇了这样的年景，哪舍得将这家传宝物易手？实在是镇家之宝……"

何老爷说："你先报个价，别的少说！"

卖家说："我看几位也是识货的，你们给多少？"

康笏南就说："五两银子。"

"五两？"卖家惊叫起来，"识不识货呀？听说过沈周是谁吗？你们就是给五十两，也免谈！五两，买草纸呢？"

康笏南一听卖家至多只要五十两，就知道自己的判断不错。于是说："五十两银子倒是有，可还得留着全家度春荒呢。就富余这五两银子，不稀罕，拉倒。"

卖家说："银子不富余，也敢问价？"

何老爷瞪了眼说："你既摆出来卖，还不兴问价了？"

康笏南忙说："我们是买了巴结人的，仅能出五两银子。不卖，掌柜的你就留着吧。"

"五两？这不是辱没人吗！"

"走了，走了，寻件别的雅物去。"

说时，康笏南起身离去，何老爷和六爷也跟着走了。还没走几步呢，卖家就招呼："几位，能添点不能？这是什么货！孝敬好此道的，保你们吓他一跳！回来再看看是什么货！"

康笏南站住说:"真是件正经东西?"

"不是正经东西,我早卖给你了!"

"太值钱了,我们也不要。自家不好此道,只是一时孝敬别人,略尽礼数,也无须太值钱了。"

"东西是正经东西,可惜今年行市太不强。能添多少?"

"仅做一般礼品,真添不了多少。"

还了几次价,终以十两银子成交。

离开卖主后,何老爷惊叹道:"老太爷真是杀价高手!"

康笏南说:"太贵了,我怕你不敢收!"

"替我买的?"

"送何老爷的。"

"平白无故的,送礼给我?"

"权作冬日炭敬吧。"

"绝不敢当!"

"何老爷,这帧册页实在也值不了多少银子。值钱的就上头钤的那方篆印,那确是沈周的真迹。画是不是沈的笔墨,不敢定。但画品也不算劣,又是前朝旧物,卖得好,倒也真值几十两银子。"

"原来是赝品才赏给我呀?"

"何老爷最先发现,当然得归你。留作一般应酬送礼,真也不能算俗。"

两人正说呢,六爷指了指前面,说:"那么热闹,卖什么的?"

康笏南抬头一看,吃了一惊:"哪是做买卖?是舍粥的!快去问问,那是官家舍粥,还是谁家舍粥?"

六爷走进那热气腾腾的人堆里,一问,竟是孙家在舍粥。

回来一说,老太爷就招呼道:"快回,快回,不逛了。"

何老爷问怎么了,他也不说明,只是匆匆径直往回走,跟随伺候的下人还得赶趁了才能跟上。

回到天成元,康笏南就问:孙家舍粥,柜上知道不?

孙北溟说:"听说了。近日城里已有冻死的。一些外来流民和本地败家的生计已难维系。"

康笏南厉声问:"怎么不告我?"

孙北溟说:"我们也有难处了。"

"康家也到东寺会上支棚舍粥!花销不用你们柜上出,只借你们几位心善的伙友,到粥棚张罗张罗,成不成?"

"老东台尽管吩咐。"

第二十章　战祸将至

1

秦腔名伶响九霄突然登门来访，把邱泰基吓了一跳。

那时代，伶人是不便这样走动的。邱泰基虽与响九霄有交情，可也从未在字号见过面。而现在，响九霄又忽然成为西安红人，常入行在禁中供奉，为西太后唱戏，邱泰基就是想见他，也不像以前那么容易了。今天不速而至，准有不寻常的缘由。

虽是微服来访，响九霄的排场也大了，光是跟着伺候的就有十来位。西号的程老帮见了这种阵势，就有些发怵，直把邱泰基往前推。响九霄也只是跟邱泰基说话，不理别人。邱泰基只好出面，把响九霄让进后头的账房。这时，三爷不在柜上，想吩咐人赶紧去叫，又怕响九霄不给三爷面子，弄下尴尬，作罢了。看响九霄现在的神气，眼里没几个人。

"郭老板有什么吩咐，派人来说一声，不就得了！是信不过我们吧，还亲自跑来？"

"邱掌柜，我是来给你赔不是的，不能不来。"

赔不是？这可叫邱泰基更感意外了：话里藏着的，不会是小事。他故作惊慌样，说："郭掌柜不敢吓唬人！我们哪有得罪，该骂就骂……"

"哈哈，邱掌柜，你也跟我见外了？"

"哪是见外！郭老板现在是贵人了，听说那些随驾的王公大臣都很给你面子呢！我们还跟以前似的，就太不懂事了……"

说时，邱泰基正经施起礼来。

"邱掌柜，越说你见外，你越来了。我一个唱戏的，能成了贵人？我是偷偷给你说，禁中供奉，谁知将来能落个什么结果！"

毕竟是伶人，还有闲杂人等在跟前呢，就说这种话。邱泰基真担心他

说出"伴君如伴虎"来,赶紧接住说:

"郭老板的本事,我还不知道?托了皇太后的圣恩,你已经一步登天,名扬天下了,还想怎么着呢?听说在京师供奉禁中的汪桂芬、谭鑫培几位,都封了五品爵位。不定哪天太后高兴了,也要封你!"

"邱掌柜,你是不知道,进去供奉,哪那么容易?时刻提着脑袋呢!"

越怕他说这种话,偏说,真是个唱戏的,心眼不够。邱泰基忙岔开说:"郭老板,你说来赔不是,是吓唬人吧?"

"真是赔不是来了。我一时多嘴,给贵号惹了麻烦!"

邱泰基听出真有事,就不动声色吩咐跟前的伙友:还不快请郭老板底下的二爷们出去喝茶,有好抽一口的,赶紧点灯烧烟泡伺候。一听这话,跟进来的几位随从都高高兴兴地出去了,看来都好抽一口。

下人都走了,就剩了主客两位,邱泰基才说:"郭老板,不会见怪吧?你我多年交情,斗胆说几句知心话,不知爱听不爱听?"

"怎能不爱听?我今日来,就想跟郭掌柜说说知心话!"

邱泰基以往跟响九霄交往,也不是一味捧他,时不时地爱教导他几句。响九霄倒也爱听,因为邱掌柜的教导大多在情在理,也愣管用。伶人本没多少处世谋略,有人给你往要紧处指点,当然高兴听了。所以,他把邱掌柜当军师看呢,交情不一般。正是有这一层关系,邱泰基才想再提醒他几句。现在,人家大红大紫了,你也跟着一味巴结,恐怕反叫人家看不起。

"郭老板,你能喜获今日圣眷,怕也是祖上积了大德,你就不珍惜?"

"邱掌柜是话里有话呀!我整天提心吊胆的,咋就不珍惜了?"

"以前,我跟官场打交道比你深,宦海险恶也比你深看几分。你能出入禁中,常见圣颜,一面是无比荣耀,一面也真是提着脑袋!"

"这我比你清楚,刚才不说了吗?"

"你不知珍惜,就在这个'说'字上!这种话,你怎么能轻易说出口?"

"邱掌柜,我不是不把你当外人吗?"

"咱们是多年交情,可跟前还有一堆下人呢!"

"下人们,他谁敢!"

"郭老板,你这哪像提着脑袋说的话?不说有人想害你,就是无意间将你这类话张扬出去,那也了不得呀!你说话这样不爱把门,手底下的人也跟你学，说话没遮拦，哪天惹出祸来，怕你还不知怎么漏了气呢！"

"邱掌柜，你这一说，还真叫我害怕了！"

"郭老板，伴君如伴虎，这几个字你得时时装在心头，可绝不能挂在嘴头！伴君头一条，就得嘴严，什么都得藏着，不能说。唱戏是吃开口饭，嘴闲不惯，可你就是说废话、傻话、孙子话，也不敢说真话！不光是心里想说的不能说，就是眼见着的，也万万不能轻易说！宫中禁中见着的那些事，不能说；王公大臣跟前经见的事，也不能说。祸从口出，在官场尤其要紧。"

"邱掌柜，你真算跟我知心！这么多巴结我的人，都是跟我打听宫中禁中的事，唱了哪一出，太后喜欢不喜欢，她真能听懂秦腔，太后是什么打扮，皇上是什么打扮，没完没了！连那些王公大臣，也爱打听。就没人跟我提个醒，祸从口出！"

"郭老板飞黄腾达，我们也能跟着沾光。谁不想常靠着你这么一个贵人！你能长久，我们沾的光不更多？"

"可除了邱掌柜你，他们谁肯为我长久做想？都是图一时沾光！"

"谁不想知道宫中禁中情形呢？你多留个心眼就是了。尤其那班王公大臣，跟他们说话既得有把门的，又不能得罪人，心眼更得活。"

"邱掌柜，你可说得太对了，这班大人真不好缠！我来赔罪，也是因这班大人给闹的。"

"老说赔不是，到底什么事？"

"我能常见着的这几位王公大臣，都是戏瘾特大的。随驾来西安后，也没啥正经事，闲着又没啥解闷的，就剩下过戏瘾了。人家在京师是听徽班戏，咱西安就张乐领的那么个不起山的徽戏班。叫去听了两出，就给撅出来了。有位大人跟我说：'张乐也算你们西安的角儿？那也叫京戏？还没我唱得地道呢！'我跟他们说，张乐本来也不起山，西安人也没几个爱听徽班戏的。"

这是又扯到哪儿了？到底出了什么事，扯半天了，还是一头雾水！但响九霄以前就有这毛病，现在成了贵人了，你能叫他别啰唆？邱泰基只好插了一句："那他们能爱听你的秦腔？"

"他们才听了几天秦腔，能给你爱听？可太后喜爱呀，他们不得跟着喜爱？太后召我们进宫，那是真唱戏。这些大人召我们进府，那可不叫唱堂会！"

"那叫唱什么？"

"唱什么，陪他们玩票！有几位真还特别好这一口，每次都要打脸扮相，披挂行头，上场跟我们搅。那哪是唱戏，乱乱哄哄，尽陪了人家玩闹！"

"这么快，他们就学会吼秦腔了？"

"哪儿呀，人家用京腔，我们用秦腔，真是各唱各的调！邱掌柜你是没见那场面，能笑死人了。"

"那些人，不就图个乐儿吗？只是，郭老板，你说惹了个什么事……"

"这就说到了。皇太后的万寿就在十月，邱掌柜不知道吧？"

"我一个小买卖人，哪能知道这种事？"

"太后的寿辰就在十月。以往在京师，太后过寿辰那是什么排场？今年避难西安，再怎么着，也不能与京师相比。太后跟前的李总管早就对我说了，你卖些力气，预备几出新戏，到万寿那天，讨老佛爷一个喜欢。我说，那得拣老佛爷喜欢的预备，也不知该预备哪几出？李总管就不高兴了，瞪了眼说：'什么也得教你？'我哪还敢再出声！出来，我跟一位王爷说起这事，王爷说：'李总管他也是受了为难了。这一向，谁在太后跟前提起过万寿，太后都是良久不语，黯然伤神，脸色不好看。'我问：'太后那是有什么心思？'王爷说：'连李总管都猜不透，谁还能知道！'"

这又是扯到哪儿了！叫他多长心眼少说话，看看吧，越说越来劲，越说越详细。小人得志，真没治了。

"郭老板，宫中那些事，你还是少说些吧，就不怕隔墙有耳？"

"这都跟你们有关，不能不说。这位王爷，我就不跟你说是谁了。反正就在他府上，玩票玩罢了，正卸妆呢，他忽然问我：'你跟山西票庄那些掌柜熟不熟？'邱掌柜，我真是嘴上没遮拦，张口就说了：'倒还有几位，交情不一般！'人家跟着就问了：'太谷有家姓康的财主，也是开票号的，在西安有没有字号？'我说：'有呀！字号叫天成元，掌柜的跟我交情也不浅。'看看我，张嘴把什么都说了！"

邱泰基忙问："这位王爷打听敝号做甚？"

"当时我也问了，王爷说：'是太后跟前的崔总管跟我打听，我哪儿知道？'前两天，我才明白了：崔总管打听贵号，是想为太后借钱办万寿。"

"跟我们借钱办万寿？"

"邱掌柜，我实话跟你说了吧。"响九霄就放低声音说，"崔总管跟你们借钱，办万寿只是一个名义，其实是给太后多敛些私房，讨她高兴。都说经历了这一回逃难，太后是特别迷上私房钱了！"

"要跟我们借钱攒私房？"

"要不我一听就慌了。早知这样，我也不多嘴了。多了几句嘴，给你们惹了大麻烦。崔总管寻上门来，你们不敢不借，借了，哪还能指望还账？惹了这么大祸，我哪能对得住邱掌柜！"

听了这消息，邱泰基知道要倒霉：遇上天字第一号的打劫了！可这也怨不着响九霄，他就是不多嘴，人家也能打听到天成元。不看这是谁打劫呢！响九霄能先来送个讯，也该感激的。就说："郭老板，你心思太多了。能孝敬皇太后，是我们一份天大的荣耀，哪能说是麻烦？"

"贵号不怕太后借钱？那我就心安多了。"

"遇上今年这种行市，天灾战乱交加，哪还能做成生意？敝号也空虚困顿，今非昔比了。可孝敬皇太后，我们就是砸锅卖铁，也不敢含糊！"

响九霄很啰唆了一阵，才起身告辞，邱泰基却早已心急如焚。

2

邱泰基已听同业说过：西太后到西安后变得很贪财。加上祁帮乔家大德恒那样一露富，很叫太后记住了西帮。来西安这才多少天，已跟西帮借过好几回钱。可那都是户部出面借钱，账由朝廷背着，这回轮到跟天成元借钱了，却成了宫监出面，太后记账！太后张了口，谁敢驳呀？可放了这种御账，以后跟谁要钱去？

太后张口借钱，那也不会是小数目！所以，响九霄一走，邱泰基就赶紧去见三爷。

三爷是财东，来西安后自然不便住在字号内。但在外面想赁一处排场些的住宅已很不容易。两宫避难长安，等于把京都迁来了，随扈大员浩荡一片，稍微排场些的宅第还不够他们争抢呢。幸好邱泰基在西安经营多年，门路多，居然在拥挤的城内，为三爷赁到一处还算讲究的小院，只是离字号远些。三爷已十分满意，常邀邱泰基到那里畅谈。

这天邱泰基赶到时，三爷正在围炉小酌。

邱泰基就说："三爷，这都什么时候了，才吃饭？"

三爷见邱泰基意外而至，很高兴，说："你是闻见酒香才来的吧？后晌又冷又闷，也没人来！"

"这屋里够暖和了。这么嫌冷，那你在口外怎么过冬？"

"在口外天天吃羊肉，喝烧酒，身上热呀！这不，我叫他们炖了个羊肉砂锅。邱掌柜，我看你是闻见酒香肉香才来的，赶紧坐下喝两口！"

"我可是有件急事，来见三爷！"

"再急吧，能耽误你喝两口酒？"

"三爷，真是一件天大的急事！"

"邱掌柜，你说西安的天能有多大？京师丢了，都挤到西安，西安能有多大的天？先喝口酒再说！"

看看三爷，也不像醉了。邱泰基只好先喝了一盏烫热的烧酒，真似吞火一样。他倒也能喝烧酒，只是平日应酬爱喝黄酒、米酒。在口外这一年，应酬离不了烧酒，但也没能上瘾。烧酒喝多了，也易误事。三爷常隐身口外，喝烧酒跟蒙人似的，海量，他可陪不起。

三爷见他跟喝药似的，不高兴了，说："邱掌柜是不想陪我喝，对吧？"

邱泰基赶紧说："真是有一件很急的事跟三爷商量！"

"京师都丢了，还能有什么急事？除非是洋人打进到西安了，别的事，都没喝酒要紧！"

"三爷，是关乎咱们天成元的急事！"

"咱自家的事，更无须着急了。先喝酒，邱掌柜，你再喝一盏！"

看三爷不像醉了，怎么尽说醉话？遇了火上房的急事，三爷偏这样，好像是故意作对似的。邱泰基也只好忍耐着，又喝了一盏。

"邱掌柜，你吃口羊肉！喝烧酒，你得搭着吃肉，大口吃肉。不吃肉，烧酒就把你放倒了。"

"吃羊肉，我不怕，喝烧酒可真怕！"

"那你还是在口外历练得少！多住两年，保你也离不开烧酒。"

"三爷，这么快就重返西安，可不是我想这样。"

"邱掌柜，快不用说了！早知时局如此急转直下，一路败落，我宁肯留在口外，图一个清静！"

"这一向，口外也不清静。"

"再怎么不清静，洋人也没打到归化、包头！邱掌柜，你老是劝我出山，劝我到大码头走走，这倒好，正赶了一场好戏，整个朝廷败走京师！"

三爷真是喝多了，怎么尽说这样的醉话？三爷是海量，难得一醉。是心里有什么不痛快？到西安后，三爷一直兴冲冲的，并不见怎么忧虑丧气。前几天，又听说西太后很想迁都长安，就窝在这里长治久安，不走了。三爷对此甚不满意，还关住门骂了几声。这点不痛快，还能老装在三爷心里，化不开？遇到了这么个朝廷，你化不开吧，又能怎样！

趁三爷提到朝廷，邱泰基赶紧接住说："三爷，我说的这件急事，也是由朝廷引起……"

"朝廷？朝廷又要怎样？"

邱泰基就把响九霄透露的消息简略说了说。

三爷没听完，就有些忍不住了，很不屑地哼了一声，说："位居至尊，也能拉下脸来讨吃？"

邱泰基说："太后讨吃，给少了哪能打发得了？"

"八月路过山西时，咱们西帮刚刚打发过他们，这才几天，怎么又来了？西帮成了他们的摇钱树了？"

"我看就怨那次露了富。尤其祁县乔家，一出手就三十万！你们这么有钱，朝廷能忘了你？"

"我家老太爷也不甘落后呀！为看一眼圣颜，也甩出几万……"

看来，三爷真是有些醉了，居然数落起老太爷来。邱泰基忙拉回话头，说："三爷，太后跟前的崔总管真要来借钱，我们借不借？"

"不借！不管谁来了，你就跟他说：我们也讨吃要饭了，哪还有银钱借给你们！"

"三爷，这么说，怕打发不了吧？"

"打发不了，他要咋，要抢？"

三爷今天是怎么了？说话这么火暴，好像又退回一年前在口外时的那种样子，专寻着跟你争强斗胜。他跑西安来，兴冲冲想张罗点事，露一手给老太爷看，可遇了这种残败局面，处处窝火，终于忍耐不下了？可你再火暴，又能如何！毕竟是初当家，毕竟是在口外隐身得太久了。

邱泰基冷静下来，说："那就听三爷的，不借。皇太后亲自来，咱也不借！来，咱们喝酒！"

三爷见邱泰基这样说，口气倒软了，问："邱掌柜，你说，我们要是不借，他们会怎样？"

"管它呢，反正三爷你也不怕。喝酒！"

"我想听听你的高见，我们不借，太后会怎样？"

"会怎样？想杀想剐，那还不是一句话！可要杀要剐，我们也不怕！"

"邱掌柜，我的命太不济！熬了多少年，刚接手主事，就遇了这样一个千载难遇的年景。年初还好好的，一片喜气洋洋，才几天，大局就呼啦啦倒塌下来，至今没有止住。祖上留下的生意倒了一半！老太爷主事四十多年，啥事没有，我刚主事才几天，呼啦啦就倒了一半！我是败家的命吧？"

三爷心里果然窝着气。可这样窝气，还是显出嫩相来了。出了这样的塌天之祸，能怨着你什么事！

"三爷，你哪是命不济？是命太强！你一出山，就把大清的江山震塌一半！干脆，你再抖擞精神发发威，把留下的这一半也给它震塌算了，省得太后来跟我们讨吃打劫。"

"邱掌柜，你还有心思说笑话！"

"三爷，我可不是说笑话！今年出了这么大的塌天之祸，正经主事的西太后还不觉咋呢，该看戏看戏，该过寿过寿，该打劫打劫。三爷你倒仁义，也太自命不凡，愣想把这塌天之祸揽到自家头上，好像谁也不该怨，就怨你命硬，给妨的！八国联军正想惩办祸首呢，太后、载漪、刚毅、董祥福都不想当祸首。只有三爷你想揽过来当这祸首，可洋人认不认你？惩办了你，能不能解了洋人的气？"

三爷不说话了，愣了半天，才问："邱掌柜，你这是笑话我吧？"

邱泰基说："我这是给你醒酒！"

"我没喝醉，醒什么酒？你是笑话我。"

"我只是笑话三爷说的醉话。"

"我说什么醉话了？我只说时局，说祖宗的大业，谁喝醉了还扯这种正经事？"

"我说也是，管它塌天不塌天呢！就真是大清江山全倒塌了，我们也得做自家的生意。"

"我忧心如焚的，也是咱们的生意呀！"

"那就水来土掩，兵来将挡吧。三爷，你不敢太着急，更不能先灭了自家威风，刚出点事，就埋怨自家命不济！"

"你倒说得轻巧，刚出点事！京师失守，朝廷逃难，天塌了一半，谁遇见过？"

"三爷，叫我说，你刚出山，就遇此大难，正给你一个显露大智大勇的良机！要是平平安安，哪能显出你来？"

三爷这才像来了精神，击案道："邱掌柜，这才像你说的话！那你说吧，我们如何一显大智大勇？"

"三爷，你又着急了吧！眼下，咱们先说放不放这笔御债？"

"明里不借给，当然不成。能不能想一个不借的妙招？"

"叫我看，不用费这种心思了。这件事，明摆着就一条路：借。要多少，得借给人家多少。户部跟我们借钱，还能寻个借口，推脱一下。太后她私下来打劫，我们哪还能推脱！连太后的面子都敢驳，不想活了？"

"那还有什么商量的！"

"借，是非借不成。怎么借，也有文章可做。太后过万寿，我们孝敬了，也不能白孝敬吧？总得赏给我们些好生意做吧？再则，我们以现银短缺为由，也可将孝敬的数目往下压：先写张大额银票，看他要不要；不要银票，那就太对不住了，敝号现银实在有限！近来西安银根奇缺，没人想要银票，太后圣明着呢，她能想要银票？"

"邱掌柜，你心中既有了谱，就放心张罗你的吧。"

"三爷，你得定个大盘：最多，我们孝敬她一个什么数？"

"你看多少合适？"

"叫我看，要借现银，少于一万两，怕打发不了；写银票，倒可多些，至五万。估计他们不收银票，不妨大方些。"

"还大方呢，太寒碜了吧？毕竟是御债。"

"咱就为落这么个寒碜的名儿，再一甩几十万，以后更不能活了。再说，柜上的现银也实在紧巴。"

那时的西安，也算是个大码头。可朝廷行在浩荡一片，忽然涌来，光是那庞大的花费，西安就难以容纳。物价飞涨，银根奇缺，那是必然的。西帮各大号虽在西安都开有分号，可原先那点规模，哪能支应了这样的场面？加上拳乱蜂起时，为安全计，不少票庄匆匆将存银运回了祁太平老号。现在，朝廷驻跸西安，各路京饷都往这里解送，眼看大宗大宗的生意涌过来，却不敢很兜揽。朝廷这头，是紧等着用现银，你接了汇票，兑不出银子，那不是找倒霉吗？所以，虽承陕西抚台岑春煊的关照，江南米饷可先紧着大德通、天成元等几家大号兜揽，也没敢承揽多少。揽多了，西安这头没法兑现。

邱泰基动员程老帮，一再致电致信老号，正有大宗生意待做，望能紧急调运些现银过来，也不知怎么了，孙大掌柜只是按兵不动。理由是路途不靖，运现太危险。这明显是托词：据走票的信局说，太原来西安这一路，眼下算是好走的。邱泰基以为自己和程老帮位卑言轻，就请三爷出面催问，居然也没有结果。三爷就有些上火，又给老太爷去信诉苦，老太爷回信说：你少干涉号事吧。

三爷心里郁闷，与此也大有关系。他听了邱泰基的寒酸之论，就以为邱掌柜想以此笔御债，逼老号运现。既想如此，何不多放御债？就说："就怕太寒酸了，得罪太后。虽尊为太后，我看她也是小心眼。我们想省钱，反落一个触犯天颜，太不合算吧？"

"三爷，你现在又大方了！柜上的底子，你也不是不知道，都来借钱，没人存钱，只进汇票，不进银子，我们拿什么装大方？"

三爷也只好长叹一声，说："由你张罗吧，喝酒！"

没过几天，西太后跟前的宫监二总管崔玉桂，果然亲自光临了天成元的西安分庄。按事先的计议，三爷与邱泰基出面支应，没让程老帮露面。

崔总管嗓音尖利粗糙，说话也不客气，进来就问："这是太谷康财主家的字号吗？"

邱泰基忙指着三爷说："小号正是。这就是小号的少东家……"

崔总管扫了三爷一眼，打断邱泰基的话，说："那在徐沟觐见太后的，是谁？"

三爷忙说："是家父。"

崔总管依然扬着脸说："当时，就是我带他进去见的太后！"

三爷说："我们一直牢记着呢。"

崔总管说："记的就成。眼看就是太后的万寿了，可西安这地界要啥没啥！我来跟你们借俩钱，回去给太后办寿辰。听明白了吧？"

三爷说："听明白了。"

邱泰基也赶紧说："皇太后万寿，我们也该孝敬的！崔公公说借，我们可就罪过大了。"

崔玉桂就瞪了邱泰基一眼，说："我不说借，说抢？太后有交代，跟字号借钱，记她账上，回京后还人家。听明白没有？"

邱泰基说："明白了。"

崔总管眼瞪得更大了，喝道："那还愣着干吗？"

邱泰基故作惊慌状，说："不知崔公公今日驾到，也没准备……"

崔总管脸上怒色毕现，厉声斥问："怎么，响九霄没来跟你们说？"

响九霄来送讯，原来是跟崔总管通了气的？还以为他不忘旧谊，偷偷给送讯来了。这个戏子，倒真会演戏！明明是入伙打劫，还装着是行善！邱泰基只顾了惊讶，一时竟没答上话来。

三爷这才赶紧说："响九霄来过，可他也没告我们一个准日子。"

崔总管厉声喝道："少废话！哪位是掌柜？快替爷爷写张借条！"

邱泰基忙问："不知要借多少？"

崔总管反问："你们能借给多少？"

邱泰基说："西安码头不大，敝号原本也做不了多大的生意，加上拳乱的祸害，更……"

崔总管又喝住，说："尽说废话！到底能借多少？"

邱泰基说："要借现银，柜上仅有存底一万两；要写银票，也只能有五万的余地。"

"那好，就借你们一万两现银，再写五万两的汇票，算六万两，凑个吉数！"

真没想到，这位凶眉恶眼的大宫监，居然来了个一网打尽，现银、汇票全收了！邱泰基原本是拿五万汇票虚晃一枪，只想借出一万了事，哪想竟赔了夫人又折兵？

崔总管此话一出口，邱泰基和三爷都目瞪口呆了。

3

遭了这样一次打劫，邱泰基真是沮丧之极：遇了大场面，自家的手段竟如此不济！走了这样一步臭棋，把三爷也连累了。

三爷倒是极力宽慰他：遇上顶天的太后打劫，谁也得倒霉。还是想想办法，多做些生意吧。

与邱泰基及程老帮一道计议后，三爷决定返回太谷，亲自去说服孙大掌柜。西安银根奇缺，正是做银钱生意的好时候。赶紧调些现银来，就能占一个先手。近来西安城外，到处可见各地奔来的运银橇车。内中，虽然官兵解押的官银橇居多，但镖局押送的商家银橇也有一些了。再不行动，将坐失多大的一份良机！现在，全国的银钱都在往西安调动，眼看着生意滚滚，却不能放手兜揽！这不是作孽吗？

阴历十月正是天寒地冻的时候，三爷要跋涉返晋，邱泰基有些于心不忍，想替代，自家又没有这样的自由身。所以，他一再表示，回去务必给孙大掌柜交代清楚，西号损失的这六万两银子，不干程老帮什么事，更不干你三爷的事，全赖他邱泰基一人。

另外，邱泰基还托三爷带了一封家信回去。

在三爷回来前，天成元老号的孙大掌柜已经收到西号的一封信报，报的就是被西太后打劫的事。放了这样一大笔债出去，按规矩也得及时报告老号，何况还是一笔几乎有借无还的御债。信报中，邱泰基独揽了责任，特别言明与程老帮无关。

孙北溟看过信报就大不高兴。遇了皇太后来打劫，不破财当然不成，可也不能给劫去六万呀？在今年这年头，六万是个什么数目！就是在好年景，你西安庄口几年才能净挣到六万？要知这样，何必调你邱泰基赶赴西安！你那本事都哪去了？

在孙北溟想来，这个邱泰基一定是有些好了伤疤忘了疼。见这么快就调他重返西安，一准又得意忘形了。巴结官场，一向就出手大方，现在巴结朝廷，那还不得更张狂！可你也不看看今年是什么年景！

要在平时，拿这点钱巴结朝廷，真也不算多。可在庚子年遭遇了塌天之祸后，对天成元这样的大字号，也不是小钱了。

自京津失守后，除了京津两号全毁，直隶、山东、关外、口外的庄口，也几近被毁。不是遭抢劫，就是关门歇业，勉强开业的，也没什么生意可做。兵祸不断，匪盗蜂起，邮路受阻，汇路自然也断了。在此危困中，这些庄口的大部分伙友，辗转跋涉，逃回山西避难。天成元一家，就陆续有近百名伙友回来避难。康笏南发了话：不可开缺了这些伙友，也不可断了这些伙友的辛金。老太爷他倒仁义之至了，可孙北溟就发了愁。这么多人，不挣钱，只花钱，字号哪能受得了！

今年虽是天成元新账期的头一年，生意还没有铺开大做，但损失也意外的惨重。近几个月来，老号账房一直在估算京津等歇业分号的损失。仅被抢劫的现银，加上各庄口欠外及外欠的账目，总数只怕几十万两银子也挡不住！因为不少庄口的账目，乱中被毁，人家的存款，即欠外的，你赖不掉；可你放贷出去的款项，也即外欠的，却无从追讨了。所以，欠外、外欠，都得算损失。这样庞大的一笔损失，将来怎么兑付？逼着东家倾家荡产？

这么多庄口关门歇业，等于塌了半壁江山，余下一半，也难有作为。戴膺到了上海，也没有什么喜讯传来。上海生意的大宗，在洋货的集散。遇了今年这种洋祸，南方虽未波及，各码头进洋货也暂避风头，没有多大劲了。货流少，银钱流动也少，票庄也就没有多少汇兑可做。所以，沪号及汉号的生意，也甚清淡。

孙北溟正因此日夜发愁呢,忽然接到西安那样一封信报,他能高兴了？

只是，现在还能再怎么处罚邱泰基？他已经减了股，降了职，再罚，就罚他去做跑街？老太爷未必同意，三爷只怕更不愿意。孙北溟已经看出来，三爷是很赏识邱泰基的。邱泰基巴结朝廷这样没谱，三爷就在跟前。

但就这样不吭一声,放过此事?在此危难之际,老号的威严不能稍损!

孙北溟想了想,决定去康庄走一趟,见见康笏南。太后借御债,这是顶了天的事,也该给老东台说一声吧。冒着寒风,跑到康庄,给东家细说了邱泰基的新作为,老太爷居然听得津津有味,一点都没生气!

老太爷也糊涂了,忘了今年的年景?孙北溟忍不住又诉起苦来,说字号这么紧巴,邱泰基依然这样手大,岂不是雪上加霜,要陷字号于绝境?

老太爷居然说:"遇了皇太后打劫,只给劫去六万,张罗得很出色了!倒过来说,皇太后跟我们讨吃,不给六万,怕也打发不了吧?我看,邱掌柜张罗得不赖。"

孙北溟还能再说什么?什么也不想说了。

老太爷一向临危不乱,有高人做派。可今年这等危局,他似乎太轻看了。孙北溟早就觉得,在今年的劫难中,康老太爷有些失态。最失态的,就是到徐沟觐见太后。这犯了西帮大忌:露富,尤其是在朝廷跟前露富,更是大忌中的大忌!祁县乔家沉不住气,一出手就借给朝廷三十万,又将大德通做了一回太后的行宫,出尽风头。其实是有些昏了头!乔家经营票号晚,大富没有多少年,在朝廷跟前沉不住气,倒也罢了。康老太爷他是成了精的人物,成天教导别人,要善藏,忌露,不与官家争锋。怎么到了这紧要关头,也昏了头,愣是要跟乔家比赛,为看一眼圣颜,几万甩出去了!

这就好了,叫太后记住了康家,指着名来打劫你!

邱泰基的毛病,就是不善藏,太爱露!老太爷现在也纵容起他来。

时局这样危厄,老太爷又这样失态,天成元这副担子,实在也不好挑了。孙北溟再次萌生退意。

从康庄回到老号,他给西号的程老帮写了一封措辞严厉的复信:这么大一笔放债,竟不请示老号,真是太胆大了!

三爷回到太谷,已进十一月。

到家后,自然是先见老太爷。不过,他只是大略说了说西安的情形,对太后借御债也是略提了提,不敢详说。

哪想,老太爷居然已经知道此事,六万的数目也知晓了。三爷忙着解释说:"邱掌柜本来是使了手段,想少出借些,谁想那位崔公公竟如此下作，捞了干的，汤水也不留一滴！"

老太爷笑了，说："你们也是太小气！太后张一回御口，你们就给六万？"

三爷这才放心了，说："他们说是借，我们哪还能指望还？能小气，还是小气些吧。"

老太爷说："就是不还，也不能白借！邱掌柜他很谙此道的。"

三爷说："朝廷到了西安，满眼都是生意，只是我们无力兜揽。"

"不用跟我说生意，生意你们张罗。朝廷想迁都西安，真有这一说吗？"

"西安上下都在说这件事。听说刘坤一、张之洞、袁世凯这些疆臣重镇，也曾合疏上奏朝廷，主张迁都西安。太后也有此意，尤觉西安的古名'长安'甚好。可洋人哪肯答应？李鸿章每次由京电奏朝廷，都是催请回銮京师，说朝廷不回銮，洋人不撤兵。所以，一听说有李鸿章的电奏来了，太后就不高兴。看过电奏，更是好几天圣颜不悦！"

"这个女人，就是圣颜大悦时，那张脸能有什么看头！这么无能无耻，偏安西安就能长治久安了？妇人之见！你忙你的去吧。走时，过去问候一声老夫人。"

三爷听了老太爷的这声吩咐，不免有几分诧异：以往，老太爷可没有这样吩咐过。

走进老夫人这厢，她已经在外间迎候了。三爷行过礼，见老夫人精神似乎要比往常好些。她问了一些外间的情形，也不过是随意问问吧。她还说了些夸奖的话，如："全家就数三爷你辛苦！"这也不过是客气吧。

三爷应付了几句，就告辞出来。他不能在那里多停留：这么多年了，她依然没有老去，还是那样风韵独具，丽质难掩……三爷当然不能多想这些。

全家就数三爷你辛苦。这种话，谁说过！

4

第二天，三爷赶紧进城去见孙大掌柜。

孙大掌柜一开始就情绪不好，还没听三爷说几句，就追问邱泰基到西安后的所作所为：是不是又旧病复发？

三爷忙做解释，说现在的邱掌柜跟以前相比，真是判若两人了。连侍奉西号的程老帮，也不敢含糊，凡事程老帮不点头，他不敢行动。

孙大掌柜冷笑了一声，说："我才不信！一出手就是六万，程老帮他哪有这样的气魄？"

三爷忙说："应付这笔御债，是程老帮、邱掌柜和我一道计议的。又不能得罪太后，又不想多损失，真是煞费苦心。总算谋了个手段：银票写得多些，虚晃一番，现银则死守一万的盘子，一两也不能再多。朝廷驻銮后，西安银根奇缺，银票兑现不了，没人想要。所以就以为太后不会要银票，哪能想到，人家干的稀的都要！"

"别人想不到，他邱泰基也想不到？太后拿了我们天成元的银票，想要兑现，我们敢不给兑？"

"当时情势紧急，我们实在是乱中出错了。"

"我看还是邱泰基的老毛病犯了，只图在太后面前出手大方！"

三爷见孙大掌柜揪住邱泰基，不依不饶，什么事也说不成，就说："孙大掌柜，这步臭棋实在不能怨邱掌柜，是我对他们说：'太后落了难，来跟我们借钱，不能太小气了。'邱掌柜倒是一再提醒：'这种御债，名为借，实在跟抢也差不多。她不还，怎么讨要？门也寻不见！'我说：'至尊至圣的皇太后，哪能言而无信？'力主他们出借了这笔御债。所有不是，全在我。"

孙大掌柜居然又冷笑了："三爷初出山，不大知商海深浅，邱泰基他驻外多少年了，也不知道审时度势，替东家着想？"

已经将罪过全揽下了，孙大掌柜还是满脸难看，不依不饶。三爷心里窝的火就有些按捺不下，但他极力忍着，说：

"不拘怨谁吧，反正柜上有规矩。这笔御债真要瞎了，该罚谁，尽可罚谁。眼下当紧的，还是张罗生意。我这次回来，就是想把西安的行市，告知老号。朝廷驻銮西安成了定局，还盛传太后有意迁都过来，所以国中各路京饷、协饷正源源往西安流动。这不正是我们票家揽汇的大好时机吗？岑春煊就曾想将江南米饷的汇务，拨一大宗给我天成元承揽。可我们不敢多接：西号存银太少了。老号若能速调现银过去，正有好生意可做！"

孙北溟冷冷地说："西号的信报我早看了。现在兵荒马乱，哪敢解押大宗现银上路？"

三爷就说："我这一路归来，并没有遇着什么不测。出西安后，沿途见到最多的，正是运银的橇车。四面八方，都是往西安运银。"

"就是路上不出事，老号也实在没有多少存银可调度。"

孙北溟这话，更给三爷添了火！今年是新账期起始，前四年各地庄口的盈余汇总到老号，还没怎么往外调度呢，就存银告罄了？分明是不想调银给西号！三爷咬牙忍住，说：

"遇了这样的良机，就是拆借些现银，急调西安，也是值得的。"

"这头借了钱，那头由邱泰基糟蹋？"

这一下，算把三爷的火气引爆了，他拉下脸来，也冷冷地说："孙大掌柜，西安庄口借给西太后的这笔御债，算到我的名下，与你天成元无关，成不成？这六万银子，就算我暂借你天成元的，利息照付。你天成元真要倒塌到底了，替我支垫不起，我明儿就送六万两现银，交到柜上。只听孙大掌柜你一句话了！"

哪料，孙大掌柜并不把三爷的发作放在眼里，居然说："三爷，话不能这样说吧？西号的信报并没有言明，这六万债务系三爷自家出借，与字号无关。我是领东，过问一声，也在分内！"

"我现在特地言明了，不算晚吧？"

"按规矩，那得由西号报来！""我就去发电报，叫西号报来！"

说毕，三爷愤然离去。

走出天成元的那一刻，三爷真想策马而去，飞至口外，再不回来！

他是早已经体味到了：什么接手主理外间商务，不过是一个空名儿罢了！这个孙大掌柜哪把他这个主事的少东家放在眼里？自担了这个主理外务的名儿，他真没敢清闲一天，东奔西跑，冲锋陷阵，求这个，哄那个，可谁又在乎你！老太爷说他多管闲事，孙大掌柜嫌他不知深浅，言外之意，他也早听出来了：你担个名儿就得了，还真想张罗事儿呀！

老天也不遂人意，他刚担了这样一个空名儿，就遇了个倒运的年景，时局大乱，塌了半片天！

罢了，罢了，还是回口外去了，这头就是天全塌下，也与他无干！

盛怒的三爷，当然不能直奔口外，只是奔进一家酒馆，喝了个酩酊大醉。跟着伺候的家仆及车倌，哪里能劝得下，也只能眼看着三爷醉得不省人事，干着急，不顶事。还是酒家有经验，说这大冷天的，可不敢把人扔到车轿里，往康庄拉。人喝醉怕冷，大野地里风头硬，可不敢大意。

仆人们听了，慌忙向酒家借了床铺盖，把三爷裹严了，抬上马车，拉到天盛川茶庄。他们当然不能把三爷拉回天成元。

天盛川的林大掌柜见三爷成了这样，一边招呼伙友把三爷安顿到暖炕上，一边就问这是在哪儿应酬，竟醉成这样？仆人知道实情不能随便说出，只含糊应付几句，就求大掌柜代为照看一时，他们得赶紧回康庄送讯。

回来见了三娘，仆人不能不说出实情。三娘没听完就忍不住了，立马跑去见老太爷。可老太爷也没听她哭诉完，就说："不就是喝醉了吗？醒过来，叫他以后少喝，不就得了！"

三娘不敢再说什么了，很明显，老太爷不想得罪孙大掌柜。她只好领了一帮仆佣，往城里赶去。

三娘到达前，林大掌柜已经打听出，三爷是在孙北溟那里怄了气。所以一见三娘，林大掌柜就说："三爷也是太能委屈自己了。领东不把东家放在眼里，康家还没这种规矩吧？天成元是康家第一大号，先染上这等恶习，我们也跟上学？"

三娘听得心里酸酸的，可还努力平静地说："林大掌柜你也知道，三爷他脾气不好，哪能怨别人？再说，他在口外惯下了喝烧酒的嗜好，太贪杯！"

林大掌柜说："三娘你是不知道，孙大掌柜眼里有谁？我倒不是跟他过不去，是怕坏了你们康家的规矩！康家理商有两大过人之处，一是东家不干涉号事，一是领东不功高欺主。天成元功高，也不能欺负三爷吧！三娘，你们该给老太爷提个醒。"

"外间大事，我们妇道人家可不便插嘴。我看，也不怨谁。三爷脾气不好，办事也毛糙，以后有得罪林大掌柜的，还请多包涵。"

林大掌柜也看出来了，他说的意思，三娘都记下了，只是嘴上点水不漏吧。他不再多说，忙引三娘去看三爷。

三爷依然醉得不省人事。三娘虽心疼不已，面儿上却没有露出多少来，只是说:"他贪杯,罪也只能自家受,谁能替他!"

三娘只略坐了坐,安顿仆佣小心伺候三爷,就离开天盛川,返回康庄。她是个精明的女人,见老太爷不想得罪孙大掌柜,也就不敢将事情太张扬了。

三爷醉卧天盛川的事,孙大掌柜自然很快听说了,但他也不后悔。反正干到头了,得罪了三爷就得罪了吧。这辈子,伺候好老东家也就够了,少东家以后有人伺候呢。一把老骨头了,伺候完老的,再伺候小的,实在力所不逮。其实在孙大掌柜心底,他哪能看得起三爷、四爷这些少东家!

三爷这样跟他怄气,也好,他正可借此提出告老归乡的请求。所以,只隔了一天,孙北溟就又往康庄跑了一趟。

见了康笏南,孙北溟也没提三爷的事,只是说:"人老了真不经冻。今年也不知是天冷,还是更不经冻了,成天都暖和不过来,光想烤火,不想理事。"

哪想,他没说完,康笏南竟说:"你是想说,人老了,料理不动号事了,该歇了,对吧?"

"老东台真是眼毒!既看出来,那就成全了我吧,我实在是老得给你守不住天成元了。遇了今年这样的危难,更该启用年富力强的高手!"

康笏南居然说:"我也早有此意,新的大掌柜我也物色好了。只是,孙大掌柜你弄下的这个残局,人家不愿接手呀?"

孙北溟可没想到老东台会这样回答他,几乎语塞,半天才说:"老东台,眼下这残局也不是我一人弄下的吧?"

"不是你弄下的,是我弄下的?"

"今年年景不好,连朝廷也扛不住,失了京城。西帮同业中,又有谁家保全了,未受祸害?"

"我也想怨朝廷呢,可人家能理我?你是领东,也只好怨你。反正天成元有一小半的庄口关门歇业了,原本全活的一个大字号,给你弄得残缺不全,人家谁愿意接手?新做领东的,谁不想接过一个囫囵的字号?就像娶新媳妇,谁不想娶个全活的黄花闺女?"

"字号没有难处,我这老朽也能张罗得了,还请高手做甚?"

"孙大掌柜,咱们闲话少说,你想告老退位也不难,只要把天成元复原了,有新手愿意接,就成。"

"老东台,你这不是难为人吗?朝廷乱局未定,我一人岂可回天!"

"几十年了,孙大掌柜的本事,我还不知道?"

孙北溟终于听出来,康笏南是在跟他戏说。眼前,老家伙不会答应他退位的。于是,他想就轻慢了三爷,赔两句不是。但刚张口,就被康笏南岔开了:"闲话少说,我问你个正经事。孙大掌柜,依你看,朝廷会不会迁都西安?"

"迁都西安?谁说的?"

"我猜的。"

"我看不会吧?迁都那么容易?再说,朝廷也穷得很,它哪有钱迁都?"

"没钱,可以满天下搜刮。我看西太后是叫洋人吓怕了,她很想偏安西安。可洋人哪能答应她?这头一旦定都西安,洋人握在手里的京师就不值钱了,还怎么讹诈你?这就像绑票,事主要是不在乎撕票,那绑匪不是瞎忙乎了?"

"老东台看得毒辣。"

康笏南当然也看出来了,孙北溟对眼前时局真是糊里糊涂,难怪老三窝了那么大的火。可在眼前这样的乱局中,也真不能换马。换大掌柜是件大事,弄不好,就成了外乱加内乱了。而三爷的表现,也很令康笏南不满。即便是孙大掌柜糊涂,你也不能这样针尖对麦芒吧?再没有别的本事了,只会拿烧酒往死里灌自家?还是这样嫩!

这天,康笏南留孙北溟吃饭,把二爷、四爷、六爷、何举人都叫出来作陪。席间,谈笑风生,好像什么事也没有发生。

三爷恢复过来后,也没有再提旧事。他只是向老太爷提出,想去江南走走,眼下生意全靠南边了。老太爷欣然同意,别的也没多说。

听说父亲要往江南,汝梅执意要跟了去。三爷居然也爽快答应了。

三娘说,眼看进腊月了,等过罢年再走吧。三爷没有答应。

父女俩启程那一天,天阴着,似乎会下雪。不过,一路走去,终于也未遇到一场雪。

三爷走后，康笏南就给全家发了一道训示：时事艰难，生意不振，全家需勤俭度日。往后，只初一、十五吃肉食，平日一律吃素。过年，无论老少都不再添置新衣。年下，除祭祖、开市之外，不能多摆酒席。原定腊月要办的两件喜事：六爷婚娶、汝梅出嫁，也推后再说吧。

5

三爷临走时，才想起邱泰基托他带回的那封家信，忙打发一个下人，送往水秀村。

姚夫人读到男人写来的新家信，心里自然又是翻江倒海。男人很诉说了一番思子之情，并为未见面的儿子起了个乳名：复生。寓意是，去年他失足受贬，几乎轻生，幸获夫人搭救，死而复生，才得此子。故以"复生"记夫人大恩，也记邱家新生。孩儿的大名，等下班回去时，再郑重起吧。

男人有这一份情义，姚夫人当然是感动不已。自去年受贬后，男人写回来的家信也变了，变得谦和向善，多情多义。只是，这个"复生"，很叫姚夫人听着刺耳：云生，复生，偏偏都带一个生！也许该复一信给男人，就说乳名已经起下了，还是请高人按八字起的。但想了想，还是作罢了。为了不叫男人扫兴，复生就复生吧。

离男人下班归来，还有一年半吧。这一届班期，真是过得异常快，也异常惊心动魄。外间不平静，她自己的生活更不平静。但她喜欢这样！她已经无法再回到以前那种死水一般的平静中了。

在这个寒冷而又纷乱的冬天，姚夫人却正暗暗享受着一种温暖和甜蜜。

她对新招来的温雨田，疼爱无比，温情有加，虽然时时就在眼前，却依然有种惦念拂之不去。而这个英俊、腼腆的雨田，又是那样有情义，对她的每一份疼爱，分明都能感知！这就叫她更惦念他了。

云生当初，简直就像是木头！

雨田既然管账，姚夫人就叫他住进了那间男人在家时才启用的账房里。这间账房，就在她深居的里院。她住正房，账房在西厢房。她放出去的理由，是为了奶小娃方便，小娃一哭，她在账房也能听见。其实，她是为了叫雨田离她近些。

离这样近，也是她常到账房去。雨田到正房见她，还是不叫不到。她已经这样疼他了，雨田依然一点也不放肆。特别是有人在场，他更是规矩守礼。这也使姚夫人很满意：他真是懂事。在没有别人在场的时候，雨田倒是很愿意跟姚夫人说话，他想说的话原来也很多。尤其外出办事回来，会把所见所闻很详细地说给姚夫人听。姚夫人又总是听得很有滋味，该夸的时候夸他，该逗的时候也逗他。这种时候，雨田会很快活，姚夫人当然也很快活。

有时候太快乐了，雨田总要问那句话："夫人，你为什么待我这样好？"

姚夫人听多了，总是嗔怪他："尽说傻话！想找个黑心的，你就走。"即使这样，他还是断不了问那句话。有一次他又这样问，姚夫人脱口说："你的先母托梦给我了，求我待你好些。我既答应了，就是想骂你两声，也不敢呀！"本来不过是玩笑话，雨田却听得发了愣。

那天虽冷，太阳却好。姚夫人抱着小娃来到雨田住的厢房时，整个里院又是异常清静的。姚夫人十岁的女儿，由女仆兰妮伺候着，照常到本族学馆念书去了。近年族中学馆也学本邑富商巨室，准许自家女童入学馆发蒙识字。姚夫人早几年就教女儿识字，现在能入学馆，当然愿意送她去再图长进。再者，小姐渐大，留在眼前也有许多不便。她一去学馆，里院当然就安静了。

在这种清静的氛围中，姚夫人说话便很随意，也更尽兴。雨田呢，也就放松了来享受主家夫人的疼爱。于是，他忍不住又问了那样一句傻话，姚夫人也是兴之所至，脱口就回答那样一句。

不过，她倒是真梦见过雨田的母亲，其母也真求她来：望能善待苦命的田儿。那次的梦，曾使姚夫人惊醒过来，所以记得清楚。梦中自称雨田母亲的那个女人，样子很厉害，虽是跪了求她，神情也很严厉。惊醒后，她心跳得更厉害，猜疑雨田先母在天之灵，一定看透了她的心思！所以，她也不敢把这个梦告诉雨田。只是在不经意间问过他几次：你母亲长得什么样，是怎样一个女人？雨田说出来的，与姚夫人梦见的那个女人，很不相同。但她还是没敢说出做过这样一个梦。想起这个梦，就不免有些惧怕。

现在，她无意间说出了这个梦，本来已经不在乎了，哪想雨田竟听得发了愣！他也害怕了？

"雨田，你又发什么愣？"

"夫人，你真梦见了先母？"

"跟你戏说呢，我连你母亲长什么样都不知道，到哪儿梦去？就是真梦见了，我也认不得呀！我是看你总不相信我真心待你好，才编了这样一个梦。"

姚夫人更没有想到，她这样刚说完，发愣的雨田竟突然给她跪下了："夫人，我能当母亲来拜你吗？"

拜她做母亲？姚夫人虽感意外，但还是很受感动的，雨田他到底有情有义。只是，她当然不会答应做他的母亲！

姚夫人温暖地笑了笑，说："雨田，快起来吧，我可不给你当干妈。"

"夫人，我是真心……"

姚夫人更温柔地说："要是真心，你就先起来。"

雨田站起来，发现夫人异样地瞅着他。

姚夫人低声说："雨田，世间亲近你的人，不只是母亲吧？"

雨田也低声说："夫人待我，真像母亲似的。"

"雨田，你知道世间还有比母亲更亲的人吗？"

比母亲更亲的人？雨田不知该如何回答，他倒想说：夫人你就是这样的人，又觉不妥。他不能忘记自己的母亲。不过，他已经有些明白了姚夫人的暗示。

姚夫人轻柔地笑了笑，低声说："有没有，想明白了再告我。"

说完，她抱着小娃走了。

过了些时候，天又骤然变阴，有些要下雪的阵势。可一白天就是憋着不肯下，只是天黑得更早。天黑后，邱家也关门闭户，都早早歇了。

姚夫人住的五间正房，东西两头都生着炉火。照她的吩咐，这两头的炉火都由雨田照看。一来是就近，二来，也不想叫粗佣进她和小姐的房中来。这天临睡前，雨田照例进正房封火。先到小姐这头，小姐倒没有拦住他说长问短，只问了两句会不会下雪。也许是天太冷吧，想早些钻进热被窝。到了姚夫人这头，夫人却拦住了，说："天怪冷的，先不要封火，多烘一烘屋子再说。"

雨田就说："天阴得重，可风早停了，也不算太冷吧。"

"你就想偷懒。大人不怕冻吧，小娃怕冻！"

"我是说天气呢，不封火，就多烘一会儿。"

"你看会下雪吗？"

"老天爷今年跟人怄气呢，你越盼下雨下雪，他偏不给你下。"

"我可没盼下雪。夜间下了雪，后半夜才要冷呢。"

"真要下了雪，我还不赶紧给夫人添一个木炭火盆？"

姚夫人异样地看着他，低声说："要这样，那就下场雪吧。"

雨田低下头，说："等一会儿，我再来封火。"他给炉火里添了炭，出来了。

雨田是一个敏感、早慧的青年，他已经预感到要发生的事了。但他没有惧怕，在难以平静中似乎还有几分渴望。

这位美貌的主家夫人，对他这样好，他起初真是当母爱来享受的。十岁以后突然沦为孤儿，他是受尽了人间寒冷。那是一种不能诉说的寒冷，因为天下已经没有一个人愿意听他诉说了。叔父、亲戚听他诉说一两回，就不愿意再听，仿佛他是应该受尽寒冷的。慢慢熬着，熬到了什么都能承受，饥寒凌辱，什么都不在乎了，却更没有人愿意理他。他想说好听的话，想说说罕见的一点喜悦，也一样没有人愿意听。他成了与谁也不相干的人，那才是彻骨的寒冷！对父亲，他没有多少记忆，他天天回忆着的，就只是母亲重病时丢舍不下他的那双泪眼。只有母亲放心不下他，此外，普天下谁还在乎他！他已经快习惯了世间的寒冷，忽然就遇见这位主家夫人。本来已经沦为奴仆，忽然就像母亲再生了。

主家夫人当然不是他的母亲。她亲切似母，可又常常亲昵得不像母亲。但无论如何，她是天下最亲近的人。他已经离不开她。

这当然也是姚夫人所希望的。这一次，她以为自己可以从容地来经营了，但自己还是很快陷了进去。她竟真心喜欢上了这个年少的男子。她甚至有些不想往前走了，不想拉了雨田走向罪孽。但这又怎么可能！

所以，在这天夜深人静后，雨田走进来封火时，姚夫人轻轻地说："不用封火，再添些炭，把火拢旺，我暖和不过来。"雨田静静地添了火。

姚夫人更轻声说:"你也不用走了,我暖和不过来。"

雨田听到了自己的心跳,也听清了夫人的话:事情终于要发生了。但此后一切,都是在静默中展开的。悲苦和幽怨,温暖和甜蜜,激动和哭泣,都几乎没有声响。

那一夜,也没有刮风,也没有下雪。

6

进入腊月,也没有下一场雪。这年的年景真是叫人害怕。

快到腊八的时候,康笏南忽然收到祁县乔家的一封拜帖,说乔致庸老太爷想到府上来拜访,也不为啥,说说闲话吧。乔老太爷也是七十多岁的人了,十冬腊月的,远路跑来,就为说闲话?

康笏南一见这架势,就知道要说正经事,便对乔家派来送帖的管家说:"这天寒地冻的,哪敢劳动你们乔老太爷!他闷了,想寻个老汉说说话,那我去你们府上。我这个老不死的,爱走动。"

乔家的总管慌忙说:"我们老太爷说了,他就是想出来走动走动!只要贵府定个方便的日子,他一准过来。"

康笏南就说:"我这头随时恭候。"

乔家总管说:"那就腊八过来吧。"

送走乔家管家,康笏南就放不下这件事了。乔老太爷是西帮中有作为的财东,不为要紧事,不会亲自出动。眼下最要紧的,就是西帮的前程了。大清的天下还能不能坐住,只怕神仙也说不清。天下不稳,西帮就这样跟着倒塌?这种事也真该有个计议了。要是计议这等事,还该再邀来几位吧?

康笏南在太谷的大财东中,挨个儿数过去,真还没有几位爱操这份心的。多的只是坐享其成的,不爱操心的,遇事不知所措的。想想这些财东,也不能不替西帮担忧!他想来想去,觉得适合邀来议事的,也就曹家的曹培德吧。

曹培德虽年轻,但有心劲,不想使兴旺数百年的曹家败落。曹家又是太谷首户,在此危难时候,也该出面张罗些事。

康笏南就写了一封信,只说想请曹培德来喝碗腊八粥,不知有无兴致?

别的也没有多写。曹培德要是真操心,他就会来。

这封信,康笏南也派管家老夏亲自去送。老夏回来说,曹培德看过信,立马就答应前来,很痛快的。

康笏南会心一笑。

俗话说,腊七腊八,冻死王八。但到腊八那天,倒也不算特别冷。

按康笏南估计,当然是本邑的曹培德先到。哪想,居然是乔老太爷先到了!到时,康家才刚刚用过早饭:食八宝粥。由祁县来,几十里路呢,居然到得这样早,那是半夜就起身了?

康笏南慌忙迎到仪门时,乔老太爷已经下了马车。

"老神仙,你是登云驾雾来的吧,这么快?"

"我是笨鸟先飞,昨天就到太谷了。"

"昨天就到了?怎么也不说一声?"

"赶早了,不是能喝碗康家的腊八粥吗?"

"那你还是晚来一步!"

康笏南将乔致庸引进客房院一间暖和的客厅,还没寒暄两句呢,乔致庸就说:"春生,你知道我为何挑腊八这个日子来见你?"

春生是康笏南的乳名,乔致庸今天以乳名呼之,看来真是想说些心里话。乔致庸的小名叫亮儿,康笏南就说:"亮哥,我哪知道?你是显摆不怕冻吧?"

乔致庸竟有些急了,长叹一声,说:"都过成什么日子了,我还有心思显摆?眼下的日子真像过腊八,天寒地冻,又少吃没喝,翻箱倒柜,也就够熬锅粥喝!日子都过成这样了,春生,你也看不出来?"

康笏南说:"我们早就是这种日子了。可你们乔家正旺呢,秋天朝廷路过时,你们一出手,就放了三十万的御债!"

"你也这样刻薄我们?你不也抢在我们前头,跑到徐沟一亲天颜?"

"我那是为了省钱。"

"春生,我是说西帮的生意,不是说谁家穷,谁家富!你说,西帮的日子过成什么样了?"

"天下局面大坏,我们岂可超然于外?"

"你看大局到底有救没救？"

"亮哥，我哪有你那毒辣的眼睛？"

"我是老眼昏花，越看越糊涂。战又战不过，和也和不成，不死不活要耗到什么时候？洋人干的不过是绑票的营生，扣了京城，开出票来，你想法赎票就得了。无非是赔款割地，这也不会？"

"两宫在你家大德通住过，亮哥你也亲见圣颜了，你看太后、皇上，哪位是有圣相的？哪位像是有本事的？"

"反正是人家的手下败将，画押投降，还要什么大本事？早就听说写好了和约，总共十二款，怎么还不见画押？"

"想争回点面子吧。叫我看，骑在皇上头上的那个妇人，太不明事理，哪能治国？"

"春生，要不我来见你呢！要是没指望了，我们西帮真得另做计议。"

就在这时，曹培德也到了。他不知道乔致庸会在场，有几分惊异。康笏南忙说："乔老太爷是老神仙了，听说我们凑一堆过腊八，他倒先降到了。"

曹培德客气了两句，就说："我也正想见见乔老太爷呢！"

乔致庸笑问："我不该你们曹家的钱吧？"

曹培德就说："快了，我们也快跟你们乔家借钱了。"

乔致庸还是笑着说："想借，就来借。御债我们都放过了，还怕你们曹家借钱？"

曹培德说："你们乔家放了这笔御债，自家得光耀，倒叫我们得祸害！"

乔致庸说："看看，曹家也这样刻薄我们！"

曹培德说："你们乔家在朝廷跟前露了富，算是惹得朝廷眼红上西帮了，以为家家都跟你们乔家似的，几十万都算小钱！这不，前些时收到西安账庄的信报，说太后过万寿，来跟我们借钱，张口也是几十万！"

康笏南一听，先笑了，说："太后也打劫你们曹家了？我还以为只打劫了我们一家，拣软的欺负呢。"

曹培德忙问："也跟你们康家借钱了？"

康笏南说："可不！我们的掌柜哭了半天穷，还是给打劫走六万！六万两银子，在你们两家是小钱，我可是心疼死了。"

乔致庸说:"你们还用在我跟前哭穷?我知道,祁太平的富商大户都埋怨乔家呢,嫌我们露了西帮的富!可西帮雄踞商界数百年,装穷岂能装得下?乔家历数代经营,终也稍积家资,衣食无忧了,可在西帮中能算老几?秋天放御债之举,实在有曲意在其中。两位是西帮中贤者,我不信,也看不出来?"

康笏南说:"亮哥,你大面上出了风头,底下还有深意?"

曹培德说:"我也只觉贵府出手反常,真还没看出另有深意。"

乔致庸说:"你们曹家最该有所体察呀!"

曹培德说:"为何这样说?"

乔致庸说:"两宫驻跸太原时,谁家先遭了绑票?"

康笏南说:"兵痞绑票,与你们出风头有何关系?"

乔致庸说:"二位设想一下,西帮富名久传天下,朝廷逃难过来了,我们倒一味哭穷,一毛不拔,那将招来何种祸害?尤其军机大臣、户部尚书王文韶亲自出面,几近乞求,我们仍不给面子,后果真不敢想!朝廷打不过洋人,还打不过我们?不要说龙廷震怒,找碴儿杀一儆百,就是放任了兵痞,由他们四出洗劫,我们也受不了呀!从京师逃难出来,随扈的各路官兵,还不是走一路,抢一路吗?"

康笏南说:"我们也有此担忧。要不赶紧拉拢马玉昆、岑春煊呢。"

乔致庸说:"不拉拢住朝廷,哪能管事!"

曹培德说:"当时我也曾想过,西帮大户该公议一次,共图良策,该出钱出钱,该出人出人。可我是晚辈,出面张罗,谁理你呀!"

乔致庸说:"我倒是出面跟平帮的几家大号游说过,可人家似有成竹在胸,只让一味哭穷,不许露富。没有办法了,只好我们出风头吧!"

康笏南说:"早年间,西帮遇事,尚能公议。这些年,祁太平各划畛域,自成小帮,公议公决越来越难了。今年出了这样的塌天之祸,竟未公议一次,实在叫人不安!"

乔致庸拍案说:"我也为此担忧呀!老了,夜里本来就觉少,一想及此,更是长夜难眠。"

曹培德就说:"两位前辈出面张罗一次祁太平三帮公议,亦正其时也!"

康笏南说:"我看,还是由祁太平三帮的首户,一道出面张罗,才可玉成此举。"

乔致庸说："叫我看，张罗一次西帮公议，真也不容易了。就是真把各帮的财主请出来，只怕也尿不到一起。那些庸碌糊涂的，请出来吧，又能怎样！倒不如像我们这样，私下联络些志同道合的，先行集议几件火烧眉毛的急务。眼下，我看祁太平的富商大户，都快大难临头了！"

曹培德慌忙问："乔老太爷，你不是吓唬人吧？"

康笏南忙也问："听到什么消息了？"

乔致庸说："大难就在眼前了，还要什么消息！为了逼朝廷画押受降，德法联军及追随其后的众多教民，一直陈兵山西东天门、紫荆关，随时可能破关入晋。朝廷为御洋寇，不断调重兵驻晋。与洋人一天议和不成，大难就离我们近了一步！"

曹培德说："东天门、紫荆关都是易守难攻的天险，洋人真能破关入晋？"

康笏南说："与洋人交手，朝廷的官兵真也不敢指望。再说，毓贤被革职后，接任抚台的锡良大人，我看是给吓怕了，只想与洋人求和，哪有心思守关抗洋？听说这位抚台总想打开东天门，迎洋人入晋？"

乔致庸说："他哪有这么大的胆量？他是接了爵相李鸿章的檄文，才预备开关迎寇。不是马军门奏了一本，只怕德法洋军早入晋了。西安行在接到马玉昆的奏报，立马发来上谕：'山西失守，大小臣工全行正法！'山西一失，陕西也难保了，朝廷当然不敢含糊。"

曹培德说："只是与洋人议和是早晚的事。锡良抚台岂能看不出？我看他守关御敌也不会太卖力的。"

康笏南说："他就是卖力，只怕也统领不起守晋的各路官兵。"

乔致庸说："西帮大户遭难，第一水，只怕也是驻晋的官兵！洋人破关，先一步溃逃过来的，就是官兵。一路溃逃，一路洗劫，也是他们的惯习。所以不等洋人犯来，我们各家多半已一片狼藉，不用说祖业祖产，连祖宗牌位怕也保不全了。洋人攻不进来，这样对峙久了，官兵也难免不会生乱。现在驻晋官兵，也似八国联军，除了原驻晋官兵和马军门的兵马，陆续调来的尚有川军、湘军、鄂军。他们远路而来，兵饷不足，辛苦万状，再一看晋省富室遍地，哪能保住不生乱？"

曹培德说:"驻晋的重兵,还是马玉昆统领的京营大军吧。马军门与我们西帮还是有交情的。"

乔致庸说:"京师失守时,马军门仓皇护驾,统领的兵马系一路收编,也是杂牌军。一旦乱起,他能否震慑得住,也难说了!"

康笏南说:"亮哥,你真说得我直出冷汗!"

曹培德也说:"大难临头了,我还迷糊着!"

康笏南说:"都迷糊着呢!"

曹培德说:"可我们的祖业祖产都在这里,也不是说藏起来,就能藏起来,说带走,就能带走!"

康笏南说:"靠形意拳,靠镖局,怕也是鸡蛋对石头。"

乔致庸说:"要不我着急呢!"

曹培德说:"我看,当紧还得张罗一次公议,就是议不出良策,也得叫大家知道,大难将临头!"

第二十一章　老夫人之死

1

自进入腊月，杜筠青就得了一种毛病：爱犯困，常嗜睡。大前晌后半晌，不拘坐着站着，有事没事，动辄就犯起困来。挣扎了摇头眨眼，想扛住，哪成！没挣扎几下呢，已经歪那儿迷糊着了。

杜筠青一再吩咐杜牧，见她迷糊着了，赶紧叫醒，用什么法子都成。可杜牧几个女佣，用尽各种办法了，还是很难惊醒她。每回，也只好抬她到炕榻上，由她睡去。这一睡，就不知要到何时。

尤其令杜筠青恼怒的是犯起迷糊来，常常连澡也洗不成了。进城的半道上，就爱在车上犯迷糊，歪倒叫不醒。遇了这种情形，杜牧也只好叫车倌调转牲灵，赶紧返回康庄。这么睡得吼叫不醒，拉到华清池也洗不成澡。有时，路上挣扎着没迷糊，到澡堂也要睡着。这真能把她气死！做康家这个老夫人，也就剩进城洗澡这么一点乐趣，竟然也消受不成了？

为了不犯困，杜筠青喝酽茶，学吸鼻烟，居然都不管用。她终于寻到一种稍微管些用的法子：努力饿着自己。人都是饭后生倦意，饥饿时坐立不安。那就饿着你，看你还迷糊不迷糊！尤其进城洗澡时，头天就不吃饱，第二天更粒米不进。这样坐车进城，真还迷糊不着。只是空心肚洗澡，除了觉着软弱无力，实在也乐趣不多。

忽然这样爱犯困，是得了什么病，还是自己老了？

过了年，这怪症越发厉害了。正月依然天寒地冻的，却像陷进沉沉的春困中。她除了爱迷糊，似乎也没别的不适，不像生了病。唯有苍老之感，那是时时都感觉到了。已经给康家做了十多年老夫人，的确已经是很老的老夫人了。只是，她的年龄还不能算老迈吧：她不过才三十三岁。

都说年迈之后，夜里觉少，白天迷糊。她与老东西相比，实在不能算年迈。老东西健壮不衰,能吃能睡,她自己倒先有了老相?

老东西见她这么爱困,倒也不像以前那样装不知道了,过来几次,殷勤问候:是不是夜里没睡好?做噩梦没有?饮食太素淡了吧?还是有什么心事?时局就这样,也不用太熬煎,听天由命吧。

她日夜犯困,想失眠而不可得,想做梦也没有,吃喝也不香,即使有无限心事搁在心头,也思量不动了:心里一想事,不用多久,照样犯迷糊,就是再熬煎的心事,也得撂下了。但面对老东西的殷勤问候,她没有多说什么,只是说:"困了,就睡呗,也不难受。"

自入冬起,康笏南真搬回后院这座殿堂似的大正房来住了。多年独居之后,他的忽然到来,很叫杜筠青恐惧了几天。还好,他只是白天过来说几句话,夜晚并不来打扰她的。他住东头,她住西头,中间隔着好几间呢,还算相安无事。只是仆佣多了,这座大冷宫中的炕榻炉火,也较往年烧得暖和了许多。

他搬过来,只是为显示一下:对她这位老夫人已不再冷落?

你就冷落下去吧,我已经过惯了冷宫的生活!现在,我也应该受到冷落了,我已经有了罪孽,已经捅破了你们康家这层威严的天!你被尊若神灵,居然至今未能觉察?我不相信。我越来越不能相信了!你一定是知道了,硬撑着装不知道。你是威名美名远播的神灵,怎么能受得了这样的辱没!哈哈,你是在装糊涂吧?今年冬天,你忽然搬过来住,就是想装糊涂?你想叫大家相信,什么事也没发生,老太爷并没有冷落老夫人,怎么会有那种事!你这样装糊涂,心里不定怎样暴怒呢!哈哈,我就想叫你暴怒,但并不想叫你有苦难言。你应该将暴怒形之于色,赶紧废了我这个万恶的老夫人,叫天下人都知道你受的辱没⋯⋯

只是,杜筠青这样稍一激动,心上就觉得很疲累,头脑也发胀,挡不住地又要迷糊。所以,她也不大能深想许多。

在精神稍微好的时候,杜筠青也会怀疑:老东西真能装得那样不露痕迹?他到底知道了没有?

没出正月,康笏南从城里请来了一位名医。这位姓谭的老先生,常来康家出诊,都称他谭先只是谭先还不曾给老夫人看过病。以前，杜筠青大病也没得过，偶尔头疼脑热的，喜欢叫公理会的莱豪德夫人来诊疗。现在，她得了这样奇怪的毛病，几次想起莱豪德夫人，可哪里还能追寻？感世事无常，更生出许多悲凉来。

　　康家算开明，医家来为女眷诊病，并没有很多忌讳。所以，杜筠青能面对了谭先。她看谭老先生，倒是一位慈祥的长者。他闭了眼，仔细把过脉，又问了饮食起居情形，就说：也没有大的毛病，只是阴虚火旺吧，先吃几服药，调养调养看。

　　受父亲及莱豪德夫人的影响，杜筠青不大信服中医老先生。不过，谭先诊断她没有大毛病，听了也还叫人高兴。

　　谭先诊疗的时候，康笏南一直陪坐在侧。听说无大碍，长长出了口气，又追问一句："真无大碍吧？"

　　康笏南这样的关心，杜筠青也是很少享受到了，所以令她惊异，也令她生疑。他是做给这位谭先看，还是另有用意？

　　喝了谭先开的四五服药，杜筠青的嗜睡也并未见好，反倒更重了些似的。康笏南力主再请谭先来，杜筠青不让。她嘴上说："哪能那么快，再多喝几服，总会见效。"可她心里却想：就这样嗜睡也甚好！

　　睡着了，就什么也不必想了。那些想不通的、疑心的、酸楚感伤的、久久郁闷于胸的，都可以丢到一旁，不必理睬。能这样沉沉睡去，永不醒来，那岂不更好！

　　但没隔多久，康笏南还是把谭先请来。谭老号过脉，凝思片刻，依旧诊断说：无大碍，加减几味药，服些时看看。

　　每天早晚各一大碗汤药，又服了四五天，依然没有多少变化。不过，杜筠青放出话来："已略有好转。虽嗜睡依旧，可犯困时头脑不很发胀了。"她放出这样的话，只是不想招谭先来。

　　谭先来过两次后，全家上下都知道她病了，似乎还以为她病得不轻吧。二爷、四爷、六爷陆续来看望过她，还都挂着一脸的沉重。尤其四爷，脸上的沉重更甚，他跑得也勤，几乎天天过来问候。管家老夏，也跑得勤，一天都不止来一趟。还有大娘、二娘、三娘、四娘一干媳妇，也都来过了。

　　杜筠青不喜欢这样被抬举：以前眼里没有她，见老太爷变了，你们也变!谁稀罕这一套。再说,她还没病得快死呢。

老东西故意这样兴师动众,分明是在做给大家看。可他这样做,真是为了遮丑吗?他就装得那样稳当,一点恼怒露不出来?

杜筠青越来越有些不敢相信了。

现在,她最想见一个人,那就是以前伺候过她的吕布。

去年三喜失踪以后,吕布的表现就很有些异常。原来那么精干麻利,忽然变痴呆了,常常发愣,叫几声都不应。问是怎么了,她总是慌慌地说:丧父剧痛,一时难以平复。

那时候,杜筠青一心惦记着三喜,也没太理会吕布。只以为遇了大丧,身心受挫,也是人之常情吧。

等康笏南南巡归来,杜牧调过来,吕布调出去照料五娘遗世的孤女,杜筠青也未太留意。杜牧挪位,是因为老东西从江南带回了一个妩媚的女厨子。赐吕布去照料不幸的五爷之女,一显老太爷的体抚之忱,似乎也合情理的。

只是,吕布到五爷那头不久,就悄悄给辞退了。杜筠青是直到腊月才想起来去看看吕布。但到五爷的庭院后竟被告知:吕布早不在了。哪儿去了?早打发走了,老夫人还不知道?

杜筠青听了,倒也没生气,只是猛然意识到,这是把吕布撵走了!那件事终于败露了?像吕布这样近身伺候过老太爷的女佣,无缘无故的,哪能悄悄给撵走?吕布伺候她也多年了,走时竟不来说一声?没有疑问,那件事败露了,吕布是受了连累!

杜筠青一直在等待这一天。在她想象中,那件事一旦败露,康家准会掀起惊天大浪的:老太爷雷霆震怒,人人都义愤填膺,她这个淫妇当然难逃一死……可局面却不是这样:吕布既已被撵走多日,康家居然一直平静如常。尤其是老东西,近日并无任何异样!

那天,杜筠青从五爷家出来,径直就跑去见夏管家。见面也没客气,劈头就问:"吕布多年伺候老太爷和我,怎么说打发就打发了?就是该打发,也得说一声吧?我用惯谁,你们就撵走谁?我怎么得罪你夏大人了?"

老夏慌忙赔了笑脸说:"老夫人这样说,是要撵我走吧……"

"你老夏大权在握，我也活在你手心里呢！"

"老夫人生这么大气，到底为了什么？"

"说，为什么把吕布撵走了？"

"老夫人，不是我们撵走她，是她一心想走，拦也拦不下。"

"她为什么一心要走？"

"家中拖累大吧。长年在此伺候老太爷、老夫人，脱身不易，管不了家。一个小户人家，长年没女人张罗，家已不成其家了，甚为苦恼。今年终于出了老院，能脱身了，她就一心想归乡理家去。"

"那也不来说一声？"

"吕布怕老太爷、老夫人挽留，不便回绝，没敢往老院辞行。照惯例，吕布也到了手脚不够麻利的年纪，该外放了。"再问，也不过是类似的话，仿佛什么事也没有，吕布只是正常放出。杜筠青还能怎样逼问？难道那件事依旧无人觉察？但她回来思前想后，还是觉得吕布外放太可疑。于是，她就想私访一次吕布。见了吕布，大概就能明白底细吧。

然而，杜筠青几次前往寻访，始终就未见着吕布一面。头一回，车倌竟会迷了路，把车赶到了别的村！后来几回，虽寻到了吕布的家，人却总不在：不是走了亲戚，就是进城赶集去了。定好的日子，跑去了，人依旧不在。这么反常，分明是有鬼。不是吕布躲着不出来，就是他们不许吕布出来！

杜筠青假装生了气，叫嚷着再也不想见吕布。隔了许久，装着已经忘了这件事，她才忽然动议，不速而至。奇怪的是，依然见不着吕布的面：家人说她又回了娘家！折腾了一年，又赶上闹拳乱，终究也未见到吕布。

她现在得了这样奇怪的病，显见得无法再去寻访了。但她已经有些疑心：那件事虽已败露，但他们瞒住了老太爷！要真是这样，那可是太可怕了：她自己白染了一身罪孽，却没伤着老东西一根毫毛！老天爷会这样不公吗？所以，杜筠青特别想见一见吕布。见了面，吕布就是什么也不说，她相信也能看出一个大概。他们这样阻拦着，不叫吕布露面，也能看出一个大概了。

在康家，敢瞒着老太爷，又能够瞒住老太爷的，没有几个人。新当家的三爷、四爷，遇了这样的丑事，当然也想瞒住老太爷。可他们心里装下这么一件捅破天的丑事，又能瞒得过谁？脸上能那样不露一丝痕迹？三爷脾气不好，心里装着这种事，早该爆发出来了。可在今年，三爷凡来见她，除了礼数周到，似乎还多了些和气，甚而是温情。四爷更是一个心善的人，他知晓了这等事，还会那样谦卑如常？

敢不动声色来瞒老太爷的，恐怕只有老夏、老亭这两个老奴才。他们才最擅长皮笑肉不笑！老东西一旦雷霆震怒，也少不了拿这两位老奴才出气。但这两个老奴才中，最敢做这件事，也最能做成这件的，还是那个冷酷的老亭。有他死守了老东西，那真是针插不进，水泼不出！老夏圆滑，可他没那么大胆子吧？他知道了真相，有老亭拦着，只怕也告不成密的。

杜筠青忽然生出一个新念头，求一次四爷：她病成这样了，由不得要念想一些旧人。吕布伺候了她多年，近来特别想她，能不能把她找来，见一面？从四爷的应对中，也能看出些征兆来吧？

这天，四爷又来问候她，她就说："他四爷，你也懂些医，我这到底是得了什么病呀？总不见好！"

四爷忙说："老夫人不用多虑。谭先是名医，他说不碍事，那就是不碍事。"

"老说不碍事，就是不见好！"

"有些小毛病，倒也不好调养，得用慢功，不能着急。"

"他四爷，你也给我号号脉，看毛病到底出在哪儿？"

"老夫人，我哪能与谭先比？我只得医家皮毛罢了……"

"名医不名医吧，我还信不过谭先呢！他四爷，给我号号脉，看谭先说得准不准。"

"只有我号不准，哪有谭先不准？"

"神仙也出错呢，何况那个老先生！他四爷，我信得过你。"

四爷推脱不过，只好给老夫人号了号脉。号完，沉思片刻，说："谭先说得不差，老夫人并无大碍，静心调养就是了。"

杜筠青笑了笑，说："他四爷既这样说，我也踏实些了。人一病，就爱胡思乱想。近来清醒时，不由念想些故人。唉，我在太谷也没太近的人，这些天常念想的一个人就是以前伺候过我的吕布。她在我跟前多年，情同家人。

他四爷，我求你件事，不知……"

四爷忙说："老夫人尽管吩咐！"

"你能托人把吕布找来，跟我见一面吗？"

"老夫人放心，这很容易办到。"

"他四爷，你这样说，我真就放心了。这事，我跟老夏提过几次，他都没办成。这可不是告老夏的状！我冷眼看，老夏跟吕布像有什么过节似的，大概他不想叫吕布来吧？他四爷，你要成全我，就不要惊动老夏，悄悄派个人，把吕布叫来就成。"

四爷很顺从地说："那就听老夫人吩咐。"

四爷的应对，很令杜筠青满意，也更使她相信，四爷也许真的什么也不知道。说了半天吕布，四爷竟然没一点异常的神色。

四爷走后，杜筠青还真有了一点盼头：四爷毕竟是主理家政的，他或许真能把吕布叫来？

然而，三天后，四爷进来回禀说："吕布被派到天津，伺候他五爷去了。"

"什么时候派去的？"

"早去了吧？天津时局太乱，五爷那里人手太少。吕布去天津，她男人也跟去了，做男佣。"

吕布被派往天津了？那以前怎么不明说？去天津伺候五爷，也无须躲躲闪闪吧？今儿说住了娘家，明儿又说进城赶集去了，那是图什么？

四爷的这个回话，更叫杜筠青多了一层疑问。但她没有再难为四爷。她也看出来了：四爷也给瞒着呢。

2

吕布被派到天津，这倒也是真的。只是，派去并没有多久。

吕布被辞退，又被威胁不许就康家的事多嘴，也不要再见老夫人，这当然都是管家老夏一手操持的。为了唬住吕布，老夏也送了些银子给她。现在给老夫人赶车的车倌，老夏更唬得紧，有什么动静，都得及时通风报信。所以，杜筠青去寻访吕布，每每扑空，也就不奇怪了。遇了老夫人不速而至，吕布就躲着不出来，由家人出面应付。

即便这样，这位出格的老夫人还是叫老夏心惊胆战。那个该死的三喜，已经远远地打发走了。只剩了这个知情的吕布，老夫人如此执意要见面，到底是为了什么？老夏心里真是没底。

幸好去年腊月天津捎来话，疯五爷那头需要人手。尤其跟去伺候的玉嫂，没大出过远门。这趟远门倒好，一走一年半了，还遥遥无期。所以成天哭哭啼啼，只想辞工回家。老夏想了想，在天津伺候疯五爷的仆佣，也不便比照驻外字号的规矩，三年才能下班回来。困得时间长了，他们哪还有心思伺候主家！于是就跟四爷说，在天津伺候五爷的，不论武师、男仆、女佣，都按三年折半，也就是一年半一轮换吧。让谁常在那里，也难保不捣鬼。

四爷又是连声说："甚好，甚好，就照老夏你说的办吧。"

但将吕布派往天津，老夏却没对四爷说。

他将吕布远遣天津，当然是为了对付杜筠青。吕布呢，被老夏辞退后，不仅丢了可观的收入，还时常被吓唬，日子算一落千丈了。所以一听叫她复工，当然愿意。那时天津还在洋人手里，只是已稍安定。即便在大乱时候，五爷那里也未受劫。老夏为了拢住吕布，还叫她带了男人一道去伺候五爷。于是就在腊月，吕布两口随了另外几个男仆悄然赴津了。

及今老夫人竟托了四爷，要见吕布，老夏才庆幸早走了一步棋！要不是早一步把吕布打发到天津，说不定还会惹出什么麻烦。特别是在这种时候！

进腊月没几天，老亭悄然告诉他："老夫人病了。"

他忙问："什么病？"

老亭冷冷地说："还是那种老病。"

老夏听后，心里竟咯噔了一下：那妇人终于要走到头了？从去年请画师给她画像后，他就知道快有这一天了，可也没想到来得这样快。

他没有多说什么，老亭也没再说什么，就悄然离去。

老亭说的"老病"是什么含义，有何等分量，只有老夏明白。他所以不免吃惊，是因为这件事非同小可！不过，他也早在盼着这一天了。那妇人走到头，他也不必这样担惊受怕了。那妇人做了大孽，也早该叫她得"老病"的。

知道了这个非同小可的消息，老夏也才恍然明白：去年冬天，老太爷忽然搬回后院正房，与老夫人同住，原来是为走这一步棋！老太爷多年也没有在正房住过了，去年入冬后执意要搬过去住。老夏还劝说过，要搬，还不等过了年，春暖花开后？今年冬天这样冷，搬进大屋，寻着受罪呀？当时老太爷竟拉下脸说："我就知道你们想偷懒！我不过去，正房还住着老夫人呢，都不经心烧炕笼火，想把她给我冻死？"

老太爷这样跟他说话，老夏还没多经见过，当时真还受了惊，什么都不敢再说了。现在回想，老太爷原来另有深意。

既是这样，但愿一切顺当吧。

这一非同小可的事态既已成真，老夏该张罗的事情那就刻不容缓了：康家又将操办一次豪华而浩荡的丧事。最迟，这丧事也不会出春三月的。

只是，现在明着张罗棺木、寿衣、墓地，还太突兀。而棺木，已有现成的了。早几年，已为老太爷备了一副寿材。材料不很名贵，只是一般柏木。因为老太爷有严训：他不要名贵寿材。十多年前为他预备过的一副寿材，也是柏木的。那副寿材，老太爷让给前头先走的老夫人了。现成的这一副，急用时，也会让出来吧。寿衣、墓地，也不是太难张罗。

老夏要费心张罗的，是既叫康家上下都知道老夫人已重病在身，又不产生什么疑心。这个妇人一向体格健壮，几乎没得过什么病。忽然就不行了，即便得了暴病，也总得有个交代吧？

所以，在请谭先来诊疗以前，老夏也没怎样张扬。他只是对四爷说了声："老夫人近来精神不好，疑心得了病了。我看不像，体格那么好，小灾小病还上不了身呢，哪就有了大毛病？四爷通医，进去安慰几句。"

四爷听了，赶紧跑进老院。等四爷出来，老夏就问："四爷你看，不像有病吧？"

四爷说："老夫人正睡呢。听杜牧说，别的也没啥，老夫人近来只是爱犯困。我们多操些心吧，安康无恙就好。"

老夏说："打春了，阳气上升，人爱犯困，也难免的。"

头一回请谭先看过病，老夏也没大张扬。只是谁问起，他才告一声："也没多大病，只是精神不好，比往常爱犯困。是老太爷不放心，叫请来谭先。谭先说了，不碍事。"

不过，四娘听四爷说请了谭先，就跑过去给三娘通了消息。于是，这两位主事的媳妇，先进去向老夫人问安探视。跟着，大娘、二娘也进去问候了。后来是各位爷们也都进去问候了。

大概都看着老夫人不大要紧，所以事情也未怎么张扬起来。

谭先第二回来过后，老夏就挨门给各家说了诊疗的情形："谭先见他开的方子，竟然一点不见效，很不安。赶紧给老夫人仔细把了脉，问了各种情形，依旧没摸准到底有什么大毛病。谭先更有些不自在了。倒是老夫人开通，说再多服几服看吧，大不了就是多睡会觉。可我看，老夫人已经明显瘦了。老太爷也很不踏实。"

听了这样的消息，谁也不敢不当一回事了，慌忙跑进问候老夫人，安慰老太爷。康家的气氛真为之一变。

老夏在给三娘通报消息的时候，还不经意间多说了一句："叫我看，老太爷不该搬回正房去住。"

三娘就问了一句："为什么？"

老夏低声说："三娘你忘了，老太爷的命相太硬？"

三娘不禁叫了一声："啊——"

老夏忙说："三娘，我是瞎说呢。谭先是名医，都摸不准病因，太叫人着急！"

老夏这么一点拨，竟令三娘吃惊起来，是因为她心里也这样想过。

可不是嘛，好好一个人，忽然就得了这样一种怪病，连有本事的医家也摸不准起因，怎能不叫多心呢。老太爷命硬命旺，这是谁都知道的。可你疑心老夫人莫名染病，是叫老太爷给克的，这种话实在也不便说出口。现在好了，老夏已先点破这一层，再提起来，也有个由头了。

所以，老夏走后，三娘约了四娘，先进老院问候了老夫人，拜见了老太爷。从老院出来，三娘就把四娘拉到自己屋里，很神秘地说："你猜，老夏跟我说了什么？"

四娘赶紧问："说了什么？"

三娘低声说："他说老夫人病得这样奇怪，说不定是叫老太爷给克的……"

四娘听了，也不由惊叫了一声，才说："老夏真说过这话？"

"这是什么事，我还哄你？他也是猜疑吧。老太爷命太旺,谁不知道！"

"可这些年，老夫人一直没灾没病的，体格比你我还壮实吧？我都以为，这位开通的老夫人总算服住了。"

"谁说不是呢！这位老夫人虽有时出格些，不大讲究老礼数，可也没坏心眼。对谁也不爱计较，不爱挑剔，也不记仇。这么一个老夫人，竟也服不住？"

"命里的事，真是不好说。前头那位老夫人，也平平安安过了十来年，还生了六爷。谁能想到，说不行就不行了？"

"前头那位老夫人，到后来体质已不行了，总是病病歪歪的。秉性上也没有这一位开通，尤其眼高！全家上下，她能看上谁呢？那才叫心强命不强。"

"前头那一位，也才做了十几年老夫人吧？"

"有十四五年吧？现在这一位，还不到十四五年。"

"他四娘，你知道老夏还跟我说了什么？"

"说了什么？"

"老夏说，冬天，老太爷不该搬回正房去住！"

"为什么？"

"老太爷不搬过去，说不定老夫人还病不了呢。"

"不住一屋，就克不着了？"

"他四娘，你想呀，这位老夫人自进了康家门，老太爷就没在那座正房住几天。我们还以为老太爷不很爱见这位不安分的老夫人呢，现在回头看，说不定是老太爷怕克着她，才避开的。"

"真要是这样，老太爷也是太疼这一位了！宁肯自家委屈，成年躲在那处小院里，也不想妨着她。"

"听老夏说，去年冬天老太爷搬回正房，也是怕冻着老夫人。这冬天太冷，那处大正房就只住老夫人独自家，哪能暖和得了？加上年景不好，全家都节俭度日，用人们再趁机不经心烧火，老夫人真得受冻！老太爷这才搬过去了。"

"为了疼她，反倒伤着她了，老太爷怕更心焦！"

"我看也是。但命里的事,哪能由人?"

"三嫂,老夫人到底是不是给老太爷克着了,我们也是胡猜疑呢。我想起一个人来,她一准心里有底的。"

"谁呀?"

"大嫂。大哥成年习《周易》,老夫人真要到了这种关节眼上,他能看不出来?他看出来了,大嫂能不知道?"

"他四娘,还是你心灵,我光顾着急,连大娘都忘了!"

三娘、四娘当下就去见了大娘。

出乎她们意料,大娘可是平静如常。她明白了两位妯娌的来意后,居然说:"聋鬼也没什么表示呀?"

四娘就问:"大哥知道老夫人染了病吧?"

大娘说:"知道。我早比画给他了。"

三娘忙问:"知道了,真没有什么表示?"

大娘说:"他眼都没睁一下。我还骂他:人家各位爷们都去问候了,你就不能有个表示?说不了话,还不能露个面?你这样骂他,他倒会拿眼瞪你了!"

四娘说:"大哥既这样不当一回事,那老夫人的病情真也不大碍事了。"

三娘也忙说:"可不是呢!大哥不着急,我们也可放心了。"

大娘说:"他一个聋鬼,你们还真当神敬?我还正想问两位呢,老夫人的病到底要紧不?"

四娘说:"大嫂,你问我们,我们去问谁?"

三娘也说:"我们不摸底,才来问大嫂。"

大娘说:"我跟聋鬼世外人似的,能知道什么?他三爷、四爷当家主事了,我不问你们问谁?"

三娘笑了,说:"他们当家,也不过多辛苦些,老院的事,他们能知道多少?"

四娘也说:"老四更是做了长工头,成天听喝,哪是主事当家?"

大娘也笑了:"我又不主事,你们跟我诉苦,这不是上坟哭错了墓堆吗?"

三娘、四娘一心想摸摸大娘心中的底数,大娘只是不肯明说一字。这反倒更引起她们的疑心：那种不吉利的话，大娘岂肯说出？

于是，老夫人受克重病，怕有不测的议论，便在康家暗暗传开。

六爷的奶妈初听到这种议论，还似乎有一点幸灾乐祸。她一直以为，当年正是杜筠青的出现，导致了孟老夫人的早逝。现在一报还一报，终于也轮到了这位杜老夫人！

不过，后来她听说了杜老夫人的病情，还是暗暗吃惊了：这位老夫人的症状也是爱犯困？六爷的先母重病时，也是日夜嗜睡。醒着的时候也不糊涂，与常人无异，只是清醒不了多大一会儿，就要犯困。怎么两位老夫人，都得一样的病？老太爷命太旺，她们服不住，临终就得一样的病？

这样看来，杜老夫人真也不久于人世了？

奶妈忍不住就将自己的这份惊异说给六爷听。

六爷现在对杜老夫人已经不再反感，听奶妈这样说，还以为是她偏心眼，盼杜老夫人早有不测。所以，他不大爱听，说："奶妈，你也少听些闲话吧。老夫人病了，倒惹许多人说闲话，岂不是乘人之危？"

奶妈见他这样，就说："这位老夫人病得如何，我们再操心，能顶什么事？我是不由想起你母亲。当年你母亲病重时，谁肯多操心？"

她说着，已满眼是泪。六爷忙说："奶妈，我不是说你。这个大家，闲话也太多。要图清静，就得把闲话关在门外！"

奶妈说："六爷，我是爱管闲事的？只是一想起你母亲，就难受！你母亲病重时，谁为她多操过心？医先说：像是伤寒。一听说是伤寒，都远远躲着了，只怕沾染上。我看她发烧也不厉害，只是嗜睡。醒着的时候，也想吃东西，说话也不糊涂，更没胡言乱语。可越吃医先开的药，越嗜睡。我就给他们说，叫医先换服方子吧，只按伤寒治，怕不成吧？可谁听呢！"

六爷就问："那时请的医先，也是这位谭先吗？"

奶妈说："不是。但也是一位名医，姓高，都叫他高先。"

六爷耐心听奶妈又诉说了一番，才把她安慰住。他从小就听奶妈这样说母亲，也早相信了母亲死得很痛苦，很冤屈。母亲死后，鬼魂多年不散，他也是深信不疑的。他也像奶妈一样，一直对现在的杜老夫人有种戒心和反感。但他在忽然之间，发现自己并不真正仇恨这位继母，甚而有些倾慕她后，似乎再也回不到以前去了。他相信，母亲与这位继母之间，不会有仇恨。她们谁也没见过谁。当然，他也知道，他无法改变奶妈。她那样坚贞不渝地守护着母亲，也令他感动。

六爷知道杜老夫人患病后，竟莫名地产生了一种不祥之感。第一次进老院去问候，眼见的老夫人比他想象的要康健得多，但他的不祥之感依然没有消减。他不明白这不祥之感由何而来，只是难以拂去。

老夫人患病，竟是因为命相上受克？在奶妈对他这样说以前，六爷已听过两个仆佣的议论了。当时，他把那两个仆佣严斥了一顿，但心中还是更沉重了几分。现在，奶妈也这样议论，六爷心里当然更不痛快。

那天，他安慰住奶妈，出来就去了老院：他忍不住要再见见老夫人，她真是厄运缠身了？但他没能见着老夫人，她又在昏睡！杜牧说，刚刚睡着。他问："近来老夫人好些吗？"

杜牧说："还是那样吧，只是吃喝比以前少了。"

"还是那样嗜睡？"

"可不是呢？"

"谭先又来过吗？"

"来过。老先生也有些慌张了，好像依旧吃不准是什么病。"

"那还不赶紧换个医先？"

"听老夏说，在太谷能压过谭先的高手，也不好找了。老夫人想找个西洋医先，可赶上这年景，到哪儿去请？老太爷已传话给驻外的掌柜们，留心打听好药方。但愿远水能解了近渴。"

六爷还能再说什么呢？他从老院出来，忽然想去寺院问一次签：为这位老夫人问一个吉凶。只是，一种预感告诉他，他摇到的签，一定是凶多吉少。与其问下一个凶签，哪如不问？但越是这样预感不祥，越不能放下。六爷终于还是去问了一次签。要说灵验，那是该去凤山龙泉寺的。可他怕太灵了，真问回一个凶签来，受不了。所以就选了城里的东寺。在东寺，摇到一个中上签，不痛不痒吧，他已经很高兴了。老夫人的这场灾病，要真是不痛不痒，那与上上签也无异！

所以，从东寺出来，望见孙家那一片宅第，六爷也不再觉得索然。孙家那位小姐，既然是老夫人举荐，他不应该太挑剔吧？老夫人真要无大恙，他就来东寺还愿，不存奢望，安心娶回孙家二小姐。

3

关于老太爷命硬克妇的议论，当然不会有人说给杜筠青。但她自己终于也想到了这一层。但此时已进入早春时节。

春光一日浓似一日，可杜筠青的病却依然不见好转。她几乎是整日卧床了，因为她清醒的时候越来越少。食欲也越来越差，人便更消瘦憔悴。进城洗浴早已成为旧事。谭先还是常来，也依然只开方子，不说病名。杜筠青早在怀疑了：他们都在瞒她，不肯告诉她得了什么病。不用说，瞒着她的，一准是不祥之症！就这样，她将走到尽头，她的性命真要油尽灯灭了？

这是上天对她作孽的报应吗？

杜筠青对做康家这样的老夫人已经没有一点留恋；她走向罪孽，也早预备了去死，可真意识到自己将走到性命尽头，还是惊慌了。

谁愿意被夺去性命！早知道会这样一步一步被夺去性命，那还不如自己弃命而去。自家弃命，尚有几分壮烈，而现在她是连壮烈的力气也没有了。就这样一天比一天不由自主地昏睡，直到醒不来，无声息地被夺去性命。只这样一想，也觉自己太可怜了。

但在这种惊慌中，她也并没有想到老太爷的命硬命旺，想到的只是自己的罪孽。她落到这一步，应该是上天对她的严惩吧。她作了孽，本想捅破康家的天，辱没老东西一回，可上天不叫她称心，又有什么奈何？所以，天气暖和以后，杜筠青已经不再有什么想望，也不再想探知老东西是否知道了她的丑行，是否在心底强压着暴怒。她把什么都丢下了，只想静静地消受这最后的春光。她能感知春光的清醒时刻，也已经越来越短促。在这样短促的春光里，还尽想些不称心的，那真不如早一步弃世而去。

面对令人敬畏的天意，杜筠青极力想平缓下来，但又怎么能够做到！她不想挣扎了，但还是停不住要回忆：知道自己行将离世，谁能停住回忆！而她能够忆旧的清醒时刻因为太短促，许多往事就总是蜂拥而来，叫她难以梳理，难以驻足回味，只是觉得沉重，劳累。一累，就要犯困，困了也就什么都想不成了。所以，杜筠青想起老太爷的命硬，又将这个记忆抓住不放，也是不容易的。她记起了这一层，起先只是无力地流出了眼泪。

当年，一面传说康笏南命太旺，连克四妇，不是凡人；一面对他的续弦，又是应聘者如云。杜筠青就此还问过父亲：那个老财主的命相如此可怕，为什么还有这么多的女人争着往死路上跑？当时，父亲是怎么说的：命相之说可信可不信？但是，她意外地被这个老财主选中时，父亲、母亲，还有她自己，谁也没有感到恐惧。当时，除了感到意外，好像什么都忘了去想。其实，她和父母都被一种意外的幸运压倒了。

那是一种什么幸运？幸运地走向今天的死路？

今天，她无力无奈地躺在这最后的春光里，除了流泪，还能怎样？父母的在天之灵，大概已经看见了她今天的结局。你们也不用伤心，我不埋怨你们。既然是命中注定的事，也许想逃也逃不过吧。

杜筠青意识到自己命定要这样死去，本来更想丢开一切，平缓地解脱了自己，可到底还是做不到。流着泪想了许多次，到底把天意也想破了。天意难违，也无非是去死吧。既已必死无赦，还有什么可畏可悔？这条死路也快走到头了，自己的罪孽已经铸就，再悔恨也无用了。就是在这样想的时候，杜筠青终于抓住了一个念头：忏悔，她可以假借忏悔，把自己的罪孽说出来！我知道我快死了，有一件事，我必须说出来，不说出来，我咽不了气，合不上眼，因为我做下的这件事，对不起康家，更对不起老太爷……这是一个好办法，也是她现在能够做到，更是她最后一次挣扎了。

在得病以前，杜筠青一直就想亲口对老东西说出那件事，气他一个目瞪口呆。只是，每每临场又总是说不出口。你还没听说呀，我跟赶车的三喜相好上了，我早跟他有了私情……这样的话，真是说不出口。现在好了，改用忏悔的口气，就很容易说出口了。这样说出来，老东西也更容易相信吧。他相信了，也才会暴怒吧？他暴怒了，也就说明他被伤着了……

这样一个好办法，怎么就没有早想出来？

杜筠青想出这个办法以后，她的心境倒真正平缓下来。因为只要对康笏南做这样一次忏悔，她就再也没有什么可牵挂的了。无论老东西是目瞪口呆，还是假装不相信，那都无关紧要了。她真可以平静地去死了，无憾地为自己的罪孽去死。所以，在做这样一次忏悔以前，杜筠青想进城去洗一次澡。她已经很久没有进城洗澡了。就是关在这密不透风的屋里，杜牧她们也不愿叫她多洗浴，她们怕她受风病重。她已经太肮脏了。她不能这样肮脏着身子去死。

这天，趁着清醒时，她对杜牧说："你去给老夏说一声，叫他们套好车马，我要进城洗浴一回。"

杜牧立刻惊讶地说："老夫人，你病成这样，哪能进城洗澡呀？"

杜筠青就平静地说："我知道我病得快不行了，趁还能动，进城洗浴一回。只怕这也是最后一回洗浴了。"

杜牧慌忙说："老夫人是开通人，怎么也说这种吓唬人的话呀？"

"我何必吓唬你？病在我身上，还能不能扛住，也只有我清楚。"

"老夫人，谭先不是说了吗？能熬过春天，就该大愈了。眼看春天已经来了，你正有熬头……"

"你不用多说了，能熬过熬不过，我比你知道。你就照我的话，去对老夏说！"

"老夫人，这么不吉利的话，我哪敢说？"

"杜牧，我真熬不过春天了。生死在天，天意不活我，我也不强求。只是，平生喜爱洗浴洁身，我不能这样满身肮脏死去。你把这话说给他们。"

"老夫人想干净，我们在家也能伺候你洗浴。"

"在家哪能洗得干净？最后了，我得把自己洗干净。"

"可是，你怎能经得起……"

杜筠青忽然变了口气说："杜牧，我求你也这样难了？"

杜牧慌忙说："老夫人，我这就去把老夏叫来！"

"等你把他叫来，只怕我又迷糊过去了。杜牧，叫你传句话，真这样难？"

"老夫人，我还能不听你吩咐？我这就去见老夏！"

杜牧刚出去，睡意果然又像浓雾般弥漫过来。等杜筠青醒来，已经是斜阳西照时候，她并没有想起这件事。直到杜牧伺候她吃过饭食，喝下汤药，才终于想起来，忙问："杜牧，叫你见老夏，见着没有？"

杜牧说："见着了，见着了，老夫人有吩咐，他哪敢不见！"

"他答应没有答应？"

"老夏初听了，也不敢做主，赶紧去问老太爷。老太爷斟酌半天，还是答应了,说:'出去走走、洗洗,或许能散散邪气。只是,你们得万分小心伺候!'"

"他们真答应了?"

"可不是呢。老夏当下就过来了,想问问老夫人什么时候套车。那时,老夫人又犯困,睡着了。"

"快去告他,明天一早就把车马预备妥吧!"

杜筠青真没想到,他们会这么容易就答应了。看来,他们也相信她快要死去。不去多想了,临死前能进城洗浴一次,她已经满意。

进城的日子,他们推迟了几天,说是要等她精神好些再出行。进城的那天,她的精神还果真格外好。在车轿里,虽然被包裹得严严实实,可居然没有犯困!马车一直跑到那片枣树林,她依然清醒着。

杜筠青凑近小小的轿窗口,望着还未出新叶的那片枣树林,任心中翻江倒海。

这是罪孽之地。

这也是令她刻骨铭心之地。

她不恨三喜。她依然想念他。这个英俊的车倌,是她这一辈子唯一喜欢过的男人。他也许真的为她而死了。

马车驶过去了,但她还能望见那片枣树林。而且,就这样一直望着,很久了,居然没有犯困。今天这是怎么了,病也忽然变轻了?

不过,杜筠青还是再次吩咐杜牧:洗浴时,她犯了病,迷糊着了,你不用怕,请继续为我洗浴。只要小心不要把我淹死,别的都不用怕。

做了这样吩咐以后,她依然没有犯困,直到快进城时,才有种困意慢慢飘来。

这最后一次洗浴,杜筠青没有留下多少太清晰的记忆。完全清醒后,已经重新躺在那久卧的病榻上。不过,她感觉到了身体的轻快:洗浴是真的。趁着干净,赶紧做最后一件事。但她似乎许久没见老东西了。

她问杜牧:"老太爷一直没有过来?"

杜牧忙说:"老太爷常来。来时,尽赶上老夫人沉睡不醒。老太爷不让惊动老夫人,但要细问病情,醒的时候长些了?进食多些了?还常坐着等一阵。"

第二十一章 老夫人之死

杜筠青问："老太爷常在什么时候来？"

杜牧说："也没准。"

既没个准头，就都赶上她昏睡不醒时候？杜筠青就对杜牧说："老太爷再来时，你长短把我摇醒，我有话跟他交代。"

杜牧说："老夫人的吩咐，我记住了。只怕到时摇不醒……"

"那你就用针扎！不拘用什么办法，叫醒我就是了。"

"就怕老太爷不许……"

杜筠青冷冷地说："杜牧，我求你真这么难了？"

杜牧忙说："我当然听老夫人吩咐……"

然而，两天过去了，杜筠青依然没见着康笏南。杜牧说，老太爷来过一回，她使了大劲摇，也没摇醒。后来，老太爷喝住她，不许再摇。

杜筠青没跟杜牧生气，只是平静地说："那你过去，请老太爷过来，就说我有要紧的话跟他交代。"

杜牧倒是立刻去了，但迟迟不见回来。直等得杜筠青的困劲又上来了，杜牧才匆匆回来，说："老太爷不在屋里，跑出去也没找见，去问老夏，才知道进城了，说是有……"

杜筠青没听完，就睡过去了。改日清醒时，又吩咐杜牧去请老太爷。这回，杜牧倒是很快就回来了，并说："老太爷说了，他立马就过来。"

可杜筠青没等来康笏南，就又昏睡过去。醒来问起，杜牧说："你刚睡着，老太爷就到了，只差一步！"

以后几次也一样，不是找不见人，就是等不到人，好像老东西已经看透她的用意，故意不见。

杜筠青感到自己已经支撑不了多久，因为醒着的时候，分明更短暂。她不能再延误了。见不着老东西，见着别人也成。挑一位适当的人，做那样一次忏悔，也会传到老东西耳中吧。

挑谁呢？

可挑的人，无非是四爷、六爷，三娘、四娘。那件事，说给三娘、四娘，她们一定会叫嚷出去的，尤其一定告诉老太爷。可老东西也许不大相信她们的话，媳妇们说三道四，他一向讨厌。四爷呢，他会不会被那件事吓倒，手足无措？六爷太年轻，也不宜对他说这种事。三爷不在家。二爷呢?他大概也不爱听她多说话。还有一个老东西正宠着的人:宋玉。可你能把她叫来?老东西从不许宋玉进这大书房来。

杜筠青挑来挑去,又剩下了那两个人:老夏和老亭。

老亭是老东西的近侍。但他太冷酷,也太可能瞒下不报。

老夏呢?老夏圆滑,什么话都听。他对老太爷更是忠心不二。他知道了这样的丑事,不敢瞒下不报吧?三喜失踪,吕布反常,说不定老夏早有猜疑。她临终说破,他更会深信不疑。他也许会对所有人瞒下不报,但不大敢欺瞒老太爷吧?他得给自己留后路。也只有老夏,有可能穿过老亭的防线吧?

杜筠青就这样错误地挑中了老夏。

老夏当然是一叫就来了。杜筠青刚说:"我怕快不行了,有几句话想向老太爷交代……"老夏立刻就把杜牧一干仆佣支开了。

杜筠青没有迟疑,赶紧说:"我对不住老太爷……"于是,把那件事说了出来。

老夏瞪着眼听完,说:"老夫人,你是刚做过这样的梦吧?"

杜筠青说:"这几个月,我已经不会做梦了,一睡过去,就像死了似的。这事,你不说给老太爷也成。但我死后,怕不宜进康家的坟地吧?我这样的人,埋进康家坟地,只怕要坏了他家风水的!"

老夏极力忍耐着说:"老夫人,你在说胡话吧,我看得赶紧把谭先叫来!""我不是说胡话。这件事,老亭已经知道,你依然不知,只怕老太爷会迁怒于你。所以,我才给你做此交代。这件事,于你们谁都无关,只是我一人的罪孽。你要怕受牵连,就在我死前,设法把老太爷请来,我当面给他做交代。"

"老夫人,你一定做噩梦了!"

"这是我临死前的交代!"

老夏却已经在招呼杜牧她们:"快过来,小心伺候老夫人!"

杜牧一进来,老夏匆忙就走。

杜筠青看那形势,相信老夏是匆匆见老太爷去了。

老夏虽被杜筠青的临终交代吓得出了一身冷汗,但跑出来后,却很快就平静了。老亭已经知道了那件捅破天的丑事?他越想越不像!老亭是个什么人，他能不知道？老亭要真知道了这件事，即使要瞒住老太爷，也不是现在这种做法了。他会叫这妇人死得更痛快！

老夏留心试探了老亭，没有任何异常，一切还是依老例进行。

此后三天，杜筠青很想见老东西，看他知道了那件事是什么表情。可惜终于也没有见着。她清醒的时刻，也是越发短暂了。

到第四天，她就片刻也没有醒过来。

4

三爷得知老夫人病重的消息正在杭州。

去年腊月，三爷带着汝梅南下时，最先也是停在汉口。汉口是大码头，加之已近年关，汉号的陈老帮极力挽留，他们就留在汉口过年。过罢年，即沿江而下，经九江、安庆、芜湖、镇江到南京，一路都有停留。出正月时，才经苏州到了上海。

因为戴膺在上海，三爷就多停留了一些时候。

汝梅初到江南，偏赶上一隆冬，外间不算冷，屋里却太不暖和。再加上不能习惯的潮湿感，又冷又湿，真是不好受。三爷嘴上对她说："出来就得受罪！这点潮气就扛不住，你还想到口外？口外，那才叫受罪！"可还是很心疼她，见上海的上等客栈屋里还暖和些，也就有意多住些时。

出来这一路，三爷所见着的各庄口老帮，都不似孙大掌柜那样令人心冷，一个一个既知礼，又不生分，坦诚说事，情同故交，很叫他感到舒服。这才叫他想起邱泰基劝过他的话：多往外埠码头跑跑，尤其该多往江南跑跑。所以，他曾想在上海住到春暖时候，再从容往别处去。可汝梅哪能长住得了？没多久，就又嚷着去杭州。

他们到杭州没几天，就得到老夫人卧病的消息。三爷初听了，觉得很突然，老夫人一向心宽体健的，怎么说病就病倒了？他看老号发给杭州庄口的信报，说老夫人得的还是一种疑症，只嗜睡，不思饮食，城中名医亦有些束手无策。各庄口可于本埠寻医问药，有验方秘方速寄回，切切。

得的还是疑症？

三爷回想这次出远门前，曾去见过老夫人。那时也看不出什么异常，只是有些几分憔悴罢了。怎么就忽然得了疑症？既已这样满天下寻医问药，可见病情不寻常。

三爷就毅然决定不再往前走，立马返回太谷。汝梅当然有些不情愿，但见父亲不容分说，也只好默然了。也幸亏她早催促，来到了杭州！

返回上海，三爷与戴老帮说起来，戴老帮也是惊叹不已：这位老夫人心性开通，体格也好，怎么就忽然得了这种病？应该无大碍吧？

沪号的孟老帮，已张罗了几种昂贵的西洋药物，托三爷带回。他也是拣吉利话说，但隐约露出的一种暗示，三爷还是觉察到了："这位老夫人，不会像前头那一位吧？"前头那一位老夫人去世时，四下里都议论：老太爷的命太旺，一般女人服不住。三爷不敢这样想，可孟老帮的暗示还是将一种不祥之感扯了出来，挥之不去。

匆匆离开上海，赶到汉口时，家中已发来急报：老夫人病重，告三爷速归。陈亦卿老帮感叹时，竟也无意间流露了与孟老帮相似的猜疑：老太爷的命相真是太不一般了。这种可畏的猜疑，居然在各地的字号间流传开了？三爷越发多了不祥之感。老太爷的命相就真是那样可怕？但愿老夫人不是一般女人，一般命相！

离开汉口后，都是旱路，三爷还是日夜兼程往回赶。其时，已处处可见明媚春景。尤其南地的新绿，经水气涸润，格外鲜嫩，又格外饱满。汝梅初见，真是迷恋不已。可父亲对此简直就视而不见，只是一天比一天忧愁。所以，汝梅独览春景，也渐渐失去了兴致。

老夫人的病情居然也叫父亲这样牵挂？

汝梅忽然想起为老夫人画像的事。她就问父亲："老夫人早就病了吧？"

三爷说："我们走时还好好的。"

汝梅说："我看，早就病了。"

三爷瞪了一眼，说："你胡说什么！"

汝梅就小声说："去年刚入冬，我就看见请了画师给老夫人画像。"

三爷说："画像哪能挨着害病！不是也给你画了一张吗？"

汝梅更小声说："给老夫人画的那幅，尺寸跟前头几位老夫人的遗像一般大小……"

"汝梅！"三爷呵斥了一声，"你尽胡说些甚！"

汝梅并不害怕，依然小声说："爹，你听我说。"

她就把凤山尼庵所见，前老夫人遗像上那颗美人痣，以及老太爷的莫名冷淡，都说给了父亲听。她看父亲听得愣了神，以为相信她了。但父亲听完，还是拉下脸来，严厉地说："汝梅，你也不小了，眼看就要嫁人，怎么还跟小娃们似的，尽胡思乱想，编些吓唬自家的故事？"

汝梅想分辩，父亲喝住了她。一路上，父亲就再不许她提起此事。直到快到家了，父亲才非常庄重地对她说："汝梅，你眼看就成人了。有一句话，你得记住：在我们这种大户人家，你别想什么都知道。该你知道的，你就知道。不该知道的，就不用刨根问底。在我们康家需这样，日后你嫁到常家也得如此。大户人家都这样。"

父亲这句话，汝梅真是闻所未闻。不过这句话，也够她琢磨一辈子了。

三爷到家时是二月二十日，老夫人却已于三天前病逝了。未进村前，远远望去，康庄已经是银装素裹，他就明白了一切。日夜兼程，还是没有赶上。

在老夫人的灵堂上，三爷第一次见到了汝梅说过的那幅画像，他几乎惊呆了：她宛如真人，而丽质之绝佳又胜于生前，尤其那样高贵却难掩幽怨地注视着你，更令人心惊肉跳！她是不想死去吧……但在伏身祭拜时，三爷极力镇静下来，脸色凝重，不让太重的悲哀流露出来。

出来，三娘也对他说："老夫人这幅遗像画得太逼真，凡来祭奠的都吓了一跳，以为老夫人又再生了。夜里守灵，更时时觉得她逼视住你，有话要说。"

三爷听了，只是淡淡地说："洋式画像，就这样吧。"

三爷回来第二天，就被老太爷召去。去了，见除了五爷外，其他爷们也都应召来到，连一向不出门的大哥也来了。

老太爷明显有些憔悴，精神也蔫蔫的。他说话也没了往日的底气，软软的，很无力："早该把你们叫来，说说老夫人的后事，只是想等一等老三。老三到底赶趁回来了，听说是日夜兼程……"

三爷忙说："赶上这时局不靖，日夜兼程也没赶出多少路来。"

老太爷就忽然长叹一声，动了情说："在这种乱世，该死的是我呀，怎么叫她死？我早老朽了，早该死了，怎么不叫我死？"

三爷四爷忙加劝慰，可哪里能劝得住？老太爷越说越激动，老泪都流下来了。二爷也跟着劝说，但他显然不善言辞，说了两句，不知该再说什么。六爷低头站着，一直没有说话。聋大爷更是平静如常，闭目端立。

在一边的管家老夏，也插进来劝说："老太爷还是节哀吧，富贵有命，生死在天，不由人呀。老太爷毕竟寿数大了，真不敢哀伤过甚！"

老太爷竟说："要能死，就叫我死吧，跟她一道走了，也省得你们再办一回丧事！"

老夏就说："什么都是天意，哪能强求呀？还是先议老夫人的后事吧。"

老太爷哀伤地说："她是受了我的害的，连个亲生骨肉都没留下，叫我怎么给她办后事？"

三爷忙说："后事有定例，该怎么办，就怎么办吧。"

老夏就说："老太爷的意思，你还没听出来？老夫人没生养，谁来给她当孝子？出殡的时候，谁来给她扛哭丧棒？"

孝子是中国葬礼中的主角。照老例，葬礼中当孝子的，理当是子辈中行大的。康家因连丧老夫人，送葬时的孝子就有了问题。行大的聋大爷头一回做孝子，是为自己的生母送葬，那自然天经地义。到第二回给后母当孝子时，他的年龄已很接近逝者了。再往后，他的年纪更大了，可跟着去世的后母们大限总在三十来岁。年纪大的长子给年轻的后母做孝子，叫世人看着也别扭。所以，从第三位老夫人起，孝子改由其亲出的子嗣担当。可新逝的杜老夫人到康家后不曾开怀生养，孝子就又成了问题。

老夏刚把难题点出来，老太爷紧跟着说了句："我扛哭丧棒！"

老太爷亲扛哭丧棒？这不是乱了伦常吗？大家知道他是在说伤心话。三爷正想说：按年纪排下来，我该当孝子，可话没说出，六爷竟先跪下说："父亲大人，我当孝子。"

更没有想到的是，四爷竟也跟着跪了说："六弟幼年已做过一回孝子，这一回，由我来尽孝吧。我料理家政无能，老夫人重病期间也张罗无方，临了多尽一份孝，心里才能稍安……"

三爷赶紧顺势也跪了，说："我常年在外跑动，平日已很少尽孝，老夫人重病期间，我依然南下未归，连病榻前的一声问候也没送达，就由我来尽这最后一份孝吧。我不及老夫人年长,又长于四弟、六弟,也理该由我尽孝的。"

显然,老太爷没有想到会出现这种场面,三爷以下居然都愿为老夫人做孝子,而且一个比一个说得有理,又一个比一个说得动情!他很沉默了一番,才说:

"都起来吧,老夫人知道你们这样仁义也能瞑目了。都起来吧。"

老夏忙说:"争了半天,到底谁当孝子呀?"

老太爷就问:"老夏,你看呢,谁该当?"

老夏说:"叫我看,三爷与老夫人年纪相仿佛,六爷年少居后,四爷似相宜些。"

三爷忙说:"我并不比老夫人年长……"

老太爷就说:"我看,老三想尽孝,就成全他吧。再说,老四张罗丧事也太劳累。老六能有这份孝心,也就行了。都起来吧。"

老太爷做了这样的裁定,别人再也不能说什么了。他选了三爷,当然是因为三爷在外间更显赫。由显赫的三爷为老夫人打头扶灵,会为康家赢来更多赞誉吧。而在三爷心底,他也是甘愿这样送别这位老夫人的。

照阴阳先生写定的出殡榜,需停灵三七二十一天,到三月初七出殡。三爷既为孝子,也就挑头扛起了祭奠、守灵,尤其是接待吊客的重担。吊客除了亲戚本家,更多的是本地大户和祁太平的大商号,终日络绎不绝。送来祭席,都只能在灵前略摆一摆,赶紧撤下,后面的祭席还等着呢。送来的祭幛,更是层层叠叠挂满了灵棚。凡有吊客来,三爷都得出面,这可实在不是一件轻松营生。好在三爷体格健壮,又心甘情愿,倒也没有累垮了。

辛丑年的春天,旱象依然严重,祁太平一带已集聚了许多外乡逃荒而来的饥民。听说有大富之家办丧事,纷纷跑来求乞。康笏南听说了,就发话说:"赶紧支起几处粥棚,凡来的,先发二尺孝布,再进粥棚尽饱喝!"

康笏南还吩咐四爷:一锅粥下多少斤米粮,出锅后舍出多少碗,要给他们一个定例。按定例,亏了米粮的,咱给补;余出米粮,就得骂他们!既做善事,就得圆满。支了粥锅,你又越熬越稀,那图甚,沽名钓誉?

四爷当然是连声答应。

康笏南似乎还不放心，三天两头地，总往粥棚跑，亲自查看粥熬得够稠不够稠，掌勺的给人家舀得够满不够满。时常还亲手掌勺，给饥民舍粥。所以，他一出来，饥民常常跪下一片。

这倒是康家以往治丧没有过的景象，一时也流传开了。

5

杜筠青醒过来时，并没有立刻发现自己是躺在一个陌生的地方，也没有习惯地呼叫杜牧。她只是觉得头脑异常沉重，意识也甚迟钝，几乎什么也想不起来了。身上却软得厉害，手脚有感觉，没有多大力气动弹。不久就支撑不住，又昏睡过去。再次醒来，她知道饿了，也知道有人伺候她吃喝过。但那人是谁，吃喝了什么，仍没有意识到去分辨。

就这样，杜筠青不断醒过来，清醒的时候不断持久，身上渐渐恢复了力气，记忆也多起来。有一天，她终于呼叫起杜牧来。但应声而来的却不是杜牧，是一个年长的村妇。杜筠青从来没见过这个满脸皱纹的村妇，就问："你是谁？"

村妇也不搭她的话，只是问："夫人，有甚的盼咐？"

"你快把杜牧给我叫来！"

村妇显然不知杜牧是谁。杜筠青这才将目光移往别处：她这是躺在什么地界？这不是老院那处太大太冷清的上房，屋顶这样低，也没吊顶棚，椽梁都清晰可见……

"我这是在哪儿？"

村妇仍不搭话茬儿，只问："有甚盼咐？"

"你听见我说什么？我这是在哪儿？"

村妇没说话，慌忙出去了。不久，进来一个人，杜筠青认出了：他是老亭，成天跟着老太爷的那个老亭。

"你是老亭吧？"

"老夫人，你醒过来，能认出人来，很叫人高兴。"

"老亭，我这是在哪儿？"

"老夫人，你还记得吧？过了年，你就卧病不起，名医名药都不顶事，眼看就不行了。记得吧？"

杜筠青真有些记起来了。是呀，她也以为自己快死了。现在，她还没有死？

"老太爷见请医先不顶事，就赶紧请来一位深谙河图命相的老道。人家问了老夫人的生辰八字，又看了宅院方位，就说今岁老夫人行年值星罗睺，有血光之厄。化解之法，除用黄纸牌位写明'天官神首罗睺星君'，每月初八供于正北，燃灯九盏祭之，还需请老夫人移出旧居，另择吉地暂避。这里，便是由道士选定的吉地。"

"我来此几天了？"

"没来几天。看看，真还灵验，老夫人已经好多了。"

"杜牧她们呢，就没有一人跟来伺候？"

"她们跟来不吉。这里有人伺候老夫人的。"

"这是什么地界？"

"老夫人无须多问，能化凶为吉就好。"

杜筠青再问什么，老亭也是拿这句话挡着。她虽有些疑惑害怕，也无力追问了。原来是叫她来此避凶。可富贵有命，生死在天，凭此道术便能挡住天意？其实她是愿意死的。

不过，她倒真是一天一天复原了，不久已能下地走动。

能出来走动后，终于看清了，她住的这地界像独户小村，就一个院落，几处农舍。一问，才知道住户是康家的佃农。这一带的地亩，离凤山已经很近，属于康家较为远僻的沟坡地。这几处农舍，本是为佃户盖的地庄子，也即供佃户农忙时就近食宿的工房。后来，有佃户就常年在此安家了。此地有何吉利呢？老亭不让多问，好像是天机不可泄似的。老亭依然是那种面无表情的老样子，也令杜筠青不愿多问。

好在春光正美，虽然天旱，沟坡间还是散满了新绿。这里那里，零落点缀其间的桃杏，更长满了一树新绿。若早春时来，望见的该是一树繁花吧。凤山不远，山脉草木都清晰可见，反观太谷城池，倒落在一片迷茫中了。

在这世外小村，也许比死后的阴间好些？

三月初七天未亮，杜筠青就被叫起来。老亭说："今日早起，是要伺候老夫人往寺庙敬香还愿。老夫人已近大愈，得及早向神佛谢恩。"

杜筠青就问："往何处进香还愿？"

老亭又以"无须多问"挡过。

登车以后，天色依然未露曙亮。路不好走，上下起伏，颠簸得很厉害。走到天亮时候，车停了下来。老亭过来说：

"一路颠簸，老夫人受累了。前面庄子有熟人，我们进去稍做歇息？"

杜筠青说："由你安排吧。"

车马没走多远，果然停下来了。杜筠青被农妇搀扶着走进一处还算排场的院落，让进上房，却没见着任何人。老亭说：叫主家回避了。

坐下歇息喝茶时，老亭将跟着伺候的农妇支了出去，然后说：

"老夫人，不久有出殡的从门外经过，我们避过再走吧。"

杜筠青就随便问了一句："是大户出殡，还是一般人家？"

老亭平淡地说："是大户。"

杜筠青还是随便问道："谁家？"

老亭依然很平淡地说："就是我们康家。"

"康家？"杜筠青不由惊叫了一声，"谁没了？"

老亭还是面无表情地说："谁也没过世，只是为老夫人出殡。"

"为谁出殡？"

"为老夫人你。"

"为我？"

杜筠青觉得整个身心都发木了：为她出殡？她无论如何不知道这是什么意思。难道她已经死了吗？她与康家已经是阴阳两界了吗？

老亭依旧平静地说："老夫人不必惊慌，这都是为救老夫人性命。眼看老夫人大愈了，老太爷就想接你回去。为保万全，又将那位道行精深的老道请去，要他选一个吉日。哪想到，老道一见老太爷，就是一脸惊愕！他说：万不可迎老夫人回府。五月，老夫人还将有大危厄，远避尚且不及，岂可近就？别人还没听明白老道说的意思，老太爷已经老泪纵横了，直说：我死，也不能叫她死，我也活够了，还留着这妨人的命做甚！别人劝也劝不住，老太爷只是问：我死了，就能保住她的命吧？老道默念片刻，才说：有一法可救老夫人性命。老太爷急忙问是什么法术？老道命众人退下，才对老太爷说出了此法：为老夫人办了丧事，即可逃过厄运。"

杜筠青听得更愈加发木了，只说："我不怕死，我愿意死。"

老亭说："可老太爷哪能忍心？老夫人真有不测，老太爷怕也真不想活了。他已经克死四个女人，说起来总觉自家有罪。"

杜筠青木木的，只会说："我愿意死。"

说话间，已有鼓乐隐隐传来。

老亭说："出殡大队就要过来了。老夫人，请去观赏一下吧。浩荡的场面，全是老太爷的深情厚谊。"

杜筠青仿佛什么都不会想了，顺从地按老亭的指引，登上了屋顶的一间眺楼。眺楼，是富户人家为护院守夜所建的小阁楼，居高临下，俯视全院。

而这处眺楼正临街，大道两头尽收眼底。

一上眺楼，杜筠青已经望见了树林般一片白色旌幡纸扎，鼓乐声也听得更分明。这时候，老亭又在说什么，但杜筠青似乎已听不见了，她一味盯着殡葬大队，什么都不回想了。

大队已经走过来。最前头是高高的引魂幡，跟着是两个撒纸钱的。纸钱很大，像在撒花。

接着就是二十来人的仪仗，前头有扛"肃静""回避"大牌的，后有举旗、锣、伞、扇和鞭、板、锁、棍的。仪仗所执，虽都是纸糊的仿制物，却精致如真。

仪仗之后，是两具更为精巧的绢制童男童女。

紧随童男童女之后，就是四人抬的影亭。影亭里悬挂着的，正是杜筠青那幅西式画像。杜筠青见到了自己画像，不由一惊，似乎要想起什么，但又没有抓住。她只好继续木木地盯住下面：影亭前，拥挤了太多争看的乡人。

其后是鼓乐班。

再后是手执法器，以及口中念经念咒的和尚、道士。

接着是一片来送葬的亲友宾客，多为商界及本家族有头脸、有身份的男宾，个个略戴轻孝，手执祭香。

跟着是一片纸扎，都是供老夫人升天后所用的各样物品，一件件也甚逼真。

后面就该是孝子了。

谁是披麻戴孝、拄哭丧棒的打头孝子？杜筠青忽然又一惊，意识到了这个问题。她没有生养，谁会给她当孝子？

看见孝子了，还不少呢，有二三十人吧，大概家族中子孙两辈都出动了，可打头的是谁？重孝之下，只能看出是一个高大的男子，别的都看不清。

杜筠青不由问了句："孝子是谁？"

老亭说："我看是三爷。"

"三爷？"

她几乎是惊叫了一声。三爷居然肯给她当孝子？一定奉了老太爷之命。她听不到三爷的哭声，但被人搀扶着的样子，像是动了真情在哭丧……

后面就是三十二抬的灵柩。只能看见豪华异常的棺罩。灵柩里躺着谁，或许是空棺……

再后面是哭丧的女眷。

其后还有黑压压的送葬人群。

杜筠青又复发木了，几乎忘记了是在看自己的殡葬场面。

从眺楼下来，杜筠青就呆呆地坐着。

老亭一再说："老太爷把葬礼办得这样浩荡、豪华，也对得起老夫人了。逢了这样不好的年景，依然将老夫人的葬礼办得这样体面，真不容易了。"

杜筠青没有说话，她不知道该说什么。许久，才问了一句："都知道是假出殡吗？"

"几乎没人知道。三爷、四爷都不知道。"

"他们都不知道？"

"丧事办得不真，哪还能为老夫人避得了祸？"

杜筠青又发了一阵呆，才问："那我也永远不必回康家了？"

老亭说："已经为老夫人预备了安妥的去处。"

"去哪儿？"

"进香还愿毕，就伺候老夫人去。"

第二十二章　祖业祖训

1

老夫人出殡后没几天,就传来一个可怕的消息:晋省东天门已被德法洋寇攻破,官兵溃败而下,平定、盂县已遭逃兵洗劫。日前,乱兵已入寿阳,绅民蜂拥逃离,阖县惊惶。与寿阳比邻的榆次也已人心惶惶,纷纷做逃难打算。

榆次紧挨太谷。彼县一乱,接下来就该祁太平遭殃了。

三爷先得到这个消息,立马就回来见老太爷。还没有说几句呢,孙北溟和林琴轩两位大掌柜也先后到了,危急的气氛顿时如乌云密布。

可康笏南精神萎靡,似乎还未从丧妇的悲伤中脱出。他听三人都在叫嚷时局危急,便无力地说:"该怎么应对,两位大掌柜去跟老三一道谋划吧。是福是祸,都是你们的事了。我这把老骨头留着也多余,谁想要,就给他。"

两位大掌柜慌忙劝慰,康笏南也不听劝,直说:"去吧,去吧,你们去谋划吧。我听这种红尘乱事,心里发烦。去吧,去吧,不敢误了你们的大事。"

康笏南既这样说,两位大掌柜也不便违拗,又劝慰几句,退了出来。

三爷忙跟了出来,将两位引至前头客厅,吆喝下人殷勤伺候。两位刚落座,三爷就拱手作揖道:"老夫人新丧,老太爷精神不佳,偏就遇了这危难临头。康家兴亡,全赖两位大掌柜了!我初涉商务,甚不懂事,有得罪两位的,还望多海涵。尤其孙大掌柜,年前我有大不敬,更望见谅!"

来不来三爷就这样赔礼,大出林琴轩意料。但他没抢先说话,想叫孙大掌柜先接话。今日孙大掌柜似也失去了往常的威风,见三爷先给了自己面子,也就接了话说:"三爷不要多心!谁不知三爷有侠肠义胆?所以我跟三爷说话，也就直来直去。三爷千万不可多心！"

林琴轩这才说："都是一家人，有些小小不严，快不用提它了！还是先议眼前的危局吧。"

三爷就说："那就先听孙大掌柜的高见！"

孙北溟今日所以谦和许多，是有些被这风云突变给吓着了。乱兵将至，遍地洗劫，他一听这样的传言，先想到的就是去年京津两号遭遇的劫难。京号虽然丢了，但戴掌柜毕竟临危不乱，巧为张罗，将柜上存银分散出去，显出高手做派。他真没有想到，老号竟也忽然面临了这样的危难！临危不乱，似也可做到，可如何巧为张罗，却是一点抓闹也没有！老号存银可不是小数目，如何能分散出去？若老号似津号那般被打劫，他这把老骨头也成多余的废物了……所以他慌忙跑来，实在是有些心虚胆怯的。见三爷恭请他先说，也只好说：

"三爷，我哪有高见？去年至今，时局大乱，生意做不成，天成元老号存银滞留不少。当务之急，是将老号巨银移出秘藏！"

林大掌柜说："在太谷商界，天成元非同小可！你移巨银出号，还不引发倾城大乱？"

孙北溟说："号中存银，当然需秘密移出。"

林琴轩说："巨银移动，如何能十分秘密的了？"

孙北溟说："没有这种本事，岂能开票号？"

林琴轩说："我们茶庄可没有这种本事。茶货如何秘密移出，还望孙大掌柜不吝指点呢！"

孙北溟就说："库底的那些茶货能值多少钱？将银子和账本移出秘藏就得了。"

林琴轩说："那东家呢？东家偌大家资又如何移出？移出后，又能匿藏何处？"

孙北溟说："东家自有东家的办法。"

林琴轩说："照孙大掌柜意思，岂不是大难将临，各自逃生？既然如此，我们还计议什么？各自携银出逃就是了！"

三爷忙说："孙大掌柜所说，也是当务之急。兵祸将来，也只能先将银钱细软移出匿藏，保一些，算一些。"

林琴轩说:"三爷!以我之见,切不可如此仓皇应对。兵乱未至,我们就领头自乱,引发阖城大乱,这哪像康家做派?"

孙北溟说:"那就坐以待毙?"

林琴轩说:"去年隆冬,三爷南行不在时,北边紫荆关、龙泉关也曾军情危急。老太爷并未慌乱,邀来本邑曹培德、祁县乔致庸,从容计议,谋得良策。计议毕,曹培德就去见了马玉昆,探得军中实情,心中有了数。其后,康家、曹家及乔家镇定如常,该做生意做生意,该过年过年,全没有慌乱避难的迹象。人心、市面,也就稳定下来。"

三爷说:"原来已经历过一次惊险?"

林琴轩说:"可不是呢!当此之时,三爷也该先与太谷大户紧急计议,共谋对策。这样的兵祸,毕竟不是我们一家可抵挡。马军门仍驻守山西,三爷与马军门又有交情,何不先去拜见马军门?"

三爷听林琴轩这样一说,心里才有些主意。但他也不敢冷落孙大掌柜,继续恭敬地请教应对之策。末了,便说:"当此危急关头,康家全赖两位大掌柜!只要两位从容坐镇,我们阖家上下就不会心慌意乱。"

送走两位大掌柜,三爷就要了一匹快马,飞身扬鞭,往北洸村曹家去了。

曹家当家的曹培德,也得到了同样的消息,正欲去官府打听真伪,就见康三爷火急来访。看来,太谷局势真是危急了。

曹培德慌忙将康三爷迎入客厅,努力镇静了说:"三爷是稀客,好不容易光临一回,何故这么慌张?来救火呀?"

三爷说:"真比火上房还急,贵府还没有听说?"

曹培德才说:"是说东天门失守吧?"

三爷说:"可不是,眼看溃兵要来洗劫太谷了!"

曹培德说:"你家老太爷经见得多,器局也大,一向临危不乱的。今三爷火急如此,莫非局势真不妙了?"

三爷忙问说:"仁兄难道另有密报?"

曹培德说:"我哪来密报?这不,正要进城向官府打听真伪呢!"

三爷说:"县衙能知道什么?我们该速去拜见马玉昆大人!阻拦溃军,抗衡洋人,也只有马军门可为。"

曹培德说:"我早听说马军门已经接了上谕,要移师直隶镇守。朝廷早改封马大人为直隶提督了。此前,与马军门一道镇守山西的四川提督宋庆老帅,也奉旨率川军移师河南。"

三爷说:"难怪洋寇如此猖獗!守晋重师纷纷调出,难道朝廷要舍弃山西?"

曹培德说:"舍弃倒也不敢。山西为西安屏障,舍晋岂能保陕?调走重师,怕是以为和局将成,可以兼顾他省防务吧。"

三爷说:"天天都在说和局,和局又在哪儿?朝廷将驻晋重师移出,洋寇围晋重兵却不但不撤,反而趁机破关而入!朝廷如此软弱,我看和局也难成!"

曹培德说:"自去年京师丢失,已是人家的手下败将了,还能怎么刚强?"

三爷说:"我看洋寇也非天兵天将。自去秋攻晋至今,多半年了,始破东天门。"

曹培德说:"你不说朝廷往山西调来多少驻军!"

三爷就说:"那我们更得速见马军门,代三晋父老泣血挽留!在此危急之时,马军门万不能走。马师一走,山西乱局就难以逆转了!"

曹培德说:"三爷与马军门有交情,此重任也非三爷莫属!"

三爷说:"贵府是太谷首户,仁兄岂能推诿?我愿陪仁兄去见马军门!"

曹培德就说:"那好,我们就一道去求马军门!只是,我们有富名在外,总不能空手去见吧?不说捐助军饷,至少也需表示一点犒劳将士的薄意吧?"

三爷说:"这有何难?见了马军门,尽可将此意说出,不日即行犒劳!"

曹培德说:"都像三爷这样,自然不难。去年腊月,北边紫荆关、龙泉关军情危急,你家康老太爷和祁县乔老太爷也是怕遭溃军洗劫,忧虑至甚。我受二老委托,去见马军门。马大人倒是甚为爽快,坦言无须多虑,说他与宋庆老帅即将亲赴边关,挥师御寇。我当时甚受慰藉,便表示年关将近,祁太平商界将凑些薄礼犒劳将士,只是年景不好,怕不成敬意。马军门听了当然很高兴,更发誓言:晋省绝不会失。"

三爷说:"仁兄所为,在情在理。"

曹培德说："当时，两位老太爷也很夸奖了几句。张罗犒劳之资，也由二老出面。哪想，此举竟招来许多非议！三爷也听说了吧？"

三爷说："我由南方归来，就赶上老夫人大丧，实在无暇旁顾的。有什么非议？真还没有听说。"

曹培德说："最厉害的一种，是说乔家、康家又想露富！"

三爷说："西帮富名，早不是藏露可左右！当此危难之际，仍守财不露，岂不是要结怨惹祸？"

曹培德说："谁说不是？可没看透这一层的，真也不少。只怕露了富，招来官兵吃大户，却不想一味守财哭穷也将惹来大祸！你家康老太爷和乔老太爷本想促成一次祁太平商界的紧急会商，公议一个联保的对策。可张罗许久，响应者不多。就是公摊一些薄资，略表劳军之意，也有许多字号不肯成全。还是你家康老太爷器量大，说人家不肯出血，也甭勉强。大不了就我们曹、乔、康三家，也能犒劳得起官兵！乔老太爷也有手段，他张扬着请匠人造了一块'犒军匾'，凡出资的都匾上刻名。"

三爷问："这手段能管事吗？尽是怕露富的，谁还愿留名？"

曹培德说："你猜错了，这手段真还管用。"

三爷问："是何缘故？"

曹培德说："匾上无名的，怕官兵记了仇，专挑他们欺负。"

三爷说："原来如此。那后来是应者如云？"

曹培德说："倒也不是。愿跟我们三家一道劳军送匾的字号，虽也不少，毕竟有限。平帮几家大号，人家另起一股，自行劳军。祁帮、太帮也另有几股，自行其是。不拘几股吧，反正在去年年关，祁太平商界是群起劳军，把逼近家门口的洪水猛兽给安抚住了。"

三爷问："那破关而来的洋寇，也给挡回去了？"

曹培德说："灵邱、五台都派驻有重兵，德法洋寇也不敢贸然深入晋境。朝廷也连发急谕，命抵御洋寇，不能失晋。不过，从龙泉关溃败下来的一股官兵，一路溃逃，一路抢劫，直到阳曲，才被制住。距省府太原，仅一步之遥了！"

三爷说："无论洋寇，无论官兵，都是我们商家的洪水猛兽！"

曹培德说："抵御这等洪水猛兽，我们也只能凭智，无以凭力。"

2

康三爷与曹培德刚派出人去打听马玉昆的行止,太谷忽然就进驻许多官兵。一问,竟正是马军门所统领的兵马。原来,马部官兵正欲绕道潞安、泽州,出晋赴直隶,听到东天门失守的警报,也暂停开拔,将所统兵马由太原以北调至徐沟、榆次、太谷、祁县,向南一字摆开。仅太谷一地,就开来六营重兵,城关周围驻了四个营,大镇范村驻了两个营。

先听说马部重兵进驻,三爷和曹培德还松了一口气:依仗马军门,祁太平局面还不至大乱吧。但稍做细想,又感蹊跷:军情危急之地是在榆次以东,由故关东天门直至寿阳,马部却不挥师东去,倒将重兵摆到榆次以南。这是何意?难道要任敌深入,在祁太平这一线关门打狗,做一决战?

果若如此,祁太平更要遭殃了!战事一起,还能保全什么?

意识到这一层,三爷和曹培德更惊出了一身冷汗。幸好探知马军门的大帐就设在祁县,两人火急飞马赴祁求见。

马玉昆很给面子,听说是康三爷,当下就叫了进去。

三爷和曹培德刚落座,马玉昆就笑道:"二位给吓着了吧?"

三爷忙说:"马大人的兵马已驻扎太谷,我们还怕什么?"

曹培德也说:"我们是代太谷父老,来向马大人致意的。"

马玉昆更笑了,说:"看你们的脸色吧,哪能瞒得过我?"

见马军门这样,三爷也不拘束了,径直说:"我们不过是平头草民,忽遇这样的战祸,哪能不害怕!东天门既有天险可倚,又有重师镇守,竟也被洋寇攻破?"

三爷话音刚落,马军门忽然就满脸怒色,大声道:

"东天门岂是洋寇攻破?全是这位岑抚台拱手让出!"

三爷这才听出,马军门是朝新任山西巡抚的岑春煊发怒,虽放下心来,也不便多说什么。马军门似乎也全无顾忌,一味大骂岑春煊不止。

原来,岑春煊于二月由陕西巡抚调补山西巡抚后,第一要务就是与围攻山西的德法洋军议和。为此,他到任伊始,即新设洋务局,由张家口聘来精通英国语的沈敦和出任洋务局督办,主持议和事宜。

第二十二章 祖业祖训

沈敦和本是浙江人，曾留洋英国，在剑桥大学研读法政。归国后，为两江总督刘坤一聘用，官至吴淞开埠局总办，并被保举为记名出使大臣。后因吴淞炮台案遭革职，以流罪之身发落到北地东口。去夏京师陷落后，也有一队洋寇进犯东口。因沈敦和精通英语，就被委任与洋寇交涉。经他说动，洋寇居然撤出东口！此事报到西安行在，朝廷特旨他官复原位。

岑春煊在西安当然听说了此事，所以一到山西任上，就将这位擅长议和的沈敦和聘请到自己麾下。

进入辛丑年，也即光绪二十七年（1901），原东西洋八国又加比、西、荷三国，共十一国联军，与清廷本已就十二款和约大纲草签画押，除京津直隶外，洋军也陆续从各地撤离。唯独围攻山西的德法军队不肯后撤。德军统帅瓦德西又是联军统帅，德法如此围晋不撤，清廷也不敢大意。去年洋军攻陷京津时，这位瓦德西还未来华，他是在秋天才赶来就任统帅的。虽出任统帅了，却没有多少侵华战功，所以攻打晋省，他的劲头挺大，想赶紧捞一些战功以服众。议和全权大臣李鸿章，屡屡与德法交涉，都无结果。对方公使竟以"此系瓦帅军事机密"搪塞！

朝廷调集各地重兵守晋，仍不断有危急军情发生，太后甚感烦心。一怒之下，将锡良开缺，给岑春煊加封了头品顶戴、兵部尚书衔，调来补任山西巡抚。所以岑春煊知道，尽快与德法洋军议和，解去山西之围，当是能最取悦太后的。聘来精通洋务的沈敦和，就是为成就这件事。

可仅凭精通洋务，就能退去德法重兵？想得也太天真。德法从东北两边围晋，已有数月之久，尤其在边关山野度过了一个严冬，岂肯听几句美言好话，就罢兵而去？沈敦和在东口退敌，其实靠的是重贿。窜入那里的小股洋寇，经数日抢掠，本来已经盆盈钵满，再得重贿，当然容易劝走。现在是大军压境，如何行贿？

沈敦和几经交涉，也许之以重利，围攻晋省东天门的德军一直不答话，只有法军发来一纸照会：晋省守军全行退入山西境内，才可议和。

法军为何提出这种要求？原来山西与直隶交界的东天门，是由故关、旧关、娘子关几处险要关隘组成。虽有易守难攻的天险之利，可这几处关隘都在地势峻拔的石山巅，驻扎不了大队兵马，又乏水源。所以，镇守东天门的大同总兵刘光才，就将大队兵马分散驻扎到东天门内外的山谷之间、近河之地。关隘之上筑了重力炮位，山谷间布满大队援兵和后勤粮弹，互为依托，使关防坚不可破。驻在关隘以外的营地，多属直隶所辖的井陉地界。久踞获鹿、井陉的德法洋军，每每攻关，都被遍布山谷的晋军所阻。现在，法军要求晋军退入晋境，实在是要断东天门的天险之威！

所以，马军门和刘总兵极力坚持：决不能答应法军要求。井陉也不属法土，何理命我军撤出？

可岑春煊为推动议和，奏请西安军机处后，竟同意刘部守军撤回晋境。只是要求在我军后退时，德法军队也同时后撤。

法军见我肯退，就发来新照会：法军本无意西进，现在与你方两军齐退，好像法方害怕你方华军，恐被西洋他国讥笑，所以万不能照办。你方驻军必先行退出井陉，才可议和。否则，德法将合兵西进！

法军分明是得寸进尺，越发不讲理了。可岑春煊依然奏报军机处，言明为避免给洋军留下借口，还是同意我军先行撤退。军机处竟也批准。

刘总兵和马军门力阻不成，只好准备撤军。东天门晋境一侧，多为不宜驻兵的干石山地，大部兵马需退至远离关隘的平定、盂县城关附近。这几乎等于将东天门拱手让出了。

就在刘总兵被迫张罗撤兵之际，法军五千人、德兵八千人，乘火车出京南下，紧急增援驻扎在获鹿、井陉的德法军力。洋寇意图已再明显不过：先诱逼我军后撤，尔后集重兵破关而入！

在京的议和大臣李鸿章得知德法增兵西进，给岑春煊发来急电，告知正就此事与德法交涉，但也难保洋军将领为邀功贪利，在我撤兵后，破关深入，进犯晋省。望做提防，不敢大意。

可岑春煊居然表示：即便洋军来犯，也不能再开战衅。为早日成就议和计，我败固贻误，我胜亦贻误。反正是不能与洋寇交战！

马玉昆言及此，早已是怒火冲天："今敌已破关，我军不战而溃，平定以下已是局面大乱，也未见岑抚台去赴死！"

三爷大胆问了一句："即便败局难挽，也轮不到岑大人去赴死吧？"

马玉昆冷笑一声，说："没人叫他赴死，是他夸了海口，要去赴死。他坚令刘总兵撤回东天门，我说刘部先行撤出容易，洋寇扑来追杀就难抵挡了。这位岑大人就慷慨许诺道：'如真有此危情，煊唯有身赴敌营，与之论理。如其不听，煊甘愿继之以死，阻其开战！'今洋寇已破关而入，一路杀掠过来，也未见岑大人身赴敌营，以死阻战！"

曹培德忽然给马玉昆跪下，说："晋省局面既已如此危急，我等平头草民的身家性命、祖业祖产，全系于马军门一身了！今能挽狂澜于既倒者，非马军门莫属……"

三爷也跟着跪下，说："三晋父老都祈盼马军门火速挥师东进，抗击洋寇！我们西帮也愿多捐军饷，助大人抗洋……"

马玉昆忙叫两位起来，说："二位要这样，算是错看我了！我岂不想挥师迎敌？只是已有上谕在先，命本部移师直隶。及今也未接新旨，不能妄动。新近布兵于徐沟至祁县一线，属撤出晋省的路线。今暂停开拔，即为保晋。洋寇一旦进犯至此，我部以逸待劳，当会扑而歼之！你们尽可放心，无须惊慌的。"

听马军门这样说，三爷和曹培德心里越发不安了：以逸待劳，扑而歼之，即便真如此，战事也还是在祁太平地界。战事起处，真不敢奢望还能保全什么！

三爷不由感叹一声说："别地战事早平息了，洋寇何以这样与山西过不去？"

曹培德也叹道："洋人痛恨毓贤，毓贤也早革职查办了，为何依然不肯与晋省议和？"

马玉昆笑笑，说："二位最应该知道其中缘由的。"

三爷和马玉昆茫然相视，实在莫名所以，恳请马军门指点。

马玉昆说："二位真是骑驴数驴！洋寇不肯放过晋省，还不是因为贵省是块肥肉？如你等这样的富商富室遍地，就是洗劫也油水大呀！攻入晋省，洗劫一过，再向朝廷追加赔款。晋省既是富省，追加的赔款会少吗？洋人不傻，他们围晋多半年，历尽艰辛，图什么？"

听马军门这样一说，三爷和曹培德更是惊出一身冷汗。

三爷茫然说："洋人也知晋省之富？"

马玉昆说："洋行洋商岂能不知你们西帮底细？再说，还有跟在洋寇后面的教民呢，他们什么不知！"

曹培德就说："今幸有马军门镇守晋土，也是天不乱晋吧？"

马玉昆果然昂扬地说:"二位放心,有本帅兵马在,洋寇一旦深入晋中,便成瓮中之鳖矣!"

马军门说得这样慷慨昂扬,也难释三爷和曹培德的惊慌:看来马军门依然要将祁太平一带作为抗洋的战场。胜负不说,战事是难免了。马部兵马不肯挥师东进,是有圣旨管着,凭三爷和曹培德的情面哪能说动?所以,他二人也只能极力恭维马军门一番,惊慌依旧,退了出来。

3

东天门守将刘光才总兵,是在三月初一将大部兵马撤回故关、旧关的。到三月初五,德法洋军就集结重兵,扑关而来。

此军情急电报到西安行在的军机处,所做处置也不过:一面电旨李鸿章,速向德法公使交涉诘责,一面命晋抚岑春煊查明详情,及时报来。至于要不要迎敌开战,却是语焉不详!朝廷上下都有一大心病:战衅一开,搅黄了和局,如何了得?但再失晋省,西安也难保了,和局又得重议。

就在军机处左右为难的时候,陕西道监察御史王祖同上了一奏折,为朝廷出了一个主意:

> 窃自停战议款以来,我军遵约自守,未尝轻动。而洋兵时出侵轶,不稍敛戢。紫荆、获鹿先后被扰。当草约画押后,又迫刘光才以退守,不烦一兵,坐据井陉之塞。近复阑入晋域,夺我岩关,太行天险,拱手失之,平定一带岌岌可虑,太原全省也将有震动之势矣。夫此退彼进,多方误我,不能力拒,而徒恃口舌相争,已属万难之举,若并缄口扣舌,听其侵逼,置不与较,以此求和,和安可保?
>
> 山右殷富巨商,彼实垂涎,择肥而噬,势有必至。现时中国利权多为外洋侵据,尚赖西商字号缓急流通。若被搜刮一空,不特坐失巨利,将各省饷源立形困敝,与大局实有关碍。且各国效尤,殷厚之区处处肆掠,伊于胡底!
>
> 愚臣以为凡开议后被扰各地,宜查估丧失确数,悉于赔款内

扣除，虽得不偿失，或可稍资抵制。

臣愚昧之见，是否有当，伏乞皇太后、皇上圣鉴。谨奏。

王祖同这个"扣减赔款"的主意，当然不是高招，更不能算高尚的义举，但军机处却是颇为赏识。见到王祖同奏折的当天，就代朝廷发电旨给李鸿章：

奉旨：

洋兵擅逼晋境，已过故关，殊与前约不符。现闻到处滋扰，即使不任意西趋，亦应力与辩论。如仍似在京津直隶勒索银两，掠抢财宝，将来须在赔款内作抵，庶昭允协。

钦此。

不能义正词严声明迎敌还击，也总得说句硬话吧？扣减赔款，实在是一种恰当的说辞！不过这道电旨的弦外之音，已然要放弃晋省了。

军机处发出这道电旨是在三月初十，其时不光是平定、寿阳、榆次，就连太原省城及祁太平一带，也早是传言纷纷，人心惶惶，外逃潮流几不可遏。

三爷和曹培德见过马玉昆，于赶回太谷前，往祁县乔家拜见了乔致庸前辈。说起见马军门经过，乔老太爷说，他与祁县几家大户，已拜见过马大人了。但看乔老太爷神态，似不焦急，与平素也无多少不同。

三爷就问："马军门莫非给你们吃了什么定心丸？"

乔致庸一笑，反问："马军门也不是乔家女婿，何以会偏心我们？"

曹培德就说："我们是看老太爷无事一般，有些不解。祁太平已危在旦夕，你们倒稳坐钓鱼台，不是心中有数，何能如此消停？"

乔致庸就问三爷："你家老爷子也惊慌失措了？"

三爷说："老夫人新丧，家父还沉于伤悲，只说天塌了他也不管。"

乔致庸说："这就是了，你家老太爷也未惊慌，还说我？"

三爷仍不解，说："家父那能算不惊慌？我们康家真是祸不单行，老夫人新丧，又赶上这样的兵祸，家父无力料理，我也力不能胜呀！"

曹培德说："遇了这样危难，谁能轻松应对？乔老太爷历世久，富见识，多谋略，还望多指教，以共渡难关！"

乔致庸说："我多活几年，与你们能有什么不同？既无奇兵可出，又无奇谋可施，果真溃军来抢，洋兵来杀，也只能听天由命了。想破了这一层，也就无须慌张。慌张也没用呀！"

三爷说："乔老太爷还是不肯直言。难道我们就坐等杀掠？"

乔致庸说："朝廷拥天下重兵，尚不敌洋寇。我们无一兵一卒，怎么抗洋？"

曹培德说："那我们只有及早逃难一条路？"

乔致庸说："小户人家，一根扁担；中常人家，几辆马车，就举家逃难走了。我们怎么逃？浩浩荡荡一旦上路，更成抢劫目标了！眼下出逃者虽众，也多为小户及中常人家。以我之见，我们大户切不可妄动。在祁太平，我们商家大户一动，必然倾城都动。到了那一步，敌未至，先自乱，更不可收拾了。"

三爷说："老太爷还是叫我们坐以待毙？"

乔致庸说："以老汉愚见，现任晋抚岑春煊，谅他也不敢将晋省拱手让给洋寇。朝廷给他加封头品顶戴、兵部尚书，难道就是叫他来开关迎寇？"

曹培德说："听马军门说，岑抚台是宁死不开战衅的，所以才有东天门之失。"

三爷也说："洋寇已破关多日，晋省尽陷于敌手，只是迟早的事！"

乔致庸说："马军门的话，我们不能不听。可你们就没有听出来？马对岑颇多不屑！我们去拜见时，马军门大骂岑：'恃才妄为，不听吾言，径自撤东天门守军，惹此祸乱。'我问马军门：何不率部出寿阳退敌？马军门竟说：'只待洋寇入晋陷省城，掳去岑大人后，请看本帅克城救彼，易如反掌耳！'听听，马军门按兵不动，原来是要岑春煊的好看！给你们说这种话没有？"

三爷说："倒未这么明说。"

曹培德说："两位斗法，遭殃的只是我们！"

乔致庸说："当时我问马军门：晋省表里山河，进来不易，出去也难，攻破东天门的德法洋寇，真敢孤军深入进来？"

三爷忙问:"马军门如何回答?"

乔致庸说:"他说洋夷用兵,别一种路数,鲁莽深入也难说。敝老汉不懂兵法军事,但叫我看,洋军也不至如此鲁莽。即便深入晋境,也须步步为营,留一条能进能出的后路。洋军大本营在京津,京津至太原千里之遥,又跨太行天险,一路占据,须调多少兵力?所以,我们不必太慌张,自乱阵脚。"

三爷说:"我们一路撤兵降敌,人家也无须多少兵力!"

曹培德也说:"洋军未到,溃败下来的官军,就似洪水猛兽了!"

乔致庸说:"近日收到我们省号贾继英送来的急报,说他刚拜见过岑抚台,确知岑大人已派出重兵开赴寿阳,弹压溃军抢掠。"

三爷说:"这还算一条好消息。"

曹培德说:"溃军弹压下了,洋寇跟着进来!"

乔致庸说:"洋寇真来了,也只能破财保根基吧?我听贾继英说,洋务局的沈敦和在东口议和,也无非是敢破财!送洋寇银数万两、羊千头、马千匹、牛百头、鸵百峰、狐裘百余袭、羊裘千余件。"

三爷惊问:"我们亦如此,那不是受辱降寇了?"

曹培德也惊叹说:"去年以来,我们西帮已破财太甚!"

乔致庸说:"除了破财,唯有破命。去年的拳民就是走破命一途,结果如何?如今朝廷都受降议和了,我们还能怎样?"

三爷和曹培德想了想,觉得真到了那一步,也只能如此了。朝廷官军无力拒敌,一心议和,商家不受此辱又能如何!只是,破了财,就能保住根基吗?真也不敢深想。

如何阻挡眼下的逃难风潮,三人计议半天,也无良策,仅止于联络大户大商号,尽量稳住,不敢妄动。

在赶回太谷的路上,三爷和曹培德更看到举家出逃者,络绎不绝。此种风潮再蔓延几日,局面真将不可收拾!所以,两人一边策马赶路,一边议定:到太谷后,三爷去见武界领袖车二师父,请镖局派精干把式,速潜往东天门打探真情;曹培德即往县衙见官,申明商家愿与官方一道共谋安民之策。

三爷赶到贯家堡车二师父府上时,李昌有等一干形意拳高手都在。

三爷向各位武师一一作揖行过礼,就将见马玉昆的情形略说了说。众人就争着问:洋寇到底已攻到哪儿了?是否已攻破寿阳?

三爷说:"东路军情,马军门不肯详告,只说洋寇鲁莽深入,攻陷太原,都是可能的。"

众人也问:洋寇将至,马部大军为何按兵不动?三爷只说:"马军门还未接到挥师迎敌的上谕。"

李昌有便说:"我们正议论呢,看官军架势,一准不想与洋寇交手!平头草民纷纷出逃,就是看官军指靠不上。可我等是习武之人,难道也似一般民众,弃乡逃亡?"

车二师父也说:"去年夏天,义和拳民蜂起杀洋教,我们形意拳弟兄多未参与。洋教在太谷,结怨并不多。几位教士被杀,也有些过分。今洋军攻打过来,只是查办教案,倒也罢了。如滥杀无辜,强掠奸淫,我们形意拳兄弟可就不能再坐视不理!"

三爷惊慌问道:"车师父你们也要起拳会?"

李昌有说:"我们不会像义和拳,见洋人就杀。武界尊先礼后兵。洋军来时,我们潜于暗处,静观不动。彼不行恶,我们也不难为他;但凡有恶行,当记清人头,再暗中寻一个机会,严惩不贷!如系大队作恶,当先刺杀其军中长官。"

三爷说:"这与拳会有何不同?"

李昌有说:"拳会是乌合之众,徒有声势,并不厉害。我们不会挑旗招摇。洋军在明处,我们在暗处,无形无迹,只叫洋寇知道形意拳的厉害!"

武师们的大义,是叫三爷感动。可这与拳会毕竟类似,一旦给官府知道,哪会被允许?官府怯于与洋寇交战,可剿灭拳会不会手软。拳师暗杀洋寇,也必然要扩大战衅,祁太平更得陷于水火之中。但三爷知道,他出面阻武师们的义举,也不会收效的。所以,他也没有多说,只是照原来目的,请求车、李二位师父,派出高手,赶赴东路平定、盂县一带,打探洋寇犯晋的真实军情。

车二师父说:已经派出探子了,有探报传回,一定相告。三爷有新消息,也望及时通气。

三爷连声应承,又随武师们议论附和几句,就匆匆告辞出来。

眼看天色将晚，三爷却无心回康庄去。多少焦虑压在心头，回到家中又能与谁论说？以往遇大事，都是老太爷扛着，你想多插嘴也难。现在，老太爷像塌了架，连如此危急的战祸都不理睬。这真似忽然泰山压顶，三爷很有些扛不住了。他不由又想到邱泰基。自己身边还是少一个足智多谋的人，邱掌柜远在西安，那位能干的京号戴掌柜，也远在上海。

天成元老号的孙大掌柜，那当然不能指望。

现在，只有去见茶庄的林大掌柜。能不能谋出良策，先不论；只是说说心头想说的话，眼下也唯有林大掌柜了。

于是，三爷吩咐跟随的一个小仆，回康庄送讯，自己便策马向城里奔去。

林琴轩见少东家摸黑赶来，还以为出了什么事。慌忙问时，才听三爷说："跑腾了一天，还没有吃顿可口的茶饭。我是跟你们讨吃来了。灶房还没封火吧？"

林琴轩放下心来，说："三爷想吃什么，尽管吩咐！灶火还不便宜？"

三爷说："不拘什么吧，清淡些，快些，就成。"

林琴轩说："总得烫壶酒吧？"

三爷就说："不喝了。今日太乏累，能喝出什么滋味？不喝了。"

林大掌柜说："喝口酒，才解乏！难得三爷来一趟，我陪三爷喝一壶。"

三爷说："既受林大掌柜抬举，那就烫壶花雕吧。"

"三爷哪能喝花雕！我这里有几坛汾州杏花村老酒。"林大掌柜转脸朝身后一伙友说："快吩咐灶房，先炒几道时鲜的菜，烫壶烧酒，麻利些！"

三爷刚洗漱毕，酒菜已陆续端来。与林大掌柜这样秉灯对酌，真还不多，可三爷喝着老酒，品出的却尽是苦味。他将见马军门、乔致庸以及车二师父的经过简略说了说，感叹跑腾一天，未遇一件如意事！

林琴轩忙说："三爷也不必太心焦了，大局如此，亦不是谁能左右得了。岑抚台既已派重兵弹压寿阳溃兵，这毕竟还是好消息。局面不乱，才可从容对敌。"

三爷说："洋寇眼看攻杀过来，如何能不乱！"

林琴轩说："叫我看，洋寇还不至轻易攻杀过来。"

三爷问："何以见得？"

林琴轩说:"只要马军门统领重兵驻守晋省腹地不动,我看洋寇也不敢贸然进来。岑抚台想成就议和,只怕也会不惜多让利权,换取洋寇退兵。任洋寇攻杀进来,占去省府,那还叫议和吗?丢了晋省,西安危急,朝廷如何能饶得了他?太后赏他一个头品顶戴来山西,也不是叫他来丧土降敌吧?"

三爷说:"但洋寇也不是那么好哄吧?既千辛万苦攻破东天门,哪能轻易罢兵?听马军门说,洋夷用兵,是另外一路,很难说的。"

林琴轩说:"我们跟洋夷也多做过生意了,他们可傻不到哪儿!晋省地形,他们不会不顾及。深入进来,就不怕断其后路,成瓮中之鳖?所以叫我看,大局还是和多战少。洋人攻入晋境,无非多加些赔款,也就成了和局。"

三爷说:"真如林大掌柜所说,那还让人放心些。"

林琴轩说:"乔老太爷说得很对,我们大户大号千万不能妄动!我们一动,谁还敢不动?到那一步,局面可就不好收拾了!"

三爷说:"眼下大户大号倒是都没动,可外逃潮流不还是日甚一日?照这样下去,过不了几天,大户大号也要慌!"

林琴轩说:"大字号表面未动,暗地里谁家敢静坐不动?我跟伙友们也在底下张罗呢!"

三爷说:"所以我说,不用几天,不拘洋寇攻来没攻来,祁太平局面必将大乱!百姓倾城蜂拥逃难,驻守的官军岂肯闲着?他们早视祁太平是肥肉。一想今后几日情景,就叫人心惊肉跳!"

林琴轩说:"听三爷说,曹培德正与官衙共议安民之策?"

三爷说:"正是。就怕谋不到良策!岑抚台顶着兵部尚书的头衔,尚不敌洋人,县令出面说话,谁又肯听?"

林琴轩说:"三爷,我倒有一安民之策!"

三爷忙问:"大掌柜有什么良策,快说!"

林琴轩说:"目前局面是人心惶惶,官府贴布告,不会有人信;可稍有传言,都信!所以,设法散布一些能安定人心的传言,说不定还管用。"

"散布些安民的流言?"

"这也算略施小计吧。"

三爷立马振作起来：林大掌柜献出的这个小谋略，可是今天最叫他动心的了！在马军门、乔老太爷及车二师父那里，都未曾听到类似的奇谋。自家这位大掌柜，真还不能小看。

"林大掌柜，这个计谋甚好！只是，何种流言才能阻挡乡民外逃？"

林琴轩说："叫我看，不在编出什么传言，而在谁编、编谁！"

三爷忙问："我没明白，大掌柜说的什么意思？"

林琴轩倒反问："三爷你说，现在乡民还敢相信谁？"

三爷竟一时不该如何回答："也真是……"

林琴轩笑了，说："传言官军能抵挡住洋寇，最没人信！说我们大字号得了密报，议和将成，洋寇将退，只怕市间也是半信半疑。现在唯有一家，乡民尚敬重不疑。"

"谁家？"

"即三爷刚拜见过的形意拳武师们。"

"车二师父他们？"

"对。车二师父、昌有师父他们，武艺高强，德行也好，在江湖中的名望谁不知道？传言他们已有对敌之策，乡民也许会驻足观望，暂缓出逃的。但凡有一点指望，谁愿背井离乡！"

三爷点头说："车二师父他们出面，势必应者如云。只是，如此一来，会不会将他们的形意拳传说成义和团似的拳会，惹官府疑心？"

林琴轩忽然就击掌说："三爷，你和曹培德就不会居中说和，叫县衙将形意拳编成乡勇？新编乡勇，不说抗洋，只说对付溃兵流匪。如能说成，再劝武师们率众来城里公开操练演武。其时，我们商界前往慰劳，县衙也去检阅。有了此种气象，不用多置一词，乡民也会传言纷纷，驻足观望的。"

三爷一听，也击掌说："林大掌柜，明日一早，我就往县衙献上你的计谋！

事到如今，我看县衙也别无良策了。"

至此，三爷才来了酒兴。对林大掌柜，他也更刮目相看了：林大掌柜的才具，当在孙大掌柜之上吧。

4

隔日，在城里东寺旁的空场上，真聚集了二百来名乡勇，在形意拳武师的统率下，持械操练。间或，爆出几声震天动地的喝叫，传往四处。闻声赶来观看的民众也就越聚越多。

在场边，车二师父、昌有师父几位武林领袖，康家习武的康二爷、曹家习武的曹润堂等几位大户乡绅，以及县衙的几位官吏，正在神色凝重地议论时局军事。声音很高，语意明了，并不避讳围在身后倾听的一般民众。

他们的话题，多集中在如何对付溃兵流匪上，言语间，对将至的兵匪甚是不屑，又议论了一些擒拿兵匪的计谋。这叫挤在一边旁听的乡民听得很顺心，很过瘾。

这中间，也对洋寇来犯，稍有议论。武师、乡绅们都煞有介事主张：对洋寇须智取，不能硬碰硬。洋寇到时，可杀猪宰羊先迎进来，再摆酒席大宴之；席上只备烧酒，务必悉数灌醉。等洋寇醉死过去，可往洋枪枪管、洋炮炮筒内浇入尿汤；一过尿汤，洋枪、洋炮就失灵了……这类降敌方法，更令乡民听得兴味高涨。

后来，知县大人驾到，检阅了乡勇操练，听了武师、乡绅的退敌之论，夸奖一番。县令刚走，几家大商号又来慰劳。

第二天，在北寺附近也有一队乡勇在操练，情形与东寺相差不多。

于是，官衙、武林、商界联手平匪御敌的种种消息，就由民众口口相传，迅速传遍全县城乡。民心果然稍定，外逃风潮开始减缓。

这几天，三爷也一直住在城里的天盛川老号，各方奔忙，一直未回康庄。见局面有了好转，正想痛快喝一回烧酒，就有仆佣来传老太爷的话：赶紧回来！

匆匆赶到家，就听四爷说：这几天已将年少的男主和年轻的女眷送出去避难了。六爷及各门的小少爷，三娘、四娘及汝梅以下的小姐们都走了。

三爷一听，就有些急：他四处劝说别的大户不可妄动，自己家眷倒纷纷出逃了。他问是谁主张，四爷说当然是奉老太爷之命。不过，都在夜间潜出，又都化了装，没多少人知道。

三爷能说什么，只在心里说：夜间出逃的并不少，怎么能秘密得了！

康笏南听到东天门失守，洋寇攻入晋境，官家溃兵即将至的消息，心头有些像遭了雷击：这是上天对他的报应吗？

因为杜氏的"丧事"刚刚办完，就传来了这样可怕的消息。以他的老道，当然知道这消息意味了什么：康家的祖产祖业面临了灭顶之灾！太谷真遭一次兵祸，康家的老宅、商号必然成为被洗劫的重头目标，康家几代人、历几百年所创的家业，就将毁于一旦……

这样的兵祸，不光在他一生的经历中，就是在祖上的经历中似乎也不曾有过吧。咸丰年间闹太平天国，危急时大清失了半壁江山，都以为战祸将至。外埠字号撤了回来，老宅、老号的家产、商资也做了匿藏准备，结果，是虚惊一场。那次战祸，起于南方，乱在南方，这边慌是慌，毕竟离得远，逃难也能从容准备的。

这一次，兵祸就在家门口，说来就来了，天意就是不叫你逃脱吧？

去年朝廷有塌天之祸，危情不断，但于太谷祖业终究也只是有惊无险。眼看议和成了定局，怎么兵祸忽然又降临到家门口？

这分明是上天的报应！

如果不送走杜氏，就不会有这样的兵祸吧？

分明是报应……

康笏南面对突临的兵祸，就一直摆不脱这样的思路。越这样想，他就越感到心灵惊悸，精神也就垮了下来。他把应对危机的重担那样草率地撂给了三爷，实在也是不知所措了。这在康笏南，可是前所未有的！

不论在家族内部，还是在康家外面的商业王国，康笏南一直都是君临一切的。他畏惧过什么！家事商事，就像三爷所深知的：别人就是想插手也很难，他哪里会把事权轻易丢给你？

康笏南给失宠的老夫人这样办丧事，也不是第一次。以前，他可没有这样惊悸过。经他老谋深算，事情办得一点纰漏都没有。日后就是闹几天鬼，他也根本不在乎。但这一次似乎有些不同。治丧期间，好像人人都动了真情，为杜氏悲伤，却不大理会他，仿佛他们已经看穿了一切。所以在未知兵祸临头前，他已有些心神不定，恍惚莫名。

老夏和老亭一再说：没有一点纰漏，谁也不会知道真相。他不相信这两个人，还能相信谁？也许他自己衰老了吧？人一老，心肠就软了，疑心也多了？

或者，他真应该受一次报应？

时局一天比一天可怕，康笏南也一天比一天感到软弱。他自认逃不过报应，也只好预备舍身来承受，但祖业还得留给后辈去张罗。所以，他不敢再拖延，决定向三爷交代后事。

对老三，他依然不够满意，可还能再托靠谁？

三爷见到老太爷，大感惊骇：就这么两天，老太爷好像忽然老了多少岁！精神萎靡，举止发痴，人也像整个儿缩小了……他当然不知道父亲内心的惊悸，依然以为父亲是丢不下新逝的杜老夫人。

父亲对杜氏有这一份深情，也难得了。

三爷一到，康老太爷就把所有仆佣打发开，气氛异常。

"父亲大人，你得多保重！"三爷先说。

康笏南无力地说："我也活够了，不用你们多操心。外间局势如何？"

三爷忙说："局面已有好转。近日商界、武林与官衙联手，已止住外逃风潮，民心稍定。"

"溃军和跟在后头的洋寇呢，也止住了？"

"听说岑抚台已派出重兵，到寿阳弹压溃军。退守乐平的大同总兵刘光才也出来剿抚乱兵。"

"洋寇呢？洋寇攻到哪儿了？"

"还得不到洋寇的准讯，只听说岑抚台在极力议和。"

"既已攻破东天门，人家能跟你议和？叫我看，洋寇不攻下太原，决不言和。这一兵祸，那是逃不过了。"

"父亲大人，以我看，战与和，还各占一半。马军门的重兵，尚在晋中腹地驻守着，洋寇也不敢轻易深入吧？"

"东天门也有重兵镇守，还不是说丢就丢了？不用多说了，这场劫难是天意，别想逃过去。"

"父亲大人，既如此危急，那你也出去躲躲吧。由我与二哥、四弟留守，尽力应对就是了。"

"老三，今日叫你来，就是向你交代后事的……"

三爷一听这话，慌忙跪下说："父亲大人，时局真还未到那一步！即便大局崩盘，太谷沦陷，我们也会伺候父亲平安出走的。"

康笏南停了停，说："我哪儿也不去了。这场劫难非我不能承担，此为天意。我已到这把年纪，本也该死了，但康家不能亡。所以，该出去避难的是你们。我留下来，谁想要，就给他这条老命。你起来吧，这是天意。"

三爷不肯起来，说："父亲大人，这不是将我们置于不孝之地了？"

康笏南说："这是天意，你们救不了我的。你快起来，我给你看一样东西。"

说时，康笏南从袖中摸出一页信笺，递了过去。三爷也只好起来接住。展开看时，上面只写着寥寥几行字，又都是"仪门假山""偏门隐壁"之类，什么意思，看不出来。

康笏南低声说："老三，这是我们康家德新堂的九处隐秘银窖。你要用心记住！这九处银窖，也没有暗设许多机关，只是选的地界出人意料就是了。总共藏了多少银锭，我说不清。只能告诉你，这些银两足够支撑康家遍布天下的生意。"

三爷这才意识到了这页薄笺的分量，默数了一下，是九处。三爷从小就知道家资巨富，但到底有多富，直到他接手料理商事，也全然不知。现在，家资就全在这页薄纸上了，只是银窖所在的确太出人意料，几乎都在明处……

康笏南问："记住了没有？"

三爷忙说："记住了。"

康笏南便说："那你就点一根取灯，烧了它。"

三爷听说是这个意思，忙又看了一遍，才点了取灯，烧着了这页薄纸。

康笏南说："这九处银窖，你永远只能记在心上，不能写在纸上。这是向你交代的第一样。"

三爷忙答应："我记住了。"

"第二样，这些银两永不能作为家产，由你们兄弟平分。这是祖上传下来、一辈一辈积攒起来的商资老底。康家大富，全赖此活水源头，永不能将它分家析产！你能应承吗？"

"永记父亲嘱托！"

"此为不能违背的祖训。"

"知道了，当永遵祖训。"

"第三样，这份商资在我手里没少一两，多了一倍。我一辈子都守一个规矩：不拘商号赚回多少钱，都是分一半存进这银窖中，另一半做家中花销；赚不回钱，就不花销。这规矩，我不想传给你，但这份老家底在你手里不能亏损太多。"

"我谨守父亲的规矩，赚二花一，不赚不花。"

"世事日艰，尤其当今朝廷太无能，我不敢寄厚望于你。我倾此一生，所增一倍商资，总够你亏损了吧？祖上所遗老本，你们未损，我也就满意了。"

"父亲交到我手上的，我亦会不损一两，传给后人！"

"老三，你有此志，当然甚好。但遇此无能朝廷，你也得往坏处想。所以，我交代你的第四样，就是也不能太心疼这老家底：商事上该赔则赔。祖上存下这一份商资，既为将生意做大，也为生意做败时能赔得起。西帮生意能做大，就凭这一手：赔得起，再大的亏累也能赔得起！不怕生意做败，就怕赔不起。赔不起，谁还再理你？大败大赔而从容不窘，那是比大顺大赚还能惊世传名。"

"因大败大赔而惊世扬名？"

"因你赔得起，人家才更愿意跟你做生意！当然，不赔而成大事最好。西帮事业历练至今，也渐入佳境，少有大闪失了。只是，遇了这太无能的朝廷，似也劫数难逃。去岁以来，损失了多少！眼前大劫，由我抵命就是。但以后乱世，就得由你们张罗了。生意上遭赔累不用怕，这些商资老底还不够你们赔吗？就是把我所增的那一倍赔尽，也要赔一个惊天动地了。先赔一个惊天动地，再赚一个惊天动地，那就可入佳境了。怕的是你们舍不得赔，希图死守了这一份巨资，吃香喝辣，坐享其成！"

"父亲放心，我们不会如此不肖！"

"那我就交代清了。后世如何，全在你们了。"

"父亲大人，局面还并不似那么无可挽回！"

"你不用多说。眼下还有些小事，你替我检点一下吧。你们兄弟各门逃难走前，不可将珍宝细软藏匿得太干净，宜多遗留一些。无论溃兵，还是洋寇，人家冲杀进来，没有劫到多少值钱的东西，怒火上来，谁知道往哪发泄？明处的那两个日常使唤的银窖，也要多留些银两，尤其要存留些千两大锭。世间都知道西帮爱铸千两银锭，劫者不搜寻出几锭来，哪能过得了瘾？孙大掌柜那里，你也过问一下，天成元柜上也不可将存银全数秘运出去，总得留下像样的几笔，供人家抢劫吧？什么都劫不到，饶不了你。听明白了吧？"

"听明白了。"

"检点过这些事，你跟老四也避难去吧。你大哥、二哥他们，能劝走，也赶紧叫他们走。这里的老家底，我给你们守着。但愿我舍了老命，能保全了家底。"

"父亲大人不走，我们也不会走的！"

"你们不走，是想叫康家败亡绝根吗？"

5

三爷虽不敢太违拗老太爷，但他哪里会走？本来与曹培德就有约，不能妄动；现在老太爷又将康家未来托付给他，更不能临危逃走了。

他去劝大哥、二哥，他们也都不想走。大哥还是闭目静坐，不理外间世界。大娘说，我们也年纪不小了，还怕什么？二爷日夜跟形意拳武师们守在一起，忙着操练乡勇，计议降敌之策，正过瘾呢，哪会走？

四爷当然也不肯走，反倒劝三爷走。

劝不走，就先不走吧。反正外间的逃难风潮也减缓了。

可就在老太爷交代后事不久，外间局面又忽然生变：马玉昆派驻太谷的几营官军，突然开拔而去。也并非进军东路，去迎击洋寇，却是移师南去了！由榆次开过来的马部驻军，也跟着往南移师。

马军门统领的重兵，要撤离山西！

三爷听到这个消息，又惊出了一身冷汗：朝廷真要放弃晋省了？说不定是再次中了洋寇议和的诡计！东天门之失，就是中了洋寇的诡计。说好了敌我齐退，结果是我退敌进。官军前脚撤出关防，洋寇后脚就扑关而来。现在，你想叫洋寇退出晋境，人家又故伎重演。马军门的官军一退，洋寇洋兵必定乘虚而来！

三爷不敢怠慢，立马去寻曹培德商量对策。

曹培德倒不像三爷那样着急，说已经派人往祁县打听消息去了。叫他看，马玉昆重兵撤出山西，说不定还是一种好兆。若军情危急，西安军机处能允许马军门撤走？三爷依然疑心：一定是岑春煊急于议和，将马军门逼走了。马部重兵一撤，山西必成洋寇天下！

曹培德也没太坚持，只说："洋寇真来了，我们也只能杀猪宰羊迎接吧？"

三爷说："我们杀猪宰羊倒不怕，就怕人家不吃这一套！"

曹培德说："我看，再邀祁太平几家大户，速往省城拜见一回岑抚台。见过岑大人，是和是战，和是如何和，战又如何战，也就清楚了。"

三爷说："这倒是早该走的一步棋。岑春煊移任晋省抚台后，祁太平商界还未贺拜过。只是，今日的岑春煊好见不好见？"

曹培德问："你是说见面的贺礼吗？"

三爷说："可不是呢！去年，岑春煊只是两宫逃难时的前路粮台，写一张千两银票，孝敬上去，就很给我们面子了。现在的岑春煊已今非昔比，该如何孝敬，谁能吃准？"

曹培德说："叫我看，只要我们不觉寒酸，也就成了。岑春煊吧，又见过多少银钱！乔家的大德恒在太原不是有位能干的小掌柜吗？该备多重的礼，托他张罗就是了。该斟酌的，是再邀哪几家？"

三爷说："不拘邀谁家，也得请乔家老太爷出面吧？你我都太年轻。"

曹培德说："乔老太爷年长，人望也高，只是乔家并非祁县首户。乔老太爷出面，平帮会不会响应，就难说了。我看，请祁县渠家出面，比乔家相宜。渠家是祁帮首户，又有几家与平帮合股的字号。渠家出面，三帮都会响应。"

三爷说："请渠家出面，那也得叫乔家去请。"

曹培德说："那我们就再跑一趟乔家？"

三爷说："跑乔家，我一人去吧。仁兄还得联络武林、官衙，继续操练乡勇。官军撤了，乡勇再一散，民心更得浮动。"

曹培德就说："那也好。只是辛苦三爷了。"

二位还未计议完，曹家派出打听消息的武师已飞马赶回来了。带回的消息是：马玉昆兵马已全军开拔，由祁县白圭入子洪口，经潞安、泽州，出山西绕道河南，开赴直隶。传说朝廷有圣旨：和局将成，各国洋军要撤离，所以命马部官军赶赴直隶，准备重新镇守京畿地界。所以，说走就走了。

和局将成，洋寇要撤离？真要是这样，那当然是好消息；可看眼前情形，谁又敢相信？

三爷反正不敢相信，疑心是军机处怕开战衅，使了手段，将主战的马玉昆调出了山西。曹培德也不大敢相信，只是以为：若调走马玉昆，能使三晋免于战事，也成。但三爷说："就怕将山西拱手让给洋人，人家也不领情，该抢还是抢，该杀还是杀！"

曹培德就说："马部兵马已走，就看洋寇动静了。眼下，攻入晋境的洋寇到底推进到哪儿了？日前听知县老爷说，平定、盂县两地县令竟弃城逃亡，岑抚台已发急牒严饬各县，再有弃城者，杀无赦。所以知县老爷说：既不叫弃城逃难，那就打开城门，杀猪宰羊迎洋寇吧。"

三爷说："朝廷弃京逃难走了，洋寇还不是将京城洗劫一过！杀猪宰羊迎接，洋人就会客气？我不敢相信。车二师父派出的探子，也传回消息说，寿阳、榆次县衙已会集商绅大户，令预备迎接洋寇的礼品货物。乡人听说了，更惶恐出逃。马玉昆这一走，祁太平一带的逃难风潮会不会再起？"

二位计议半天，觉得当务之急还是如何安定民心，对付洋寇，贺拜岑春煊倒可缓一缓的。商界的巴结，哪能左右了岑春煊？他该议和还不是照样议和！

既不往祁县游说乔家、渠家，三爷就赶去见车二师父。

近日车二师父一直住在城里的镖局，一见三爷来，就问："三爷，来得这么快？"

三爷不明白是问什么，就说："车师父，快什么？"

车二师父说："康二爷才走，说去请你，转眼你就到了，还不快？"

三爷说："我刚从北洸村曹家来，并未见家兄。有急事？"

车二师父说："那三爷来得正好，正有新探报传来！"

三爷忙问:"洋寇来犯?"

车二师父一笑,说:"算是喜讯吧,不用那样慌。"

"喜讯?"

"能算喜讯。"

的确能算喜讯:攻入晋境的德法洋军,已经撤回直隶的井陉、获鹿了,并未能大举西进。

原来,三月初一,镇守东天门的刘光才总兵被迫撤兵时,怕故关、旧关及娘子关的炮台成孤立之势,不能持久,就设了一计:密令这三处关防的守将,明里也做撤退假象,暗里则将阵地潜藏隐蔽,备足粮弹存水。这样佯退实不退,为的是不招敌方围困;洋寇若大意扑关,又能出其不意,迎头痛击。

果然,德法洋军派过来刺探军情的华人教民,听信传言中了计,把关防炮台守军也撤退的情报带回去了。

初四日夜半,法军扑故关,德军朝娘子关,分兵两路西进,企图越关入晋。因为已经相信是空关,大队兵马径直往前开时,无论德军、法军,都没有攻关打算。哪能想到,大军都挤到关下了,忽然就遭到居高临下的重炮轰击!德法两军遭遇都一样,死伤惨重,惊慌后撤。不同的是,德军从娘子关后退时,又走错了路,与从故关败退下来的法军,迎面相撞。初四后半夜,正是黑得伸手不见五指的时候,惊慌撤退的双方未及细辨,就以为遇到了清军的埋伏,于是仓皇开战。等明白过来,又伤亡不少。洋寇连夜退回井陉,据说将跟随他们的教民,杀了不少。教民谎报军情,洋人以为是有意的。

洋寇吃了这样大的亏,哪能甘心?初五、初六两日,连续发重兵,围攻故关、娘子关及南北嶂几处关防。双方伤亡都够惨重,娘子关也一度失守,但洋寇终未能长驱入晋。此后相持数日,也时有战事,但已波澜不惊。到三月十三,德法洋军都退回获鹿,连战死的尸骸也运走了,怕是要放弃攻晋吧。

三爷听了,当然松了一口,说:"洋寇息战,当然是喜讯。只是,东天门关防虽危急,并未尽失,溃军之乱又从何说起?"

车二师父说:"那是盂县一帮歹徒趁危兴风作浪。娘子关失守后,洋寇并未敢单道深入。可附近一个乡勇练长，叫潘锡三，他听说关防失守，就勾结一帮不良官兵，四处散布洋寇已破关杀来，引发民乱。他们就趁乱肆意抢掠。此乱一起，那就像风地里放了一把野火，谁知道会烧到哪儿！不用说一般乡民了，盂县、平定的县令就先吓得弃城逃跑了。"

三爷说："刘总兵机智阻敌在前，拼死守关在后，怎么也不见张扬？只听说溃军将杀掠过来，还以为就是刘部兵马呢。"

车二师父说："德法扑关伊始，刘总兵就急报岑抚台，岑只让劝止，不许开战。刘大人只好急奏西安军机处，岑抚台知道后，反责备刘大人谎报军情。这种情形，谁还敢为之张扬？派去探听消息的武友，很费了周折，才得知实情。"

三爷又能说什么？虽然知道了兵祸暂缓，可以松口气了，但还是更记起父亲交代过的那句话：当今朝廷太无能，凡事得往坏处想！

其实，德法肯退兵，到底还是因为岑春煊答应了由晋省额外支付一笔巨额赔款。这就正如林大掌柜所预料：破财议和。

6

兵祸暂缓之后，康家逃难出去的也陆续回来。老太爷的精神分明也好转了。但三爷却轻松不下来：老太爷秘密向他交代了康家的老底，他算是正式挑起重担了吧。

所以，三爷终日在外奔波，不敢偷闲。但一件棘手的事却令他想躲也躲不开：兵祸才缓，票庄的孙大掌柜就提出要告老退位。

这次兵祸虽然有惊无险，孙大掌柜的表现却令人失望，一味慌张，没有主意，哪还像个西帮的大掌柜？或许孙大掌柜也真是老迈了。只是，他是老太爷依靠了几十年的领东掌柜，三爷哪敢擅自撤换？尤其有去年冬天的那次龃龉，三爷更不能就此事说话了。他刚主事，就叫领东老掌柜退位，别人不骂他器量太小才怪！

再说，更换领东大掌柜，毕竟是件大事。要换，也得待天时地利人和具备之际，再张罗吧？眼前时局，哪容得办这种事！三爷心里已有了自己中意的大掌柜，可他连一点口风都没敢透出。

因此，孙大掌柜一跟他提起这事，三爷就极力劝慰，直说这种时候康家哪能离得开您老人家呀！天成元遇了这样的大难，除了您老，谁能统领着跳过这道坎？您老要退位，天成元也只好关门歇业啦。总之，拣好听的说吧。

可孙大掌柜好像铁了心要退位，你说得再好听，他也不吃这一套。

这是怎么了？孙大掌柜是被这场兵祸吓着了，还是另有用意？以他的老辣，觉察出老太爷已经交代了后事，三爷正式继位，所以不想伺候新主了？

老太爷交代后事那是何等秘密，三爷哪敢向世人泄漏半分？他连三娘都没告知一字！孙大掌柜是从他的言行举止上觉察出来了？近日他是太张扬了，还是太愁楚了？自家就那样沉不住气？

三爷躲也躲不过，劝也劝不下，就对孙大掌柜说："这么大的事，跟我说也没用。大掌柜想告老退位，去跟我们老太爷说。我自家出趟远门，还得老太爷允许呢，这么大的事，跟我说顶什么事？"

孙北溟却说："我还不知道跟你家老太爷说？说过多少回了，都不顶事！前年，津号出了事，我就跟他说，该叫我引咎退位了吧？他不答应，怕伤了天成元信誉。去年京津庄口被毁，生意大乱，应付如此非常局面，我更是力不能胜了。可你家老太爷依旧不许退位，说留下这么一个乱局，没人愿接！这不是不讲理呀？这么个乱局，也不是我孙某一人弄成，岂能讹住我不放？现在，洋人退了，议和将成，乱局也快到头了，还不允许老身退位？"

三爷只是说："这是我们老太爷器重你，离不开你。"

孙北溟说："他是成心治我！三爷，我求你了。孙某一辈子为你们康家效劳，功劳苦劳都不说了，看在我老迈将朽，来日无多的分上，也该放了我吧？入土之前，我总得喘息几天吧？你们家老太爷，他是恨不得我累死在柜上才高兴！三爷，你替我说句话，替我在老太爷跟前求求情，成不成？"

三爷现在毕竟老练多了，孙大掌柜说成了这样，他也没敢应承什么，依旧说："孙大掌柜，在我们家老太爷跟前，我说话哪有您老顶事？我替你求几句情，有什么难的？只怕我一多嘴，老太爷反而不当一回事，那又图甚？以您大掌柜的地位，有什么话不能自家去说！"

"三爷，你怎么听不明白！我自家说话要顶事，还来求你？我亲口说了多少回了，不管用呀？"

三爷笑了笑说："这能怨谁？只能怨您的本事太大了。孙大掌柜，我也求您了，先统领天成元渡过眼下难关，再言退位，成不成？"

三爷没想到，他这句话竟令孙大掌柜拉下了脸：

"三爷，你也这样难求？我也老糊涂了，年前竟敢得罪少东家！罢了，罢了，谁也不求了，无非舍了这条老命吧。"

孙大掌柜竟这样说，三爷可是有些不知所措了：这不是当面说他器量太小，记了前嫌，不肯帮忙吗？他慌忙给孙北溟行礼赔罪，说：

"大掌柜要这样说，我可是无地自容了！你老是前辈，我岂敢不听吩咐？那我就照大掌柜的意思，在老太爷跟前说道几句。顶事不顶事，乃至坏了事，我可不管了。"

孙大掌柜倒转怒为喜，说："这还像你三爷所说的话！求了半天，总算没白求。三爷，老身临危逃避，实在是怕贵府生意再遭伤筋动骨之累！你与老太爷当紧得另选贤能，来挑领东这副担子。"

三爷就问："似孙大掌柜这样的领军人物到哪儿去寻？"

孙北溟说："京号的戴掌柜、汉号的陈掌柜，才具都在老朽之上。两位又多年驻大码头，大场面、大波澜经见得多了，不拘谁，回来领东，都远胜于我！"

孙大掌柜所举荐的这二位，那当然堪当其任。只是，那并不是三爷所心仪的人。但三爷口头还是说："戴、陈二位的出类拔萃，也是有目共睹的，只是不及孙大掌柜就是了。"

"三爷无须这样客套，戴、陈二位必能保天成元渡过难关，先复兴，再发达的。"

孙北溟此次坚辞领东掌柜的职位，倒不是要难为三爷，他的确早想退位了。庚子之乱以来，他也实在感到力所不逮。京津两号被毁，北方大半庄口被殃及，这在天成元可是前所未有的浩劫。即便和局成了，如何复兴这许多分号？孙北溟每一想及，就不寒而栗。再想想洋人如此得势，日后国将不国，民生艰难，商业衰微是不可免了。尤其听说这次赔款竟达四亿五千万两之巨！将如许白银赔给外国，国内哪还有银钱来流通？在此种国势下，银钱业还能维持吗？

孙北溟毕竟年纪大了，已经没有了绝境再生的心劲。

西帮商号体制，即使做了孙北溟如此显赫的大掌柜，也依旧是商号的托管者。生意是东家的，他感到难经营了，自然要辞职退位。做大掌柜多年，家资已大富，退位后尽可颐养天年。所以，他才不想恋栈不去，落一个败名。

三爷看出了孙大掌柜退意是真。他也答应了替孙大掌柜说情。可见着老太爷，总不便开口。由他提出撤换大掌柜，实在怕惹老太爷不高兴。比较妥帖的办法，应该由一位能与老太爷说上话的中间人，先将此事提出；老太爷拿此事来询问他时，他再出面说话。

可到哪去寻这样一位中人？说合撤换大掌柜这样的事，实在非同小可，此人既得有相当的身份，又没有太大的瓜葛。谁适宜担当这样的重任？家馆的何举人吗？何举人说这种事，老太爷多半会一笑置之，不当回事。老夏、老亭？身份不够，他们也从不就外间商事插嘴。

二爷、四爷呢？他们说话，老太爷也不怎么当回事。

三爷想来想去，想不出一个适当的人来，就只好叫孙大掌柜先去求老太爷。一趟不成，再跑一趟。跑得老太爷心动了，把换大掌柜的话茬提出来，他就好说话了。到那种火候说话，也才顶事。

孙大掌柜采纳了三爷的主意，开始不厌其烦地往康庄跑，软话硬话都说了，非告老退位不可。但三爷看老太爷动向，却一直平静如常，有关孙大掌柜的事，半个字也没有提起。

看看，老太爷还是不想换天成元的大掌柜。

三爷正庆幸自己没有冒失，突然被老太爷召去。去了，就见老太爷脸色不对。

"你答应孙大掌柜退位了？"

"父亲大人，这么大的事，我哪敢答应？"

"孙大掌柜亲口说的，还能是假？"

"父亲大人，我哪敢答应这种事！孙大掌柜是求过我，但我说这事非同小可，得由家父做主……"

"我能做什么主?现在,一切是你做主!"

三爷知道,他最担心的情形,到底还是出现了。眼前盛怒的父亲,分明已经从丧妇的悲伤中脱离出来,威严如旧。

第二十三章　情遗故都

1

三月初八这个日子，六爷最不能忘记了：去年因洋人陷京，朝廷将耽误了的恩科乡试，推延至今年的此日开考。

朝廷发此圣旨的时候，还正在山西北路逃难呢，就以为今年三月能雨过天晴？三月是到了，朝廷却依然在西安避难。议和受尽屈辱，还是迟迟议不下来。德法洋军倒攻破晋省东天门，杀了进来。不用说，恩科比试又给搅了。

六爷听到兵祸将至的消息，最先想到的，就是当今皇上的命数，实在是太不济了。三旬是而立之年。皇上三旬寿辰开的这个恩科，居然就这样凶祸连绵！看来尊贵如皇上，竟也有命苦的：该遭的劫难，逃也逃不脱。逢了这样的皇上，你也只能自认命苦吧。

本来，听说发生拳乱的州县将禁考五年，六爷已经断了念想，自认倒霉，自认命苦。想不开时，偷偷吸几口料面，飘飘扬扬，也就飞离苦海了。没想到，年后从西安传来消息，说禁考条款只是应付洋人，朝廷已有变通之策：禁考州县的生员，可往别地借闱参考。山西属禁考省份，乡试将移往陕西借闱。京师也在禁考之列，会试将移在河南开封府借闱。

借闱科考，这是谁想出的好主意？

六爷赶紧振作起来，头一样，就是决定戒烟，再不能吸料面了。吸大烟后，他算知道烟瘾是怎么回事了。进入考场，一旦烟瘾发作，哪还能做锦绣文章？堂皇森严的考棚里，大概不会允许带入烟枪料面。

只是，戒烟哪那么容易！烟瘾来了，不吸两口，人整个儿就没了灵魂，除了想吸两口，就剩下一样：想死。

何老爷，你这不是害了我了？

何举人当然没有料到朝廷还有借闱科考这一手。但国运衰败如此，忍辱借闱吧，就能选取到贤良了？朝廷无能，贤良入仕又能如何？所以，对六爷的责难，何老爷倒也不在乎。染上大烟嗜好，赴考是有些关碍，可六爷你若弃儒入商，那就什么也不耽误。这种话明着说，当然六爷不爱听。

何老爷只是劝慰六爷，说戒烟不能太着急。"你这才吸了几天，烟瘾远未深入骨髓，戒是能戒了，只是不能着急。戒烟也似祛病，病去如抽丝。"

六爷听了这话更着急："我倒想悠着劲儿戒烟，可朝廷的考期能悠着劲儿等你？三月初八，转眼就到了，我不着急成吗？"

当时是正月，离三月真不远了。

何举人笑了笑说："就因为三月初八不远，才无须着急。"

六爷以为何老爷是成心气他，就说："着急也没用，反正来不及戒了？何老爷是不是有什么妙法，能将烟具料面夹带进考棚？"

何老爷说："六爷，到三月初八若能如期开考，咱们真还不愁将烟枪烟土夹带进去。烟枪可制成笔形，烟土又不占地方，塞哪儿吧不便宜？"

六爷说："何老爷当年就这么带的？"

"那时本掌柜正春风得意，抽什么大烟！我染上烟瘾，也跟六爷相仿，全因为断了锦绣前程。中举后，京号副帮做不成了，还能做甚？只好抽大烟吧。"

"何老爷你又来了！你不叫我着急，难道真要抽足了大烟，再做考卷？"

"六爷，我劝你不必着急，是因为到三月初八，肯定开不了考！这一届恩科乡试，保准还得推延。"

"何老爷又得了什么消息？"

"有消息，没消息，一准就是推延了。转眼三月就到了，什么动静还没有。议和还没有议下来，谈何借闱？"

六爷想想，虽觉得何老爷推断得有些道理，但依旧必须戒烟：不论考期推延到何时吧，总是有望参加的。

所以在正月、二月，六爷算是把自家折腾惨了。烟瘾发作时，墙上也撞过，地下也滚过，头发也薅过，可惜自虐得再狠心，终于还是免不了吸两口拉倒。一直到杜老夫人重病时，六爷的戒烟才算见了效。

老夫人忽然重病不起，使六爷受到一种莫名的震动。震惊中，竟常常忘了烟瘾。尤其在探望过老夫人后，好几天郁闷难消：这几天就一点烟瘾也没有。

二月十七，老夫人真就撒手西去。从这一天起，一直到三月初七老夫人出殡，三七二十一天中，六爷居然没发过一次烟瘾！除了繁忙的祭奠、守灵、待客，他心里也是压了真悲痛。杜老夫人的死，自然叫他想起了生母的死。但在心底令他怅然若失的，还有另一层：他是刚刚看懂了这位后母，怎么说死就死了？他刚刚看懂了什么是女人，什么是女人的天生丽质，什么是女人的优雅开通，什么又是女人的郁郁寡欢……刚刚看懂女人的这许多迷人处，竟会集于后母一身，她就忽然死了。

她刚刚现出真身，忽然就死了！

在这种无法释化的悲伤中，六爷彻底忘记了大烟土。因为他愿意享受这一份悲伤，再浓厚，再沉重，也不想逃脱。

出了三月初七，六爷才忽然想起三月初八是个什么日子。他的烟瘾已袪，延期的乡试倒如何老爷所料，仍没有如期到来。时局也未进一步缓和，反而又吃紧了。东天门失守，兵祸将至，传来的都不是好消息。

没过几天，六爷跟了何老爷，趁夜色浓重，逃往山中避难去了。

那是一个叫白壁的小山庄，住户不多，但庄子周围的山林却望不到边。林中青松居多，一抹苍翠。六爷还是头一次见到这样广袤雄浑的山林，稀罕得不得了。尤其在夜间起风时，林涛呼啸，地动山摇，六爷被惊醒后那是既害怕，又入迷：似近又远的林涛，分明渲染着一种神秘与深邃，令你不知置身何处。

何老爷对此却兴致全无。他一味劝说六爷，与其在这种山野藏着，还不如去趟西安。眼下朝廷驻銮西安，那里才最适宜避难。西安离太谷也不远！去西安避难？何老爷真是爱做奇想。六爷也未多理会，只是说："西安我可不想去，只想在这幽静的山庄多住几天。这么壮观的林子，何老爷多经见了？"

"六爷，你真是气魄不大。与朝廷避难一城，你就不想经见经见？"

"与朝廷同避一城？"

第二十三章 情遗故都

"你既铁了心要入仕途，也该赶紧到西安看看。"

"看什么？"

"看朝廷呀！朝廷整个儿都搬到西安了，又是临时驻跸，最易看得清楚！京中朝廷隐于禁宫，与俗市似海相隔。弃都西安，哪有许多禁地供朝廷隐藏？所以朝廷真容，现在是最易看清的时候！"

"何老爷，现在是朝廷最倒运的时候。你是叫我去看朝廷的败象吗？"

"朝廷的败象，你轻易也见不着吧？"

"撺掇我去看败象，是什么用意，我明白！"

"我有什么用意？"

"还不是想败坏我科举入仕的兴致！"

"六爷，这回你可冤枉本老爷了。我撺掇你去西安，仅有一个用意：沾六爷的光，陪了一道去趟西安。朝廷驻跸西安，败也罢，盛也罢，毕竟值得去看看。汉唐之后，西安就没有朝廷了，这也算千载难逢吧！"

何老爷这样一说，六爷倒是相信他了。只是，跟何老爷这样一个疯人出游西安，能有什么趣味？所以，他也没有松口：

"西安真值得去，眼下也去不成吧？我们正逃难呢，哪有心思出游？再说，老夫人初丧，也不宜丢下老太爷出门远行。"

"六爷，到无灾无难时，朝廷还会在西安吗？"

何老爷仍极力撺掇，六爷终也没有应承。但趁朝廷驻跸之际，去游一趟西安，倒真引起六爷的兴致。反正考期又推延了，大烟瘾也已祛除，正可以出游。日后借闱开考，也在西安，早去一步，说不定还能抢到几分吉利吧。只是，无论如何也不想跟何老爷同去。有他在侧，太扫兴。但除了何老爷，又能与谁结伴出游？

六爷也没有多想，就有一个人跳了出来，浮现在眼前：这个人竟是孙二小姐，那位已跟他定亲的年少女子。

他这也是突发奇想吧，竟然想跟未婚妻结伴出游？那时代，订婚的双方在过门成亲以前，不用说结伴出游，就是私下会面，也是犯忌的。而自定亲后，六爷实在也很少想起这位孙小姐。在老夫人安排下，他暗中相看过对方，看不出有什么毛病，却也未叫人心跳难忘。

但在老夫人重病不起后，他开始时时想到孙小姐了：她是老夫人为他物色到的女子。那一次在华清池后门，也许并没有很看清。又是冬天，包裹得太严实。不是很出色的，老夫人能看得上吗？六爷已生出强烈的欲望：能再见一次孙小姐就好了。可除了老夫人，谁又会替他张罗这种事？重病不起的老夫人，再不会跟他一起捣这种鬼了。那次捣鬼，真使他感到温暖异常。只要一想，六爷就感伤不已。

老夫人病故之后，六爷就更想念这位孙小姐了：她是老夫人留给他的女人。记得她也是很美貌的，也是天足，也爱洗浴，也应该很开通吧。她也会不拘于规矩，悄然出点格，捣一次鬼吗？

在为老夫人治丧期间，六爷就止不住常常这样想。那时他幻想的是与孙小姐一道，为老夫人守一夜灵。在长明灯下，面对了老夫人那幅音容依旧的遗像，只有他们二位，再没有别人……当然，那也只能幻想。没人替他张罗这种事。

现在，提到出游西安，六爷不由得又想到孙小姐。与孙小姐一道出游，那是更不容易张罗的出格事。但他幻想一次，谁又能管得着！

孙小姐是天足，出游很方便。她也开通，不会畏惧见人。她甚至可以女扮男装，也扮成一位赶考的儒生，那他们更可以相携了畅游西安。她扮成儒生，会太英俊吧。

这样的幻想，使逃难中的六爷想得很入迷。有时候，为了躲开何老爷的絮叨，他就只带了小仆，偷偷钻进村外的松林。林子深处幽静神秘，更宜生发幻想吧。

2

从白壁逃难回来，时局已大为缓和了，乡试却没有任何消息。何老爷就继续撺掇：到西安走一趟，什么消息探听不到？

刚经历了老夫人新丧和外出避难，六爷感到窝在家中也实在郁闷难耐。于是，真就跟老太爷请示了：听说将在西安借闱科考，所以想早些去西安看看。趁朝廷驻銮西安，去了，也能开开眼界吧。

老太爷居然问："这是何老爷的主意吧？"

六爷一听就明白了：这个何老爷，倒先在老太爷跟前嚷嚷过了！大概是未获赞同,才又撺掇他出面。于是说:"是我想去,不干何老爷的事。"

没想到,老太爷竟痛快地说:"是你自己的主意,那更好!老六,你早该去西安看看了。朝廷落难时候是种什么气象,你早该去看看了!这也是千载难逢啊,西安又离得近,不去真可惜了。想去,就赶紧去吧!"

老太爷说的话,也居然和何老爷一模一样。是老太爷听信了何老爷的怪论,还是何老爷本来就暗承了老太爷的意旨?不论怎样吧,六爷的兴致大减。他们撺他到西安,不过是为叫他亲见朝廷的败象,以放弃科举入仕。早知这样,他才不上当呢。现在也不好反悔了,只好答应尽早动身。

老太爷叮嘱:到西安就住到天成元柜上,多听邱掌柜的。邱掌柜手眼通天,什么都知道。

他们的用意更清楚了。六爷嘴上答应下来,心里却想:他才不想听掌柜们念生意经,只想游玩。再说,人在外,还不知会怎么着呢。

去西安已无阻碍,但结伴同行的,果然指派了何老爷。六爷先兴味索然了一阵,转念一想,倒也觉着无妨:何老爷兴趣在商事,到了西安准就一头扎进铺子,与邱掌柜论商议政去了。六爷尽可独自游玩的,只怕比在家中还要自由得多。既如此,六爷的那个奇想又跳出来了:能邀了孙家小姐一道游西安,那该是种什么滋味?

若在以往,六爷才不会做此种非礼的出格之想,现在可不同了。这两年历尽大变故,不断令人丧气损志,什么仁义礼信,他也不大在乎了。再加上杜老夫人在他心底唤醒的青春意识,已经再按捺不下。所以他反倒渴望出格!

简直没有多想,六爷就奋笔给孙家小姐写下一信。信中说老夫人的仙逝叫他痛不欲生,困在家中更是处处睹物伤情。近日,他已获准出游西安,一面散心,一面还可瞻仰朝廷气象云云。只在末尾提了一笔,汝敬仰先老夫人,似大有维新气韵,定也不惮出游。想已游过西安吧,可指点几处名胜否?

信写好,如何投递?

六爷就想到了初见孙小姐的地界:城里的华清池后门。孙小姐常去洗浴,那应是传信的好地界。他叫来心腹小仆桂儿,吩咐其到华清池后门守候,设法将信件送给孙家小姐。行事要秘密,又要机灵。桂儿应命去了,当日就跑回来禀报：信已交到了。

六爷忙问："交给了谁？"

桂儿说："当然是交给了孙家小姐跟前的人。"

"接了吗？"

"一听是六爷的信，哪敢不接！"

"说什么没有？"

"孙小姐还没从浴池出来呢，一个下人，她能说什么？只说一定转呈。"

给孙小姐写信本是一时冲动，打发桂儿走后，六爷才有些后怕了。太鲁莽了吧，孙小姐是不是那么开通，还两说呢！人家不吃这一套，翻脸责怪起来，岂不麻烦了？当时就想，桂儿此去扑了空就好了，他后悔还来得及。孙小姐不会天天去洗浴，哪会那么巧，初去就撞到？

老天爷，真还撞着了！

既已出手，结果如何，也只好听天由命吧。想是这么想，心里可是大不踏实。六爷毕竟是自小习儒的本分人，又是初涉男女交往，当然踏实不了。他嘱咐桂儿，多往华清池跑跑，看孙小姐有什么回话。

谁料，还没等桂儿往城里跑呢，孙家倒派人来了。

那是送出信后第二天，六爷催桂儿往城里跑一趟，桂儿不愿去，说去也是白跑，人家哪能天天去洗浴！六爷也不好再催，心里七上八下的，坐也坐不住，动又不想动。就在这当口，管家老夏领着一个生人进来，说孙家差人来了，要面见六爷。

六爷一听就有些慌，只以为真出了麻烦，忙对老夏说："叫底下人引他进来就得了，哪用老夏你亲自张罗？"

老夏笑笑，说："孙家来的人，哪敢怠慢！"

六爷极力装出常态，说："不过是个跑腿的，老夏你也不用太操心，有什么事，叫他待会儿跟我说吧。你要不忙，先坐下喝口茶？"

"不了，六爷你快招呼人家吧，有吩咐的，叫桂儿来告我。"

老夏走了，再看孙家差来的这个下人，也平平静静，六爷这才放心些了，便问："孙家谁派你来的？"

那人低声说："我们家小姐。"

他们家小姐？

"派你来何事？"

"送一道信，面呈六爷。"说时，从怀中摸出一封信札，呈了上来。

六爷接住，努力不动声色，说："就这事？"

"就这事。六爷亲手接了，我也能回去交代了。"

六爷就吩咐桂儿送孙家差人出去。两人一走，赶紧抽出信来看：老天爷，她怎么跟自己想象的一模一样！信中说，接了传来的私函，惊喜万分，不敢信以为真；杜老夫人仙逝后，思君更切；出游外埠名胜，正是她的夙愿；与夫君相携出游，她已做过这样的梦了；今游西安，实在是正其时也；愿与夫君同行，乞勿相弃；为避世人耳目，她可女扮男装……

这岂止是开通，简直是满纸烈焰！

这样的信函，竟大模大样派人径直送上门来！

孙小姐的开通程度，虽然叫六爷大受冲击，可他还是像抽了料面一样，忽然精神大振。

女扮男装的孙小姐会是什么样子？更风流俊雅，还是更大胆？

眼看着自己的胡思乱想即将成真，六爷恨不得立马就能启程赴陕。急匆匆去跟何老爷商量行期，这老先生，却正卧在炕榻上。一问，才知是染了风寒，大感不适，浑身上下像被抽了筋了，棉花一团软。

这叫什么事儿！平日也不见你害病，到了这种要命的关节上，害得什么病？既然想害病，何老爷你就踏踏实实病着吧，我也不催逼了，只好先行一步。赴陕一路，辛苦万状，等踏实养好病，你再赶来西安也耽误不了啥。

这也许还是天意，特别将何老爷早早支开，省得他碍眼碍事？

六爷就极力劝说道："何老爷，上了年纪了，贵体当紧。先踏实养你的病，就是天大的事也不用多操心。学生也该长些出息了，去趟西安哪还非用老师领导着？就是跑口外吧，也该学生独自去历练。自古以来，远路赶考的生员，也未见有为师的陪伴吧？何老爷你从容养病，学生就先行一步，在西安恭候老师随后驾到。"

何老爷一听可急了，翻身滚下病榻，直挺挺站定，说："六爷，我什么病也没得！刚才，不过是戏言，吓唬你呢。即便明日动身，我这里也便宜。"

六爷看何老爷的情形，却分明一脸病容，虽努力挺着，身子还是分明在抖。他忙扶持何老爷躺下，可老先生死活不肯挪动，直说：没病，没病，什么时候启程都便宜！

老先生不是又犯了疯癫吧？

纠缠了半天，六爷才明白：何老爷实在是怕丢失了这次出行外埠的机会！自从顶了举人老爷这个倒运的功名，脱离京号，还再未外出过，更不用说大码头了。此回赴西安，无论如何得成全了他！"不过是偶感风寒，无关痛痒的。六爷，你可千万不能将此小恙，说给老太爷知道，切切，切切。"

一旦给老太爷知道，何老爷就去不成西安了？这倒也是摆脱这位疯爷的一步棋。不过看着他那副可怜相，六爷实在有些不忍心。毕竟是老师呀！没办法，只好等他几天。

六爷答应了等，何老爷只是不相信，还是纠缠着说：千万不能丢下他，千万不能叫别人知道他病了。不能说给老太爷，更不能说给老夏！老夏对他一向不安好心……

六爷忍不住真生了气，丢了一句话："信不过我，你就自个儿去西安！"也不管何老爷如何起急，径自走了。

孙小姐带给六爷的那一份激情，叫何老爷这样一搅，倒变成了几分无名火。回来冷静了一阵，才想起该给孙小姐传一声回话过去。人家一团烈焰，你倒只顾了与这位疯老爷生气！

六爷展笺写回信时，只觉自己也成了一团烈焰，奋笔疾书下去，什么顾忌都丢到一边了。不久，收到孙小姐回信，依然满纸激情。

这样来来去去，倒也顾不上生什么气了。五天后，六爷先启程上路。以他的愿望，那当然是想与孙家同行！与她结伴，这一路长旅将会是何等滋味？他想象不出。但孙小姐说，在本乡地界毕竟不便太出格，还是先分头赴陕吧。言外之意，到了西安，才可无所顾忌？于是约定了六爷先行，孙小姐随后再启程。

六爷启程时，自然将何老爷"带"上了。他说小恙已大愈，谁知道呢？

其时已到四月中旬，天气正往热里走。由太谷奔西安，又是一直南下。

天气一天比一天热,沿途地界也是一处比一处热,两热加一堆,赶路不轻松。

　　六爷心里还装着一热:孙小姐投来的那一团烈焰。被这热焰鼓舞着,他倒也顾不得旅程之累了。只是这位何老爷,一路不停地念叨自家当年如何不惧千里跋涉,又说前年老太爷南巡时正是大热天气,我们受这点热哪叫热?仿佛别人都是怕热怕累,软差不堪,只他有当年练就的英雄气概。

　　可刚走了五六天,到达洪洞,何老爷就先病倒了。这回是患时疾,下痢不止,人又成了棉花一团软。

　　六爷也只好在这洪洞停下来,寻请医先为何老爷诊视抓药。心里刚要生气,忽然一转念,暗暗叫了一声好:在这地界多等几天,不就把孙小姐等来了?

　　他尽量显得不动声色,安慰何老爷不要着急上火,止痢当紧,大家也走乏了,正可乘机喘息几天。暗中呢,打发了桂儿留意探听孙家人马的动静。

　　洪洞倒也有几处可游玩的名胜,除了尽人皆知的大槐树,霍山广胜寺更是值得一游的一座古寺。可六爷他哪有这份心思!

　　等了四五天,何老爷的时疾已渐愈,桂儿却什么消息也没打探回来。

　　"你这小猴鬼!是没有用功探听吧?"六爷等得心烦意乱:错过四五天了,孙家还不动身?

　　桂儿却不含糊,说:"洪洞有多大呢?像模像样的客栈,又有几家?我早打点妥了,孙家人马一到,准给我们送讯来!除非他们不在洪洞这地界打尖。"

　　六爷忙问:"不在洪洞打尖,也行?"

　　"不在洪洞打尖,除非孙家人马是日夜兼程往西安赶。他们哪能叫孙小姐受这种罪?"

　　"孙小姐要日夜兼程,底下人也挡不住吧?"

　　"孙小姐会这样赶趱?"

　　"我们也走得太慢了!"

　　桂儿不过是随口这样一说,六爷听了竟当了真,不敢再耽误,立马催撵启程赶路。陷入情网的公子小爷们,大概都这样,敏感躁动,又容易轻信。只是，六爷还不大意识到自己已深陷情网：他什么也顾不上想了。这一路就想一件事，早一天到西安，见着男扮女装的孙小姐。

3

到西安一进天成元的铺面，何老爷的精神就大不一样了，长旅劳顿简直一扫而空，就连吸几口鸦片的念想也退后了。

这些年，他最大的念想，就在这外埠的字号里头！

西号的程老帮和邱泰基已知六爷一行要来陕，没料到随行的竟然还有何老爷：老号来信提也没提。不过邱泰基对何老爷的光临，还是有些喜出望外。他知道这位当年的京号副帮那是有真本事的，以前就很仰慕，可惜未在一起共过事。现在忽然相遇西安，他就未敢怠慢，恭敬程度不在六爷之下。

实在说，六爷此时来陕，邱泰基是忧多喜少。他先想到的就是前年五爷五娘在天津出的意外。今年时局比前年更不堪，兵荒马乱的，哪是出游的年头！连寻家像样的客栈也不容易，去年冬天给三爷赁到的那种僻静的小院，已难寻觅。西安成了临时国都，聚来的官场权贵越来越多，好宅院还不够他们抢呢。

邱泰基极力劝六爷和何老爷，受些委屈，就住在自家字号里，不够排场吧，伙友们倒也能尽心伺候。哪知，六爷说什么也不在柜上住！住下等客栈、车马大店都成，就是不想在柜上住。

邱泰基请何老爷劝一劝，何老爷也不劝，便做主说："六爷自小习儒，不想沾商字的边儿，就不用强求了。正好，本老爷是不想在外头住，就由我代六爷领你们的情，住在柜上。两位掌柜，也不用客气，由我们各得其所罢。"

邱泰基赶紧将何老爷拉出账房，悄声说出了自己的担忧。

何老爷依然用决断的口气说："多虑，多虑！朝廷在西安呢，满街都是富贵人，哪能轮到绑我们的票？"

邱泰基说："官场权贵不敢惹，正好欺负我们商家！"

何老爷依然口气不变："邱掌柜，你听我的没错！有朝廷在呢，谁那么憨，跑朝廷眼皮底下绑票？京城的行市，我清楚！"

"何老爷，西安不比京师。眼下西安是什么局面？天下正乱呢！"

"现在西安就是京都，听我的没错！"

说什么，何老爷也听不进去，邱泰基也只好不劝了。赶紧叫程老帮张罗酒席，给二位接风。他呢，亲自跑出去给六爷寻觅客栈。

跑了几处，都不满意，就想到了响九霄。受西太后垂眷不厌，响九霄在西安越发红得发紫。官场求他走门子的，已是络绎不绝，这么一点小事，也值得求人家？邱泰基却是有另一层想法：借响九霄几间房子住，图的是无人敢欺负。这比雇用镖局高手还要保险。在西安响九霄是通天人物，谁敢惹他？

邱泰基亲自上门，响九霄还真给面子，一口就应承下来了。邱泰基也说得直率：想借郭老板的威风，为少东家图个吉利。毕竟是伶人出身，见邱泰基这位大票号的老帮也低头求他，心里还是够满足。以前，是他这样求邱掌柜！

借到的自然是一处排场的院子。邱泰基就劝说何老爷也住过去，哪想，何老爷也来了个死活不去！不过，何老爷倒说得明白：他离开字号多年了，想念得很，给他金銮殿也不稀罕，只贪恋咱这字号。

话说成这样了，还能强求吗？

安顿了六爷，何老爷就缠着他问朝廷动向、西号生意。邱泰基也正想有个能说话的自家人，谋划谋划许多当紧的事务。西号的程老帮倒是不压制他，但见识才具毕竟差了许多，说什么，都是一味赞成，难以与之深谋。何老爷虽离职多年，但毕竟是有器局、富才干的老手，总能有来有往地议论些事。

何老爷先急着打探的，当然是时局："邱掌柜，朝廷议和到底议成了没有？我们来陕前，山西还仿佛危在旦夕，满世界风传洋人打进东天门了，咱祁太平一带也蜂拥逃难。我和六爷还逃进南山躲避了十来天。跟着，忽然又风平浪静了。何以起落如此？太谷市间有种传说：洋人在东天门中了咱官兵的埋伏，死伤惨重，败退走了。朝廷的官兵要真这样厉害，京城还至于丢了？"

邱泰基说:"现今时局平缓下来,那是和局已经议定。洋军围攻山西,不过是逼朝廷多写些赔款罢了,也不是真想攻进去。"

"和局已议定了?赔了洋人多少?"

"听说赔款数额加到四万万五千万两,洋人算是满意了,答应从直隶京津撤出联军,请朝廷回銮。"

"四万万五千万?"何老爷做过多年的京号副帮,他明白这是一个什么数额!乾嘉盛世那种年头,大清举国的岁入也不过三四千万两银子。其后,国势转颓,外祸内乱不断,国库支绌成了常事,厘金、新税、纳捐,出了不少敛钱的新招数,但如今户部的岁入也不过是四万万五千的一个零头!

"听说就是这个数,少了,洋人不撤军。人家占了京师,不出大价钱,你能赎回来?朝廷没本事,也只能这样破财免灾吧。"

"破财,你也得有财可破!邱掌柜,我们是做银钱生意的,户部每岁能入多少银子,大清国库总共能有多少存底,如今阖天下又能有多少银子,大概也有个估摸。如今朝廷的岁入,记到户部账面上的,也就七八千万吧,末了能收兑上来的,只怕一半也不到。就按账面数额计,四万万五千万,这是大清五六年的岁入!依现在的行市,就是把朝廷卖五六回,只怕也兑不出这么多银子!"

"谁说不是?甲午战败,赔东洋日本国的两万万,已把朝廷赔塌了,至今还该着西洋四国的重债,国库它哪能有存底?就是存点日用款项,这次丢了京城,也一两没带出。按说,朝廷背了债,也犯不着我们这些草民替它发愁。可天下银钱都给洋人刮走,不用说国势衰败,民生凋敝,就是市面忽然少了银钱流动,我们也难做金融生意了!"

"朝廷它哪知道发愁?这四万万五千万洋债,无非是分摊给各省,各省再分摊给州县,严令限期上缴罢了。"

"摊到州县,州县也无非向民间搜刮吧。可近年民间灾祸频仍,大旱加战乱,本来就过不了日子了,再将这滔天数额压下去,就不怕激起民变?听说这次也是效仿甲午赔款,将赔款先变成洋债,再付本加息,分若干年还清。"

"老天爷,四万万五千万变成洋债,就限二十年还清吧,只是利滚利,又是一个滔天数额了!洋人的银钱生意眼,真也毒辣得很!"

"听说这四万万五千万赔款,议定分三十九年还清,年息定到四厘!本息折合下来,总共是九万万八千万两!"

"老天爷,九万万八千万?等这笔赔款还清,大清国只怕再无银两在市面流通了!"

"听说军机大臣荣禄也惊呼道:外族如此占尽我财力,中国将成为不能行动的痨病鬼了!但他是大军机,弄成这样,好像与他无关?"

"卖身契,卖身契,这是朝廷写下的卖身契!这样的朝廷,六爷还一心想投身效忠,憨不憨?"

"何老爷,我早看明白了,无论西洋东洋,不只是船坚炮利,人家那些高官大将,爵相统帅,一个个都是好的生意人!洋人可不轻商。哪次欺负我们,不是先以重兵恶战给你一个下马威,接下来就布了生意迷阵,慢慢算计你!你看甲午赔款,东洋人海战得了手,叫你赔军火,算来算去竟算出一个二万万的滔天大数!他东洋鬼子的舰船枪炮,难道是金铸银造的?算出这样一个滔天大数来,为的就是叫你大清还不起。你还不起,西洋四国就趁势插进来了:我们可以借钱给你。借钱能白借吗?西洋人写的利息,更狠!看看,东洋人的二万万一两不少得,西洋人倒平白多得了一笔巨额利息!这次庚子赔款更绝,算出一个四万万已经够出奇了,又给人家写了那么高的年息,滚动下来赔成了九万万八千万!这么有利可图,洋人欺负我们还不欺负出瘾头来?叫我看,朝廷养的那班王公大臣,武的不会打仗,文的不会算账,不受人家欺负还等什么!"

"邱掌柜,你把这种话多给六爷说说!老太爷打发六爷来西安,也是想叫他见识见识朝廷的无能,丢了科考入仕的幻想。这位六爷,既聪慧,又有心志,就是不想沾商字的边儿,憨不憨?"

"我说几句还不容易?就怕六爷不爱听。"

"在西安转几天,亲眼见见京师官场的稀松落魄样,我看他就爱听了。"

"何老爷,你去转两天,也就明白了,聚到西安的这帮京中权贵,才不显稀松落魄呢!"

"不稀松落魄,难道还滋润光鲜?"

"反正一个个收成都不差。"

"在西安是避难,哪来收成?"

"何老爷,你还做了多年京号掌柜呢,其中巧妙,想吧,想不出来?"

"可西安毕竟不比京师,能有多少油水?"

"朝廷一道接一道发上谕,各地的京饷米饷也陆续解到。可因为是逃难,京中支钱的规矩成例都无须遵守了,寻一个应急变通的名儿,还不是想怎么着,就能怎么着?再者,临时屈居西安,门户洞开,出外搜刮也方便得很。"

"你这一点拨,我就清楚了。生疏了,生疏了,毕竟离京太久了!"

"人年轻时练就的本事,轻易丢不了的。何老爷,柜上正有件事想请您指点。"

"邱掌柜不用客气!"

"这和局一定,朝廷也该回銮了。随扈的那班权贵,逃出京时孤身一个,别无长物,现在要返京了,可是辎重压身,不便动弹。"

"辎重压身?"

"要不说一个个收成都不差呢!他们收纳的物件,再金贵,在西安也不好变现,就都想带走。可跟着两宫随扈上路,哪敢阵势太张扬了?所以,就想把收成中的银钱,交我们票庄兑回京城。银锭多了,太占地方。"

"想兑,就给他们兑吧!这也是咱们常做的生意。"

"搁平常,这还不是例行生意吗?可现今,他们是只探问,不出手。"

"为什么?"

"咱们的京号遭劫被抢,人家能不知道?现在还没京号,银钱能汇兑到?"

"邱掌柜,硬硬地给他们说:西帮哪能没京号?朝廷回銮之日,必定是我京号劫后开张之时!"

"何老爷,老号要有这种硬口气,那倒好办了。那些权贵们虽是派底下的走卒来打探,我们也不敢大意,但只能含糊应承:大人信得过敝号,我们哪会拒汇?洋人一撤,京号开张,我们立马收汇。人家也不傻,一听是活话口,就逼着问准讯儿:你们的京号到底何时开张?到底何时能收汇?我哪有准讯儿告人家?也只好说:朝廷回銮的吉日定了,我们也就有准讯儿了。人家说,到那时节,哪还赶得上呀?也是。我们赶紧发了电报,请示老号。老号回电只四字:静观勿动。"

"老号是不大知晓西安近况吧？"

"我们三天两头给老号发信报，该报的都随时报了。朝廷在这里，我们哪敢怠慢？可就回了这么四个字，何老爷，你说叫我们如何是好？"

"邱掌柜，你没听说吧？孙大掌柜正闹着要告老卸任呢，只是老太爷不允。叫我说，孙大掌柜也真老朽了，放他告老还乡，天成元也塌不了！"

见何老爷说得放肆，邱泰基忙岔开说："老号的事，我们也不便闻听。何老爷，只求你一解这'静观勿动'的用意，教我们如何张罗？"

何老爷又断然说："邱掌柜，我看你也别无选择，就听我的，硬硬地应承下来！老号叫静观勿动，你们也不能回绝人家吧？既不能回绝，那就得应承；既应承，就痛快应承。京城官场这些大爷，你哪敢模棱两可地伺候？何况这又是他们搜刮的私囊，你不给个痛快话，他哪能放心？"

"我岂不想如此？可老号不放话，我这里就放手收了，到时京号不认，或是支付不起，那我们罪过就大了：这不是叫我们砸天成元的牌子吗？"

"可你们不应承，也是砸天成元的牌子！这都是些什么主儿？京城官场的王公大臣，部院权贵！在这非常年头，想指靠西帮一把，却指靠不上，想想，以后还能有我们的好果子吃？"

"何老爷，这其中利害，我能不知道？只是，我们一间驻外分号，哪能做得了这样大的主？近日，人家都在问：到底何时可开京陕汇兑？老号不发话，我们怎么回答？"

"就照我说的，朝廷回銮之日，即我天成元京号开张之时！"

"何老爷，日前我们听说，朝廷已议定在五月二十一日起跸回銮。眼看就进五月了，我们也不便再含糊其词吧？"

"已议定了五月二十一日回銮返京？"

"这还是听响九霄说的，禁中消息，他可灵通得很。"

何老爷愣住，想了想，忽然击掌说："邱掌柜，有好生意做了！"

"什么好生意？"

4

那天说到关节处，何老爷忽然来了烟瘾，哈欠打起来没完，身上也软了，什么话也不想再说。

邱掌柜是交际场中高手，一看就明白了。以前柜上也备有烟枪、烟土，招待贵客。只是这次返陕后，因西安权贵太多，一个个又似饿狼，就尽力装穷，不敢招惹。尤其给西太后底下的崔玉桂，串通响九霄，敲去一笔巨款后，更是乘势趴下，装成一蹶不振的气象。来客不用说大烟招待了，就是茶叶，也不敢上好的。现在何老爷来了烟瘾，他还真拿不出救急的东西来。

"何老爷，我们真不知你还有此一风雅。怕惹是非，柜上久未备烟土了，实在不敬得很……"

"什么风雅？我这是自戕，是自辱，自辱本老爷头顶的这个无用的功名！"

"何老爷，叫伙友出去给你张罗些回来？"

"不连累你们了，本老爷自带粮草呢。请少候，少候。"

邱泰基忙叫伙友扶何老爷进去了，心里就想，这么一位商界高手，当日何以要参加朝廷科考？

不由想到了六爷。何老爷叫开导六爷，可他和这位少东家没交往过，性情，脾气，一些儿不摸底，说深了，说浅了，都不好。所以，他也不敢多兜揽，只求六爷在西安平平安安，不出什么意外就得了。六爷要想拜见官场人物，倒可求响九霄居间引见的。

为尽到礼数，邱泰基派了柜上一个精干的伙友，过去伺候六爷。万一有个意外，也便于照应。可这个伙友跟过去没多久，就给撵回来了：六爷高低不叫他在跟前伺候。还嫌不够精干机灵？六爷说是老太爷有交代，不能太麻烦柜上。这是托词吧？何老爷依旧断然说，人家是不想沾"商"字的边儿，就由他吧。

邱泰基还是放心不下：巴结不上倒在其次，为首是怕出意外。住的地界虽然保险，但六爷也不会钻在那宅子里不出来。外出游玩，谁还给他留面子！派个伙友暗暗跟着？

何老爷已经精神焕发地出来了。

"邱掌柜，好生意来了！"

"什么好生意？愿听何老爷指点。"

"这是放在明处的生意,邱掌柜哪能看不见?"

"真是看不见,何老爷就给点明了吧!"

"只要朝廷回銮的吉日定了,那我们就有好生意可做!"

"什么生意?"

"邱掌柜,朝廷回銮虽说不上是得胜凯旋,也不会像去年逃出京师时那样狼狈了。皇家的排场,总是要做足的。这是天下第一大排场,那花销会小了吗?官府为办这份回銮大差,必定四处筹措银子。所以,从回銮吉日确定至两宫起跸,这段时日西安的银根必定会异常吃紧,不正是我们放贷的良机?"

"良机是良机,可我们拿什么放贷?西号本来也不是大庄口,架本就不厚,这一向怕再惹祸,尽量趴着不敢动。暗中做了些生意,也撑不起大场面的。尤其老号也不支持,三爷出面都未求来援手。就真是千载难逢的良机,也只好干瞪眼,动不得。"

"邱掌柜,你听我说!我只说了放贷良机,还未说收存的良机呢!"

"收存的良机?"

"邱掌柜你刚才不说了吗?京中权贵正想将私囊中的现银交我们汇往京师,这不是小数目,还用发愁无银放贷?回銮花费那是动用京饷官款,权贵们谁舍得动自家的私囊!回銮之日越近,他们越着急汇出私银。我们一手收汇,一手放贷,岂不是好生意!"

邱泰基一听,眼也亮了,说:"何老爷,真不愧是京号老手!我们真是给懵懂住了,看西安就只是满目乱象,却瞅不出如此良机!"

何老爷真是得意,说:"邱掌柜,做票号这一行,你不住一回京号,终是修炼不到家!"

"这谁不知道?但才具不够,老号也不会挑你去。不说这种不该说的话了。只是收汇,老号不发话,我们到底不便自作主张吧?京号何日能开张,也须老号做主。听说京号被糟蹋得片纸不存,底账也都被抢走了,一时也怕难以恢复吧?"

"邱掌柜,你就放心预备做这番好生意吧!老号那边,本老爷给你张罗!孙大掌柜听不进话去,还有康老太爷呢!天成元只要不想关门大吉,就不能不设京号!如今开票号,哪有不设京号的?叫我说,京号实在比老号还要紧。"

"何老爷既这样深明大义，我们西号也有救了！还望何老爷能及时说动老号，眼前良机实在是不容迟疑了！"

"我岂能不知？邱掌柜你就放心吧。"

邱泰基虽未住过京号，但对眼前这一难逢的商机也已看出来了。只是，老号对西号似乎已有成见，报去的禀帖，再紧急，再利好，也是平淡处理。所以，他才这样故意装出懵懂，激起何老爷的兴头，代为说动。何老爷寂寞多年，对商事的激情实在也叫人感叹。

只是，以何老爷今日之身份能说动老号吗？

何老爷知道老号的孙大掌柜不会买他的账，就径直给康老太爷写了一封信。信走的是天成元的例行邮路，即交付宁波帮的私信局紧急送达。所以，信报还是先到天成元老号，再转往康庄。

按规矩，外埠庄口写给东家的信报，老号是要先拆阅的，凡认为不妥的，有权扣押下来。何老爷正是要利用这个规矩，叫老号先拆阅他的信报。因此，他特别嘱咐了邱泰基，信皮要与西号惯常信报一般无二，不可露出是他何某人上呈老东家的。

邱泰基就问："这样经老号过一道手，就不怕给扣押下来？"

何老爷说："谅他们也不敢。孙大掌柜只要读过我的这道信，他就知道事关重大，绝不敢耽误；他更会猜想到，老东家见到此信，不会不理睬。这样一来，他孙大掌柜对此事也不敢等闲视之了。"

邱泰基笑了："何老爷到底手段好，想一箭双雕？"

何老爷也得意地笑了："实在说，我这信报主要还是写给孙大掌柜的，可不把老东家抬出来，他哪会理睬？"

邱泰基有意又夸了一句："何老爷真是好手段！"

告急的信报就这样发走了，回音还没等到，柜上就来了犯难的事。

这天，邱泰基和何老爷正在后头账房议事，忽然就见程老帮跑进来说："响九霄派底下人来了，言明有要事求见邱掌柜。你快出去招呼吧！"

邱泰基没急着出去，只是说："看这响九霄，排场越发大了！既有要事，怎么不亲自来？只是打劫我们，才肯亲自打头阵？"

何老爷倒慌忙说："邱掌柜，你不想出面，那本老爷出去替你们应付一回！"

邱泰基赶紧拉住，说："一个伶人派来的走卒，哪能劳动何老爷！"

说着，才出去了。

响九霄底下的这个走卒，居然也派头不小，见面连个礼也不行，仰脸张口就问："你就是邱掌柜？"

邱泰基心里有气，面儿上不动声色，忙行了一个礼，说："不知是公公驾到，失敬了，失敬了！"

那走卒见此情形，忙说："邱掌柜认错人了，我是郭老板打发来的……"

邱泰基才故意问："郭老板？就是唱戏的郭老板？"

"对。"

"小子，你把我吓了一跳！去年，西太后跟前的二总管崔公公亲临敝号，还没你小子这派头大呢！人家也还讲个礼数，更没这么仰脸吊脖子地跟人说话。你这副派头，我还以为是太后跟前的大总管李公公来了！"

那走卒听不出是骂他，倒呵呵笑了。

邱泰基拉下脸，厉声说："小子，你听着！我跟你家郭老板可是老交情了。以前我没低看他，如今他也没低看我。今日就是他亲自上门，也不会像你小子这么放肆！郭老板现在身价高了，你们这些走卒也得学些场面上的规矩，还生瓜蛋似的，那不是给你们主子丢人现眼吗？等见着郭老板，我得跟他当真说说！"

那走卒这才软了，忙跪下说："邱掌柜在上，小人不懂规矩，千万得高抬贵手，别说给郭老板知道！"

"怎么，你们郭老板也长脾气了？"

"可不是呢！邱掌柜要把刚才的话说给我们班主听，那小人就得倒灶了……"

"我还当你小子胆子多大呢！郭老板派你来做甚，起来说吧。"

"小人有罪，就跪着说吧。我们班主交给我一张银票，叫面呈邱掌柜，看能不能兑成现银？"说时，就从怀中摸出那张银票，双手举着，递给了邱泰基。邱泰基接过来细看，是天成元京号发的小额银票，面额为五百两银子。京中这种小票,其实也是一种存款的凭证,只是因数额少,就写成便条样式,随存随取,也不记存户姓名。不想,这倒十分便利于流通,几近于现代的纸币了,在京中极受欢迎。但这种小票也只是在京城流通,京外是不认的。响九霄在西安土生土长,他哪来的这种小票?是哪位权贵赏他的吧?

邱泰基就问:"这张银票,是谁赏你们郭老板的?"

那走卒说:"银票不是我们班主的,听说是位王爷托班主打听,看这种银票在西安管用不管用?"

"知道是哪位王爷吗?"

"班主没交代,小人哪能知道?"

"那你记清了:这种票是我们天成元写出的,不假。可它是银票,不是汇票。我们票庄有规矩:只收外埠的汇票,不收外埠的银票。"

"邱掌柜是说,这种银票不管用了?"

"这张银票是我们京号写的,在京城管用,在西安不管用。不是我们写的票,辨不出真伪,不敢认。你回去告郭老板,这银票废不了,妥为保管吧,等回到京城,随时能兑银子。记清了吧?"

"记清了!"

这时,何老爷走了出来,说:"拿银票来我瞅瞅。"

邱泰基把银票递了过去,说:"你看是咱京号的小票吧?"

何老爷只看了一眼,就说:"没错,可惜是光绪二十二年(1896)写的票,那时本掌柜已离开京号了。"

邱泰基说:"谁呀,逃难还把这种小票带身上?"

何老爷说:"人家不是图便当吗?总比银子好带。"说着,就转脸对那走卒放出断然的话来:"回去跟你们主子说,银票我们认,想兑银子就来兑!"

邱泰基一脸惊异,正要说什么,何老爷止住,抢着继续说:"按规矩,我们西号不能收京号的银票,可遇了这非常之变,敝号也得暂破规矩,为老主顾着想。既然朝廷落脚西安,我们西号就代行京号之职,凡京号写的票,不拘银票、汇票,我们都认!听清了吧?"

那走卒也是一头雾水,瞅住邱泰基说:"听是听清了,这位掌柜是……"

何老爷又抢先说："本掌柜是从天成元老号来的，姓何，早年就在京号当掌柜！小客官，要不把这五百两银票给你兑成银锭？背了现银回去，也省得你家主子不信我们，又疑心你！"

那走卒忙说："班主只叫来问问银票管用不管用，没让兑银子。"

何老爷紧跟住就说："那你还不赶紧去回话！"

那走卒慌忙收起银票，行过礼，出门走了。

邱泰基早忍不住了，跺了跺脚，说："何老爷，你不是害我们呀！"

何老爷一笑，说："天大的事，咱们也得到后头账房说去，哪能在铺面吵？"

来到后头，何老爷立刻一脸正经，厉色说："邱掌柜，我可不是擅夺你们的事权，此事是非这样处置不可！这张银票事关重大！"

邱泰基有些不解："区区一张小票，有什么了得？"

"邱掌柜，你忘了眼下是非常之时？"

"非常之时又如何？"

"就我刚才那句话：现在你们西号就是平素的京号！"

"我们哪能担待得起？再说，老号也没把我们当回事。"

"邱掌柜，调你回西安，为了什么？还不是西安庄口非同寻常吗？"

"这我知道，我也想将功补过。"

"我告你，眼下就是一大关节处！稍有闪失，就难补救了。"

邱泰基这才忽有所悟，忙恭敬地说："愿听何老爷指点！"

5

那时已将近午饭时，邱泰基就叫司厨的伙友加了几道菜，烫了壶烧酒，还邀来程老帮，一道陪何老爷喝酒。被这样恭维着喝了几盅酒，何老爷也没得意起来，依然一脸严峻。不等邱泰基再次请教，何老爷就指出了眼前的要紧处。

原来，西帮的京号生意除了兜揽户部的大宗库款，另一重头戏，就是收存京师官场权贵的私囊。京官的私囊都是来路暧昧的黑钱，肯交给西帮票号藏匿，自然是因为西帮可靠。首先守得住密，其次存户日后就是塌台失势了，也不会坑你。所以，京官的私囊黑钱，存入票号比藏在府中保险得多，不用担心失盗，连犯事抄家也不用怕。西帮原本不过是用此手段拉拢官场，不想竟做成了一种大生意。清时代官员的法定俸禄非常微薄，就是京中高官，真清廉起来，那可是连套像样的行头也置办不齐的。既然不贪敛搜刮不能立身，那贪起来也就无有限度。京师官多官大，西帮京号吸纳这种私囊黑钱可谓滔滔不绝！

去年遭遇塌天之祸，京师陷落，西帮京号自然也无一家能幸免。京号遭了洗劫，心痛的就不只是西帮的财东掌柜，那些存了私囊的官场权贵更心痛得厉害。只是当时局面危急，先顾了逃难保命。现在和局定了，返京指日可待，这些主儿自然惦记起他们的存银来了。

托人拿银票来探问，就是想摸摸我们西帮的底细：你们还守信不守信？被洗劫去的银钱，你们能不能赔得起？

程老帮就说："要摸底，那得去寻京号、老号，我们哪能做得了这种主？"

何老爷说："我们天成元也是汇通天下一块招牌！现在寻着你们西号，也就是把你们当京号、老号。你们一言不慎，即可坏天成元名声，乃至西帮名声！"

邱泰基惊问："这么严重？"

何老爷说："眼下是非常之时，一切都不比往常。就拿今日这张京号小票说，我们一推脱，告人家回到京城再商量，人家准会起疑心：你们天成元遭劫后已大伤元气，恐怕指靠不上了吧？这种疑心在市间蔓延开来，那会是什么局面？首当其冲，你们西安庄口就可能受到挤兑！西安一告急，跟着就会拉动各地庄口！我们天成元一告急，很快也要危及西帮各号！当年胡雪岩的南帮阜康票号，不就是这样给拉倒的吗？"

程老帮说："阜康受挤兑，是胡雪岩做塌了生意。我们遭劫，可是受了朝廷的连累，又不是做塌生意了。这回是天下都遭劫，也不至独独苛求我们西帮吧？"

何老爷说："正是天下遭了大劫，人心才异常惶恐，稍有一点风吹草动，都会酿成滔天大浪！尤其这班京官，他们一起骚动，市间还能平静得了？"

邱泰基说:"这样说来,不只是我们天成元一家受到试探吧?"

何老爷说:"那当然了。两位可多与西帮同业联络,叫大家都心中有数。在西安,我们西帮票商有无同业会馆?京师、汉口、上海这些大码头,都有我们的票业会馆,或汇业公所。"

邱泰基说:"以前张罗过,未张罗起来。"

何老爷就说:"那就赶紧联络吧。"

邱泰基问:"何老爷,大家当紧通气的,该有些什么?"

"当紧一条,必须硬硬地宣告,西帮的京号一准要恢复开张!京号旧账一概如常,不拘外欠、欠外,都毫厘不能差。持京号小票的,如急用,可在西安兑现。如此之类吧,不要叫市间生疑就是。"

程老帮说:"都持京号银票来兑现,岂不要形成挤兑之势?我们只怕也应对不了……"

何老爷说:"眼看要踏上回京的千里跋涉了,他们兑那么多银子做甚!何况,当时从京城逃出,大概也没顾上带出多少这种小票吧?所以,尽可放出大话去。再者,凡要求往京城汇银子的,我们尽可放手收汇!汇水呢,也不宜多加。官府来借款,也尽力应承!在这种危难惶恐之秋,我们不可积怨于世。"

邱泰基说:"高见,我们就听何老爷的!只是,还得请你再与老号通气,当前西安的要紧处,老号未必能深察到。"

何老爷说:"这你们不用操心,本老爷会再谋妙招,说动老号。既然和局成了,朝廷回銮之期也定了,老号张罗京号复业就该刻不容缓。不能叫你们在西安唱空城计呀!"

邱泰基说:"京号的戴老帮还在上海吗?"

何老爷说:"还在上海。不过,眼前局势,戴老帮也会早一步看清的,回京如何作为,只怕他也是成竹在胸了。"

程老帮问:"以何老爷眼光看,老号孙大掌柜真告老退位,京号的戴掌柜会继任领东大掌柜吗?"

何老爷笑了笑,说:"换领东大掌柜,在东家也是一件大事,本老爷哪敢妄言?眼下天成元另有一个重要人位,我倒是敢预测一番。"

邱泰基就问:"哪一个人位?"

何老爷说："津号老帮。自前年刘国藩自尽后，这个人位就一直空着。这次津号遭劫更甚，不派个得力的把式去，津号很难复兴的。"

邱泰基说："事变前，老号不是要调东口的王作梅去津号吗？"

何老爷说："此一时非彼一时。东口所历劫难也前所未有，王老帮怎能离得开？东口字号，也并不比津号次要，老号才不敢顾此失彼。所以，津号老帮必然要另挑人选。"

程老帮说："天津卫码头本来就不好张罗，这次劫难又最重，谁去了也够他一哼哼。"

邱泰基说："何老爷你挑了谁去？"

何老爷说："要能由我挑，那我可谁也不挑，只挑本老爷我自家。哈哈，哪有这种美事！我是替老号预测：津号新老帮，非此人莫属！"

邱泰基就问："何老爷预测了谁？"

何老爷一笑，说："还能是谁，就是邱掌柜你呀！"

邱泰基一愣，说："我？"但旋即也笑了，"何老爷不要取笑我！"

何老爷却正经说："我可不是戏言！"

邱泰基也正色说："不是戏言，那也是胡言妄说了。我有大罪过在身，老号绝不能重用的。何况，这一向孙大掌柜对我也分明有成见。再则，我自家本事有限，张罗眼前的西号都有些慌乱，哪能挑得起津号的重担？"

何老爷却问程老帮："你看本老爷的预测如何？"

程老帮说："邱掌柜倒真是恰当的人选。只是，老号能如何老爷所想吗？"

邱泰基更恳求说："何老爷，此等人位安排，岂是我等可私议的？传出去，那可就害了我了！"

何老爷笑了，说："此言只我们三人知道，不要外传就是了。等我的预言验证之日，邱掌柜如何谢我？"

邱泰基也笑着反问："如不能应验，何老爷又如何受罚？"

何老爷说："那就请程老帮做中人，以五两大烟土来赌这件事，如何？"

邱泰基说："我又没那嗜好，要大烟土何用？"

何老爷说："大烟土还不跟银子一样！"

说到这里，何老爷又来了烟瘾，也就散席了。

但何老爷的这一预言却沉沉地留在了邱泰基的心头。做津号老帮，他哪能不向往？只是自前年受贬后，他几乎不存高升的奢望了：因浅薄和虚荣已自断了前程。去年意外调他重返西安，心气是有上升，却也未敢生半分野心。熬几年，能再做西号老帮，也算万幸了。三爷对他的格外赏识，倒也又给他添了心劲。可去做津号老帮，他是梦也不敢梦的。

何老爷放出此等口风，或许是听三爷说了什么吧？

三爷虽接手掌管了康家商务，可真正主事的依旧还是老太爷：这谁不知道！三爷即使真说了什么，何老爷也敢当真？

何老爷中举后就疯疯癫癫的，他的话不该当回事吧。但何老爷来西安后，无论对时局对生意，那可真是句句有高见，并不显一点疯癫迹象。

在这紧要关头，把何老爷派到西安来指点生意，或许是康老太爷不动声色走的一步棋？

那何老爷关于津号老帮的预言，还或许是老太爷有什么暗示？

看何老爷那一副了然于胸的样子，也许真……

邱泰基正要往美处想，忽然由津号联想到五爷、五娘，不由在心里叫了一声：不好！

他猛然醒悟到，这么多天，只顾了与何老爷计议商事，几乎把六爷给忘了！六爷没有再来过柜上，他和程老帮也没去看望过六爷。真是太大意了！六爷不会出什么事吧？

邱泰基立马跟程老帮交代了几句，就带了一名伙友，急匆匆往六爷的住处奔去。

6

到了那宅子，还真把邱泰基吓慌了：六爷不但不在，而且已有几天未回来了！

老天爷，出了这样的事，怎么也不跟柜上说一声？

这次出来跟着伺候六爷及何老爷的除了桂儿，还另有三个中年男仆。何老爷住到柜上，六爷叫带两个男仆过去使唤，何老爷一个也不要。他说住到字号，一切方便，不用人伺候。四个仆人都跟着六爷，但他外出却只带了桂儿一个小仆。问为什么不多跟几个去,仆人说六爷不让。

"六爷出去时,也没说一声要去哪儿?"

"六爷交代,要出西安城,到邻近的名胜地界去游玩。我们说,既出远门,就都跟着伺候吧?桂儿说,不用你们去,你们去还得多顾车轿,就在店里守好六爷的行李。我们问,出去游玩,也得有个地界吧?桂儿说,出游还有准?遇见入眼顺心的地界,就多逛两天;遇上没看头的,就再往别处走吧。桂儿这么着,那是六爷的意思。我们做下人的能不听?"

"你们都比少东家和桂儿年纪大,出门在外,哪能由他们任性!眼下正是乱世,放两个少年娃出城游玩,就不怕有个万一?"

"我们也劝了,劝不住呀!"

"你们劝不住,跟我们柜上说一声呀!还有何老爷呢,何老爷跟来不就是为管束六爷吗?"

"他们早也没说,临走才交代我们,交代完抬脚就走了。我们哪能来得及去禀告何老爷?"

"他们走后,也不能来说一声?"

"我们觉着不会有事。何老爷总说,朝廷在西安,什么也不用怕。"

"你们真是!六爷走了几天了?"

"今儿是第四天了。"

"雇的是车马,还是轿?"

"跟车行雇的标车。"

"你们谁去雇的?"

"桂儿雇的。"

"带的盘缠多不多?"

"带了些,也没多少。"

再问,也还是问不出个所以然来。邱泰基只能给他们交代:有六爷的消息赶紧告柜上,但也不用慌张,更不能对外人说道此事。

邱泰基赶回字号说了此情况,程老帮也惊慌了,但何老爷却只是恬然一笑,说:"由他游玩去,什么事也没有!"

邱泰基说:"处此多事之秋,总是让人放心不下。万一……"

何老爷还是笑着说:"只要邱掌柜在西安没仇人,就不会有万一!"

邱泰基忙说:"我和程老帮在西安真还没有积怨结仇。"

何老爷就说:"那就得了,放宽心张罗生意吧。现在西安满大街都是权贵,哪能显出六爷来!再说,既已过去三四天,要出事,也早出了,绑匪的肉票也该送来了;肉票没来,可见什么事也没有。"

程老帮慌忙嚷道:"何老爷快不敢说这种不吉利的话了!等肉票送来,那什么也来不及了!"

何老爷只是笑,不再说什么。

何老爷说的也是,真要出了事,也该有个讯儿了。邱泰基也就不再多说什么,但心里还是松宽不了。托镖局的熟人在江湖上打探一下?也不太妥当,万一传出什么话去,以讹传讹,好像天成元的少东家又出了事,岂不弄巧成拙!他只好暗中吩咐柜上的几位跑街,撑长耳朵,多操心少东家的动静。然而,又过了两天,还是什么消息也没有。邱泰基再也坐不住,连何老爷也觉得不对劲了,不断催问有消息没有。

此时的六爷,正离开咸阳,往西安城里返。要照他的意思才不想回去呢:正是甜美的时候!但孙小姐怕耽搁太久了,叫人猜疑,主张先回西安住几天,再出来。六爷也只好同意。

当初,由太谷到达西安刚住下来,六爷就急忙命桂儿去打听,看孙小姐到了没有。桂儿经这一路长途劳顿,动都不想动了,就说孙家一行晚动身,一准还没到,就是明儿出去打听,也一准白跑。

六爷连骂了几声小懒货,桂儿还是不动。六爷只好美言相求,并许于重赏,桂儿这才不情愿地去了。

孙家在西安也有几处字号,其中一间茶庄尤其出名。这间茶庄字号老,庄口大,铺面排场,后头也庭院幽深,地界不小。当时西安讲究些的客栈不易赁到,孙家就吩咐茶庄,在字号后头拾掇出一处小院,供小姐临时居住。所以,孙小姐在行前就跟六爷这边约好了,到西安后去茶庄联络。

桂儿寻到孙家茶庄,绕到后门,就按约定对门房说:他是天成元驻西安的伙计,听说孙小姐要来西安,我们掌柜叫来打听一下,小姐哪天能到?讨个准讯儿,我们好预备送礼。

哪想,门房上下瞅了瞅桂儿,竟说:"东家二小姐早已经到了。"

"已经到了?"桂儿吃惊不小:孙家怎么倒跑到前头了!

"可不是,已经到了两天了。"

"麻烦禀报一声,能见一见孙小姐底下的人吗?"

门房又上下瞅了他一遍,就进去传了话。

跑出来的一个小仆,桂儿认得,是跟孙小姐的,叫海海。但海海装着不认得他,绷着脸叫桂儿跟他进去。进去,也没叫见孙小姐,只停在过道说:"你们走得也太慢了!告你们六爷,明儿到碑林见吧,早些去,不用叫我们再等。"说完,也不容多问,就送他出来。

六爷听说孙小姐早已到了,就骂桂儿。桂儿说:"该怨何老爷,不在洪洞耽误,我们也早到了!"

六爷心里倒是兴奋异常:孙小姐也急着想来西安!

第二天,六爷哪还敢耽搁,早早就雇了一顶小轿,只带了桂儿,赶往城南的碑林。在轿中,六爷才忽然想到见了孙小姐,他能认出来吗?当初老夫人安排他偷看孙小姐,也只偷看了那么几眼,雾里看花,早没有清晰的印象。现在又女扮男装,哪里还会认得?孙小姐那边,更是从没见过他是什么样,若这一见面,令她大失所望,还有游兴吗?

好在桂儿倒是见过孙小姐。有次去送信,孙小姐特意把他叫到跟前,问长问短,很说了一阵话。有桂儿跟着,认不错人,但毕竟彼此未曾谋面,千里风尘跑这儿,一旦见面后不遂心,算什么事儿?

孙小姐毕竟是老夫人给他挑选的女人,总不会令人太扫兴吧?

等他下轿时,桂儿已慌忙凑过来低声说:"人家又早到了!"

他刚抬起头来,就见一位俊雅非常的书生,步态轻盈地迎了过来,大气地作了一个揖,说:"六爷,兄弟在此等你多时了!"

六爷哪想到会是这番阵势,先就慌了,再近看孙小姐:更感光彩夺目,越发慌张了,不知该说什么。

孙小姐倒笑了,跟着就眯眼瞅住他,说:"六爷,我看你有些瘦了。"

六爷听了,这才醒悟过来,忙问:"你我首次见面,就知道我瘦了?"

孙小姐又一笑,说:"我见过你。"

六爷又一惊:"见过我?在哪儿?我怎么不知?"

孙小姐说:"以后再告你。六爷,在西安既得这样乔装出行,那你我得另借称呼。"

六爷就说:"怎样称呼?"

"自然以兄弟相称,我长你一岁,只好权且为兄,失敬了。"

"由你吧。"

"谢贤弟大度!"

说完,孙小姐又快意地笑了。

六爷也就顺着说:"尊兄的爽直出我意料。"

孙小姐慌忙说:"冒顶一个'兄'字,已失敬,哪敢再妄沾一个'尊'字!千万不敢,千万不敢,只称兄即可。"

"那便称大兄?"

"也去掉'大'!"

跟着的仆佣听得也笑起来:双方跟来的都是心腹。六爷只带了桂儿,孙小姐那头除了小男仆海海,还有一个中年老嬷。

桂儿催促道:"两位老爷快不用谦让了,也不看这是什么地界!"

海海也说:"真是,在文庙跟前还是少说吧,小心叫夫子看露了!"

大家这才正经起来,进了文庙。

西安文庙是热闹地界,只是拜夫子的不多,看碑林的多。可惜此时的六爷,无论对夫子牌位,还是《十三经》古碑,都有些视而不见了,眼中心中就只有这位结伴同行的孙兄。他没有想到孙小姐原来这样俊美,更没想到她这样开通顽皮,当然也想象不出与未婚妻在一起做游戏会是如此令他着迷。

自此以后,他与孙兄天天相约了出来,游览不过是虚名,为的只是能见面,能相伴了在一起。孙小姐分明也一样兴奋,但倒日渐拘束了,常羞涩不语,不似初时爽直顽皮。六爷问她:"孙兄,游兴已尽?"

孙小姐瞅住他,许久才说:"城中无一处清静,何不到城郊逛逛?"

六爷立刻说:"甚好,甚好。"

于是各自回去略做打点,会合后雇了两辆普通标车,一道出城去了。跟着的下人,依然是桂儿、海海和那位老嬷。六爷原想请位镖局的武师跟着,孙小姐说,弄那么大排场反倒引人注目。就我们这样,俩穷酸书生似的,没人会麻烦我们!

想想，倒也真是。

第一天的去处，原定了临潼的骊山。行到灞桥打尖时，孙兄说："一人坐一辆车，闷在里头一熬就是半天，枯索之极！如此下去，这不是出来受罪呀？"

六爷就说："那换作骑马？骑马可太辛苦！"

海海却说："我倒有个两全其美的主意，只是怕委屈了两位老爷！"

六爷忙问："什么主意？"

"两位老爷同坐一辆车上，不就能一路说话了？我们下人挤另一辆上，也能放肆说笑，岂不是两全其美？就怕老爷们嫌挤。"

孙兄跟着就说："我倒不怕，就看贤弟怕不怕。"

六爷早听得冲动了，忙说："我更不怕！"

重新上路后，孙兄真坐到六爷的车轿里，桂儿跳到后头的车马上。这一变更，旅途的情形就大不同了。

这种普通标车，车轿不够宽敞，两人忽然挤坐在里面，都很不好意思。孙小姐先就叫车把式放下轿帘。

六爷无意间说："也不嫌热？"

孙小姐就瞪了他一眼。

六爷一时更寻不着话了，只盯了瞅人家。

孙小姐更伸脚蹬了他一下，说："还没瞅够？"

六爷脸一红，但抓到了一个话题，便说："你说以前见过我，我怎么不知道？"

孙小姐一笑，说："叫你知道了，我哪能细看成？你不是也偷偷相看过我吗？"

"那就明白了！老夫人也跟你一起捣了鬼？"

"哪能叫捣鬼！老夫人没跟你说过呀？男女相亲，不先过自家的眼睛哪成！媒人才靠不住呢。"

"老夫人什么时候跟你说的？"

"我们常跟老夫人一起在华清池洗浴，什么话不跟我们说！老夫人还说，西洋男女间是先相处得心意投合了才请媒人提亲。定了亲的男女，更能自由交往，因为成亲前的交往，才更珍贵。哪像我们，见面都算越礼！"

"老夫人可没跟我说这么多。"

"那你怎么想起要约我出来同游西安?"

"只是忽发奇想吧……"

"不是情愿?"

"情愿,当然情愿!"

"也不怕坏了礼数?"

"我情愿。"

"你白读了圣贤书。"

"你也看不起我一心读书求仕?"

"看不起,我会跟你定亲?"

说时,她又轻轻蹬了他一下。

自此以后,观景访古退于其次,路途挤在车轿里说亲密话倒成了主要节目。六爷不只是沉迷其中,在精神上好像终于有了亲密的依靠。他幼时失母,总渴望一种亲密的依傍。如此亲近的孙小姐,不止长他一岁,在气质上也开朗、有主见,更有似杜老夫人那样一种迷人的气韵,所以叫他感到能够依靠,情愿依靠。

不过,有时在车轿里,他会叫孙小姐除去男妆,一现女容。有一次,他还磨着要看看她的天足。孙小姐捶了他几拳,还是让他如愿了。

由他脱去鞋袜后,她红了脸说:"后悔定了一个大脚女子?"

"我让老夫人挑的就是天足!小脚女人,哪能相携了宦游天下?"

"但愿不相负。"

不过,这也是他们间最亲密的举动了。每住客舍,都是各处一室,不敢逾规。

出游得如此甜美,六爷哪还愿意归去?

第二十四章　雨地　月地　雪地

1

杜筠青初到这处尼姑庵时，木木的，对什么都没有反应。这是什么地界，有些谁，待她如何，乃至她自己如何吃住起居，都木然失去审视意识。

在旁人看，她像灵魂出窍了，跟个活死人似的。

就这样过了月余光景，杜筠青才显出一些活气来，注意到这是一个生疏的地界，离山很近。不过，这地界倒很安静，也很干净，时时都飘散了一种香火的芬芳，仿佛是仙境气息。所以，她也不免懵懵懂懂地想：这里就是死后要来的地界吧？

这里也不大，没有许多院落，只是庭院里都有树木。绿荫庇护下的那一份幽静，的确很生疏。在前院中央，是一方精致的花池，池中有几株主干苍老、枝叶茂盛、花朵硕大的花木。可惜花正败谢，落英满池。供在这样显赫的位置，一定是什么名贵的花卉吧。

这天，杜筠青正在花池前发愣，就有一位跛足的老妇走过来。这位老妇，她好像认得了，就问："这是什么花？"

老妇冷冷地说："给你说过几次了，这是牡丹。"

"你给我说过？"

老妇冷冷地哼了一声。

"叫什么花？"

"牡丹。旁的花，哪能开这么大？"

"牡丹？牡丹才开这么大的花？"

"你连牡丹都没见过？真是枉在京城长大。"

"什么京城？"

"京城就京城吧，能是什么？不说了。你的茶饭还吃不吃？才吃几口，就跑这儿来发愣。"

"茶饭?"

"想吃,就回去吃!过了饭时,可没人伺候。"

说毕,老妇一歪一歪地走了。

老妇是小脚,又跛了一只,但走路很有力。杜筠青望着离去的老妇,没有立刻回去接着吃饭。她也没记住,池中正败谢的花木叫牡丹。

这位老妇,正是康笏南的第四任夫人孟氏,也就是被三爷跟前的汝梅,去年在凤山撞见的那位长着美人痣的老尼。她自取了一个法号,叫月地。她被康笏南神秘废黜时,也如杜筠青一样,先是嗜睡,接着重病不治,然后亲眼看到了为自己举行的浩荡葬礼,最终被送进这座幽静的尼姑庵。当年她被废,起因正是这位由京城归来的杜家女子。如今,杜氏也步了自己的后尘,跌落到这个世外佛界了。月地本该有几分快意的,但她实在没有了那份心思。

她心静如死水。

杜筠青卧病不起时,月地就听到了消息。她是过来人,一听便知杜氏在康家的末日也即将到来。那时,她心中生出的只是几分悲悯:佛性早使她泯灭了嫉恨吧。

杜氏的到来,比她预料得还要早。她原想总要拖延到五月,没想刚进三月就来了。杜氏也不像想象的那样憔悴苍老,这妇人似乎未经历大悲痛。以前,总是想在近处面对了杜氏端详一回。现在。终于如愿了,却已经没有了那一份兴致。当时的杜氏也痴痴呆呆的,真像灵魂远去了,丧失了喜怒。她与杜氏是冤家对头吧,终于末路相逢了,却像谁也不认得谁,平静如死水。

这是佛意?

当年,月地刚到这里时,也是痴痴呆呆的,像一个活死人。重病时她是不想死,但也没给吓呆:天意要你死,你是逃不脱的。可那场浩荡的葬礼,真把她吓呆了!她没有死,但宣告自己死去的大场面葬礼却那样隆重地举行着:她无法明白这是发生了什么事。当时老亭对她说:这是留住她性命的唯一办法。隆隆重重假葬一回,她的真命才能留住。

可那时她已经听不明白别人说话了，耳没聋，但一点也解不开老亭的话。她痴呆了，傻了。后来她才怀疑，当时傻成那样，除了大场面的葬礼叫她太受惊骇，可能身上的药性还没有退尽吧。经多年参悟，她终于猜疑到：当年临终前那样嗜睡，昏迷，多半是给她服了什么药。

现在，杜氏痴呆得这样厉害，一准也是药性在作怪。

当年，月地到尼姑庵后，也就痴呆了十天半月光景吧，以后渐渐不傻了，先知道了悲痛。杜氏已经傻了一个多月了，居然还缓不过来，月地就怀疑他们下药下得太猛了。腊月发病，正月病重，二月升天，三月发丧，实在是太急促了。月地自己从发病至发丧，拖延了近半年。这样急迫地给杜氏下猛药，大概看她体健心宽，也为时局所迫吧，但这么下虎狼药，她若昏迷过去再也醒不来呢？

或者，他们还在暗中继续给她下药？

月地的怜悯之情，即由此引出。她注意检点庵中斋饭，提防暗中继续给掺了什么药。因为庵中米粮菜蔬，还是康家供给。但进食庵中茶饭的，也不只杜氏一人。别人无事，杜氏也该无事吧。这一向，月地吃什么饭食，也给杜氏吃什么。但杜氏依旧痴憨着，唤不回灵魂。

月地疑惑重重，无计可施。是佛意不叫杜氏醒来？或者，是佛意不想叫自己打听六爷的近况？她盼杜氏清醒过来，实在也是存了一份私念：跟杜氏仔细打听一回六爷。想到六爷，月地才忽然有悟：杜氏原来是没有牵挂！世间没有大牵挂撕你扯你，可不是唤不醒呢！

当年孟氏清醒过来，最先想起的就是六爷！六爷是她的命，那时六儿才五岁。临终时候，她割舍不下的也只是六儿。

如果没有六儿，天意叫她死，她就甘心去死。康家、康老太爷，还有她那做老夫人的日子，实在也不叫她怎么留恋。偏偏上天给了她了一个六儿，那就给了她一个不能死的命。可她的六儿才五岁，上天就要叫她死！她是作了什么孽，要撕心裂肺受这样的报应？

就不能容她把六儿守大，等他成人后，再来索她的命吗？

她的命也不金贵，在康家她实在也不是在享受荣华富贵，其间的屈辱幽怨，世人难知，天当知。就留她多受几年罪吧！

一旦六儿自立，她当含笑自尽。

可上苍不听她的哀求，好像必死无赦。

迷迷惑惑来到尼姑庵，在难辨生死间，是六儿先唤醒了她。临终的时候，奶妈抱了六儿来。她也想抱一抱六儿，六儿却不让，只是生疏地望着她，往后挣扎。

自己是不是憔悴得很可怕了？眼泪已经涌出来。

可六儿一点悲痛也没有。他还不知道什么叫悲痛吧？

沉重的睡意又压迫过来，她自己也没有力气悲痛了。以后就再没有见过六儿，也没见过奶妈：她已到了"升天"的大限。所以临终前，整个世界留给她的最后记忆，便是不知悲痛的六儿，生疏地望着她，极力向后挣扎，仿佛要弃她而去……

既然没有死，既然还留着性命，那就得先叫六儿知道，就得先见见六儿！不能见六儿，留这性命何用？

但庵主雨地劝她不要去，冷冷地劝她不要去。

后来知道了，庵主雨地原来是五爷的生母朱氏。那时的雨地，虽然冷漠，倒是一脸的善相。四十多岁了，颜面光洁如处子，神情更是平静如水。

孟氏当时也如今日的杜氏，对眼前的一切都浑然不加审视，也就觉不出雨地是善是恶。她心里全被六儿占满了。

她哪肯听雨地劝？就说："我得去，一定得去，谁也挡不住。"

雨地淡漠地说："有人能挡住你。"

"谁也挡不住！"

"你的六爷也挡不住你？"

"六儿？他怎么会挡我？他不会挡我！"

"你不怕吓着他？"

"我会吓着他？"

"你再现身康家，就是鬼魂了。"

"鬼魂？"

"你已经病故发丧，新坟未干。"

"老亭说，那是假葬。"

"在康家，没有几人知道那是假葬。在全太谷，人人都知道你隆重发丧了。你再现身，谁敢将你当阳间活人看？"

孟氏这才惊愕得说不出话来。

"你虽活着，但与庵外世界已是阴阳两界了。"

"阴阳两界？"

"康家那样浩浩荡荡为你发丧，你以为是只图排场？那是向阳间昭示：你孟老夫人已经升天了。从此，你在阳间就只有鬼身，不再有活身。"

"他们说这是假葬，是为了避灾躲祸，换我活命……"

雨地冷笑了一声，说："阴间要了结你的阳寿，躲避到这里，就寻不着了？阴曹就那么笨，康家一场假葬，便能蒙过他们？若此法灵验，世间人人都可不死了。"

孟氏又无言以对。

"记着吧，你于庵外人世已是阴阳两界，尽早忘记外间红尘。"

"阴阳两界？我不管！我忘不了六儿，我得去见六儿！"

"听不听我的话，由你了。但你把你的六儿吓出一个好歹，在这阴间世界你也不得安心吧？"

"六儿会认得我，他是我的骨肉，我吓不着他！"

"六爷年幼，也许还不知惧怕。但你在他幼小的心底就留一个厉鬼的印象，叫他一生如何思念你？"

"六儿会认我，会认出我没有死！"

雨地又冷冷一笑，不再劝她。

那时候，孟氏真是不相信自己不能重返阳间。

2

明白了自己身处何境，孟氏也冷静了一些。但她依然义无反顾地给自己的性命定了价：不能见到六儿，不能与六儿重享亲情，她就去真死了。她只是为六儿留着这条性命。

失去了六儿，在这不阴不阳的地界苟延残喘，哪如真去升天！

孟氏问过雨地，庵中有什么规矩。庵主说，什么规矩也没有，不强求你剃度，不强求你做佛事功课，也不强求你守戒，尽可照你在阳间的习惯度日。因为外间大戒已经划定，想跳也跳不出去了，阳间红尘早远离我们而去，想贴近，已不可得。

这叫无须受戒戒自在。

那时，孟氏对罩着自己的大戒还没有多少感知。既然无须剃度，也不必更换尼僧的法衣，那今之身与往日何异？只设法给六儿的奶妈捎个讯，也就打通重回阳间的路了。奶妈是她的心腹，她就真是鬼身，奶妈也会见她的。

但谁能替她送讯呢？庵中除了庵主雨地，再没有其他尼僧，只有几位未出家的女仆，都是中年以上的妇人。她们应该容易收买吧？

原来，那简直是难于上青天的事！她们都挣康家的钱，不便逾规的。更可怕的，是孟氏自己已身无分文来收买别人了。她现在才更明白，自己除了这条性命，什么都没有了，以前的月例和私房、首饰细软，一切值钱不值钱的东西，全留在了阳间。她已无身外之物，拿什么来收买别人？

庵中供给一切衣食用度，要什么都给，只是不给银钱。就是庵主雨地，也有许多年没摸过银子了。庵中一切用度，都是康家现成送来。雨地已视银钱为废物。可孟氏却吃惊了：康家真是知道银钱的厉害！

收买不了别人，那就只能依靠自己吧，岂能叫银钱将她与六儿隔离开？她的性命既在，这两条腿就能动。没有车送轿迎，自家还能走路。

她已经辨认清了，这处尼姑庵就在凤山之下，离康庄不是太远。凤山的龙泉寺，她每年都来一两次。从这里往康庄，不过是一路向北，坦途一条。孟氏便默默开始谋划：如何徒步暗探康庄。

在她看来，一切都不在话下，唯一应该操心的，是选一个恰当的时辰。雨地已经给她点明：外间世界都知道她已经死了。所以，在天光明亮时候，她难以现身。但在夜深黑暗之时，康家也早门户禁闭，无法与六儿联络。那就只能在黄昏时候吧？此时天色朦胧，门禁又未闭。

但再一想，觉黄昏也不妥。康家是大富之家，对门户看管极严。她在康家十多年，知道康家对黄昏时候的戒备，是一天中最严密的：就怕强人在黄昏蒙混入宅，潜伏至夜间行窃。

那就选在凌晨？康家有早起习惯。尤其是操练形意拳的男人，讲究天光未启时开练，所以大宅的侧门早早就能出入了。早起初时，人不免残留了睡意，迷迷瞪瞪的，警觉不灵。她以一妇人之身出入，不会引起注目吧。而此时，六儿当在酣睡，奶妈崔嫂肯定已经起来了。先见崔嫂，容易说清真相，也吓不着六儿。

就选在凌晨吧。

孟氏急于见着六儿，只粗粗做了这样的谋划，以为一切都妥帖了。她选了身平常的衣服，还暗暗预备了一点干粮，就决定立即成行。

直到临行前夜躺下来，才发现必须于夜半就动身，还有二十多里路要走呢。孟氏从来不曾徒步走过这样远的路程，也不知需要多少时辰。反正赶早不赶晚吧，动身晚了，怕凌晨赶不到康庄的。

可夜半动身，又如何能开启这尼庵的山门？这尼庵在夜间也要门户紧闭，由女佣上锁的。

她如何能说通女佣，为她夜半开门？说要去野外念佛？恐怕说不动的：她依然无有本钱来收买女佣。

这一夜，孟氏真是彻夜未眠。以前一切都不需要自己去亲手张罗，有事，吩咐一声就得了，自有人伺候。现在，不但得自己张罗，还失去了任何本钱和名分。这里的女佣，没人在将她当老夫人看待。真是阴阳两重天了。

但她一定要去见六儿。她一定要在这阴阳两界之间，打通一条路。

凌晨不行，就黄昏？想来想去，终于也悟通了：就无所谓凌晨黄昏吧，反正在山门未闭之时，就离开尼庵，往北走动。在天光未暗前，不进康庄就是了。只在陌生地界走动，不会有人将你当鬼看。等到天色朦胧时，不拘是黄昏，还是凌晨，能蒙混进康宅就成。

反正是横下一条心，不见着六儿，就不再回这尼庵！在外间游荡，讨吃，也不怕。天也热了，在外间过夜，冷冻不着的。

既然去做一件重于性命的事，那一切都不在话下了。

只延迟了一天，孟氏就选在午后，悄然离开了尼姑庵。

其时，凤山也无多少游人，尼庵又处静僻的一道山谷中。走出凤山的这一段路程，还算顺当。未遇什么人，脚下也还有劲可使。出了凤山，路更平坦，还是慢下坡。可孟氏就觉着一步比一步沉重起来。再走，更感到连整个身子都越来越沉重，全压在两只脚上，简直将要压碎筋骨。

咬牙又走了一程，实在走不动了，只好席地歪在路边。

很喘歇了一阵，起来重新上路时，竟不会走路了：两脚僵硬着，几乎没了知觉。老天爷，她这双金莲小脚，原来是这样不中用！

孟氏出身官宦之家，从小缠了这样一双高贵的小脚，整日也走不了几步路。到康家做了老夫人，那更不须走什么路。平时这样不多走路，也就不大明白自家不擅走路。现在，冷不丁做此长途跋涉，头一遭陷进这种困境，除了惊慌又能如何？

如此狼狈，怎么再往前走！就是调头返回尼庵，也不知要挣扎多久吧？

孟氏也只好调头往回返了，却依旧一步比一步艰难。没挣扎多久，她已是一步三摇，三步一歇。天色虽然尚早，却已觉得尼庵遥远无比，到天黑时候还能挣扎回去吗？

就在这几陷绝境时，尼庵中一位女佣悄然出现。女佣什么都没有说，只是过来搀扶了她，一步一步艰难往回走。挨到山谷间，这女佣不得不背了她一程，才回到庵中。

其时，真近黄昏了。庵主雨地也没有多说什么，连脸面的表情也是依旧的，仿佛什么事也不曾发生。只是吩咐女佣，多烧些热水，供孟氏烫脚。

那一夜，孟氏只觉得自己已经失去了双脚。不眠之间，只觉剩下了发胀的双腿，再寻不到脚的感觉。她也失去了悲痛之感，没有想哭。就那样一直瞪眼望着黑暗，感觉着腿部的胀痛。

她也几乎没有再想六儿。

第二天，孟氏更不会走路了。雨地就过来对她说："想走远路，需先练习脚腿之力。有一功法，你愿不愿练？"

雨地太平静了，孟氏有些不能相信，所以也没有说什么。

"这功法也不难，只要早晚各一课，持之以恒，不图急成，即可练就的。"

"我往庵外远走，你不再拦挡？"

"我早说了，一切由你，从未拦挡的。"

"量我也走不出去，才不拦挡？"

"你有本事破了大戒，我也不会拦挡的。"

雨地这样说话，很令孟氏不爱听。不过，她还是问："你说的是什么功法？女辈练的拳术吗？"

"近似外间拳术，只是简约得多。"

"由形意拳简约而来？"

"也许是，我也不识何为形意拳。"

"既由拳术简约而来，我可不想沾染。我讨厌练拳的男人！"

"那还有一更简约的练功法，常人动作，于武功拳术不相关。"

"这功怎么练？"

"前院中央的牡丹花坛，绕一周为六六三十六步。你可于早晚绕花坛行走，快走慢走由你自定，以舒缓为好。首次，正绕三圈，再反绕三圈。如此练够六日，可正反各加一圈。再六日，再加。如此持之以恒，风雨不辍，练到每课正反各走九九八十一圈时，即可到脚健身轻之境，即便云游天下，也自如了。"

"那需要练多时日？"

"明摆着有数的，不会太久。"

孟氏想了几日，觉得也只有练出腿脚来，才能见着六儿，就决定听雨地的，绕了花坛练功。

她没有想到，那么鲁莽地跑出庵外，走了不过三里路，就歪倒歇了六七天，才缓过劲来。所以，她开始练功时，也不敢再鲁莽了，老实按照雨地的交代，一步不敢多走，当然一步也不愿少走。

孟氏当年初进尼庵时，已经入夏，所以庵中那池牡丹早过了花期，连落红也未留痕迹。她天天绕了花坛走，只是见其枝叶肥大蓊郁而已。没有几天，也就看腻了。

第一个月走下来，每课加到了八圈。正反各八，为一十六；早晚各十六，每日为三十六圈，近一千三百步。孟氏练下来，倒也未觉怎么艰难。只是，总绕了一个花坛走，就跟毛驴拉磨似的，在局促地界，走不到尽头，乏味至极。自然花坛中间的牡丹，也早看不出名贵，一丛矮木而已。

雨地说：到秋天就好了，可细见牡丹如何一天天凋落。到来年开春，又可细看它如何慢慢复苏，生芽，出叶，挂蕾，开花。

要练到牡丹花期再来时，才能练到头？

雨地这才说了实话：一天不落，总共得练四百七十四天，才可达九九八十一数。所以，即便牡丹花期再来时，也远未到头呢。

原来竟要练这样长久？

3

雨地叫孟氏练习这种功课，原本是想淡其俗念，不要去做虚妄的挣扎。康家那个老东西所设的这个阴阳假局，周密之至。你妄去冲撞，不但徒劳，还要再取其辱，叫俗世故人真将你当鬼魂驱赶，何必呢？俗世既已负你、弃你，你还要上赶着回去做甚？

绕着花坛，如此枯索地行走，乏味中做千思百想，总会将这层道理悟透吧。特别是练到秋凉时候，眼看着万物一天天走向凋零，即便如花王牡丹，也不能例外，一样败落了：睹物思己，还不想看破俗世吗？

孟氏练到深秋时候，似乎也全沉迷在功法中了。她已很少提起她的六儿，只是不断说到自己的腿脚已经如何有劲。

雨地为叫孟氏功德圆满，也不断对她说："现在腿脚只不过生出一些浮劲而已。浮劲无根基，只要松怠几日，功力就会离身的，几个月的辛苦算白费了。只有练到九九八十一数，根基笃定，深入筋骨，那腿脚功夫才会为你长久役使，受用不尽。"

孟氏现在对雨地的话，已经愿意听取。如果不出意外，她真会按部就班练到功德圆满吧。但意外还是发生了。

那天，孟氏已经在练三十之数，也就是每课正反各走三十圈，全天总共要走一百二十圈，四千三百二十步。小脚妇人步幅小吧，这四千多步也走出四里多路了。如此之量，孟氏仍未觉出分明的辛苦，反而很有些成就感，也有了娱乐趣味。所以，近来她的晚课也提早了许多，太阳刚落，天光还大亮着，就开练了。

这晚开练不久，就见有外间的差役来送菜送粮。花坛在前院，与山门就隔了一道影壁。庵中司厨的两个女佣，在影壁那边接收米粮菜蔬时，不断与差役说笑，这本已是常态了。但今日她们在影壁那边，似乎有些反常，只神秘地议论什么，没有一点说笑气氛。

孟氏心境本来已趋平淡，反常就反常吧，俗世情形真与己不很相关了。除了六儿，就是天塌地陷也由它吧。她只是专心练自己的功。

不过，她毕竟凡心未泯，尽管不大理会影壁那边，还是依稀能觉察到差役走后，两女佣不赶紧搬运粮菜，却一直站在山门口继续那神秘的议论。孟氏就不免留意细听了听。这一听，可不得了，孟氏几乎把持不住自己，要大叫几声，瘫坐在地……

幸亏练了这五六个月的功，才终于挺住，未大失态。

孟氏听到了什么，这样受刺激？原来那两个女佣议论的，正是康笏南要娶杜氏做第五任老夫人！而且，那时满城都在议论这件事了。

这位年轻美貌的杜家女子，随父回晋之初，以京味揉了洋味的别一番风韵，引起不小轰动，太谷大户争相延请，孟氏当然是知道的。康笏南在老院之内谈论杜筠青，即便是当了孟氏的面，也无什么顾忌。康笏南的议论，两个字可概括：激赏。

作为一个女人，孟氏最能体察出康笏南对杜筠青的激赏，内里包含了什么意思，但她并没有生出多少妒意。进康家虽已多年，孟氏一直不以做商家贵妇为荣。这也不尽是孤高自洁，康笏南在老院之内才肯现出的本相，实在令她难生敬意。何况，大户人家纳妾讨小，三房五室的，本也很平常。所以，孟氏曾真心劝康笏南：这么喜欢那位杜家女子，何不托个体面人物，做一试探，看愿不愿给老太爷做小？那女子不过小寡妇一个，其父也不是什么正经京官，她高贵不到哪儿吧？

哪料，康笏南一听此话，就拉下脸来，冷冷地说："康家不娶小纳妾，这是祖上留下的规矩，你叫我破？"

真是好心不讨好。谁想破你家祖上规矩，你最明白吧？你成天老着脸评品杜家女子的姿色，就算守了祖上规矩？看看每说到人家的天足吧，简直要垂涎三尺了：一双天足，走路也风情万千？天足也有那样别致玲珑的？你果真不愿破祖上规矩，那当然好。

孟氏从此不再多说，康笏南对杜家女子的品评却未有收敛。

那时候，正盛行大户人家争邀杜家父女去做客，康家却一直没有动静。年轻的三爷几次跟老太爷提出：我们也宴请出使过西洋的杜长萱一回，听听海外异闻,以广见识。但康笏南只是不允,说洋人不善,理他做甚!孟氏见此,也就更以为康笏南要坚守祖制了。后来,虽也听说康家的天盛川茶庄曾宴请过杜家父女,但康笏南并未公开出席,只是在隔断的后面窥视了杜筠青的芳容:他毕竟不想越轨。

杜家父女大出风头是在那年的秋冬,到了腊月年关时候,已经平淡下去了。第二年整整一年,几乎无人再提起杜家父女。孟氏记得,这年她曾向三爷打听过:杜长萱是不是已经返京了?三爷说:没走,还在太谷。三爷似乎不想就此多说什么,她也就没再多问。

事情就那样过去了。

到光绪十三年(1887)春天,孟氏重病不起之时,虽也偶然想到过那位杜家女子,却也未疑心过什么。她是疑心过自己病得太奇兀,却没有疑心过康笏南。自来到这处尼庵,渐渐明白了自己假死的含义,除了牵挂她的六儿,孟氏已经决意抛弃俗世。至于杜家女子,真已淡忘了。

可现在,这一切都在她面前轰然坍塌:康笏南这样快就要娶杜家女子!

原来她的假葬是为了成全康笏南:既让他娶到垂涎已久的风流女子,又叫他守了祖制,保住美德!

苍天在上,她作过什么孽呀,叫她陷入这样一个阴阳假局?

为了叫这个男人私欲美德两全,居然由他搅乱阴阳两界?

她人老珠黄,可以弃之如敝屣,六爷却是你的骨肉,也忍心叫他自幼丧母?孟氏无论如何是忍耐不下了,只想立马向世人揭穿康笏南的这个假局。现在,她能与之诉说的第一人,就是庵主雨地。因为直到此时,她还不知雨地就是五爷的生母朱氏。当时她冲动异常,跑进去就拉住雨地,语无伦次地说出了自己的惊天发现。

雨地平静如水地听着,听完,问了一句:"你知道我是谁?"

"谁?"

"我就是你前头的那个朱老夫人。"

孟氏再次被震惊了:"你是五爷的生母?"

雨地恬然一笑,说:"你没有细看过我的遗像吧?"

孟氏怎么能没见过前头三位老夫人的遗像?但遗像与真人,相差实在是太大了。现在的雨地,圣洁如仙,谁会将她与已故的朱氏联系起来?

雨地继续平静地说:"我被活葬在此庵中,已有十多年。这期间,正是你在康家做老夫人的年月。"

"那你是因我而死?"

"怎么会是因你?"雨地又恬然一笑,"何况我也未死。要说置我死地的,应是康家当政的那个男人。他想再娶一位你这般官宦出身的女子,就叫我死了。不过,我死前还不知你在何处。罢了,那已是俗世红尘,不值一提了。"

"我有今天,也是报应吗?"

"你未作孽,何来报应?倒是得以脱离孽海,应为幸事的。"

"幸事?沦此不阴不阳之境,何幸之有!"

雨地只是平静一笑。

孟氏却忍不住追问:"你前头的老夫人,即三爷、四爷的生母,也是如你我这样死去?"

"她是真死,做老夫人也最短,只六七年吧。康笏南对她思念也最甚。他当年选中我,似将我当作那女人的替身。我哪是?红尘中事,太可笑。"

"那他的原配夫人呢?"

"当然也是真死了。假葬自我始。"

"不说老夫人的虚荣,只是活生生一个人,忽然给孤身囚于此,你怎么能容忍?"

"当年初来,亦跟你无异,懵懂可笑。只是庵主为正经出家尼僧,道行深厚,得她及时引渡,也就渐渐悟道,得入法门。"

"这尼僧今何在?"

"法师已移往外地修行,嫌太谷市尘太重了。"

"道行再深,我也不信!别的不说,当初你能不挂念五爷?"

"你正在练的绕坛功法,就是法师当年渡我之法。当年,我也似你,最难割断的就是与五儿的母子情了。可法师无一语阻拦,只是说重返康家,先须有脚有腿,你的腿脚残废已久,何以能至?等我练到九九八十一数,有腿有脚了,却已经将一切悟透,再不想重入俗世孽海。"

"我才不信!你悟透了什么?"

"等你练到九九八十一数,就明白了。"

孟氏冷笑了一声。

"我虽有缘引渡你，只是道行不深厚。你既已望穿孽海，还望能将功法练到底的。"

孟氏那时已不再能听进雨地的话了。

4

孟氏知道了雨地就是已故多年的朱氏后，更失去了冷静。

她以为正是朱氏的遁入佛门，静无声息，才更纵容了康笏南！他营造下的这个阴阳假局，既然如此成功，如此滴水不漏，那为何还不再来一局？

她决不能静无声息，就像真死了一样！

所以，孟氏决然中断了练功。而此时的她，也觉得自家重新生出了腿脚，就是有千山万水搁在前面，也不惧怕了。

她开始公然做现身康庄的准备，对雨地及庵中女佣都不避讳。奇怪的是，她们竟也不言不语，尤其是雨地，平静依旧。

她们是认定她回不到康庄？

这更激怒了孟氏。真就破不了这个假局？她才不信。

现在，她也无须做更多的准备。既是破假，也不必挑时辰了，什么时候走到，什么时候进去。需要预备的，是带一些路途上吃的干粮。她还没有走过这段长路，不知道需要走多久。也需带件御寒的厚衣吧，已经秋凉了，说不定要在野外过夜。

孟氏用两天攒够了干粮，就毅然走出了尼庵的山门。她没有向雨地告别，也没有留意是否有女佣盯着。此时秋阳刚刚升高，将山谷照得金黄一片。山中被霜染红的林木，点缀在金黄中，别是一番景致。稍有一些凉意，却没有风。这分明是人间。

孟氏现在果然有种身轻步健的感觉，走路不再是件难事。这还应该感谢雨地。雨地练功既已练到功德圆满，为何却不想走出尼庵？既想出世，为何还要苦练腿脚功力？管她呢。不去多想了。

这次走出凤山，渐渐踏进平川，孟氏一直感到很轻松，心情也就好起来。

在进入平川后，她就不断遇到行人、车马、出工的农夫，可没有谁停下来看她。可见她没有什么异常。

凤山至康庄,不到二十里路。孟氏快走到时,已是正午了。走过十里之后,她就渐渐觉出吃力来,走得也越来越慢。但她还是铁了心往前走,不再回头。原想也许会累死在路上吧,却没有累死,就走近了。

她分明望见康庄,望见康家那一片宅院时,心里就想:自己已经死过了,所以不会再死。就是想累死,也累不死了。

深秋的正午,已不像夏日那样安静:白昼渐短,农事也忙了,乡人不再歇晌。此时康家还歇晌的,也就是康笏南这个老东西吧。

管它安静还是热闹,孟氏只是不停脚地往前走。望见康庄后,她分明重新来了力气。哼,重回康庄这有什么难的?抬脚不就走回来了!雨地故作玄虚,说不定受了那个老东西暗中托付吧?

就这样,孟氏昂扬地临近了康庄。眼看要进村了,迎面走来两个扛着空扁担的农夫,一个年轻,一个年纪大些。康庄的农夫,大多是康家的佃户。

所以,还未碰面,孟氏就低下了头:她不想让这些村夫过早认出她来。

但已经晚了!

快走近时,那个年轻的农夫先望了望她,倒也没有什么表示,继续走过来。可那个年纪大的,随后只是抬头瞟了她一眼吧,突然就大惊失色地厉声怪叫了一声,跟着就匍匐在地,捣蒜似的磕起头来,嘴里还不停地哀求着什么。这时,那个年轻的也愣住了,张嘴瞪眼地呆了片刻,才忽然扔下扁担,撒腿朝村里跑去。一边跑,一边惊恐万状地大呼小叫。

当时孟氏没听见这后生在呼叫什么,也没听清伏地磕头的农夫在哀求什么:她也被这突然出现的事态吓住了,惊慌失措,什么也顾不上了。她分明也惊呆了,愣住了!

一路走,她就曾一路想:世人会怎样将她当鬼看?可还是没料到会是这样一种场面。而更难以想象的情景,还在后头呢!

可能就是转眼间吧,村口已经聚满了人。人群拥挤,却没人敢出声,只是都抻长了脖子,朝她这里张望。也没张望几眼,这一片乡人竟一齐匍匐在地,磕起头来,但依旧没人出声。

这死寂忽然被打破:村中响起了凄厉的锣声。一面,又一面,锣声四起。狗也狂吠起来，一呼百应。

孟氏几乎是下意识地逃走了：她无力撒腿跑掉，只是钻了路边的一片庄稼地。那是未收割的高粱地，能将她完全隐没。

后来多次回想，也幸亏有这一片高粱地。否则，那天村人将会怎么驱赶她？说不定会请来什么和尚道士，施了法，捉拿她？

那天藏进高粱地，可是一直惊魂未定。她不知道村人会不会追赶进来，或者，人不敢进来，只放进狗来？那就更可怕。此刻，极度的疲累感已经涌上来，特别是腿脚，好像又失去了。她再无力挪动半步。有谁追进来捉拿她，都会易如反掌。

村中的锣声和狗吠喧嚣了很久才渐渐平息。但一直没见人或狗冲进来追赶她。

庄稼地里寂静无声，因为一点风也没有。外面，村子那边，也沉寂了。但太阳当空，外面还是一个明亮的世界，你万万不能走出高粱地。等到天黑了再说吧。此后整整大半天，孟氏就坐在那片高粱地里，等待天黑下来。恐惧与疲累也渐渐在消退，但她不敢多想今天发生的一切。后半晌了，才有了饥饿感，翻出干粮吃了几口，又吃不下去。

终于熬到日落星出，才发现还有月亮。夜越深，月光越明亮。

这是不让她走出高粱地了？

秋夜的寒意越来越重，秋夜的旷野更是死一般的寂静，月光虽明亮，映照出来的分明也是阴森和凄苦。鬼蜮就是这样吧？既已成鬼，还有什么可怕的？阳间的活人才怕鬼。

这样一想，孟氏终于站起来了：她得先回凤山尼庵。她不能困死在这里。她已经不能再死了。往出走时，孟氏才发现：自己冲进高粱地时，竟钻到这样的深处？居然费了这样大的劲才走了出来。当时也是太仓皇了。

月光照耀下的乡间大道，此刻空无一人。望了望康庄，已落在一片朦胧和死寂中，只有高处可见几点灯火在游动。那是康宅守夜家丁在屋顶巡游吧。她的鬼魂在村口出现，康家一定知道了。他们会不会告诉六爷？能不能吓着他？奶妈一定会听说这件事，她应该护着六爷，别叫他受惊。

这一趟，来得还是太鲁莽？

孟氏不再多想，转身向凤山方向走去。此时，她仿佛又来了功力，走路重新有了身轻步健之感。这种有力感，倒渐渐唤起了她的自信。虽然是头一遭走这样的夜路，似乎也不是十分惧怕。

在夜间旷野，活人所惧怕的，无非是鬼怪吧。她现在已被阳间活人视为鬼怪了。世间如真有鬼魂，她倒想遭遇一回，看看真鬼是何样面目行止。从此往后，她将以鬼名存世，却并不知真鬼为何样德行，也是太可怜吧。越这样想，周围倒越是空旷寂静，寻不出一点动静来。

其实，这死一样的寂静才是最可怕。

归途这一路，孟氏倒并不觉十分漫长。凤山渐渐临近时，她觉自己腿脚依旧有力。自己真是有腿有脚了？她惊异得不大敢相信。

其实，孟氏到达尼庵时，已是午夜了：她一路极度紧张，不断设法给自己壮胆，哪还能感知别的！她断定敲不开山门了，预备倚在门洞，坐以待旦。但试着推了推，山门居然就动了，再一用力，就张开一道宽缝。

是雨地特意留了门吗？还是有女佣一直暗中盯着她的行踪？

不过，孟氏已顾不及多想：极度的疲累仿佛突然苏醒了！她进入尼庵后，才感到一点力气也没有了，挣扎回自己的禅房，一头栽倒了下来。

第二天醒来时，睁眼就看见了雨地。她还是那样平静如死水，这使孟氏感到非常不快：雨地早料到她会这样无功而返？

雨地平静地问："腿脚比以往好使唤了？"

孟氏懒懒地说："好使不好使，我也得去。"

"你把功法练到头，来去自如，岂不更好？"

"与其驴拉磨似的绕了花坛转，哪如多出外跑几趟？反正不叫腿脚闲着，总会练出来的。"

"练功需内外都静，跑出去处处嘈杂，心里也慌乱，哪能练得出来？"

"我也不求得道成仙，只求腿脚如村妇乡姑似的，能随处走动就得了。"

"只是无人会将你当村妇乡姑的。你闯康庄这一趟，很快就要传遍四乡了：康家闹鬼，新逝的老夫人现身村头。此流言既经风行，世人将重新记起你，疑心你会随时随地现身。康家一准要为你再次大做道场，请了道士和尚，驱鬼的驱鬼，超度的超度。这就像布下了天罗地网，你岂能再临近康庄？"

"我才不管这许多,想去,抬腿就去了。既已为鬼身,还受它世间束缚?"

"是你在紧束自己。"

"我紧束自己?"

"你每去闹一次鬼,那边就重布一次驱鬼的天罗地网;你去得越多,那罗网就结得越严密。那边防备得越严密,你的行动就越艰难。这岂不是紧束自己?"

"你怎么知道得如此清楚?"

"静心一想,即可了悟的。"

"当年,你也去探望过你的五爷吧?"

雨地恬然一笑,说:"尽早了悟才好。"

孟氏冷冷地说:"我可丢不下我的六儿!我也不想得道成仙。"

雨地依然平静,说:"我还是劝你练够九九八十一数。无论入佛门,还是返尘世,自家能来去自如,总是好的。"

雨地离去后,孟氏慢慢回想她说的话,觉得不愿听从,也得听从。雨地说得很对,康庄这一闹鬼,真也十天八天冷淡不下去。在这人人怕鬼疑鬼,人人议论老夫人阴魂不散的时候,你真是不能再靠近康庄了。

这一闹鬼,会吓着那个杜家魔女吗?洋夷不敬鬼神,那魔女也会如此大胆吗?只是不要吓着六儿就好。

想到杜家魔女和六儿,孟氏还是不肯罢休的。这一趟往返康庄,她也尝到了练功的甜头:腿脚到底大不一样了。要想见到六儿,还得将功力练到头的。只练到三十数,便能往返康庄;要练到九九八十一数,也许真能健步如飞,随心所欲吧?

所以,孟氏暂时安静下来,听从了雨地劝说,继续绕了花坛练起旧功。

在那乏味的绕圈中间,她终于也想起来了:自己初到康家时,也有夜间锣声四起的情形。她问起,总是说吓贼呢,没说过吓鬼。现在看,谁知是吓什么!说不定雨地也有过像她一样的闹鬼经历吧?

雨地也许生性贤淑沉静,可怎么能淡忘了她的五儿?

孟氏设法探问过多次,可惜,雨地对此一直不多言一字。

5

孟氏练到九九八十一数，已到中秋时候。临近功满时，日走路程已到十二里，即早晚各走六里，来回轻松自如。不过这时的孟氏，已无惊喜，她也变得平静多了。

这期间，她曾得知杜筠青果真做了康笏南的新妇。听到此消息，虽然也一股怒气顶上来，冲动不已，但她毕竟没有失控。所以，练功一天也没有耽误。

功法练到头了，雨地以为她已看淡了俗世恩怨，就问她愿不愿进入佛门。哪想，孟氏居然说："我剃度为秃尼，六儿更认不得我了。"

雨地一惊，问："你还想重返俗世？"

"不为见六儿，我何苦下这种功夫？"

"你已试过，搁在阴阳中间的天罗地网是撞不破的。"

"只试了一次，就知撞不破？"

"此道间隔，我比你看得清晰。"

"你也试图穿越过吧？"

"天长日久，你也会一眼望透的。"

"我一眼想望见的只是我的六儿！"

雨地叹了一口气，说："既然因缘未尽，也只能由你了。"

"那我讨教一声：我脸上这颗痣，割去无妨吧？"

雨地又一惊："割你脸上的痣？为什么？"

"这颗痣，是我脸面上最分明的记号。"

"这种痣是不能动的，医家郎中都不敢动。"

"为什么不能动？"

"听说连着命根，割开将流血不止。"

"我们已是鬼身了，还有血吗？"

说完，孟氏倒平静地笑了。

有六爷牵挂着，孟氏哪能割断俗念！但现在她除了牵挂六儿，对世间的一切真是看淡了。跟老东西的恩怨，他的新妇杜氏，还有康家兴衰，商界官场，她都已撒手丢开：不过是一片孽海，你在乎不在乎都一样了。但她不会丢下六儿。想割去脸上的这颗美人痣，正是为了在阴阳两界间来去方便。

在这大半年的练功中，她不知想过多少次了：那次刚到村口，一眼就被认出，只怕要赖这颗痣。如没了这颗痣，村人即便觉得她像死去的孟老夫人，多半也不敢认吧？所以也下了无数次决心：去掉这颗痣！

因为从小生了这样一颗痣，也就早听说了它连着命根呢，不敢动，更不敢伤着。现在雨地也这样说，虽附和了俗世说法，只怕也是动不得。鲁莽将它割下来，真会失血而死？

孟氏还有一种担忧：去掉这颗痣，就怕六儿也不认她了！

所以，孟氏已另谋了掩盖的办法：寻一片膏药，贴住它就得了。在功法还未练到头时，她就吩咐女佣，送几贴拔毒膏来：膏药早预备妥帖了。

她也早预备了一身尼僧穿的法衣。那一次，穿着上也太大意。虽然只穿了妇人便服，但还是太像大户气象。她看雨地，穿了那身法衣，真与大户不相干了，冰冷中透着圣洁。这番气象，乡人见了既不敢轻慢，也不会害怕吧。她没有答应剃度出家，雨地还是送了她一套法衣。

总之，孟氏是一边练功，一边就在谋划重返康庄。功法练到头时，一切也早预备齐了。雨地劝阻，她也只是平静地听听而已。

就只等挑一个好日子，从容下山。

八月中秋是个大节庆，孟氏不想在这种时候惊吓乡人。所以，她挑了八月十七这天下山。

下山前，试穿了那身新法衣，忽然才觉得一个尼姑进了村，也够醒目了。尤其像她这样的尼姑，也不丑，又藏不尽头上蓄发，必定引人注目。一被注意，就麻烦了。

想了想，穿农妇粗衣最佳，可一时也不易得。于是，她就试着向尼中女佣借一身布衣。想了半天借口，只勉强寻到一个：日后要练武功，看穿你们这种便装是否更利落？不想，一位女佣倒慨然答应。

十七日正午时候，孟氏就穿了这身女佣服装，用膏药贴住脸上的美人痣，从容走出山门，下山去了。依然未跟雨地告别。

这一次，不到一个时辰就临近了康庄。只是，她并未直奔村口，而是提前绕了一段田间小路，又蹚过几处庄稼地，藏进了一片枣树林。从这片枣树林望过去，百步之外就是康宅正门前那道巨大的影壁。

康庄的前门，开在村子的最南头，可遥望凤山。风水上为了聚气，在大门对面立了那道影壁。

孟氏在康家多年，自然知道这一切形制。不过，她还是经过大半年的寻思，才谋得这样一个线路。因为心宅渐渐冷寂平静后，她已经不想蒙混着进入康宅了。既然脱出孽海，何必再入其中受玷污！她只是想见见自家的六儿，在宅外见分明更从容，也更干净吧。

六儿毕竟是男娃，屋里关不住他，宅院里也不够他奔跑。奶妈常带他到康宅之外，跑跑跳跳，护他玩耍淘气。有时也到这边的田亩枣林间，掐野花，逮蚂蚱。孟氏得闲时，也与他们一道出来。这一切情形，孟氏当然也是熟知的。

所以，思来想去，她选定了隐藏在这片枣林中，死守着，等候六儿出来。在这安静地界，也便于向奶妈说清真相的。

现在，已经顺顺当当来到这片枣林中了，但望过去，影壁那厢却是一片冷清。已是午后了，还不见有多少人影走动。

那老东西是不是得知她已下山了？尼庵的女佣若暗中跟了来，也该跑进康家报讯去了。

下山这一路，孟氏已留了心眼，不时回头观望：并没有发现什么可疑处。再说，她现在行动利落，健步疾行，也不是谁能轻易跟随得上。

耐心等吧。

六儿从五岁起，已送入家馆识字读书。有塾师管束，也不可能早早跑出来玩耍的。

可死死等到天色将晚，也未能如愿。孟氏也不气恼，起身撤出枣林，从容踏上返回凤山的大路。哪那么巧呀，头一天就见着？

回到尼庵时，月色正好，山门依然留着。她也不甚疲累。吃了斋饭，洗漱过，恬然入睡。

第二天，依然如此。直到第七天，也许感动了上苍吧，她终于见到了她的六儿。那天康宅前门依旧冷清，只是偶尔有村人走过。后来，见到一辆华丽的马车驶过来，但并未停在前门。这样华丽的车马，只能是往康家，为何不停？孟氏这才记起：康家前门平时不大开，主客都走东边的旁门。

守住旁门，也许能更容易等到六儿吧？可旁门开在街巷里，附近实在不好藏身的。她也只能继续守候在枣林中：六儿总有来前面玩耍的时候。

这天守到后半晌，她已不抱希望了，正想松弛一下，起身走动走动，就见从影壁后面走出一个妇人。好像是一个眼熟的身影！

孟氏不由一惊，忙定睛细看：那可不就是奶妈崔嫂！

但六儿呢，怎么不见六儿？

崔嫂走出影壁不远，就站住了，转身望着后面，又不断招手：六儿在后面跟着，一定在后面跟着。

可他就那样被影壁遮挡着，久久不肯走出来！

六儿在影壁底下玩什么呢？

孟氏真想冲过去。为这一刻，她努力了一年多，一天都没放弃。现在到底等来了：与她的六儿只相隔百步之遥了。

不能错过！

要在半年前，她可能早冲过去了。可现在，她没有动：她不能吓着六儿。

崔嫂竟要往回返吗？

她就这样闪出来露了一面，连六儿也没引出来，就要回去了？

孟氏望见崔嫂开始向影壁走回去，真急了，几乎要喊一声：崔嫂——，六儿——当然没有喊出。

也幸亏没妄动，就在崔嫂往回返时，六儿终于走出了影壁！是的，那就是她日夜牵挂着的六儿！他低着头，迈着缓慢的小步子，就像小老头踱步似的，从影壁的遮挡中走出来，显然很不高兴。

他不高兴，为什么不高兴？

崔嫂迎过去，蹲下身来哄他。他站定了，不理奶妈。

他是不高兴！

崔嫂转过身，蹲得更低，六儿就爬到奶妈背上。她背负六儿站起身来，却没向枣林这头走，竟继续往回返了，转眼间就被影壁重新遮挡住……

孟氏没有冲出来，她一动不动伏身在枣林中，一直到天黑。泪流满面时，都没有知觉。

回到尼庵过了许久，孟氏也没有再下山。

六儿的不高兴，压得她太沉重了。临终时见到的六儿，就是一脸的陌生和惧怕。经过千辛万苦，终于又远望了六儿一眼，见到的还是他寡欢的样子。才多大一个孩子，就这么郁郁寡欢，太可怜了。

这都是因为失去了母亲！

可她能再见他吗？能跟他说清真死和假死是怎么一回事？能说清她为什么要丢下他，自己去假死吗？

这一切，就是跟奶妈崔嫂只怕也说不清的。崔嫂会相信她还活着，而不是鬼身吗？

就是说清了，他们全相信了，她也不可能把六儿带到这尼庵来常住，她更不可能重新回到康宅的。既如此，何必徒然给他们压上太重的新仇旧恨？

六儿才是多大一个孩子！冒失去见他，多半是什么也说不清楚，只会惊吓着他的。孟氏想起雨地当初劝说她的许多话，就想下决心断了俗念。至少，是不能再下山相扰六儿了。再退一步，至少要等六儿长大一些，才宜重做计议吧。

只是，孟氏虽不断下这样的决心，可哪能真断了对六儿的挂念！尤其六儿那郁郁寡欢的可怜情状，她是一刻都丢不下。自这次见到六儿之后，孟氏一方面是多了理智，也就是更能为六儿着想，一方面却是念想更浓。

终于，在忍耐一月四十天之后，孟氏又悄然下山，藏身在一个僻静处，等候能远望六儿一眼。这种次数多了，她也摸熟了隐身的门道和六儿的习惯，每次下山总能如愿。扑空的时候，被村人发觉而引起骚动的时候，很少有了。

其实，孟氏能如此成功，也是康宅里面"配合"的结果。正像她曾经疑心的那样，她每次下山，康宅里头岂能不知！为了少引发白日闹鬼的骚动，那就得尽量满足孟氏的愿望：叫她尽快见一见六儿。当然这"配合"要做得神不知、鬼不觉，尤其崔嫂和六爷是毫不知觉的。暗中张罗这事的老夏和老亭，虽也是高手了，到底也没料到孟氏会如此倔强。

他们也时时提心吊胆呢。

第二十四章　雨地　月地　雪地

为了预防意外，孟氏每次下山来，除了尽量叫她如愿，在她走后还要有意造一些闹鬼的气氛：在夜间响起锣声，之后传言谁谁又现身云云。这是怕孟氏万一被村人撞见，好做遮掩：常闹鬼，撞见鬼也就不稀罕了。也因此，六爷幼时就只记得，母亲的英灵常在夜间来看望他。

长此以往，这一切似乎也走上了正轨，除了隔些时闹一次鬼，两面都相安无事了。

可惜天道对孟氏还是太不公，她如此可怜的一条探子之路却未能长久走下去。

那是她"死"第三年的冬天，特别寒冷不说，雪还特别多。前一场雪还没有消尽，后一场雪就落下了。只是，凤山不是怎么险峻的大山，它又在平川的边缘，也不是那种深山幽谷。加上有名寺名泉，常年热闹来往的大道算是宽阔平坦的，就是进山上山，也仅止于慢坡而已。所以，也无所谓大雪封山的。

但对于孟氏来说，走冰雪覆盖的大路，就艰难得多了。用现在的道理说，脚小，摩擦力就小，滑倒的可能就大了。孟氏虽然一直没停止练腿脚的功夫，可征服冰雪还是功力不够。

十月，下头一场雪时，孟氏立刻就想到六儿可能会出来玩雪。他喜欢雪。一下雪，他就坐不住了，只想往雪地里跑。所以，雪还正下着呢，她就下山了。刚下的雪，松软，滋润，踏上去很舒服的。下山这一路，孟氏并未费什么劲。到康庄不久，果然就见着了崔嫂和六儿。虽然依旧是藏在远处瞭望，但她能看出六儿很高兴。他在雪地里跑，崔嫂越追他，他跑得越快，跑摔倒了，就势滚几下，再爬起来跑，快乐得发出了笑声。

孟氏深信她听见了六儿的笑声，清脆的快乐的笑声。

离开俗世以来，就没有听见过六儿的声音了。

三年来，更是头一回见六儿这样快乐！

这次，六儿很玩耍了一阵，孟氏自然也看了够，全忘了雪地的寒冷。这一次下山，也是孟氏最满足的一次。

返回的路上，她才发现雪地有些坚硬打滑。车马行人已经将路面压瓷实了。所幸的是，半道上有辆农家马车，见她行走艰难，执意拉了她一程。

因马车去向不同,她在进山前下了车。临别时,车夫还顺手砍下一根树枝,削成手杖,叫她拄了进山。

有这根手杖拄着,孟氏走雪路算是好多了。但回尼庵短短一段路,还是滑倒好几次,所幸没摔着哪儿。

这场雪没消尽,就下了更大一场雪。从此,整个冬天就被冰雪覆盖了。

终日望着洁净的冰雪,孟氏就更想念六儿。几次试着下山,都因路太滑,未及出山便返回来。她真是干着急,没有办法。

后来,雨地给她送来一双新"毡窝",说今年冬天雪大天冷,穿了这种毡窝不冻脚。所谓毡窝,就用是擀羊毛毡的工艺,直接擀成的一种毡棉鞋,相当厚,又是整体成形,所以严实隔寒,异常暖和。自然,它的外形也就又笨又大。孟氏是小脚,鞋外套了这种毡窝,倒觉走路稳当了许多。特别是走冰雪地界,竟不再怎么打滑!

这使孟氏喜出望外:有了这双毡窝,她可以下山去见六儿了。她当然想不到,正是这双毡窝,永远断了她的下山之路。但这并不是雨地有意害她。原来这种毡窝鞋帮、鞋底一体全是厚毡,只适宜平日在家穿用,不适合穿了走远路,更不便雨雪中远行。因为毡底不经磨,又易吸水。孟氏做惯了贵妇,她哪里知道这些?穿了新毡窝觉得不滑,就以为走在冰雪中远行也不打滑!

她得到这双毡窝没几天,又下了一场小雪。又是雪正下呢,孟氏就急不可待地套了毡窝,悄然下山:有新雪落下,六儿准会出来的。

刚踏雪上路时,脚下还蛮舒服,既松软,不滑,又十分暖和。可是走着走着,毡窝就变重了,也开始有了打滑的感觉:毡底吸了雪水,又渐渐冻结,岂能不滑!幸亏孟氏还拄了手杖,能坚持走出山。

但出山后行走在缓慢下坡的大道上,却开始频频滑倒了。新雪覆盖的路面上,是整个冬天积存下来的坚冰;而她的毡窝底也结成了一层冰。所以,一脚踏下去,稍一不慎,就得滑倒。

可此时的孟氏,却没有一点返回的意思。她想,再挣扎一二里,就是平路了。何况,自做了鬼以来,什么罪没受过?摔几跤,能算什么呢。哪料,正这样想呢,竟又一脚打滑,跌倒在地。这一次,虽也未觉大疼痛,却就势在路边滑行不止,刚想慌张,已经滑落到路边的一道沟里,右脚髁就猛撞到一块坚硬的石头上……跟着，钻心的疼痛从天而降！

那道沟并不深。孟氏在那里也未呻吟多久，就被一位打柴的农夫救回了尼庵。雪还没停，就请来了捏骨的医先。但她还是一直躺到来年正月，才能勉强下地。那只右脚，更是永远长歪了。

经历这场磨难后，孟氏决定脱离俗世了。她给自己起了一个法号：月地。她第一次失败地下山，就是在月光明亮之夜结束的。但她并没有剃去长发。她问雨地，不剃度成不成？雨地还是说：一切由你。

她就留下了旧发。因为她还是不能断了对六儿的念想。只是，那已仅是深留在心底的念想了。

6

杜筠青到尼庵一个多月后，神志也渐渐复原。月地就将自己的身份与来尼庵后的一切经历，全坦然说了出来。

杜筠青听了，惊骇得不知该说什么。半天才说："六爷的情形，还算好……"

但月地打断她，说："别提六儿，别提。"

杜筠青只好问："那雨地呢？"

月地说："死了，真死了。"

"死了？按你说的，她年纪也不算很大吧？"

"前年，五娘在天津遇害，五爷失疯不归的消息传到尼庵后不久，雨地就死了。"

"你不是说她早断了俗念，修行得心静如水，圣洁如仙吗？怎么竟会如此？"

"雨地死得很突然，也很平静。头天还没有一点异常，第二天大早就没有醒来。"

"自尽了？"

"不是，我看绝不是。她的遗容就像平静地睡着了，与生前无异。服毒自尽的，死相很可怕。"

"闭目收气，就无疾而终了？"

"从外表看，是这样。但她的死，还是我叫明白了：她的心底里并不像平日露出的神态那样沉静淡泊，她也深藏了太重的牵挂！她虽然早就毅然剃度了，可终究也未能真出家。"

"她因为什么被废？"

"雨地极少跟我说她自己。她把一切都藏起来了。可我敢说，她被老东西废弃，绝不是因她有什么过错！我有什么过错，你又有什么过错？你我不是也步了雨地后尘？"

"我没有怪怨雨地的意思，只是不明白，那个人，那个老东西，他为什么要设这种阴阳假局？凭其财势，或妻妾成群，或寻个借口休了你我，那还不是由他吗，谁会说三道四？"

"你真是枉为康家老夫人十多年！康家不许纳妾，说那是祖制，不能违。

大户人家纳妾本来是平常事，他们为什么要死守了这一祖制不弃？只为敬畏祖上？"

"我看不过是为图虚名吧！我刚回太谷，未进康家前，满耳听见的都是康笏南的美德！"

"你真是枉为商家妇了！他们图的才不是虚名呢，那是由白花花银子堆成的实利！商家的一份美誉，也是一份能长久生利的股金，他们岂肯丢弃？康家这一份不纳妾的美德，若在康笏南手里忽然废了，他本人也落不下多大恶名的：大户人家都如此。但在商界传开，那就会被视为康家败落之兆！做金融生意，一有败落之兆，谁还敢再理你？"

"原来是这样……你我不能生利，说废就废了……"

"这其中奥秘，我一直也懵懂不明。直到临终前，我还劝过康笏南，既然喜欢杜家女子，何不娶过来？"

"你是说我？"

"那时你正大出风头呢。他一回老院，就说捧你的话！可一说娶你，他竟大怒了。我那时真不知他何以会如此。直到死后，来到这尼庵修行，才算参悟明白。中间，也受了雨地的点拨。"

"你也来点拨我？"

"一切在你。我极早将心中所藏所悟悉数倾倒了出来，其实也是为我。我怕像雨地似的，心中藏了太多太重的东西，密存不泄，终于将自己压死了。"

"雨地葬于何处？我想去祭奠一下她。"

"我也不知她葬于何处。"

"你也不知？"

"你忘了吗，雨地及你我都是已死的鬼身了。我们早都隆重下葬了，堂皇的坟墓已成旧物，还怎么再葬？又会有谁来葬你？"

这话叫杜筠青听得阴森，惊悸，不寒而栗！

"那她的后事是谁张罗的？"

"康家吧，能是谁！只派来两个下人，趁夜间把人抬走了，一切都无声无息。我想去送送，没人敢答应。"

"那我就到佛堂祭拜一下吧。"

"其实，你不妨就到她那座堂皇的空墓前祭奠。顺便，你也看看自己的新坟！康家墓地，离这里也不很远。"

"你去过？"

"去过，是和雨地一起去的。"

"去祭奠谁？"

"只是去看自己的墓吧。"

"看它如何排场？"

"世间无人能见到自己死后的坟墓，我们有此幸运，为什么不去看看？"

"我可不想去。既已脱离康家，康家的墓地我也不想沾它！"

"我初到尼庵时，也是你这样。"

杜筠青已不想再说话。

月地还是说："但你比我强。"

"强什么？"

"你没缠足，有自己的腿脚，想去哪儿，抬脚就去了。哪像我，受了多大的罪……"

"我哪儿也不会去，哪儿也不想去。"

杜筠青感到自己心已死，下了决心要真出家。她见月地还蓄着发，就问：女人出家亦可蓄发？

月地说，本庵戒律不苛严，守戒不守戒，全在各人心。你我修行，本已同俗世无涉了，处于不阴不阳间。大戒既如此划定，小戒也就无须太拘泥。

那法名呢，总该有庵主赐给吧？

月地竟说：也由自己选。雨地曾交代，当年引渡她的尼僧，即是叫她自选法号，以牢记修行本意：自悟自救。

杜筠青便给自己起了一法号：雪地。

第二十五章　奇耻大辱

1

自老夫人发丧后，三爷就一直未出过远门。按孝道，孝子得守丧三年。杜老夫人无后，三爷倒想为她守丧，老太爷却也没有叮嘱。

这期间，他也就没断了到城里的字号转转。到天成元老号，不免留心翻翻西安的信报。这一向西号总是陈说，和局议定，朝廷预备返回京都，官府要办回銮大差，我们正有好生意可做。既有好生意，为何只报不做？三爷一细想，才明白了：一定是西号屡报，老号迟迟不允。

但他对老号的孙大掌柜也无可奈何的。想来想去，只能去探探老太爷的口气：能说动孙大掌柜的，只有老太爷。

自兵祸有惊无险地退去，和局日渐明朗，老太爷似乎也复原如初了。三爷进老院来求见时，他正在把玩古碑拓片。

但三爷还未开口，老太爷就问："你是来说西安的事？"

"正是……"

三爷倒也没有很吃惊，他推测孙大掌柜已与老太爷计议过此事。既如此，也就没有什么可指望了。孙大掌柜不想成全西号，老太爷已经知道，那还能再说什么？

"西安的事，你我不用多操心，有何老爷在那里张罗呢。"

"何老爷？哪位何老爷？"

三爷真是一时懵懂住了，根本就没想到家馆的何老爷。

"还有几位何老爷！家馆的何老爷带着老六去西安，你难道不知？"

"知道是知道，只是……"

"只是个甚！何老爷以前也是京号一把好手，张罗西安这点生意，还不是捎带就办了。"

三爷当然也知道何老爷以前的本事。老太爷在此时放他去西安,原来另有深意。可西号的难处,不在老帮无能,而在老号不肯成全。邱泰基能看不出眼皮底下的商机?只是说不动孙大掌柜。何老爷去了西安,孙大掌柜就会另眼相看吗?所以三爷就大胆说:

"眼下西安也似京都,何老爷张罗京中商事,当然是轻车熟路。就怕老号仍以闲人看他,不大理会他的高见。"

听三爷这样说,老太爷竟哈哈笑了,放下手中拓片,坐了下来。

"你还是太轻看了何老爷!他既下手张罗,岂能眼睛只盯了西安?这里有他一封信,你看看吧。"

三爷接过老太爷递来的一纸信笺,细看起来:

老仁台大人尊鉴:

　　此番陪六爷来西安,本是闲差,不关字号商事。只是游历之余,冷眼漫看此间市面,竟见处处有商机!愚出号多年,理商之手眼怕早废了,故又疑心所见不过梦幻尔。信手写出,请老仁台一辨虚实。若所见不假,想必西号及老号早已斩获,就算愚多嘴了。若真是愚之幻觉,只聊博老仁台一笑。

　　……

跟着,略述了朝廷回銮在即,官府急于筹银办大差,而朝中大员又为私银汇京发愁,这不正是召唤我票家出来兜揽大生意吗?

因为何老爷所说的商机,三爷已经知道,所以看毕信也觉不出什么高妙来,便说:"西安商机再佳,也得老号发了话,才可张罗吧?"

老太爷就冷笑了一声,说:"仍看不出何老爷的手段?"

"何老爷的手段?"

"愚不可及!"

"愿听教诲。"

"妙处在信外。何老爷这封信明里是写给我的,暗里却是写给孙大掌柜的。此信由西号发往老号,按字号规矩,老号须先拆阅,再转来。所以,信中抬头虽然是我,孙大掌柜却在我之前先过目了。何老爷信中以局外闲人口气道来，既不伤老号面子，又激其重看西号生意，岂不是妙笔！"

"原来如此。"

三爷虽觉出其中一些巧妙，但以何老爷目前地位，孙大掌柜又会重视到哪儿？所以也未怎么惊叹。

"我知道你想什么：此不过小伎俩尔！"

"我可未低看何老爷，只是怕孙大掌柜不理何老爷的一番美意。"

"那你猜，这封信如何送到康庄来？"

"老号派可靠伙友送来吧？"

"孙大掌柜亲自送来了。"

"亲自送来？"

"他还不糊涂。一看此信便明白，何老爷去西安并不是闲差。"

三爷这也才真明白了：何老爷是老太爷派往西安的，孙大掌柜自然不便等闲看待。既如此，那老号为何依旧没有动作？三爷就说：

"有父亲如此运筹，我们也无须太忧虑了。和局既定，朝廷回銮在即，京津两号的复业，孙大掌柜已开始张罗了吧？"

"你这句话，才算问得不糊涂。京津两号复业，才是你该多操心的！西安那头，你不用操心。"

"京号没着落，西号也无法开通京陕汇路。大宗汇款不敢收揽，西号也难向官差放贷……"

"老三，你年纪轻轻，怎么跟孙大掌柜似的，一点气魄都没有了？孙大掌柜那日送信来，也是你这等口气：京号难复，收汇宜缓云云，好像活人要给尿憋死！早年遇此种情形，他早发话给西号了：你们只管放手张罗西安的生意，京号这头不用你们操心！如今连句响话也不敢说了。"

"京津庄口复业不是小事……"

"连你也这样说，真是没人可指望了！"

"两号劫状非常，都是连锅端，尤其账簿，片纸不存，毕竟……"

"毕竟什么！开票号岂能没有京号？"

"朝廷回銮未定，也不好张罗吧？"

"等朝廷回京再张罗，只怕更难！不用啰唆了，你就操心京津复业这档事。孙大掌柜那里，还得靠你给他鼓气！京津复业能有多难？无非是补窟窿吧。京津窟窿系时局所致，与字号经营无关，这窟窿由咱们东家填补。你心里有了这个底，还有什么可犯难的？"

三爷还想说几句，老太爷已经撵他走了，也只好退出。

三爷本是来促请老太爷说动老号的孙大掌柜，现在怎么倒仿佛同孙大掌柜站到了一头，对京津两号复业畏惧起来？

其实三爷是有意如此的：老太爷既已挑明了说孙大掌柜气魄不够，他当然不能趁机将许多怨气也倾倒出来。若那样，岂不是气量太小？

再者，京津两号复业的确也不是件小事。和局已然议定，朝廷预备回銮，此种消息在祁太平传开，各大票号计议的第一件要务，便是京津复业！去岁庚子祸乱，京津沦陷，西帮票号的庄口无一家不被洗劫。但店毁银没，损失毕竟有数，而账簿、票据不存，那可就算捅下无底的窟窿了。尤其京号，积存的陈账太多，又大多涉及官场权贵，失了底账，那可怎么应付？借了银子的，人家可趁乱装糊涂，不再露面；存了银钱的，握了汇票小票的，一定惦记得急了眼，见你复业，还不涌来挤兑！历此大劫，连朝廷都指靠不上了，谁知你西帮还守信不守信，元气伤没伤？在此情形下重回京城，谁肯轻放了你！想想那情景，真不敢大意。

所以票业同仁中就有一种议论：此一劫难为前所未有，又系时局连累，西帮当公议一纸禀帖，上呈户部，请求京津庄口复业时，能宽限数月，暂封陈账，无论外欠、欠外都推后兑现，以便从容清理账底，筹措补救之资。不然，甫一开业，即为债主围困，任何作为都无以施行了。

三爷也是很赞同此议的。只是，这种事须有西帮的头面人物出来推动才能形成公议。可至今还没有一位巨头重视此议。三爷便想给自家老太爷提提此事：父亲若肯出面，再联络祁帮、平帮三五巨头，此事就推动起来了。所以见老太爷时，特意强调京津复业之难，也是想为此做些铺垫。哪料，刚铺垫几句，还未上正题，就给撵出来了。

老太爷叫他操心京津复业，又不愿听他多啰唆，还责他愚不可及：分明也没有十分指靠他。他就是提出公议之事，老太爷也会一笑置之。

三爷就想到了何老爷：何不将此议先传达给西安的何老爷，再由他上达老太爷？这样绕一趟西安，说不定能有些结果。

这样学何老爷伎俩，三爷倒也很兴奋。

但他平素跟何老爷并无深交，只好给邱泰基写了一封信，请邱泰基将他的用意转达何老爷。信函口气平常，毫无密谋意味，只是未交字号走信，而直接交给私信局送达。

刚办了这件事，忽然就接到县衙的传令：美国公理会办理"教案"的总办大人，将于六月初八光临太谷，特荣请贵府康老贤达，届时随知县老爷出城恭迎。

去年拳乱时，几位公理会教士被杀，人家这是算账来了。所谓恭迎，不过是赔罪受辱吧，何荣之有？老太爷当然不能去受这份辱。

2

与洋人议和期间，德法联军一直围攻山西，所以议和案中当然要额外敲山西一杠。德法给山西抚台岑春煊的说辞是：山西教案太多，和局须另议，否则不罢兵。岑春煊怕晋省失守，不好向朝廷交代，也只好答应另议。

另议的结果，是在辛丑十二款条约之外，山西额外再赔款二百五十万两银子；这笔额外赔款还必须在德法撤兵之日付清！为急筹这笔罢兵赔款，仅全省票商就被课派了五十万两银子。当时因怕战事入晋，殃及祖产祖业，各家已忍辱破财。康家天成元是票业大号，出血岂能少？

拳民杀洋人教士是太过分，可因这点罪过，兴师讨伐在先，索赔巨款在后，还没有扯平？何况官府早将拳民中的凶手，追拿斩杀，抵命的拳民比被害的洋教士不知多了多少几倍！太谷被害的教士教民，已由省洋务局出面，隆重安葬。赔也赔了，罚也罚了，命也抵了，礼也到了，今来办教案者，不知还要如何，竟给如此礼遇：官府真叫洋人吓软了。

接到县衙传令，三爷和四爷商量后，决定不告知老太爷。老太爷年纪大了，又丧妇不久，容易借故推托。四爷的意思，就由他代老太爷去应差，康家无人出面，怕也交代不了官府。但三爷主张谁也不出面，因为有现成的理由：老太爷年迈了，贵体欠佳，出不去；我们子一辈正有母丧在身，本来就忌出行。身披重孝去迎接洋人，岂不是大不恭！

三爷就打发了管家老夏，去县衙告假。不料，县衙竟不准允。说洋人习俗不同，无三年守丧之制。还说，这次来的总办大人，就是十多年前最初来太谷传教的文阿德。他对太谷大户望族很熟悉的，康家不露面，哪能交代得了？

三爷听老夏这样一说，还是很生气：入乡随俗，这是常理。洋教士来太谷，岂能不顾我们的大礼？守丧之身，连朝廷都可以不伺候，准许辞官归乡，洋大人比朝廷还大？

老夏忙劝说："我看县衙的老爷们也是不得已了，很怕大户都托故不出，场面太冷清。战祸才息，不敢得罪洋人。"

四爷也说："我们也不便太难为官府。我就去应一趟差，你们都无须出面的。这年头，连朝廷都忍让洋人，我们也不能很讲究老礼了。"

但三爷还是说："你们先不要着急，等我出去打听打听再说。尤其曹家，看他派谁出面，咱们再拿主意。"

还没等三爷出去打听，老太爷就传唤他了。进了老院，老太爷劈头就说："你们都不愿去，那六月初八我去。"

谁已把这事告给老太爷了？一想，就知道是老夏。老夏最忠心的，当然还是老太爷。

"我们不是不愿去……"

"不用多说，我就告你一声，六月初八，我去。"

三爷慌忙说："我去，我去！大热天，哪能叫父亲大人去？"

"你怕丢人，我去。"

"我去。"

三爷说完，忙退了出来。他这才冷静细想：自己又犯了鲁莽、外露的毛病吧？也许四弟说得对，这年头朝廷都不怕丢人，我们还能讲究什么！

他就对四爷、老夏说：六月初八，我替老太爷去应差。但四爷还是坚持他去：我担着料理家政的名儿，我去也能交代得了，三哥就不用操心这事了。争了争，四爷依然坚持，三爷也就不争了。

六月初八，正是大伏天，知县梁大老爷备了官场仪仗，带领近百人的随员、乡绅，出城五里，到乌马河边迎接洋教士文阿德。四爷回来说，穿官服的老爷们，真没有给热死，补服都湿透了。

四爷也只说了天气热，至于场面如何，县衙的官老爷们巴结得过分不过分，陪着的士绅名流冷场没有，都没有提起。

三爷也就不再多打听，只问："曹家谁去了？"

四爷说："曹培德去了。"

"曹培德去了？"

"不过，也就曹家。其他大户也跟我们似的，只派了个应差的人头，正经当家的没出来几个。"

曹家是太谷首户，不好推脱吧。但曹培德肯出面，还是出乎三爷的预料：自己还是城府不深？

文阿德到太谷不久，居然派了一个人来，向杜老夫人的不幸病故，致以迟到的哀悼。十多年前，文阿德初来太谷开辟公理会新的传教点，就结识了杜长萱及其令爱杜筠青。杜筠青年轻、高贵的音容笑貌犹在，人竟作古？

被文阿德派到康家来致哀的，不是别人，正是去年从被围困的福音堂逃脱出去的孔祥熙。他逃出来后，辗转到天津，投奔了主持华北公理会的文阿德。这次随文阿德荣返太谷，自然是别一番气象了。

不过这次来访，康笏南并没有见他。三爷见他时，也甚冷淡。本来不过是给洋教士跑腿，居然还想将杜老夫人与洋教扯到一起，三爷哪会给他好脸看？那时的孔祥熙，毕竟只是一个无名的本地小子，不是仗了洋教，三爷大概不会见他。

然而没过几天，就传出文阿德查办教案使出的几手狠招，似乎招招都是朝着商界来的。

头一招还是洋人惯使的索要赔款，要太谷专门赔公理会二万五千两银子。这笔赔款又在朝廷赔款和全省额外赔款之外！洋人算是尝到赔款的甜头了，从上到下，从军界到教会，都是银子当头，层层加码。

第二招就对准了富商大户，逼迫城里孟家"献出"孟家花园，给死难教士做墓地！城里孟家也是太谷数得上的富商望族，发家甚早，其祖上建在东门外田后宫的孟家花园，那一直是太谷头一份精致秀美的私家园林。这花园不仅亭榭山石讲究，占地也甚广。公理会居然要掠去做墓地，这不是要辱没太谷以商立家的富户吗？文阿德敢提出此种蛮横要求，唯一的借口就是在去年闹拳乱时，孟家有子弟交结拳民，纵容作乱。去年那样的拳乱，岂是孟家子弟所能左右！其实，洋教不过是想霸占这头一份秀美园林罢了。第三招，更损了：提出要给遇害的洋教士和本地教民重新举行隆重的葬礼；届时，上到知县老爷，下到各村派出的乡民，中间自然也少不了富商名流，都得披麻戴孝去送葬。这更是要全县受辱，重辱商界！洋人葬礼中，难道也有披麻戴孝的习俗？

人们盛传，给文阿德跑腿的那个本地小子孔祥熙，在其中没少出主意。

三爷听到这个消息，又一次失去了冷静。他飞身策马，奔往北洸村，去见曹培德了。

曹培德也是一脸愁云。他说，刚从孟家回来不久，孟家请他去商量对策，商量了半天，实在也无良策可谋。

三爷就露出一脸怒色，说："偌大一个花园，也不是什么物件，你不给他，他能抢去？"

曹培德说："文阿德那头说了，不献花园，就缉拿孟家子弟。你也知道吧，当家的孟儒珍那是个格外溺爱子孙的人，他一听这话就怕了。"

"去年拳乱时，也没听说孟家子弟出来怎么兴风作浪呀？围攻福音堂，有他家子弟在场吗？"

"听孟儒珍说，只是去看热闹，并未出什么风头。孟家子弟还交结了一位直隶来的张天师，曾在他家花园请这位天师练功降神，也是图一时热闹而已。"

"那位张天师，我领教过。那次提刀追进我们天成元，要杀公理会的魏路易，叫我给拦下了。这个张天师，看着气势吓人，其实也不是什么拳首，一个疯癫货而已。交结这么一位疯天师，有多大罪恶，就得赔一座花园？照这么种赔法，全太谷都'献'出来也不够赔的！"

"谁给你讲这种理？人家现在是爷，成心想霸占那座花园，借口还愁找？"

"那就拱手献出？"

"孟家当然不想献出，可官府不给做主，他家哪能扛得住？"

"文阿德不过一个洋和尚，知县老爷何也如此懦弱？"

"朝廷已写了降书，一个小小县令，叫他如何有威严？和约十二款，那还不是朝廷画了押的降书！再说，岑抚台也是想急于了结教案，对洋教会一味忍让，文阿德当然要得寸进尺。"

"这样欺负孟家，也是给我们商家颜色看吧？"

"公理会来太谷这一二十年，我们商界并没有得罪过他们。"

"但我们也冷冷的，对人家视而不见。"

"商家与洋教，也是神俗两家，各有各的营生，常理就该敬而远之的。就是对本土自家的神佛道，我们又如何巴结过？"

"在祁太平，正因为我们商家不高看它，才难以广传其教。公理会来太谷快二十年了，入教的才有几人？叫我看，文阿德这次揪住孟家不放，实在是有深意的。"

曹培德忙问："他有什么深意？"

"趁此次朝廷都服了软，先给太谷商家一个下马威，以利他们以后传教。在太谷敢如此欺负孟家，以后谁还敢再低看他们？"

"三爷说得有道理！既如此，我们商界何不先给足他面子，或许还能救救孟家吧？"

"我也有此意。文阿德使出的这几手狠招，分明都是朝着太谷商家来的。头一招赔款，大头还不是我们出？霸占孟家花园不用说了，直接拿商家开刀。叫乡绅名流披麻戴孝，更是重辱商家！太谷的乡绅名流，除了我们，还有谁！人家既如此先叫板，我们只是不理会，怕文阿德更要恼怒。"

"三爷，我有个主意，只是不便说出。"

"到如此紧要关头了，还顾忌什么？说吧！"

"疏通文阿德的重任，我看非三爷莫属。"

"太谷商界巨头多呢，我有何功德威望，来担当如此重任？老兄别取笑我了。"

"三爷，这不是戏言。贵府的先老夫人杜氏，与公理会的教士有私交；你们的天成元也一向替他们收汇；尤其在去年拳乱中，三爷挺身而出，救过他们的魏路易。有这几条，三爷去见文阿德，他会不给你些面子？"

"前几天，文阿德也曾派了个姓孔的小教徒来康庄，给先老夫人致哀。就凭给我们康家的这点面子，哪能救了太谷商界？"

"三爷，他只要待之以礼，你就可对他陈说利害：你们得理得势了，就如此欺负商家，对以后在太谷传教何益？洋教不是尊崇宽恕吗？当此惊天大变，贵教若能以宽恕赐世，一定会深得太谷官民敬仰，商界更会带头拥护贵教。然后再相机说出我们的价码：不占孟家花园，不令各界披麻戴孝，太谷商界愿再加赔款！"

三爷听了，觉得值得一试，便说："为太谷商界，在下愿负此命！"

省上的抚台、藩台，还有洋务局，按说也应该去奔走疏通，求上头官府出面挡一挡。但三爷和曹培德商量半天，还是作罢了：求也是白求。

回到康庄，三爷静心思想，深感要想不辱此命，只凭一腔怨气不成，恐怕得使些手段才好。但身边找不到一个足智多谋的人。邱掌柜远在西安，须刮目相看的何老爷也在西安，京号戴老帮更远走上海。只好再去见茶庄的林大掌柜。倘若杜老夫人在世，那该有多大回旋天地！

回想去年拳乱方起时，老夫人曾特意跑来，吩咐三爷赶紧出面联络各界防备拳乱闹大。还说他有将才，正可趁此一显作为。老夫人还说过一句令他永生难忘的话：全康家就数三爷你辛苦。

想到杜老夫人，三爷立刻就打发人去叫女佣杜牧。杜牧一直贴身伺候老夫人，老夫人生前如何与公理会交往，她应该知详的。

杜筠青去世后，杜牧虽然还留在老院，但也只是做些粗活，到不了老太爷跟前了。所以，听说是三爷叫，老亭也就放她出来。

杜牧慌忙跑来，因猜不出为何叫她，所以有些紧张。

三爷实话对她说了，只是想问问老夫人跟洋教士交往的情形，但绝不是追究什么，倒是想借重老夫人的旧情，去与公理会交涉些事务。

可杜牧还是说："叫我看，老夫人对洋教士起根儿上就看不上眼！那么多年，一次都没去过他们的福音堂，倒是他们的莱豪德夫人常来巴结老夫人。她每次来巴结，老夫人都是说些不咸不淡的话，不很爱搭理。"

"除了这个莱豪德夫人，还跟谁有交往？"

"早先也记不清了，自我伺候老夫人以来，上门巴结的，也就这位莱豪德婆姨。老夫人不爱搭理，她为甚还常来巴结？因为老夫人开通，心善，有求必应。去年拳乱初起时，莱豪德婆姨慌慌张张跑来，向老夫人求助。老夫人说：我也不会武功，哪能挡得住练拳的？洋婆姨说：康家在太谷名声大,出面一张罗,谁不怕?老夫人说:既如此,那我暂入你们的洋教,给你们当几天幌子使。"

三爷吃了一惊,忙问:"老夫人入过公理会?我怎么没听说?"

杜牧说:"后来没入成。"

"为何没入成?"

"她们没敢叫老夫人入教。"

"为何不敢?"

"我就不知道了。反正老夫人答应入教后,莱豪德婆姨也没再来。不几天,城里的福音堂就给围死了。"

"老夫人以前提过入教没有?"

"起根儿上就看不上眼,哪还愿入他们的洋教!莱豪德婆姨为甚常来巴结,还不是想拉拢老夫人入教?老夫人从来就不搭她这茬儿。"

"那这次提出入洋教,真是为了救他们?"

"可不呢,老夫人太心善。"

三爷又问了些情形,还就数这件事有分量。有了这件事压底儿,三爷也就没去见茶庄的林大掌柜。

3

文阿德住在县衙的驿馆,禁卫森严,俨然上峰高官的排场。不过,三爷递了帖子进去,立马就见那个孔姓小子跑了出来。

"文阿德大人听说康三爷来访,很高兴。三爷快请吧!"

三爷今天是有求而来,所以对孔祥熙也不便太冰冷,一边走,一边就随便问了几句:"你是哪村人?"

"程家庄,城西的程家庄。"

"祖上是做官,还是为商?"

"家父一生习儒……只是文运不济,现为塾师……志诚信票庄的领东大掌柜,是我们本家爷……"

"志诚信的孔大掌柜,是你本家爷?孔大掌柜赫赫有名!"

"本家是本家,来往不多……"

三爷本想另眼看待这位孔姓小子，却见他羞涩躲闪。正要再问，已到文阿德住的客舍。

这是驿馆正院正房，里面铺陈更极尽奢华：真是以上宾对待了。

文阿德就西洋人那种模样，高鼻凹眼，须发卷曲，妖怪似的。只一样，脸色红润得叫人羡慕。这位老毛子已经满脸皱纹了，脸面红润得却像少年。

"不知康三爷来访，有失远迎！"

一见面，老毛子一副惊喜的样子，不知是真是假。不过，他的汉话能叫人听懂，三爷才放心了一些：他很怕由那个孔姓小子做通译，居间使坏。

"在下是代先老夫人杜氏来向文阿德大人致谢的！"三爷行礼时，尽力显得恭敬。

"请坐，请坐。我记得杜夫人年轻，美丽，体质也甚佳，何以就如此早逝？得了什么急症？"

"老夫人重病时，我正在上海、杭州一带，病情不大明了。听说是一种怪症，只是嗜睡。"

"嗜睡？还有什么症状？"

"当时我不在家，真是不大明了。"

"康三爷，杜夫人也是给拳匪害死的！"

文阿德竟断然这样说，三爷很不悦。但还是忍住了，平静地说："大人，先老夫人是在今年春天才升天的。"

"知道。但我也记得，杜夫人是相信我们西洋医术的，有病常求公理会。如若不是拳匪作乱，太谷公理会的医疗所，一定能医好杜夫人的病症。在拳乱中遇难的桑爱清大夫，医术很好。若不遇难，何愁保住杜夫人的高贵性命？拳匪罪恶滔天！"

这位老毛子原来在这儿出招，三爷真没想到。他也只好顺势说：

"大人说的是。老夫人生前，也很关照你们公理会的。莱豪德夫人有事，就爱求我们老夫人。为什么？老夫人有求必应！"

"知道，我知道。"

"老夫人的一大义举，大人未必知道吧？"

"什么义举？"

"去年拳乱初起时，莱豪德夫人又来我们康家求援。老夫人不避风险，依旧慨然允诺。为壮公理会声威，老夫人决定立马加入你们的洋教！在太谷，有我们康家老夫人立身其间，谁还敢轻易招惹洋教？"

"真有这样的事？"

"面对老夫人在天之灵，我岂敢妄说？"

文阿德又回头问孔祥熙："你听说过此事吗？"

孔祥熙说："是听莱豪德师母说过。"

文阿德追问："那为何未入教？"

孔祥熙说："那时已一天比一天危急，福音堂中忙乱异常，怕是顾不上了。"

三爷便紧接了说："我们老太爷捐有朝廷四品官职，按规矩，老夫人是不能入外国洋教的。可为救你们，毅然出此义举，舍身护教，真是心太善了！"

文阿德忙说："杜夫人有此义举，我们不会忘记的，主也不会忘记。"

三爷就问："魏路易还记得吧？"

文阿德说："怎么不记得！他是一位伟大的牧师，竟也遇难，拳匪真是罪恶滔天！"

"在下亲手搭救过魏路易。"

"康三爷搭救过魏路易？"

"你问他知道不知道？"三爷指了指孔祥熙。

孔祥熙忙说："是有这样的事。三爷勇退张天师，谁都知道。"

文阿德就问："是怎么一回事？"

三爷又指了指孔祥熙，说："叫他说。"

孔祥熙慌忙说："还是三爷说吧，我也只是听说，说不详细。"

三爷才说："那次我进城，就是受老夫人托付，来张罗提防拳乱的事务。正在天成元跟孙大掌柜谋划呢，就听说前头柜上要杀人。赶紧跑出来，见直隶来的那个张天师，已经拦住魏路易，举刀要砍。幸亏在下练过形意拳，急忙飞身一跃，跳到张天师跟前，把魏路易隔开了！"

文阿德就问："你当时拿什么武器？"

三爷说："慌忙跑出来，哪来武器？赤手空拳而已。"

文阿德又转脸问孔祥熙："赤手空拳，刀枪不入？"

孔祥熙说:"康三爷练的形意拳,那是真武功,跟拳匪的义和拳不一样。太谷人多爱练形意拳,防身、护院、押镖,都管用。"

三爷说:"我的武艺很平常,仅够防身吧。但当时我一看那位张天师握刀的样式,就知道是个没啥功夫的愣货。正想明里挥拳一晃,暗中飞起一脚,将其手中大刀踢飞,忽然转念一想,觉得也不宜令人家太丢丑。本来就是一个愣货,太惹恼了,跟你来个不要命的发泼,也麻烦。所以,当时我只是摆了一个迎战的架势,并没有动他。他又举刀要砍,我只是笑而不动。这一笑,真还把他吓住了,高举了刀,不敢砍下来。没相持多久,这个张天师提刀退走了。"

文阿德就问:"魏路易呢,是不是已经走了?拳匪会不会再去追他?"

三爷说:"魏路易哪敢走?他早由柜上的伙友领进后院,躲藏起来了。直到事后,他都不敢独自回去,还是我们派了武师,送他回到福音堂。"

文阿德说:"感谢康三爷仗义相救!太谷商界若都似康三爷,我会诸牧师也不致全体蒙难了。"

三爷一听,急忙说:"大人千万不能这样说,太谷商界与洋商交往很久了,一向两相友善的。所以,贵公理会来太谷以来,我们商界也是很友善的。不仅我们康家,谁家不是有求必应?去年太谷拳乱,实在是由外地拳匪煽动,上头官府纵容所致。商界虽也尽力张罗,哪能左右得了大势?在动乱中,我们受累也是前所未有!"

文阿德沉下脸说:"你们受累,去寻你们官府诉说。本人只是来查办教案,凡曾加害我教士者,必惩不贷。"

三爷真没想到,自己还尽拣好听的说呢,这位老毛子竟然就拉下脸来了!其实,文阿德渐露出的一种钦差大臣似的傲慢,三爷已经忍耐了半天。现在终于忍不住了,便直言说:

"大人你误会了,我岂是来寻你诉苦?在太谷,只有官吏们向我们商家诉苦,我们从不向官府诉苦!近日,县衙又来向我们商界诉苦。你们公理会索要赔款,他们发愁啊!拳乱以前,你们公理会也是常来找我们商界诉苦、求助、借贷,我们何曾麻烦过你们?"

文阿德听出了口气不对,但还是沉着脸,反问:"你这样说是什么意思?"

"大人既问，我就明说了吧。在下今天来，一是代先老夫人向你们道谢，二来代太谷商界顺便问问：贵公理会了结教案后，要从此永别太谷了吧？"

"什么意思？"

"办完教案，携了赔款，一走了之，从此再不来太谷：贵会是这样打算吧？"

文阿德有些被激恼了，大声说："放肆！谁说我们有如此打算？"

三爷笑了，说："我们商界只会以商眼看事。大人来太谷办教案，所使出的三大招，在我们商家看来，那分明是做一锤子买卖。"

"一锤子买卖？"文阿德回头问孔祥熙："什么叫一锤子买卖？"

孔祥熙当然能听出三爷话中的刀锋，又不敢明说出来，一时语塞，不知该如何解释。

三爷又一笑，说："一锤子买卖还不懂？就是交易双方，为了争一次生意的蝇头小利，不惜结下深仇大恨，从此老死不相往来！"

文阿德怒喝了一声："放肆！"

孔祥熙也帮腔说："文阿德大人来办教案，是依朝廷的议和条款行事。"

三爷立刻瞪了孔祥熙一眼："你也不是洋人，能轮着你说话？"

文阿德厉声说："我们严办教案，正是为了日后的事业。真没想到，康三爷竟也有仇洋驱教之念！"

三爷换了一副笑脸，说："我也没想到，文阿德大人竟会如此忘恩负义！我康某若仇洋仇教，何不坐观张天师怒斩魏路易？我冒死搭救你们的教士，就为大人赏我一顶仇洋驱教的帽子？"

文阿德冷冷地说："你既不仇洋，为何非议本总办？"

三爷毫不相让，说："我刚才说的，不是一己之见，实在是太谷商界乃至全县乡民的一致议论：公理会是要出口恶气，捞些银子，溜之大吉！"

文阿德没有再发作，仍冷冷地说："办案严厉，是本总办的行事风格。太谷发生如此次惨案，我们不加严办，日后也难在贵县立足吧？"

三爷冷笑了一声，反问："公理会如此办事，以后还想在太谷传教？"

文阿德又忍不住了，厉声说："本教事务，岂是你可非议！"

三爷依然冷笑说:"太谷商界与贵会,一向井水不犯河水。若不是贵会趁此次危难,讹诈商界,我们也无暇多管你们的闲事!"

"发生如此惨案,我会六位伟大的教士全部遇难,怎么是讹诈?"

"贵会教士被拳匪杀害,我们也是甚感悲愤的。可因为这一类教案,你们东西洋十多国,出兵犯华,已杀害了多少中国人!以至京师陷落,朝廷逃亡,我晋商在京津的字号,悉数被抢劫。这一切,居然还是抵不了你们被害教士的命!为求议和,朝廷答应赔款四亿五千万两银子;山西更倒霉,在四亿五千万之外,还得另赔二百五十万。这四亿五千万另加二百五十万,是赔给谁呢?与贵国无关,与贵公理会损失无关吗?"

"怎么能说无关?但每一桩教案,都务必具体查办!"

"那照大人行事风格,查办每一桩教案,岂不是还得额外再赔一次款,再割一次地吗?以此法查办全国教案,岂不是要再多赔一个四亿五千万,再割走几个行省?"

孔祥熙忽然插进来说:"三爷,账不能这样算。"

三爷立马怒斥道:"你一个太谷子弟,不学算账为商,却来给洋人跑腿!你懂什么叫算账?"

文阿德忙压住三爷说:"本总办只是公理会神职人员,仅限查办本会教案,与赔款、割地何干?"

三爷说:"杀害贵会教士的拳民,官府早缉拿法办,抵命的人数,几倍于遇难教士。省洋务局也将六位教士隆重安葬。因这桩教案,太谷商界已被省衙重课了十多万赔款。不久,朝廷的四亿五千万分摊下来,我们不知还要被重课多少!太谷因出了此桩教案,还将被禁考五年!可这一切处罚赔偿,对你们似乎都不算数?查办才几天,就又索要赔款,更有甚者,还要霸占孟家花园!这不是额外赔款、割地是什么?"

文阿德还是冷冷地说:"两万赔款,是赔福音堂之损失。孟家花园,只是做死难先贤的墓地而已……"

三爷知道这位老毛子难以说动,早不想多费口舌,但一口怒气咽不下去,竟慷慨直言,说了这许多。闷气既出,也想收场了,就放缓了口气说:

"文阿德大人,你来华多年,大概还没听说过中国民间的一句俗话:得理且饶人。我听老夫人生前也说,皈依基督的洋教,最崇尚的是宽恕,饶恕，仁爱，是普爱天下每一个人。贵会如执意照大人风格查办教案，恕我直言，那必定要自断后路！在这场塌天大祸中，贵会因蒙难而如此报复，与基督教义真是相差了十万八千里！太谷人重商敬商，大人这次又偏偏与商界过不去，竟敢拿富商孟家开刀！在太谷与商家过不去，那将意味着什么，大人就没想吗？"

文阿德沉着脸，只冷冷地说了一句："你岂配说伟大的基督！"

三爷笑了笑，说："我是不懂基督，但你是基督的使者，你的所作所为就在昭示什么叫基督！拳乱以前，贵会来太谷传教十七八年，得教徒仅百人而已。何以会如此冷清？就因太谷敬商不敬教。今结怨商界，以后贵会只怕连冷清亦不可得！山东、直隶为何教案频仍，激起如此烈火似的拳乱？以前我不甚明了，今观文阿德大人来太谷数日的所作所为，算是明白了！"

文阿德恼怒地喝问："你想煽动新的拳乱？"

三爷大笑一声，反问道："基督令你靠什么传教？宽恕、仁慈、普爱众生，还是恃强凌弱、趁火打劫、贪得无厌？"

说毕，行礼作别，扬长而去。

4

就在康三爷失去控制，激扬舌战文阿德的时候，太谷第一大票号志诚信的孔庆丰大掌柜，也正在为此事谋划对策。因为志诚信的财东员家，听说要没收孟家花园，也慌了，生怕殃及自家田产。

这时的志诚信虽仍为太谷第一大票庄，但其财东员家已露败象。员家当家的已经是不理商，也不懂商的一代人，只是会坐享商号的滚滚红利。这一代员家弟兄中，又没有特别出类拔萃者，可以压得住台。于是兄弟间无事生非的故事就不断上演了。老九和老十因小小一点分利不均，就酿成惊天动地的一场诉讼，生生靠银钱铺路，一直把官司打到京城。两边比赛似的扔掉的银子市间传说有百万两之巨！即便富可敌国，也经不住这样败家吧？

遇了庚子、辛丑这样的乱局，员家就没了主心骨，一切都得仰仗字号的领东大掌柜。这真是兄弟阋于墙，又怯于御外，内外都不济。

孔大掌柜把东家几位爷安抚回去后，自然得考虑如何御外。洋教倒是寻不到借口来霸占员家田产，但这次对太谷商家的羞辱，孔庆丰也是怒不可遏。给公理会赔几个钱倒也罢了。竟然要拿孟家开刀，还要太谷商界有头脸的人物披麻戴孝给洋鬼送葬！西帮立世数百年，还未受过这样的奇耻大辱！志诚信是太谷排行在前的大字号，这场羞辱也得首当其冲了。

但孔庆丰毕竟是商界成了精的人物，外面上没露出多少痕迹。

这天，字号的协理，也即俗称二掌柜的，又在孔庆丰跟前提起孔祥熙。说不妨把这后生叫来，让他给文阿德掏掏耳朵：公理会如此糟蹋商界，以后还想不想在太谷立足了？

孔庆丰见又提孔祥熙，终于忍不住，勃然大怒了："你又提这孙子做甚？他与我何干？"

二掌柜忙说："我又不是当本家提他！眼看公理会要糟蹋商界，能跟文阿德那个老毛子说上话的太谷人就数这个孔祥熙。他既然想高攀大掌柜，何不教他做件正经事？"

"谁认他是太谷人？他是美国人，不是太谷人！"

"大掌柜，外辱当头，还是以西帮尊严为重吧。孔祥熙一个毛小子，何必跟他太计较了？"

"太谷商界再没本事，也不能去求这孙子！你们求这孙子疏通洋人，也不能由我出面！他满世界跟人说，志诚信的孔大掌柜是他本家爷，我这一出面，不等于认了他？我这孔门跟他那股孔门，八竿子打不着。他投洋不投洋，我也不能认他！"

"你们天下孔门是一家，都认孔圣人。"

"他孙子投身洋教，早背叛了孔门！"

孔庆丰这么与孔祥熙过不去，实在也不是自眼前始。

孔庆丰祖居太谷城里，孔祥熙则祖居太谷西乡的程家庄，本来也是八竿子打不着的两支孔门之后。城里孔家，老辈虽也算不上太谷的望族，家势可比程家庄孔门兴旺得多。到孔庆丰做了志诚信的领东大掌柜，其家族已跻身太谷大户之列，孔祥熙父子却仍挣扎在乡野寒门。孔父习儒落魄，靠乡间教职营生，又染了鸦片毒瘾，家境可谓一贫如洗。所以，两孔家隔了贫富鸿沟，分属两个世界，即便同宗同姓，实在也没有来往。

孔祥熙从十岁起，投身公理会免收学资的福音小学堂，在太谷孔氏中间，并没有引起太大注意：那时他太卑微了。五年后，孔祥熙以福音小学堂第一名优等生毕业，公理会要保送他去直隶通州的潞河书院深造，这才引起孔氏众族人的非议。潞河书院是美国公理会最早在华北办的一所教会中学，为的是在华人中培养神职人员。可晚清时代，尊孔依然是国朝大制，即便在商风炽烈的太谷，孔姓也依然被视为天下第一高尚姓氏。孔圣人之后，竟要皈依洋教，卖身去司夷邦神职，这岂不是亵渎孔门，背叛祖宗，大逆不道吗？

谴责最烈的，当然是程家庄的孔氏族人。但他们一样地位卑微，孔家父子哪肯听从！孔父因习儒潦倒，见儿子能有出路，也顾不上孔圣人的面子了。尤其孔祥熙，他从教会学堂得到的智慧和赞赏，比虚荣的孔姓不知要实在多少倍。所以，少年孔祥熙竟对族人放言：不让姓孔，我正好可取个西洋姓名！

这更了不得了。程家庄的孔氏只好来求孔庆丰。孔庆丰是太谷孔姓中最显赫的人物，借其威势，或许能压住孔祥熙父子。当时孔庆丰并不想管这种闲事：他哪想认这许多穷本家？但经不住这帮人的磨缠，就答应叫来说后生两句。

一听是志诚信的孔大掌柜召见，孔祥熙赶紧跑来了。可还没等问几句话呢，这位正做西洋梦的少年，竟兴头昂然，眉飞色舞，给孔大掌柜讲解起中国人供偶像、拜祖宗、女缠足、男嗜毒的害处来。孔庆丰连训斥的话都没说一句，就将孔祥熙当生瓜蛋撵了出去。一个十五六岁的后生，谁敢这样对他孔大掌柜说话？仅仅是那种讲解的口气，孔庆丰就恼了。

这孙子既然连祖宗都不要，你们还要他做甚！

这是孔庆丰第一次知道孔祥熙，第一次就厌恶至极。

此后，孔祥熙当然是执意去了通州潞河书院。在那里，因为他有中国这个高尚的姓氏，似乎也得到了校方的格外垂青：孔圣人之后皈依公理会，这是基督在中国的一个小小胜利吧。

到庚子年，孔祥熙在潞河书院也将近五年了。京津拳变一起，书院不得不遣散避乱，孔祥熙也只好躲回太谷。哪想到，没几天太谷的拳乱也起来了。他被围福音院，几乎丢了小命。

这次跟随文阿德重返太谷，孔祥熙很有一点大难不死，衣锦还乡的感觉。但作为一个太谷人，在心底里还是想攀附孔庆丰这样的富商：他毕竟是被商风熏大的。何况在西洋人眼中，商人并不卑贱。所以，他不计前辱，还是到处跟人说：志诚信的孔大掌柜是他本家爷。

这话传到孔庆丰耳中，先还只是勾起淡去的厌恶。后来就传说文阿德使出的几手狠招，孔祥熙起了不小作用。这一下，孔庆丰除了怒不可遏，真替孔门脸红了。在此情状下，堂堂孔大掌柜怎么可能出面去求一个叛祖事敌的狗东西！

孔庆丰在志诚信，虽也至高无上，他还是善听属下进言的。可这一次，二掌柜费尽口舌了，大掌柜依然是毫不松动。

其实协理的意思，也并非要孔大掌柜低下头去求孔祥熙，更不是叫他去认这个本家子孙，只不过给孔祥熙一点面子，不妨叫桌酒席请一次，以便正经陈说在太谷得罪商界，会有什么后果。说不定，孔祥熙还正是因为你这个同姓大掌柜，看不起他，才偏使坏，糟蹋商界。这关乎西帮尊严，商界名声，不能只顾跟这么个不肖晚辈怄气的。

但好说歹说，孔庆丰还是不见孔祥熙。二掌柜只好提出，那就由他代大掌柜出面请一次。孔庆丰勉强同意，但不许太抬举那孙子！

这位二掌柜姓刘，在商界也是位长袖善舞的人物。他本想再联络几位大字号的协理，把招待的场面弄大点。再一想，觉得也不妥：孔祥熙这后生的心病，分明在孔大掌柜这厢，扯来别的大头，也不见得管用。于是决定，只以志诚信的名分来宴请，并从财东员家搬一位少爷出来做东。酒席呢，摆在饭庄中排场大的醉乐园。这也算把面子给足了。

员家少爷一辈，也是些平庸子弟，志诚信的掌柜们很容易搬动。

孔祥熙那头，也果然如刘掌柜所料，志诚信的帖子送过去，很爽快就答应下来。可孔祥熙如约来到醉乐园，却未见孔庆丰大掌柜在座。刘掌柜早有准备，没等孔祥熙问出话来，已抢在前头说：

"这桌酒席，本来是孔大掌柜做东的。可我们东家听说了，也要出来作陪。大掌柜见东家肯出面，当然也觉脸上有光，就说：东家既出面，那就做东吧，我们字号的掌柜欣然作陪。东家一听，又不忍叫大掌柜陪坐副座：大掌柜辈分大呀。就改由这位四少爷出来作陪，还叫大掌柜主持席面。四少的年纪、辈分，都跟舍儿你相当。"

舍儿是孔祥熙的乳名。刘掌柜事先特意打听来，就为以此称呼能给孔祥熙一种本家的感觉。

这时，员四少爷就照刘掌柜事先吩咐，站起来对孔祥熙说："咱们头回见面，不要见外。"又转脸对刘掌柜说："舍儿既不是外人，也不用太拘老礼了。"

刘掌柜才接住说："舍儿你是不知，我们大掌柜可是最重礼数的人！说即便是四少出面，也不能乱了主臣呀？财东为主，字号为臣，这是商家大礼。有东家出面，无论长幼，大掌柜还是不便主席。我看两头都为守礼，谦让不下，就出了个主意：反正舍儿你也不是外人，这头一次，就成全了四少，由他做东，我作陪；等过几天，再选个好日子，由大掌柜和东家一道出面做东，宴请一次文阿德大人。所以，今天就这样了。到时候请文阿德大人，舍儿你还得出力！"

刘掌柜这样一圆场，孔祥熙也没有怎么计较，忙应酬了几句客气话。他毕竟是头一回出入富商大户的这种交际场面。

席间，刘掌柜一面殷勤劝酒，一面只是扯些闲话：在洋人书院读什么书，吃什么茶饭，睡火炕不睡，在潞河想不想家，快二十岁的后生，也该说媳妇了，有提亲的没有，如此之类。跟着，问起西洋人娶亲如何娶，过生日如何过。

孔祥熙哪还有防备，早来了兴头，有问必答。论及洋人习俗，更是眉飞色舞，侃侃而谈。

于是，刘掌柜轻轻提起葬礼："舍儿，那西洋人办白事，也与我们很不同吧？"

"当然，西洋人的葬礼，也甚是简约。"接着详细说起西洋人葬礼中，教会如何做主角。

刘掌柜耐心听完孔祥熙的解说，才又不经意地问："那西洋人办白事，并不披麻戴孝？"

"当然，穿身黑礼服就算尽孝了。"

"搁我们这儿，哪成！办白事，不见白，不哭丧，哪成！"

"中西习俗不同,叫我看,还是西洋人的婚丧习俗比咱们文明!"

听孔祥熙这样一说,刘掌柜已有几分得意,只是仍不动声色地说:"我看也是。我今年五十多了,托祖上积德,父母不但健在,身子比我还硬朗。这是福气,我就盼二老能长命百岁。只一样,到那时我也老迈了,如何有力气给二老送终?一想发丧期间,那磕不尽的头,哭不尽的丧,真也发愁呢。"

"要不,我说西洋人比我们文明?"

"舍儿,只空口说人家文明,谁能相信?"

"谁叫太谷人不爱入洋教!"

"这次你们办教案,何不做个现成样儿给乡人看?"

"做什么现成样儿?"

"听说要给遇难的洋教士,再发一次丧。洋人照洋礼发丧,不正好叫乡人看看如何文明?"刘掌柜轻轻带出藏着的用意。

孔祥熙似乎仍无觉察,仍然兴头高涨地说:"这次不是再发丧,是要举行公葬。六位公理会先贤,为神圣教职蒙难福音堂,直接凶手虽为拳匪,而拳匪作恶系官府治理不力所致。所以举行全县公葬,也是理所当然!公葬非同家葬,那是需异常隆重才上规格。此亦为西洋文明也!"

刘掌柜没料到这后生会提出公葬一说,但还是照旧平静地说:"不拘公葬家葬,显出西洋文明就好。公葬更无须披麻戴孝吧?"

孔祥熙似乎明白了刘掌柜在说什么,便严肃说:"公理会诸位先贤死得太惨烈,所以公葬须重祭。请各界戴重孝送葬,即是重祭的意思。"

刘掌柜还是从容说:"重祭也该按西洋之礼吧?"

"正是按西洋之礼,才要求官府政要、各界名流、民众代表都来祭奠送葬。"

"舍儿,你不是说西洋丧事中并无披麻戴孝之礼吗?"

"这是太谷各界要求。"

"舍儿,你是太谷子孙,该知道太谷各界哪有比商界大的?志诚信也不是商界的小字号,我们竟不知谁人有此要求?"

"那是官府说的。刘掌柜不信,去问县衙。"

"舍儿,你信了洋教,也还是中华子孙吧?你也该知我中华葬礼中披麻戴孝是什么意思。"

"就是戴重孝呀。"

"孝为何义？"

"生者祭奠死者。"

"这我可得说你两句了！亏你还顶着孔姓呢，竟忘了何为孝？孝为人伦大礼，岂止及生死！丧葬中戴孝有五服之别；披麻戴孝是子孙重孝。让官府政要、各界名流、乡民代表都披重孝，那岂不是要太谷阖县给洋鬼当子孙！洋教士死得冤枉，给予厚葬，各界公祭，商家也无异议的。但叫各界去给洋鬼当子孙，这哪是重祭死者，分明是重辱各界！"

"文阿德大人可没这样的意思。"

"那就更是你的罪责了！文阿德他一个洋人，不很懂我邦礼仪，可你是中华子孙，为何不提醒他？难道甘愿陷文阿德于不仁不义，为太谷万夫所指吗？"

孔祥熙竟一时语塞。

"还有洋教欲霸占孟家花园一事，你为何也不做劝阻？先不说当不当霸占，即以墓地论，首要得讲风水吧？抢别人阳宅做阴穴，岂不是又陷死者于不仁不义？诸位冤魂在九泉之下也将永不得安宁！这是厚葬，还是恶葬？"

"洋人有洋人习俗……"

"墓地既在华土，岂可逃避风水！再者，一旦以我邦披麻戴孝之礼发丧，受风水报应就铁定了。"

孔祥熙支吾说："我人微言轻，查办教案大事，哪容我多嘴……"

刘掌柜正襟正色说："舍儿，我们不把你当外人，才怕你背了恶名，累及孔门。文阿德一个洋人，办完教案，远走高飞了。你亦能飞走？令尊呢，祖宗呢，也能飞走？孟家花园，洋人能霸占，亦不能携带了飞走吧？"

刘掌柜虽然始终以礼相待，孔祥熙也终于明白了这桌酒席的分量。

5

孔庆丰并没有出面宴请文阿德，他只是约了天成元的孙北溟，曹家砺金德账庄的吴大掌柜一道去拜见了知县老爷。

与其求洋人,不如去求官府。

今任知县徐永辅,倒是没有怠慢这三位商界巨头,但也只是一味诉苦。一提洋人教案,徐老爷就把话头转到他的前任胡德修身上:"胡老爷的前车之鉴在那里放着呢,本老爷哪敢不留心?"

太谷发生了福音堂教案,当时的知县胡德修自然被罢官查办。上头军机处的意思,起初就是杀无赦。因为像这种低等小官,杀了既不可惜,又能为严惩凶手得分。但实在说,胡德修在拳乱初时,还是出面保护过公理会。不是省上毓贤的威逼和插手,惨案也许还能避免。他被查办后,华北公理会曾出面为其求过情。可直到现在,也只是缓议,吊在生死未卜间。

"几位大掌柜想必也与胡老爷有些交情。胡老爷今日陷入生死难料之危境,实在也不是咎由自取。拳乱当时,哪一样能由得了他?抚台要灭洋,他敢不灭?朝廷向着义和拳,他更不敢弹压拳民。结果,闹出乱子,要他抵命。不怕各位见笑,今日查办教案,只怕依旧是一样也由不了本老爷。"

徐老爷先撂出这么一番大实话,明显是想堵三位大掌柜的嘴。这三位老到至极,当然都看出来了。

吴大掌柜就先说:"徐老爷的苦衷,我们能不知道?查办教案,这是朝廷圣命,太谷商界会尽力成全徐老爷的。"

孙北溟跟着说:"公理会索要赔款,虽有过分,我们商家也会分担大头。"

孔庆丰也说:"听说索要两万来两银子?也不是大数。"

县老爷立刻低声叫道:"你们还是财大气粗呀!快不敢这样张扬!本老爷在文阿德跟前,可是一直替你们哭穷。省上岑抚台也有谕令:严防洋教无理滥索,凡赔付,都须与之痛加磨减,万不能轻易允许。我为给你们哭穷,嘴皮也快磨破了。你们倒好,口气还这么大?"

孔庆丰当然看出了县老爷的表演色彩,只是不动声色地说:"我们再穷,也不敢在徐老爷跟前哭穷。经这次祸乱,太谷商界所受损失绝不比公理会少,生意上的大亏累不说,志诚信驻外伙友也有遇难者。"

吴大掌柜插进来说:"去年关外沦陷,曹家驻辽沈的伙友,仅被俄国老毛子杀害的,也不止六人!"

孙北溟也说："在动乱中，我们商界两头都没惹，倒是两头受抢劫，拳民过来抢劫了一水，洋人过来又抢劫了一水。到头来不但没有人赔我们，反倒叫我们赔别人！"

徐老爷急忙拦住，赔了笑脸说："本老爷跟文阿德交涉，你们这些话都说到了，有过之，无不及。自始至终都一口咬定：经此事变，太谷已无几家富户，赔款只得缓议。赔少了，贵会不答应；赔多了，我们付不出，只得缓议。"

吴大掌柜就问："是不是将赔款压得太狠，洋教才想夺去孟家花园做补偿？"

徐老爷忙说："孟家花园与赔款无关。孟家子弟有把柄在洋教手里……"

孔庆丰忍不住说："有什么把柄？杀过洋教士，还是杀过教徒？无非借机讹诈吧！"

徐老爷竟说："我看也是！只怕文阿德早已盯上了孟家花园。交涉中，别的都能杀价，唯有这孟家花园杀不动。各位大掌柜足智多谋，有何应对良策？"

孙北溟就说："无非多加些赔款，令其另置墓地。"

孔庆丰说："孟家花园做阳宅既久，忽然改做冤鬼阴穴，就不怕亡魂永世不得超度？"

吴大掌柜也说："就是！在我华土，坟地最需讲究。霸人阳宅做坟地，对洋鬼的子孙后代更不吉利！"

徐老爷说："各位说的这几手应对之策，本老爷也都试过了，不顶事！增加赔款，阴阳风水，都使过，不顶事。文阿德咬定，赔款与孟家花园无关。人家洋教也不信咱们的阴阳风水。"

孙北溟说："那就由着这洋大人欺负商家？"

徐老爷说："本老爷也着急得很！恳请各位谋一良策。"

吴大掌柜说："洋教分明是要羞辱太谷商家！太谷拳乱发端，在城北水秀村。要惩罚，该先在水秀征用田亩做洋鬼墓地。水秀之后，生乱的地界还多呢，哪能轮到孟家花园？"

孔庆丰说："将洋鬼埋在太谷最出名的花园中，那不是成心羞辱全县？首当其冲受辱的，便是徐大老爷！"

吴大掌柜说："听说发丧时候，徐大老爷也得披麻戴孝？大老爷是朝廷命官，岂能给洋鬼戴子孙重孝？"

徐老爷说："文阿德此项要求，本官还未答应。"

吴大掌柜说："决不能答应。官府答应了，恐怕也没几个人能从命。这是背叛祖宗，辱没家门啊！在下宁可不做领东大掌柜，也不能去给洋鬼披麻戴孝！"

孙北溟也说："我也这么大年纪了，去给洋鬼披麻戴孝，何以面对子孙？真躲不过，孙某告老还乡就是了。"

孔庆丰说："一二日之内，我即起身赴西安去了。为伺候朝廷回銮，我得坐镇西安庄口。"

徐老爷又慌忙说："各位这不是要本官的脑袋吗？披麻戴孝一事，本老爷真还没答应。我也是上有祖宗，下有子孙呀！还望多献良策，共同应对洋人。在太谷没有商界捧场，本官真也得挂冠而去了。"

孔庆丰说："洋教也是看准了商界，非要重辱我们不可！"

徐老爷忙说："我们共谋良策，共谋良策！"

三位大掌柜早看出来了，这位大老爷应对他们的只是满口软言虚语，什么都应承，什么也不做主。或许他真是一样也做不了主。所以，也没再多费心思，略做陈说后，就告退了。

从官衙出来，孔庆丰又邀吴、孙两位大掌柜来志诚信小坐。计议良久，仍无好办法应对。官府指靠不上，仅靠商界自家，实在也难以左右时局。庚子、辛丑两年，西帮商家一再陷入这种无可奈何的困境。洋枪、洋炮惹不起，受了数不尽的劫难后，眼下是连小小的公理会也惹不起了。

现在，这三位大掌柜，对去年义和拳民何以会一夜之间就席卷城乡、灭洋怒气何以会似燎原烈火烧起来，也能理解了。洋教名为替上帝行善，但其在华料理俗务，实在是太霸道，太贪婪，太爱做断子绝孙的事了！

惹不起，还躲不起？吴大掌柜就问孔庆丰："你说要躲到西安去，是吓唬县太爷呢，还是真有此打算？"

孔庆丰说："我说的是真话，不日就动身。"

吴大掌柜就说："那我步你后尘，到山东走走。"

孙北溟说:"你们一走了之,把东家撂下受辱?"

孔庆丰说:"东家想东家的办法。"

吴大掌柜说:"我叫了少东家一道走。"

孙北溟说:"我老了,只好就近躲到南山,避两天暑吧。"

6

商界的一切努力,果然是白辛苦了一场。六月十七,县衙发了布告,文阿德提出的那几款,款款都白纸黑字爬在上头了:赔款两万五,霸占孟家花园,全县重孝公葬。末了还有一款:省洋务局奉头品顶戴、兵部尚书衔、山西巡抚岑大人谕令,凡有抗阻查办教案者,严惩不贷。

此布告发布前后,孔庆丰、吴大掌柜以及另几家大字号的领东掌柜,也果然悄悄离开了太谷。

孙北溟没有走,只是在布告出来后,去了一趟康庄。

见到康笏南,他提了孔庆丰几位大掌柜外出避辱的事。康笏南便说:"大掌柜你也该出去躲躲吧?"

孙北溟说:"那老太爷跟我一搭出去寻个凉快地界,避几天暑?"

康笏南笑笑说:"想避暑,你去,我留下给洋鬼送葬。"

"你这是不叫我走?"

"没那意思,只是我这张老脸也不金贵了。"

孙北溟一听康笏南这样说,不敢再多劝:老太爷分明不主张躲避。于是说:"要躲,我也早走了。躲了和尚,躲不了庙,天成元反正得出人。"

从老太爷那里出来,三爷留他吃饭。席间,三爷听说曹家账庄的吴大掌柜竟也躲走了,就问:"曹培德呢?他走没走?"

孙北溟说:"吴大掌柜原先倒说过,要跟少东家一搭走。可近来听说,曹培德还常进城来走动。"

三爷就说:"那孙大掌柜你也出去躲躲吧,字号声誉不能玷污。"

孙北溟笑了,低声说:"老太爷不许我走。"

三爷便说:"到时托病回家住两天,也成。字号不用再出人,我去顶杠。"

孙北溟说:"三爷正当年呢,不能去受这种羞辱。我老迈了,老脸也厚了,三爷不用多操心。"

三爷说:"大掌柜脸面,就是天成元脸面!到时还是托病躲一躲吧。"

孙北溟说:"三爷能这样说,老夫更感惭愧了。字号的事,三爷就不用多操心了,我们想办法吧。"

三爷说:"那就托付给孙大掌柜了。"

自去年冬天他与孙大掌柜发生不快以来,这算是两人最融洽的一次小聚了。虽大辱临头,两人还是小酌得颇为尽兴。

送走孙大掌柜,三爷就想一件事:曹培德不走,却将吴大掌柜放走,用意为何?是不是真如自己所想:此次大辱既无法逃避,那就先保全字号,东家出面顶屎盆子?

三爷留心到城里做了打听:果不其然,大字号的领东掌柜,凡没走的都在悄然做躲避的准备。他就赶紧先去了天盛川茶庄,吩咐林大掌柜出去躲一躲。林大掌柜说,他也正好要往湖北茶场去,那就早动身了。

三爷再到天成元劝孙大掌柜时,孙北溟只是笑笑说:"三爷放心,到时我自有办法,反正躲过披麻戴孝就是了。"

三爷就问:"大掌柜有什么好办法?"

孙北溟说:"三爷就不用操心了。"

三爷也不好再问,不过心里倒是放心了一些。

跟着就传来消息:公理会已经雇了民夫,开始在孟家花园挖墓筑坟,而且要挖三十多座!

福音堂教案中,遇难的洋教士不过六人,连上八名一道遇难的本太谷教徒,也只十四人。多余的那些墓坑,要埋葬谁?

后来打听清了:在汾阳教案中遇难的公理会教士教徒十七人,也要葬到太谷的孟家花园,而且还是和太谷的洋鬼一道发丧、下葬!太谷也没欠了汾阳洋教什么,为何竟把死人都埋过来?唯一的理由,就是文阿德在汾阳也传过教。

听到这消息,太谷各界对文阿德更是恨得牙根都痒了!

这不是明摆着吗,太谷各界还得给汾阳的洋鬼们披麻戴孝!

三爷本来决定了,为了保全自家字号的名声,到时就出面披麻戴孝一回。这已经忍让了一万步，竟然还不行？还要给汾阳的洋鬼当一回哭丧的子孙？这不是逼人去做义和拳吗？

一股怒气冲上来，三爷要飞马去见车二师傅。四爷闻讯，跑来拦住了他。四爷说："三哥，不敢意气用事。到时，还是我去吧。你也该到外地巡视生意，眼不见为净。"

三爷说："如此重辱，怎么可能眼不见为净！四弟你去给洋鬼戴孝，就不是辱没康门了？"

四爷说："朝廷都受了重辱，我们岂能逃脱？祖训不与官家争锋，此时也不能忘的。"

三爷说："唉，既如此，那还是由我去顶杠吧。"

四爷说："不必争，还是我去。三哥宜赶紧外出。"

三爷说："我出面，既是财东，又可代替字号，一身二任。"

四爷说："一人出面，哪能交代得了官府？我以东家出面，字号不拘谁再出个人，也就对付过去了。"

三爷说："字号去顶了这个屎盆子，在外埠码头还能立身吗？字号不能出人！"

四爷说："我有个主意，不知可行不行？"

"什么主意？"

"大膳房有个老厨子，不是长得很像孙大掌柜吗？到时候，就叫他披了孝袍去顶替孙大掌柜，不就得了？"

三爷真没有想到，老四竟也会谋出这样的办法！洋教欺负人如此决绝，真叫好人也学坏，把哑巴都逼得说话了！

"四弟，露不了馅儿吧？"

"孝袍一披，孝帽一戴，谁能看清谁？"

"叫下人顶替，也是担着天成元的名誉。"

"我们不会将偷梁换柱的故事，偷偷散布到外埠码头吗？"

"四弟，你这办法成！"

不料没几天，天成元就传来消息，说孙大掌柜外出中途，忽然从轿里滑落下来，现已卧床不起。

三爷听说后，赶紧跑到城里。见了孙大掌柜，他却朝自己笑呢。三爷这才明白了，大掌柜是在演苦肉计。忙说："大掌柜这么大年纪了，为字号名誉，还得受如此苦痛！没有伤着筋骨吧？"

孙大掌柜哈哈一笑，坐了起来，说："四爷，我要真从轿里滑下来，岂不弄假成真了？我们只是瞅了一个周围没人的机会，虚张声势闹腾起来，然后一路叫嚷得令市间知道就是了。我连轿也没有下，哪能伤着身子？"

三爷听后也笑了，说："还是大掌柜足智多谋！见大掌柜不肯外出躲避，四爷都着急了，已经为你谋了一个冒名顶替的办法。哪想大掌柜倒先演了苦肉计！"

孙大掌柜忙问："怎么冒名顶替？"

三爷就说了老四想出来的办法。

孙大掌柜听了就说："四爷这法子甚好！早说出来，也省得我这样折腾了。"

三爷说："还是大掌柜这办法省事。"

孙大掌柜说："城里知道我孙某是出不了门了。可到时字号还得出人吧？"

三爷说："那再找个像二掌柜的下人去顶替？"

孙大掌柜："四爷之法倒叫人开了窍。也不必东家府上派人，更无须像谁不像谁，到时不拘谁吧，字号派个伙友去应差就是了。"

三爷问："不拘谁都行？"

孙大掌柜说："可不是呢！"

三爷还是问："为何？"

孙大掌柜说："四爷不是说了吗？到时孝袍一披，孝帽一戴，脸前再遮一块哭丧布，谁能看出是谁来！"

三爷说："此法虽为四爷谋出，还是大掌柜才看出妙处！"

孙大掌柜忙说："三爷巴结老夫做甚？"

三爷的确是用了心思，让孙北溟高兴。于是两人商定，到公葬那天，就由四爷带一位字号伙友去孟家花园应差。

辛丑年六月二十五，也即西洋公历 1901 年 8 月 9 日，在西帮重镇太谷县，破天荒举行了一次西洋式的公葬公祭。但上至知县，下到普通乡民，最多的是商界名流却被强迫披戴了中国家葬中最重的孝服，参祭送葬！

商家名流中，像康家那样捣了鬼的虽然不少，但受辱的羞耻岂可洗刷得了！

后来传说，太谷首户的当家人曹培德，这天也是挑了一位体貌相仿的家仆，披挂了重孝，赴孟家花园冒名顶替的。但曹家披麻戴孝给洋鬼送葬的耻辱，也依然流传了下来。

孟家花园也从此成为美国公理会的一块飞地。孔祥熙因协助文阿德有功，太谷教案了结不久，即随文阿德去美国欧伯林大学留学去了。六年后，孔祥熙学成归来，就是在这处孟家花园开始创办西洋式的铭贤学校。所谓铭贤者，并不是铭记孔孟圣贤，而是铭记埋葬在此处的美国公理会洋教士。

民国年间孔祥熙发达后，忽然又要脱洋入儒，曾亲往曲阜续写"孔子世家谱"。但他并未念及孔孟圣学的一脉相承，想过要退还孟子之后的这处孟家花园。可见，孔孟之于孔祥熙，也常常只是一件饰物罢了。当然，这是闲话。

第二十六章　返京补天

1

太谷的知县徐大老爷，前脚送走公理会的文阿德，后脚就收到省上抚台岑大人的一份紧急公文：

　　接户部来文称：和局已定，列强撤兵，圣驾回銮在即，而京师市面萧条异常。市面流通，全视票号、炉房以资周转。珠宝市炉房二十六家，去年五月被火，现将修盖完竣。在京西帮号商自去夏悉数辍业回籍，至今未有返京者。山西抚臣应速饬该号商尽快到京复业，以便利官民云云。今特饬祁太平等各知县，速咨会众号商，令其及早到京复业，重兴市面，迎圣驾回銮……

徐老爷看完急帖，头就大了：为了结教案，刚刚得罪了满城富商，这还没喘口气呢，就转过脸来饬令商界？谁买你的账？

动员票商返京复业，不同于派差派款，人家觉得现在返京无利可图，可以寻找无穷借口推诿的，何况又刚受了这样一场重辱！

但上锋谕令不能违，这又关乎朝廷回銮，弄不好也是掉脑袋的事。

徐大老爷虽然怵头，却也不敢怠慢，只好把脸面放到一边，去会商界大头。在文阿德那个老毛子跟前，也已经把脸面丢尽了。朝廷没脸面，叫他这个小小县令到哪儿找脸面！

想起前不久那三位大掌柜曾来见他，就赶紧给这三位写了礼帖，邀请到衙门闲叙。帖子上就先带了一句："前理教案，知有委屈商界处，容当面致歉。"

哪想，衙役送帖回来报道：志诚信的孔大掌柜，已去西安坐镇生意；

砺金德的吴大掌柜,则往山东巡视字号;唯有天成元的孙大掌柜在,却卧病炕榻多日了。

徐老爷一听头就更大了:看来真是把商界得罪到底了。躲的躲,病的病,商界唱的这出戏,分明是朝县衙来的。难道这几位大掌柜早已掐算到了:官府迟早得来请他们返京?

不管怎样吧,徐老爷知道自己已经没有退路。往前走,头一步唯有向商界服软。他换了身便服,又叫衙役给雇了乘民用小轿,就悄然往天成元票庄去了。

这时候,孙北溟早离了炕榻,正在账房议事。忽然有个伙友慌慌张张跑进来,说:"县太爷徐大人,微服来访!"

孙北溟吃了一惊:县太爷官虽不大,却是从不进商号的,怕有失朝廷体统;徐老爷微服而来是为了什么?他只顾吃惊,就忘了装病。

底下伙友慌忙说:"大掌柜,还不赶紧上炕躺着!"

"上炕躺着?"

"外面谁不知道,大掌柜正卧病在床!"

孙北溟这才定过神来,匆匆脱鞋上炕躺下来。

这厢刚假装妥帖,那边徐老爷已经挑帘进来了。孙北溟故作惊慌状,欲起身下炕跪迎。徐老爷忙说:

"躺着吧,躺着无妨!本老爷听说孙掌柜有恙,过来问候一声。"

孙北溟就朝底下的伙友喝道:"还不快给徐大老爷看座!"其实,一位伙友早搬动座椅恭候了。

徐大老爷坐了下来,说:"孙掌柜,无大碍吧?"

孙北溟说:"毕竟年纪大了。近日下痔又犯,坐立都难。前几日坐轿外出,因疼痛难忍,挣扎中竟失身从轿上跌下来,几乎将这把老骨头摔散了。"

徐老爷惊问:"竟有如此意外?"

孙北溟说:"那日,满大街人都看见老夫出丑了。"

"孙掌柜吉人天命,已无大碍了吧?"

"毕竟年纪大了。为了号事,竟如此伤筋动骨,实在想告老回乡了。"

徐老爷这才乘机点题,说:"我看孙掌柜面色甚好,有望不日大愈。

眼下，贵字号面临佳期，也离不开孙掌柜的。"

孙北溟平淡地说："敝号劫数未尽，倒霉受辱接连不断，哪来什么佳期？"

"孙掌柜，本老爷才接到抚台岑大人的公文：说洋军即将撤出京师，去年过了火的珠宝市炉房，也快修盖完毕。京师商界正翘首等待贵号这等大票庄，返京复业，以便银钱流通。户部已有急帖发到抚台岑大人处，催西帮票商尽早返京，重振市面，迎圣驾回銮……"

孙北溟这才明白了徐老爷的来意。难怪呢，县太爷肯如此屈尊，原来是领了这样的新命。想起前几日商界苦求县衙的无奈情景，孙北溟在心里冷笑了：徐大老爷，前几天怎么就没留后眼，你以为再求不着商界了？给你说在太谷得罪商界，没好果子吃，哼，你只是不信！这才几天，就活眼现报。但他面儿上却不着痕迹，故作兴奋状，问：

"徐老爷，真有这样的公文？"

"本老爷哪敢假传上锋谕令！"

"那真是佳音！自去年京师陷落后，我西商无时不在盼望这一天。尤其我们票庄，丢了京号，等于失了耳目。"

徐老爷没有想到，孙掌柜对返京竟如此殷切，心里踏实了许多，便说："京师官民都巴望西商归去呢，他们离不开咱们！"

孙北溟不动声色，轻轻将话锋一转，说："只是，这次我们在京津受了浩劫，店毁银没，片纸不存。北方各地庄口受亏累也甚巨。加上去年孝敬过境的朝廷，今年又屡屡被官府课派赔款，我西帮财力之损伤，实在是创业数百年以来所未有！别家不知如何，我天成元是一蹶不振了。昔日天成元还勉强忝列西帮大号间，今日只怕连中常都不及。是否仍设京号，还得与东家仔细计议。"

徐老爷这才听出些刀锋来，忙说："孙掌柜，西帮所受损失，户部及抚台岑大人哪能不知？然西帮财力更为天下共知！这次劫难虽大，西帮渡此难关当不在话下。"

"别家也许如此。尤其人家祁帮、平帮，在京津外埠受了亏累，在自家老窝可没受教案拖累。我们比人家额外赔了银子、献了花园不说，还披麻戴孝受重辱！即便回到京师，谁还看得起我们？"

"孙掌柜,办理教案中本老爷的无奈,你们也是知道的。洋教蛮横,上锋又不大撑腰,本官两头受气,其中辛酸难向外人道出!所幸太谷商界忍辱负重,成全大局,才算了结教案,过此难关……"

"徐老爷,要再过眼前这道难关,你得去求别家。我天成元实在是沦为小号了,不足以返京补天的。"

"孙掌柜,本老爷也是奉上头意旨,劝说你们返京开业。你们的难处,本官也会如实向上禀报的。"

"我票商返京,最大难处当然是财力不足。还有一大难处,是京号账簿被毁了。一旦京号开业,人家该你的账,不用指望讨要回来;可我们该人家的,必定蜂拥来讨要。事态如此,我们哪能开得了门?所以,商界曾有议论,希望户部能先发一谕令:在我票商返京复业后,宽限时日,容业界稍为振作后,再结算旧账。"

"此议很合情理,本官一定如实上报!"

"此议详情,还望徐老爷能听志诚信等大号陈说。我们天成元日后设不设京号,实在没有议定。"

找志诚信?志诚信的大掌柜还不知在哪儿呢!徐老爷知道孙大掌柜话里藏刀,但也不敢太发作,只好装糊涂,极力软语劝慰。

这厢装病的孙北溟,是一点面子也没给徐大老爷。

送走徐老爷,孙北溟没敢再躺着,赶紧叫了乘小轿,悄然往康庄去了。

徐老爷送来的消息,实在非同寻常!从去年京津陷落以来,的确是无日不在盼望这一天。和局议定后,业界议论返京更甚。不过都以为要到朝廷回銮的行期择定后才会允许西商返京复业吧。哪想到户部会这么着急?

孙北溟到康家后,自然是先见了老太爷。

康笏南一见孙北溟,就故作吃惊状,问:"大掌柜不是摔得不轻吗?不躺着养息,跑来做甚?"

孙北溟一笑,说:"年轻时,我也练过形意拳,还经得起摔打。"

康笏南就说:"经摔打,也不值得那么摔!无非是给洋鬼送一趟葬吧,还用那么费心思躲藏?"

孙北溟说:"各家都躲,我们何必出那种风头,不躲?"

"别家想不开,你也想不开?"

"怎么想不开？"

"自去年弃京出逃以来，朝廷已经把天下的脸面丢尽了！所以，我们本来已经没了脸面，你们还要白费心思。又是躲藏，又是装病，又是找替身，这能护住多少脸面？"

"能护多少算多少吧！"

"白费心思。"

"那就甘心受辱？"

"受辱也是替朝廷受，丢人也是丢朝廷的人！"

"要这样说，我们是有些想不开。不过，也快熬出头了。"

"快熬出头？官府令我们返京复业了？"

"老东台真是成了精了，怎么猜得这样准？"

"这不明摆着吗？和局定了，赔款也涨上去了，教案也了结了，接下来就该朝廷回銮了。京城一片萧条，哪成？"

"老东台的眼睛太毒辣，什么都叫你先看透。我来请老东台定夺的，正是返京复业的事。户部已发了急帖下来……"

"这是生意上的事，大掌柜你拿主意就得了。"

"此事重大……"

"那你跟老三商量去，我不管外间商事了，家政也不管了。我能替他们管到什么时候？不管了，都不管了。"

怎么能不管！这次京津两号的大窟窿，得东家掏大额银子填补，你老太爷不管，谁能管得了？但任孙北溟怎么说，康笏南也不搭茬儿。孙北溟也只好作罢，正想退出来去见三爷，老太爷却拉着他说古道今，尽扯闲话。焦急间，孙北溟才忽然有悟：当此重大关口，康老太爷是要看看三爷的本事吧？

2

孙北溟终于从老院出来时，三爷刚刚从外面赶回来，满头大汗。

孙北溟就说："三爷回来得正好，晚一步，我还得再跑一趟。"

三爷说："我就是听说大掌柜到了，才泼了命往回赶！"

三爷怎么知道他来康庄？孙北溟就问："三爷到柜上去了？我来时怎没碰上三爷的车马？"

"我没进城，只是往龙泉寺走了一趟，想消消暑吧。"

看来，是老太爷暗中派人把三爷叫回来的。他猜得不差：这回，老太爷是要看看三爷的本事。

孙北溟忙说：

"三爷先洗浴更衣，喘口气再说。你既回来，我也不着急了。"

三爷哪能从容得了，匆匆洗了把脸，就跑了出来。

孙北溟先将县太爷微服到访的经过交代了一遍，才对三爷说："这不是件小事，所以得同东家仔细计议。尤其京津两号遭劫后留下的窟窿太大。"

三爷就说："这样大的主意，当然还得老太爷拿。大掌柜见过我们老太爷了吧？"

孙北溟说："见是见过了，可老太爷说，他早已不管生意上的事，让三爷你拿主意。"

三爷忙说："大掌柜你还不知道呀，我哪能拿得了这样大的主意？还请大掌柜进去劝劝老太爷。"

孙北溟说："我没把嘴皮磨破！可你们老太爷高低不理睬，只是说：我都这么大年纪了，能替他们管到什么时候？不管了，不管了。三爷，要劝，你进去劝吧，老身无能为力了。"

三爷说："大掌柜都说不动，我更不顶用。那大掌柜先拿个主意，我再呈报老太爷。"

孙北溟听这样说，就觉三爷老练些了，便说："三爷，不是我推托。字号该拿的主意，我拿；东家该拿的主意，我可不能多嘴。"

三爷说："东家该拿的大主意，无非是填补窟窿吧？这倒好办。老太爷早放过话：京号、津号及各地受害庄口，生意赔损系时局连累，与字号经营无关，所以不拘窟窿多大，如数由东家填补。大掌柜也知道，西帮为商之道中，无人能企及者，就在一个'赔得起'。"

孙北溟没料到三爷会说得这样痛快，便说："东家既拿了这样的大主意，京津庄口复业，也就没有大难处了。"

三爷却说："近来同仁间议论的是要求户部能宽限时日，暂封旧账，待京津字号有所复原后,再清还旧债。否则,复业之初,我们势必被债主围困,连门也开不了!遭遇了如此浩劫,京中官民谁不急着用银钱?"

孙北溟说:"此议好办。写一个呈帖,递往抚台衙门就得了。"

三爷说:"谁来写这件呈帖?谁来收拢西帮大号一哇声附议这件呈帖?总得有人挑头张罗吧!"

孙北溟说:"太谷那得志诚信出面,人家是老大。"

三爷说:"祁县、平遥那头呢?"

孙北溟说:"他们也不会闲着。跟他们联络,我看得三爷出面。"

三爷忙说:"我哪成!"

孙北溟说:"志诚信的财东,哪有堪当此任的?太谷首户曹家,它又不开票庄。你不出面,还能叫谁出面?"

三爷说:"孙大掌柜,你得出面!"

孙北溟说:"我闲不着。太谷商界的事,由志诚信的孔大掌柜张罗,我也得帮衬。返京在即,自家字号里更有一大摊事呢。"

孙北溟极力鼓动三爷出头露面,也是想叫他露出些本事来,令康老太爷称心。一辈子了,孙北溟还能摸不透康笏南的心思?

三爷见孙大掌柜这样抬举他,也就答应下来,说:"那我就多跑几趟腿。"

孙北溟说:"还有件事,也得三爷拿主意。"

三爷问:"什么事?"

孙北溟说:"京号复业,当然还得戴膺老帮领庄。除了他,别人真还担当不起。可津号复业,派谁去做领庄老帮,就叫人颇费踌躇了。"

三爷立刻说:"字号驻外老帮的人位安排,那是大掌柜你的事权,我绝不敢多嘴!"

孙北溟说:"三爷别说这见外的话。生意毕竟是你们康家的,遇了难处,你能袖手不管?"

三爷说:"我不是见外。遇眼下这种历劫复兴的大关节处,更得仰赖大掌柜呢。我年轻浅薄,跑腿还成,别的真不敢多嘴!"

这几句话,叫孙北溟听得很舒坦。他倒也不是有意试探三爷,看懂不懂规矩,津号老帮的人位,实在也叫他犯难。尤其前年五娘受害后,津号本来就叫他发怵。便说：

"三爷既不见外，就先听我说说津号的难处。去年津号受洗劫最烈，不必多说了。前年因老身用人不当，令五爷五娘受害，也不多说了。但自刘老帮出事后，津号领庄老帮一直未安排妥当。原拟将东口的王作梅调往天津，王掌柜还没来得及挪位，拳乱就起来了。东口也是大码头，去年受祸害也不轻。东口的字号复业，只怕除了王作梅，无人能担当。津号复业，难处不比京号小，非戴膺、陈亦卿这等高手扛不起来。可京号、汉号哪能离得了他们？"

三爷心里已经跳出一个人来：西安的邱泰基。但他不能说出，只好说："物色津号老帮这等大事，还得大掌柜拿主意！前年天津出的意外，不用老放在心上。"

孙北溟面露难色，说："现在津号这步棋，真别住马腿了！"

三爷低声说："要真有难处，还得去求老太爷。"

三爷也老练了。

第二天，三爷备了一份礼，先往祁县拜访了乔家的当家老太爷乔致庸。乔家因慷慨出资接济逃难的朝廷，名声正隆。西帮真有什么上呈的帖子，由乔家出面递送，应是最恰当的。

见着康三爷，乔老太爷就问："你家老爷子怎么不来？"

三爷忙说："家父这一向精神不大好……"

"怎么，还没从白事中脱出来？"

"老夫人不幸早逝，毕竟令家父痛楚不已。人老了，更怕孤单。"

"真嫌孤单，他早出来走动了。叫我看，你家老爷子窝在家，不知又谋什么高招呢！"

"家父真是精神不大好。"

"你回去告他，我才不管他精神好不好，反正得来趟乔家堡！不能老叫我往你们康庄跑！"

"一定转达乔老太爷的盛意！"

"你告他，我可不是要探听他谋出的高招，只想跟他说说闲话。我们这种老不死的，别人都讨厌。两个都是老不死，谁也不嫌谁，说话才对心思。"

见乔老太爷一味闲聊，三爷忍不住说："眼看外头大军压境了，乔老太爷还在此谈笑风生。不用说，你们的大德通、大德恒早有破敌良策了。"

乔致庸笑问："何来大军？洋军，还是官军？"

"向我们讨债的大军呀！"

"你是说京号复业吧？"

"可不是呢！乔老太爷善远谋近虑出奇兵，一定已有应对之策。"

"哈哈，康三爷，你巴结我这老朽做甚！你家老爷子谋出什么高招了？能露几句不能？"

"我们有高招，还用这么大老远抬了礼盒，来求你老人家？"

"那你趁早把礼盒抬走！"

"老太爷是嫌我辈分低，不肯多搭理？"

"可不是呢，快去叫你家老爷子来！他来了，我能叫他的小名儿。康三爷，你的小名儿，我可不敢叫。"

"我的官名，只怕你还记不住呢，小名儿你更不记得。"

三爷看出来了，今日乔老太爷的兴致好，只想说笑，也就不再强往正题上扭，干脆一味陪了闲说逗乐。

说笑了一阵，乔致庸才终于问起：太谷县衙宣谕户部公文没有，太谷同业有何打算，你们康家又有何打算。三爷就说出了太谷同仁想上呈户部，请求在西帮返京开业时，官府能出面护市。

乔致庸听后，又哈哈一笑，说："也算英雄所见略同。祁县同业，也是一片这种议论。前日，县衙宣谕了户部及抚台岑大人发下的急帖，祁帮同业竟跑来围逼我这个老汉！说我们乔家去年接济过境朝廷，拔了头彩，现今西帮到了一大关节处，乔家理该出面与官府交涉。我说，你们吃大户，也吃不到乔家，祁县的首户是城里的渠家！"

三爷说："谁叫你们乔家拔了头彩！应该。户部借了你们三十万两银子，还能不给你乔老太爷面子？"

乔致庸说："真是墙倒众人推，连康三爷你也想欺负本老汉！"

三爷说："这是抬举你们乔家！"

乔致庸说："不拘是抬举还是欺负，反正推脱不过，只好领命吧。再说，究竟也是为西帮请命。西帮票业领袖在人家平帮，日升昌或蔚字号，他们要肯出面请命，本老汉不就推脱了？昨日，就赶紧往平遥跑了一趟。"

三爷说："看乔老太爷今日神采，日升昌、蔚字号也推举你们乔家出面代西帮请命了？"

乔致庸说："哈哈，康三爷，做西帮领袖就那么值得高兴？"

三爷忙说："那是日升昌、蔚字号愿意出面张罗了？"

乔致庸说："你猜的这两样都不是。"

"那结果是什么？"

"谁也不必出面。"

"谁也不出面？"

"无须求官府护市，还用推举谁出面？"

"无须求官府护市？"

"对，无须出面求官府。"

"本来一哇声要求官府护市，怎么忽然又不求官府了？"

乔致庸感叹了一声，说："到底人家是西帮领袖！在此大关节处，日升昌、蔚字号到底比我们厉害！"

原来，昨日乔致庸到平遥后，先拜见了日升昌的大掌柜郭斗南。刚提请求官府出面护市，郭大掌柜就反问：

"你们乔家出借了御债，也不至于掏空老底吧？大德通、大德恒在京津的窟窿又能有多大？就值得求官府出面护市躲债？"

乔致庸忙说："这倒也不是我们乔家自个儿的事，祁县同业都有此意。"

郭斗南接住反问："你们祁帮竟无力补窟窿？谁信！就说渠家，可不比我们财东李家差。尤其你们乔家，去年挑头露富，今年怎么又要装穷？"

乔致庸倒也没大在意郭斗南说话难听：日升昌一向便是这种做派。他笑了笑说："祁帮是不能跟你们平帮比，但填补京津窟窿，还是力所能及的，无非砸锅卖铁吧。我们所虑，是京津字号复业之初，天天被债主围困，如何能做得了生意？再说，西帮这次大劫，全系时局拖累，不向官府吭一声，叫几声疼，日后课派赔款，西帮还得受拖累。总得叫官府明白，我们西帮不是朝廷的摇钱树！"

郭斗南说："你们想的是不差。我们平帮中也早有此议。但经历这次大劫难后，对朝廷、户部、下头的官府，我们还敢有什么指望？一切祸根还不是朝廷无能？向它叫几声疼，又能如何？它给列强写下那样一笔滔天赔款，不向民间课派，又能向谁课派？求官府既不顶事，何必去求？叫我说，户部即便能出面护市，我们也不能求！"

"为何不能求？"

"此次塌天之祸，既是一场惊动天下的大劫难，劫后复兴也必为天下所瞩目。我西帮一不靠官护，二不靠借贷，却能从容填补了这塌天的窟窿，守信于当今乱世。西帮'赔得起'的名声，还不传遍天下！由此西帮声誉必将空前隆盛。声誉大隆，复兴还有何难？"

"郭掌柜说的倒也是西帮本色。只是京津萧条两年了，官民都是囊空如洗，我们一旦复业，还不被持票的债主围困死？"

"想围就围着吧。这样一围困，西帮在京师就更受人瞩目了。"

"受围困，也能出彩？"

"可不是呢！我们又不是不认票，不还债，只是银子运不过来吧。整个京师围着看西帮终日源源不断往字号运银子，那还不是出彩是什么？"

郭斗南这几句话，才真正打动了乔致庸：日升昌到底眼睛毒辣，竟能在危急处看出彩来！不过，乔老太爷也未形之于色，只说："你们日升昌财大气粗，有银子源源运京。我们就是砸锅卖铁吧，能支撑几天？"

哪料，郭斗南竟击掌叫道："乔老东台，你这'砸锅卖铁'四字好！我再加四字：倾家荡产。"

"砸锅卖铁，倾家荡产？"

"到时候，一面悠着些劲往京津调运银子，一面就张扬说：我们西帮可是砸锅卖铁、倾家荡产补窟窿。世人听了，尤其京师官民听了，谁能不信赖我西帮？"

乔致庸开了窍，不再提及求官府的事，转而议论起复兴的举措。后来，他又去拜见了蔚泰厚的大掌柜毛鸿瀚。毛大掌柜所说，与郭斗南几无差别，只是口气更傲慢些。

乔致庸回来，跟祁帮的大户一说，大家也有种豁然开朗之感。

听了乔老太爷的平遥之行，三爷也豁然开朗了。他也不再多逗留，匆忙返回太谷来。

3

六月二十八，戴膺在上海收到老号发来的电报，命他赴京张罗复业事。

戴老帮倒也不很意外，他估摸着，也到了该返京的时候。去年六月二十九，他带领京号伙友撤出京城，及今整整一年。

五月间，朝廷曾降诏天下，择定七月十九日由西安移銮回京。沪上一片议论，说朝廷此诏不过是做给洋人看的，两宫未必急于回銮。但戴膺断定，朝廷回京是为期不远了。

戴膺来上海这七八个月，天成元沪号业绩虽也大进，但漂亮的生意实在也没做成几笔。西帮票号生意的优长处，在南北大码头间的金融调度。北方生乱，只剩了南方一头，再有本事，也寻不着用武之地。所以，戴膺在协助沪号孟老帮张罗生意之余，心思大多用在了考察西洋银行上。

经这次劫难，他早已预见到，日后东西洋银行在华势力必将大盛。西帮不做改制银行的打算，即便渡过此次难关，以后也再没有多少好戏可唱了。经亲身考察，戴膺才明白，往日说不动老号及财东改制，实在是因为连自己也不大明了洋式银行为何物。票号与银行，原来是互有异同的，并不是形同水火。说异，也说同，也许更容易打动老号及东家吧。

戴膺离沪返京时，心里想的还尽是改制银行的事，对京号复业的难处，实在也未做细想。他毕竟在京号领庄多年了，临危出智，力挽狂澜，也不知多少次了。老号电报上已言明：在晋京号伙友即将上路，叫他直接赴京就是了。他在沪号本也没有多少牵挂，说走便能走。

唯一要斟酌的，是此番北上返京走陆路，还是走海路。陆路其实也是走水路，租条客船，轻桨细波，假运河北上，也受不了多大罪，只是太慢。走海路，离开上海即可直达天津，海轮也走得快些。但海上行船，风浪难测，要受许多颠簸之苦。他也不年轻了。

思之再三，戴膺还是选择了海路：毕竟是非常关头，早一天到京总是好的。他也幸好选择了海路！因为一上船，竟遇见了蔚丰厚的京号老帮李宏龄。

戴膺与李宏龄同是多年驻京的老帮，一向意气相投。自去年来沪后，听说李宏龄到了西安，哪能料到竟会在这海轮上突然重逢！两人的惊喜，可想而知。于是赶紧去找船家，两人合住了一间客舱。

安顿下来，戴膺才问李宏龄："子寿兄，这一向你也在沪上吗？"

李宏龄说："我是刚从浙江处州赶到上海，只歇了两日，就上这海轮了。老号催呢，叫尽早返京。静之兄一直在沪上？"

"去年冬天，我就来上海了。想起来了，你将一位公子送到浙江处州赵翰林的家馆课读。此去处州，是专门看望公子？"

"这等小事，静之兄还记得？"

"这能算小事？就是西帮中的大户，又有几家送公子来文运隆盛的江浙课读？"

"你是没见我这个小子，太文弱了，不是做生意的材料，只好叫他读书吧。"

"既来看望公子，为何选了这样一个紧急时候？"

"去年拳乱平息后，我就到了西安，帮衬着张罗那边生意。今年一开春，老号又叫我来江南巡视码头。早想就便去趟处州，一直未能成行。日前听说和局定了，洋军即将撤出京津直隶，就知道我西帮票商快返京了。这才赶紧去了趟处州。到处州还没几天，老号发到杭州的急电果然就撵过来。"

"我们老号也催得急！看来户部一定发了公文，命西帮回京开业。"

"可朝廷回銮的吉日，还没择定吧？朝廷不回銮，京饷就聚不到京师。只靠我西帮携资返京，就能救活京市？"

"子寿兄，你我伺候户部多年，它哪有几个会理财的！谕令西帮返京，无非想遮去京市的萧条，以迎圣驾吧。"

"但我们西帮带回的商资，哪能遮去京师萧条？现在的京师，可是一贫如洗了。"

"要不我说户部无人会理财！"

"官家还用得着理财？既能仗势敛财，恃权搜刮，无本万利，那还理什么财！朝廷缺钱花，就跟各省要；官吏缺钱花，就跟子民百姓要，都是唾手可得。"

戴膺就放低声音说："子寿兄，你正点到朝廷的要命穴位了。"

李宏龄忙问:"朝廷的要命穴位?"

"可不是呢!这次由拳乱洋祸引发的塌天大祸,朝廷吃亏吃在何处?就吃在这个穴位上:只知敛钱花钱,不知聚财理财。"

"这是不差。但朝廷吃亏,还是没有坚船利炮,打不过人家。"

"不会聚财理财,哪来坚船利炮?这一向我在沪上考察西洋银行,结识了几位洋人。相熟了,彼此说话也就少了遮拦。说起这次战祸,他们也觉出乎意料。"

"出乎意料?是得了便宜卖乖吧?"

"我一个生意人,他们值得朝我卖乖?他们大感意外的,是清廷竟如此不经打,还没怎么呢,就一败涂地了。津京陷落之速,尤其出人意料!一国之都,竟形同一座空城!"

"这倒也是。朝廷养了那么多官军,也没见调重兵去守城护驾,稀里糊涂就把京师丢了。"

"洋人说他们也没调来重兵,总共也就一两万人马,更未正经结为联军。等攻下京城,八国还是八股军,各行其是。直到快入冬了,德帅瓦德西才来华就任联军司令。"

"洋人兵马虽少,但人家是洋枪洋炮。"

"子寿兄,我先也是这样想。可银行那几位洋人却说:坚船利炮,洋枪洋炮,固然厉害,可军费花销也巨大!"

"他们这是讥笑大清国贫吧?"

"自家贫弱,不叫人家讥笑也难。但这几位是银行中人,看世论事必先从银钱财政着眼。以彼之见,列强动用坚船利炮,远渡重洋来攻中华,全凭各国政府有雄厚财政,说用军费,就能拨出军费。"

"国富,自然花钱容易。"

"但以这几位洋人的眼光看,大清即便大富,朝廷手中也不会宽裕。"

"怎么会如此?"

"我先也不信,但经人家一指点,我才恍然大悟。真是旁观者清!"

"洋人怎么指点的?"

"子寿兄,康熙以明君传世,留下一条'永不加赋'的铁诏,你不会生疏吧?"

"'永不加赋'，当然知道……"

"这道铁诏是康熙五十一年所立，及今近二百年了，沧海桑田，什么都变了，只田赋钱粮不变，朝廷手里哪能宽裕得了。"

"洋人眼睛是毒辣！可朝廷不加赋，也未能藏富于民，子民百姓依然恓惶。"

"这也正是洋人视大清财政无能的地方。朝廷死守了'永不加赋'的铁诏，可又管不住各省、各州县明里暗里加赋加税，更管不住大小官吏中饱私囊。天下财富再多，也只是聚到各级官吏的私房中，国贫依旧，民穷也依旧。

突遇国难，朝廷可不是要抓瞎！"

"这真是一点不差！经乾嘉百多年盛世，大清国势也算强盛了。可到道光末年太平天国一起，朝廷高低筹措不来军费。着了急，竟逼着西帮捐纳买官！"

"户部历年所收的京饷，哪一年够花过？平常年景尚且支绌，遇了战事，可不要抓瞎。洋人敢讥笑大清财政为无能财政，就是看透了为朝廷理财的户部，只管敛钱花钱，不管聚财生财。户部征收天下田赋钱粮，只为养活朝廷，并不管天下民生各业。尤其最易生财的工商业，竟被视为卑贱之业，实在匪夷所思！洋人更觉可笑的，是皇上总以为天下之财，即朝廷之财，常年不留积蓄，国库不存厚底。遇了国难，才临时敛天下之财，哪还能来得及？"

"东西洋列强，难道正是看透了大清的这种无能财政，才屡屡来犯吗？"

"那几位洋人，是有此论。他们戏言：大清自诩为泱泱大国，初不以为然；后居华多年，才诚信斯言。大在何处？贵国官吏人数之庞大浩荡，实在是举世无双；而官吏的假公肥私之普遍、之贪婪、之心安理得，更是世所罕见！贵国朝廷若能以正当赋税形式，将举国官吏假公肥私的庞大收入，缴纳入国库中，那大清就真成了当今一大强国。以如此殷实的国库做支撑，何愁抵御外敌来犯？以如此殷实的国库扶持农工商，又何愁民生百业不兴？民生百业兴，赋税便易征缴，国库也愈殷实。"

"人家这讥笑之言，倒也是实话。"

"东西洋列强的财政，都是如此运作。人家国库常保有可观的财力，用于养活政府及其官吏的花费，只占小头；大头用于扶持民生各业。如此天长日久运作下来，国家哪能不强大！"

"洋式财政虽能强国，却要断绝举国官吏的财路，谁愿意效仿！戊戌变法就殷鉴不远。"

"可大清财政不变，就永远给东西洋列强留下了一个致命的穴位。什么时候想欺负你，就朝这穴位来。点住这穴位欺负你，结果必定是赔款割地！越赔款越穷；越穷，你这穴位就越要命。"说至此，戴膺放低声音说："若再来一次庚乱，恐怕清廷就无银可赔，只好举国割让……"

李宏龄忙说："你我生意人，免谈国事吧。"

戴膺说："我也不是爱管闲事。在上海，我本是想了解洋式银行的定制、规矩，人家却说你了解了也无用。我就问：怎么，我们华商就比洋商笨，学不来你们的银行？他们说：洋式银行须在洋式财政中才能立足。由此引出议论，评说国朝财政。"

"洋人当然不想让我们仿办银行。"

"这倒也是。这几位洋人一面数落大清财政无能，一面又说：这种无能财政于贵国无利，但于你们西帮却是最有利！"

"怎么能这样说？"

"他们说：朝廷户部不会理财，才使精于理财的西帮有了生财的海阔天空！本该聚到国库的银钱，却聚到你们西帮的银窖里了。"

"洋人眼睛是毒辣，可我们受的欺负，他们哪里知道？"

"我可是对他们说：朝廷这种无能的财政，于你们东西洋列强才最有利！这一次事变，你们只派了一两万人，用了一年多工夫，就挣走我们九万万两银子，这种好生意更是旷世罕见！"

"静之兄，你也不怕惹恼洋人老毛子？"

"我也是戏而言之。"

"还是不谈国事吧。"

4

那时代由沪赴京，海路虽比陆路快，但也依然得熬过漫漫旅途。这一路，大体上还算风平浪静，但也因此显出枯索单调来。

戴膺与李宏龄真也再没多谈国事大局：不是不敢多谈，实在是再无那种谈兴了。京号复业倒是议论得多，只是对这两位京号高手来说，也不存太多畏难忧虑。只要东家肯补窟窿，别的都好张罗。

到天津上岸后，戴膺想在津号停留一二日，便与李宏龄分手了。

津号前年出事，去年又遇如此浩劫，复业担子只怕比京号还重。也不知老号选了谁，调来津号领庄。

自塘沽登陆，沿途所见就满目是劫后败象。进入天津城区，残状更甚。凡店铺被砸被烧的，狼藉依旧，几乎不见修复开业者。街面上连行人也稀少，许多边边角角，竟蓬勃生出蒿草来。明知遭了浩劫，但亲眼见了这一片疮痍，戴膺还是吃惊不已。

自家津号，劫状更惨。店铺除了房屋框架尚存，再无一处可见原貌，用一句'体无完肤'形容，实在不过分。作为票号老帮，戴膺很快看出了这体无完肤的含义：在津号被弃的这一年多时间里，真不知有多少人、多少次来此凿砸、翻找、挖掘，他们都想在这昔日的银号遗址寻宝淘金。他们一定也想看看，西帮票号内那神秘的银窖。大概也因此，被弃的津号虽已体无完肤，却未被放一把火烧毁。

这也算不幸中的万幸了。但将津号修复如初，不是一件小工程。

津号副帮杨秀山及其他伙友，都已经到达，暂住在附近一个客栈。

杨秀山见着戴膺，张口说的头一件事，就是他们这一班津号旧人刚到，就被闻讯跑来的许多人围住，几乎动弹不得。

戴膺就问："那是些什么人，围你们做甚？"

杨秀山忙说："我们的旧客户，老债主，都手持天成元的汇票、银折、小票，逼着要我们兑银子！"

对此，戴膺显然有些意外，几乎是自语，说："这么快就来挤兑？"

杨秀山说："他们一贫如洗，当然急着想兑出银子来。"

戴膺就问："这些来要求兑银子的，是商家多，还是官吏多？"

杨秀山说："只是一些零星的散户吧，大些的商号及官吏，还没动静。他们大概还不知道我们返津。"

戴膺便正色说："杨掌柜，我看这些来打头阵的，说不定受了什么人的派遣，来试探我们，千万不敢大意！"

杨秀山一时不解其意，问："受人派遣？受谁派遣？"

戴膺放低声音说："叫我看，很可能是那些在我们字号存了私钱的官吏。他们的私钱，大都不便公开。所以，他们最心焦。"

杨秀山就说："还是戴老帮眼力厉害。我们只顾应付，也未做细想。"

戴膺说："杨掌柜，你们千万不要慌张！不拘任何人，凡是持票兑现的，一律热接热待！更要口气坚定，许诺人家一旦店铺修竣，复业开张，本号的旧票旧账一概兑现！"

杨秀山说："我们也是这样说的，但许多人只是不信。"

戴膺断然说："人家不信，我们更得这样做。我们敢回京津，就表明我们不怕算老账。想赖账，我们还会回来？一面不断给人家说这道理，一面加紧修复铺面，局面总会好转。"

杨秀山说："但愿如此。过几天，新老帮到津后，也许更能稳住人心。老帮空位，也宜让客户生疑的。"

戴膺就问："新老帮？还是东口的王作梅要来津号吗？"

杨秀山说："是调西安的邱泰基来津号任老帮。王作梅仍留东口。戴老帮还不知道？"

戴膺真有几分意外，说："西安的邱泰基？我真是不知。我到上海，已经七八个月了。"

杨秀山说："邱泰基倒是有本事的掌柜，只是……"

戴膺打断说："东家、老号对邱泰基这样有本事的驻外掌柜，有过严责，贬罚不留情；有功也不抹杀，该重用还重用，甚好！由邱泰基来领庄津号，复业振兴，也是恰当人选。"

杨秀山放低声音说："听说是康老东台点的将。"

戴膺说："老东台一向不糊涂。天津码头不一般，你们还得多帮衬邱掌柜。"

杨秀山说："我们也盼在新老帮料理下，一扫津号近年来的晦气！"

戴膺就问："邱老帮几时能到？"

杨秀山说："他从西安动身，比我们还早。不出几日，也该到了。"

戴膺说："那我就多等一两天，看能不能见他一面。"

正说时，有伙友跑进来说："客栈外，又围了不少客户。"
戴膺便站起来，说："我出去见他们！"

邱泰基接到老号调令时，何老爷依然在西安。想起何老爷先前的预言，他是既惊喜，又惊异。

津号虽远不及京号显赫，但那是真正的大码头，也历来是西帮的重镇。所以津号老帮的人位，也一向为多数驻外老帮所向往。邱泰基自然也早想到天津卫码头露一手，可惜孙大掌柜总不肯将这个要位给他。前年受贬后，他本来已经断了一切高升的念想，只想埋头赎罪了，却忽然峰回路转。只一年，就从口外回到西安；在西安又只一年，竟要高就津号老帮，他怎么能不惊喜！

叫邱泰基感到惊异的，是何老爷的预言为何这样准确？来西安前，只怕何老爷真得了康老太爷的暗示。前年，他刚遭了老东台那样的严责，今年竟又受如此重用，实在叫人不敢相信。

这次老号的调令用电报发来，明令："邱速赴津领庄，万勿延误，西号交程、何二位。"可见事情紧急。

程老帮要摆酒席欢送，邱泰基坚决阻止了：如此张扬，叫人知道了还以为他旧病复发。可不敢如此张扬！

程老帮也只好作罢。但何老爷却不肯答应："邱掌柜，你可不能悄默没就走了！没忘吧，还该我五两大烟土？"

"五两大烟土？"

"看看，还没怎么呢，就翻脸不认人了？"

邱泰基这才想起来：何老爷预言他将做津号老帮时，曾以五两大烟土作赌。他就说："何老爷，咱们的号规你也清楚。我邱某私人手里，哪来买五两大烟土的银钱？"

"你借债，还是典当，我不管，反正得给我五两大烟土！"

"我身无长物，拿什么去典当，谁又肯借债给我？这五两大烟土，等回了太谷再兑现吧。"

"我出来自带的烟土，已烧得差不多，眼看要断灶了。"

"你贵为老爷，是可以在字号举债的。"

两人正说笑，程老帮已令厨房炒了几个菜，灌了壶烧酒，摆到账房来。其时已入夜，程老帮说不是酒席，只算夜宵。邱泰基也只好就范。

程老帮与邱泰基相处这一年，深感这位出名的老帮并不难处。有本事，又不张扬，这就难得。实在说，号内一切大事难事，全凭人家扛着，但时时处处又总把他这个虚名老帮推在前头。这样有才有德的人，另得高位那是应该的。只是，他真有些舍不得邱泰基离开。

交情上的感伤不说，邱泰基一走，西号就失了顶梁柱！尤其当此朝廷欲走未走的关口，谁知还会出现什么样的难局？

所以，喝了几盅酒，程老帮就一味诉说这份担忧。

邱泰基心里明白，老号敢急调他走，是因为有何老爷在西安。电报上也点明了这层意思："西号交程、何二位。"收到电报，邱泰基曾当何老爷的面，对程老帮说："你看，老号也言明了，叫何老爷帮衬着张罗西号的生意。他再不能白吃白住，悠闲做客了。"当时何老爷喜形于色，只是嘴上说了句："孙大掌柜岂能给本老爷派工？"这不过是虚饰吧。他来西安后，张罗生意都张罗

得入迷了。程老帮竟看不出来？

邱泰基喝了几盅酒，也就当着二位的面，尽量把事情挑明：

"眼下的西号，依然比京号、津号要紧。在这吃劲时候，老号调我走，是因为有你们二位在。想必程老帮也早看出来了吧？何老爷屈尊来西安帮衬我们，是看了谁的面子？我看是天成元两位巨头！孙大掌柜先求了康老东台，康老东台才出面请何老爷出山的。何老爷，我推测得不差吧？"

何老爷先哈哈一笑，说："邱掌柜，你想赖账，不赔那五两大烟土，才编了这种奉承话吧？程老帮，你不用听他的！"

程老帮说："何老爷当年的本事，我当然知道。"

邱泰基见程老帮似乎还不十分开窍，便换了种手段：不再多说西号事务，而是就京津官场商界事，向何老爷诚心请教。他邱某还如此崇拜何老爷，你程老帮还不赶紧依靠人家？

真心说，忽然给压上重振津号的重担，邱泰基也很想向何老爷讨教的。

一说到张罗京津生意，何老爷就像新吸了大烟，谈兴陡涨，妙论不绝。所以，这次三人夜话，到很晚才散。

第二天，邱泰基即轻装简行，踏上了赴津的旅程。

5

戴膺在天津并未多住，便匆匆离津赴京了。津门的挤兑局面，令他想到京师也会很紧急。于是不敢多耽搁，打消了等待邱泰基的想法。

那天，戴膺出面会见围在客栈外的津门客户，真也叫他出了一身冷汗。无论他如何虔诚，如何对天许诺，如何从容镇静，那些客户只是冷冷看他表演，丝毫不为所动。他竭力表白了半天，人家始终不改口，就那一句话："啥时候能兑出银子？"

戴膺还提及前年津号也曾受挤兑，我们不是源源从京号调来银子，救了急吗？这次虽受了浩劫，但本号有财力补起窟窿，不会叫你们亏损毫厘的。西帮立身商界数百年，什么时候失信过？若不想守信，我们还回天津卫来做甚？但任你怎么说，人家终是一脸冰冷，一股腔调："说啥也没用，还是快兑银子吧！"

戴膺不敢再逗能，重申许诺后，退了回来。

回京的一路，他还不时想到那个可怕的场面。京师客户想来更厉害！

到京后，叫戴膺感到有几分意外的，是京城市面似比天津稍好些。首先，街面上的行人车马，就多了许多。被砸被烧的店铺，有些已在修缮中。但开门复业的，却也没有几家。

拐进前门外打磨厂，那里的惨状已与津门无异了。凡票庄，无不是千疮百孔，体无完肤！不用说，自家的京号也是被洗劫了一水又一水。戴膺见此惨状，忽然回首遥望前门楼子：它被火烧后的残败相，也是依旧的。

回想前门起火当时，硬了头皮挺着，没弃庄逃走，以为躲过了一劫。谁能料到没挺几天呢，朝廷竟弃京逃走了。真是一场噩梦。

京号的副帮梁子威，带领其他伙友，已到京多日。在梁子威的领料下，已雇了一班工匠，赶趁着修复京号。见戴老帮也到了，大家自然很高兴。

戴膺就问梁子威："你们刚到京时，有没有惊动旧客户？"

梁子威说："怎么没有！我们先脚到，人家后脚就围来了。都是问什么时候开业，以前的汇票、小票还能不能兑银子？"

戴膺说："也是如此？我路过天津时，津号就是成天被旧客户围着，生怕我们跑了似的。"

梁子威说："可不是如此！尤其对我们天成元，更不放心。"

戴膺吃了一惊，忙问："天成元怎么了，叫人家更不放心？"

梁子威无奈地笑了，说："京号被弃后，不知有多少人来翻腾过。有人想拣银钱，也有人想看看我们的银窖有多大，又是如何隐藏的。戴老帮你也知道，他们哪能寻见咱们的银窖？京号真给他们掘地三尺，翻腾遍了。越寻不见，越想寻；越寻，越失望。所以，京市已有一种流言，说我们天成元原来连银窖也没有，多少年来只是在唱空城计！"

戴膺听后也笑了："我们在唱空城计？"

梁子威说："可流言无情，人们自然格外对我们不放心。连银窖也没有的票号，能兑得出多少银子？"

戴膺沉吟了一下，说："你们没有做什么辩解吧？"

梁子威说："我还看不出来？眼下我们说什么，人家都不信。所以，就对伙友们说了：自家不要多嘴。"

戴膺说："你如此处置，甚好。"

梁子威说："可日后如何去除市间对我号的疑虑？"

戴膺放低声音，说："等店铺修竣，复业开张后，我们再对外间说：本号弃庄一年多，银窖竟未被寻出，存银账簿几无损失，真不幸中万幸。此言一出，局面就会不一样了。"

梁子威问："人家会信吗？"

戴膺说："到时候，我们只要源源往出兑银子，谁还不信？"

梁子威一想，也就松了口气：人们心存疑虑，是怕你无力兑现；既能兑现，谁还跟你记仇。于是便说："还是戴老帮老辣！"

戴膺说："现在还不能大意。此手段也暂不能对第三人说。伙友们，你还须叮嘱：对外间一切都不要多嘴！"

梁子威说："知道了。"

天成元京号，早年是有隐秘的银窖。但戴膺领庄以来，由于精于运筹，巧为调度，讲究快进快出，巨额现银已很少滞留店中了。即便一时有大额银两留存，戴膺也采取了一种化整为零的保管法：将现银分散到多处存放。

京号中，除学徒外，人人都得分担保管现银的责任，当然规矩很严密。采用这种保管法，主要为减少风险。没有集中的银窖，大盗也失去了目标。即便失盗，也丢不了多少。

但这是天成元京号内的高度机密，外间哪能知道？经历这一次浩劫，字号一切暴露无遗。银号居然没有银窖，外界实在难以理解。戴膺毕竟是金融高手，他能将市间这种疑虑视为一大悬念，只等适当时候，给出意外答案。这不但是略一婉转，化险为夷，还有些像形意拳中的借力发力，外界疑虑越大，将来带给外界的惊奇也就越大。

戴膺去年带伙友返晋时，所携带的京号底账也被劫匪抢走了。不过，老号已做了补救。西帮票号实行总号独裁制，外埠庄口所做的大宗生意，都要及时发信报详告老号，记入总账；小生意在月报、年报中也有反应。所以，在去年劫难中遗失账簿的外埠庄口，老号账房已一一重新建账。京号当然在其中，戴膺也因此敢说不是唱空城计。

只是，今次这种大塌底的局面，戴膺也未经历过。能否如愿，他心里也没有底。显出乐观胜算的样子，也是为鼓舞本号同仁吧。

去年弃庄前，天成元京号的存银虽损失不大，但它历年收存的款项、发行的小额银票，尤其是替京师官场收存藏匿的私银黑钱，那可不是一个小数目。如果这些客户都来要求兑现，那京号真是招架不起！

梁子威已经给他说了，离开太谷前，老号的孙大掌柜明白交代：京号塌的窟窿，东家补；亏多少，补多少。历此塌天之祸，康家也不能坏了西帮"赔得起"的名声。

东家如此英明，那当然好。但挤兑一旦出现，你就是有银子，也来不及运到京城！越不能及时兑现，来挤兑的客户就越多。尤其存有可观私银的京师官场，挤兑危急时，他们会如何动作，真难预料的。

所以，戴膺深感西帮京号的汇业公所该尽早集议一次，共谋对策。只是不知各号老帮是否都到京了？

戴膺到京的第二天，正要去草厂九条见蔚丰厚的李宏龄，忽然就有伙友跑进来说："大内禁宫的那位小太监二福子，要见戴老帮，见不见？"

戴膺说："是常来的那位二福子吗？"

"就是他。"

"你怎么跟他说的？"

"我说戴老帮要外出办急事，不知走了没有？"

"那你赶紧出去对二福子说：戴掌柜刚走，请您稍候，我们已经派人去追掌柜了。外头的事再紧急，也不能叫您白跑一趟。就这样说。我稍等片刻，就出去见他。"

戴膺及其他伙友，这时也暂在附近的客栈住着。等伙友将小太监引进一间客舍，他便悄然溜出客栈，在街市间稍作逗留，才又匆匆返回。

进来见了小太监，忙说："不知二爷要来，实在怠慢了！"

二福子倒也不见怪，只是说："能见着戴掌柜，回去就好交代了。上头公公听说戴掌柜回来了，立马就打发我来。要见不着戴掌柜，我回去还不得……"

戴膺忙打断说："哪能叫二爷白跑一趟？我真是往珠宝市炉房有急事，已经快走出打磨厂了，有伙计追上来说二爷您到了。我一听，就赶紧往回折！再急的事，也得给您让道呀。"

"我们倒也没多着急的事。上头公公听说戴掌柜回京了，就叫我来瞅瞅。这一年来的，你们逃回山西，没受罪吧？"

"我们不过草民百姓，叫里头的公公这么惦着，哪能消受得起！逃回山西，实在是不得已了，其间惊涛骇浪，九死一生，也不用多说。你们留在大内，也受了罪吧？"

"可不是呢！洋夷老毛子，连大内禁宫也给占了。看我们这些人，就像看稀罕的怪物。也不管愿意不愿意，愣按住给你拍摄洋片！不堪回首呀。"

"真是不堪回首！我们东家和老号几乎遭了洋军洗劫！"

"洋人没攻进山西吧？"

"山西的东天门娘子关都给破了，你们没有听说？"

"真还没听说。"这时，二福子忽然放低声音说，"上头公公打发我来，就问戴掌柜一句话：'我们以前存的银子，你们没给丢了吧？'"

戴膺立刻硬硬地说："二爷，你回去对你们主子说：存在我们天成元的银子，就是天塌地陷，也少不了一厘一毫！"

二福子脸上有了笑意，说："这回跟天塌地陷也差不多，所以上头公公天天念叨：山西人开的票号，全遭了劫，没留下一家。咱们多年积攒的那点私房，准给抢走了。我说，他给咱们丢了，那得赔咱们。上头说，遭了这么大的劫难，他们拿什么赔？我说，人家西帮老家的银子多呢。上头说，他们就是赔得起，遇了这么大劫难，还不乘风扬土，哭穷赖账？我说，他赖谁的账吧，敢赖咱们的？上头说，咱这是私房，又不能明着跟人家要……"

戴膺笑了笑，说："也不能怨你们公公信不过我们，这次劫难真也是天塌地陷。二爷回去跟您主子说：存在天成元的银子，绝对少不了一厘一毫！我们老号和财东，虽也不会厮金生银，这次又受了大亏累，但就是砸锅卖铁，倾家荡产，也要守信如初！"

二福子说："有戴掌柜这番话，我回去也好交代了。再顺便问一句：你们字号什么时候开张？"

戴膺说："铺面一旦修竣，立马就开张！铺子给糟蹋得千疮百孔，正日夜赶趁着修补呢！"

"一开张，就能兑银子？"

"当然！一切如旧。"

"那就好。这一年来的，我们困在闲宫，少吃没穿，银子更摸不着！"

"敝号一旦开张，一切如旧，存兑自便。"

"那就好。铺子都毁了，银子得从山西运京吧？"

戴膺一笑，说："调集银两来京，本号一向有巧妙手段。除晋省老号支持，江南还有许多庄口，一声招呼，就会拨银来京的。这一年来的，南方该汇京的款项甚多，一旦汇路开通，京号来银用不着发愁。"

小宫监懂什么金融调度？只是听戴膺说话，像有本事人那种口气，也就放心了，说："戴掌柜，那我回上头：人家天成元字号说了，一旦开张，就来兑银子？"

戴膺说："就这么说！"

二福子又低声问："你们给我立的那个小折子，没丢了吧？"

戴膺也小声说："二爷放心吧，哪能给您丢了！去年弃庄前，敝号的账本、银折，早秘密转移出京。护不了账本，还能开票号？"

二福子更高兴了，说："那敢情好！我也不耽误你们的工夫了。"

戴膺忙说："二爷着什么急呢！太后、皇上没回銮，宫里也不忙。

二福子说:"哪能不忙?太后皇上快回銮了,宫里成天忙着扫除规置,不得闲了。"

戴膺乘机问道:"两宫回銮的吉日,定了没有?原择定的七月十九,眼看就到了,怎么还不见一点动静?"

二福子就低声说:"七月初一刚降了新旨:回銮吉日改在八月二十四了。"

"八月二十四?倒是不冷不热时候。不会变了吧?"

"宫里也议论呢,八月二十四要再启不了驾,就得到明年春暖花开时候了。天一冷,哪还能走!"

打听到新消息,戴膺才送走小宫监。

看看,连大内里头的宫监也不敢相信西帮了。如若朝廷今年不能回銮,西帮京号的复业,将更艰难。因为天下京饷不聚汇京师,西帮所受的挤兑压力就不会减轻。

6

戴膺到京后没几天,邱泰基竟意外出现。因为戴膺估计,邱泰基为了及早到任,多半直接赴津了,不大可能弯到京师来。

戴膺也有许多年没见这位新锐掌柜了。忽然见着,真有些不大认得。风尘仆仆,一脸劳顿不说,早先的风雅伶俐似乎全无影踪了。但这给了他几分好感:西帮中的好手,是不能把本事写在脸上的。

他忙命柜上伙友,仔细伺候邱掌柜洗浴、更衣、吃饭。邱泰基日夜兼程赶路,的确是太疲惫了,洗浴后只略吃了点东西,就一头倒下睡去。

第二天一早起来,他才不好意思了,对戴膺说:"也没人叫我一声,一头就睡到现在!本该在昨晚请教过戴老帮,今日一早就起身赴津的。"

戴膺笑笑说:"既弯到京师,也不在乎这一天半天。我从沪上回京,刚刚路过了天津。津号复业的事务,都上路了,你尽可放心。"

邱泰基忙说:"戴老帮做了安顿,我当然放心了。我弯到京号来,也是为讨戴老帮及京号同仁的指点。天津是大码头,又赶上这劫后复兴的关口,敝人真是心里没底,就怕弄不好,有负东家和老号。"

"老号挑你来津号,就是想万无一失,扭转以往颓势。"

"戴老帮你也知道,我哪是那样的材料?有些小机敏,也常常成事不足,败事有余。京号诸位一定得多多指点。"

戴膺正色说:"邱掌柜,现在不是说客气话的时候。此往津号,你有何打算?"

邱泰基仍然客气地说:"我正是一筹莫展,才来京号讨教。"

戴膺就厉声说:"既一筹莫展,竟敢领命而来?"

京号掌柜的地位,仅次于老号大掌柜。戴膺这样一变脸,邱泰基才不敢大意了。其实,他也不尽是客气,倒是真心想讨教的。于是说:

"此番调来津号,太意外了。所以,真不知从何下手。匆匆由西安北上,走了一路,想了一路,也妄谋了几招。但须就教京津同仁后,才知可行不可行。"

"我也是想听实招,虚言以后再说。"

"津号前年出了绑票案,去年又遭此大劫,我看最大损失不在银子,而在我号的信誉。去年弃庄时,津号的账簿是否也未能保全?"

"可不是呢。津号伙友弃庄回晋时,重要账簿都带出来了。但半路住店,行李被窃去,账本全在其中。"

"这件事,未张扬出去吧?"

"这种败兴事,谁去张扬!"

"戴老帮,那我到津后的第一件事,便要演一出'起账回庄'的戏。"

"怎么演?"

"不过是雇辆车,再多雇几位镖局武师,往一处相熟的人家,搬运回几只箱子,顺便稍作声张而已。"

"邱掌柜,你这办法甚可行!天津就有现成一处相熟的人家。"

"谁家?"

"五爷呀。五爷失疯后,一直住在天津。这次劫难,疯五爷的宅子居然未受什么侵害。那里长年守着一位护院武师。"

"那这出戏就更好演了。戴掌柜,这虽为雕虫小技,可于津号是不能少的。津号连受两大劫难,人死财失,那是无法掩盖的。如若叫外间知道,我们连护账的本事都没有,想再取信于市,那就太难了。"

"甚好。你这一招，点中了津号的穴位。再说，津号账簿，老号已翻查总账，重新建起，由杨秀山带去了，你也不唱空城计。别的招数，也不必给我细说，你酌情出手就是了。津号的杨秀山副帮，也是有本事的人，你不要委屈他。"

"谨记戴老帮吩咐。我已不再是以前那个轻薄的邱泰基了，会诚心依靠津号同仁的。"

这天午间，戴膺摆了酒席招待邱泰基。席罢，邱泰基就动身赴津而去。

邱泰基走后不久，蔚泰厚的李宏龄就匆匆来访。

原来，西帮票号的龙头老大日升昌及蔚字号，近来受挤兑压力日甚一日。平帮的京号返京最早，所以字号的修复也快些。但离修竣越近，外面围着要求兑换现银的客户就越多。日升昌京号的梁怀文、蔚丰厚京号的李宏龄亲自出面，屈尊致歉，好话说尽，客户依然是冰冷一片。

这局面，戴膺在天津已领教过了。

戴膺就说："你们日升昌、蔚字号是老大，自然首当其冲。跟着，就该轮到我们了。只是，这次挤兑先就朝了你们老大来，连'京都日升昌汇通天下'这块金招牌，也不信了？这真叫人害怕！"

李宏龄说："可不是呢，挤兑来势深不可测！真是出人意料。来京这一路，你我还自信从容，以为西帮既敢返京，便已取信于市大半。要想赖账，我们回来做甚？"

"前几天，我一到津号，就知道我们过于乐观了。"

"我们西帮数百年信誉，怎么就忽然无人认它？"

"这与京城局面相关！去年七月间，京师稀里糊涂沦陷，想必对京人刺激太大。一国之都竟如此不可靠，人家还敢相信什么？"

"回京这几日，我是越来越感到，京人之冷漠，实在叫人害怕。"

"京人对我们冷漠，我看还有一层原因：这次朝廷赔款，写了四万万五千万的滔天大数。谁还预见不到日后银根将奇紧？所以，凡存了银子在票号的，当然想赶紧兑出来！"

"静之兄，我看西帮大难将至！"

"所以我早有一个动议：京号汇业公所，得赶紧集议一次，共谋几手对策。眼看成山雨欲来之危势，我们不联手应对，再蹈灭顶之灾，不是不可能。"

"我和梁怀文也有此意。跑来见你，也正是为这件事。但大家集议，也无非善待客户，尽力兑现吧。现在朝廷未回銮，京师市面如此萧条，我们一旦复业，必定只有出银，没有来银。即便老号全力调银来京，肯定也跟不上兑付。越不敷兑付，挤兑越要汹涌，那局面一旦出现，可就不好收拾了。"

"子寿兄，我最担心的，还是各家京号历年开出的小票。我们天成元散落京中的小票，即有三十多万两的规模。你们蔚字号、日升昌只怕更多？"

"我们有五六十万吧。"

"西帮各号加起来，有一两千万之巨！"

"都持票来兑现，我们如何支付得及？"

"可叫我看，最易掀起挤兑风潮的，便是京中这些持小票者。我们的小票早在市间流通了，即便为应付眼前穷窘，也会有众多持票者来兑现。"

"真是不堪设想。"

"那还不赶紧集议一次？"

"你们老号知京中这种局面吗？"

"我天天发信报禀告。"

"这次应付京市局面，全靠老号支持。老号稍有犹豫，我们就完了。"

"我们财东倒是放了话，京津窟窿，他们出资填补。"

"我们平帮的财东好说，他们听老号的。我们最怕的，是老号大掌柜过分自负。近来我们老号一味交代，不要着急，不要怕围住大门，不要多说话。如何调银来京，却未交代。"

"这次返京开局，非比平常。哪家老号也不敢大意的。"

"但愿如此。"

第二十七章　惊天动地"赔得起"

1

快进八月时，天成元老号的孙北溟大掌柜，接到西安何老爷亲笔写来的一道信报。

信报上说：前不久皇上、太后各下圣旨、懿旨一道，豁免回銮驻跸所经过的陕西、河南、直隶三省沿途州县的钱粮。太后还另降懿旨，赏给陕西人民十万两内帑。看来，朝廷择定的回銮吉日，不会再推延。另外，何老爷还告知，近来西号已大量收进朝中官员汇京的私款，望京号早做准备。

孙北溟接到何老爷这封信报后，立即将第一批现银十万两，交镖局押送京师。另发运十万两往天津。他挑了十万两这个数，倒也不是有意与太后比较，而是京津复业所必需。

虽然东家已放了话，要填补京津窟窿，但老号自前年合账后，存银还没怎么调动出去，支持京津尚有余力。再说，东家增资进来，也不是白增。合账时，那是要分利的。所以，孙北溟就先自己张罗运筹，不惊动财东。

但这二十万两银子起镖没几天，志诚信的孔庆丰大掌柜就突然来访。孙北溟知道此来非同寻常，立刻让进后头密室。

孔庆丰也没顾上客气，就问："你们的京号开张没有？"

孙北溟说："运京的银子刚起镖，银到，就开张。怎么了？"

"我们早开张了几天，可调京的十来万两银子，只支撑了不到三天，就给挤兑空了。但持票来求兑的，还似潮水一般！这阵势，还了得吗？"

一向深藏不露的孔庆丰，已显出几分惊慌。

孙北溟受到感染，也有几分不安，但还是说："京市困了一年，就如久旱的田亩，乍一落雨，还不先吸干了？挺些时候，西帮各号都开业，总会稳住吧。平帮几家大号，还未开业放款吧？"

"日升昌、蔚字号,都已经开业,受挤兑更甚!"

"他们也受挤兑?"

"你们京号的信报,就没有提及京市危局?"

"倒也提了。我还以为他们夸大了叫嚷,想逼老号多调些银子进京。"

"我也怕他们危言耸听,所以来问问贵号的情形。"

"平帮、祁帮情形,也该打听一下吧?"

"我已派人去祁县、平遥了。京中挤兑风潮如不能止住,只怕也会延及其他码头。尤其北方,历此大劫,哪里不是一贫如洗!"

"康家倒是早放了话,填补京津窟窿,要多少,出多少。贵号财东员家,更是听你孔大掌柜吩咐,要多少,给多少。"

孔庆丰叹了口气,说:"如今的员家,哪能与康家比!尽是些只会享福,不能患难的子弟,临到这样的大关口,他们哪能靠得上?我们全凭字号张罗了。"

孙北溟就说:"你们志诚信底子厚,不惊动财东,也能应付自如的。"

"这次风潮,来势不寻常,绝非一家所能应付!贵号也是大号,至今仍未开业,很容易叫京市生疑的。"

"生什么疑?"

"疑心贵号无力复业,存银要黄了。天成元这样的大号都失了元气,京人对西帮票号还会相信几家?"

"哈哈,哪有这种事!我们康老东家雄心还大呢,哪舍得丢了京号!京号一丢,别处的庄口也立不住了,我还有脸在这里坐着?我们京号,不过是损坏太甚,修复费时而已。"

"孙大掌柜,我还不知道你们的底子?我是说,京市挤兑既起,任何风吹草动,都可能酿成惊天大浪!别说你们天成元这样的大号,就是有一家西帮小号倒了,也说不定引来什么大祸。金融这一行,历来就是一家倒塌,拉倒一片!当年胡雪岩的阜康票庄倒时,拉倒了多少家?我们西帮也受了连累。所以,现在到了我们西帮同舟共济的非常时候了。孔某今天来,并不为催你们京号开张,是想拉了老兄一道出面,赶紧促成一次祁太平三帮集议,公定几款同舟共济的对策。至少是西帮票号一家也不能倒,真有无力支持者,各家得共同接济。"

"孔大掌柜，我和康三爷也议论过此事。今有你出面，我们当然全力帮衬。西帮集议，是刻不容缓了。"

两人就如何联络平、祁两帮，略作计议，就匆匆作别。

送走孔庆丰，孙北溟才觉自己出了一身冷汗。

早在十多天前，京号的戴膺就天天发信报，催老号尽早调银进京。因为京号汇业公所已有公议：西帮既已返京，就应及早开业，越拖延，市间生疑越多。京中对朝廷能否于八月回銮，疑虑重重，这很影响京人情绪。在这一片疑虑中，京号迟迟不开业，实在是授人以柄，引发疑云聚集。

津号的邱泰基，也是不断发信报来催促，说津市对我天成元疑虑最甚，抢在别家之前开业，才是上策。

京津两号越这样催促，孙北溟越不想早做决断：在这种时候，我们何必要出那种风头？在西帮中，我们无须抢在平帮之前，尤其不必抢在日升昌、蔚字号之前。在太谷本帮，也不必抢在志诚信之前。

孙北溟固然没有了争霸的锐气，但在心底里还是有几分对邱泰基的不大信任，更隐藏了前年津号绑案的疼痛。那几乎是一种觉察不到而又不能抗拒的情绪：他不大想让邱泰基在津号大出风头。

调邱泰基去津号，那的确是康老东家点的将，而且口气很硬，似乎津号非邱泰基莫数。老太爷竟然还说了这样的话："大掌柜要信不过邱泰基，那信得过我吧？派老汉我去津号当几年老帮，成吧？不用邱泰基去津号了，我去，成不成？"

孙北溟领东一辈子了，还未见康笏南对字号人位做如此干预！

他还能说什么呢？看老太爷那架势，再不答应派邱泰基去天津，真能把他这领东大掌柜给辞了。孙北溟倒是真心想告老还乡，可也不能这样离号吧？

他答应了，只是顺口说了句："要不是前年出了绿呢大轿那档事，我本来也要把他派到津号的。"老太爷一听，竟说："那还是不如派我去津号！我去吧，不用派邱泰基去！"

按康笏南意愿，邱泰基去了津号，孙北溟心里自然有些疙疙瘩瘩。因为这点因素，又影响到对京号的决断，似乎京津两号这么快就联手来难为他。这本是老年人的一种多疑，但在辛丑年这样的金融风潮中，很可能会酿成一种大祸。孙北溟毕竟是在金融商海中搏战了一生的老手，听了孔庆丰一声喝，真如醍醐灌顶，惊出一身冷汗！

这时，他也才明白，老东台如此强行选派邱泰基去津号，原来也是有深意的：津号老帮不强，复业失败，说不定会将京号拉倒。京号一倒，那可就不能想象了！天成元京号落在别家大号后，迟迟未开业，原来已令京市生疑？难怪戴膺那样着急……

孙北溟越想越坐不住了，感到必须立即往康庄跑一趟。京市危局得让东家知道，否则，万一生变，他也担待不起的。

刚吩咐了伙友去雇轿，就见三爷匆匆赶来。

三爷进来就说："孙大掌柜，京市危急，你知道了吧？"

孙北溟就说："这不，我正要去康庄，给东家通报京中情形！三爷已知道了？"

三爷说："祁帮乔家派人来康庄了。他们的大德通、大德恒在京双双受挤兑。十几万银子放出去，连点响声都没有！"

孙北溟说："刚才志诚信的孔庆丰大掌柜也来过，他们的京号也如此，挤兑如潮。我们商量过了，要立即去同祁、平两帮联络，尽早实现三帮集议……"

三爷不等孙北溟说完，就掏出一份帖子来，一边展开，一边就说："三帮集议怕也来不及了。这不，乔家送来的这份急帖，便是日升昌的郭斗南和蔚泰厚的毛鸿瀚联手写的几款应急守则，要祁太平三帮各号严守无误！"

孙北溟一边接帖子，一边说："日升昌与蔚字号两大头联手？听了都叫人害怕！"

三爷说："当此危急关头，两家再不联手护帮，哪还配做西帮领袖？"

孙北溟忙说："我也是此意。郭毛两位大头都联手了，可见危局不同寻常。"

展开帖子，是专致太谷帮的。

太帮各号财东总理均鉴：

近来京师银市挤兑汹涌，危急异常。兑付吃紧，不是一家两家，凡我西帮票家，均受重压。此系时局拖累，与我西帮作为无关。但稍有不慎，势将危及我百年宝业！郭毛愚笨，亦觉到了祁太平三帮联手护市的紧要关口。理应邀三帮各号执事大人公议对策，唯怕时不待我。郭毛只得冒昧做断如次：一曰凡有京号未复业者，应尽速开张，不得撤关一家；一曰不论京号底账保全与否，以往放出的汇票、银折、小票，一概认票兑现，不许拒票拒兑；一曰各家财东老号砸锅卖铁、倾家荡产，也得为京号调足兑付银资，须知京号一旦不支，我西帮在各码头即全线受累；一曰一旦有力不能支者，各家都得尽速援救，不能袖手，不能有一家倒塌。以上四款，万望太帮同仁与平、祁两帮同守。另，津中银市亦有挤兑迹象，若步京市后尘，也望遵上款应对……

孙北溟是票界老手，当然知道郭毛二位提出的这几款都是必不可少的。只是，第一款就似乎首当其冲朝他来了！真没有想到，他稍一迟疑，竟受到全帮所指……不过，孙北溟此时已无委屈，唯感愧疚。看过急帖，便对三爷说："郭毛二位果敢行事，也是西帮之幸。只是，我老迈迟钝，未能敏捷调银，支持京津两号极早开业……"

三爷忙说："各家有各家脾气，早一天，晚一天，又能怎样？我们无碍大局就得了。"

孙北溟说："这次非同寻常！西帮各大号都争先恢复京号，唯我拖累天成元，以令京市对我号生疑，实在……"

三爷打断说："生什么疑？要多少，有多少，它生什么疑！前两天，老太爷还对我说呢：多学学孙大掌柜，遇事要沉得住气。"

孙北溟说："那是老东台着急了！"

三爷说："大掌柜要老这样自责，我也要急了！"

孙北溟才说："不多说丧气的话了。调往京津的银锭，已走了三天。银子一到，两号即可开业。"

三爷就问："发了多少银子去京津？"

孙北溟说："各发了十万两。现在看，是发得少了。"

三爷说："那我们赶紧再发一批！前头十万两兑付还未告罄，这后一批就到了。如此源源不断，也算后发制人的一种阵势。"

孙北溟立即说："甚好！三爷，我这就立马张罗，再往京师发十万两银子！"

三爷说："局面如此危急，老号也不能太空虚了。我这就回康庄，先起四十万两，交大掌柜调动！"

孙北溟说："老号尚有余银，还用不着东家填补呢。再说，我也正想从南方调银北上。这一年来的，南边庄口存银不少。"

三爷就说："大掌柜，也许我沉不住气：我看还是先不敢调南银北来。京津银市危情，很快也会传到南边的。那边起了风浪，我们就是救急，也是远水解不了近渴。"

孙北溟说："三爷所虑不谬。不调南银，我手里也还有腾挪余地的。"

三爷说："大掌柜，不必多说了。我这就回康庄起银，你赶紧安排起镖！当此关口，还是赶早不赶晚吧。老太爷已经放了话：这次填补京津窟窿的银资，不必写利息，日后原数收回就得了。这是救急！"

孙北溟说："写利不写利，再议吧。"

三爷交代将平帮郭毛的急帖，先给志诚信的孔庆丰看看，再通告太谷各号同仁。之后，就匆匆赶回康庄。

2

三爷赶回康庄，还不到黄昏时候，他便去见老太爷。

但老亭出来挡住说："三爷，来得不巧，老太爷正睡觉呢。"

正睡觉？午间已过，入夜尚早，这是睡的什么觉？三爷便说："有件紧急的事，要禀告老太爷，也不宜叫醒吗？"

老亭说："近来老太爷夜间睡得不好，昨夜更甚，几乎没合眼。熬到现在，刚入睡……"

三爷就说："那就再说吧。只是，近来京市危急，老太爷不拘何时醒来，都给说一声，我有急事求见。"

老亭满口应承下来。

三爷从老院退出来，一直焦急地等待着。这是要从银窖里起银，不经过老太爷办不成。偏赶上老太爷刚睡着，这么不巧！近来老太爷夜间失眠，只怕也与京津危市有关吧。老太爷什么没经历过，这次居然也忧虑不安了，可见京津局面严峻异常。去年京津失陷时，老太爷似乎也没这么忧虑过吧？

一直候到深夜时分，老院仍无动静。三爷终于也不再等候了：在此紧急关口，老太爷安睡如此，是福是祸，他也实在无奈。一切还得等到明天。

三爷决定睡去，却无一点睡意。京津局面令他不得安宁，这不用说了。这一向叫他异常兴奋的，还有一件事，那就是邱泰基去津号领庄。这是他想过，却不能提出的一项重大人位安排。老太爷不但主动提出，而且竟那样强横，真是太叫三爷意外了。

意外的惊喜！不过，三爷毕竟老练了一些，他未让自己的这一份惊喜，露出一点痕迹。

京号有戴掌柜，津号有邱泰基，不管局面如何险恶，总还是叫人放心一些。老号支援京津如此缓慢，是否同邱泰基的人位有关？孙大掌柜是不想派邱泰基去天津的。只是，在这紧要关口，还是装糊涂吧：孙大掌柜不能得罪。

这样想着，也就涌上几个止不住的哈欠。正要洗漱了睡去，忽然有小仆进来说："老亭要见三爷。"

三爷慌忙提了件白府绸长衫，就跑了出来。

"老太爷醒了？"他一边穿长衫，一边问。

老亭却凑近了，低声说："请三爷换件黑颜色的衣裳。"

三爷不解其意，就说："老亭，你说什么？我没听清。"

老亭就支开其他仆佣，小声说："请三爷换身黑颜色的衣裳再出来。"

"为甚？"三爷已发现老亭就穿了一身黑。

"出来就知道了。"

三爷换了一身黑出来，外面更是黑得伸手不见五指。他才意识到：正是月初时候。在黑暗中他还是发现，老亭并未带他去老院，却来到后院，又走近挡着侧门的那座影壁。三爷这才忽然意识到：这是要开启一座平时不动的秘密银窖吧。春天，老太爷向他交代家底时，九座秘密银窖，此处居其一。

看来，老太爷并不迟钝，要起巨银，支援京津。

老亭低声对他说:"去见过老太爷吧。"

三爷努力向黑暗中看去,影影绰绰发现有四五人在近处。唯一坐在椅子上的应当是老太爷。

他刚走近,就听见老太爷极其低沉的声音:"站住看吧。"

老太爷话音一落,四个人影就动起来了。

渐渐地,三爷能大致看清眼前的一切了:那是四个身强力壮的家仆,正麻利地拆去影壁脚下的那个花池。花池周边,原来就是用青砖虚垒起来的,拆开几无声息。池中正盛开的西番莲,扒去池边的土,竟被一簇簇搬走:原来都是栽在花盆里,被土浅浅掩埋了。

移去花盆,四个家仆又伏下身子,用手扒拉残留的池土:不用锹铲一类家伙,显然是怕有响声。

此时,眼已看惯了,不再觉着四周太黑,但暗夜的寂静却似乎变得越来越沉重:三爷只怕这寂静被忽然打破。举目四下里望望,除了满天星斗,就是宅院高处的眺楼里那守夜的灯光。景象依旧,寂静也依旧。

几个家仆小心移动垫在花池底下的石板时,发出了轻微的响声。

三爷是头一回经历这场面,心不由收紧了一下。可老太爷那里,没有任何反应。他也才松了口气。

移开石板,就露出窖口了:一个像井口似的黑洞。秘密窖口,隐蔽得就这样简单?

这时,老太爷交给老亭一件什么东西,应该是银窖的钥匙吧。老亭接过来,就麻利地下到窖口,不见了。

等老亭出来后,就有两个家仆下到窖里,另两个留在上头接应:一个似从井里汲水一般,开始往上吊取银锭,一个就往库房搬运。

这一起银,就起了将近两个时辰。因为快到黎明时候了,才停下来。停下来,又将窖口的花池复原,才算收工。

自始至终,老太爷一直端坐着未离开,三爷当然也不敢动。老亭没闲着,在窖口张罗着帮忙。还有一人,先是站在老太爷身后,起银开始便走了:那是家里的账房先生,他显然在库房收银。

收工后,老太爷跟到库房,三爷就劝他先补着睡会儿觉再说,老太爷却说:"前半夜我已经睡够了。你没睡,也只好吃亏。天亮以后,你得去见孙大掌柜,叫他赶紧往京城起镖运银。"

三爷本来也打算如此,就连声答应下来。正要走,老太爷叫住说:"先不要着急走,你也见见这几位。人家辛苦了大半夜,也不说句慰劳的话?老亭,叫他们进来吧!"

说话间,就见进来四位中年汉子。不用说,这就是刚才起银的那些家仆。三爷在灯光下看他们,自然觉得更强壮,只是没有一个很脸熟的,忙说:"各位辛苦了!"

四人都没有说话,只有老亭说:"三爷也辛苦。"

老太爷就说:"今儿就由三爷陪你们吃饭,我累了。"

那四人就退了下去。老太爷也由老亭扶着,回老院去了。这时,账房先生过来说:"三爷,这批银子大多是光绪初年的官纹银。还有几包,是墨西哥鹰洋。"

三爷就说:"那还得交炉房重铸吗?"

账房低声说:"老太爷起这批银子,我看是有用意的。"

"什么用意?"

"这批银子原样运进京,京市就会知道我们已动了老底,诚心救市。"

"那就原样起镖?"

"自然。"

这天夜里,康家从此处银窖起出二十万两银锭。此后,连着起了三夜,共六十万两银子。

老太爷对三爷说:"养兵千日,用兵一时。我看现在到了用兵的时候了。我们备足了兵马,就看字号的掌柜老帮如何调兵遣将,布阵擒敌。你给孙大掌柜、京号戴掌柜、津号邱掌柜交代清楚:挤兑再凶险,咱银子也跟得上;窟窿再大,咱也赔得起!"

有老太爷这样的气魄,三爷当然不再忧虑什么。这三天中间,他说服孙大掌柜,接连往京津又发去两批银资。发运京师的,每批二十万两;发往天津的,每批十万两。

3

各号这样紧急往京津调银，镖局的生意自然也兴隆得很了。但就在康家接连起镖发银不久，传来太谷镖被打劫的消息。这不但叫康家焦急不已，也震动了祁太平三县的商界和武林。

因为太谷镖被劫，这可是太罕见了。

祁太平一带的镖局，在票号兴起后，并没有怎么衰落。有了票号，异地交易虽然走票不走银了，但也因此交易量剧增。月终、季终、年终结算找补，银钱的调动量还是很大。尤其祁太平，从各码头挣到的银钱，那是要源源运回老号的。这种走银，没有可靠的镖局，当然不成。

祁太平一带的镖局，由于收入不菲，因此能吸引武林高手来做镖师。这一带的形意拳武坛，所以能名师辈出，也是因为投身武界出路好，不论押镖护院，都有稳定而又体面的饭碗。有饭碗，又有用武的实战需求，武艺自然越发精进。练一身武艺，浪迹天涯，四方摆擂，一门心思争天下第一，那不过是写武侠小说的文人，借以演义一种状元梦吧。梦醒处，还是"学得文武艺，售予帝王家"。形意拳武师，将武艺售予商家，有价交换，稳做了专职武人，倒也能从容涵养自家的性情。这是闲话。

那时代镖局走镖，所经过的沿途地面，即俗称江湖者。那是要经过拜山、收买以至凭借高强武艺较量、征服，踩出一条熟道来。祁太平镖局，因镖师武艺好，走镖又频繁，熟道撂不生，所以在他们的江湖上，一般无人敢轻易劫镖。尤其因为他们财力跟得上，该打点的，打点得大方，重大走镖，极少有失。久而久之，江湖上便有了"祁太平镖，天下无敌"的名声。

咸丰初年，因怕太平天国北进，西帮在京的票号、账庄都极早歇业回晋。那次西帮由京携带回来的银资就有数千万两，以至引发了京城的银荒，即今天所谓的金融危机。这数千万银子，如何在京晋间平安转移？就主要是托靠了祁太平自家的镖局。京晋间运银走镖，本来就既重要又频繁，早踩成了最稳当的一条江湖熟道。所以，数千两银子源源紧急过境，几乎未出什么闪失。说是奇迹，不过分；说祁太平镖局本来就该做这样漂亮的活计，也不过分。

第二十七章 惊天动地"赔得起"

去年京津突然陷落，倾城逃难，各号来不及托靠自家镖局，加之京晋间拳乱大盛，踩熟的江湖也乱了套。这次西帮由京撤晋，损失空前。西帮受损，晋省镖局也觉脸上无光。

近来祁太平的镖局武林重整江湖，只想挽回往日的声威。所以，为打开旧道，很下了功夫。本来走镖已畅通无阻了，怎么又忽然出了劫镖案？

敢打劫太谷镖，那也不会是一般毛贼。

京市危急万分，偏偏走镖又受阻，这不是天要灭我西帮吗？

三爷听说有太谷镖被劫，头发都竖起来了。他认定是自家的银子遭了劫。虽不是很心疼自家的银子，但觉走镖受阻，这几天几夜算白忙乎了！自家的京号本来就开业迟，现在银子又接济不上，处境会怎样，真不敢想象。他嘱咐四爷、老夏，先不敢将这消息告诉老太爷。然后就骑了匹快马，飞奔进城。

在广义堂镖局寻见李昌有师父，三爷劈头就问："这是出了哪路神仙，竟敢劫太谷镖？"

昌有师父笑了笑，说："三爷不必着急。要知道是哪路神仙，还能叫他劫成道？打发了几路探子，去打听了。"

三爷说："昌有师父，你说我能不着急？京津那头，水漫金山了，紧等这头的救兵呢。怎么偏偏就半路杀出这样一路神仙？"

昌有师父说："刚经乱世，摸不准江湖了。你们康家这两批货，前头一批，应该过去了，不会受堵；后头这一批，只怕堵在了寿阳，但不会遭劫。"

三爷听了，才稍安心一些，忙问："那是谁家的镖给劫了？"

昌有师父说："虽不是广义堂押的镖，但总是太谷镖！既劫成一家，别家他也敢劫。太谷武界都憋了一口气！"

三爷说："谁能不憋气！有什么要商界办的，你们说话。"

昌有师父说："商界正吃紧时候，我们武界偏失了手，脸面上都挂不住。"

三爷说："商界武界本来是一家，不用说见外的话！"

昌有师父说："三爷稍忍耐一二日吧。镖道不通，我们武界才着急呢。已经去请车师父了，要商量速战速决的办法。"

三爷听了，也就赶紧告辞出来。

送走三爷没多久，车二师父果然匆匆赶来。他显然不相信竟有敢劫太谷镖的。敢劫太谷镖，那就是敢跟他车氏门派形意拳打擂。多少年了，真还没几个敢这样打上门来的。所以一见李昌有，就问：

"太谷镖真给劫了？"

"前晌，有从寿阳过来的信差说，东天门外头出了劫镖的，劫的还是太谷镖！好几拨走镖的，都停在寿阳了，不敢再往前走。"

"真有这样的事？劫了谁家的？"

"详情还不知道。广义堂、公义堂、兴义堂几家大镖局，都派了急马去打探。"

车二师父一听，就跺脚说："出了这种事，还能坐在太谷干等探子回来？等回探子，再商量对策，再招呼兵马往东天门奔，什么都误了！尤其'太谷镖失手'这种消息，早传遍江湖了。快招呼一帮高手，先奔寿阳吧！"

"先奔寿阳？"

"能直奔娘子关，更好！越靠前，越好张罗。"

"那就听师父的！我这就去联络各镖局。"

"昌有，我也跟你们去寿阳。"

"哪用师父出动！师父出动，也太抬举这帮劫道的毛贼了。"

"毛贼敢劫太谷镖？"

"说不定还是一帮生瓜蛋。"

"尽往好处想！就冲你们如此轻敌，我也得去！"

李昌有说服不了车二师父，只好先去联络镖局。

镖局老大一听车二师父的点拨，才像忽然醒悟：前晌是慌了。干等着探子来回跑，真要误事。但各位老大也不同意劳车二师父大驾，车师父一出动，太引人注目，好像太谷镖真要败落，连老师爷也抬出来。车师父还是在太谷坐镇为上。

车二师父也只好不坚持了。他把李昌有叫到僻静处，秘密做了交代，也传授了以前用过的一些计谋。

当天傍晚，李昌有和另十来位形意拳高手，带了数十位一般的拳手，

第二十七章 惊天动地"赔得起"

骑马飞奔寿阳。

康二爷听说太谷武界要去寿阳打扫江湖，也赶到城里。但镖局老大哪会叫他去？

李昌有一班武师赶到寿阳时，天还未亮。他们也顾不及喘息，就寻受阻在此的太谷镖师。

这些镖师已将东天门外的劫镖案打探清楚，派人回去搬兵了。一见李昌有这一帮高手，还以为援兵已到，只是惊奇如此神速。等这面把来历说清楚了，大家又赞叹起车二师父来：车师父好像算准了寿阳急等援兵！

但李昌有问清了前头的敌情，并没有轻松下来。

原来，在晋省东天门之外，也就是直隶井陉一侧的深山中，隐藏有一帮流匪。匪首不是别人，正是今年春天德法洋寇围攻东天门时，散布流言，引发逃难乱局的那个潘锡三。此人当时是盂县的一个乡勇练长，有些武艺，但品行不良。趁娘子关危急时候，勾结了官军中一帮兵痞，四出散布洋军已破关入晋，官军大溃。他们本来不过是想制造一点混乱，趁机抢劫一把。哪想，他们的散布的谣言，竟引起雪崩效应，娘子关邻近的平定、盂县，连知县大老爷都弃城逃跑了，一般百姓更是举家逃命。溃逃大潮波及寿阳、榆次，连祁太平一带也人心惶恐。潘锡三虽抢到了不少财物，但局面安定后，受官府通缉，只好逃匿到井陉深山中。近来见官道上镖车来往频繁，就跑出来抢劫了一趟。

镖师们打探到，潘锡三一伙仅十来个人，也没有武艺太高强的。但这伙人手里握有几杆洋枪！他们劫镖成功，就因为放了几枪，打中一位镖师的小腿，血流不止，其他武师拳手一时也慌了，为救受伤镖师，只好弃镖上马逃走。

手里有洋枪，真还不好对付。你武艺再好，到不了他跟前！

"这伙强人，哪来的洋枪呢？难道他们有本事打劫洋军？"李昌有无意间问了一句。

一位镖师说："据我们打听，东天门附近因德法洋军围攻了好几个月，长短洋枪遗失当地民间不少。潘锡三他们不是从民间抢来，就是收买来的。"

另一位镖师就说："昌有师父，我们不妨也收买几杆来！"

李昌有就说："买来吧，我们谁能舞弄了它？"

"潘锡三他们，也没有请洋人操练吧？我看他们也不过放出响声来壮胆，也是瞎舞弄！"

李昌有听了这位武师的话，忽然有悟，忙问："遭打劫的那几位镖师，还在不在寿阳？"

"还在。伤了腿的，肿得厉害，不敢走了。"

李昌有就赶紧去见他们。

这几位是合义堂镖局的武师。合义堂在太谷不是大的镖局，他们那次也没押太多的银子，阵势上就显得单薄。潘锡三头一次劫镖，就选了他们这家软的欺负。

李昌有看了看那位镖师的伤腿，说骨头没伤着，赶紧拔毒吧。然后问当时劫匪放洋枪的情形。

几位都说，当时听到头一声，还以为甩响鞭呢，只觉奇怪，也没害怕。劫匪是伏在路边的半山坡，叫嚷放下买道钱。我们只是笑，以为是些放羊汉，吆喝着解闷。也就朝他们吆喝：爷爷们押的就是银子，想收劫道钱，赶紧过来取！跟着又是一声响鞭，但也没伤着谁，牲口也没伤着。我们又笑骂那些杂种，他们又甩了一鞭。这样来回好一阵，才忽然伤着大哥的腿。见了血，我们也才醒悟了：这帮杂种，放的是洋枪！

李昌有忙问："洋枪放得不密集？"

"要密集，我们几位都得伤着，牲口也得伤着！隔半天，叭——放一声，隔半天，叭——放一声，稀拉得很。"

"放了多少声，才伤着你们？"

"啊呀，很放了一阵，少也有十大几声吧？"

李昌有不问了。去年太谷的义和拳围攻福音堂时，他不在场。听人说，福音堂里就只有三杆短洋枪，但人家放一枪，外头拳民就死一个。所以只是死人，久攻不下。听京号回来的掌柜们也说，去年京师陷落前，官军攻打洋人的西什库教堂，也是人家放一排洋枪，官军就倒下一片，几十天攻不下来。洋枪厉害，就厉害在远远放一枪，便能要你性命。潘锡三他们手里既有洋枪，怎么放了十大几枪，才伤着这边一条小腿，连牲口也没放倒一头？

可见这帮劫匪也不会舞弄洋枪！

李昌有断定了潘锡三他们不大会使洋枪，心里也才踏实了。他参照车二师父的交代，很快就谋出一个擒匪的计策。

当下，他将所有滞留在寿阳的太谷镖师都召集起来，与自己带来的武师拳手汇合成一股。略做交代后，就立马开拔，向东奔平定而去。

所有押往京师的银镖，也都起运同行。因此，也无法行进太快。到天黑时候，赶了近百里路，终于到达平定城。

镖师们按昌有师父吩咐，分头做了安顿，才歇息下来。

第二天一早起程时，镖师们已一分为二了：四名镖师还是照常打扮，押了一股小额银镖，插了"太谷镖"旗标，走在前后。其余大队镖师拳手，已改扮成驮炭的脚夫，脸上手上都抹上了煤黑，所骑的马匹，也就改扮成高脚帮的驮马。押运的银锭也都放进装炭的驮具里，只在上层伪装了炭块。他们分成四五人一帮，陆陆续续跟在那四位镖师后面。

这一带煤窑多，这种驮炭的骡马帮随处可见。

这一带山路也更崎岖，加上扮了驮炭马帮，也不宜急行。不过这天也行了八九十里，到天黑时终于到达东天门最险要的关隘故关。

李昌有也没多做交代，只命大家饱吃一顿，美美睡一夜。因为明天就要跟劫匪交手了。

这天又行五六十里路程，到后半晌时候，才算出了东天门，进入井陉境内。这里依然山势险峻，即便是官道，也崎岖难行。路上空空，未见任何行人车马。

镖师们都提起精神，预备迎敌。

但一直寂静无声。不断朝山坡张望，绿树野草间也不见任何动静。

这一带正是前几天遭遇劫镖的地界。劫匪不出来，是径直往前，还是诱敌出来？前头镖师令赶牲灵的马夫，借吆喝牲口，给后头传出暗号。

李昌有就跟后头，有几十步远。听到前头的暗号，也用暗号回应：停下来，歇一歇。

前头镖师们停下来，故意大声说笑。后头驮炭的马帮也陆续歇下来。喧嚣声开始在山间回荡。但仍然没有什么动静。

他们只好继续往前走。进入一个山谷后，依然平静无事，大家已经松了心，以为不会遭遇劫匪了。这么兴师动众，白跑一趟，也叫人扫兴。

前头的镖师正这样想呢，就突然听见一声鞭响。响声在寂静的山谷间显得极其清脆，并回荡着，传往远处。他们立即意识到，这是劫匪放的洋枪。

劫匪终于出来了！

按事前昌有师父的交代，他们故作惊慌状，勒住牲口，欲调转头往回逃跑。跟着就又传来一声枪响，一位镖师赶紧佯装中弹，倒在路边。其他镖师马夫只顾吆喝牲口往回逃跑，更显得一片慌乱。又响了两枪。有一头驮镖的骡子，这次真中了弹，狂奔了几步，倒下来。镖师、马夫有三四人，也乘机躺倒在地。剩下的镖师马夫，逃跑了几步，未等劫匪再放枪，也陆续倒地趴下。

以现在的眼光看，这些镖师的表演色彩也太明显了，洋枪才响了几声，就打倒了四个镖师、五六个马夫、一头骡子？从另一面说，他们也太英勇，竟敢在枪弹飞舞之下，从容做这种表演！但这番演出，在当时可收到了预期效果。

就在他们做这种表演的同时，跟在后头的马帮，也显出惊慌状，喝住牲口，匆忙将煤炭连同驮具一道卸下，只牵了马向后逃去。他们做出了马帮遇匪时应做的反应：丢弃货物，保马保人。

这边潘锡三一伙匪徒，见镖师、马夫都给放倒，驮着银镖的骡马也站住不跑了，跟在后头的驮炭汉们更仓皇四散，以为他们又一次劫镖成功，兴奋异常。谁还去管放了几枪，该打死几人？

他们从山坡隐蔽处，奋勇跃出，吼叫着冲了下来。只是拢住驮银子的骡马，喜滋滋翻开驮具看时，里面装的怎么也是炭块？

劫匪们正在惊奇，已有数十人骑马冲过来：不用说，这是李昌有率众镖师拳手，冲杀过来。刚才他们佯装惊慌，卸下驮具，正是为了骑马冲来。

与此同时，佯装倒地的几个镖师也跃身而起，持械斗匪。

结果是可以想见的，潘锡三一伙匪徒被悉数擒拿。镖师这边无论武艺、人数都占优势，又设了这样一个诱敌计谋，当然该拿下的。劫匪那边，的确也不怎么会舞弄洋枪，而且在冲下山时，早得意忘形，洋枪都就地撂下，只提了刀械一类跑下来。手中没有洋枪，他们哪是镖师对手！

成功擒匪后，凡押有银镖的，就继续往京师赶路。与李昌有同来的武师，有几位护着镖队，又往前送了一程，到获鹿。李昌有与其余武友，押了潘锡三一伙，返回东天门。

这次打扫镖道，活儿做得算漂亮，也就很快在江湖间传开。此后，西帮由晋省急调巨银接济京津，再未受阻。

4

但就在井陉镖道受阻这几天，京师银市竟因此又起惊涛。

本来，西帮票号在京师复业伊始，就陷入挤兑风潮中。幸亏各号未十分慌乱，一面紧急由老号源源调巨银来，一面诚恳安抚客户，虽为守势吧，还算能守得住。尤其镖局押银一到，便悉数兑出，渐渐给了京市一点信心：西帮似有兑现实力，只是千里运银，快捷不了。

加上西帮的大小京号，不但全都复业，而且在挤兑风潮中还没一家倒下。这也给京人多了信心：西帮真要倾家荡产、砸锅卖铁，不负客户？

可此时京号老帮们都清楚，挤兑风潮还没有一点衰颓的迹象！多少现银兑出去了，持票求兑者依然蜂拥而至。这么多银子，就是丢进江海中，也能听到不小的响声吧？丢进京市，真是连一点响声都没有！

这次挤兑之迅猛、惨烈，京号老帮中的精明人物也不曾料到。

票号领袖日升昌、蔚字号，原还想在这次危局中出彩，但撑到此时，也心里没底了。京师的银市到底水有多深？张罗了一百多年金融生意，现在竟吃不准了？这不能不叫人害怕。经历这一年浩劫，京城银市是枯竭见底了，但眼下市面也还未见复苏，生意也不大好做，放那么多银子进去，也流通不起来吧？

挤兑风潮中，最见声势的，果然还是小额银票。金额虽小，持票者却甚众，天天来堵门的，大多是求兑小票的。票号本来也不大做小额金融生意，哪能料到平时为了方便官场，随手开出的这种临时便条，竟掀起如此惊涛！小票，小票，西帮历年在京师发出多少小票？真是谁也说不清楚。但各号已有约定，对小票一定要优先兑付，不敢大意。西帮小票失信，必然积怨京师官场，非同小可啊！可惜努力这许多天了，京人依然持小票争兑不止！人们还是对西帮财力有疑？

就在危局正处于这种微妙时刻,传来西帮银镖被劫的消息!激起惊涛,一点也不意外。

京晋之间镖道不通,西帮兑现的诺言还何以实现?甚至有流言称:此劫镖案,说不定还是西帮与江湖串通了编出的故事。他们不是财力不济,就是太心疼银窖里的银子,才编出了这样的故事,敷衍银市。此类流言腿太长,说话间就跑遍京城,击碎了人们的微弱信心。于是,惊涛拍岸,谁又能阻挡得了?

这惊涛再起时,天成元京号的处境,就更加严峻。

由于老号的迟疑,天成元京号本来就因晚开张而出师不利。虽经戴膺老帮极力张罗,被动局面也未转过来。

开张前,按照戴膺谋划,已悄然散出消息:"天成元京号废弃一年,银窖竟未被寻出,真是隐秘至极。里面密藏的银钱账簿,完好无损。"这消息,真还如预料的那样,一时满城传颂。这本来是利好的开业局面,但老号就是迟迟不调银过来!同业中的别家大号,都争抢似的先后开张,戴膺也只能干着急,没法跟进。这么利好,却迟迟不开门,又要出什么奇招?连蔚丰厚的李宏龄,也跑来打听了。戴膺能说什么?只好含糊其词。

客户可就不耐烦了,连连追问:存银、账簿既无损,为何拖延不开业?戴膺又能说什么!只好说:为寻银窖,铺面给损坏得太厉害,修复费时。

但这样能敷衍多久?没过几天,刚散布出去的利好消息,就变成了灾难:什么银窖完好无损,还是唱空城计!天成元京号未开张,就被挤兑的怒涛堵了门。

后来第一批十万两银子终于押到,紧跟着还有四十万两,将分两批运到。这虽有些后发制人的架势,但京市反应却甚冷淡。银子哗哗兑出,挤兑之势仍然强劲。这也不奇怪。金融生意全靠信用,稍有失信,加倍也难挽回。何况又是在这种非常时候!

更叫戴膺震惊的,是第二批二十万援兵前脚到,后脚就传来镖道受阻的坏消息!字号已将"四十万两现银即将源源运到"的准讯,郑重发布出去。话音未落呢,倒要打一半的折扣。这不是成心叫你再次失信吗?

真是人算不敌天算!天不助你,你再折腾,也是枉然。

戴膺仰天长叹,真是心力交瘁了。他在京师领庄几十年,还是头一回

第二十七章　惊天动地"赔得起"

面对这样的危局。现在是京师票业全线危急，你想求救，也没处可求！祁太平三帮虽然有约，不能有一家倒闭，可现在谁家能有余力救别人？

戴膺倒还没想过天成元京号会倒，但已经不敢有力挽狂澜的自许了。

就在此时，副帮梁子威领着一个人进来见他。

"戴老帮，这位是德隆泉钱庄的蔡掌柜。"梁子威介绍说。

蔡掌柜忙施礼，说："戴掌柜，我是常来贵号的，只是难得见您一面！德隆泉是小字号，受惠于贵号甚多。今日来见戴掌柜，只是表达一点谢意。"

戴膺真记不得见过这位蔡掌柜，看他这番殷勤样子，还以为是来拆借银子，心里顿时有些不耐烦：也不看看是什么时候！不过，面儿上倒没露出什么，只说："蔡掌柜，不必客气。"

梁子威似乎有些按捺不住，抢着说："蔡掌柜是来还银子的！"

"还银子？还什么银子？"戴膺不由问了句。

蔡掌柜就说："去年贵号弃庄前，你们梁掌柜将两万两银子，交付我这间小字号。我与梁掌柜是多年交情，也没推辞。梁掌柜虽有交代：陷此非常险境，这两万银子不算拆借，你可随意处置。但我还是当作老友重托，做了妥善隐藏。不想，京城局面稍为平静后，这两万银子还真顶了大事！"

"顶了大事？顶了什么大事？"戴膺又不由问了一句。

"京师陷落后，市面当然是萧条至极。京华不见了，京人还得吃饭穿衣哪！不花大钱，小钱毕竟不能少。到去年冬天，市间的小商小贩很不少了。敝号也就悄然开张。为何敢开张？就因为有贵号的这两万两银子压底！从入冬到腊月，敝号真做了好生意。今年一春天，也做了好生意。京市银根太奇缺了！"

戴膺明白是怎样一回事了，忙说："蔡掌柜，不该你来谢我们，是该我们谢你！去年京师陷落前，那是何等危急的时候，蔡掌柜肯受托藏银，我们已是感激不尽了。我当时就有话交代敝号伙友：柜上存银就是分赠京城朋友，也比被抢劫去强得多。蔡掌柜，眼下京师银市仍危急得很，哪能叫你还这笔银子！等日后从容了，再说吧。"

蔡掌柜说："正因为贵号这样危急，梁掌柜也没来讨要过一回，我才更坐不住了！"

梁子威说："我们戴老帮有吩咐：这笔银子是我们主动送出，今天再危急，也不能去讨要。"

戴膺说："眼前危机，是时局引发，家家都如此的。"

蔡掌柜却说："我虽是张罗金融小生意，也知银市脾气。这两万两银子，用于贵号兑付，顶不了什么事。但在这挤兑堵门的时候，我们反倒押银来还债……"

戴膺没等蔡掌柜说完，就长叹一声，说："蔡掌柜，那我们就更应该谢你了！你这是及时雨！"

蔡掌柜忙说："对你们这等大字号，我这能算几点雨！只是多年受惠，略尽一点力吧。"

戴膺说："在此危急时候，几句议论的话流传开，说不定也会改变局面的！"

梁子威插进来说："戴老帮，先不要谦让客气了，运银子的橇车还在门口等着呢！"

戴膺又一惊，忙问："银子已经运来了？"

梁子威说："可不是呢！"

戴膺一听，就郑重给蔡掌柜作了一揖，说："蔡掌柜的仗义，我们是不会忘的！"

蔡掌柜说："戴掌柜快不要见外，还是我们求贵号的时候多！"

三位走出天成元京号铺面，门外围的客户依然不少。两辆运银的橇车，更被人们围住。戴膺出来，也没有多张扬，只是指点伙友们往店里搬运银子。蔡掌柜见戴膺这种做派，也取了低调姿态，对围观者的问话，只做了极简练的回答。但那回答，却是画龙点睛之语：

"以后还得靠人家，不敢得罪！"

要在平时，蔡掌柜说的也不过是句大实话。那时代，钱庄虽也是做金融生意，但与票号比，规模就小得多。它的主业，起初是做银钱兑换，也就是银锭与铜钱之间的兑换，后来虽也经营金融存贷了，但生意也仅限于本埠范围。所以它没有外地分号，金融吞吐量也就有限了。钱庄资本小，遇到较大用项，就常找票号拆借。而票号主业，是做异地码头间的金融汇兑，银款来往量大，周期也长。常有闲资，也就放给钱庄、当铺，及时生些利息。在这种依存关系中，当然是钱庄弱小，票号强大。

但在这金融危机严重的时候，票号受的压力也就比钱庄大得多。此时蔡掌柜说这样一句话，也就比平时值钱得多：在挤兑堵门的时候，生意不错的德隆泉钱庄，还依然巴结天成元，敏感的银市绝不会熟视无睹的。

继德隆泉钱庄后，又有几家钱庄、当铺来帮衬天成元。

跟着镖道打通的消息传来，二十万银子又押到，天成元所受的压力才终于减缓下来。

戴膺和梁子威也终于松了口气。

不久，西帮各家京号开始源源不断收到西安汇票。这些汇票，都是即将回京的那班随扈权贵汇回来的西巡收成。按说，这么一大批汇票新到，西帮的兑付压力会更大。奇怪的是，这批汇票一到，京市的挤兑风潮竟很快消退了。

到这时，京号老帮们更明白了：站在暗处搅动这场挤兑风潮的，不是别人，正是那些留京的官宦之家。在去年的塌天之祸中，他们亲睹京师大劫，能不担心历年暗藏在西帮票号的私囊？西帮一返京，他们自然要做试探：私银还能不能支出来啊？所以挤兑风潮中，兴风作浪的主要是小票：小票大多在官宅。现在，得知西安随扈的权贵们信赖西帮依旧，他们才终于放下心来吧。

不过，以现代的眼光看，西帮京号在辛丑年所遭遇的这场金融危机，实在也是难以避免。遭受这样的挤兑，不是它的信誉出了问题，而是因它的金融地位引发。那时京师还没有一家官方银行，更没有现代意义上的央行。一国之都，经历庚子年那样的大劫，要复苏，需要多少货币投入！官方既无央行，户部又无力管这样的事，压力便落在民间的金融商家身上。西帮票号势力最大，受压自然首当其冲了。

西帮遵照"赔得起"的经商理念，打开祖传的秘密银窖，源源往京师投放现银，虽然意识不到是在行使央行之职，却将自家的信誉推上了巅峰。

5

京号稳住阵脚，戴膺这才想起津号。就问有没有津号的信报，信房说：有几封，已及时交给戴老帮您了，还没有拆阅呀？

戴膺忙在案头翻找，果然，放着几封，竟未拆看。这儿竟慌乱如此，戴膺自己也有些吃惊了：是危局前所未有，还是自己也显出老态？

他一一拆开看时，由惊到喜，也松了一口气。他也终于承认，邱泰基毕竟不是平庸人物。

这一向，天津也似京师，西帮各票号复业伊始，即陷挤兑重围中。但津门毕竟不是京师，西帮面临的危局也就大不相同。

天津没有京城那么多衙门和官吏，所以也就没有小票之灾。但津门是北方第一大商埠，票号的重头戏是在商界。津号开张后，涌来挤兑的也主要是工商客户。他们人头不算众多，但求兑的数额却大，求兑的又都是逾期的存款，不好通融。老号调十几万两银子过来，实在也打发不了多少家。

西帮老号本来已经调出血本，在倾全力支持京津复业，只是镖局运银要费些时日而已。可津门商界却不愿等待！为了争夺兑现，各家竞相将银票贬值，票面百两，只求兑现七八十两，能兑到就成交。

商家如此贬值兑现，是急于恢复商贸。津门劫难甚于京师，银根短缺更甚京市。议和既成，复苏在即，商家都想抢先机。谁先筹到银子，谁就抢到了先机。可如此将银票贬值，西帮各号都不愿意。因为票号在津门的金融放贷，远远大于收存。存单贬值，借据也要贬值，两相冲抵，西帮吃亏太大。

尤其票号中老大日升昌，珍惜自家百年声威，带头放出响话："日升昌银票，无论收支，一文也不贬！"紧跟了，平帮蔚字号也放出同样的话。不久，西帮各号也都跟进了。

这样一来，外面虽有挤兑，票号倒也从容了。从容由老号调银，从容足额兑付，俨然端起了金融界老大的架子。

但津门毕竟是商贸大码头，市面很快就有了应对的招数：西帮银票既不肯贬值，又不能及时兑现，那就直接拿它流通了：商机不等人！一时间，西帮银票与现银一样管用，形同流通货币。又因津门大额银票多，为做小额商贸，持票者又临时开出"拨条"，也即现在所说的"白条"。影响所及，那些与西帮无涉的商家，也以开"拨条"方式，开展商贸。只是，这种与西帮不沾边的"拨条"，就不大值钱，百两仅值七八十两以下。

津市复苏之初，就这样出现了银票、拨条满天飞。其中最受抢手的，当然还是西帮票号开出的银票、汇票。但西帮之票在流通中，也被商界分成了几等。财大气粗的大号之票，自然是足额流通。实力稍差，但信誉好的，银票也稍打折扣。字号小，或信誉出了问题的，银票便如"拨条"似的，流通时要贬值很多。

天成元在天津本是大号，老号也在源源调现银来接济。自然就紧跟了日升昌、蔚字号，公告商界："本号一切银票、汇票、银折，无论收支，一文不贬！"但邱泰基很快就发现：天成元银票在津市竟然也是打折流通的！贬值虽不到一成，但比日升昌、蔚字号、大德通、志诚信等大号，已低了一等。

这就是说，在津市，天成元票庄已被划出一流大号之列。

邱泰基初来津号领庄，就张罗出这样一个局面？他当然不能接受。不过，他也没有太焦急。他到天津以来，并未做错什么事。他是力主抢先开业的，可惜老号不成全。但仅仅是开业迟了几天，也不至于被津市这样看扁吧？

显然，天成元在天津被低看，还是因以往的两件塌底事：前年五娘被绑票，去年字号被打劫。这两件事虽与邱泰基无关，但不尽快扫去其阴影，天成元津号真要沦落了。

邱泰基就此给京号写了信报，诚恳请教戴膺，但一直没有回音。自己夜夜苦思，也谋不出好办法。白天，他坐不住，借口要熟悉津门，到处拜山、走访、交友。那天去拜访一家洋行，偶尔听到一句话，忽然有悟，就赶紧跑了回来。

一回到柜上，就去见副帮杨秀山。邱泰基到任以来，一直对杨秀山恭敬有加。凡关号事，都要先与杨秀山商议；杨秀山有高见，一定照办。这样，杨秀山渐渐对邱泰基也有了好感。

杨秀山见邱泰基今日兴冲冲的，便问："邱老帮，有什么喜事吗？"

邱泰基说："哪来喜事！我只是忽然生出一个主意，也不知可行不行，才赶紧跑回来，请教你。"

"邱老帮老这么客气，我可不敢多嘴了！"

"杨掌柜，你在津门多少年了，我来才几天？我不请教你，请教谁？"

"快不用多说了，先说你谋出一个什么主意？"

"我先问你，天津的西洋银行中，有没有你熟惯的人？"

"有倒是有几位。找他们有何贵干？"

"我先问你，这几位熟人，你熟惯到什么地步？"

"再熟惯，也只是方便谈生意吧，人家毕竟是洋人。"

"方便谈生意就成。今日我在洋行听了一句话，很有用。"

"听了一句什么话？"

"我正跟洋行打听，西洋银行开出的票，兑现不打折吧？你猜洋行怎么说？他们说，洋人银行才没心思管眼前生意！我就问，那他们心思在哪儿？"

"在哪儿？"

"洋行说，都在忙着兜揽大清赔款！"

"他们倒是着急！议和的十二条还没正式生效吧？"

"那是一笔大生意呀！这数亿赔款，都要经洋人银行汇往各国，谁家不想多抢一份？"

"这与我们相关吗？"

"怎么不相关？你忘了甲午赔款吗，各省分摊的份额，还不是由我西帮汇到上海，转交西洋银行吗？这次，也例外不了。国内这样大宗的金融汇兑，也只有我西帮能做。"

"邱老帮，我明白了，你是想抢先下手，与西洋银行早联手，兜揽赔款？"

"你说对了一半吧。眼下，我们最当紧的，还是重振天成元在津门的声誉。声誉不振，以后兜揽赔款也要吃亏。现在津门金融界，谁的腰杆也比不了洋人银行硬。如有几家洋人银行，并不低看我天成元，津市也会跟着另眼看我们。"

"连津市都低看我们，洋人会高看我们？"

"要不我说兜揽赔款呢！我天成元在津门有所失手，但在其他行省还是大号。洋银行兜揽赔款，能不求我们？"

"原来是这样，邱老帮想跟洋人银行借力发功？"

"我只是有此愿望。能不能借来力，那就全靠杨掌柜与洋银行的交情了。"

"我先推荐一个人吧。戏还得全凭邱老帮来唱。"

"杨掌柜主唱,我帮衬。"

杨秀山推荐的这个人,是英国麦加利银行天津支行的一位买办,叫沙克明。外国银行的买办,也就是它聘任的华人代理。西洋银行中能直接操汉语的洋人毕竟太少。所以在华做生意,大多依靠这种买办。由杨秀山陪同,邱泰基与沙克明见了一面,居然就有了意外收获:天成元津号,竟从麦加利银行借出五千两现银!

要在平时的津门,从洋人银行拆借这点现款,并不是大事。但在眼下银根奇缺的非常时候,能办成这件事,可是真露了脸。不但从洋银行借出现银,写利也不很高,连票号同仁也在猜测了:这位邱泰基又使了什么奇招?

其实,邱泰基也只是预料正确而已。他虽然擅长应酬,可与洋人交流毕竟不同。同沙克明见面后,他刚说自己是从西安新调来,对方就问:"那你同陕西官府不生疏吧?"

邱泰基一听,就知道自己估计得不错。于是便说:同现任巡抚端方大人还算相熟吧。端大人在做陕西藩台的时候,我们就常有交往了。

沙克明听后,就开始陈说麦加利银行来华如何早,信誉如何好,与西帮票号交往如何愉快。

邱泰基趁机提出拆借现银的要求。

沙克明竟痛快答应。

事情办得这样简捷,邱泰基、杨秀山也有些意外。

趁此顺利,他们又找了两家洋人银行,居然也都拆借成功。很快,津市对天成元也不敢低看了。

与这几家洋人银行交往,邱泰基也明白了:洋人看银市,有许多与津人不同处。天成元津号虽出过那样两件大事,但洋人并不把它当作生意上的失手。而近来西帮返回京津,能这样源源运现开市,不贬旧票,洋人比津人还惊讶!西帮实力出人意料,如此爱护自家信誉,更令人不敢轻看。所以,洋人肯借力给你,实在也不只为兜揽赔款。

沙克明说:在天津,西帮大号最可信赖。看来,此言也不全是客套。

戴膺刚刚在上海考察过洋人银行，所以对邱泰基能想到向西洋银行借力振市，就特别有好感。尤其邱泰基以往背有胡雪岩做派的名声，这次向西洋银行借银，居然也不避嫌，这就更令人感动。胡雪岩最后就是栽在西洋银行的债务上。

　　津号得此好手，京号不但可以安心，甚而还可有所依托。

　　看过津号信报，戴膺当下就给邱泰基写去一封夸奖的信。同时也致信老号，说津号由邱泰基领庄复业，开局甚好。

6

　　津号颓势稍有挽回，邱泰基这才从容来探望疯五爷。

　　他刚来津时，曾演了一场"起账回庄"的戏。但那次怕太张扬，他未出面。而且"起账"的地点，也未选在五爷的住处。虽然京号的戴老帮提议选五爷住的宅院，但他回来细想了想，还是选了别处。为演这么一场戏，给五爷引来麻烦，也不好向东家交代。

　　因为这中间提到过五爷住处，更提醒他一定要去探望疯五爷。可津号开局不利，邱泰基一直也没顾上来。

　　这天，由柜上一位伙友引着，来到五爷住处时，敲了半天门，才终于敲应。先出来开门的，是武师田琨。未开门前颇不高兴地叫骂着，等开门看见是津号新老帮，才忽然慌张了。

　　邱泰基已有些不耐烦，但没流露出来。陪着来的伙友早发话了："大白天的，门关这死做甚？"

　　田琨似乎更慌张了，说："这一向都如此，五爷夜间不睡，白天才睡。我们也只好跟着黑白颠倒。邱掌柜快进来吧！"

　　邱泰基进来，见这座两进宅院倒也拾掇得干净利落，只是一路寂静无声。

　　"五爷正在睡觉？"他随口问了一句。

　　田琨忙说："可不是呢！我进去，看能不能将他摇醒。"说时，就要先往里院跑。

邱泰基叫住说："快不用折腾他了。他睡他的，我进去看我的。"

进了里院正房，果然见一个人横躺在床榻上，张了大嘴在酣睡。

跟着的伙友先说："邱老帮，这就是五爷。"

田琨已经过去将五爷的身子搬正，一边吆喝："五爷——有人看你来了，字号的邱掌柜，五爷——"

邱泰基忙止住，说："不用折腾他了，由他睡吧。"

邱泰基以前有机会去康庄，是见过五爷的。眼前这个酣睡的人，却无一处像五爷，也许是睡相不雅吧。好在周身上下还算整洁，脸色也不错。

"田师父，听说你对五爷甚为尽忠……"

田琨慌忙打断说："唉，再尽忠，也救不了五爷！都是我惹的祸！"

邱泰基就说："以前的事，不用多说了。我来津号领庄，也当尽力照顾五爷的。这头有什么急需，田师父及时告诉我们。五爷成了这样，也是个可怜人，我们一道多操些心就是了。"

"那我就代五爷谢邱掌柜了！"

"不要说见外的话。在这里伺候五爷的，还有些谁？"

田琨又有些慌似的，说："也没几个人！都不想在这里久住！眼下除了我，还有位吕嫂，是老太爷亲自打发来的。厨子，两个杂工，都是从本地雇的。要不要叫吕嫂出来？"

"不必了。"

邱泰基又简略问了问当年绑票情形，就告辞了。

送走邱泰基，田琨忙进来见吕布。

吕布已穿好衣服，嘲笑似的说："看你还是一脸惊慌！哪如我出来应付他们？"

田琨说："邱掌柜的心思，全在五爷身上，并不十分看我。所以我早不惊慌了。"

吕布说："这位邱掌柜还那么骄横？当年摆谱坐绿呢官轿，没让老太爷把他奚落死！"

田琨说："我看这位邱掌柜也是心善的人，很可怜五爷。"

吕布又是一脸嘲笑，说："你的心思才全在五爷身上！"

田琨忙赔笑说："现在，就把心思都放你身上，还不成吗？街门二门，我都关好了。"

吕布说:"今天拉倒吧。叫这么一搅,我可没那心思了。你还是把街门开了吧,省得那几个杂工回来,又擂鼓似的敲。"

吕布来这里,也才大半年吧,就与田琨搅到一起,实在也是把后半生看透了。

她被逐出康家后,就知道自己触犯了东家太深的忌讳。她被放在老院多年,东家深处的东西知道得太多。平时辛金优厚,可一旦被疑,下场也可怕。她能被打发到天津伺候五爷,辛金依旧优厚,而且准许带了男人来,起初她还很庆幸。

可男人一开始就不想出来。好不容易拽着上了路,只走到平定,这个没良心的东西就高低不往前走了,说什么也要回去。也不等多劝说,半夜趁她睡着时,竟不辞而别。

吕布也知道,靠她的辛金,男人在村里过着吃香喝辣的富贵日子。说不定还为下了相好的女人。但她身在康宅,每三个月才能出来歇半月假。当年受老东西宠爱时,连这半月例假也保不住。因离不开你,才不叫你走,你也不好愣走。所以,她也不便多计较男人。

可现在她走下坡路了,男人也不体谅,依然只恋着自己那坐享其成的舒坦日子,不肯一道出来共患难。自家孤身到千里之外挣辛金,养活你在家里吃香喝辣?吕布的心里真是凉到了底。

到了天津,伺候的又是这样一位疯主子,你再尽心,他连一句知情达理的话也不会说。

除了疯五爷,在这里当家的就是这位田武师了。田武师年纪比五爷大,人也精明,尤其对疯主子,那真是尽忠至极。五爷的吃喝起居、喜怒哀乐,他都操了心管。疯人本来就喜怒无常,可五爷一不高兴,田琨就坐不住了,千方百计哄,直到他傻笑起来。哄他洗脸,哄他吃饭,哄他睡觉,那更是家常便饭。

这位傻五爷呢,谁的话也不听,就听田琨的。一时见不着田琨,更了不得,不是发抖,就是哭。

吕布初来时,见田琨如此仁义,心里还是很感动的。一个武人,有如此善心,又有如此耐心,很难得了。

只是，她自己对这位疯五爷，却生不出很多怜悯。也许因她对老太爷了解太多吧，总觉五爷成了这样，分明是对老东西的一种报应。而且，她就是想尽心伺候这位疯五爷，人家也不认她。

真的，疯五爷好像不喜欢她，更不许她靠近他。她一走近，他就乱喊乱叫，像见了强盗似的。在康宅时候，吕布也没得罪过五爷。她现在的样子，就那么可怕？

她问过田琨："五爷这是什么毛病，怕见女人？"

田琨说："是玉嫂吓着他了。玉嫂那人不仁义！五爷五娘好时，她多会巴结？见五娘没了，五爷成了这样，她就不耐烦了，成天哭哭啼啼只想回太谷。你心里烦闷，也不能朝五爷发泄呀？他已经成这样了，你还冷了脸指桑骂槐，发了火挑剔埋怨，也真忍心！"

五爷五娘跟前的玉嫂是什么样，吕布真没有多少印象。她就问："难道我长得像这位玉嫂？"

田琨断然说："不像，不像，一点都不像。"

"那我是太难看，还是太冰冷？"

"都不是，都不是。你千万不能跟五爷一般见识！他是给玉嫂吓的，跟你无关。你先让着他些，以后我能叫他喜欢你。"

那次，吕布就顺嘴问了一句："那叫你看，我也不难看吧？"

奇怪的是，当时田琨竟很爽快地说："吕嫂你要难看，天下真没好看的女人了！所以我说，五爷不是怕你，是还没认得你呢。"

"我是问你呢，又扯上五爷！"

"我就这么看呀！"

吕布不相信他说的是真话。真话不会这样说，就像喝凉水似的。但当时她也没追问，订正。其实，她也不希望他改口。

经田琨耐心调理，疯五爷倒真不害怕吕布了。渐渐地，五爷也愿意听她的话，愿意由她摆布。

有一次，她就问田琨："你这样操心，是为了五爷，还是为了我？"

田琨说："为了你，也为了五爷。"

她追问了一句："到底为了谁？"

田琨的回答，真没把她气死！他竟说："吕嫂，我是想叫你救五爷。

五爷毕竟年轻呢，有吕嫂你这样的女人疼他，说不定能把他的灵魂唤回来。"

吕布立马拉下脸，厉声说："好呀，你原来安的是这心！拿我使美人计？你是我什么人，主子，还是男人？竟要拿我去讨好这个疯人？先看看你自己是谁！"

田琨显然没料到会这样，顿时慌了，忙说："吕嫂，我不是这意思，不是这意思，你误会了！"

"我误会了？我一个女人，不往别处误会，专往这种事上误会？那我成什么女人了？你先看清我是谁，也先记着你是谁！"

田琨更慌了，连忙赔罪，吕布已愤然而去。

吕布发这样大的火，也是因为田琨的话触到了她的疼痛处。那样尽心伺候老东西，落了一个什么下场！不用说富贵了，现在是连家也不能归，乡也不能回。你田琨也是伺候人的，竟也不把她当人！她伺候了老东西，再伺候这个小东西？东家不把她当人，你田琨也不把她当人？还以为你心善，仁义呢，真是看错了人！

田琨呢，他实在也没有恶意。五爷住进这处宅院，已经是第三个年头了。越住，这里越似一个孤岛。好人都憋闷，疯人他能舒坦了？玉嫂在时，她不仁义，成天怄气哭啼，还嫌他烦她。可她一走，这里清寡冰冷得简直叫人害怕。那段日子，五爷倒是不哭闹了，可仿佛更憨傻。

所以，吕布一来，田琨除了高兴，也得赶紧巴结。而实在说，吕布虽比玉嫂大些，可人家多年放在老院，出息得贵妇一般，佳人一般。吕布真比玉嫂好看得多。这样一个女人，如能和和气气守在这处宅院中，说不定真能把疯五爷的灵魂唤回来。五爷五娘的恩爱，田琨是知道的。他一直以为五爷失疯，就是因为猛然割断了这份恩爱，他的灵魂寻五娘去了。你能把五爷的灵魂唤回来，是做了善事，也是做了他的再生父母。

这有什么不好呀？

可吕布是真生气了，整整两天闭门不出。田琨吓坏了：她不会寻了短见吧？于是，使出他的武功，把她的房门卸了下来。

她还活生生坐在屋里，却是一身盛装打扮。

田琨一见，更慌了，不由惊呼："吕嫂，你真要寻短见……"

吕布怪笑了一下，说："可不是呢。晚一步，我就寻五娘去了。"

田琨一听就跪下了，说："吕嫂，我不会说话，真没那意思！"

吕布又一笑，说："除非你答应我一件事。"

田琨忙说："十件也成！"

吕布说："那你先站起来吧。"

田琨站起来，说："要我答应什么事，说吧！"

吕布说："你先把房门给我安上！"

田琨慌张把房门安好，又问："什么事，说吧。"

吕布看着她，半天才说："我还能有什么事，就是叫你把门给我安上。"

田琨一听，又有些慌了，说："吕嫂，你还是不饶我？"

吕布忽然就哭了，说："我是谁，我敢不饶你！我想伺候你，还高攀不上呢，我敢不饶你……"

田琨一时不明白吕布说什么，不由念叨："伺候我？"

"我这辈子就是伺候人的命。从今往后谁也不想伺候了，只想伺候你，还高攀不上！"

田琨这才听明白了，慌忙说："我有何德，受此厚福？"

吕布就过来捶了他一下，骂道："你的心思就全在五爷身上！"

从此，两人暗里就似夫妻一样了。虽不合夫妇之道，但一同沦落天涯，遥无归期，如此也算是一种互为扶持吧。两人如此一来，不仅都安心伺候疯五爷，这处孤岛也有了生气。但到了，终于也没能唤回五爷的灵魂。

第二十八章　走出阴阳界

1

津号开局稍见起色后,邱泰基也才给家中写去一信。

票号驻外人员的家信,一般都是寄回老号,老号再捎话给收信的家眷,叫他们来取。邱泰基这封信,自然是温雨田从城里的天成元老号取回来的。他见信是从天津发来,很有些奇怪。

显然,邱泰基从由西安调津时,行色匆匆,竟未写信告家中一声。

姚夫人见信也一惊,忙拆开看时,心里自然又是翻江倒海!以前那样凄苦万分地守着,男人也不过是一步一步长进;前年自己破了戒,失了节,男人倒一年一个样,一年一大变:这岂不是上天在报应她吗?她知道,去津号做老帮,那是男人多年的愿望。以前运气好时,那还一直远不可及;现在倒霉了,反倒一步就跃了上去:如此反常,谁又能料到?

雨田见姚夫人读罢信就坐在那里发呆,没敢多问,悄然走开了。

自从和主家夫人有了那一层关系,雨田可不像前头那个郭云生,还没几天呢,就将得意张扬出来,再往后,更将自己看成了半个主子。他是越往前走,越感到自己罪孽深重。在那个寒冷的冬夜,是主家夫人留住了他。但夫人是他的恩人,母亲一样的恩人,他不应该走出这一步。

夫人在相拥着他的时候,极尽了疼爱,他感到那里面也有许多母爱。所以他不敢放纵了来享受这一份疼爱。夫人那里温暖至极,迷人至极,但也沉重至极!他知道拒绝了这一份疼爱,也就失去了这位主家夫人,但接受了这一份疼爱,他又日夜不安。夫人对他越好,他越要想起远在外埠的主家掌柜。有朝一日,主家掌柜回来时,他怎么可能从容面对?

雨田不止一次对姚夫人说起这逃不过的难关。姚夫人总是说,你不用怕,有我呢。到时你只要听我的,什么事也不会有!但她有时也会说,该怎么，就怎么吧，谁叫我们走到了这一步？这样说的时候，他哪能不心惊肉跳！

尤其每当主家掌柜有信寄回，夫人总是一看就发呆。雨田是个心细敏感的后生，见此情形，他心里也会翻江倒海。夫人这样发呆，一定是觉得对不住男人。是他连累了夫人！所以，每次主家掌柜来信后，他总是躲避着，不愿见夫人，直到夫人强行召见他。他不能不应召去见，可每次都心情沉重，要很说一番"连累了二娘，想告罪辞工"的话。

姚夫人一听他这样说，反而很受感动，直说："你有这番心意，我也值得了！就是挨千刀万剐，也值得了。"

起初，雨田见夫人这样说，还慌忙回答："不值得，不值得！二娘是谁，我算谁？我毁了二娘，罪孽太大！二娘待我恩重如山，更不该。"

姚夫人好像更受感动，说："你这样有情有义，我还有什么不值得？"说时，眼泪都下来了。

雨田他还能再说什么？也只能一切依旧了。再说，离开邱家，他也实在无处可去的。

这一次也一样，雨田见夫人接天津来信后神情复杂，便悄然躲避开。但也有不一样：好几天过去了，夫人也没有召见他。雨田就有些坐不住了。因为在以前，最多过不了两天，夫人准要召见他。或者，干脆在夜半时分就会潜入他的住处。

这一次，是怎么了？

雨田虽然希望不再往前走，可主家夫人真这样不理他了，心里到底还是受不了。起先，他还以为主家掌柜在天津出了什么事，但越看越不像。真出了事，夫人不会这样安坐在家，一点动静也没有。不是出了事，那就只有一种可能：夫人真幡然悔悟了。

雨田虽未进过商号，但他自小就知道，口外是商家圣地，西安是大码头，天津更是大码头。他来邱家这还不到两年，就亲见了主家掌柜从口外调到西安，又从西安调到天津，挪动的地界一处赛一处，而且还挪动得这样快！他从小就记得，母亲一直盼望父亲能挪动到离家近的地界驻字号，当然更盼望父亲能改驻大码头。可父亲熬到死，也还是没离开遥远的小码头。所以，邱掌柜在他心目中早已是一位威风的大人物。夫人怎么可能为了他这样一个卑贱的用人,长久得罪那样高贵的男人!现在邱掌柜荣调天津大码头,夫人一定更后悔了。

不是后悔,也是害怕了。

这样威风的掌柜,一旦知道了夫人的这种事,哪能轻饶了她?

当然也轻饶不了他这个贱仆。他死也无怨,只是连累了夫人!

夫人这样不理他,是示意与他断情,叫他趁早远走吗?

可他能往哪里去?

失去了夫人,世界又成冰天雪地,他也只有去死。

或者,趁早求夫人把他打发到遥远的地界,驻字号,做学徒?

雨田这样胡思乱想着又过了几天,仍然没有什么动静。夫人一直闭门不出,令他更坐卧不安。

这天,他终于忍不住,主动叫住主家小姐水莲,问道:"好几天了,也不见二娘出来,是不是病了?要是病了,我得赶紧去请医先。"

"没病。我也问过,妈说她没病,只是困乏,想多歇几天。"小水莲回答时,一脸灿烂。

雨田很害怕见见这种灿烂,忙说:"没病就好。我也该忙去了。"

水莲更笑着拦住他:"雨田,趁妈不出门,你还不清闲几天?今儿陪我进趟城吧!"

雨田更慌忙说:"我哪能清闲呀?已是秋天了,我得去跑佃户,查看庄稼长势。"

她依然灿烂笑着,说:"我不管庄稼不庄稼,反正雨田你得陪我进趟城!"

雨田哪能答应?只好换了央求的口气说:"大小姐,我吃的就是伺候主家的饭,伺候你进城,哪能不愿意?可庄稼是一年的事,现在佃户又花样多,不趁早查清长势,等庄稼快熟了,他们先给你偷偷收割一两成,哪能发现得了?"

"我不听,我不听!反正你得陪我进趟城!"

"进城做什么?"

"逛一趟呀。"

"可误了跑佃户,我交代不了二娘。"

"陪我进趟城，能误了你什么事！"

"时令不等人……"

"雨田，我就使唤不动你？"

"我是怕二娘怪罪……"

"我去跟妈说！"

"我听吩咐。"

见小水莲跑走了，雨田才松了口气。

小水莲对雨田，也与对云生不同。她分明也喜欢雨田，有事没事，总爱跟在雨田后面跑来跑去，问长问短。而且，她也照了母亲的叫法，一直坚持叫他"雨田"。母亲一再要她改一种叫法，她偏不，偏"雨田，雨田"地叫。她还要雨田叫她水莲，不要叫小姐。雨田当然不敢答应。

雨田与夫人未有私情前，见主家小姐不讨厌他，当然很高兴，也就极力叫她遂意，哄她喜欢。可自从与夫人有了超常关系，雨田见了小姐就心虚了，有意无意总想躲避。这一躲避，反倒引起小姐的多心：雨田为什么不喜欢她了？

小水莲就到母亲那里告了状。姚夫人一听就慌了，忙私下问雨田：你怎么惹莲莲了？千万不能惹，千万不能惹！雨田说明了他只是想躲避，并没有惹她。姚夫人就叮咛：也不能冷落她，千万不能冷落她！以前怎样，还怎样，不敢露出异常。

雨田这么年轻一个后生，哪可能心里藏下这等私情，外面不露一点痕迹？他虽不敢有意躲避小水莲了，却也很难从容依旧。而小水莲见他这样多了几分羞涩，倒也很满意：这样更便于支使他。

小水莲只是一个十一岁的女娃，她喜欢雨田，实在也只是一种纯洁的感情。在长年见不到父亲，又无兄弟相伴的家中长大，对男性自然有种新奇感。对云生的反感与对雨田的喜欢，原本就是这新奇感的两面。可怀着愧疚感乃至罪孽感的雨田，怎么也难以从容应付小水莲？

像这种叫他陪了进城一类的要求，水莲是常提出来的。雨田是能推脱，就推脱。陪了她出去，要不冷不热说许多话，不招她太亲近，又不惹她恼怒，实在太难。所以，雨田盼望着的，是夫人不准许陪小姐进城。

可水莲很快跑出来了，得意地对他说："雨田，妈同意了，叫你陪我进趟城。说是正好有封信，叫你进城交给信局。快去吧，妈叫你呢！"

雨田听了，不由一喜：他不见夫人只五六天，却似相隔了多少天！今天算是沾了小水莲的光，终于能重见夫人了。他竟没有多理水莲，就跑去见夫人。

几天不见，夫人是明显憔悴了。他进去时，夫人未说话，也没有抬头看他，仿佛不知道他进来。雨田便怯怯地低声问：

"水莲说有封信，叫我往信局送……"

姚夫人仍没有看他，只是冷冷地说："信还没写。去拿笔墨信笺来，我说，你写。"

这是给谁写信，叫他执笔？以往夫人给邱掌柜去信，都是自己亲笔写。而写那种不当紧的信函，夫人也只是交代一下，并不口授的。

他只顾这样猜想，竟未立刻回他住的账房去取笔墨信笺。

"你没听见我说话？"姚夫人厉声问了一声。

他这才赶紧跑出去。取来后，刚舔笔铺笺，夫人就开始口授：

"夫君如面——"

原来竟是给主家掌柜写信！雨田一听，手都有些抖了。

"由津寄来的家书已收妥。知夫君又荣升津号老帮人位，妾甚感光耀。谨祝夫君在津号极早建功，报答东家、老号。家中一切都好，只是莲儿、复生很思念你，妾也如是。夫君示妾，在津号恐怕要住满三年，才可下班回来，妾无怨言。只是，俟夫君归来时，复生已五岁矣！妾字。"

雨田在写头一遍时，太紧张，只顾了写字，未及解意，几乎未领会夫人口授了什么。等第二遍誊清时，才知信中意思。其中，主家掌柜要三年后才回来，最令他欣慰。近日夫人生气，也许是怨恨男人太无情吧。

他将誊清的信笺呈给夫人过目时，见她一脸冰霜，就说了一句："二爷也是掌柜中的俊杰，归化、西安、天津，一年挪一个码头，又一个码头赛一个码头……"

他还没说完呢，就忽然听见夫人朝他怒吼起来：

"没良心的东西，你也是没良心的东西！你也想去驻码头？都是没有良心的东西！你们都去驻码头吧！都是养不熟的东西……"

一边怒吼，一边将手中信笺撕了个粉碎。

雨田哪见过这种阵势？慌忙跪下，却不知自己说错了什么。

2

那天，姚夫人的怒骂似大雨滂沱，很持续了一阵。收场时，说了一句话，更令雨田惊骇无比：

"你也走吧，我不养活你了，走吧，走吧！"

他给吓得蒙住了，也不知如何辩解。夫人却已将他撵出来了。

他丢了魂似的走出来，倒把等在外头的小水莲吓了一跳。慌忙问时，他也不说话。水莲就跑进母亲屋里，很快，也灰头土脸地出来了。

水莲又过来缠住问他，他哪有心思给这个小女子说？只应付说："我也不知二娘为何生这么大的气，也许嫌我写字写得太难看？二娘正在气头上，先什么也不要问了。"

打发了水莲，雨田也希望主家夫人不过一时说气话，并不是真要撵他走。但他想错了。第二天，夫人屋里的女佣兰妮就过来说："二娘叫传话给你，什么也不用你张罗了，收拾起你的行李，去另寻营生吧。"

夫人当真要撵他走？他愣住，不说话。

兰妮低声问："雨田，你咋惹二娘了？叫她生那么大气，提起你，恨得什么似的！"

雨田才说："我也不知道呀？昨天，二娘要给二爷回信，她说一句，叫我写一句。写完，就发火，真不知道是为什么。"

"你是没照二娘的意思写吧？"

"我哪敢！"

兰妮又问了些傻话，雨田也不想跟她多说，只是告她："你给二娘回话吧，我走也无怨言。这两天，我把佃户跑完，查清各家庄稼长势，就走了。"

兰妮就说："离开邱家，你到哪儿营生呀？"

"你快给二娘回话吧！"

打发走兰妮，他真就出村奔佃户的田亩去了。

带几分傻气的兰妮都知道担心：离开邱家去哪儿营生？但他已不去多

想，走一步，算一步吧。昨夜，他几乎未合眼，已反复想过多少次，真离开邱家，也决不回叔父家。第一选择，就是投奔拉骆驼的，跟了去口外。驼户不要他，就自家往口外走。他相信，只有往口外走，就会有生路。

夜里，他也细想了夫人发怒的经过。他是说错了话：不该在她怨恨二爷无情的时候，夸赞二爷。对驻外埠码头，他或许还真流露出了羡慕？但夫人的发怒，似乎也真正唤醒了他的梦想。

他也真该为以后着想了。总不能老这样陪了主家夫人过一生。自家也是男人，也该到外埠码头去闯荡一番吧。不能像邱掌柜这样驻大码头，至少也要像父亲那样寻一处小码头驻。

总之，因为夫人的发怒，雨田倒真向往起外埠码头来。

带着这样一份向往，雨田不但没有了沮丧情绪，似乎还激发出一种成熟来。他马不停蹄地跑遍了邱家的十几家佃户，整整在外奔忙了三天。期间，一次也没回邱家，每夜都是就近住在佃户。

到第三天傍晚，他才回到邱家。一进大门，守门的拐爷就叫了一声："雨田，你到底回来了！"

"怎么了？"

"你快进去吧！"

进来碰见谁，也都是那句话："你到底回来了！"后来碰见兰妮，她更是惊叫了一声，说："雨田，你到底回来了！二娘天天骂我，嫌我放走了你！你得对二娘说清楚，是你要走，不是我叫你走……"

"到底怎么了？"

"你一走，二娘天天骂我！一天能骂八遍！你到底回来了，我这就禀报二娘。"

"这几天，我是去跑佃户，跟你说过呀？"

"我说甚二娘也不听。你去说吧，我这就去禀报！"

兰妮跑进去后，雨田站在院里等了一会儿，见没有动静，只好回到自己的住处。

不久，小水莲跑来，问他这几天赌气跑哪儿了？还低声告他：妈的气更大了，见谁骂谁，你得小心！说完，赶紧跑走了。

然而，直到天彻黑了，夫人也没有叫他。看来，她是真动了怒。他走这几天，她以为是跟她赌气？兰妮或许没说清楚。自来邱家后，他也从未离开过一天。她有气，也难免。他可是尽心尽职跑佃户，一点怨气，一点委屈也没有。

她生这么大气，那就更不会收回成命，留下他了。

虽然有些舍不得，但他迟早得走这一步吧。

跑了这几天，他也累了。洗涮过，倒头睡下，很快就进入梦乡。也不知过了多久，他依稀听到一种哭声，似远又近，还有几分熟悉，只是寻不见人在何处。正着急寻找，猛然一激灵，醒来了。

一片黑暗中，哭声依旧，只是更清晰。

再一激灵，看见了坐在炕榻边的夫人。

他慌忙坐起来，要下地去，夫人拦住了他。

"你睡你的吧！把我气成这样，你倒睡得香！都是没良心的东西……"

"我是赶趁着跑佃户……"

"谁知道你跑哪儿去了，没良心的东西！"

"眼看秋凉了，我真是……"

夫人搂住了他，不让他再说。

这一夜，夫人感伤缠绵至极，却不许他多问一句，更不许他多解释一句。

第二天早饭时，夫人叫在她用餐的桌上多备了一副碗筷，并传了话出去："雨田虽年轻，可管家有功。前几天下去跑佃户，不辞劳苦，甚是尽心。从今往后，雨田就同我们母女俩一道用膳了。都小心些，不能怠慢了他！"

这可又叫雨田吃了一惊！

主仆有别，那是大规矩。姚夫人这样公开将他与主家同等对待，虽没有料到，但他是知道夫人用意的：她不惜将事情公开，也要留住他吧？只是，他怎么可能心安理得来接受这一份高待！

可他也无法拒绝。正犹豫呢，水莲过来就拉他就座。座上，夫人已无一点怨气，从容说笑，精神甚好。水莲也是高兴异常。但他实在无法同她们一道高兴。

几天后，邻村有庙会。三天的庙会，头一天就热闹非常。这大概是因为去年有拳乱，今年前半年时局也不稳，一年多没庙会可赶吧。

姚夫人听说庙会很热闹，就吩咐雨田："你叫他们打听一下，看写了什么戏。后晌，咱们也套辆车，看戏去。"

雨田就说："那我去吧。顺手看有值得采买的，买些回来。"

姚夫人就说："雨田，你也得学会使唤人！不能光知道辛苦自己。我雇了这些下人，就是叫你使唤。不够使唤，咱再雇。"

雨田就说："采买东西，还是我去吧。再说，我也想赶赶热闹。"

姚夫人说："你愿意去，那就另说了。可你得学会使唤人！不说我心疼你了，给我做管家，哪能没一点排场！"

要在以往，雨田听了这番话，会泪流满面的。现在，他却感到了一种压迫。

邻村的庙会场面，果然热闹异常。但他打听了几处，都说今年只写回一个"风搅雪"的小戏班。因为连年天旱，再加拳乱，村里公摊回来的银钱不多，写不起大戏班。

"风搅雪"，是指那时代草台野戏班的唱戏方式，也就是既唱大戏，也唱秧歌小调。大戏见功夫，有规模，但规矩也大；秧歌小调却能即兴发挥。小戏班为了谋生，也就大戏秧歌一齐来，台下喜欢什么唱什么。当时祁太平一带流行的秧歌，已自成体系，有了自创的简单剧目。剧目虽简单，却因采自乡民身边，又以男女私情居多，所以流行甚劲。小戏班当然要抢着"风搅雪"。

但就是像温雨田这样规矩的后生，也知道"风搅雪"唱到夜里，会搅出什么来：冒几句淫词浪语，那还是好的！

所以雨田断定，既然只有"风搅雪"，夫人大概不会来看戏了。他在会上转了一圈，见木炭很便宜，便要了两推车，押了回来。

姚夫人见他买回木炭来，没问两句呢，竟掉下眼泪来。雨田猜不出又怎么了，夫人才说："你刚来那年，为买木炭，都把你冻病了！你忘了？"

雨田连忙说："那是我不会办事，不用提了。"

但他心里明白，夫人想的不是这件事，而是那个寒冷的冬夜，他去添了盆木炭火，她不让他走。可他今天买木炭，根本就没想到这件事。

打发走卖炭的，夫人就问他："他们写回谁家的戏？"

雨田就说："没写回正经戏班，只叫来一个'风搅雪'的野班子。"

夫人竟说："'风搅雪'，也有它热闹的地界。一年多没看戏了，不拘什么吧，咱们去图个热闹。今晚的戏报贴出来了吧？有几出什么戏？"

"戏报上写的是，一出武秧歌《翠屏山》，一出大戏《白蛇传》。可这种野班子，它给你按戏报唱？还不知搅到哪儿呢！"

夫人毅然说："不拘什么，咱们都去！后响就套辆车去，先赶会，后看戏。"

夫人对"风搅雪"居然一点也不避讳，这叫雨田很害怕。以前，夫人在外头面儿上那是极其谨慎的，现在这是怎么了？夫人要真看"风搅雪"，那是一定要他陪到底的。在家与她同桌吃饭，在戏场同她一道"风搅雪"，那岂不是将他们之间的私情全公开了？她这样不管不顾，是一时赌气，还是真想走这一步？

雨田不敢深想了。夫人对他是有恩的。他不能毁了夫人。但靠他是拦挡不住的。他一着急，才想到一个人：小水莲。

他就赶紧把后响要去赶会看戏的消息先告诉了水莲。水莲一听，当然很高兴，蹦跳着跑回去挑选衣饰去了。

好一阵儿，夫人也没叫他去。说明夫人是同意带水莲去的。雨田这才松了口气。带水莲去，就不会很看"风搅雪"了。

后响出门时，一辆马车上还真坐满了：姚夫人、水莲，还有兰妮抱了小复生，另外还拉了几条看戏坐的板凳。夫人还叫雨田也挤上来，他哪能去挤！

但到了会上，姚夫人却一定要雨田陪了她们逛。雨田说，他先搬了板凳到戏场占个好地界。夫人不让，说没个爷们跟着，你也放心！他也只好陪了逛。

夫人就自始至终托了他的肩头，大方地在人流里挤来挤去。雨田心里不安至极！幸好在庙会那种氛围里，也没人很注意。连跟着的水莲、兰妮也不在意。

等入夜进入戏场，夫人叫水莲挨她坐一边，另一边就叫雨田挨住坐，兰妮挨水莲坐那头。雨田有些为难，夫人却是不容分说。他看戏场里气氛，似乎更宽容，谁也不管谁，才踏实了一些。

开场武戏也只是乱，不见好功夫，倒见台上的尘土升腾着，向台下飞扬。戏场里似乎也没几人在看戏，一片嘈杂。所以等武戏收场时，水莲和兰妮都在打盹了。复生也早在夫人怀中睡去。

雨田就说："二娘，这戏没看头，我们也该回去了。看她们东倒西歪的，来受罪呀？"

姚夫人却说："叫她们坐车回吧，咱们看，正经戏还没开呢。"

说时，她就摇醒水莲，叫醒兰妮，交代她抱好复生，坐车回村去。并交代车马也不用再来了，小心关好门户。她有雨田伺候呢，散了戏，雇乘小轿就得了。雨田也只好送她们去坐车，向车倌做了交代。

回来刚挨夫人坐下，就觉她的脚伸过来，勾住了他的腿。

重新开戏后夜已深，大戏也没正经唱，就"风搅雪"了。雨田真还没亲历过这场面，始终觉得不自在。看到要命处，简直觉得无地自容。

可夫人却似一团烈火，什么都不管不顾了，只听任野地的风吹旺她。没等散戏，她就拉了雨田挤出戏场。也不雇车轿，只是紧握着雨田的手，放肆地疯说着，走进了旷野。

旷野里疯狂的夫人，真叫雨田害怕了。

正是这一夜，使温雨田下了一个决心。

半年后，他真的跟了一支驼队，不辞而别，走了口外。这是他半年来暗中努力的结果。利用进城采买办事的机会，他找到了父亲的一位旧友，托人家作保，在口外谋得一学徒之差。

姚夫人在确信雨田不再回来后，几乎疯了。奇怪地，没有多久，她似乎就安静下来。而且，这一次她是重新回到以往那种苦守的日子，只等待男人下班归来。这是后话。

3

就在那几天，凤山龙泉寺周围的乡民，为了还愿谢龙王，也写了几台戏唱。因有商号捐助，这里请来的是正经戏班，庙会规模也大。

只是，康家没有看戏的习惯，更不允许去庙会那种戏场。所以，听说龙泉寺唱戏，康家倒也没人把它当回事。唯有汝梅有些心动。

时局平静后，老太爷就放了话：赶紧给榆次常家说说，挑个日子，把梅梅娶过去吧。跟着，两头就张罗起来，吉日定在了九月初六。

对此，汝梅很有一些伤感。她感到老太爷是有些急于把她撵走！自从她在凤山遇见那个神秘的老尼后，老太爷就和她疏远了。父亲虽没有疏远她，却也告诫她不许胡思乱想，更不许打探那些不该知道的事情。她很想听父亲的话，可他们越这样，她越放不下。

眼看要出嫁了，成为人妇，只怕出行走动更不容易。回首少女时代，汝梅最感遗憾的，便是未能跟随父亲多出几趟远门。好不容易去了一趟江南，偏偏赶上老夫人去世。刚到杭州，就日夜兼程往回赶！

她就是在这样感伤时，那个念头又闪了出来：去年初冬刚给老夫人画了像，腊月就病倒，今年正月就病重，二月就死了？这好像一步接一步，安排好了的？给这位老夫人画的虽是西洋画像，可尺寸却是遗像的尺寸……在从江南回来的路上，汝梅就曾给父亲说过这疑问，遭到了父亲的怒斥。

可现在这疑问非但未消，更变成了一种诱惑：汝梅非常想再一次私访凤山那座尼姑庵，看能不能碰见新逝的这位老夫人……

在汝梅这样的年龄，这种念头一旦生成，那是压不下去的；越压，反而越想一试。何况她又任性惯了。在少女时代即将结束时，她更不想放过这次冒险探秘。

只是，她找不到去凤山的借口。那些车倌们，叫他们去哪儿都去，唯有去凤山，谁都不愿拉她去。她疑心这是老太爷有吩咐，谁也不敢有违。

所以，一听说凤山龙泉寺唱戏赶会，就想借机去一趟。但她也只能磨缠母亲。父亲虽在家，却忙得像什么似的，很难见着他。母亲呢，不但没松口，还很数说了她一气。母亲现在俨然是主家婆了，一味护着康家规矩，数落她的没规矩。汝梅也只好死了这条心。但不大一会儿，她就生出一个主意来。

她装着若无其事，熬到后晌，才又去见母亲。母亲以为她又来磨缠，已拉下脸来，她忙说："妈，又怎么了？我不能来见你？"

母亲哼了一声，说："谁知你又有什么好事！"

"那就不说了，什么也不说了。"

"你又想说什么？"

"不说了！"

"你到底又想说什么？"

"妈你总说我不懂事，我想懂点事了，你还是一脸恼！我懂事也是不懂事，我还说它做什么？"

"死妮子，你到底要说什么！"

"我看父亲和你，打里照外，比谁都忙，就想代你们去看看外爷、外婆。不知这是懂事还是不懂事？"

"梅梅，我不是早有这意思吗？你只是不爱去！"

"现在去，不迟吧？"

"什么话！想去，就赶紧去吧。"

汝梅的外祖父家，与京号戴掌柜同村，就在不远的杨邑镇。虽也是大户，却无法与康家比，也没有康家这样太多的规矩。尤其两位老人，对汝梅宠爱得很，什么要求不答应？汝梅既一心谋着去凤山探秘，终于想到了借助这两位老人。

第二天一早，三娘就郑重派了车马，带了礼盒，送汝梅去了杨邑。

到了外爷家，汝梅又改变了主意：她不急于要求去凤山赶会了。凭她的经验，在赶会唱戏那样的时候，那座神秘的尼姑庵一定是山门紧闭的。去了，也是白去。所以，她在这里先安心住了下来，尽量讨外爷、外婆高兴。

等龙泉寺庙会散了，她才对外爷外婆说：快出嫁了，想到龙泉寺许个愿。前两天赶会，嫌乱，现在赶完会了，正清静。两位老人听了，哪会阻拦？赶紧张罗车马，挑选仆佣，并叫她的一位表姐陪了去。

汝梅真是兴奋异常。

来到龙泉寺后，她又故伎重演，在大佛殿敬香许愿后，就主张去爬山登高。陪她来的表姐是小脚，哪爬得了山？又见香客稀少，就怕上山有意外，不大愿意由她去。汝梅早谋好了对策，就说："表姐不放心，无非因我是个女娃吧？那我扮个男的，不就得了！"

表姐磨不过，也只好由了她。汝梅跟男佣们借了件布褂套上，又用一块布巾包了头。表姐说她不像男的，她说像个女佣也成，只是急着要走。表姐就叫两个男仆跟了去伺候。

出了寺院，汝梅就健步快行，想甩开仆佣。可这两名男仆视汝梅似公主，小心巴结，不敢有闪失。所以，无论汝梅快行慢行，总是紧随在后头。汝梅想了想，这两个男仆也不是康家的，跟着就跟吧。

第二十八章 走出阴阳界

她拖了这两个男仆，上山又下山，进入了那个寂静的山谷。

两个仆佣慌了，直问："这是到哪儿呀？"

汝梅带着几分神秘口气说："前头有座小寺庙，签儿特别灵验！"

两个仆佣不信，就说："怎么没有听说过？"

汝梅更神秘地说："这是女人求签儿的地界，你们男人怎么知道！女人求签儿特别灵。"

仆佣才不说话了。

但赶到那座尼姑庵时，山门紧闭，四周空无一人。

一个男仆问："就是这座小庙？"

汝梅点点头。

另一男仆就说："那我去敲门了？"

汝梅忙说："千万不能敲。越敲，人家越不开。敲开门硬闯进去，签儿也不灵。"

"那我们白跑一趟？"

汝梅说："先寻处树荫坐坐，我也累了。歇一会儿，庙门也许会开。"

看了看，不远处有几棵苍劲的老松树，就过去歇在浓荫下。坐了很一阵，尼庵依然没有动静。汝梅又开始怀疑自己上次所见。那次在这里所见的情景，回去对谁说了，都不相信。不但不信，还要笑她、骂她。所以，她已经怀疑过许多次：是不是把梦境当真了？碰见一个老尼姑，脸上有美人痣，还问起六爷，这一切也许只是她做过的一个梦吧？

现在看这里的一切，小庙倒是见过的，可它是不是尼姑庵呢？山门紧闭，什么动静也没有。她不叫男仆去敲门，那是既怕再见着那位老尼，惹出更多麻烦，又怕出来开门的不是尼姑，而是和尚！那她的梦就真破了，索然无味地破了。

这样傻坐着，两个男仆很快不耐烦了。一个又要去敲门，一个劝她先回龙泉寺。她耐着性子又坐了一阵，仍不见动静，也只好站起来。想了想，还是暂时离开吧，不要冒失敲门。也许因龙泉寺庙会刚过，尼庵不敢轻易开门吧：她还是希望那是尼庵，而不是她的一个梦。

三人沿山谷走出来，快出山谷时，汝梅看见迎面有一个和尚走过来。因为最显眼的，就是光头和法衣，所以她断定那是个和尚。汝梅颇感失望！

这和尚进山谷,只能是去那座小庙:它竟然不是尼姑庵?自己真把梦境当真了?

在这种心境下,汝梅也不大注意这个和尚了。只是等到走近了要错过去的那一刻,才不经意地举目看了一眼。看过后,她似乎也没有特别的表情,但走了十来步后,两个男仆才发现她不说话了!问什么也不搭腔,叫她站住也不站,就那样直着眼往前走……

两个男仆顿时吓慌了。

三爷本来正在天成元老号与孙大掌柜议论京津号事,见三娘派人来叫他回去,还有些想推脱。家仆说是急事,务必请三爷回来。他问是什么急事,家仆却说三娘也没交代。

三娘可从来没这么使过性子。三爷就问:"是老太爷有急事吗?"

家仆忙说:"老太爷那里没事!"

这就更叫人摸不着头脑了。三爷只好赶回康庄。进门一听三娘告诉,三爷的脸色立马严峻起来,忙问三娘:"这事没张扬出去吧?"

三娘就说:"我还不知道老太爷疼汝梅?所以,还没敢言声,怕惊动老太爷。她外爷那头,怕这边怪罪,只来给我报讯,也没敢送汝梅回来。我看这疯妮子,准是冲了什么不干不净的东西,中了邪!"

三爷说:"你也不用慌张,就跟没事一样,在家等着。这事,跟谁也先不要说。我这就去杨邑!"

三娘急忙说:"我不去哪成!不光汝梅呢,她外爷、外婆也受了惊吓!"

汝梅曾有凤山遇神秘老尼那种经历,三娘其实还并不知道。汝梅不会跟她说,三爷也没对她说。所以,她也并不知道事态的严峻,只想去看看中了邪的女儿,也安慰一下担惊受怕的父母。可三爷断然不许她回娘家,说她一走,动静太大,惊动了老太爷,更麻烦。

三娘也只好遵命。

4

三爷到杨邑后,两位老人直说道歉的话。三爷就说:"她自小就野,哪能怨你们！只是这事没张扬出去吧？"

岳丈慌忙说："这事着急还着急不过来呢，哪顾上张扬！"

三爷说："就怕你们太惊慌，嚷吵得满世界都知道了……"

"没有，没有。一见梅梅成了这样，就赶紧给你们报讯！除此，还能去给谁说？"

三爷才说："那就好。不过小事一件，太惊慌了，叫人家笑话。"

岳母就不高兴了，说："梅梅都成了这样，还是小事？"

"关起门来，你们说成多大的事也无妨的！"

三爷又应付了几句，就去见汝梅。

初看，汝梅倒没有什么异常，但他走近，她竟像认不得似的。三爷叫一声"梅梅"，不但不应，连看也不看她一眼。

三爷到她跟前，连着叫了几声，还是不答应。

两位老人焦急万分，连说："自从凤山回来，就没见她张过嘴，说过话！这可怎么是好？赶紧请有本事的道士吧？"

三爷叫来那两个跟着的男仆，详细问了问出事经过。之后就叫大家都回避了，只留他和汝梅，看能不能叫应她。

两位老人及其他主仆，也只好都退出来。

三爷把房门闭上后，先亲近和气地叫"梅梅"，她不应，也依然问她话，交谈似的与她说话。还特别说："过几天，就带你去一趟京师！"可折腾了半天，还是不顶事，她依然直着眼，不认人。

三爷知道汝梅是惊吓过度了。但遇见一个和尚，就吓成这样？她又把这个和尚看成谁了？以前她说过，遇见一个老尼姑，脸上有颗美人痣，很像死去的老夫人。一个和尚，又能像谁？难道是跟她的那两个男仆有什么非礼之举？三爷刚才询问他们时，留心细察，两人并不像做过坏事的样子。

三爷常跑口外，经见过惊吓过度的人事。对吓傻了的伙友，有时猛然给他一巴掌，倒能将其唤醒。可汝梅是个女子，更是自家的爱女，真无法下手抽她这一巴掌。可她真要吓傻了，跟谁也不好交代。

这样一着急，三爷那火暴强悍的脾气又上来了，面对着汝梅，猛然大喝了一声："你是谁？你不要缠她——"

三爷也不知怎么就喊了这样一句，但这一声喝叫，是那种在荒原练出来的吼叫，爆发慢，后劲大，给憋在屋里一回荡，真是很可怕。

这样一喝叫，真还把汝梅震动了，眼珠先就抖了一下，跟着转动起来，跟着又哇一声哭了出来，扑过来搂住了父亲。

三爷就叫了声："梅梅——"

汝梅答应了一声。

三爷又问："你认得我吧？"

汝梅说："认得，爹！"

谢天谢地，总算把她吼醒了：三爷终于松了一口气。

听到这边吼叫，汝梅的外爷、外婆一干人都慌忙拥来。见汝梅已哭出声来，也都长出了口气。两位老人正想细问汝梅受惊缘由，三爷立刻止住，说："我也饿了，汝梅你饿不饿？快去给我们张罗吃喝吧！"

三爷把围着的人打发开，又哄汝梅止住哭。汝梅虽能认得人了，还是有些痴呆。三爷也就不再多问，尽量说些她愿意听的。

那天天快黑时，三爷和汝梅同坐了一辆马车，回到康庄。临别时，三爷又特别嘱咐了岳丈：汝梅凤山受惊这件事，千万不要张扬出去。

到家后，三爷也拦住三娘，不叫她问长问短，只说："梅梅也没什么事，累了，不想多说话，俩老人就大惊小怪！"

此后几天，三爷也不叫多说受惊的事。他也没有怎么外出，尽量多陪着汝梅。但汝梅分明像变了一个人，成天不大言语，那几分痴呆气也未消去。尤其三爷不在跟前时，更胆怯异常，像害怕什么似的。

三娘早着急了，直对三爷说："梅梅还是中了邪！请道士，还是请神婆，得赶紧想办法呀！梅梅老这样，还得了？"

三爷就瞪她："你就想折腾得惊动了老太爷？我看梅梅是有心事，慢慢哄她说出来，就没事了。就只像中邪！"

"她有什么心事，能这样重？把人都压垮了！"

"她眼看要嫁人了，能没心事？她去龙泉寺，就是为了许愿。"

三爷这样说，是为了稳住三娘：汝梅受惊的实情，他不想叫三娘知道。而汝梅受惊的实情，他也还未正经问呢。不是不想问，是想缓一缓，能问出个究竟来。

又过了几天，三爷才把汝梅叫到自己的账房里。先告汝梅说，最近他想去趟京师，只是放心不下她。汝梅立刻就有些慌张，说：

"爹你去哪儿，也得带着我，我一人可不敢在家！"

三爷就说："我也想带你，可你现在这样，怎么能出门？"

汝梅说："我是害怕！跟着你，我才好些。"

"梅梅，你从小就是胆大的女娃，有什么能叫你害怕？我看你是胡思乱想，自家吓唬自家呢。要不，你是听了谁的胡言乱语了？"

"没有！我是碰见一个人，没把我吓死！"

"碰见谁了？又是一个老尼姑？你还没忘了那件事？早跟你说了，我派人去打听过，凤山里头就没尼姑庵！"

"不是老尼姑。"

"那是谁？一个和尚？"

汝梅又直着眼，不说话了。

三爷就说："梅梅，看看你，又犯傻了！老这样，我怎么带你出门？"

汝梅才说："我在凤山碰见一个人。"

"谁？"

"洋画上画的那个人。"

"洋画？"

"给她画了一张洋画，也给我画了一张洋画。"

三爷听明白是谁了，可他也几乎给吓傻了：新逝的老夫人？这怎么可能！

他努力镇静下来，说："梅梅，你怎么尽爱这样胡思乱想？他们说你碰见的是一个和尚……"

汝梅直着眼说："她不是和尚，和尚就是她。剃了头发，一身法衣，走路轻盈，远看像和尚，近看就是她……"

"梅梅，你还认得我吧？"

"爹，你不信，亲自去一趟！以前天天见她，我能认不得她？"

"梅梅，梅梅……"

"爹，连你也不信我？"

"信你，信你！"

三爷极力安抚住汝梅，并故作神秘状，好像要与她一道共享秘密，结成同谋,先不向任何人说出这件事。这一招,似乎还叫汝梅满意。

但三爷心里,却是惊涛汹涌!

真会是她?

她真还活着?

她的丧事,那场浩大豪华的丧事,他是自始至终都参与操办了。她怎么可能没有死?她入殓时,他还没有赶回来,未见她的遗容。但别人见了!

三爷不是糊涂人。他疼汝梅,也不会轻信她一个小女子的胡思乱想。他心起惊涛,那是有更深的缘由。身在康家,他对老夫人的频频亡故,已是早有些影影绰绰的疑虑。但那关乎老太爷的尊严,他尽量不去想那种事。

六爷的生母去世时,三爷已近而立之年。他冷眼看去,已觉有几分突然。待将杜氏续来做老夫人,三爷便更生疑惑了。杜氏那时一半京味,一半洋气,正风靡太谷。老太爷就赶得那么巧,正好丧妇?

不过,三爷宁可相信那只是自己偏心的猜疑,因为他也是激赏杜氏的!杜氏风头最劲的时候,三爷曾邀了几位友人,往杜家拜访过。那一次,杜氏也出来了,与他们谈笑风生,真是明丽芳香至极。他哪里料到,父亲居然把杜氏娶了回来!这真是太叫他意外,也太叫他伤心。那时,他早有妻小,按家规他根本不可能娶杜氏的。但居然是父亲把杜氏娶回来,三爷还是太难接受!所以,他生疑惑,也许是偏心使然,妒意使然吧。

杜氏初进康家那几年,三爷远走口外,将这一切深埋心底,永远不想动它了。世间除了他自己,也永远不会有人知道这一切。

可是,去年冬天带汝梅下江南时,汝梅说了她在凤山的奇遇,三爷当下就震惊了:他的猜疑原来也不谬?前头那位老夫人难道真是明亡暗废?可那样浩浩荡荡发丧了,怎么活下来,又怎么藏到山中的尼姑庵?尊贵为老夫人,就那样听任摆布?他无法细想,只是告诫汝梅,不要胡思乱想,不要什么都想知道。大户人家,宅院太深了,不要什么都想知道。

他当然疑心过汝梅的奇遇。她自小就爱疯跑,也爱发奇想。可她与老太爷、老夫人无冤无仇,不会有什么偏心。童言无忌,童眼也无忌!

但那一次汝梅的奇遇,三爷只是惊异,却不想去触动。那一位老夫人故去已经多年,也无法去触动。这是去触动老太爷,三爷他怎么敢!

第二十八章 走出阴阳界

这一次，汝梅居然又撞上了杜氏……这个梅梅，她操了这份心，探到了更可怕隐秘，没有把她吓死！可他依然不能去触动吧，决不能去触动。

老太爷已经把半个家交给了他。

但她真没有死吗？

真没有死，又能怎么？

忍了几天，三爷还是无法放下这件事，无法放下这个杜氏。在想了又想之后，他决定去做一件事：派一个可靠的人，去凤山暗访一次那座尼姑庵，验证一下汝梅所说的，到底有几分真，几分假。

他也只做这一件事，只走这一步。不管验证的结果是真是假，他都到此为止了。他与杜氏也没有一点情分，犯不着为了她，去触动老太爷最要命的地界。

这件事，他也可以不做，只是按捺不下。毕竟是杜氏，一个深藏在他心底的女人，与众不同的女人，下场太凄惨的女人。但做这件事，还是太难了。

派谁去呢？这个出面暗访尼姑庵的人不能露出一丝与他有关的痕迹。一旦露出，必为老太爷所察，那后果不堪设想。这是与老太爷周旋！

三爷想了许多方案都觉不妥。在太谷，他可托靠的人，都是康家的熟人，老太爷的熟人。他没有自成体系的心腹，他哪想过要与老太爷周旋？口外倒是他自己的知交，可将那些人招来，也是太显眼了。

他终日这样忧愁，从小就时刻跟着伺候他的一个家仆见了，知道主家有了大的犯难事，便试探着问了一句："三爷，遇什么难处了？"

三爷扫了他一眼，顺嘴就说："我有什么难处？京津刚叫人放心，我在家歇两天吧，有什么难处！"

刚这样说完，忽然就闪出一个念头来：这件事也许该交给这个人去办？这个叫宋永义的家仆，从小就跟了他，跑口外、下江南也跟着，常为他办事。他对永义，也一向当心腹使唤。如果连这个人也不能托靠，那他还能成什么大事？

这样一想，三爷就断然决定将这件事交永义去办。办成，那当然好；办不成，甚至将自己败露出来，那也认了：半辈子了，连身边这个心腹也为不下，倒霉也活该了！于是，他瞅了一个单独的机会，先对永义说："你能瞅出我有心事,也算没白疼你!"

永义就跪了说:"也许我不该多嘴!"

三爷先叫他起来,才说:"永义,我是有一件事想叫你去办。事情也不难办,只是除了你我,谁也不能叫知道。连你三娘、老太爷也一样。"

永义说:"我知道了。"

三爷还想叮咛,一想,罢了,就交代了要办的事:找个可靠又与他康三爷不相干的人,最好是个老妇人,叫她去给凤山一座尼姑庵捐一笔香火钱;然后打听清庵里有几位女尼,什么模样。

永义听了,就说:"这事好办。"

三爷想问问他派谁去,也作罢了,只说了句:"小心去办吧。"

在此后的几天里,三爷见了永义也没多问,但心里却不平静:他这是正式跟老太爷周旋开了。也许,老太爷会给他一个意想不到的下马威?

五天后,永义给他回了话:"三爷交代的事已办妥。跑了两趟,香火钱才捐上,进去拜了佛。庵里只有一位法号叫月地的女尼,四十多岁,面容甚清俊,只是瘸腿。"

三爷极力平静地问了一句:"就一位女尼?"

永义说:"听说原来是两位。那一位法号名雪地,十天前云游外地名寺走了。"

"十天前?那位雪地什么模样,问了没有?"

"说是三十多岁,因未缠过足,行走方便,故外出云游去了。对了,还说那位叫月地的女尼脸上有颗痣。"

有颗痣!那汝梅所见的一切都是真的了?三十多岁,天足,这也像杜氏吧?可她偏偏在这个时候就云游走了?难道老太爷有了觉察?可十天前,他什么动作也没有,只是在安抚汝梅,连她所见的详情还没问呢。

杜氏也认出了汝梅吗?

杜氏真还活着?她云游外地名寺去了?

三爷为了使自己平静下来,问了问永义派谁去的。永义说,是编了个理由,求他姑母托了一相知的妇人出面去给捐的香火。头一次跑去,人家不收布施。第二次,又托说为还愿,必须捐出布施,才能保她独子长久平安。这才收了。

三爷赞扬了两句，并叮嘱说："这事关乎汝梅，除了你我，不能再给第三人说。你姑母那里也叮咛一下。"

他是想将事情的严重性稍作化解才这样说的。永义似乎也未生疑心，连声应承了。

过了几天，三爷去见老太爷，说："西安信报说，朝廷快起跸回京了。我想即日启程，赶赴京师。京津两号此次开局惊天动地，我该去亲历一番的。"

老太爷说："那你就去吧，只是余波了。"

"汝梅近来郁闷不乐，我想带她出外走走，赶九月初六，送她回来。"

"不想嫁人，是吧？一路上，你也说说她，女娃家，不能野一辈子！"

老太爷没有一点异常，什么都应承。三爷虽松了一口气，但第二天一早，还是真带了汝梅踏上了赴京之路。

路上，他常忍不住要想：杜氏是否也往京师云游去了？

5

十天前，杜筠青真是离开凤山往京师西山云游去了。说云游，其实是下了决心，弃太谷而去，弃俗世而去。移往京师，那却不是她自家的选择，是随了剃度她的法师而去。杜筠青此去，将在京师西山事佛到底，修炼余生。

她此时出走，也同汝梅没有一丝相关，与整个康家都无一丝相关的。

那天她与汝梅迎面相遇，实在是什么也没有看清。不用说那天汝梅扮得不男不女，就是熟脸本相，杜筠青也不会留意到的。她真有些两眼皆空了，俗世的一切，都视而不见。就连终日与她做伴的月地，她也越来越疏远。因为月地到底不愿舍弃俗世，虽然月地的俗世几乎什么也没有了，就剩下一位六爷。

杜筠青的俗世，那是已经四大皆空，干干净净。她丢弃它，自然而然。

月地也很惊异杜氏的变化，这才几天，她竟修炼成另外一个人，冰冷而净洁，真如她自挑的法号：雪地。

六个月前，杜筠青知道了自己身处何处，本来想认命了，干脆真剃度出家，与康家永处两个世界。她比起前面两位老夫人，毕竟有不同，她毕竟报复过老东西了，或者，她自己毕竟是有罪孽的。

她真的恳请月地给自己剃度。月地先是嫌她入庵时日太短，半年以后再说此事也不迟。反正已在阳世以外了，一切都可以从容的。杜筠青疑心月地嫌她决心未下，就说：既不能立马剃度，那她自家总可以剪去这一头青丝，以明出家之志。

月地算是相信她了，可还是说："我自己还未正式剃度，哪能来度你？你既有此决心，也得从容拜一法师，由她来收你入戒。"

杜筠青就说："近处即有龙泉寺，请一法师来，也不难吧？"

月地却说："龙泉寺戒行也不严，如今那里也没有一位道行深厚的高僧住寺。等有法力的尼僧云游过来，你再受戒剃度，不是更好吗？"

杜筠青说："什么时候，才能等来这样的高僧？"

月地说："你既心诚，总会有机缘的。这件事，是事佛之始，不可仍以俗事把持，操之过急。"

月地这样说，杜筠青真也不能再说什么了。当时她只想问一句：你至今未正式剃度，是一直没有等到这样的机缘吗？她没有问。

杜筠青虽不急于剃度，但还是毅然把自家的头发剪去了，虽不似剃度那样根净，却与尼僧没有太分明的差异。

"死"后的日子就这样平静地开始了。杜筠青以为自己已经将俗世的一切都丢弃了。那边，已无一人值得她去牵挂，也无一人牵挂她。她才真应该心静如死水。

可实在并非如此。

她一人独处的时候，还会不由想到那件事：她至"死"也没能确定，是不是真正报复了老东西？她与三喜的出格私情，老东西是不是知道？既赐她"死"去，老东西应该是动了怒。可现在她知道了，前头两位老夫人也是在十年左右被这样废了。她们没有私通之罪吧？

她是到了被废的年限，才被这样赐"死"，并非因为自己的罪孽？

老东西要知道了自己的罪孽，一定不会装得那样从容自若吧？在最后那个冬天，老东西搬进了他的大书房。在她眼前，他太从容自若，以至叫她无法忍受！他要真动了怒，能装得那样点滴不漏？老东西一向以王者自诩，如果知道了她的罪孽，只怕赐她一个真死也不解气！

还有三喜。老东西要真知道了她的私情，那三喜是肯定活不成了。可三喜是死是活，她也是至"死"没有弄清。弄清三喜的死活，也就弄清老东西的虚实了。

三喜，他到底是死是活？他要死了，那是为她而死；他若活着，那她的出格就可能是自取其辱，白折腾了一场。

三喜，三喜，她至"死"也不知他的死活！

杜筠青终于承认，自己在心底也是藏了牵挂的，未割断的牵挂。

她静思了几日后，便决定去做一件事：往三喜的村子跑一趟，探明他的生死。他要真死了，她就甘心忍受一切，甘心为他剃度出家。他要活着，她也不再牵挂他了，甘心就这样"死"去。总之，她得了结这份牵挂。

她有腿有脚，下山跑一趟，不在话下。久不走长路，只需练几天，活动开筋骨，也就得了，不必像月地那样苦练一年多，才能行动。

杜筠青对月地说了：她想下山走走。月地也不多问，只说那由你。她忍不住说："我可不去康庄！我与康家永远是阴阳两界了。我只想往乡间走走，学着化缘，以自食其力，不再食康家供给。"

月地也未细问，只说："你虽有天足，也需练练腿功吧？我说过的绕坛功课，你不妨也练练。你是天足，可每日加一圈，九九八十一天，即可功成。"

杜筠青含糊答应下来，但一天也未去绕花坛。她不想步月地后尘。再说，成天绕那么一个小地界转圈，只是想一想，也会将人转傻的。她自己想出了一个非常直接的练腿办法：就直接下山沿了进城的大道走，走累了，便往回返；天天如此，天天长进，直到走到目的地。

杜筠青入住尼庵后，头脑一清醒就恢复了洗浴的习惯。这里条件虽简陋，却无须跑远路，自家烧锅水，就可洗浴了。加上离龙泉寺近，水质甚佳，浴后清爽似仙。所以洗浴更勤，几乎日不间断。如此洗浴，杜筠青便觉身体较以往更为强健轻捷了。有这样的体质，杜筠青往山外走，真是没往返多少天，就差不多快进城了。

三喜的村子，杜筠青曾经去过两次。村名叫沙河，它的方位：到县城南关，往西走，不远就到了。

为了去做这次探访，杜筠青特意新剪了一次头发，显得秃秃的，更像一个尼姑。她虽去过这个村子两次,但都有老夏跟着,每次都不让她下马车,只把三喜家人叫来,由她隔帘问话。所以,估计那里不会有人认出她来。但她还是精心将自己打扮成一个地道的尼僧,她不想被人当作鬼身来羞辱。

去的那天,她出发得很早。到南关时,才刚到早饭时候。但街面上行人已不少。她觉去沙河太早,就决定先进城走一趟。于是,沉着从容,毫不露心虚之状,大方地仰着冰冷的脸,穿城而过,居然没有一点麻烦。谁也没多留意她。只是在返回南关后,她才生出一点感叹:这些年,三天两头进城洗浴,现在却要隐身而行了!市面一切依旧,可有谁会记起她的车马已久不进城了?但她很快将这感伤驱赶走了,不必留恋,什么都不必留恋。

她从容走进沙河村时,发现自己还是来得太早。因为她不知道僧人是否会这么早来乡间化缘,更不知道附近是否也有尼庵。既然来了,也只好沉着应对吧。

进村后,遇到过几个男人,杜筠青都低头而过。他们对她似乎也没起什么疑心,可见放心行事就是了。所以,等遇见一位妇人,杜筠青便上前合十行礼,按预先想好的说:"请问施主,贵村便是沙河吗?"

那妇人看了她一眼,也没异常表情,只说:"就是。"

"想向施主打听个人,不知方便不方便指点?"

"这位师父打听谁?"

杜筠青又合十说:"贵村一位做了善事的施主。"

"谁呀?"

"施主只说,他叫三喜,是给一家大户赶车。"

"有这个人。"但妇人露出几分疑问,说:"他给你们布施过?"

杜筠青忙说:"他是代东家的一位夫人给小庵布施了一笔不菲的香资,但不肯透露东家是谁,这位夫人又是谁。小庵近来要立功德碑,贫僧专门来问问这位施主,东家仍不肯显其名吗?不显真名,是否可择一化名?"

那妇人就冒了一句:"三喜是给康家赶车!"

杜筠青故意问:"康家?哪个康家?"

妇人见追问,忙说:"我不多嘴了,想问什么,你去他家问吧。"

杜筠青就顺嘴问了一句:"这位三喜不常回家吧?"

妇人也顺嘴说:"他早驻外学生意去了,走了快两年了。"

他驻外学生意去了?那他没有死?

杜筠青极力忍耐住,请这位妇人指点清三喜的宅院。不管怎样,她得亲自去探访一次。

三喜刚失踪后,她往这里跑了两趟,他家人也说:东家把三喜外放了,驻外学生意。她问老夏是真是假,老夏说一个大活人不见了,也只能先这么跟他家交代。两年过去了,他家还这么相信,村人也这么相信?两年多了,三喜就是给外放到天涯海角,也该有封家信寄回吧?否则,家人怎么能相信他真外放了?

三喜家的大门已近在眼前了。杜筠青忽然生出许多勇气。

6

杜筠青刚才对村妇说的那一番话,倒真是她托三喜办过的一件事。那时她心境恶劣,真想过出家为尼。所以托三喜给一处尼庵捐过香资。她也真交代了三喜,务必隐去她的身份。那时,她与三喜还没有私情。三喜问她:"这是行善,老夫人为何不留名呀?"

她说:"为善不求人知,才为真善。"

她用这件事做试探,原来还想:三喜要真活着,听家人转达了这件事,他就会明白来访的尼姑是谁了。可现在,杜筠青已经有了一种预感,三喜若无其事地活着,既未受严惩,也不再记着她,只一心想在商号中熬出头。所以,她还要不要说这件事?不管怎样吧,她还是要叫三喜知道,她曾来探访过他。如果他真活着,那他就该明白:她也没有真死!

杜筠青平静地敲开了三喜家的大门。出来开门的是一位老妇人,看穿戴与神态不像是仆佣。

杜筠青就行合十礼,说:"打扰了,请问这是施主三喜的府上吗?"

老妇人见她是尼姑,似乎也不讨厌,很客气地说:"就是。三喜是老身的三子,师父问他做甚?"

"因他做过的一次善事。"

老妇人一听,忙说:"师父快请进来说话!"

杜筠青跟着往进走时，三喜母亲一路说：她信佛多年了，今有女师父光临，很高兴。见三喜母亲这样一脸喜悦，杜筠青心里倒是凉了几分：他果然什么事都没有？

进屋就座后，杜筠青就照刚才对村妇说的那样又说了一遍。

三喜母亲听完，就忽然掉下几滴眼泪来，叹了口气，说："我家三喜伺候的那位老夫人已经过世了。"

杜筠青故作惊讶，说："这位施主寿数很大了吗？竟升天了？"

老妇人说："哪呀，才三十多岁吧！太可惜了。她待我们三喜很仁慈的。"

杜筠青就说："真是太不幸了。那她的遗愿更不便知道了。三喜还在那家大户赶车吗？"

老妇人说："承东家器重，他已经外放学了生意。"

杜筠青故意平静地问："老夫人升天后，他被外放了？"

老妇人说："不是，外放有两年多了。"

杜筠青这才惊讶地问："老夫人升天以前就外放了？为什么？"

老妇人很平静地说："那也是老夫人仁慈！想叫他有个好前程。"

"原来这样，我还以为出了什么事。"

"大户人家的下人，外放是受抬举！做错事，哪会受抬举？"

杜筠青听了，心里虽翻江倒海，还是极力镇静下来，继续探问："三喜既荣获外放，贫僧也只好白跑这一趟了。听三喜说，这位大户人家的老夫人有交代：不许显出她的身份。也不知该不该问一句：老施主，你能告知这大户人家是谁家吗？"

老妇人立刻就低声说："康家，康庄的康家。"

杜筠青又故作惊讶，说："原来是康庄的康家？太谷数得着的大户，那贫道更不便去探问了。那种大户，隐情太多。康家老夫人生前既不想显身，小寺也不便去挑明了。除非老夫人生前对你家三喜还有交代。三喜他学生意的地界离太谷远不远？"

三喜母亲说："说远可是真远，在甘肃的肃州驻茶庄。不过学生意，谁不是先从远处驻起？"

杜筠青顺势又问了一句："肃州是远，常有书信来吧？"

老妇人还是平静地说："一年虽来不了几道信，倒还是总报平安。"

杜筠青再问："今年有信来吧？"

"有，来过两道信了。"

"能拿一道来，我看看发信的地界吗？为功德碑事，小寺只好修书一道，寄呈你家三喜了。"

老妇人立刻就转身进了里间，拿出两封来，说："这就是今年来的信。"

杜筠青接过，先看了看信皮，跟着就抽出信来扫了一遍。但她未看另一封，只是强作镇静，交还了信件，努力做了从容的道别。但强撑着走出沙河不远，她已经无法控制自己，倚了路边一株老柳，瘫坐下来！

一切都白做了，一切都落空了。自己出格了一回，委身于一个下人，钟情于一个车倌，居然两头空空，什么也没得到。既没有报复了老东西，也没有得到三喜的真情！这个小东西，小无赖，原来什么事也没有，只是荣获了外放。看他母亲那一副子荣母贵的得意之情，就知道什么事也没有发生。小东西写回的家信，也是一纸春风得意。尤其信中涉及她的"死"讯，只用"康老夫人噩耗已闻"几字一笔带过，后面又是春风得意！

老东西要得知了她与三喜的私情，哪可能叫他这样春风得意？荣获外放，还住了茶庄？但这个小无赖的突然失踪，一定与她的出格相关。不会是三喜这个小无赖告了密吧？他也不傻，不会这样自投罗网。

杜筠青这时才想到一个人：管家老夏，管三喜的老夏。一定是这个老奴才听到了风声，外放了三喜，调开了吕布，暗中捂下了这件捅破天的丑事。外放三喜，调开吕布，都是在老东西南巡归来前。为了捂严这件事，老奴才也不便严处三喜和吕布。

这个老奴才，他居然挡在老东西眼前，捂住了康家那片被捅破的天！他成全了老东西的脸面，更成全他自己，甚至也成全了三喜这个小无赖，只是坑了她一人！这个老奴才，她"临终"忏悔时，居然选了他！

是她先钟情于三喜，他未因她而丧命，她本也该高兴的。可他听到她的"死"讯，竟也那样高兴！他说过情愿为她而死，原来那也只是一句即兴的甜言蜜语！她的真情，她的献身，甚至都不及边远小商号的一个学徒之差！

正是从这一刻起，杜筠青才发现俗世于她已毫无牵挂。她不再有可牵挂的人，也没谁还牵挂她。她的俗世已经一片空白，干干净净了。

回到凤山后，她就像变成了另外一个人，冷漠得与月地也疏远了，但也日渐显出冰清玉洁。

就在遇见汝梅的前几天，原来在此住持的那位老尼，由四川返京，专门回来小住。她就是当年雨地的师父，后来移往京师西山修行去了。前年京师拳乱初起时，她即云游四川避乱。今闻京师已平静，跋涉回京。听说雨地已弃世，老尼也不胜感慨。她说佛家出家要义，在利人不在利己，是以自家的苦行苦修，为俗世众生赎罪。不跳出一己恩怨，或只求一己解脱，终不算真出家。

杜筠青这才忽然有悟：这就是自己等待的高僧吗？

她便提出了真出家，真剃度，真受戒的请求。

老尼见她神情冰清玉洁，也未多问，便答应了。剃度受戒后，老尼听她京音甚重，便问她愿不愿随她赴京？

杜筠青恬然说："愿随师去。"

走的那天，她也异常恬淡平静。

月地却颇为感伤。她倒不为自己将独守尼庵而生忧伤，只是感叹自家终不能丢下六爷，弃俗事佛。佛与她，终还遥远。六爷，她亲生的六爷，那才是她心中的佛。

送走老尼和雪地，月地是那样强烈地想再去一见六爷。不打扰他，只是远远地望他一眼。但打听到的消息，依然是六爷还远在西安。

第二十九章　谢绝官银行

1

西帮票号重返京津复业，严守了"天大窟窿赔得起"的祖训，敞开老窖积蓄，源源调运巨银上柜，兑现旧票，赔偿损失，很快激活了银市。西帮的实力再次惊动天下商界，西帮信誉更是陡涨，达到历史顶点。

历劫遇险反能借势出奇，这本也是西帮的本事。而这次历庚子大劫，西帮又使自家声誉大著，自然也惊动了京津官场。

辛丑年，也即光绪二十七年（1901）九月二十七日，朝廷外务全权大臣、北洋大臣兼直隶总督李鸿章在京病故。而此时回京的朝廷銮舆才行至河南荥阳。朝廷行在命王文韶接任外务全权大臣，北洋大臣兼直隶总督则叫袁世凯继任了。

袁世凯到天津上任后，很快也听说了西帮在复兴津市中的作为。此时，他正在甫任北洋大臣的兴头上，傲然做出了一个霸气的决定：开办一间北洋自家的官银号，请西帮票号加入，替他经营。他亲自定名为"天津官银号"。

天成元的津号老帮邱泰基，以及日升昌、蔚字号、大德通、志诚信等几家大票号的津号老帮，是在光绪二十八年（1902）春末时候，被召进北洋大臣衙门的。他们根本就没有想到袁大人居然是为此召见他们，一时谁也不知所措，只能以"事关重大，必须请示老号和东家"作答。

但出面召见他们的直隶藩台，却口气颇硬，说袁大人催办甚急，尔等必须尽早奉命，以不负袁大人对西帮的器重。

再器重，我们也做不了主！

按西帮规矩，这样的大事，即使老帮们有应对妙招，也得请示老号和东家的。所以也不尽是托词。邱泰基回到津号，就急忙将此事说给了何老爷。

何老爷此时正在天津。

他为何也来了天津？原来，朝廷离陕回京后不久，何老爷也与六爷一道返回了太谷。但这一趟西安之行，焕发了他的理商激情，回来哪还能坐得住？于是，就不断磨缠老太爷，希望再放他去跑码头。康笏南呢，见何老爷这次在西安立功不小，知道他还宝刀不老，也就忽然有悟：何不以西安为例，就用出游的名义，派何老爷去外埠有急务的庄口，协办、督办一些商事？此可暗比他为钦差！派一位举人老爷去做吾家钦差，也是一件快事。

当然明面上只能是老号的钦差，不能做东家的钦差。否则，孙大掌柜会生疑的。康笏南将此意说给孙北溟，他也很赞同，认为何开生这样的理商高手，窝在家馆，也太可惜了。只是六爷即将赴考，此时放走何老爷，合适不合适？康笏南连说："何老爷在吧，也是疯癫无常，他能专心给老六备考？还是放他走吧。我们到底谋出了一个使唤举人老爷的办法！"

何老爷对这份"钦差"当然喜出望外了。问他第一站想去哪里？他脱口就说出了天津。做津号老帮，那是他近两年来的梦想。天津商务也正较劲，而邱泰基毕竟初到京津。康笏南、孙北溟就同意派他赴津。

在西安时，邱泰基与何老爷就很相投，现在又于天津相聚，他们当然都很高兴。何老爷是这年春天到天津的。刚到不久，就遇了这样的事。

何老爷刚听了事情的大概，就猜出了袁世凯揣的是什么心思。但他没有急于说出，现在与在西安不同了，既为钦差，就不能太气势逼人，喧宾夺主。他只是问：其他大号是什么打算？

邱泰基说："都是大感意外，不知所措，要请示老号，尤其是东家。"

何老爷就说："这涉及股本、人事，当然得由东家老号定夺。可邱老帮一向主意多，你总得先拿个主意，叫老号东家裁定吧？"

"何老爷久住京号，摸熟了这等高官的脾气，该知如何应对的。"

"我跳出江湖多年，以前的老皇历哪还能用！袁项城这个人，更不摸他的脾气。"

"此人谁又能摸准他的脾气？戊戌年，他连皇上都敢背叛；近年在山东，太后的话也敢不听！"

"正是！我们区区民商，哪能伺候得下他？"

"我想也是。生意不似官令,成败常在两可间。给他挣了钱,他当然高兴;赔了呢?一赔再赔呢?他说不定会砍你的脑袋!"

何老爷见邱泰基与自己看法相同,就问:"他的这间天津官银号,打算怎么叫我们加入,说了没有?"

"说是要按西洋银行的体例,叫我们出银出人。出银算入股;出人呢,给他操持生意。"

"我们出银出人,他们当东家掌柜,挣了钱,归他们;赔了,怨我们!我还看不出他这点心思?"

邱泰基见何老爷这样说,也便直说了:"那我们只好恕不奉命?只是,我们驳了袁大人的面子,在天津如何立足?"

何老爷断然说:"天津商界是大头,官场倒在其次。再说,津市劫后复兴也离不开西帮的。我估计,袁世凯想役使的几家大号不会有一家奉命的。面子肯定要驳他的,如何驳,还可有所讲究吧。"

"那我们就赶紧联络其他几家大号?"

"以我之见,邱老帮你得辛苦一趟,赶快往京师见见戴老帮。请他预测一下,袁世凯在北洋大臣任上能否长久?对其前程心中有底了,才好谋划如何驳他。我呢,即刻给老号、康东去信禀报此事,请他们尽快定夺。"

"何老爷真是想得周到!"

第二天,邱泰基就启程赶赴京师。

到京后,出乎邱泰基意料,京号戴膺老帮听完就问:"你们回绝没有?"

邱泰基忙说:"这么大的事,我们哪敢擅自做主?"

戴老帮断然说:"应该当场回绝!"

"当场回绝?"

"对,不拘寻个什么托词,当场回绝!"

"同去的数家大号,当时没有一家应承,可也没有一家回绝。"

"不管别家如何,我号也当回绝的!"

邱泰基忙说:"我初来京津,不会办事,还望戴老帮指点。"

戴膺这才叹了口气,说:"邱老帮,这也不能怨你。有一件事,你大概还不知详吧?"

"哪件事?"

"庚子年，两宫西狩时途经徐沟，康老东台曾陛见太后和皇上。"

"其时，我尚在口外归化城，也只是听说有这事，详情实在知之不多。"

"当时，我是陪了康老太爷去徐沟的。陛见中间，太后对康老太爷说得最多的，你知是什么？"

"是什么？"

"就是袁世凯想要你们办的这件事！"

"太后也想叫西帮替她开官银号？"

"可不是呢！太后很说了一番离京逃难出来所受的种种怆惶，尤其没带出京饷来，想花钱，就得像叫花子似的跟人要！所以，她就说了，日后回京一定要开间朝廷的银号，走到哪儿，银子汇到哪儿，就跟你们山西人开的票号似的！"

"太后也知道我们票号的妙处了？"

"反正是这次逃难，叫她另眼看我们了。她一再对康老太爷说：予与皇上回京后，尔等替予挑选些挣钱好手，为朝廷开一间银号！你想，太后真要开起银号来，还不把我们西帮手里的利源夺尽？官款京饷，哪还轮得上我们兜揽？所以，正盼着太后回宫后，重享至高排场，忘了开银号这档事！现在，袁世凯这样抢先要开官银号，办法也与西太后相同。这消息传进宫，能不提醒太后重温旧梦吗？我们如不断然回绝袁世凯，太后一旦下旨叫我们给她开皇家银号，那我们连托词也寻不出了！西帮既肯伺候袁世凯，哪还敢借故不伺候皇太后！"

"我真是不大知道这些详情。"

"既不知，即无过。何老爷也不赞成伺候袁世凯吧？"

"十分不赞成。我也十分不赞成。只是，袁世凯毕竟是北洋大臣，如何驳他，想听戴老帮指点。以戴老帮眼光看，袁世凯在北洋大臣任上，能否长久？"

戴膺又断然说："不论能否长久，都得断然回绝他！回津后，不管别家如何拖延，你都要及早回复：天成元无法奉命！托词有现成的两条，举出即可：一曰刚历庚子大劫，字号亏空太甚，无力参股；一曰敝号人员都系无功名的白丁，按朝廷大制，进官银号只能做仆佣，不能主事做生意。"

邱泰基低声说了句："何老爷可是有功名的。"

"何老爷也不能伺候他们！"

"那就听戴老帮的。老号、东家那里，不会有异议吧？"

"老号、东家那里，我来禀报。怪罪下来，与你无关。"

"那我回津后，即刻照办！"

邱泰基早听说京号戴老帮敢作敢为，却又不贪功，不透过，今亲身领受，果然叫人钦佩。而在戴膺的印象中，邱泰基是个很自负的人，但到津以来却全不是这样。眼前这件事，他本可用信报、电报就商于京号的，倒亲自跑一趟。这很出戴膺意料，也就更多了对邱泰基的好感。议事后，戴膺摆了一桌很讲究的酒席，招待邱泰基。席间，两人相谈甚洽。

等邱泰基返回天津，其他几家大号也已得到指示：赶紧婉拒袁世凯，恕不能奉命。托词与戴膺所举出的两条，大致相同。西帮老号一向也没这样痛快过，即便回绝，也是笑里藏刀，云遮雾罩，今次是怎么了？除了有戴膺那种考虑，显然还因为袁世凯人望太差，避之唯恐不及，哪里敢与他合股！

于是，邱泰基与其他几位津号老帮，分别给北洋大臣衙门递上了婉拒的呈帖。令他们意外的是，袁世凯大人似乎并未动怒，反而又不断派人来游说，语气也婉转了许多。

虽如此，邱泰基他们也只是虚以应付，老主意还是：拒不奉命。

2

京号这边，送走邱泰基没几天，就见宫禁中那位小宫监二福子登门而来。柜上伙友还以为他来存银子，也就只殷勤伺候，不想惊动戴老帮了。

哪想，二福子刚坐下就说："快请你们戴掌柜出来！"

一伙友忙说："我们戴掌柜……"还未等说完，二福子就厉声说：

"不管你们戴掌柜到了哪儿，也得赶紧给我请回来！"

"有急事？"

"可不呢，天大的急事！"

二福子还从未这么发过威，柜上伙友赶紧跑进去请戴老帮了。

戴膺出来，还没说话，二福子就说："戴掌柜，赶紧吧，崔总管在宫门等着呢！迟了，谁也吃罪不起！"

戴膺一时摸不着头脑，就问了一句："崔总管？"

二福子却说："赶紧吧，跟我走，反正有好事！"

戴膺要进去更衣，二福子也不让，只好跟着这位宫监火速去了。赶到皇城宫禁的神武门，二福子就叫戴膺远远站着等候，他一人跑了进去。

戴膺在京号几十年了，还是头一回经历这种场面：站到紫禁城宫门之外等候！这分明是皇家大内要交办什么事，能是什么事？二福子只说反正是好事，能是什么好事？戴膺紧张地想了半天，才忽然有悟：只怕是皇太后想起了开银号的事吧？老太爷在徐沟觐见两宫时，就是大内的崔总管领进去的。一定就是这件事，可这算什么好事！皇太后若真发旨叫西帮给她开银号，那是既不能断然回绝，又不能应承，该如何措辞？

在宫门外站了很久，想了很久，既未谋出良策，也未等来宫内动静。戴膺正生疑呢，才见二福子跑出来，拉他走进宫门，命他跪下。他跪下低头趴了很一阵，才听见一个粗糙又尖厉的声音远远传过来：

"你是太谷康家的京号掌柜吗？"

戴膺不敢抬头看，只低头说："就是。"

"听见了没有？怎么不说话呀？哑巴？"

二福子忙踢了踢戴膺，低声说："高声答应！"

戴膺才稍抬起头来，大声说："小的就是太谷康家的京号掌柜戴膺！"说时，向前扫了一眼，几位小宫监簇拥着的那位大宫监，站在宫门之内。模样没看清楚，只看清相隔一二十步远呢，难怪得大声说话。

"那你听好了，本总管要传老佛爷口谕：'庚子年在西安过万寿，正是患难时候，难得太谷康家孝敬！所捐礼金算我们暂借，人家也不容易。再挑幅宫里藏的稀罕画儿，送出去借给康财主看几天，以嘉其忠。'听清了吧？"

戴膺赶紧高声答应："听清了，谢皇太后圣恩！"

那远处的喝叫，依然严厉："听清了，就画个押，把画儿拿走。此为朝廷内府藏品，价值连城，记着：不可示人，更不敢毁了丢了，还要跟你们要呢！"

二福子跑过去，先拿来一个黄皮折子，双手抻着，另一小宫监拿来笔墨，叫戴膺画押。翻开的那一页，空空无一字！文字显然折在前头了，二福子又紧捏着，不好翻看。戴膺是商人，未见字据写着什么，习惯地犹豫了。正想低声求二福子展开前头几页，远处就又传来喝叫："怎么了，字也不会写？真掌柜，还是假掌柜？"

戴膺也只好匆匆写下了自家的名字。

二福子收了折子跑进去，转眼就捧了一个尺许见方的锦匣。戴膺接住，忙高喊了声："谢皇太后圣恩！"

喊过，才觉出这锦匣不轻，多少还有些分量。字画，本也没有多少分量。可这么方方正正一个小锦匣，也不是装一般字画的尺寸。里面究竟装着什么稀罕的字画？

今天这样宫门接宝，更是大出戴膺意料！威慑天下的皇太后，竟也如此不忘患难之交？

回到京号，戴膺也只把副帮梁子威叫进内账房，细说了刚才经过。梁子威听了，也是惊诧不已。"宫中藏品，价值连城，那会是一幅什么画？"梁子威不由说道，"我们先看看？"

戴膺忙说："我们不能动！宫里怎样送出来，我原封不动送回太谷。"

"怕损坏？"

"怕担待不起！这么值钱的东西，我们开了封，万一有个差错，就说不清了。我们还是不动为好。崔总管交代了，只是暂借，还要收回呢。所以，也得赶紧往太谷送！"

"宫里什么时候收回，有个期限没有？"

"没说期限。"

"没定期限？"梁子威顿了顿，说："依我看，西太后是不是想以此画抵债呀？"

"抵债？听崔总管传的口谕，也好像西太后在西安跟我们借过钱。借了多少钱，要拿价值连城的东西抵冲？子威，你知道借了我们多少？"

"我哪知道？两宫在西安时，邱泰基也在西安。问问他吧？"

"我看，还是谁也别惊动。最当紧的，先赶紧往太谷送宝！这不同于平时调银，跟镖局交代一声就得了。此既是宫中藏品，如何平安送回太谷，那就大意不得了！"

两人计议良久，决定由梁子威亲自押了这件宝物，回太谷去。但梁子威也只是担一个虚名儿，真东西还是暗中交给镖局押送。交代镖局，也只能说匣内装的，是为康老太爷新购得的一件古董。为了保险起见，交给镖局的，也分成真假两件，由两班镖师分头押送。因此，戴膺交代梁子威办的头一件事，就是比照画匣的模样、尺寸，再暗暗买两个回来。三个画匣，一真二假，分别押送。

在寻访画匣中间，梁子威探听到：这种画匣是装长卷画的。

长卷画？皇家内府藏的长卷能亲眼一睹的，只怕世间也无几人吧。但不管诱惑多大，戴膺是绝不会开封的。倒是越知匣内东西宝贵，他越感到应尽快护送出京：夜长梦多！京师这地界，什么人没有？

所以，在接到这件宝物四天后，梁子威及两班镖师都先后离京了。

梁子威走后没几天，戴膺就收到户部一纸请帖，说是户部尚书鹿传霖大人，要亲自召见西帮的京号掌柜，集议要事。

这也是破天荒的事！

戴膺在京号几十年了，真还未受过户部尚书的召见。以前的京号老帮，也没听说过曾享此种殊荣；若有，早流传为佳话了。时至今日，官虽已离不开商，但名分上商仍居末位。官见商都在暗地里，从不便在衙门正经召见的。尤其像户部尚书这样的朝廷重臣，叫他召见你？隔着千山万水呢，想也不用想！

庚子年，两宫逃难到太原时，户部尚书王文韶，曾召见过西帮的京号老帮。当时的王文韶，贵为协办大学士、大军机、户部尚书，是朝廷行在臣位最重的相国。他屈尊召见西帮的京号掌柜，也算是破天荒了，可那是非常时候，两宫穷窘至极，他出面跟西帮借钱，实在也是万不得已了。

这次鹿传霖下帖召见，却是在堂堂京师！

王文韶接任外务全权大臣后，鹿传霖继任了户部尚书，亦在军机走动。鹿传霖与西帮，倒是久有交往。他在陕西、广东、两江等督抚任上，都善理财，也喜欢理财，所以与西帮多有交往，互有利用。可仅凭这点，他就能不顾朝廷尊严，公然召见西商？不是那样简单！

联想到天津袁世凯的举动，特别是西太后的借宝出宫，戴膺预感到朝廷一定是在打西帮的什么主意！"

他不敢耽搁，立马就奔草厂九条，去见平帮蔚丰厚的京号老帮李宏龄。

李宏龄也是刚收到户部的请帖，正疑问呢，见戴膺来了，便说："我猜着你也要来！"

戴膺就问："你也收到户部请帖了？"

"鹿传霖既要集议，也不会只请你们一家！"

"你们平帮一向与鹿大人走得近，他眼里哪有我们？叫我们去，不过是做你们的陪衬。"

李宏龄就皱了眉说："既是公堂召见，只怕不会是好事！"

戴膺就问："以兄眼力看，不是好事，会是什么事？"

"只怕和袁世凯打的是一样的主意！"

"我也这样担心，才赶紧跑来见你！"

两人刚说了这样几句，票业老大日升昌的京号老帮梁怀文也跑来了。他听了两人的猜测，也断然说："鹿传霖打的就是这个主意！不是想拉西帮给他开官银号，哪会给我们公堂集议的礼遇？"

戴膺就说："叫我看，鹿传霖虽位高权重，只怕也不敢擅给西商如此礼遇吧？"

李宏龄忙问："那你的意思，鹿传霖也是奉旨行事？"

戴膺不便将西太后借宝出宫的事说出，只好拐了弯说："这是关乎朝廷大礼，鹿传霖哪敢马虎？"

梁怀文说："要是朝廷也动了这种心思，我们如何回绝？"

李宏龄说："可我们也不能应承吧？这分明是与虎谋皮。"

戴膺说："老号、财东断然不会应承的。"

梁怀文说："我们回绝袁世凯，找的一个借口，就是强调我们系民商，不便入官门做事。朝廷要真打我们的主意，只下一道旨，准予封官，此借口就没了。"

李宏龄叹了口气，说："庚子年，祁帮露富过甚了！大德恒一家就借给户部三十万，大德通又将老号做了皇家行宫，如此张扬露富，朝廷岂能不打西帮主意！"

梁怀文也说："乔家两大票号，毕竟起山晚，沉不住气啊！"

戴膺怕再往下，就该埋怨太谷帮，忙说："叫我看，最惊动朝廷的，只怕还是我们劫后返京的作为，一口气就用巨银将京市撑起来了。劫后国库空空，你西帮倒有运不完的银子，源源入京，户部也好，太后也好，能不眼热？可我们不如此，劫后亦难复生！"

三人计议良久，也未谋出太好对策。只好议定见过鹿传霖后再说。见鹿传霖时，无论集议什么事，都不能轻易应承，要以请示老号财东为由，拖延下来。

三人还议定，在鹿传霖召见前，谁家暗中拜见了有私交的户部官吏，打听到重要消息，一定互作通报。

可惜，这样的事并未发生。召见日期太紧迫了。

3

果然，军机大臣、户部尚书鹿传霖大人，亲自召见西帮票号的京号掌柜，正是和北洋大臣袁世凯的打算一样：邀请西帮票号选派金融高手，参与组建大清户部银行，并请各大票号出资入股，官商合营这间官银行。

这间户部银行，也果然是奉上谕组建，不单是户部的意思。当今上谕，还不是太后说话！

一切都如戴膺所料。

只是，召见那天，西帮驻京的四十八家票号，无一遗漏都被邀请去了。这有些出人意料。为何如此一视同仁？听了鹿大人组建户部银行的设想，大家才恍然大悟！原来，户部银行打算集合股本四百万两银子，户部出资一半，另一半，即邀请西帮票号加入。仅以驻京四十八家票号计，每家认股五万两，西商的二百万两股本就富富有余了。出区区五万两银子，西帮谁家不是易如反掌？

难怪鹿传霖有善理财的名声，这一如意算盘真也打得不错。可惜，以此取悦西太后还成，想说动西帮的京号老帮，那是太肤浅了。

戴膺当时一听此打算，就识破了鹿传霖的真正用心：哼，四百万股本，户部出一半，它眼下能出得起吗？朝廷劫后余生，百废待兴，尤其背着那四万万五千万的滔天赔款，户部哪能拿得出这笔钱来开银行？就是真能拿得出来，只怕也要仗着官势，不肯实数拿出。银行开张时，准是官股虚有其名，仅凭西帮这一半商股运营而已！官商合营，霸道的还是官，吃亏的还是商。

戴膺看看在场同仁，一个个虽不动声色，但他已觉察出来：多数与自己一样，早识破鹿传霖暗藏的陷阱。所以，他也不动声色。

鹿传霖见掌柜们一个个静坐着，没有什么反响，就以为他们是怯场拘束：毕竟是面对户部大堂！所以，他也没有很在意。交代了户部打算，强调了这是奉圣旨办事，筹组银行是奉圣旨，邀请西帮加入也是奉圣旨，说清了这两层意思，也就不想多说了。然后，点名叫日升昌、蔚丰厚两家的京号掌柜，说说如何奉旨行动。

梁怀文和李宏龄，面儿上倒装得诚惶诚恐，但回答也仅是："即刻禀报总号和财东，响应户部谕令。"

鹿传霖倒也未细察，就昂然退堂了，先后半个时辰不到。前年王文韶以相国之尊，在太原召见这些京号掌柜时，只听见一哇声哭穷，借不到钱，尴尬至极，却也不便愤然退堂。两相对比，鹿传霖今日是威严排场多了。

可他能比王文韶当年更有收获吗？

受召见后，因一切在意料之中，戴膺也未急于再去见李宏龄和梁怀文，只是专心亲笔写了一封信报，急呈老号的孙大掌柜。这件事，是奉旨，还是违旨，总归得老号、东家做决。

第二天，信报才发走，就见梁怀文打发来一个小伙友，传话请戴老帮晚间赴宴，席面设在韩家潭，务必赏光前去。

此时梁老帮设宴局，肯定还是商议户部的谕旨，可将席面摆在韩家潭，那就有些蹊跷了。现在也不是狎妓戏相公的时候！或许，是邀来了户部的属吏？

傍晚时候，戴膺如约来到韩家潭那家相公下处。进去后，领妈正殷勤巴结，被梁怀文撵开了："跟你说今日我们先要议事，少来打扰，记不住呀？"

戴膺见先于他到来的，是祁帮大德通的京号老帮周章甫。刚要问梁怀文，今日摆的是什么宴席，李宏龄也到了。梁怀文这才对大家说："今日请三位来，虽是我做东，却是应了一位大人的要求，祁太平三帮，各请了一位。"

周章甫便问："这位大人是谁？"

梁怀文说："来了就知道了，各位都认得的。"

戴膺说："一定是户部的大员吧？"

李宏龄说："别处大员，眼下我们也顾不上来应酬他！"

没说几句话呢，这位大员也到了。一看，当然都认得：是户部银库郎中张伯讷。西帮兜揽京饷汇兑，与户部银库哪能交道打得少了！银库郎中自然得格外巴结，请张大人在这种地界吃花酒，也就成了常有的事。只是，张伯讷今天的神色却严峻异常，与这相公下处很不相称。

梁怀文叫先摆席开宴，他也制止了，说："今日有要事就教各位掌柜，先说话，再喝酒，以免误事！"

李宏龄笑笑，说："张大人又吓唬我们吧？除了筹办官银行，还有什么与我们相关的要事？"

张伯讷说："就是这件事！"

戴膺就说："敝号已连夜写就信报，今一早即发邮，将部旨禀报太谷老号。既受朝廷圣恩，我们哪敢怠慢？"

周章甫也说："想老号与财东，也不敢怠慢的。"

张伯讷冷笑了一声，说："在这种地界，你们也不用假装了！我还不知道你们？"

梁怀文忙说："张大人，我们又怎么得罪您了？"

张伯讷说："你们给鹿大人演戏，还管些用；给我演戏，没用！"

李宏龄也赶忙说："张大人，是不是鹿大人误会我们了？"

张伯讷又冷笑了一声，说："鹿大人很相信你们，以为他这样出面一召唤，你们就会群起响应！"

戴膺就说："张大人也知道我们西帮规矩，这种大事，务必要老号、财东定夺的。我们京号，只能尽力呼吁吧。"

张伯讷说："本官今天在这里见各位，只想说几句实话，也想听你们说几句实话。此既为朝廷着想，为鹿大人着想，也是为你们西帮着想。"

梁怀文就说："张大人既不把我们当外人，有何指教，就尽管说吧，我们诚心恭听就是了。"

张伯讷说："那我先问一声，以各位之见，西帮是参加户部银行好，还是不参加好？"

周章甫说："这不是我等可拿的主意。"

张伯讷说："我不是强求你们越权做主，只想听听各位的见识！几位都是西帮中俊杰，驻京多年，该不乏远见卓识的。若此事由你们做决断，会如何行事？"

李宏龄说："我等倒是早想将票号改制为银行，但从未想过官商合营。官尊商卑，如何能合到一处？"

戴膺却问："邀西帮加入官银行，真是皇太后的懿旨吗？"

张伯讷说："鹿传霖位尊，也只有一个脑袋，他哪敢假托太后懿旨！真是太后钦点叫托靠你们。廷议时，太后几次说：'开钱铺，咱们都不会，交山西人操办吧。山西人很会开钱铺，很会挣钱，予深知的。'军机大臣瞿鸿禨极力附议，说：'山右巨商，所立票号，法至精密，人尤敦朴，信用最著！'鹿大人当时也说：'盛宣怀办通商银行，已历数年，无大起色，即因未揽得西帮中金融良才！'从太后到军机，如此看重你们的金融本事，实在是西帮千载难逢的一个良机！"

梁怀文忙说："得朝廷如此器重，当然是西帮大幸。只是，与西洋银行比，西帮票号所操的体例章法，早显陈旧了。户部银行既仿西洋银行体例，我们实在也很生疏的。"

张伯讷长叹一口气，说："我真是高看你们了！如此千载难逢的良机，几位竟也视而不见？你们操办银行，再生疏，也比盛宣怀强吧？当今举国之中，操持金融，谁能比过你们？所以，你们加入户部银行，那还不是由你们把持它吗？再说，朝廷办户部银行，也不是要取西帮票号而代之。认点股，出个把人，也伤不着哪家宝号的筋骨。你们的票号照开不误，只是多了一个户部银行做靠山，又有什么不好！几位也知道吧，在西洋，如户部银行者，称国家银行，或中央银行，位至尊也！太后、军机请你们操持如此位尊的官银行，几位居然无动于衷？真是高看你们了！"

张伯讷这一番话，倒真打动了在座的两个人：戴膺和李宏龄。只是，他们都没有表露出来。当时，他们与其他两位一样，仅虚以附和张大人，未做实质表态。这倒也不尽是信不过张伯讷,只是这等由老号做决的大事,他们决不能擅自说三道四的。这是规矩。

张伯讷如此卖力说和,当然因为与鹿传霖私交不错,想帮衬一把。鹿传霖在此事上的过分自信,很令他担忧。不过,张伯讷也是看出了其中的历史机遇,真想指明了给西帮看。

那晚,四位京号老帮矜持始终,不吐真言,很令张伯讷失望。所以酒席散后,他也离去了,并未久留韩家潭。

去年在上海,戴膺从容考察过西洋银行,所以对国家银行的厉害,已加深了认识。张伯讷将户部银行比作西洋国家银行,他也就忽然有悟。张伯讷所言不差,这是西帮难得的一次变革良机。

大清的国家银行初创,即由西帮班底把持,实在不是一件坏事。尤其对日后票号转制银行,也大有助益吧。

在京号老帮中,对改制银行最热心的,还是李宏龄。所以,见过张伯讷后第二天,戴膺就又跑去找李宏龄了。

两人倒是一拍即合,都赞成不要错失眼前良机,应趁势接下西太后及军机处赐下的这杯敬酒,排排场场打入户部银行。当今之世,朝廷要办官银行已势不可挡。尤其历此庚子大劫后,国库空空,财政窘迫,办官银行就更急迫。明知官银行是夺西帮利源,但你不加入,它也要办;既不可挡,何不打入其中,使之尽量利我,为我所用?

再说,现在西帮信誉大著,名声这么大,连朝廷也赏你吃敬酒,我们如一味冷脸回应,似乎眼里连朝廷也没有了,激怒那位妇道人家,只怕后患无穷的。

只是仅李宏龄与戴膺二人也左右不了西帮大局的。头一步,他们得先说服京号老帮们。两人计议后,列出了对付户部银行的上中下三策:上策,当然是阻挡其成立,仍由西帮执国中金融牛耳;下策,不阻挡,也不参加,敬而远之,官商各行其是。上策做不到,下策不可取,只剩了中策:审势应变,参加进去,利我护我。

说服老帮们取中策,应不太难。只是,鹿传霖官商合股的陷阱,如何避开?

两人计议良久，认为西帮交代户部，在出银认股上可尽力磨减，越少越好，商股少，也才能逼出官股来；但在出人上，却宜宽大，占他人位越多越好。在出银出人上，持此一少一多，既不违旨，又使鹿传霖的如意算盘不如意，可能会获大家赞同吧。

两人有了此番主意，便鼓动梁怀文召集了一次同业公议。果然，京号老帮们大多赞成李、戴二位的主张。公议后，都立即以此主张说服老号和东家。

4

梁子威押了一个假画匣，最先回到太谷。因为他出京后，乘了一程芦汉铁路，即从丰台卢沟桥，坐火车到正定，然后才雇了标车，西行入晋。所以，他比镖师们早到几天。

他的突然归来，先把孙北溟吓了一跳。戴膺为了安全，事先未告之总号这个消息。等梁子威在密室说出了西太后借宝出宫之事，孙北溟更惊骇不已。连问宝物在哪儿？梁子威说明了押画迷阵，孙北溟又要立即将此事禀报康庄。

梁子威忙说："大掌柜，还是等镖局将宝物平安押回，再惊动康老太爷吧！宝物尚在回晋路上，实在不宜早声张的。"

孙北溟才说："梁掌柜想得周到。老太爷最喜欢金石字画了，听说后哪还能坐住？"

梁子威问："庚子年，西太后在西安过万寿时，跟我们天成元借过多少钱？"

孙北溟说："现银加银票，总共六万两银子呢！"

梁子威说："六万两？那这借出宫的，该是一幅很值钱的画了。内府藏画，虽号称价值连城，但现在京中古玩市面，再珍贵的东西，标六万两银子，那可是天价了！"

孙北溟说："值不值六万，老太爷一看，就知道了。"

梁子威这才忽然似有所悟，说："难道皇家大内也知道老太爷的嗜好？"

孙北溟没听明白梁子威说什么，便说："更值钱的东西，大内也舍不得出借吧？既是借给我们开眼，值不值六万，倒也不关紧要了。"

梁子威就说："在京时，戴老帮就和我猜测过：此件宫藏古画，只怕是给我们抵债的。虽明了说借，却未定归还期限；借我们的六万，更未提一个还字！"

孙北溟却说："只要老太爷看着值，抵债就抵债吧。"

梁子威感到，与孙大掌柜说事，好像总是隔着一层什么，难以说透。

在等待镖师的那几天，梁子威未走出老号一步：他还是怕将事情张扬出去。

五天后，终于将押宝镖师平安等来。画匣一交割，孙北溟就与梁子威一道，坐了字号自家的车马，悄然往康庄去了。

康笏南听完梁子威的禀报，精神顿时大振，先哈哈笑了一声，才问："谁去宫门接的画？"

梁子威忙说："是戴老帮去的。"

"哪座宫门？"

"是神武门。"

"谁出来送的画？"

"听说是崔总管。"

"崔总管？我见过他！在徐沟见两宫时，就是他引的路。那太监手劲还真大，死死攥住你，就往进拽！听说在西安，也是这个崔总管到咱们字号，讹了六万两银子？"

孙北溟就说："就是他。老东台，你快启封看看货吧！从宫门接了画匣，他们可是谁也没敢动，原封给你送回来了。"

康笏南又哈哈一笑，说："孙大掌柜，你也沉不住一点气？我问你：西太后借画给我，你知道为了什么？"

孙北溟说："京号他们估计，是为了抵债，抵在西安讹去的那六万两银子。所以，才催你启封，看东西值不值？"

康笏南就问梁子威："你们真这样以为？"

梁子威说："只是一种猜测吧。或许，皇太后是真念着患难之交？"

"患难之交？"康笏南拉下脸来，哼了一声。"举国跟着她受难受辱，还要领她的情？"

梁子威忙说："我们也不相信那堂皇之言！"

孙北溟就说："老东台，是不想叫我们看宝吧？那我们就回字号去了，这画匣里装的是什么，是金子，还是石头，都与我们无关了。"

康笏南说："孙大掌柜，就你着急！"

孙北溟说："我们担着责任呢！梁掌柜这一路押宝回来，担惊受怕，费尽心机。"

康笏南就唤过老亭来，吩咐他去把三爷和六爷请来。今年三爷一直没有外出，所以立刻就到了。但六爷却未到，老亭回来说："六爷说了，他正念书备考呢，要是生意上的事，就不来了！"

康笏南拉下脸说了声："放肆，叫他来！"

老亭说："我告他，不是说生意的事。他说：那我和六娘一搭去……"

康笏南更沉了脸问："他说什么？"

老亭说："要来，就和六娘一搭来。我说：老太爷只叫你一人，有紧要事！

六爷还是说："那一搭去了，给老太爷问过安，六娘先回来就是了。"

康笏南忙问："真都来了？"

老亭说："哪敢叫他们来？我说，那得先问问老太爷！"

康笏南一脸怒气，说："快给我撵走！快给我撵走！"

老亭应声出去后，孙北溟忙说："六爷小两口新婚宴尔，如此相敬相投，也是康家福气。老东台，你也不用太计较了。"

三爷也忙说："父亲有何吩咐，我代六弟领受就是了。"

康笏南冷冷哼了一声："跟他五哥一样，没出息！"

六爷的婚事，也是在去年九月办的。汝梅出嫁，六爷娶亲，康家连办了两件喜事。康家的传统，是丧事排场，婚事简朴。这两件喜事，赶上动乱刚过，办得也就更简约。但婚后六爷和孙氏新娘，真是如漆似胶，形影不离。大家就惊奇，怎么跟当年五爷五娘一样呢？其实，六爷与孙小姐因有西安那一次秘密的浪漫之旅，回到太谷后不免相思得厉害，可又难以再秘密相会，熬到成婚，自然就格外亲密些。这就是现代很普通的恋爱，但在那时代不是常有，所以像传奇似的。这很使康笏南想起五爷五娘下场，就不大高兴。尤其这位新六娘，婚后不久，居然就和杜筠青一样，三天两头进城洗浴，而六爷居然每次还陪了去！这就使康笏南更不高兴，但又不便阻止。

这情形，孙北溟是知道的。康老太爷为此发火，在场的也只有他能说话，便说："老东台，你是不稀罕我们送来的大内藏画，还是真怕我们沾光，分享了你的眼福？梁掌柜，咱们还是先走吧？"

三爷忙说："老太爷是说我们呢！"

康笏南这才说："梁掌柜，去仔细洗洗手，过来开封吧。"

梁子威有些意外，慌忙说："我可不懂……"

孙北溟立刻说："你不动手，难道叫老太爷动手！"

康笏南忽然问："梁掌柜，你说里面是长卷？"

梁子威说："只是估摸。这种画匣，是装长卷的。"

康笏南就命老亭往桌上铺了软毡，软毡上又铺了软缎。这中间，已有仆佣过来伺候梁子威洗手。洗毕，老太爷就对他说："梁掌柜，开封吧。"

梁子威也只好捧起画匣，轻放在软缎上。然后，解开外面的锦缎包袱，这层包袱是京号加的；接着，解开了黄缎包袱，画匣才全露出来。

屋里顿时静下来了。

梁子威正要去撕匣口的封条，康笏南过来挡住，说："我来。"梁子威退后，康笏南命老亭倒了杯清水，含了一口，轻轻喷到封条上。片刻后，封条被完好揭起。他略挽了挽袖口，打开匣盖：大家不由都伸过头来，见里面还包着一层黄绫！康笏南小心掀开黄绫，才终于露出了画卷，几乎占满了画匣的一粗卷画。

康老太爷往出提画卷的时候，更是极其小心。画卷放到软缎上，他叫三爷过来撑住卷头，他自己慢慢往开推展，一边展开，一边低头细看。

大家也早凑近了来看：画似绢本，设淡色，幅宽一尺左右，长就不好估计了。画卷上仿佛是一条街市，布满茶坊、酒肆、脚店、肉铺、寺观，其间行人车马涌动，倒也逼真。只是，他们几位实在也不大懂字画，不知此画如何宝贵，只觉展开在桌案上的，仅为极小部分，不免惊叹此长卷之长！以前，谁也没见过这样规模的长卷画。

老太爷当然是懂画的，大家就盯了看他，想从他的表情上寻得暗示。

但老太爷一脸凝重，也猜不出什么意思来。

画还在慢慢展开，老太爷这边往开展，三爷那边往里卷。谁也不敢说话，屋里气氛凝重异常。

大约展开到一半，老太爷忽然颓然坐来。这是怎么了？大家吃惊不小，尤其梁子威，更吓了一跳：出什么差错了？但又不敢开口。

孙北溟说："老东台，看累了吧？"

康笏南对老亭说："你们把画展到头，展到头，小心些展！"

展到卷尾了，康笏南站起来看了看，并没有什么收藏者的跋语诗文，倒是有画师的题款钤印，但那是颇生疏的无名之辈。

他又颓然坐下了，带着几分怒气说："宫中也藏这种东西！"

梁子威赶紧跪了说："老东台，有什么差错吗？"

康笏南说："起来吧，没有你的事！"

孙北溟就问："这画不值六万？"

康笏南就着老亭递过的铜面盆，洗了洗手，又呷了口茶，才说："孙大掌柜，出三万，我就卖给你！"

孙北溟笑了，说："我又不识画，要它做甚？太后真赐下一件不值钱的东西？"

康笏南冷冷地说："什么赐？她这是讹我们！这样的东西，还说是内府珍品，只借给我们开眼，真把我们当成土老财了？"

孙北溟说："能说详细些吗？我们可都在云雾山中！"

康笏南又冷冷哼了一声，说："她还以为我也跟你们似的，什么也不懂，只要是朝廷内府赐物，就价值连城了？我给你们说，这是一幅名画的摹本，低劣的摹本！"

一直未说话的三爷，这才问了一句："摹的是什么名画？"

老太爷说："传世的长卷中珍品《清明上河图》，系北宋张择端所作。入清以来，真迹即为内府收藏，世间再难见到。金元以来，摹本不少，其中亦有精品流传。太后出借，当然也只会是摹本，但也不能拿如此低劣的摹本来戏弄人！"

三爷就问梁子威："路上没出什么差错吧？"

梁子威忙说："没出差错！为保险起见，此画接出宫，就未敢在京多耽搁，路途上还布了迷阵，一真二假，同时一道上路。"

孙北溟说："你们在京也未开封验看吧？"

康笏南断然说："与京号无关！当场开封，你们也不识货。"

三爷就说："会不会是那位崔总管捣了鬼？"

康笏南说："不用多说了，这种事很像那位妇道人家的作为。梁掌柜，你们京号辛苦了。此事到此为止了，你们还是费心张罗咱们的生意吧。"

梁子威才松了口，说："谢老东台明察。京号生意，就请放心！"

5

数天后，曹家忽然派人来请康笏南与三爷，说备了桌酒席，务必来一聚。康笏南问曹家来人，有什么事吗？来人也不大知道，说主家只叫转达：贵府务必要赏光！

康笏南觉得有几分奇怪，也就带了三爷，应邀去了。

一到曹家，就见当家的曹培德有些兴奋。康笏南就说："贵府有什么喜事吧？"

曹培德忙说："哪有什么喜事！我是听了你老人家的指点，也要开一家票号。起了一个字号名，叫锦生润。想请教你们父子，此三字，在票号业不犯忌吧？"

康笏南一听是为这事，倒也不失望，就说："做生意做到你们曹家这种境界，起个什么名字都成！我早给你说了，曹家开票号，股本、信誉、码头，什么都不缺，只选一个好领东，就全有了。叫什么字号，实在很次要。"

曹培德说："那从你们天成元借一个好手，来给我们锦生润做领东吧？"

三爷说："曹家账庄的金融高手还少呀？"

康笏南却笑问："你看上天成元的谁了？"

曹培德立刻说："京号的戴掌柜！"

三爷也立马说："你这是要砍我们的顶梁柱！还没开张，倒谋了要拆我们的台？"

康笏南依然笑道："戴掌柜过来做领东，你们曹家给顶多少身股？"

曹培德也笑了说："顶多少身股吧，你们舍得给我？戏言尔！锦生润初入西帮票业，初入太谷帮，只望贵府天成元大号不要欺生。"

康笏南正色说："西帮票业有规矩，无论祁太平三小帮之间，还是各字号之间，不倾轧，不拆台，危难时还要互相救急。争抢生意，当然常有。但百多年来西帮一直信守：内让外争。天下如此之大，各帮各号尽可自辟畛域，自显奇能，取利发财的，无须自相火拼残杀。曹家入票业，只会壮西帮声势，谁会欺负你们！"

曹培德起身作了一揖，说："有康老太爷这一席话，我们也放心了。为表谢意，请你们父子看一件稀罕的东西！"

一听稀罕的东西，康笏南心里就一动：难道曹家也得了皇家赐品？

曹培德带他们走进一间密室，除了一主二客，跟来的只有一个男佣。男佣进入里间，一阵响动过后，就见搬出一个匣子。这匣子较那画匣稍大，看男佣搬动的样子，分明沉重异常。

曹培德就说："这是朝廷内府密送出宫，暂借予我们观赏的一件珍宝。刚从京师押运回来不久。所以敢说是一件稀罕之物。"

康笏南和三爷对望了一眼，便问："西太后也借你们曹家的银钱了？"

曹培德听了一惊，也问："难道你们康家也得了皇家赐品？"

康笏南一笑，说："先看看这是一件什么珍宝吧！"

男佣卸去匣子，现出来的是一件金光闪耀的西洋自鸣钟！形状为西洋自跑火车头，钟盘不大，嵌在司机楼两侧，但火车头极其精致，虽小，却与真物无异。

曹培德说："出宫时听宫监交代：此为西洋贡品，除了钟表机器，其余全用金子铸成，黄金、乌金、白金都有。运回来，我们用大秤称了称，五十斤还多！"

康笏南估计了一下，不大一件东西，就五十斤重，应该是金质无疑。他就问："西太后借了你们多少钱，竟拿此珍宝来抵押？"

曹培德说："人家说是借，不是抵债。要抵债，我也不愿意！这么件东西，值不值钱吧，太招眼！这种年月，摆在明处，不放心；密藏起来，还成什么钟表？玩赏几天，归还内府，最好。"

康笏南笑了笑，没说话。

三爷就说："我看借你们曹家的银子不会少！"

康笏南听出曹培德不愿意说出出借御债的数目，便接了说："庚子年两宫过境时，也没听说借你们曹家的大钱呀？"

曹培德说："是在西安借的。"

康笏南就说："祁县乔家也借过大钱给朝廷，不知赐了一件什么东西给他们？"

曹培德说："听说那是户部出面借的，要归还。再说，庚子年大德通老号被赐为行宫，太后皇上住了一夜，这已是厚赏了。我倒是听说志诚信的京号，也从宫中接了一件稀罕的东西！"

康笏南就说："志诚信也有赐品？"

三爷也问："又是一件什么稀罕东西？"

曹培德放低声音说："我听孔庆丰大掌柜说，是一件叫'穿阳剑'的宝物。"

三爷不由问了一声："一把宝剑？"

曹培德一笑，说："此物只有二寸多长，粗细也仅似兰花花茎，看似玉石般一件死物，平时却须在小米中养着。说是男人遇有便溺不通，此物可由阳根马口自行穿入，等它自行退出，溺道即通畅矣。"

三爷说："真有这么神奇？"

曹培德说："谁知道呢？不过孔大掌柜还说，所谓通溺道，也许只是遮掩，说不定是治阳根不振一类。"

康笏南立刻就说："原来如此！孔庆丰叫你亲见了此物？"

曹培德说："我也是近日请孔大掌柜来指点票号，才听他说的，并未亲见。不过，是否将此物交给他的财东员家，孔大掌柜还拿不定主意。仅此一件赐品，员家子弟还不又要争抢打斗！你们想见此宝，赶紧去志诚信，孔大掌柜不会捂着不叫你们看。"

康笏南哈哈一笑，没说话。三爷却低下头。

曹培德忙说："你们康家，也得了皇家赐品吧？"

康笏南收住笑，长叹一声，仍不说话。三爷只好说："接是也接了一件宫中藏品，但甚为低劣！"

曹培德便问："你们接了什么？"

三爷说："一件古画长卷，可不但是后世摹本，还是无名画手的低劣之作！"

曹培德说："毕竟是内府藏品，皇太后所赐。有此身价，总不是常物能比的。"

康笏南打断说："不提它了！培德你想见识此画，又不怕后悔，那随时可来康庄。"

曹培德忙说："一定去开开眼！"

康笏南说："不提它了。西太后如此出借宫中藏品给我们，她用意为何？培德你想过吗？"

曹培德说："眼下国库空空，也许她真想抵债？"

康笏南冷笑了，说："我看她另有用意。"

曹培德忙问："另有用意？愿听指点！"

康笏南说："叫我看，这位妇道人家打的主意跟袁世凯一样。她只是先施此小恩小惠，后使唤我们罢了！"

曹培德有些意外，说："西太后也想叫我们给她开银号？"

康笏南从曹家回来，是更沮丧了。

受赐皇家藏品的，原来不止他一家！仅太谷而言，就有曹家和员家的志诚信，而且受赐的东西都比他强！金质西洋自鸣钟，国人尚不会仿制赝品。那件神奇的穿阳剑，如果有伪，也不会收入宫中吧？谁敢拿皇上的此等要命处做伪！唯有这《清明上河图》的摹本，因真迹太珍贵，画幅又是丈五长的巨制，摹本低劣些，也易唬人眼目，甚而混入宫中。太后叫挑幅画儿赐他，就偏偏挑了这么一幅低劣的？分明视西帮财主无知！

但西太后如此广赐宫藏给西帮，康笏南更坚信了自己的猜测：这位妇道人家，一定是有求于西帮了。

果然没过几天，康笏南接到京号信报：军机大臣、户部尚书鹿传霖，已正式宣谕了朝廷圣旨及西太后懿旨，命西帮各大号出银出人，加入筹建大清户部银行。如何复命，望东家、老号尽早定夺。

读罢此信报，康笏南长长吐了一口恶气！如何复命，那还不是现成一句话吗？他立刻将三爷叫来，先给他看了京号信报，然后问：

"你说，该如何复户部之命？"

三爷说:"父亲料事如神,果然是和袁世凯打的一样的主意!但朝廷毕竟不同于袁世凯,尤其主政的西太后,已打了西帮主意。如何复命,事关重大,还得父亲定夺的。"

康笏南就脸色不悦,说:"我是问你的主见!"

三爷只好说:"奉命当然是不能奉命的,可也不便明着回绝,设法拖延吧。"

康笏南却斩钉截铁地说:"依我看,与袁世凯一样对待,断然回绝!给点小恩小惠,就想与虎谋皮,真是妇人之见!"

"父亲大人……"

"不用多说了,就这样交代孙大掌柜!"

三爷不敢再说,就退出来,要了一匹马,直奔城里的天成元老号。

孙北溟对康笏南的决断,似乎也不意外,说他自己也是此意。我们出钱出人,替朝廷开银行,岂不是要自灭西帮?趁眼下西帮声名大著,应当及早回绝。

三爷正要说话,在场的梁子威已抢先说了:"三爷,大掌柜,此事非同寻常,恐怕还得多加斟酌吧。眼下西帮声名大著,再公然违背朝廷圣意,只怕那是要招后祸的。"

三爷就说:"梁掌柜说得有道理。毕竟是面对朝廷,奉命还是回绝,如何奉命,如何回绝,都该细加斟酌的!"

孙北溟说:"三爷,要细加斟酌,那你得先说动老太爷。"

三爷说:"我是父命不能违。能劝动家父者,唯有孙大掌柜了。还望大掌柜能辛苦一趟,见见家父,细论对策。"

梁子威也极力鼓动孙大掌柜去见见康老太爷,孙北溟也只好答应了。

但康笏南主意铁定,不容置说;孙北溟呢,也无自己的卓见,事情就那样定下来了:命京号尽快复命户部,参加官银行,责任太大,敝号为民间小号,实在难当官家重任,乞免奉命。

对老号的此一决策,梁子威当然有些失望,但东家、老号之命不能违,也无可奈何了。孙大掌柜已交代下来:再小住几日,就赶紧返京吧。东家、老号意图你也明了,到京后就照此意,协助戴掌柜应付户部。

就在他要离开太谷前,戴膺的新方略报回老号。"少出股本,多占人位,加入户部银行,以为今后靠山",梁子威对此中深意当然是明了的。而且,这一次又挟西帮四十八家京号公议之势,他也就试着重新劝说孙大掌柜,多多考虑京号的新建议。

三爷对这一新方略,也甚感兴趣。他特意与梁子威深谈了一次,便决定去说服老太爷。

无奈康笏南丝毫不为所动,甚而放言:"她就是把《清明上河图》的真迹借给我,我也不能奉命!祖宗大业,岂可拱手让给官家?尤其当今官家,连自己京城都保不住,谁敢指望他们!要做这种事,等我死后吧。"

事已如此,梁子威也无心打听别家态度,匆匆离开太谷赴京去了。

京号戴膺先接到老号的指示,虽然大失所望,还想继续说服的。他已经给汉口的陈亦卿和沪号的孟老帮,发去求助信报,动员他们也出面说服老号和东家。但等梁子威回来一说详情,他也长叹一声,心凉了。

梁子威说:"早知这样,我们还不如将那画匣暂留京号,不先惹康老太爷生气。老太爷一向还是愿听进言的,这次却是谁的话也不听。宫里赐了这样一件烂画给他,很有受辱之感。"

戴膺说:"我看真赐一件珍品出宫,只怕老太爷也不会奉命。罢了,罢了,我们所能做的,就是回绝得不要太生硬,佯装尚可商量,讨价还价,尽力拖延吧。"

梁子威说:"这事还要看别家态度,尤其是平帮的两家老大。还有祁县的乔家,近年很受户部器重。这些大号如与我们不同,康老太爷也许还会改变主意?"

戴膺又叹了口气说:"别家也不乐观,拖延观望者多,做出决断的很少。我听李宏龄说,平帮那头连个正经回话还没等来呢!他也打发了副帮专门回晋说服,不知结果会怎样?"

后来的结果,还真如戴膺预料,各家陆续得到的老号指示,都是不想与官家合股共事,怕商家终究惹不起官家。最好的指示,也只是命自家京号跟随大号走,或进或退,都不要孤单行事:这显然是较小的字号。

既如此,在覆命户部时,大家也就听从了李宏龄、戴膺的主张:佯装讨价还价,先提出了"少出股本,多要人位"的请求。户部当然没有痛快答应,但经磨缠,居然也松了口。磨到后来,居然同意了"不出银,只出人，凡进银行者，即封官品"。京号将此意向传回老号，终也未获准许。

这次历史机遇，西帮就这样放弃了。

西太后出借给西帮大户的一些宫廷藏品，直到大清垮台，也未曾索要过。

袁世凯的天津官银号，是在光绪二十九年（1903）开张的；大清户部银行，则到光绪三十年（1904）才组建完成，但都与西帮无关了。鹿传霖求西帮合股不成，转而求诸浙江绸缎商帮，后者踊跃响应，加入了初创的国家银行。到光绪三十四年（1908），户部银行改为大清银行时，户部曾再次邀请西帮选派金融人才加入，竟仍不应召。只有西太后以皇上名义钦点的一个人不得不遵旨应召。此人即祁县乔家大德恒票号的贾继英，庚子年一出手就借给户部三十万两银子的那位年轻的省号老帮。他后来做到大清银行行长的高位。这都是后话了。

第三十章 尾声

光绪二十八年（1902）八月，六爷赴西安参加借闱乡试，延迟两年后，终于走进了贡院文场。

赴陕时，他要带了六娘同往，老太爷断然不允。只是召回了何老爷，陪六爷赴陕赶考。新婚后，六爷一直厮守着孙氏，备考哪能十分专注得了？但进入考场，倒也真做到了何老爷教诲的"格外放得开"，三场考下来，也一路无阻拦。考完出来，尚有几分不够过瘾似的。

何老爷见六爷有此种神态，便说："六爷，保你高中无疑！"

六爷也不大在乎何老爷说什么，考完便放他去了西安字号。他自己则出城去游玩，寻找当年与六娘浪漫蜜旅的旧迹。可没走几处，便失去了耐心，匆忙回城叫了何老爷，离陕返晋。他只觉与六娘分别太久了。

放榜时，果然如何老爷所料，六爷高中了壬寅科乡试举人，名次虽居中吧，毕竟金榜题名了。

西安字号刚发来报喜的电报，也不等官衙正式报喜了，康老太爷就摆了一次隆重异常的庆贺家宴。他虽看不起读书入仕，但自家出了一个正经举人，还是令他高兴的。尤其是这个老六，自己铁了心要做这件事，竟也终于做成。有此志气和心劲，何事不能成！他不忘母志，也难得了。康笏南觉得自己还是没有看错，老六到底是个可造就之才。眼看朝局一天不如一天，老六虽中举了，倒也不必担心会陷进官场太深，就只怕他步老五的后尘，只迷着媳妇，将才志都废了！所以，他想借此中举，激励他存大志，立宏图。

不过，此次家宴并未请外间宾客，只限本家族人。可算宾客的，仅几位康家商号的领东大掌柜，还有一位应坐上座的贵宾，就是六爷的老师何老爷。可惜他未等发榜，就急着远赴上海，做他的"钦差"去了。全国的庚子赔款，都要汇往上海，交外国银行汇出。所以上海更成金融重镇，天成元的沪号一向就弱,所以将何老爷派到沪上。但席上,还是给何老爷留了上座,虚位敬之。开席后,康笏南还命六爷给何老爷的虚位行了礼。

待族人贺过酒后,康笏南就问六爷:"京师也是禁考之地。明年的会试,移往何处借闱开考?"

六爷说:"听说是河南开封府。"

"你有大志,明年三月也要赴开封参加朝廷会试吧?开封也有咱家字号。"

"父亲大人,明年会试,我不赴考了。"

"那是推到后年?这次科考,听说是补一个恩科,再补一个正科,连着考两年,后年依然有会试吧?"

"后年的确还有一科会试,但我也不考了。"

"怎么了?我可没拦你走科考之路。你拿了功名,我也一样给你庆贺,也一样是光宗耀祖。"

"在西安,我听说此两科被延误的大考,补过之后,科考即要废了,将改办洋式学堂。我要早知如此,连这次乡试也不会参加的。苦读多少年,熬到考期了,竟一再延误;终于开考,也终于中举,却是中了一个末科举人;才中举,即成明日黄花!我还去受会试那一份罪做甚?即便高中进士,也还不是明日黄花?"

康笏南听老六能这样说,当然喜出望外:他终于看清了科考的迷阵。但受此打击,从此更迷媳妇,不图有为,甚而玩世不恭,也是败家子了。所以,便说:"末一科会试,也该参加的。中一个进士,即便不做官,也叫人家知道你不是庸常之才。再说,千年科考,就此收尾,能亲历者,也算难得的一份阅历吧。"

六爷却说:"已亲历末科乡试,足矣。我反正不想赴会试了。"

"那你今后有何打算?"

"先与六娘一道,出外游历一番,看看天下胜景。"

祖宗,他真是要步老五后尘?康笏南听后,心中大不悦,但在此贺喜场合,也不便发作。只好不动声色,再问:"你不能以游历天下为业吧?"

六爷说:"游历一二年,等京师办起洋式大学堂,再进去亲历一番。"

有如此打算,倒也罢了。康笏南也不再多问。喜庆气氛也因此未被打断。

但六爷的中举,却送走了两个人。一个是他的生母,即早已"死"去的孟老夫人,现在唯一留在凤山尼庵中的月地,一个却是谁也没料到的四爷。

六爷中举的消息,没几天就"传"到了月地耳中。这当然是有人有意安排,用意也是给她一点慰藉吧。但月地听到这个消息,就终于觉得什么都可放下了。去年九月,听到六爷成亲的消息,她就觉得卸下了一份很重的牵挂。现在好了,什么牵挂也没有了。俗世对于她,也真是一切都了断了。但有了此种彻悟,她却觉得自己忽然浑身软塌下来,仿佛体内的力气,正开始一缕一缕地散发而去。茶饭也食之无味了,夜里更不再能安睡。

惊异之后,她才意识到:自己真正的大限要到了。

意识到此,她也平静下来。想了想,在真正下坠阴间之前,她还要做一次"鬼",去跟六爷告别。她不求再见六爷了,只要康家再闹一次鬼,六爷就知道是她来告别。这是最后一次了。

在六爷中举七天后,康家果然又闹了一次鬼。凄厉的锣声,在夜半响了很久。这一次,六爷真相信是母亲来给他贺喜了,跪在她的牌位前,泪流不止。第二天,他和六娘去了一次前堂,祭奠了先母的遗像。他们也在杜老夫人的遗像前做了祭拜。

月地这次下山回来,没出三天,就悄然圆寂。但她是被太重的悲苦压倒的,只是不想说出罢了。

月地圆寂没几天,四爷竟也重病卧床。对月地的圆寂,康家没几人知道,但对四爷的忽然卧床,却叫全家上下惊异不已!四爷是康家最默默无声的人了,即便主持了家政,也依然如此。但他一向也无灾无病,而且又懂医术养生,时常给乡人施医送药,分文不取,大善人一个,怎么忽然就重病不起了?

康筠南听说了,也甚为惊讶。他几次亲自来四爷病榻前询问,四爷也只是平淡地说:"父亲不必操心,躺几天就好了。谁能没有灾病?"

康筠南请来城中名医,诊断后也总说无大毛病。但四爷的病体,却也是一天不如一天了。

四爷也知道自己的大限将临,但他至死也不会说出其中缘由。

康笏南身后的六子,老大和二爷系原配所生,三爷和四爷则是续弦的第二任夫人所出。原配和这位续弦的第二任夫人都是真的早逝了。尤其第二任夫人与康笏南只做了七年夫妻,但他对这一位又最是喜爱。她忽然撒手,他真是悲痛万分。第三任夫人,也就是五爷的生母朱氏,便是比照着第二任夫人,挑选出来的。可娶回来没过多久,就发现一切都是枉然!这位新妇,哪有前头爱妻的一点影儿!于是便越来越不喜爱,后来终于谋出了那样一个"废旧立新"的秘密手段。

三爷、四爷,因是他最喜爱的女人所生,康笏南也就格外器重。将外务、家政交给这二位,这也是其中一大原因吧。

三爷处处争先出风头,四爷却如此默默不出声,好像是天性使然。其实,内中是有缘由的,只是四爷发誓不说出就是了。

原来,四爷在二十岁那年,康笏南将老院里一位失宠的"老嬷"外放到四爷院里,改派她做杂活。那时候,老院那里,第三任老夫人朱氏已经成功"病逝",第四任老夫人孟氏续弦还没几年。这位老嬷在老院受宠时,曾偶然听得朱老夫人"病逝"的内情,除了惊骇万分,当然不敢声张。但失宠后被逐出老院,又改做杂活,心里就憋了气。有一次,可能憋气不过,竟对四爷说出了老院的那个最高机密!

四爷当时也没信以为真,只以为这位老嬷是在说气话,她一定是在朱老夫人生前受了委屈,才编了此奇闻泄愤。不料,这事发生后没过几天,那位老嬷忽然不见了。四爷问时,管家老夏说她疯了,已送出康家。

疯了?四爷左思右想,觉得那老嬷也不像疯子。再说,要早是疯子,老院也不该把她打发到他这里来。来他这里才几天,也没有骂她气她,怎么能忽然疯了?想来想去,四爷才怀疑到:老嬷那次给他说的奇闻可能是真事?

从此,这个疑心就压在四爷心头,再也没有释化过。只是,压在心头的这一疑团,他对谁都没有说出,也无法说出。就是对四娘,也未吐露过一字。但他的性格却渐渐变了,变成了这样终年默默不出声。他也没有什么志向了,只是喜爱习医,更爱给乡人施医送药。其实在他心底里,是想以自己的行善,来为父亲赎罪!因为他本来是十分崇敬父亲的。

他习医,也还有一更隐秘的目的:想探明是否真有那样一种迷魂药,可使人暂如断气魂离。但随着孟老夫人的"去世"和家宅的闹鬼，四爷已不再暗访此种迷魂药了，只一心一意施医行善。在主持家政后，也是忍让一切人，听命于一切人，甘愿负重行善。但愿此生能为父亲多赎几分罪，别的再无所求了。

可压在他心头的疑团早已凝结为巨石。他知道自己随时都会被它压死的，如果他的死能为父亲赎罪，他不怕被压死。

杜老夫人"去世"时，四爷已觉得自己快支撑不住了。所以，他是真心想给杜老夫人做哭丧的孝子，就在哭灵时当场死去，以赎父罪！可惜，三哥抢在了他前头，做了孝子。三哥能如此，实在叫他震惊，也实在叫他感动，但他什么都不能表示。

这一次，月地来告别六爷时，那凄厉的锣声，终于最后击倒了四爷。因为在康宅的老院之外，唯有四爷能听懂这凄厉的锣声！他就是在那一夜病倒的。

四爷的死，很叫康笏南伤心。葬礼自然也是十分浩大豪华的。但康笏南永远也不知道，四爷是为他而死。

康笏南一直活到大清垮台，进入民国。即便到晚年高龄时，他也不糊涂，尤其对商事，依然出神入化，炉火纯青。在内室，他似乎终于度过了青春期，不再有兴头玩"废立"。四爷死后第二年，康笏南续弦了第六任老夫人。不过，那是一个很普通的中年女人，他们也过着很普通的居家日子。

四爷死后，康家的外务家政都集于三爷一身，他也渐成大器，渐入佳境。可惜他竟也先于老太爷去世，虽然那已到宣统年间。三爷终日劳累异常，但也未显病态。那日赴本地商会的一个应酬，就在酒桌上，一口气没上来，竟升天了。他一直暗中寻访出家的杜老夫人，终无结果。这件事，随着他的去世，也永远无人知晓了。

三爷死后，只剩了一位六爷可出来继任。但六爷携了六娘，终年流连于京师，无心回来当家理政。康笏南只好叫他的长孙，即三爷的长子出来接手主政。这位大少爷，未曾到口外历练，对商事也无十分的敬仰。但有老太爷做靠山，还算能应付下来吧。

由于康笏南的高寿，孙北溟也一直不被准许告老还乡。京号老帮戴膺，眼看升任领东大掌柜无望，在京师几次呼吁改制银行又无结果，终于也先于孙北溟告老还乡了。

　　他离任后，京号老帮由副帮梁子威接任。

　　由于三爷的去世，邱泰基也无法走向领东大掌柜的高位，他只熬到汉号老帮的位置。汉号的陈亦卿老帮，也先于孙北溟退休回来。

　　不过，自辛丑年重返京津后，虽有皇家银行成立，西帮票号还是很做了几年好生意。直到辛亥革命发生，大清垮台，西帮也才随之盛极而衰。康家的天成元，自然也跳不出这个大势。倒是早已冷落了的天盛川茶庄，却还多支撑了一些年头。当然，也只是多支撑了一些年头。

——全书完

1998年11月至2000年5月写出

2000年9月至2001年2月改出

后　记

写完最后的章节，如释重负，也有一点怅然若失。写这部长卷，比预想的要累人，却也比预想的要"迷人"。两年多时间，全身心陷在这"白银谷"中，几不知外间正"跨世纪"。除非不得已了，每日都要写两三千字，时有倦意，却也常有走笔生趣的愉快。如此旷日持久地写作，倦意竟有快意相伴始终，这样的经历，以前不多，以后怕也不会多。

当今是小说的淡季，旷日持久写这样一部长卷，起因其实也十分简单：想努力写一部好看的小说。

明清时代的西帮商人，是未被彰显过的商界传奇。尤其是他们独创的票号，更是清代的一个金融传奇。胡雪岩因仿办票号，成就了他个人传奇的一生，成也票号，败也票号。在西帮的大本营"祁太平"，似胡雪岩这种等级的富商财主，那是一个群体。但我这部小说，不是写一个富商群体，也不是写一个地域传奇，而是取了一个广角式的视角：将票号作为一个带传奇色彩的金融制度、商业制度来写。

票号是中国土生土长的金融行当，它视同时期的东西洋银行为异类。但它在自己生存的社会里，又属异质。朝廷的道统历来就轻商，士、农、工、商的尊卑秩序，千古不易。西帮自己呢，因为生意做大了，影响所及，居然将神圣的儒学价值观"学而优则仕"，变成了"学而优则商"。一流俊秀子弟，都争入票庄；末流子弟，才读书求仕。这对封建道统的瓦解，是很可怕的。但它藏锋不露，在明清那样的封建集权社会中，居然成就了一种全国性的事业。西帮以"博学、有耻、腿长"面世,以"赔得起"闻名,将智慧与德行化作它最大的商业资本,在最需信用的金融行业中,独执全国牛耳百多年。它瓦解着那个社会的道统和礼教,却推动着那个社会的经济发展。这当是传奇。

不过,我作的是小说,并不是要讲上面那番道理。小说,先要好看。历史小说要好看,主要得靠历史的魅力,史实的魅力,而不能只靠今人"戏说"。这是历史小说的规矩。事实上,没有足够的史实做依据,今人也是很难将西帮的传奇,"戏说"出来的。

我在搜集相关素材时,找到一本《山西票庄考略》(以下简称《考略》),初版于民国二十六年(1937)。作者陈其田先生,是当时辅仁大学的社会学教授。为写这本《考略》,他访问过北平那时尚残存的票号,也到祁县、太谷、平遥做过实地调查。还利用访问日本,向彼国的各种经济调查所收集相关文献。但他在《考略》末尾,却写了这样几句话:"山西票庄材料的贫乏,达到极点。最奇怪的是《山西省志》,太原、祁县、平遥及太谷的地方志,没有一字提到票庄。"他访问票庄遗老所得到的材料,也仅是"一些零碎的传闻及片段的记忆"。在日本所得也不多。

官修的正史,不收"票庄"一词,可见官家轻商也达到极点。而票号自己为了"藏富""藏势",以及为了保守商业秘密,也不轻易留存文字遗世。因此票号史就真成了秘史。关于票号的起源,有一种流播很广的传说,很富秘史色彩。据此传说,明末李自成从北京败走时,携带了掠获的巨额金银财货,逃经山西,一路散失。"山西人得其资,以设票号。"票号规则极其严密,系由顾炎武、傅山两位名士所订立,故能长盛不衰。甚至说,票号还负有为反清复明聚财的秘密使命。经陈其田先生和其他学者的辨析证伪,这一类传说也只是民间的传说、演义而已。

不过,西帮票号的这种传奇性和秘史性,倒是很适宜作小说的。将湮没了的秘史发掘出来,再现它曾有的传奇本相,这对写小说的人来说,太有诱惑力了。但这也有些像考古发掘,得小心,耐心,旷日持久才成。不像戏说、演义,那是做仿古制品,不必守太多的规矩。

我二十岁以前,一直生活在"祁太平"中的太谷县城,祖、父两代都在那里经商,当然也只是很小很小的商人。1986年,我决定"弃农从商",由农村题材转向晋商题材写作后,先到"祁太平"的祁县跑了三年。从那以后,即开始留意一切与西帮商人、票号相关的史料、文献。这期间,山西学术界、金融界、史志工作者及其他文史工作者,对晋商、票号的研究也日渐深入,硕果累累。这使我受益匪浅,极大地丰富了创作素材,也开阔了思路。

经过这十五年小心、耐心地掘进和积累,对西帮商人及其所创票号,总算剥去了一些遮蔽它的迷障,摸到了它的一些筋骨。对于作小说来说,这似乎也够了。给这些筋骨赋予血肉,乃至灵魂,那就是做小说的功夫了。我想说的只是,因此部小说的素材来得不易,所以进入写作时也就不敢马虎草率。

小说本应该是引人入胜的。票号的传奇,本也提供了许多的胜景、胜境,如何"引"得好,我也不得不用心。既不能似坐电动索道,使胜景来得太容易;也不能因胜境在前,走去的一路就太枯索。当然,这也都是做小说的规矩,我只是不敢偷懒罢了。

以今天的眼光看,百年前的西帮票号,当然已经是很落后、很腐朽的一种金融制度了。但它对"商"的理解,对"商"的敬畏,用我们中华自己的文化资源,对"商"的滋养,在那样一个受主流文化歧视的社会环境中,将"商"推到的成熟程度,似乎也还值得今人回首一望的。1986年,我开始关注西帮商人时,"商"似乎还居于各行之末;今日,已是无人不言商了。我在写这部小说中间,常发痴想:如果今日我们的商品经济,是在百年前西帮商人所达到的高度,往前推进,那争一个世界商贸的"五百强",或扫除市场的假冒伪劣,也许不会像现在这样难吧。

总之，希望于这部小说的，首先是好看，其次读后也还有益。如此而已。

是为记。

作者

2001 年 3 月初